dtv

Ein Feuerteufel wütet im abgelegenen norddeutschen Dorf Güstrin. Scheinbar willkürlich wählt er seine Opfer und foltert sie brutal, um sie anschließend bei lebendigem Leib zu verbrennen.
In diese unglaubliche Mordserie hinein gerät die junge Journalistin Katja Jakobs, die eigentlich eine Reportage über die Abschaltung des Güstriner Atomkraftwerks machen wollte. Ihre erste Anlaufstelle ist ihr Onkel Frieder, ein ehemaliger Ingenieur in dem AKW. Als sie bei seinem Haus ankommt, findet sie es in Schutt und Asche – und sieht gerade noch, wie Frieders Leiche abtransportiert wird. Bald gibt es den nächsten Toten – und eine erste Spur: Die Opfer waren miteinander befreundet und vor zwanzig Jahren Besatzungsmitglieder der »Straßmann«, eines so genannten Atomschiffs, später arbeiteten sie zusammen im AKW. Die polizeilichen Ermittlungen laufen inzwischen auf Hochtouren. Wird es weitere Brände geben? Und weitere Opfer? Unter den Dorfbewohnern steigt die Nervosität, jeder verdächtigt jeden, und auch Katja lässt der Fall nicht mehr los …
»Ole Kristiansen ist es glänzend gelungen, einen atmosphärisch dichten Thriller zu schreiben, der von der ersten bis zur letzten Seite fesselt.« (›Münchner Merkur‹ zu ›Der Wind bringt den Tod‹)

Ole Kristiansen wurde Mitte der Siebzigerjahre in Hamburg geboren und wuchs im norddeutschen Flachland auf. Er studierte Medienkultur, Amerikanistik und Anglistik und lebt heute nach Aufenthalten in London und Süddeutschland wieder in der Elbmetropole. Kristiansen arbeitet als freier Übersetzer und Schreibcoach.

Ole Kristiansen

DAS FEUER BRINGT DEN TOD

Thriller

Deutscher Taschenbuch Verlag

Von Ole Kristiansen
ist im Deutschen Taschenbuch Verlag erschienen:
Der Wind bringt den Tod (21376)

**Ausführliche Informationen über
unsere Autoren und Bücher
finden Sie auf unserer Website
www.dtv.de**

FSC www.fsc.org
MIX
Papier aus verantwortungsvollen Quellen
FSC® C019821

Originalausgabe 2014

Ein Projekt der AVA international GmbH
Autoren- und Verlagsagentur
www.ava-international.de
Umschlagkonzept: Balk & Brumshagen
Umschlaggestaltung: Wildes Blut, Atelier für Gestaltung,
Stephanie Weischer unter Verwendung eines Fotos
von Trevillion Images/Paul Knight
Satz: Greiner & Reichel, Köln
Gesetzt aus der Stempel Garamond 9,75/12˙
Druck und Bindung: Druckerei C. H. Beck, Nördlingen
Gedruckt auf säurefreiem, chlorfrei gebleichtem Papier
Printed in Germany · ISBN 978-3-423-21492-6

PROLOG

Ein Schrei weckte ihn, endlos und schrill. Eine Frau in Todesangst. Auf einen Schlag war er hellwach. Er richtete sich auf, die Decke rutschte ihm vom Leib. Seine Blicke suchten nach der Frau, die da so furchtbar gequält wurde. Sie war jung, blond, hatte große Brüste und rannte vor einem riesenhaften Mann davon, der eine Machete schwang.

Er stöhnte erleichtert, nahm die Fernbedienung vom Couchtisch und schaltete den Fernseher aus. Sein Puls beruhigte sich. Er musste sich unbedingt angewöhnen, hinauf ins Schlafzimmer zu gehen, wenn ihm abends die Augen zufielen. Er wurde langsam zu alt, um sich auf diese brutale Weise aus dem Schlaf reißen zu lassen.

Er sah auf die Wanduhr neben dem Bücherregal, die ungerührt vor sich hintickte. Kurz vor vier. Seine Schicht begann um neun. Es lohnte sich, noch ins Bett zu gehen. Er stand auf, verfluchte stumm seine morschen Knochen und wankte auf die Fensterfront zur Terrasse und zum Garten hinaus zu. Seine Hand lag schon auf dem Schalter für die Rollläden, da bemerkte er sie. Eine Gestalt, kaum mehr als ein Schemen, draußen zwischen den Rhododendren beim Geräteschuppen. Er blinzelte, weil er meinte, noch ein Nachbild des Horrorstreifens von eben auf der Netzhaut zu haben. Hatte er nicht. Die Gestalt blieb, wo sie war. Sie stand ganz still, schien ihn aus dem Dunkel anzustarren.

Sein Herz begann erneut, wie wild zu schlagen. Dann rief er sich selbst zur Vernunft. Er öffnete die Terrassentür einen Spalt. »Hallo? Ist da wer? Was machen Sie da?«

Die Gestalt drehte sich um und verschwand um den

Schuppen. Er stutzte. Was war das gewesen? Nur eines der Mädchen von nebenan, das sich heimlich mit seinem Freund getroffen hatte und den Weg durch fremde Gärten wählte, damit die Eltern nichts von dem nächtlichen Ausflug mitbekamen? Ein Landstreicher, der gedacht hatte, er könnte im Schuppen Unterschlupf finden?

Er öffnete die Tür ganz, trat hinaus auf die Terrasse und griff nach dem Besen, der an seinem gewohnten Platz lehnte. Er hielt ihn vor sich wie eine stoßbereite Lanze und schritt langsam in den Garten hinaus. Die Nacht war mild, und dennoch fröstelte er. Was machte er da eigentlich? Wen wollte er mit seinem Besen erschrecken? Aber was hätte er sonst tun sollen? Die Polizei rufen? Einfach ins Bett gehen? Unschlüssig verharrte er, den Blick auf den Schuppen gerichtet, wo er den Eindringling zuletzt gesehen hatte. »Hallo?«, rief er noch einmal.

Nichts.

Er wartete noch einige Sekunden in atemloser Stille. Was würden seine Nachbarn denken, wenn zufällig einer von ihnen um diese Zeit noch aus dem Fenster schaute, wie er barfuß nur in Jogginghose und Unterhemd mit einem Besen bewaffnet durch seinen eigenen Garten schlich und Phantome jagte? Er schüttelte den Kopf und ließ den Besen sinken. Er beeilte sich, zurück ins Haus zu kommen, machte die Tür hinter sich zu, drückte auf den Schalter für die Rollläden und sperrte so den Garten und die unheimliche Begegnung hinter sich aus. Zufrieden lauschte er dem Surren des Elektromotors und schaute zu, wie sich auf der Fensterscheibe vor ihm sein eigenes bleiches Spiegelbild aufbaute.

»Du wirst brennen, du Hund!«, knurrte es hinter ihm.

Er fuhr herum, nahm noch eine huschende Bewegung wahr. Dann war der Eindringling schon bei ihm, und es gab kein Entkommen mehr.

1

»Verrätst du mir bitte noch mal, an wen genau du diese Geschichte verkaufen willst?« Bernd zog an seinem Zigarillo und blies den Rauch durch das offene Beifahrerfenster. »Ich meine, jetzt mal im Ernst: Für die ›Brigitte‹ menschelt es da nicht genug, für die ›GEO‹ kommt es mir nicht exotisch genug vor. An wen hast du gedacht? Den ›Stern‹?«

»Nö.« Katja trommelte ungeduldig auf das Lenkrad. Das Schneckentempo, in dem sie über die A24 krochen, machte sie nervös. Die Wiesen und Weiden Schleswig-Holsteins mochten in Touristenbroschüren sicher ihren Reiz besitzen. Auf ein Großstadtkind wie sie wirkten sie jedoch ein bisschen öde. Vor allem inmitten dessen, was das Radio als »zähfließenden Verkehr vor einer Baustelle« bezeichnete und was in Wahrheit ein waschechter Stau war. So viel zum Thema »Wir fahren mittags los, dann kommen wir glatt durch«. Ja, klar. »Ich habe mit Gunnar geredet. Mit etwas Glück kriegen wir das Ding im ›Spiegel‹ unter.«

»Gunnar, ja?« Bernd kratzte sich skeptisch das vorspringende Kinn. »Reden wir hier über den Gunnar, der dir an die Wäsche will?«

»Ja. Und?«

»Der verspricht dir doch den Pulitzerpreis, wenn du dich ihm dafür ein bisschen erkenntlich zeigst.«

»Du übertreibst. Wie immer.« Katja tippte aufs Gas. Der Motor des Jaguar schnurrte auf. Sie rollten zwei Wagenlängen, dann ging wieder nichts mehr. »Du hättest ja nicht mitkommen müssen, wenn du denkst, ich produziere hier einen Rohrkrepierer.«

»Autsch.« Bernd fasste sich an die Brust. »Ich habe auch ein Herz, schon vergessen?« Er tätschelte seinen Ledersitz. »Und wenn ich daheim geblieben wäre, wären Sie nicht in den Genuss gekommen, mein kleines Kätzchen auszuführen, Fräulein Jakobs.«

»Toll.« Katja schaute auf die Stoßstange ihres Vordermanns. »Als ob sich *das* für mich im Moment auch nur ansatzweise lohnen würde. Wenn das so weitergeht, hätten wir auch gleich laufen können.«

»Zu Fuß ins schöne Güstrin an der Elbe. Was für ein Abenteuer!«, sagte Bernd wie ein überenthusiastischer Reiseleiter. »Verpassen Sie nicht die vielen Sehenswürdigkeiten unserer Achttausend-Seelen-Gemeinde. Zum Beispiel unser wunderbares AKW und ...« Er zuckte die Schultern. »Und unser AKW.«

Katja grinste und nahm die Hände vom Steuer. »Übernimmst du mal eben kurz?«

»Bei diesem atemberaubenden Tempo? Bist du verrückt?« Bernd beugte sich zur Seite und griff nach dem Lenkrad. »Was ist los? Ist dir langweilig?«

»Nein. Zu heiß.« Sie begann, sich umständlich aus ihrer grauen Kapuzenjacke zu schälen. Für kurz vor Ostern waren die Temperaturen ungewöhnlich hoch, und hinter den Autoscheiben heizte sich die Luft umso mehr auf. Katja kämpfte noch mit den Ärmeln, als wieder etwas Bewegung in die Blechkolonne geriet. Der Fahrer hinter ihnen hupte.

Bernd drehte sich um und taxierte den Mann durch die Lücke zwischen den Vordersitzen. »Bist du auf der Flucht, oder was, du Pfeife?«

»Lass ihn doch.« Katja, die ihre Jacke endlich losgeworden war, hob entschuldigend einen Arm und ließ die Kupplung kommen, um die entstandene Lücke zu dem Wagen vor ihnen zu schließen.

Bernd überließ ihr das Steuer und lachte.

»Was ist so lustig?«

»Das, was der Typ jetzt denkt«, erklärte Bernd. »Entweder denkt er, ich bin ein neureicher Schnösel, der sich von seinem Betthäschen durch die Gegend kutschieren lässt. Oder ich bin dein nicht minder neureicher Vater, der dir Fahrstunden gibt.«

»Dann wäre die zweite Variante aber näher an der Wahrheit«, kommentierte Katja.

»Knapp daneben ist auch vorbei.«

Da hatte Bernd nicht ganz unrecht. Ja, in gewissem Sinne war er neureich, auch wenn er nicht auf die Art und Weise zu Geld gekommen war, die man hinter diesem Begriff üblicherweise vermutete. Es hatte nicht das Geringste mit seiner Arbeit oder irgendeinem unternehmerischen Bauchgefühl zu tun. Kein Wunder: Fotojournalisten brachten es in der Regel nicht zu einem echten Vermögen. Es sei denn, sie hießen eben Bernd Bauer, spielten seit ihrem sechzehnten Lebensjahr jede Woche Lotto und wurden nur ein paar Jahrzehnte später für ihr Festhalten an den immergleichen Glückszahlen mit einem Sechser belohnt. Mit Zusatzzahl, wie Bernd stets hinzufügte, obwohl er Katja nie verraten hatte, wie hoch seine Gewinnsumme denn nun genau ausgefallen war. Jedenfalls war es für Bernd genug gewesen, um seine Arbeit seitdem so zu betreiben wie andere Leute ihre Hobbys. Er ging auf Fotosafari, wenn er Lust darauf hatte. Also, ja, er war neureich, aber er war weder ihr Bettgenosse noch ihr Vater. Letztere Rolle füllte er allerdings gewissermaßen für sie aus: Er nahm seine Pflichten als ihr Patenonkel sehr ernst.

»Bist du dir sicher, dass du diese Reportage nicht nur deshalb schreiben willst, weil Frieder dich darauf gebracht hat?«

»Ja. Absolut.« Sie reckte sich in ihrem Sitz, um zu sehen, ob irgendwo dort vorne zwischen den weiß-roten Warnbaken, den Baumaschinen und den Aushubhügeln bereits die nächste Ausfahrt zu erspähen war. »Es ist eine spannende Frage, finde ich: Wie verändert sich das Klima und das Leben, das gesamte Miteinander überhaupt, in einer deutschen Kleinstadt, wenn das Kernkraftwerk, das bisher der absolute Dreh- und Angelpunkt dieser Gemeinde war, vom Netz genommen wird? Entwickeln die AKW-Gegner eine Siegermentalität? Wie gehen die Leute, die im Kraftwerk arbeiten, damit um, dass sie jetzt nur noch dazu da sind, um mehr oder weniger ihren eigenen Arbeitsplatz abzuwickeln?« Sie stöhnte und sackte in ihrem Sitz zusammen. »O Gott, das ist noch mindestens ein Kilometer, glaube ich. Das dauert noch eine halbe Ewigkeit.«

»Apropos.« Bernd schnippte Asche aus dem Fenster. »Wie lange verschlägt es uns denn in die Provinz?«

»Ich schätze, so ungefähr eine Woche, mit allem Drum und Dran.«

»Und was sagt dein Enzo dazu, dass du dich so lange ohne ihn rumtreibst?«, fragte Bernd.

»Wie oft denn noch? Er ist nicht *mein* Enzo.« Katja verdrehte die Augen. »Das zwischen uns ist total unverbindlich. Wir haben nur gern gemeinsam ein bisschen Spaß, mehr nicht.«

»Ihr jungen Leute«, seufzte Bernd.

»Wie bitte?« Sie zeigte ihm den Vogel. »Das sagt doch wohl genau der Richtige.« Sie ahmte seinen lauernden Tonfall von eben nach. »Was meinen denn deine Meike und deine Evelyn dazu, dass du dich so lange ohne sie rumtreibst? Oder sind die beiden Damen schon nicht mehr aktuell?«

»Evelyn schon, Meike nicht«, sagte Bernd.

»Oh. Warum das?«

»Sie will es noch mal mit ihrem Mann versuchen, um zu sehen, ob da noch was zu retten ist.« Er machte eine wegwerfende Geste. »Reisende soll man nicht aufhalten. *Bon voyage!*« Er sprach mit ernsterer Stimme weiter. »Hör mal, ich will mich da ja in nichts einmischen, aber ich mache mir schon so meine Gedanken.«

»Gedanken?« Katja war nicht ganz bei der Sache, weil sie

nicht glauben konnte, dass es nun im Schritttempo durch die Baustelle ging. »Was für Gedanken?«

»Okay.« Er hob die Hände, als würde sie ihn mit vorgehaltener Waffe bedrohen. »Ich hab's kapiert. Du willst nicht drüber reden. Das ist auch dein gutes Recht. Andere Frage: Wo kommen wir da in Güstrin eigentlich unter?«

»Ich habe uns ein Zimmer in einem Landgasthof gebucht«, sagte sie. »Übers Internet. Sieht ganz malerisch aus. Frisch renoviert.«

»*Ein* Zimmer?« Bernd grinste. »Du weißt aber echt, wie man die Leute auf dem Land zu Klatsch und Tratsch animiert, hm?«

»Ach was. Notfalls tun wir einfach, als wären wir Vater und Tochter.«

»Schön.« Er nickte. »Dann zückt Papa aber auch am Ende das Portemonnaie, ja?«

»Nein.« Sie schüttelte den Kopf so heftig, dass sie gleich mit einer Hand ihren Pferdeschwanz richten musste. »Kommt nicht infrage. Es war meine Idee, also übernehme ich auch die Spesen. Keine Widerrede. Oder willst du unbedingt Pingpong spielen? Du solltest wissen, dass ich da den längeren Atem habe.«

Was sie damit meinte, war ein unwürdiger Vorgang: Bernd überwies ihr in regelmäßiger Unregelmäßigkeit Geld aufs Konto. Wenn sie nicht gerade in einer echten finanziellen Notlage steckte – wie damals, als binnen einer Woche ihre Waschmaschine, ihr Laptop und ihre Mikrowelle den Geist aufgegeben hatten –, überwies sie alles kommentarlos umgehend an ihn zurück. Dies führte dann jedoch nur dazu, dass der Betrag flugs wieder bei ihm gutgeschrieben wurde, und anschließend hüpfte die Summe so lange hin und her, bis sie schließlich entnervt aufgab und das Geschenk widerwillig akzeptierte.

»Und übrigens bin ich nach wie vor der Meinung«, fuhr Bernd fort, »dass das alles eben nicht wirklich deine Idee war. Ich habe nämlich das erste Mal davon gehört, nachdem Frieder sich bei dir in Hamburg herumgedrückt hat, wenn ich mich nicht irre.«

Katja versuchte es mit einem Ablenkungsmanöver: Sie zeigte auf ihre Tasche, die bei ihm im Fußraum stand. »Kannst du mal eben schauen, ob da noch ein Snickers drin ist?«

»Nein«, sagte er entschieden. »Hier drin gibt es keine Schokolade, und schon gar nicht bei dem Wetter. Da ist sie sowieso nur weich, und so eine Sitzreinigung ist nicht ganz billig.«

»Ach so«, spöttelte sie. »Eben noch einen auf *Sugardaddy* mit dem dicken Geldbeutel machen und jetzt auf einmal den Geizkragen raushängen lassen. Das haben wir gern.«

»Wie redest du denn mit mir, Kind?«, stieg er nahtlos in ihre Frotzelei ein. »Ich könnte dein Vater sein.«

»Stimmt«, pflichtete sie ihm bei. »Genügend Falten hättest du dafür, und graue Haare ja auch.«

»Wie hat sich Frieder denn gehalten?«, fragte er unvermittelt.

»Gut«, ächzte Katja. Dass er auch nicht einmal klein beigeben konnte! »Und er ist auch nicht komplett grau wie du. Nur an den Schläfen. Sieht heiß aus.«

Er drückte sein Zigarillo aus. »Dir ist schon klar, über wen du da redest?«

»Erzähl mir bitte nicht, mein Patenonkel ist eifersüchtig auf meinen …« Sie stockte. Beinahe hätte sie »echten Onkel« gesagt und Bernd damit gekränkt. »Auf den Bruder meines Vaters.«

»Auf deinen echten Onkel, meinst du?«

Sie fasste nach seiner Hand und drückte sie. »Du weißt, was ich meine. Wie gut kennst du ihn denn?«

»So gut, wie man den älteren Bruder seines besten Freundes eben kennt.« Bernd sah aus dem Fenster. »Ohne dir oder ihm zu nahe treten zu wollen, aber mir ist er am Anfang meistens nur negativ aufgefallen. Er hat deinem Vater immer gesagt, er möge doch bitte was Ordentliches studieren. Maschinenbau oder so. Genau wie er. Das mit dem Schreiben, das sei doch nur eine fixe Idee, und davon könne doch kein Schwein leben.« Er drehte den Kopf zu ihr, jenes erzwungene Lächeln im Gesicht, das er immer zeigte, wenn ihm etwas unangenehm war. »Weißt du, dass er sein Seemannsdasein an den Nagel hängen wollte, als dein Vater gestorben ist?«

»Nein.«

»Doch.« Er zündete sich das nächste Zigarillo an. »Er meinte, du bräuchtest jemanden, der für dich da ist.«

»Ich habe eine Mutter«, merkte Katja verblüfft an. »Und du warst doch auch da.«

»Haargenau. Das haben wir ihm auch gesagt.« Das Grinsen, das er nun aufsetzte, war echt. »Ich bezweifle ernsthaft, dass er auf mich gehört hätte. Deine Mutter ...« Er wackelte mit dem Kopf. »Wie du weißt, schätze ich deine werte Frau Mutter über alle Maßen, aber wehe, wenn sie losgelassen ...« Er lachte. »So schnell habe ich noch niemanden klein beigeben sehen wie deinen Onkel damals. Aber jetzt mal raus mit der Sprache. Womit hat er dich geködert?«

»Diese Reportage zu schreiben?« Katja atmete innerlich auf. Sie waren fast durch die Baustelle, und es lohnte sich schon, den Blinker für die Ausfahrt zu setzen. »Na ja, wir haben uns getroffen, bei einem Portugiesen, und da sind wir ins Plaudern gekommen. Und dann hat er diesen Vergleich gemacht. Über Güstrin und die Abschaltung des Kraftwerks. Er meinte, es wäre wie auf einem Narrenschiff, das leckgeschlagen ist. Die eine Hälfte der Besatzung lacht und feiert, weil sie nicht versteht, was das für das Schiff bedeutet. Die andere macht Dienst nach Vorschrift und tut so, als hätte es den Eisberg nie gegeben. Spielt einfach weiter, wie das Orchester auf der ›Titanic‹.«

»Ich muss schon sagen«, knurrte Bernd. »An Frieder ist ja ein echter Poet verloren gegangen.«

Katja ignorierte den bissigen Kommentar und fuhr von der Autobahn ab. Eine Bundesstraße führte sie durch die Elbmarschen auf Güstrin zu. Die beiden Kühltürme des AKWs überragten alle anderen Gebäude der Kleinstadt bei Weitem, wie gigantische Mahnmale aus Beton zu Ehren eines namenlosen Gottes. Katja musste an die apokalyptischen Fernsehbilder aus Fukushima denken, die um die Welt gegangen waren. »Ist dir mal aufgefallen, wie bedrohlich so ein Kraftwerk aussieht?«

»Das ist nur Einbildung«, antwortete Bernd. »Weil du weißt, was passieren kann, wenn die Technik versagt. Nüchtern betrachtet finde ich sie ehrlich gesagt ziemlich imposant. Ich bin aber auch ein ausgesprochener Freund von Zweckbauten und Industrieromantik. Das kommt davon, wenn man in Harburg groß wird. Ist sozusagen ein Geburtsfehler.«

Katja konnte sich in Güstrin nicht verfahren, selbst wenn sie es gewollt hätte. Dazu war es zu überschaubar, und sie kannte den Weg zum Haus ihres Onkels noch von früheren Besuchen. Immer die Hauptstraße hinunter, bis nach der Kirche. Dann die zweite links, vor dem Penny. Danach wieder lange geradeaus und an der Litfaßsäule rechts. Sie hätte den Weg im Schlaf gefunden, und das hatte sie ihrem Vater zu verdanken. Als sie alt genug gewesen war, links und rechts mehr oder weniger zuverlässig auseinanderzuhalten, hatte sie bei den Fahrten nach Güstrin ansagen dürfen, wohin ihr Vater den Wagen steuerte. Er hatte ihre Anweisungen stets befolgt, und zwar auch dann, wenn er genau wusste, dass sie falsch waren. Mehr als einmal waren sie anfangs in einer Sackgasse oder an einem Parkplatz am Elbufer gelandet. Das hatte das ganze Spiel nur noch aufregender gemacht, und sie hatte ihrem Onkel nach der Ankunft jedes Mal voller Stolz von ihrer wichtigen Aufgabe berichtet. Kaum waren sie im Haus, hatte er ihr immer Mirinda in ihr Lieblingsglas – das mit dem Schneewittchen von Disney drauf – eingeschenkt.

Limonade, die er extra für sie gekauft hatte, weil er ansonsten kein Fan von süßen Softdrinks war.

Sie bogen um die Ecke mit der Litfaßsäule, und Katja wurde grob aus ihren idyllischen Erinnerungen gerissen.

Das gelbe Haus ihres Onkels stand noch, aber die Fassade war rußgeschwärzt, der Dachstuhl eingestürzt. Die Fensterscheiben an der gesamten Front waren gesprungen, und dahinter schritten Menschen in weißen Overalls durch die Räume wie Geister, die am helllichten Tag umgingen. Der Vorgarten war eine Ödnis aus braunem Schlamm und zertrampelten Blumen. Zehn Meter vor einer Absperrung aus Polizeiband parkte halb auf dem Gehsteig ein Sprinter mit dem blauen Logo des NDR. Ein Kameramann filmte eine Frau, die mit ernstem Gesicht in ein Mikrofon sprach und dabei wieder und wieder auf die ausgebrannte Ruine deutete.

Katjas Vorfreude darauf, ihren Onkel wiederzusehen, zerstob endgültig, als sie zwei kräftige Männer in dunklen Anzügen etwas aus dem Haus tragen sah. Die Sonne schimmerte fahl auf dem matten Plastik des Leichensacks.

2

Mechanisch trat Katja auf die Bremse. Sie stellte den Motor aus, zog den Schlüssel ab, öffnete die Tür und stieg aus. Sie registrierte, dass Bernd ihr halb protestierend, halb besorgt etwas hinterherrief, doch die Worte erreichten ihr Bewusstsein nicht.

Ihr Blick war fest auf das Haus gerichtet, als sie auf die Absperrung zuschritt, auf den Ruß an der Fassade und die geborstenen Fensterscheiben. Sie tauchte unter dem gespannten Band hindurch, eine uniformierte Beamtin trat ihr in den Weg.

»Sie können hier nicht durch.«

»Das ist mein Onkel«, sagte Katja leise.

Die Frau mit dem kurzen, rot gefärbten Haar unter der Polizeimütze verzog keine Miene. »Tut mir sehr leid, aber Sie können hier nicht durch.« Sie neigte den Oberkörper ein Stück zur Seite und schaute an Katja vorbei. »Und das gilt übrigens auch für Sie, guter Mann.«

»Sie hat meine Autoschlüssel.« Bernds Ton war vollkommen sachlich. »Sie sehen doch, dass wir mitten auf der Straße stehen.«

Die Polizistin wandte sich wieder an Katja. »Würden Sie Ihrem Vater bitte die Autoschlüssel geben?«

Katja ignorierte die Aufforderung. Die beiden Bestatter verstauten ihre grausige Fracht im Leichenwagen. Der dumpfe Schlag, mit dem die Heckklappe zufiel, war von einer grausamen Endgültigkeit. »Das ist das Haus meines Onkels.«

Die Polizistin atmete einmal tief durch. »Okay, warten Sie bitte hier, ja?«

Während die Beamtin sich in Richtung des Tors im Vorgartenmäuerchen entfernte und sich dabei suchend umblickte, spürte Katja, wie sich eine Hand auf ihre Schulter legte. »Das … also … Katja …«

Bernd fehlten nur selten die Worte, und dass dem ausgerechnet jetzt so war, machte es nur umso schlimmer. Katja biss die Zähne zusammen und schluckte trocken.

»Alles klar?«, fragte er.

Nein, nichts war klar. »Er ist tot.«

Der Leichenwagen setzte zurück und rollte von der Bordsteinkante herunter. Ein Kollege der Rothaarigen hob das Plastikband an, damit der Wagen es nicht zerriss. Die Bestatter kamen nicht weit: Der Jaguar, den Katja gute zwanzig Meter vor der Absperrung abgestellt hatte, bildete ein Hindernis, an dem sie unmöglich vorbeimanövrieren konnten. Es hupte zweimal kurz.

»Die Schlüssel«, sagte Bernd vorsichtig.

Katja gab sie ihm. Seine Finger waren kalt und feucht.

»Bin gleich wieder da, ja?«

Anstelle der Rothaarigen kam nun ein Mann auf Katja zu. Sie war noch nie jemandem begegnet, der in einem Overall auch nur ansatzweise attraktiv ausgesehen hätte, doch dieser Kerl brachte das Kunststück fertig, in seinem weißen Überzieher komplett würdelos zu wirken. Um die Schultern und den Bauch spannte der Stoff, während er dafür an den Armen und Beinen so locker fiel, dass er Falten warf wie eine Ziehharmonika. Der Mann war vielleicht Mitte oder Ende dreißig, aber er hatte eines von diesen leicht rundlichen Gesichtern mit breiten Wangenknochen und straffer Haut, bei denen es Katja prinzipiell schwerfiel, eine zuverlässige Altersschätzung vorzunehmen. Fett hält straff, wie ihre Mutter immer zu sagen pflegte.

»Hauptkommissar Möhrs. Ich leite hier die Ermittlungen«, stellte er sich ihr in einem tiefen Bariton vor. »Mir wurde gesagt, Sie seien die Nichte von Frieder Jakobs.«

Sie nickte. »Katja Jakobs.«

»Verstehe.« Er erwiderte ihr Nicken, ohne ihr die Hand zu reichen oder auch nur ins Gesicht zu sehen. »Es tut mir sehr leid, aber Ihr Onkel ist tot.« In einer unbeholfenen Geste rückte er die in seinem Nacken zu einer unordentlichen Wurst zusammengerollte Kapuze seines Overalls zurecht. »Mein Beileid.«

»Danke.« Die absolute Gewissheit, Frieder nie mehr wiederzusehen, breitete sich allmählich, aber unaufhaltsam in Katjas Denken aus, eine kalte Winterflut, die sich träge heranwälzte und dennoch alles mit sich riss.

Es war eine verstörende, unwirkliche Empfindung, die in nichts mit dem trotzigen Zorn zu vergleichen war, den sie empfunden hatte, als ihr Bernd vor so vielen Jahren erklärt hatte, wieso ihr Vater sein Versprechen brechen und sie ihren nächsten Geburtstag nicht im Tierpark Hagenbeck feiern würde. Damals hatte sie geweint und geschrien und sich in einer Burg aus Kissen und Decken auf ihrem Bett verkrochen. Oft genug hatte sie früher dadurch am Ende ihren Willen bekommen, wenn ihren Eltern die Geduld ausging. Die Lektion aber, die sie an jenem Herbsttag gelernt hatte, war eine grausame gewesen: Dem Tod ging niemals die Geduld aus. Seine Geduld war grenzenlos, taub für alles Schreien und Weinen. Katja hatte diese Erkenntnis verinnerlicht und verzichtete seitdem darauf, ihre Ziele durch Jammern und Klagen erreichen zu wollen.

Möhrs und sie schauten einander stumm an, bis der Moment sich so weit gedehnt hatte, dass es dem Kommissar unangenehm wurde. Er deutete über Katjas Kopf hinweg irgendwo hinter sie auf die Straße. »Wollen Sie nicht Ihren Vater dazuholen?«

Sie wandte sich um. Bernd stand an der Fahrerseite des Leichenwagens und schüttelte dem Bestatter drinnen durch das geöffnete Fenster kurz die Hand. Dann ging er zügig zu seinem Jaguar, der nach wie vor den Abtransport von Frieders Leiche behinderte. »Das ist nicht mein Vater.«

»Oh«, machte Möhrs und hob entschuldigend die Hände. Sein Gesicht sprach Bände. »Entschuldigung.«

Sollte er denken, was er wollte. Was zählte das schon? Katja fand nur einen Weg, vor der unerbittlichen Kälte, die sich in ihr ausbreitete, zu flüchten. Sie zwang sich, in ihren »Interviewmodus« umzuschalten, wie sie selbst es gerne nannte. So hielt sie es immer, wenn sie befürchtete, die Kontrolle über ihre Gefühle zu verlieren, und wenn ihr eigentlich nach Schreien und Weinen zumute war. Sogar und insbesondere privat. Leute, denen diese Angewohnheit ein wenig unheimlich war – ihre aktuelle On-Off-Beziehung Enzo war so ein Fall –, fanden für dieses Verhalten oft weniger schmeichelhafte Bezeichnungen: Stasi-Verhör oder Inquisition zum Beispiel.

»Was ist hier vorgefallen, Herr Möhrs?«

»Es hat einen Brand gegeben.«
»Das sehe ich selbst. Und die Brandursache?«
Möhrs machte eine verdutzte Miene. »Die Ermittlungen haben gerade erst angefangen.«
Sie merkte, dass sie dabei war, den Bogen zu überspannen und diesen Bullen ernsthaft vor den Kopf zu stoßen, aber ihr Mund war schneller als ihr Gehirn. »Dann haben Sie also noch keine konkreten Ergebnisse?«
»Frau Jakobs …« Möhrs fuhr sich über sein kurzgeschorenes, straßenköterblondes Haar. »Was machen Sie hier eigentlich?«
»Meinen Onkel besuchen«, antwortete sie knapp.
»Spontan oder geplant?«
Ihr entging nicht, dass er versuchte, den Spieß umzudrehen, und sie hielt stur dagegen. »Wieso ist das wichtig?«
Er seufzte und sah zur Seite.
Sie hatte genug Erfahrung mit Interviewpartnern, die ihr etwas verheimlichen wollten, um zu erkennen, dass es eine unwillkürliche Bewegung von ihm war. Trotzdem – oder vielmehr gerade deshalb – folgte sie seinem Blick.
Dann sah sie die Schmiererei auf dem Vorgartenmäuerchen, genau dort, wo eben noch der Leichenwagen geparkt hatte. Rote, wie geschmolzenes Wachs zerlaufene Buchstaben verschandelten den hellen Sandstein. »Restrisiko Tod«, entzifferte sie stumm.
»Das ist kein Unglücksfall«, stellte Katja tonlos fest.

3

Lukas Möhrs war völlig im Stress. Zum Glück war er die Nichte des Toten losgeworden. Was für eine merkwürdige Person!

»Sag mal, rede ich gerade mit der Wand, oder wie?«, beschwerte sich Frank Holt. Der dürre Brandursachenermittler hatte die Hände in die Hüften gestemmt und schenkte Möhrs einen vorwurfsvollen Blick. »Du brauchst es nur zu sagen, wenn ich dich langweile.«

Sie standen im Obergeschoss des Hauses, im Schlafzimmer, in dem der Tote gefunden worden war. Inmitten der verkohlten Reste eines Bettgestells samt Lattenrost lagen die zu bizarren Formen verdrehten Sprungfedern einer Matratze. Wo die Raufasertapete an den Wänden nicht verbrannt oder von Ruß überzogen war, warf sie dicke Blasen. Ob vom Löschwasser oder von der Hitze des Feuers, vermochte Holt eindeutig besser zu beurteilen.

Möhrs grinste verschämt. Merkwürdige Person hin oder her, es wäre unklug gewesen, Holts Groll auf sich zu ziehen. Zur Versöhnung verwendete Möhrs den Spitznamen, den die meisten Brandursachenermittler vom alten Schlage sich irgendwann redlich verdient hatten, weil sie keine Gelegenheit ausließen, ihren Erfahrungsschatz mit jüngeren Interessenten aus dem Kollegenkreis zu teilen. »Sorry, mein Bärenführer. Ich war abgelenkt. Was habe ich verpasst?«

»Nicht viel.« Holt runzelte die Stirn. »Nur meine kompletten Ausführungen darüber, womit der Brand meiner bescheidenen Meinung nach gelegt wurde.«

»Und?«

»Benzin.« Er zeigte auf eine Stelle zu seinen Füßen, wo der Boden besonders stark verbrannt war. »Aber diese Inseln von den Pfützen da, wo das Zeug besonders reichhaltig vorhanden war, bräuchte ich nicht mal, um das zu wissen. Riecht man auch so, oder?«

Möhrs schnupperte. Abgesehen von der aufdringlichen Note eines Bratens, den man im Ofen vergessen hatte, lag ein feiner beißender Geruch in der Luft. Wie in einer Garage, in der allerdings seit Längerem kein Auto mehr untergestellt worden war.

»Ich vermute«, fuhr Holt fort, »dass das Bett die zentrale Brandstelle war, auch wenn der Brand dort nicht entzündet wurde. Der Täter hat bis raus auf den Gang eine Spur gezogen. Wahrscheinlich ganz klassisch mit einem Kanister. Und das war auch schlau.«

»Aha.« Möhrs schaute in den Flur hinaus. »Wieso?«

»Weil viele Möchtegernbrandstifter unterschätzen, wie schnell Benzindämpfe zu einer Verpuffung führen. Da fackelt man sich oft mal eben selbst mit ab, wenn man nicht vorsichtig ist. Und dann sieht man so aus wie der arme Kerl vorhin auf dem Bett.«

»Hm.« Jetzt, da Holt ihn auf die genauen Umstände der Brandentstehung hingewiesen hatte, glaubte Möhrs, die Überbleibsel der Benzinspur tatsächlich zu erkennen. »Aber Benzin verbrennt doch wirklich zügig, oder?«

»Schon. Warum fragst du?«

»Ich wundere mich nur, ob man so überhaupt die Temperaturen erreicht, die nötig sind, damit eine Leiche so aussieht wie unsere.«

Holt winkte ab. »Spätestens wenn die Matratze schön schmort und das Bett brennt, wird es mollig warm. Und ich will nicht ausschließen, dass da auch Brennpaste mit im Spiel war. Großzügig aufgetragen.«

»Verstehe.« Möhrs schüttelte den Kopf. »Was für ein Schlamassel!«

»Kann man wohl sagen«, pflichtete ihm Holt bei. »Das wird dem Alten gar nicht gefallen.«

Der Alte war Otto Barswick, der knorrige Leiter der Fachdienststelle und somit Möhrs' unmittelbarer Vorgesetzter. Möhrs kam im Grunde ganz gut mit ihm aus, seit er sich angewöhnt hatte, ihm in wichtigen Dingen nicht mehr zu widersprechen. Wie etwa dann, wenn es darum ging, ob man eine Sonderkommission einrichtete oder nicht. »Ich habe ihm schon nach der zweiten Scheune gesagt, wir sollten da mehr Mühe reinstecken.«

»*Ich* habe das schon gesagt, als es die Sache mit diesem Kuhstall gab«, erwiderte Holt, als wären sie plötzlich in einen Wettbewerb getreten, wer von ihnen zuerst versucht hatte, ihren Chef von der Existenz eines Serienbrandstifters in ihrem Revier zu überzeugen. »Die armen Viecher …«

»Na ja, jetzt kriegt er eben eine ganz andere Kommission«, ächzte Möhrs. »Und ich weiß auch schon, wer da alle unangenehmen Aufgaben aufgebrummt bekommt.«

Sie gingen gemeinsam die Treppe ins Erdgeschoss hinunter.

»Aber meinst du im Ernst, das war derselbe Täter?«, fragte Holt. »Es macht ja wohl einen Unterschied, ob man an einem Hochsitz irgendwo am Waldrand zündelt oder ob man gezielt einen Menschen in einem Haus mitten in der Stadt verbrennt.«

»Kommt ganz drauf an.« Möhrs dachte an die Schmiererei an der Mauer draußen. »Was wäre denn, wenn diese anderen Nummern nur so eine Art Probedurchlauf für das hier waren? Was, wenn da ein paar von unseren örtlichen Extremisten endgültig die Sicherungen rausgeflogen sind?«

»Jetzt übertreib mal nicht. Warum sollten die ausgerechnet jetzt dermaßen hohldrehen, wenn das Kraftwerk so oder so runtergefahren und abgeschaltet wird?« Als sie aus der schattigen Kühle des Hauses zurück in die ungewöhnliche Frühlingshitze traten, klopfte Holt sich dorthin, wo unter seinem Overall die Brusttasche sein musste. »Hast du zufällig Kippen?«

»Nö.«

»Mist«, fluchte Holt. »Aber noch mal, Lukas: Bleib da mal bitte auf dem Teppich, von wegen mordlüsterner Feuerteufel und so. Wir haben doch noch nicht den geringsten Schimmer, was hier tatsächlich los war. Vergiss nicht das kleine Einmaleins. Bevor ihr die Pferde scheu macht und da eine Riesensache mit irgendeinem politischen Hintergrund konstruiert, solltet ihr erst mal das Umfeld des Opfers gründlich unter die Lupe nehmen. Ganz wie aus dem Lehrbuch, hm?«

Holt stapfte grußlos zu einem Streifenbullen davon, um dem jungen Mann eine Zigarette abzuschnorren, und Möhrs blieb allein im Matsch des Vorgartens zurück.

Holts letzte Empfehlung war gar nicht mal so dumm gewesen. Möhrs kramte sein Smartphone unter dem Overall hervor und googelte einen Namen, der ihm seit einer Viertelstunde nicht mehr aus dem Kopf ging. Als die Suchmaschine ihre Ergebnisse ausspuckte, hätte er sein Handy am liebsten gegen die Hauswand gepfeffert. Er zügelte sich im letzten Moment und beschloss, besser den verfluchten Schupo rundzumachen, der seinen Audi zugeparkt hatte.

4

»Onkel Frieder wurde ermordet.« Katja spielte geistesabwesend mit der Visitenkarte, die ihr dieser unförmige Kommissar zum Abschied in die Hand gedrückt hatte. »Kein Zweifel.«

Aus Bernds Nasenlöchern quoll ein Schwall Zigarillorauch, der träge durch das geöffnete Fenster abzog. »Ich weiß.«

»Was? Woher?«

Sie standen nur eine Straße weiter, im Wendehammer einer Sackgasse. Bernd hatte nicht mit ihr abgesprochen, hier zu halten. Er war einfach abgebogen. Dann hatte sie den Kopf gegen seine Schulter gelehnt und darauf gewartet, dass ihr vielleicht doch die Tränen kamen. Als sie ausgeblieben waren, hatte sie sich aufgerichtet und eine Weile ins Leere gestarrt, während sie darüber nachdachte, ob sie Bernd erzählen sollte, was sie über Frieders Tod herausgefunden hatte.

Und jetzt eröffnete er ihr mit einem Mal, dass er es anscheinend schon längst wusste.

»Vom Fahrer des Leichenwagens.« Bernd lächelte verhalten. »Ich habe ihm gesagt, ich wäre dein Onkel und der Mann bei ihm hinten drin dein Vater. Der Fünfziger, den ich ihm zugesteckt habe, hat sicher auch nicht geschadet.«

Katja konnte sich trotz der Trauer, die ihr schier die Kehle zugeschnürt hatte, seit sie von Möhrs ziemlich unzeremoniell abgewimmelt worden war, nicht gegen ein Lächeln wehren. »Snob!«

»Wenn's doch aber hilft ...« Er hielt sein Zigarillo für den nächsten Zug in einem extrasteilen Winkel, wie ein paffender Kapitalist auf alten Wahlkampfplakaten.

»Was hat der Bestatter noch erzählt?«, fragte Katja.

»Nicht viel.« Er räusperte sich. »Aber bevor wir darüber reden, will ich wissen, wie es weitergeht.«

Sie ahnte, worauf er anspielte. »Mit der Reportage?«

»Genau. Ich habe vollstes Verständnis, wenn wir die Sache abbrechen. Und komm mir jetzt bitte nicht mit Journalistenehre oder so.«

Sie strich mit der Daumenkuppe über das glatte Papier der Visitenkarte zwischen ihren Fingern. »Ich glaube, ich würde gerne weitermachen. Nicht für mich. Ich ... ich ...« Ihre Worte gerieten ins Stocken. »Ich will das für ihn. Für Frieder.«

»Weil er dich auf die Idee dazu gebracht hat?«

»Deswegen auch.« Sie klappte die Sonnenblende herunter und musterte sich im Schminkspiegel. Sie sah beschissen aus. Bleich wie Kreide. Ihr Kreislauf war am Boden. Das Snickers, das Bernd ihr vorhin auf der Autobahn verweigert hatte, wäre ihr Mittagessen gewesen. Aber jetzt würde sie auf absehbare Zeit keinen einzigen Bissen herunterkriegen. »Hast du gesehen, was ihm da jemand an die Mauer geschrieben hat?«

»O ja. Nicht sehr freundlich. Aber ideales Bildmaterial für

deinen Text.« Er nickte kurz und fügte dann schnell hinzu: »Ich meine natürlich, wenn es nicht ausgerechnet vor *seinem* Haus stehen würde.«

»Eben. Es steht aber vor *seinem* Haus.« Sie ächzte auf. »Ach verdammt, ich hätte den Bullen fragen sollen, wie alt das Geschmiere ist.« Die Visitenkarte erschien ihr plötzlich nicht ganz so unnütz wie noch ein paar Sekunden zuvor. »Kann es nicht sein, dass Frieder mir nur die Idee zu dieser Nummer geliefert hat, weil er Angst um sein Leben hatte? Weil er bedroht wurde?«

»Das kannst du besser beurteilen als ich«, sagte Bernd. »Du hast mit ihm telefoniert.«

»Er klang ganz normal. Wie immer.« Sie durchforstete ihre Erinnerungen an das Telefonat mit ihrem Onkel nach irgendwelchen Auffälligkeiten. Es war ein überraschender Anruf gewesen. Sie hatte ihn das letzte Mal auf der Feier zum Fünfzigsten ihrer Mutter gesehen, aber er war nicht sehr lange geblieben, und sie hatten kaum mehr als die üblichen Nettigkeiten ausgetauscht. Sie hatte sich ehrlich gefreut, dass er sich so unerwartet bei ihr meldete. Geschlagene zwei Stunden hatten sie geredet, und sie hatte dafür sogar Enzo versetzt, der derweil in einem Café auf der Schanze auf sie wartete. Erst über Gott und die Welt, dann war Frieder auf das Thema Atomkraft gekommen. »Klar, er war ein bisschen geknickt. Über den Ausstieg aus dem Ausstieg aus dem Ausstieg. Hat ein paarmal betont, wie sicher die Anlage sei, in der er arbeitet … gearbeitet *hat*.«

»Dann brauchst du dich doch auch nicht auf irgendwelche an den Haaren herbeigezogene Theorien zu versteifen«, schlug Bernd ihr sanft vor. »Wer sollte ihm denn ernsthaft nach dem Leben getrachtet haben?«

»Keine Ahnung.« Obwohl Katja wusste, dass es nicht mangelnde Unterstützung war, die aus Bernd sprach, sondern nur die Sorge um sie, tat es weh, dass er an ihren Instinkten zweifelte. »Radikale Ökos vielleicht.«

»Okay, okay, okay«, bremste er sie. »Fanatische Umweltschützer sprühen ab und zu mal Sprüche und Parolen an irgendwelche Wände und Firmenschilder, so viel gebe ich gerne zu. Mag sein, dass es sogar vorkommt, dass sie bei Protesten, die aus dem Ruder laufen, mal ein Räumfahrzeug der Staatsgewalt anzünden. Oder den Schotter aus einem Gleisbett räumen. Aber von da ist es noch ein echt weiter Sprung, einen Mann umzubringen, der in einem Atomkraftwerk als Ingenieur arbeitet. Das siehst du doch hoffentlich ein?«

»Es reicht doch, wenn auch nur *einer* von denen nicht mehr zurechnungsfähig ist«, verteidigte sich Katja. »Kranke Leute machen kranke Dinge.«

»Bei aller Liebe, mein Schatz, jetzt widersprichst du dir.« Bernd wackelte ein wenig mit dem Kopf. »Eben hörte es sich noch an, als hätte es so eine Art ausgeklügeltes Mordkomplott gegen Frieder gegeben, und jetzt ist es auf einmal ein verrückter Einzeltäter.«

»Ein Grund mehr, der Angelegenheit nachzugehen.«

»Das ist nicht unsere Aufgabe. Das erledigt die Polizei.« Er nahm einen tiefen Zug von seinem Zigarillo. »Im Ernst jetzt. Ich bin bestimmt kein Feigling, der nicht hier und da mal nachts über einen Zaun gestiegen oder in eine Lagerhalle eingebrochen wäre, wenn es die Lage erfordert hat. Aber sich in die laufenden Ermittlungen in einem Mordfall einmischen … Weißt du, was man mit hübschen Kerlen wie mir im Knast so macht?«

Katja grinste wider Willen. »Die stehen wohl eher auf Frischfleisch und nicht auf faltige Altmännerhintern.«

»Vielen Dank.«

»Gern geschehen.« Sie klappte die Sonnenblende wieder hoch. »In Ordnung. Ich lasse die Bullen ihre Arbeit machen, und wir machen unsere. Wir machen diese gottverdammte Reportage.« Sie streckte ihm die Hand entgegen. »Abgemacht?«

Es dauerte einen Moment, in dem Bernd sie eindringlich musterte, doch am Ende schlug er ein. »Warum fühle ich mich nur, als hätte ich eben meine Seele an den Teufel verkauft?«

»Weil du katholisch erzogen wurdest und auf eine Nonnenschule gegangen bist«, sagte Katja. »Du schuldest mir übrigens noch was.«

»Was?«

»Du wolltest mir erzählen, was der Typ im Leichenwagen noch gesagt hat. Vorsicht!« Sie fuhr hoch und zeigte auf sein Zigarillo. »Deine Asche!«

Es war zu spät. Das obere Drittel des Zigarillos, das nur noch aus einer weißen Säule bestand, knickte ab und landete zwischen seinen Oberschenkeln auf dem ledernen Sitzbezug.

»Scheiße!« Bernd spreizte die Beine und wischte die heiße Asche in den Fußraum. Funken stoben. Er trat sie aus und steckte sich zugleich einen Finger in den Mund, um ihn anzufeuchten und damit die letzten Reste vom Sitz zu befördern. »Scheiße!«

Katja lugte nach der Unglücksstelle, von wo aus es leicht verbrannt roch. »Ist es arg schlimm?«

Bernd warf sein Zigarillo aus dem Fenster in ein Blumenbeet. »Dass mir das aber auch immer wieder passieren muss. Ich brauche ein billigeres Auto.«

»Du könntest mit dem Rauchen aufhören.«

»Sehr witzig.« Er straffte sein zerknittertes Jackett. »Wo waren wir? Ach, richtig. Gut, also nach Aussage dieses Totengräbers war es kein Unfall, der deinen Onkel das Leben gekostet hat. Er ist nicht mit einer Kippe in der Hand eingeschlafen oder so. Und es war bestimmt auch kein fehlgeschlagener Versicherungsbetrug mit tragischen Konsequenzen.«

»So viel wussten wir schon.« Die Idee, Frieder könnte es auch nur im Traum eingefallen sein, sein Haus warm zu sanieren, war durch und durch abwegig. Katja hatte in ihrem

Leben bislang noch keinen anderen Menschen kennen gelernt, der sich so penibel an Regeln und Gesetze hielt. Sie konnte sich noch gut daran erinnern, wie er einmal fast ausgetickt wäre, als er sah, wie jemand nachts um elf bei Rot über die Straße ging. Das war in ihrer Teeniezeit gewesen. »Es war Mord.«

Bernd rubbelte über den Brandfleck auf dem Sitz. »Katja … dein Onkel … er hat noch gelebt, als das Feuer ausgebrochen ist.«

Enttäuscht sank sie in die Lederpolsterung. »Darum hättest du nicht so einen Aufstand machen müssen. Das hat mir der Bulle nämlich auch schon ziemlich genau so gesagt.«

»Und hat er dir auch gesagt, warum dein Onkel keine Chance hatte, aus dem Haus zu kommen?«, fragte Bernd leise.

Katjas Magen zog sich zu einem noch kleineren Klumpen zusammen. »Nein.«

Für eine Sekunde waren Bernds Lippen schmale, blutleere Striche. »Er konnte nicht entkommen, weil er auf dem Bett festgebunden war.«

5

Der »Hirschhof«, in dem Katja ein Zimmer für sich und Bernd reserviert hatte, lag gut zehn Autominuten vom Ortsausgang von Güstrin entfernt. Während Bernd schweigend den Anweisungen des Navis folgte, mit dem er den Jaguar nachgerüstet hatte, betrachtete Katja die Landschaft. Felder und Weiden, durchsetzt von größeren und kleineren Waldstücken, und über allem spannte sich ein strahlend blauer Himmel, an dem wie mit einem riesigen Pinsel hingetupft Postkartenwolken schwebten. Es war unfair, dass die Welt sich ausgerechnet an einem solchen Tag von einer ihrer schönsten Seiten zeigte. Es hätte doch eigentlich regnen sollen, endlose Sturzbäche aus einer bleiernen Düsternis. Katja fragte sich einen Moment, wie das Wetter am Todestag ihres Vaters gewesen war. Ihre Erinnerung ließ sie im Stich. Ob Bernd es noch wusste? Egal.

Auch der Gasthof selbst war so malerisch, wie er auf den Fotos im Internet ausgesehen hatte, doch Katja wünschte sich fast, sie hätte vor zwei Wochen eine andere Wahl getroffen. Ein trostloser Zweckbau aus Waschbeton mit sechs oder sieben Etagen, auf denen sich Wohnkabine auf Wohnkabine stapelte, hätte besser zu ihrer Stimmung gepasst. Stattdessen würde sie nun in ein frisch renoviertes zweistöckiges Fachwerkhaus einziehen, das früher zweifellos ein ehrwürdiges Landgut gewesen sein musste. Vor jedem der hohen Fenster hingen Blumenkästen mit dichten bunten Blüten, auf einem dekorativen Zierfelsen neben den Fahrradständern am Eingang sonnte sich eine schwarz-weiß gescheckte Katze, und an eine altmodische Regentonne aus Holz war ein noch viel altmodischeres Wagenrad gelehnt.

Bernd parkte neben einer großen Scheune, die so leuchtend rot gestrichen war, dass es beinahe in den Augen schmerzte. Sie stiegen aus. Auf dem Weg zum Haupthaus knirschte weißer Kies unter ihren Sohlen, und die Blätter einer Eiche mitten auf dem Hof flüsterten im sachten Wind, begleitet vom frechen Zwitschern eines Vogels, der zwischen ihnen Schutz gesucht hatte.

»Sieht nett aus«, meinte Bernd ein bisschen zu bemüht.

»Danke«, sagte Katja. »Ich wusste, dass es dir nicht gefällt.«

Die Eingangstür stand einladend offen. Über ihr war ein Geweih montiert, breit und mit zu vielen Enden, um sie auf einen Blick zählen zu können. Das von der Sonne ausgebleichte Gebein wirkte auf Katja wie eine überflüssige Erinnerung daran, dass der Tod selbst auf das beschaulichste Idyll immer noch Anspruch erhob.

Im Eingangsbereich erwarteten sie helle Fliesen und ein dunkler, schwerer Tresen. Nach links ging eine Doppeltür zu einem kleinen Speiseraum ab, in dem nur ein einziger der vier, fünf Tische schon fürs Abendessen eingedeckt war. Rechts führte eine eher steile Treppe ins Obergeschoss. An der Wand hingen großformatige, gerahmte Aufnahmen von Jagdwild, in erster Linie Hirsche, die dem Betrachter in stolzer Würde entgegenblickten.

Bernd betätigte das Tischglöckchen an der Rezeption, dessen schrilles Klingeln angesichts der bislang herrschenden Stille etwas geradezu Frevelhaftes an sich hatte. Sein Blick fiel auf das Messingschild mit der Aufschrift »Privat« an der Tür hinter dem Tresen. Dann waren gedämpfte Schritte zu hören.

Die Tür schwang auf, und eine zierliche Mittfünfzigerin trat schwungvoll in den Raum. Sie rieb sich die Hände am Hosenboden ihrer schwarzen Jeans ab, als hätte sie nach dem Händewaschen kein Handtuch zum Trocknen parat gehabt. Ihr von silbrigen Strähnen durchzogenes blondes Haar trug sie zu einem Zopf geflochten, der ihr bis zum Saum ihrer weißen Bluse fiel. »Guten Tag.«

»Hallo«, sagte Katja. »Wir hatten reserviert. Ein Doppelzimmer. Auf Jakobs.«

»Ja, natürlich.« Sie setzte ein freundliches Lächeln auf, bei dem ihre immer noch perfekten Zähne sichtbar wurden, und reichte Katja über den Tresen hinweg die Hand. »Veronika Möllner.«

»Katja Jakobs.« Katja hatte nicht damit gerechnet, dass die Frau sich gleich mit Namen vorstellen würde. Sie hatte eindeutig unterschätzt, wie ernst es Möllner offenkundig mit dem Slogan auf der Homepage des »Hirschhofs« war: *Individuell – persönlich – zu Gast bei Freunden.*

»Freut mich sehr, dass Sie sich für unser Haus entschieden haben, Herr Jakobs«, sagte Möllner, während sie nun Bernd die Hand reichte.

»Da liegt ein kleines Missverständnis vor.« Bernd grinste. »Mein Name ist Bauer. Und um weiteren Verwechslungen vorzubeugen: Dieses hübsche junge Ding neben mir ist nichts anderes als meine Patennichte.«

»Entschuldigen Sie bitte vielmals.« Möllner ließ seine Hand los, als hätte sie sich daran verbrannt. »Das kommt davon, wenn man zu voreilig ist.« Sie schlug ein in Leder gebundenes Gästebuch auf, nahm einen Kugelschreiber aus einer Tasse mit dem geweihförmigen Logo des Hirschhofs darauf und strich auf der weitestgehend weißen Seite einen Eintrag durch. »Jakobs …«, murmelte sie dabei.

Erst vermutete Katja, Möllner würde noch über ihren Fauxpas sinnieren. Dann wurde ihr klar, wo der Tonfall in der Stimme der Frau wohl tatsächlich herrührte. Güstrin war so klein, dass sich Neuigkeiten sicher schnell herumsprachen. Gute wie schlechte. So wie ein Brand beispielsweise. Noch dazu einer, bei dem es einen Toten gegeben hatte. »Ich bin die Nichte von Frieder Jakobs.«

»Oh.« Möllner schaute vom Buch auf, die blassgrünen Augen weit geöffnet. »Das tut mir sehr leid. Mein herzliches Beileid.«

Katja nickte stumm. Sie würde sich daran gewöhnen müssen, diese Floskel in der nächsten Zeit noch häufiger zu hören.

Möllner drehte sich um und griff zum Schlüsselbord hinter ihr. »Ich zeige Ihnen Ihr Zimmer.«

»Danke«, sagte Bernd.

Zu Katjas Erstaunen führte Möllner sie nicht ins Obergeschoss, sondern durch den Speiseraum in den hinteren Teil des Gebäudes. Auf einem kurzen Flur wandte sie sich nach links und legte die Hand auf die Klinke einer grün gestrichenen Tür.

»Sie bekommen unser bestes Zimmer«, kündigte sie an und schenkte Katja dabei ein Lächeln, das um einiges zaghafter war als jenes zur Begrüßung. »Und nicht nur, weil Sie zurzeit unsere einzigen Gäste sind.«

Das Zimmer war in der Tat großzügig geschnitten und geschmackvoll eingerichtet. Ein Bauernschrank, in dessen eine Tür ein mannshoher Spiegel eingelassen war, hätte ausreichend Platz für die Kleidung von gleich fünf oder sechs Gästen geboten. Gegenüber dem imposanten Bett hing über einem kleinen Schreibtisch nebst Polsterstuhl ein nicht minder imposanter Flachbildfernseher an der Wand. Zu einer Seite hin öffnete sich der lichtdurchflutete Raum zu einer Terrasse, die man über eine Glasschiebetür erreichte und auf der elegante gusseiserne Jugendstil-Gartenmöbel standen.

»Da können Sie dann auch rauchen«, erklärte Möllner zu Bernd gewandt. »Ich stelle Ihnen noch einen Aschenbecher hin.«

Bernd schnupperte an seinem Jackettkragen. »Riecht man das gleich, Frau Möllner?«

»Es stört mich nicht«, sagte Möllner. »Mein Mann hat früher auch geraucht. Und nennen Sie mich doch bitte Veronika. Sonst komme ich mir vor wie eine Rentnerin.«

»Sehr schön.« Bernd ließ den Autoschlüssel von seinem Zeigefinger baumeln. »Ich hole dann mal gleich unsere Sachen, ja?«

Katja hatte kein schlechtes Gewissen, ihn allein davongehen zu sehen. Immerhin reisten sie mit leichtem Gepäck. Ein Trolley für sie, einer für ihn und ein Fotokoffer, in dem er seine Ausrüstung transportierte. Dazu noch ihre beiden Laptoptaschen. Das war es auch schon. Nichts, was sich nicht in zwei Gängen hätte erledigen lassen. Sie setzte sich aufs Bett. Die Matratze fühlte sich herrlich weich an.

»Wollten Sie Ihren Onkel besuchen?«, fragte Möllner, die in der Tür stehen geblieben war. »Sind Sie deswegen hier?«

»Auch«, antwortete Katja ausweichend.

»Wenn ich irgendetwas für Sie tun kann …«

Katja schüttelte den Kopf. »Das ist nett, aber …«

»Essen Sie heute Abend hier?«

»Ich habe keinen Hunger.« Das war sogar die Wahrheit.

Das flaue Gefühl in ihrem Magen war inzwischen einer merkwürdigen Taubheit gewichen.

»Natürlich.« Möllner senkte einen Augenblick den Kopf. »Und Ihr Begleiter?«

»Er isst bestimmt was.«

»Gut. Ich mache einfach ein paar Frikadellen mehr. Nur falls Sie es sich überlegen ...«

»Vielen Dank. Das ist sehr nett, Frau Möllner.«

»Veronika«, wurde Katja berichtigt.

»Veronika«, wiederholte sie. Sie wartete, bis die Wirtin endlich die Tür hinter sich geschlossen hatte. Dann ließ sie sich nach hinten sinken, schloss die Augen und versuchte verzweifelt, sich daran zu erinnern, wie die Stimme ihres Onkels eigentlich genau geklungen hatte, wenn er fröhlich gewesen war.

6

Gelangweilt knipste Bernd die Eiche vor dem »Hirschhof« von allen Seiten. Er war nicht bei der Sache. Ihm ging eine Frage nicht aus dem Kopf, die er sich selbst stumm stellte, seit er Katja unter dem Vorwand, dringend seine neue Canon EOS ausprobieren zu müssen, allein in ihrem Zimmer zurückgelassen hatte. War er ein Feigling? Wenn ein Feigling jemand war, der Situationen aus dem Weg ging, in denen er sich hoffnungslos überfordert fühlte, dann ja. Dann war er sogar ein richtiger Angsthase.

Was aber hätte Katja schon davon gehabt, wenn er bei ihr sitzen geblieben wäre, um Händchen zu halten? Sie hatte viel von ihrem Vater. Ihre Sturheit und die Eigenart, alles erst einmal mit sich selbst regeln zu wollen. Bernd setzte die Kamera ab und sah sich die Aufnahmen an, die er bis jetzt geschossen hatte. Was redete er sich da eigentlich ein? Katja hatte mindestens so viel von ihm wie von Thomas. Vielleicht sogar noch mehr. Lernen am Modell, hieß es doch immer. Als ob er jemand gewesen wäre, der dazu neigte, anderen seine Probleme aufzuhalsen.

Er tröstete sich mit dem Gedanken, dass Katja im Augenblick bestimmt nur ihre Ruhe wollte, und begann, auf der Suche nach vielversprechenderen Motiven um das Hauptgebäude des alten Gutshofs herumzuschlendern. Katja würde außerdem in seiner Abwesenheit einige Telefonate führen. Sie würde definitiv ihre Mutter anrufen. Die Beziehung zwischen ihr und Frieder mochte mehr oder weniger nichtexistent gewesen sein, aber Frieder hatte dennoch zu ihrer Familie gehört. Außerdem hatte sie Frieder besser gekannt als Katja und er zusammen, und wenn er sich nicht sehr irrte, hatte Katja jetzt das dringende Bedürfnis, mit jemandem über Frieder zu reden. Ihm war es nach Thomas' Tod auch nicht anders gegangen. Eigentlich hatten er und Susanne sich schon damals nicht mehr viel zu sagen gehabt. Es war zu viel zwischen ihnen dreien vorgefallen. Viel zu viel, und einiges davon ging auf seine Kappe. Doch in den Wochen unmittelbar nach Thomas' Tod hatte er ganze Nächte bei ihr am Küchentisch verbracht und geredet. Darüber, wie Thomas gewesen war. Über seine Stärken, seine Schwächen, seine kleinen Eigenarten. Dass er nie gelernt hatte, einen ordentlichen Krawattenknoten zu binden. Dass es eine Phase zu Beginn seiner Journalistenlaufbahn gegeben hatte, in der in jedem zweiten Satz von ihm das Wort »quasi« aufgetaucht war. Seine drolligen Versuche, sich einen Bart stehen zu lassen, obwohl er den Flaum eines Fünfzehnjährigen gehabt hatte. Vielleicht hätte Bernd diese Gespräche sogar in guter Erinnerung behalten, so schmerzhaft sie auch gewesen sein mochten, wenn sie nicht alle auf die gleiche Weise geendet hätten. Irgendwann war immer jener Moment gekommen, in dem Susanne ihm die Schuld dafür gegeben hatte, dass ihr

Mann tot war. Das Schlimmste daran war, dass sie nur aussprach, was er selbst dachte. Er war eben ein Feigling, auch damals schon. Manchmal wurde er zum Angstbeißer, was ihm bei manchen Leuten den Ruf eingebracht hatte, sich lieber nicht mit ihm anzulegen. Leute, die nicht verstanden, wie es wirklich in ihm aussah. Aber außer Susanne gab es nur einen einzigen anderen Menschen, der ihn besser gekannt hatte, und Thomas war tot. Weil er ein Feigling war und im entscheidenden Moment gerade nicht zurückgebissen, sondern den Schwanz eingezogen hatte.

Auf der Rückseite des Haupthauses angelangt, entdeckte Bernd in einiger Entfernung neben den vermoderten Überresten eines Geräteschuppens einen halb von Disteln überwucherten Pumpbrunnen. In der schwülen Nachmittagshitze vollführten Mücken über diesem Zeugnis der Vergänglichkeit sämtlichen menschlichen Strebens einen irren Tanz. Er nahm die Kamera vors Auge, zoomte an den Brunnen heran und wieder weg, drückte immer wieder auf den Auslöser. Er begutachtete das Resultat seiner Bemühungen und kam wie so oft zu dem Schluss, dass er letzten Endes nur ein vollkommener Stümper war, der in seinem Leben schlicht und ergreifend zu viel Glück gehabt hatte. Mit einem Seufzer schaltete er die Kamera aus und ließ sie sich an ihrem Gurt um den Hals baumeln. Zeit für eine Raucherpause. Er entschied sich gegen einen Zigarillo und für eine Dunhill. Nachdem er sein Zippo und die Schachtel aus seinem Jackett geholt hatte, setzte er sich auf ein Fensterbrett am Haus, in eine Lücke zwischen den Blumenkästen. Er erfreute sich einen Moment an dem munteren Flämmchen des Benzinfeuerzeugs, zündete sich dann seine Zigarette an und versuchte, für ein paar Minuten an nichts zu denken.

Sein Plan ging nur für gefühlte zehn, fünfzehn Sekunden auf. Dann spürte er, wie sich seine Nackenhärchen aufrichteten, als ihn das untrügliche Gefühl ereilte, beobachtet zu werden. Er drehte sich um und erstarrte in der Bewegung.

Der kahlrasierte Mann starrte ihn aus leeren Augen durch das Fenster hindurch an. Er sah aus, als hätte er einen Hieb mit einem Vorschlaghammer überlebt, der ihm eine Hälfte seines Schädels zerschmettert hatte. Narben zogen sich von der Schläfe über die Stirn bis hinauf zum Scheitel. An mehreren Stellen waren die Knochenplatten so schlecht zusammengewachsen, dass kleine Kuhlen und Dellen unter der Haut zu erkennen waren. Die schmalen Lippen des Mannes formten Worte. Nein, nur ein Wort, wieder und wieder. Zwar konnte Bernd durch die Scheibe nichts hören, doch was er der unheimlichen Erscheinung von den Lippen las, reichte aus, ihn schaudern zu lassen. *Feuer. Feuer. Feuer.*

7

»Es tut mir wirklich leid, dass mein Mann Ihnen einen solchen Schrecken eingejagt hat«, entschuldigte Veronika sich von der Anrichte aus, wo sie beherzt die Rohmasse für ihre Frikadellen knetete.

»Er kann ja nichts dafür.« Bernd stellte seinen leeren Becher vor sich ab und machte die Beine unter dem Küchentisch lang. »Er hat nur am Fenster gestanden, mehr nicht. Ich bin eben schreckhafter, als ich aussehe.«

»Großer Mann ganz klein, hm?« Sie lachte. »Noch Kaffee?«

»Gern«, log er, obwohl sein Magen bereits die ersten Signale von Sodbrennen aussendete. Während Veronika zur Spüle ging, um sich den rosagrauen Brei von den Händen zu waschen, lugte Bernd aus den Augenwinkeln zu dem Mann, der mit ihm am Tisch saß. Klaus Möllner hatte die Statur eines Schwerathleten – breite Schultern, einen Stiernacken, kräftige Oberarme. Es hatte etwas Mitleiderregendes, mit welcher Sorgfalt er Daumen und Zeigefinger wie eine übergroße Pinzette verwendete, um nach den kleinen Stücken Schinkenbrot zu greifen, die seine Frau für ihn zurechtgeschnitten hatte. Obwohl er jedes von ihnen langsam zum Mund führte, war sein weißes T-Shirt voller Vollkornbrotkrümel, Butterflecken und Schinkenfetzen. Er kaute konzentriert und leitete jedes Schlucken mit einem tiefen Schnaufen ein.

Dampfender Kaffee plätscherte aus der Kanne in Bernds Becher. »Sie dürfen ruhig fragen.«

»Was?«

Sie schob ihm das Milchkännchen hin. »Was meinem Mann zugestoßen ist.«

»Ich wollte nicht aufdringlich sein.«

»Das sind Sie nicht«, beruhigte sie ihn und nahm sich von einer Reihe Haken an der Wand einen eigenen Becher, den sie bis zum Rand füllte. »Neugier ist keine Todsünde.«

»Da haben Sie recht.« Er lächelte. In seinem Kopf ratterte er reflexartig die sieben schwersten Laster herunter, denen ein Mensch frönen konnte: Hochmut, Geiz, Wollust, Zorn, Völlerei, Neid, Faulheit. Die strengen Schwestern, die ihm diese Begriffe vor langer Zeit eingebläut hatten, wären nur wenig davon überrascht gewesen, dass er nur eine einzige dieser Sünden in seinem ganzen Leben nie auf sich geladen hatte. Geiz hatte man ihm beim besten Willen noch nie vorwerfen können, aber wenn die Nonnen mit ihren spirituellen Überzeugungen richtig lagen, hielt ihm der Teufel sicher schon ein schönes Plätzchen in der Hölle bereit. Er unterdrückte ein Seufzen, denn er hasste es, wenn sich die Ammenmärchen über Tod und Teufel und Sünde und Reinheit, die ihm die Nonnen erzählt hatten, trotz jahrzehntelanger mühsamer Verdrängungsversuche in seinem Denken bemerkbar machten. »Dann frage ich mal: Was ist Ihrem Mann zugestoßen?«

»Ein Unfall. Vor einem Jahr. Bei der Renovierung der Scheune.« Sie nippte an ihrem Kaffee. »Es ist ein Wunder, dass er überhaupt noch lebt. Ein Dachbalken ist auf ihn gefallen. Er lag fast zwei Monate im Koma, und eine Weile sah es danach aus, als ob er nicht wieder aufwachen würde.«

Bernd sah den Milchschlieren in seinem Becher dabei zu, wie sie den Kaffee weißten. Er fühlte sich peinlich berührt, wie sie von dem tragischen Ereignis sprach – in so beiläufigem Tonfall, wie er vielleicht auf die Frage nach seinem Sternzeichen geantwortet hätte. Dass sie sich über ihren Mann unterhielten, als wäre Klaus Möllner schon lange tot oder zumindest irgendwo ganz anders und säße nicht bei ihnen am Tisch, erschien ihm irgendwie unhöflich. Ungeachtet dessen, ob Möllner tatsächlich realisierte oder nicht, dass sich das Gespräch um ihn drehte.

»Er hat schwere Hirnschäden erlitten«, fuhr Veronika fort, »und spricht nicht mehr viel. Seine Motorik ist zum Glück im Großen und Ganzen verschont geblieben, und er ist auch nicht inkontinent. Aber niemand weiß so richtig, wie es mit seinem Gedächtnis aussieht. Woran er sich noch erinnern kann und woran nicht.« Sie hob einen Finger. »Entschuldigung, das war nicht sehr präzise. Niemand weiß, ob er die Dinge, an die er sich unter Umständen noch erinnert, sinnvoll verarbeiten kann.«

»Fertig!«

Bernd zuckte zusammen, als Möllner sich plötzlich zu Wort meldete und das Brettchen, von dem er sein Brot gegessen hatte, mit einem Knall auf den Tisch schlug.

»Schön, Schatz.« Veronika streckte den Arm aus und streichelte ihrem Mann zärtlich die Hand. »Möchtest du noch eins?«

»Fertig«, sagte Möllner noch einmal leiser.

»Gut.« Veronika nahm ein feuchtes Tuch aus der Spüle und fing an, Klaus' Hemd von den Spuren seiner Mahlzeit zu säubern.

Bernd schaute rasch wieder in seinen Kaffee. Der Anblick, wie sich diese Frau, die ihm gerade bis zur Schulter reichte und bestimmt keine sechzig Kilo auf die Waage brachte, so rührend um ihren Mann kümmerte, tat weh. Vielleicht war er nur ein unverbesserlicher Chauvinist, aber, verdammt noch mal, in einer gerechteren Welt wäre es umgekehrt gewesen. Der Mann hätte sie behütet und ihr jeden ihrer Wünsche erfüllt. »Hat er Schmerzen?«

»Migräneattacken.« Sie tupfte einen Krümel aus Klaus' Mundwinkel. »Sehr heftige sogar. Die hatte er früher zwar auch ab und zu, aber beileibe nicht so schlimm.«

Womöglich war es die reine Angst davor, jemals in eine ähnliche Situation zu geraten wie Klaus Möllner, die Bernd zu seiner nächsten Frage verleitete – das Grauen vor der beklemmenden Möglichkeit, durch einen Unfall, der jederzeit passieren konnte, zu einem Menschen zu werden, der völlig auf die Hilfe anderer angewiesen war. Alles, was man vor diesem Ereignis gewesen war, würde dann nicht mehr die geringste Rolle spielen. »Was hat Ihr Mann vorher gemacht?«

»Bevor wir den Hof gekauft haben, meinen Sie?«

»Ja.«

»Er war Maschinenbauingenieur. Sehr erfolgreich, soweit ich das beurteilen kann.«

Bernd suchte in Klaus Möllners Augen nach einem Funken jenes scharfen Verstandes, der vor gar nicht allzu langer Zeit in diesem deformierten Schädel zu Hause gewesen war. Als er nichts sah außer einem trüben Glanz, beschloss er, rasch das Thema zu wechseln, von der Vergangenheit in die Gegenwart. »Und jetzt müssen Sie hier den Laden allein schmeißen?«

»Ja. Es ist nicht so viel Arbeit, wie Sie denken. Wir waren mit der Renovierung so gut wie durch, als Klaus seinen Unfall hatte, und ich habe nicht allzu viele Gäste.« Sie neigte den Kopf in Bernds Richtung. »Und bevor Sie fragen: Nein, ich habe nie darüber nachgedacht, ihn wegzugeben. Kein einziges Mal. Nicht einmal in Tagespflege. Er würde das Gleiche für mich tun, wenn ich an seiner Stelle wäre, und ich käme mir dabei schäbig vor, ihn irgendwohin abzuschieben, wo er niemanden kennt.«

Mit jeder Sekunde des Gesprächs wuchs nicht nur Bernds Respekt vor dieser resoluten Frau, sondern auch sein Interesse daran, wie sie ihren Alltag meisterte. »Was machen Sie, wenn Sie etwas erledigen müssen? Einkaufen oder so, meine ich. Nehmen Sie ihn dann mit?«

»Nein.« Sie schüttelte den Lappen über der Spüle aus. »Zu viele Menschen auf einmal machen ihn nervös. Ich lasse ihn hier.«

»Ohne Aufsicht?«

»Er ist nur krank, kein kleines Kind.« Der Hauch einer bitteren, vorwurfsvollen Schärfe lag in ihren Worten. »Ich weiß, was ich ihm zumuten kann. Ich muss ihn nicht einmal einschließen. Er vertraut mir. Wenn ich ihm sage, dass ich bald wieder da bin, dann glaubt er mir das. Dann liest er seine Bücher und wartet auf mich.«

»Er kann noch lesen?«, platzte es aus Bernd heraus, ehe ihm auffiel, wie unverschämt er klang.

»Ich denke nicht.« Sie stellte den Wasserhahn an, um den Lappen auszuspülen. »Aber er blättert dann in den Bildbänden, die er früher gesammelt hat. Das beruhigt ihn. Obwohl er heute Bücher mit Landschaften und Tieren lieber mag als die mit Maschinen. Wie auch immer. Er ist noch nie weggelaufen. Und *mich* hat er auch noch nie bedroht.«

Bernd setzte prompt den Becher wieder ab, aus dem er gerade hatte trinken wollen. »Bedroht?«

»Das ist alles halb so wild«, wiegelte sie ab und wrang den Lappen aus. »Er wird nur manchmal zornig und macht Dinge kaputt. Zerschlägt einen Stuhl oder reißt ein Bild von der Wand oder so etwas. Ich sage mir dann gerne, dass das seine richtig wachen Momente sind, verstehen Sie? Die, in denen er begreift, was aus seinem Leben geworden ist. Und ich finde, es ist sein gutes Recht, darüber zornig zu sein.«

Wie hätte Bernd dem widersprechen können? »Und finanziell? Wie kommen Sie zurecht? Sie sagten doch eben, Sie hätten nicht viele Gäste?«

»Die brauchen wir auch nicht.« Sie kehrte an den Tisch zurück und trank einen Schluck Kaffee, eine Hand auf die ihres Mannes gelegt. »Sehen Sie, auf den Namen meines Mannes laufen einige Patente, und dann ist da noch seine Versicherung, die er für einen solchen Fall abgeschlossen hat. Er war immer vorausschauend. Ich hatte auch schon etwas auf der hohen Kante, als wir geheiratet haben, und der Hof hier, der war ein echtes Schnäppchen.«

»Weil er grundsaniert werden musste«, vermutete Bernd.

»Zum Teil deshalb, ja.«

»Nur zum Teil?«

»Ach, die Leute hier ...« Veronika lachte, wie man aus Höflichkeit nach einem mittelguten Witz lachte. »Dieser Hof gehörte früher einer alten Frau, von der es schon immer hieß, sie wäre nicht ganz richtig im Kopf gewesen. Kurz vor ihrem Tod hat sie dann überall herumerzählt, der Teufel wäre ihr begegnet. Er ist angeblich nachts gekommen und hat seinen Huf in die Rinde der alten Eiche da draußen gedrückt. Und seine Hörner soll er auch gleich abgeworfen haben.«

»Das müssen Sie mir näher erklären«, sagte Bernd skeptisch.

»Doch, doch, da waren seine Hörner.« Veronika nickte überzogen. »Sie hat sie mit eigenen Augen gesehen. Ganz blutig sind sie noch gewesen. Sie hat sie dann auch einem ihrer Nachbarn gezeigt, und obwohl jetzt alle sagen, das seien nur ein paar Kuhhörner und die ganze Sache bloß ein dummer Jungenstreich gewesen, wollte keiner den Hof haben, als die alte Frau starb. Da haben wir ihn gekauft. Ihr Pech, wenn die Leute hier noch so abergläubisch sind, und unser Glück.«

»Hm.« Bernd hielt sich zurück, sie darauf hinzuweisen, dass die Sache mit dem Glück eher relativ war, wenn man den Unfall ihres Mannes bei den Renovierungsarbeiten des Hofs bedachte. »Ich sehe ja ein, dass man sich vor dem Teufel nicht fürchten muss, aber Ihr Hof liegt doch ziemlich abgeschieden. Haben Sie da nicht manchmal ...« Er hob die Hände ein paar Zentimeter von der Tischplatte auf der Suche nach einer Formulierung, die sich nicht zu sehr nach »Brauchen Sie als Frau denn nicht einen starken Beschützer?« anhörte.

»Ob ich Angst hier draußen habe, wollen Sie wissen?«, erlöste sie ihn. »Nein, habe ich nicht. Haben Sie das Geweih über dem Eingang gesehen?«

»Klar. Es ist kaum zu übersehen.«

»Es ist von einem Wapiti. Den hat mein Mann selbst geschossen, auf einer Kanadareise. Er war das, was man gemeinhin einen passionierten Jäger nennt.« Sie deutete auf die geschlossene Tür hinter dem Stuhl des Hünen am Tisch. »Dahinter steht der Schrank mit den Waffen meines Mannes. Ich mache mir wirklich keine Sorgen wegen Einbrechern oder so.«

»Ooookaaay«, sagte Bernd gedehnt.

Sie lachte wieder. »Seien Sie unbesorgt. Sie sind ja mein Gast.« Sie stand auf und nahm von der Reihe Haken neben der mit den Bechern eine große Pfanne. »Zeit fürs Abendessen. Wie viele Frikadellen dürfen es denn ungefähr sein?«

»Vier, nein, ruhig fünf. Hausgemacht schmecken sie am besten.«

»Vier. Fünf«, begann Klaus zu zählen. »Sechs, sieben, acht, neun, zehn.«

»Schön, Schatz, sehr schön.« Veronika lächelte ihren Mann an. »Schön gezählt.«

Bernd räusperte sich und erhob sich von seinem Stuhl. »Ich werde dann mal nach Katja schauen. Ich will Ihnen hier nicht im Weg herumsitzen.«

»Ich glaube, sie schläft«, sagte Veronika.

»Wie kommen Sie darauf?«

»Ich habe vorhin bei ihr geklopft. Vor Ihrem kleinen Zwischenfall am Fenster.« Veronika zündete die Flamme einer der Kochstellen am Gasherd an und stellte die Pfanne darauf, in die sie einen guten Schuss Öl gab. »Ich wollte nachschauen, wie es ihr geht. Wegen ... dieser Sache mit ihrem Onkel. Sie hat nicht aufgemacht. Egal. Ich mache einfach ein paar Frikadellen mehr. Das passt dann schon.«

»Na dann.« Bernd setzte sich wieder und sah Veronika zu, wie sie sich die Hände anfeuchtete und in geschickten Bewegungen den ersten Fleischklops formte. Sie deutete mit dem Ellenbogen auf die Kamera, die er in sicherer Entfernung vom Tisch auf einem Regal deponiert hatte. »Sie sind Fotograf?«

»Fast. Ich bin Fotojournalist.«

»Oh, toll.« Sie ließ die fertige Frikadelle in die Schüssel fallen und drehte den Wasserhahn auf, um sich die Hände zu waschen. »Würden Sie vielleicht ein Bild von mir und meinem Mann machen? Wir kommen nicht mehr so oft dazu, wissen Sie?«

Bernd hätte ihr diese Bitte niemals abschlagen können.

Sie nahmen rasch die Position für die Aufnahme ein: Klaus blieb, wo er war, Veronika stellte sich an seine Seite, und Bernd wich voller Ehrgeiz fast ganz bis zur Tür zurück, um einen möglichst schönen Winkel zu finden.

»Bitte recht freundlich!«, sagte er schließlich, und dabei fiel ihm auf, mit welcher Selbstverständlichkeit Veronika ihre Hand auf den Kopf ihres Mannes gelegt hatte – ohne jede sichtbare Spur von Scheu oder Ekel vor den Beulen und Kuhlen an seinem Schädel. Er drückte den Auslöser und wünschte sich, es gäbe auch in seinem Leben einen Menschen, der ihn auf die gleiche Weise berühren würde, sollte er je das Schicksal von Klaus Möllner teilen.

8

Sie stützte sich mit beiden Händen an der Reling ab und schaute in die schwarze stille See, in der sich die am nachtklaren Firmament verstreuten Sterne spiegelten wie winzige Glassplitter auf einem dunklen Tuch. In der Kälte gefroren die letzten Spuren der Tränen auf ihren Wangen zu einer dünnen Schicht Eis.

Sie hörte ein Wimmern und wollte nicht glauben, dass es aus ihrer Kehle kam. Nur Tiere, die man in die Enge getrieben hatte, gaben solche gequälten Laute von sich.

Der Wind fuhr ihr ins Haar, zerzauste es mit unsichtbaren Fingern. Sie stemmte sich gegen die Böe, gegen die grobe Liebkosung. Diesmal würde sie sich wehren. Diesmal würde sie stärker sein.

Warum war sie überhaupt dort geblieben? Sie hätte längst schlafen können. Wenn sie geschlafen hätte, wäre alles nie passiert.

Sie hasste die Gerüche, die an ihr klebten. Sie hasste den Schmerz, der sie unerbittlich an alles erinnerte. Sie hasste das Lachen, das immer noch in ihr nachklang. Doch am meisten hasste sie sich selbst.

Das Wasser unter ihr war eine verlockende Verheißung. Auf absolute Ruhe, absolute Stille, absolute Gefühllosigkeit. In einer Zeit, die ihr nun unzählige Jahrhunderte zurückzuliegen schien – irgendwann in einem anderen, besseren Leben –, hatte sie gelesen, dass es weitaus schlimmere Schicksale gab, als zu ertrinken. Damals hatte sie noch daran gezweifelt. Hatte geglaubt, dass jeder Tod, ganz gleich, wie er einen ereilte, furchtbar und grauenhaft sein musste. Sie wollte über ihr früheres Ich lachen, doch alles, was sie zustande brachte, war ein weiteres Wimmern. Neue Tränen schmolzen das Eis der alten für einen flüchtigen Moment, ehe sie selbst erstarrten.

Es wäre so einfach gewesen. Sie brauchte nur ein Bein über die Reling zu schwingen und sich nach vorn zu beugen. Das Wasser würde über ihrem Kopf zusammenschlagen. Ihre Kleidung würde sich vollsaugen, und sie würde tiefer und tiefer in die Finsternis hinabschweben. Schwerelos, wie in der endlosen Weite des Alls. Zu Beginn würde sich ihr Körper noch wehren, wenn das Wasser in ihre Lungen drang, um ihr auch von innen den letzten Rest Wärme zu rauben. Sie würde würgen, husten, sich krümmen. Doch nicht lange. Dann würde sie das kalte, schwere Wasser atmen, ohne dass sie daraus neue Kraft gewann. Sie würde müde werden und sanft hinüberdämmern, dorthin, wo es keinen Schmerz, keine Scham und keine Gedanken mehr gab.

9

Katja schlug die Augen auf, getrieben von einem Instinkt, der selbst im Schlaf nicht ruhte und sie davor warnte, dass sie nicht allein war. Sie glaubte, im Türrahmen eine verschwommene Gestalt auszumachen, leicht gebückt, den Kopf in Richtung des Bettes gewandt – mehr eine Ahnung als eine echte Wahrnehmung. Katja blinzelte, und die Gestalt war verschwunden.

Während sie dem wilden Pochen ihres Herzens lauschte, gewöhnten sich ihre Augen an die Dunkelheit. Die Tür zu ihrem Zimmer war geschlossen. Sie erschrak ein zweites Mal, als sie meinte, vor dem Schrank schwebte als heller Schemen der kopflose Körper eines breitschultrigen Mannes. Der Verstand sagte ihr, dass es keine Geister gab, und sie erkannte den Spuk als das, was er in Wahrheit war. Ein Jackett. Bernds Jackett, das er vor dem Zubettgehen an die einen Spalt weit geöffnete Schranktür gehängt hatte.

Sie ließ ihren Kopf zurück ins Kissen sinken, das warm von der Hitze ihres eigenen Körpers war, und rollte sich schwerfällig auf die andere Seite. Neben ihr schlief Bernd, ein langgestreckter Hügel unter einer dicken Daunendecke. Ein leises Röcheln, das noch nicht ganz ein Schnarchen war, schwoll an, verebbte, schwoll an, verebbte ... Sie wusste, dass sie nur den Arm hätte ausstrecken und sanft an seiner Schulter rütteln müssen. Dann würde er sich im Halbschlaf umdrehen und eine Weile ruhiger atmen – lange genug, dass sie vielleicht selbst zurück in den Schlaf würde finden können. Doch dazu hätte sie ihn berühren müssen, und sie wusste nicht, ob sie das ertragen hätte. Sie plante immerhin einen Verrat an dem Vertrauen, das er in sie setzte.

Die Standby-Leuchte des Fernsehers starrte ihr aus dem Zwielicht entgegen wie ein winziges rotes Auge. Sie tastete auf dem Nachttisch nach der Fernbedienung, schaltete den Apparat an, drehte den Ton ganz herunter, noch ehe ein Bild entstanden war, und zappte schnell durch die Kanäle. Sie suchte nach einem Nachrichtensender, fand allerdings nur einen, auf dem eine Doku über den Untergang des Römischen Reiches lief. Unter den nachgestellten Aufnahmen, in denen unzivilisierte Barbaren hoffnungslos unterlegene Legionäre massakrierten, zogen Meldungen aus aller Welt vorbei. Ein Unwetter in Bangladesch. Gescheiterte Verhandlungen auf einem EU-Krisengipfel. Das Ergebnis eines Nachholspiels der Fußball-Bundesliga. Neue Erkenntnisse über die Hintergründe eines blutigen Familiendramas im Ruhrgebiet. Sie wartete auf die Nachricht von einem Brand in Güstrin. Sie kannte die nüchternen Regeln der Berichterstattung allzu gut. Ein einzelner Toter schaffte es nur selten in die überregionalen Schlagzeilen. Der Tod ihres Onkels war kein Ereignis, das die nötige Aufmerksamkeitsschwelle erreichte. Vielleicht, wenn er sich in die Luft gesprengt hätte oder ein Prominenter – am besten ein gescheiterter Star – gewesen wäre. Doch dem war nicht so, und deshalb wusste

Katja, dass sie vergebens wartete. Trotzdem versetzte es ihr einen empfindlichen Stich. Es war nicht fair.

Bernd murmelte im Schlaf. Sie schaltete den Fernseher aus.

Es war einfach nicht fair. Sie war in einem Alter, in dem es immer häufiger vorkam, dass Bekannte und Verwandte der Elterngeneration starben. Dass bei Familientreffen die Zahl der Babys und Kleinkinder wuchs, während die Tische, die für die älteren Semester reserviert waren, leerer wurden. Das war der Lauf der Dinge. Menschen starben. Aber doch nicht so. Festgeschnallt auf einem Bett, während irgendein Irrer Feuer im Haus legte.

Einmal mehr hoffte Katja, dass Frieder am Rauch erstickt war, ehe die Flammen ihn erreicht hatten, und einmal mehr ballte sie die Fäuste, als sie begriff, wie pervers diese Überlegung war. So unfassbar und grotesk, dass sie vorhin beim Telefonat mit ihrer Mutter zu einer Halbwahrheit gegriffen hatte. »Es gab einen Brand, und Onkel Frieder ist tot.« Mehr nicht. Was hätte es auch für einen Sinn gehabt, die Gedanken ihrer Mutter in die gleiche Richtung zu drängen, die ihre eigenen schrecklicherweise eingeschlagen hatten?

»Frieder ist tot«, hatte ihre Mutter wiederholt, als müsste sie es selbst aussprechen, um es zu glauben.

»Ich kümmere mich um die Beerdigung.«

»Okay.« Ein leises Zittern in der Stimme. »Soll ich kommen?«

»Nein, brauchst du nicht. Fürs Erste, meine ich. Bernd ist ja da.«

Ein heruntergeschlucktes Schluchzen. »Weißt du, was komisch ist?«

»Was?«

»Dass sie alle beide verbrannt sind.«

»Ich weiß.«

»Erst dein Vater. Und jetzt Frieder.«

»Ich weiß.«

»Womit haben sie das verdient?«

Das wusste Katja nicht.

Alles in allem war es ein gutes Gespräch gewesen. Aber es war schon merkwürdig: Warum brauchte es etwas so Furchtbares, dass sie und ihre Mutter eine halbwegs normale Unterhaltung führen konnten, die nicht in einem nutzlosen Streit über irgendwelche Nichtigkeiten endete? Zum Beispiel, wann sie endlich einsehen würde, dass das Schreiben eine brotlose Kunst war. Oder warum sie sich nicht ein bisschen eleganter kleidete. Wann mit einem festen Partner und einem Enkelkind zu rechnen war.

Katja hatte Enzo nicht angerufen. Sie hatte seine Nummer schon auf dem Display gehabt, aber sie hatte nicht auf das grüne Telefonhörersymbol gedrückt. Enzo hätte nur zu ihr gesagt, er sei selbstverständlich für sie da und sie solle so schnell wie möglich nach Hamburg zurückkommen. Er konnte so verdammt einfühlsam und überzeugend sein, dass Katja sich nicht sicher gewesen war, ob sie nicht genau das getan hätte. Nach Hamburg zurückfahren. Erst einmal alles vergessen. Onkel Frieder, Güstrin, die Reportage, alles.

Zum ersten Mal fiel Katja auf, wie still es bis auf ihren und Bernds Atem war. Die schweren Vorhänge vor der Fensterfront zur Terrasse waren zugezogen, und von draußen drang kein Laut herein. Hier waren die Nachtstunden noch Zeiten, in denen man sich einreden konnte, der letzte überlebende Mensch auf Erden nach einer verheerenden Seuche zu sein. In ihrer kleinen Altbauwohnung in Hamburg-Ottensen war das anders. Selbst wenn auf der Straße unten nachts um drei tatsächlich mal niemand mehr unterwegs war, musste man nur die Ohren spitzen, und man hörte das ferne Summen und Brummen der großen Industrieanlagen im Hafen.

Katja fragte sich, wie still die Nacht zuvor gewesen war. Die Nacht, in der ihr Onkel einen so grausamen Tod gestorben war. Die Nacht, in der man ihn ermordet hatte. Nein, sie konnte jetzt nicht nach Hamburg zurück. Auf gar keinen Fall. Nicht nur deshalb, weil sie sich vorgenommen hatte, die

Beerdigung von Onkel Frieder zu organisieren, sobald sein Leichnam von der Polizei freigegeben worden war. Sie hatte das Gefühl, als wäre sie ihm das irgendwie schuldig, nachdem sie ihn so lange Zeit vernachlässigt hatte. Darüber hinaus – und das war noch so eine erschreckende Erkenntnis – würde irgendwann der Tag anbrechen, an dem sie auch dafür würde sorgen müssen, dass ihre Mutter ein ordentliches Begräbnis bekam. Menschen starben.

So wie ihr Vater. Und das war vielleicht der wichtigste Grund, weshalb sie sich nur noch sehr bedingt an die Abmachung gebunden fühlte, die sie mit Bernd getroffen hatte. Sie hatte schon einmal einen geliebten Menschen durch einen Unfall verloren, der kein Unfall gewesen war. Gut, im Fall ihres Vaters war das lediglich eine Vermutung, weil sowohl ihre Mutter als auch Bernd stets beteuerten, Thomas Jakobs' Tod wäre ein tragisches Unglück gewesen. Er war allein im Auto unterwegs gewesen, mitten in der Nacht, östlich von Hamburg, wo gewundene Landstraßen, weite Felder und kleine Dörfer kaum vermuten ließen, wie schnell man von dort aus eine dichtbevölkerte Metropole erreichte. Es gab keine Zeugen für das, was passiert war. Der Wagen war völlig ausgebrannt, doch laut dem Obduktionsbericht war es wahrscheinlich schon die Kollision mit dem Baum gewesen, die ihren Vater das Leben gekostet hatte. Schwere Verletzungen an Kopf und Wirbelsäule. Selbst wenn er noch gelebt hätte, als sein Citroën in Brand geriet, wäre er definitiv nicht mehr bei Bewusstsein gewesen. In dieser Region waren tödliche Verkehrsunfälle keine Seltenheit. So etwas kam eben vor. Überhöhte Geschwindigkeit. Ein Moment der Unachtsamkeit. Doch gerade weil ihre Mutter und Bernd das so sehr beteuerten, war in Katja irgendwann der Verdacht aufgekeimt, dass mehr hinter dieser Sache steckte. Und wegen eines Vorfalls zu Weihnachten, Jahre später, als ihre Mutter völlig ohne Vorwarnung ausgerastet war. Bernd war ins Arbeitszimmer gegangen, zum alten Schreibtisch ihres Vaters, ein Glas Whisky in der Hand. Ohne dass er etwas bemerkt hatte, war Katja ihm nachgelaufen. Er hatte sich auf den Stuhl vor den Schreibtisch gesetzt und alle Schubladen aufgezogen, nur um sie sofort wieder zu schließen. Vier-, fünfmal. »Du Arschloch«, hatte er dabei gemurmelt. »Du verdammtes stures Arschloch.« Dann hatte plötzlich Katjas Mutter in der Tür gestanden. »Du hättest ihn retten können!«, hatte sie gebrüllt. »Du hättest ihn retten müssen!« Bernd war wortlos gegangen, und hinterher hatten die beiden so getan, als wäre nichts passiert. Auf Katjas Nachfrage hin hatten sie wie abgesprochen gesagt: »Das geht nur die Erwachsenen etwas an. Das verstehst du nicht.« Mit vierzehn hatte Katja sich schließlich in einen Bus gesetzt und war hinausgefahren in dieses öde Niemandsland, in dem ihr Vater gestorben war. Sie hatte den Baum gesucht, und sie hatte ihn gefunden. Er trug noch immer eine Narbe an seinem Stamm. Sie hatte sich unter den Baum gesetzt, die Arme um die Knie geschlungen und an den Moment gedacht, in dem sie ihren Vater zum letzten Mal gesehen hatte. Sie hatte schon geschlafen, doch sie war aufgewacht, weil Licht vom Flur in ihr Zimmer fiel. Sonst hatte ihr Vater die Tür immer schnell wieder zugezogen, wenn er sie versehentlich weckte, aber dieses Mal nicht. Er war stehen geblieben – ein Schatten, vor dem sie sich nicht fürchtete, weil sie sich vor ihm nie zu fürchten brauchte –, bis sie wieder eingeschlafen war. In diesem Augenblick – unter dem Baum mit der Narbe – begriff sie etwas: Er war so lange stehen geblieben, weil er ahnte, dass er sterben würde. Es war nicht einfach ein Unglück gewesen, auch wenn sie nicht ausschließen konnte, dass sie einer Art morbid-romantischem Wunschdenken nachhing. So etwas wie »Zu allem entschlossene Tochter klärt nach Jahrzehnten den vertuschten Mord an ihrem Vater auf«. Dennoch half es ihr, über die Momente hinwegzukommen, in denen sie ihren Vater vermisste, und das war es, was für sie zählte.

Sie versuchte, sich das Gesicht ihres Vaters ins Gedächtnis zu rufen, doch es war am Ende das Gesicht ihres Onkels, das sie vor Augen hatte, als sie zurück in einen tiefen, traumlosen Schlaf fiel.

10

Als Lukas Möhrs sich aufmachte, die ersten Ergebnisse der Obduktion von Frieder Jakobs in Erfahrung zu bringen, wurden in seinem Gedächtnis zwei Lektionen fürs Leben aufgefrischt. Die erste lautete: Auch an Orten, die harmlos erschienen, konnten die verstörendsten Dinge vor sich gehen. Das Institut für Rechtskunde der Universitätsklinik Lübeck war so ein Ort: Von außen erinnerte der rote Klinkerbau mit seinem Rundbogen über dem Eingangsportal an eine alte Dorfschule. Drinnen jedoch schnitten emsige Doktoren Leichen auf und unterzogen sie aufwendigen Untersuchungen, um festzustellen, auf welche Weise Gevatter Tod seine Ernte eingefahren hatte. Dass noch dazu überall der typische Klinikgeruch nach feuchten Linoleumböden und Desinfektionsmittel festsaß, sorgte nicht zwingend für eine entspannte Atmosphäre, wenn man ein Mann wie Möhrs war. Ende dreißig, mindestens zwanzig Kilo zu viel auf den Rippen, ungesunde Ernährungsweise, stressiger Job, reumütiger Gelegenheitsraucher, eine Mutter mit Herzklappeninsuffizienz: kurzum, ein wandelnder Countdown zum ersten Infarkt.

Die zweite Lektion war nicht weniger ernüchternd: Man merkte, dass man alt wurde, wenn man Leute, mit denen man zum ersten Mal zusammenarbeitete, plötzlich für noch viel zu jung und nicht kompetent genug hielt. Aysel Özen war so eine Person: Sie war gut zehn Jahre jünger als Möhrs, aber ein echtes Talent in Sachen Rechtsmedizin – schnell, gründlich und dabei doch immer bereit, sich nicht auf den ersten Eindruck zu verlassen. Dass sie aus für ihn völlig unerfindlichen Gründen einen Narren an ihm gefressen hatte, machte seine Besuche bei ihr nicht unkomplizierter. Trotz eines klärenden Gesprächs im letzten Herbst, bei dem er ihr in einer schummerigen Ecke der Lübecker Schiffergesellschaft über einem Glas Rotwein sehr genau erklärt hatte, warum aus ihnen beiden nie etwas werden würde. Es lag nicht an ihr, es lag an ihm. Sie hatte die Keckheit besessen, ihn für diese Plattitüde auszulachen.

Sie überraschte ihn heute allerdings damit, dass sie ohne Umschweife zur Sache kam. Ein Küsschen links, ein Küsschen rechts, dann setzte sie ihr Dozentinnengesicht auf, wie er sich ausdrückte: die tadellos in Form gezupften Brauen zusammengekniffen, das Kinn samt Grübchen nach vorn gereckt, die dunklen Lippen vornehm gespitzt.

Wie immer hatte sie in ihrem kleinen Büro, das sie sich mit einem ihrer Kollegen teilte, sämtliche Unterlagen und Akten zum laufenden Fall in säuberlich geordneten Reihen auf ihrem Schreibtisch ausgelegt. Möhrs hatte sich angewöhnt, tunlichst nur dorthin zu schauen, wo sie jeweils gerade ihre rechte Hand platziert hatte. Alles andere lenkte ihn erfahrungsgemäß zu schnell ab.

»Eine Sache ist absolut eindeutig«, begann sie mit ihren Ausführungen. »Aus meiner persönlichen Sicht kann kein Zweifel daran bestehen, dass er noch am Leben war, als der Brand ausbrach.«

»Kein Zweifel?«

»Rauchspuren in der Lunge.« Ihre Hand huschte von einer Aufnahme mit einer stark vergrößerten Gewebeprobe zur nächsten. »Rußpartikel im Magen. So viele, dass davon auszugehen ist, dass er nicht nur noch gelebt hat. Er muss geschrien haben.«

»Er war bei vollem Bewusstsein.« Möhrs massierte sich mit den Handballen beide Schläfen. Irgendetwas an Krankenhausluft bereitete ihm immer Kopfschmerzen. »Dann ist es also wahr. Aber ich verstehe das nicht.«

Özen schaute von ihren Unterlagen auf. »Was? Ich kann dir das alles genau erklären.«

»Ich meine nicht, wie der Rauch und der Ruß dorthin gekommen sind«, brummte Möhrs. Konnte es sein, dass sie am Ende nur ein Faible für begriffsstutzige Männer hatte und ihn in diese Kategorie einordnete? »Mir geht es darum, warum er sich nicht gewehrt hat. Ich dachte noch, er könnte vielleicht betäubt gewesen sein. Oder dass man ihn k. o. geschlagen hat.«

»In der Tatortbeschreibung stand, er wäre ans Bett gefesselt gewesen. War das nur eine vorläufige Vermutung?«

»Nein. Das stimmt schon. Er war gefesselt.« Möhrs rieb sich die Handgelenke. »Holt meinte, mit Zurrdrahtseilen, mit denen man normalerweise die Ladung auf LKWs befestigt. Eines über die Schultern, eines über die Hüfte, eines über die Fußknöchel.« Er fügte hinzu, was ihm der Brandursachenermittler vor seinem Aufbruch nach Lübeck heute Morgen noch zwischen Tür und Angel an neuen Informationen mit auf den Weg gegeben hatte. »Auf diese Weise jemanden zu fesseln geht ruckzuck. Holt hat sogar einen entsprechenden Test gemacht. Sein Bruder hat eine Spedition, und da gibt es diese Seile im groben Dutzend.«

»Es beruhigt mich, dass ich mich nicht getäuscht habe. Durch die Fesselung habe ich mir nämlich auch erklärt, warum die Leiche trotz der erheblichen Verbrennungen nicht in der Fechterstellung war.« Sie verwendete den Fachbegriff für den grausigen Umstand, dass Brandleichen oft mit angewinkelten Armen und Beinen vorgefunden wurden – ein Ausdruck, der Möhrs seit jeher viel zu poetisch für so etwas Makabres war. »Die Fesselung hat der Schrumpfung des Muskelgewebes teilweise entgegengewirkt.«

»Das mag ja sein«, sagte Möhrs. »Aber so eine Matratze ist doch eine weiche Unterlage. Die lässt sich doch leicht eindrücken. Und dann kriegt man die Hände doch auch unter so einem Drahtseil durchgezogen.« Er legte die Arme an den Körper an, streckte die Finger ganz aus und beugte die Ellenbogen, um ihr zu zeigen, wie er sich die Befreiung aus einer derart misslichen Lage vorstellte. »Frieder Jakobs war kein gebrechlicher Mann. Ist früher anscheinend zur See gefahren, wenn ich die Bilder, die in seinem Flur hingen, richtig gedeutet habe. Und so jemand leistet keinen Widerstand, wenn man ihn an seinem Bett festzurren will?«

Sie quittierte seine kleine Ausführung mit einem zweifelnden Blick. »Selbst wenn man es schaffen könnte, sich zu befreien, hätte das Opfer in unserem Fall hier nicht viel mit seinen Händen anfangen können.« Sie nahm zwei Röntgenbilder vom Tisch und klemmte sie an den Leuchtschrank neben ihrer Bürotür.

Möhrs ballte unwillkürlich die Fäuste. Was er da als bizarres Skelettpuzzle vor sich sah, erinnerte ihn an eine Muschel am Strand, die jemand zertreten hatte.

»Ich habe über vierzig Frakturen an der linken Hand gezählt, an der rechten sind es über fünfzig«, sagte Özen. »Stumpfe Gewalteinwirkung. Ein Knüppel, wahrscheinlich eher ein Hammer.«

»Er wurde also misshandelt, bevor er ans Bett gefesselt wurde?«

»Es sieht ganz danach aus.« Sie legte die Aufnahmen wieder an ihrem ursprünglichen Platz auf dem Tisch zurecht. »Und das waren nicht nur ein, zwei Schläge, die man ihm verpasst hat. Das hat schon ein bisschen gedauert.«

»Dann war er dabei wohl auch geknebelt, sonst hätten die Nachbarn etwas gehört«, folgerte Möhrs.

»Entweder das, zumindest so lange, bis er auf dem Bett war und das Feuer brannte. Oder …« Sie fasste sich mit einem Finger an die Unterlippe. »Hat das Haus einen Keller?«

»Hat es.«

»Dann ist es vielleicht dort passiert.«

»So oder so …« Möhrs schüttelte den Kopf. Er hätte sich nicht insgeheim wünschen sollen, endlich mal einen interessanten Fall zu bekommen. »Das war eine vollkommen kaltblütige Nummer. Exakt durchgeplant.«

»Ich will mich da nicht zu weit aus dem Fenster lehnen, aber der Täter hatte anscheinend irgendeine Rechnung mit dem Opfer offen.« Ihre Hand wanderte zu einem Foto, das einen tiefen Krater aus schwarz verkohlter Haut irgendwo an der Leiche Frieder Jakobs' zeigte. »Oder wir haben es mit jemandem zu tun, der wirklich sehr krank ist.«

Möhrs fand zwar, dass man ungeachtet der genauen Gründe ohnehin definitiv krank war, wenn man einem anderen Menschen so etwas antat, aber er behielt seine Meinung für sich. »Was ist das auf dem Foto da?«

»Dazu komme ich jetzt.« Sie räusperte sich. »Erst dachte ich, Skrotum und Penis wären möglicherweise komplett verbrannt. Dann habe ich genauer hingesehen. Es gibt erkennbare Anzeichen von Abschabungen am Schambeinknochen.«

Ein unangenehmes Ziehen fuhr durch Möhrs' Unterleib. »Er hat ihm die Weichteile abgeschnitten.«

»Genau. Wahrscheinlich wäre das Opfer auch daran verblutet, wenn …« Sie stockte. »Hat man Penis und Skrotum inzwischen irgendwo am Tatort gefunden?«

Er schüttelte den Kopf.

»Egal. Machen wir weiter«, sagte sie achselzuckend.

»Das war noch nicht alles, hm?«

»Leider nicht.« Das nächste Foto, auf das sie deutete, unterschied sich für Möhrs auf den ersten Blick kaum von dem vorangegangenen. Mehr verbrannte Haut, nur dass sie insgesamt etwas rissiger wirkte. »Das ist die Stirnpartie von Frieder Jakobs. Auch hier finden sich Schnittverletzungen. Sie gehen ebenfalls bis auf den Knochen. Ein fünf Zentimeter langer Schnitt in einer senkrechten Linie. Unmittelbar rechts daneben drei kleinere Schnitte, die zusammen dieses Zickzack hier ergeben.«

Möhrs beugte sich über den Tisch. »Das könnte ein R sein, oder?«

»Vielleicht.«

Möhrs nahm das Foto in die Hand und hielt es sich dicht vor die Augen. »Ja, ich glaube, das ist ein großes R. Aber wofür steht es?«

»Ich spekuliere nur ungern.«

»Hm.« Hatte der Täter den Anfangsbuchstaben seines Namens auf dem Opfer hinterlassen? Oder war das R eine Art Schmähung, die Frieder Jakobs zusätzlich demütigen sollte? Möhrs fiel kein gängiges Schimpfwort mit R ein. Waren die Einschnitte womöglich am Ende eher eine Art Kennzeichnung, die das Opfer als Angehörigen irgendeiner Gruppe markierte, welche nach Auffassung des Täters den Tod verdient hatte? Ein Schandmal? »Das ist auf jeden Fall eine Spur. Eine kleine zwar, aber es ist eine Spur.« Er legte das Foto zurück. Darüber konnte er sich später noch ausreichend Gedanken machen. »Kannst du sagen, in welcher Reihenfolge diese Misshandlungen vorgenommen wurden?«

»Du zwingst mich, zu spekulieren, aber wenn du unbedingt möchtest.« Sie begann, die Unterlagen in eine Aktenmappe zu sortieren. »Meine Vermutung sähe so aus: Man hat ihm zuerst die Hände gebrochen und ihm damit die Möglichkeit genommen, vernünftig Gegenwehr zu leisten. Danach konnte man ihn leichter aufs Bett schnallen. Ich würde darauf tippen, dass ihm anschließend dieses Zeichen – wenn es denn tatsächlich ein Zeichen ist – in die Stirn geritzt wurde. Gewissermaßen aus praktischen Überlegungen. Dem Täter wird ansatzweise klar gewesen sein, dass die Entfernung der Genitalien in einem erheblichen Blutverlust resultiert, der wiederum rasch zu Bewusstlosigkeit oder sogar zum Tod führen kann. Und es deutet ja einiges darauf hin, dass der Täter sein Opfer unbedingt am Leben erhalten wollte, bis er das Feuer gelegt hatte. Um sicherzugehen, dass Frieder Jakobs bei lebendigem Leib verbrennt.«

Möhrs teilte Özens Einschätzung. Der Ablauf, den sie ihm geschildert hatte, brachte ihn auf einen beunruhigenden Gedanken, der eher zu einem FBI-Ermittler in einem Hollywoodstreifen als zu einem Kripobullen aus der schleswig-holsteinischen Provinz gepasst hätte. »Weißt du, wonach das für mich aussieht?«

»Wonach?«

Er ging das Risiko ein, ausgelacht zu werden. Zum Glück war ihr Kollege schon zu Tisch. »Nach einem Ritualmord.«

»Ein Ritualmord.« Sie besaß den Anstand, die Fassung zu wahren. »Im weitesten Sinne sicher. Aber nur, wenn man ein Ritual als eine feste Abfolge von Handlungen definiert, mit denen man ein bestimmtes Ziel erreichen will.« Sie seufzte. »Wenn du mich schon dazu verleitest, einfach so Hypothesen aufzustellen, hätte ich noch eine andere parat.«

»Immer raus damit.«

Sie suchte seinen Blick. »Ich halte es für möglich, dass der Täter hier ein Exempel statuieren wollte. Eine unmissverständliche Botschaft senden.«

»Falls dem so ist, muss ich leider sagen, dass *ich* die Botschaft nicht verstehe.«

»Ich habe ja auch nicht gesagt, dass diese Botschaft an dich oder mich gerichtet wäre«, verteidigte Özen ihre These. »Der, für den sie bestimmt war, hat sie vielleicht schon längst kapiert.«

»Wir haben keinerlei Details über diesen Todesfall nach außen dringen lassen«, erwiderte er. »Der Empfänger kann diese Botschaft also gar nicht bekommen haben.«

»Wieso nicht? Wir leben im 21. Jahrhundert, Lukas«, erwiderte sie. »Was spricht denn dagegen, dass der oder die Täter die ganze Sache mitgefilmt und über das Internet an die Leute geschickt haben, die genau sehen sollen, was jemandem blüht, der nicht tut, was sie von ihm wollen?«

Einen Augenblick lang war Möhrs baff. Nicht so sehr, weil ihn der Vorwurf traf, er wäre altmodisch. Eher, weil es ihn verblüffte, dass eine Person wie Özen solche Fantasien entwickelte. Andererseits: Sie war Rechtsmedizinerin, und sie hatte den ganzen Tag direkt vor Augen, wozu Menschen fähig waren. Offenbar konnte er in dieser Hinsicht trotz seiner eigenen Erfahrungen auf diesem Gebiet nicht mit ihr mithalten. Dabei war sie nach all dem, was sie ihm über sich erzählt hatte, im Grunde ihres Herzens ein sensibles Geschöpf. Sie stammte aus einer Familie, die seit Generationen Ärzte hervorbrachte. Ihr Vater war ein noch zu Zeiten des Schahs in Teheran ausgebildeter Chirurg, der für eine Anstellung an der Berliner Charité nach Deutschland gekommen war. Sie hatte Medizin studiert, sehr zur Freude ihres alten Herrn, und sich dann auf Rechtsmedizin spezialisiert, zum großen Verdruss ihres Erzeugers. Der hätte sie viel lieber in seinen Fußstapfen als »richtiger« Arzt gesehen. Möhrs hatte ihre Beweggründe gut nachvollziehen können: Seit frühester Kindheit hatte sie miterlebt, wie ihr Vater jedes Mal darunter litt, wenn er einen Patienten verlor, auch wenn er versuchte, sich davon nichts anmerken zu lassen. Das war etwas, das sie sich gern ersparen wollte, und Patienten, die bereits tot waren, konnte man eben nicht wirklich verlieren. »Fällt dir was ein, ob es irgendeine religiöse Gruppe oder Glaubensgemeinschaft gibt, die auf diese Weise – wie sagtest du gerade? – Exempel statuiert?«

»Außer den üblichen Klischees? Satanisten und Kulte? Nein.« Sie zeigte ihm spielerisch den Vogel. »Ich bin da keine Fachfrau. Ich stelle mich doch jetzt nicht hierhin und fabuliere etwas über Teufelsanbeter oder Serienkiller zusammen, die meinen, sie wären von Dämonen besessen, und am Ende ist es so etwas Banales wie eine aus dem Ruder gelaufene Eifersuchtstat oder eine brutale Strafaktion der Russenmafia.«

»Moment!«, bremste er sie in ihrem Redefluss. Er hatte das Gefühl, als hätten sich irgendwo in seinem Hirn gerade zwei oder drei Informationsfetzen wie Mosaiksteinchen zusammengefügt. »Die Russenmafia. Das ist gar nicht so schlecht. Das Opfer hat ein R auf der Stirn, und –«

»Das kyrillische R ist spiegelverkehrt«, fiel sie ihm ins Wort. »Und wenn die Russenmafia eines ist, dann patriotisch. Die ritzen niemandem ein westliches R ein.«

»Du bist keine Fachfrau für Ritualmorde, aber mit der Russenmafia kennst du dich aus?«, blaffte er ungehalten, frustriert von der Leichtigkeit, mit der sie seine Theorie zerschoss.

»Ich hatte mal einen Freund an der Uni, der ...« Sie klappte die Aktenmappe zu. »Aber das gehört nicht hierher. Mehr habe ich leider nicht für dich.«

»Spitze.« Möhrs war unsicher, weshalb sie ihm ganz nonchalant hatte aufs Butterbrot schmieren müssen, dass sie in Sachen Partnerschaft und Zweisamkeit einen wesentlich reichhaltigeren Erfahrungsschatz vorzuweisen hatte als er. Was wollte sie ihm damit signalisieren? Dass für sie kein Mangel an Männern bestand, die an einer Beziehung oder auch nur einem flüchtigen Techtelmechtel mit ihr interessiert gewesen wären? Oder bildete er sich nur ein, dass das eine Stichelei von ihr gewesen war? Er kramte aus der Gesäßtasche seiner Jeans eine Packung Kaugummi, die er lange genug mit sich herumtrug, dass sie sich bereits den Rundungen seines Hinterns angepasst hatte. Er bot ihr ein Kaugummi an, sie lehnte dankend ab. Einen Sekundenbruchteil lang fand er zu so etwas wie Entspannung zurück, als das Aroma künstlicher Minze sich in seinem Mund ausbreitete und in seine vom Heuschnupfen verstopften Nebenhöhlen aufstieg. »Frieder Jakobs hat allein gewohnt, und niemand von den Nachbarn will irgendwas gesehen oder gehört haben. Tja, dann bleibt mir wohl keine andere Wahl. Ich werde mit seinen Kollegen und seiner Nichte sprechen müssen, um herauszufinden, ob am Verhalten von Frieder Jakobs in letzter Zeit irgendetwas auffällig war. Irgendwas, das den Verdacht nahelegte, dass er bedroht wurde oder so.«

»Ich dachte, das stünde in deiner Jobbeschreibung.« Sie versah die Aktenmappe mit einem Datumsstempel. »Du hörst dich an, als wäre es die reinste Folter. Was ist daran so schlimm?«

»An den Kollegen wahrscheinlich nichts«, sagte er. »Aber an der Nichte.«

»Warum?«

»Sie ist Journalistin. Und das Letzte, was ich gebrauchen kann, ist eine übermütige Pressetante, die auf eigene Faust ermitteln will, um den Mörder ihres Onkels vor uns zu finden.«

Sie pflückte ihm das zerknüllte Kaugummipapier aus den Fingern und warf es in einen Mülleimer unter ihrem Schreibtisch. »Findest du nicht, du übertreibst?«

»Du bist ihr noch nicht begegnet …« Sein Handy klingelte. Er befürchtete schon, es würde wieder einmal das alte »Wenn man vom Teufel spricht« gelten und Katja Jakobs würde sich bei ihm melden. Statt einer unbekannten Nummer zeigte das Display jedoch »Otto Barswick« an. »Ja, Chef?«

»Steckst du noch in Lübeck, Lukas?«, grollte Barswick, der die hohe Kunst perfektioniert hatte, ständig so zu klingen, als hätte ein Bautrupp fleißiger Läuse eine vierspurige Autobahn quer über seine Leber angelegt.

»Ja. Was gibt's?«

»Mit etwas Glück sind wir diesen Schlamassel, den du uns da eingebrockt hast, demnächst auch schon wieder los.«

Möhrs beschloss, dass er momentan nicht die Nerven hatte, den Leiter seiner Fachdienststelle darauf aufmerksam zu machen, dass *er* niemandem etwas eingebrockt hatte. Diese zweifelhafte Ehre gebührte allein demjenigen, der Frieder Jakobs auf dem Gewissen hatte. »Es würde mir ungemein weiterhelfen, wenn du nicht in Rätseln sprechen würdest.«

»Du hast keinen Sinn für Dramatik, mein Junge.« Barswick hustete donnernd. »Ich hoffe, du sitzt gut.«

»Ich stehe. Wieso?«

»Dein Mordopfer hat vor ein paar Wochen Strafanzeige

wegen Körperverletzung gegen jemanden gestellt, und das Verfahren läuft noch.«

»Gegen wen?«

Als Barswick mit dem Namen der Person herausrückte, gelangte Möhrs zu einer simplen Erkenntnis: Es gab viele Wörter, die mit R anfingen. Eines davon war Restrisiko.

11

»Hört sich an, als hätte sie eine Menge durchgemacht«, sagte Katja, nachdem Bernd seine Ausführungen über sein Gespräch mit Veronika Möllner vom letzten Abend beendet hatte. Sie biss in ihr Brötchen, seufzte genießerisch wegen des würzigen Geschmacks von Hackfleisch und Zwiebeln und fügte mit vollem Mund hinzu: »Aber auf jeden Fall versteht sie was von Frikadellen.«

Bernd, der wie immer süß und nicht herzhaft frühstückte, schmierte Erdbeermarmelade auf die Spitze eines Croissants. »Ich habe für mich mal wieder eine ganz andere Lehre gezogen.«

»Und zwar?«

»Dass ich froh bin, dass ich eine Patientenverfügung verfasst habe. Falls ich mal im Koma lande.«

Katja wusste genau, wen er dafür eingesetzt hatte, die schwierige Entscheidung zu treffen, die lebenserhaltenden Maßnahmen entweder fortzusetzen oder einzustellen. Und sie traute ihm durchaus zu, dass er sie zur Entscheiderin über sein Schicksal eingesetzt hatte, damit niemand anderes etwas zu vorschnell seinem Dasein ein Ende bereitete. So oder so waren das trostlose Gedanken. »Können wir bitte über was anderes reden?«

»Klar. Entschuldige.« Er leckte sein Messer ab – eine Angewohnheit, die er nach seinem Lottogewinn ungeachtet aller pseudo-neureichen Allüren nie abgelegt hatte. »Wie hat deine Mutter es aufgenommen? Du hast doch mit ihr telefoniert, oder?«

»Ja.« Sie zuckte die Achseln. »Eigentlich ganz gut. Du weißt, wie sie ist.«

Er verzog das Gesicht, als wäre es Orangen- und nicht Erdbeermarmelade auf seinem Croissant. »O ja, absolut.«

»Sie hat ein bisschen geweint.«

»Echt?«

»Ja.«

»Damit hätte ich nicht gerechnet.«

Katjas Smartphone, das sie neben dem Brotkörbchen zwischengelagert hatte, brummte und kroch ein paar Millimeter über die Tischdecke auf ihre Kaffeetasse zu.

»Katja Jakobs«, meldete sie sich.

»Wir hatten einen Termin.« Eine Frauenstimme, gepresst und leise vor mühsam im Zaum gehaltener Verärgerung.

»Oh …« Katja hätte am liebsten in die Tischkante gebissen, als ihr verräterisches Hirn wie wild anfing, Details auszuspucken. »Frau Saalfeld?«

»Ja.«

Katja suchte Bernds Blick, klemmte sich das Smartphone zwischen Ohr und Schulter und tippte mit dem linken Zeigefinger auf ihr rechtes Handgelenk. Er präsentierte ihr seine Armbanduhr. Zehn Uhr dreißig. »Ich muss mich tausendmal bei Ihnen entschuldigen, Frau Saalfeld.« Sie hatte es tatsächlich geschafft, ihre Verabredung mit der Sprecherin der Güstriner Anti-AKW-Bewegung zu vergessen. »Ich … ich hatte einen Trauerfall in der Familie.«

Am anderen Ende der Verbindung zog Saalfeld scharf den Atem ein. »Dann kommen Sie heute gar nicht mehr?«

»Doch. Unbedingt. Jetzt sofort.« Katja nahm ihre Serviette vom Schoß, zerknüllte sie und warf sie auf ihren Teller. »Falls Sie noch Zeit haben.«

»Habe ich. Bis gleich dann.« Saalfeld legte auf.
»Wer war das?«, fragte Bernd.
»Quatsch nicht.« Katja stand auf. »Wir müssen los.«
»*Yes, ma'am.*« Er salutierte stramm. »Ich fahre die Limousine vor, wenn's recht ist.«

12

»Das ist mir wirklich unendlich peinlich«, murmelte Katja, während Bernd den Jaguar durch die breiten, von hohen Pappeln gesäumten Straßen einer der besseren Wohngegenden Güstrins lenkte.
»Das muss es dir nicht sein.« Er bremste sanft ab, um einer Fahrradfahrerin, deren Korb am Lenker vor frischem Gemüse schier überquoll, die Vorfahrt zu gewähren. »Du hast einen verdammt guten Grund, dass dir dieser Termin durchgegangen ist. Wir sind doch nur eine Dreiviertelstunde zu spät dran. Und sie hat ja noch angerufen. Also will sie auch mit dir reden.« Er gab ein bisschen Gas und reckte den Kopf fast bis zum Lenkrad, um suchend durch die Windschutzscheibe zu spähen. »Welche Nummer war das?«
»Sechs«, sagte Katja.
»Dann müsste es da vorn sein.«
Er meinte ein Einfamilienhaus, an dessen Jägerzaun im Vorgarten eine verblichene Regenbogenfahne mit der weißen Aufschrift *PACE* gespannt war. In den Beeten wucherte mehr Unkraut als Blumen. Das Plastikdach des Carports, unter dem ein klappriger Polo parkte, wies an mehreren Stellen faustgroße Löcher auf. Vor dem Eingang stapelte sich sauber verschnürtes Altpapier.
Neben der Klingel hing ein selbstgetöpfertes Schild, auf dem ein A, ein E, ein T und ein J kreuz und quer über ei-

nem kerzengeraden SAALFELD verteilt waren. Unmittelbar daneben war eine noch sehr viel größere Plakette aus mattiertem Stahl angebracht, in die in Schwarz »Strahlenfreie Zukunft – Güstriner gegen Atomkraft e. V.« eingestanzt war.

Bernd und Katja brauchten nach dem Klingeln nicht lange zu warten. Die Frau, die ihnen die dunkel getönte Glastür öffnete, war groß und schlank genug, um sich die Bezeichnung »hager« zu verdienen. Ihre Begrüßung fiel so kurz und zurückhaltend aus, wie es Katja angesichts ihrer Verspätung nicht anders erwartet hatte.

Erika Saalfeld bat sie in ein Büro, das aussah, als wäre darin eine mit Flugblättern und Broschüren gefüllte Bombe explodiert. Sie räumte Kartons von zwei Stühlen vor ihrem Schreibtisch, hielt plötzlich dabei inne und schob sich ihre Brille – ein schmuckloses Kassengestell – zurecht. »Sie wollen Fotos machen?«

»Eigentlich schon«, sagte Bernd. »Oder ist Ihnen das nicht recht?«

»Doch.« Saalfeld lächelte zum ersten Mal in ihrer Gegenwart. »Ich hatte fest damit gerechnet.« Sie zupfte eine Falte aus ihrem schlichten türkisen T-Shirt, dessen grelle Farbe angesichts der Blässe ihrer Haut umso mehr leuchtete. »Vielleicht können wir die Aufnahme hier machen.«

Sie drehte sich zu dem Luftbild hinter ihrem Schreibtisch um, das Güstrin und die nähere Umgebung zeigte. Die Elbe schnitt wie eine silbrige Klinge durch die Landschaft. Überall auf dem Foto steckten Reißzwecken in verschiedenen Farben.

»Wofür stehen die Markierungen?«, wollte Katja wissen, obwohl sie sich ziemlich sicher war, die Antwort bereits zu kennen.

»Für Leukämie und andere Blutkrankheiten bei Kindern.« Saalfeld schaute Katja herausfordernd an. »Erkennen Sie das Muster?«

»Die Fälle nehmen zu, je dichter man an das AKW kommt?«

»Richtig.«

»Aber soweit ich weiß, wurde noch nie ein direkter Zusammenhang zweifelsfrei nachgewiesen, oder?«, sagte Bernd.

Saalfeld verschränkte die Arme vor der Brust. »Für welche Zeitung schreiben Sie noch gleich?«

»Ich bin freie Journalistin.« Katja räumte schnell einen der Stühle frei und setzte sich. Warum konnte Bernd nicht einfach mal die Klappe halten, wenn es darauf ankam? »Es steht noch nicht fest, wo der fertige Artikel erscheint. Hatte ich Ihnen das noch nicht bei unseren ersten Telefonaten gesagt?«

»Sie sind nicht der einzige Medienmensch, der erst bei mir anklopft und irgendein Interview führen will, nur um dann plötzlich abzusagen oder sich gar nicht mehr zu melden. *Sie* habe ich mir nur wegen Ihres Namens gemerkt.« Saalfeld lehnte sich gegen die Schreibtischkante. »Und in welche Richtung wird dieser Artikel von Ihnen nun gehen?«

»Nun, in gar keine. Ich verstehe mich mehr als neutrale Beobachterin. Mich interessiert, wie sich die Atmosphäre in einer Stadt wie Güstrin verändert, wenn das AKW vor Ort vom Netz gegangen ist.« Katja nahm ihr Smartphone zur Hand, das sie auch als Diktiergerät benutzte. »Darf ich unser Gespräch aufzeichnen?«

»Von mir aus.«

»Danke.«

»Ich nehme dann auch mal lieber Platz.« Bernd sicherte sich den zweiten Stuhl. »Die Damen sagen mir dann einfach, wann ich knipsen soll, okay?«

Saalfeld ignorierte ihn geflissentlich. Ihr Blick blieb auf Katja geheftet. »Finden Sie das gut? Keine Position zu beziehen?«

»Ich kann mir denken, dass die Gräben zwischen Befürwortern und Gegnern der Kernenergie hier in Güstrin bestimmt besonders tief sind«, sagte Katja ruhig. »Meine eigene Meinung ist dabei doch komplett unerheblich. Über die Pros und Kontras von Atomkraft haben schlaue Köpfe schon regalweise Bücher geschrieben. Was könnte ich da noch an neuen Argumenten ins Feld führen?«

»Tiefe Gräben.« Die Fältchen um Saalfelds Mund herum traten deutlich zutage, als sie verächtlich die Lippen schürzte. »Davon könnte ich Ihnen ein Lied singen.«

»Wie meinen Sie das?«

»Ich habe jemanden in der eigenen Verwandtschaft, der in dieser Anlage arbeitet.« Saalfeld schüttelte den Kopf. »Der mich immer wieder mit halbgaren Argumenten davon zu überzeugen versucht, Kernenergie wäre sicher und sauber. Die ideale Brückentechnologie. Wir sind in Deutschland und nicht in Russland oder in Japan. All diese Propaganda.«

Katja witterte eine Chance auf eine interessante Gegenüberstellung von widerstreitenden Meinungen für ihren Artikel. Das, was sie sonst noch unbedingt aus Saalfeld herauskitzeln wollte und worüber sie bei Bernd kein Wort verloren hatte, konnte noch einen Augenblick warten. »Und wer ist diese Person?«

»Ich hoffe doch sehr, es ist nicht Ihr Mann«, sagte Bernd.

Saalfeld lachte bitter auf. »Glauben Sie, ich könnte mit so einem Mann verheiratet sein? Und er mit mir? Nein, es ist mein Schwager. Der Bruder meines Exmanns.«

»Hätten Sie auch einen Namen für mich?«, fragte Katja.

»Johnsen. Horst Johnsen«, sagte Saalfeld. »Reden Sie ruhig mit ihm. Er ist Schichtleiter. Ein guter Papagei für die PR-Leute seines Stromkonzerns. Plappert brav alles nach, was sie ihm vorsetzen. Wenn man ihm so zuhört, könnte man fast glauben, es hätte in Güstrin nie auch nur einen einzigen Störfall gegeben.«

»Und wie viele gab es wirklich?«

»Offiziell keinen. Aber mehr als dreihundert meldepflichtige Ereignisse.«

»Was nun aber wirklich nicht dasselbe ist wie ein Störfall«, merkte Bernd an. »Für einen Störfall muss es schon etwas ernster werden. So in die Richtung eines partiellen Ausfalls der Sicherheitssysteme.«

Katja sah ihn überrascht an.

»Was denn?«, sagte er mit Unschuldsmiene. »Ich habe nur meine Hausaufgaben gemacht und mich im Vorfeld ein bisschen darüber informiert, worauf wir hier so stoßen werden.«

Saalfeld lächelte kühl. »Sie werden sich hervorragend mit meinem Schwager verstehen. Das kann ich Ihnen jetzt schon versprechen.«

»Das spielt keine Rolle.« Katja legte viel Nachdruck in ihre Stimme. »Unsere persönlichen Ansichten werden den Grundtenor des Artikels nicht verfälschen. Aber falls es Sie beruhigt: Ich teile Ihren Standpunkt wahrscheinlich mehr, als Sie denken.«

»Das ist gut. Das freut mich.« Saalfeld nickte versöhnlich. »Dann werden Sie den beiden vielleicht auch ein paar Widerworte geben, wenn sie Ihnen weismachen wollen, der Septemberbrand wäre nur ein Märchen.«

»Der Septemberbrand?«

Saalfeld blinzelte ungläubig. »Sie haben nicht davon gehört?«

»Es könnte schlicht eine Frage des Alters sein, wenn man in diesem Zusammenhang ein paar Wissenslücken hat«, warf sich Bernd für Katja in die Bresche. »Sie war damals noch ein Kind.«

Katja runzelte die Stirn. »Moment. Meinen Sie die Sache mit dem angeblichen Brand auf dem AKW-Gelände? In den Achtzigern?«

»Angeblich …« Saalfeld seufzte. »Da ist nichts Angebliches, außer man glaubt denen, die die Angelegenheit vertuschen wollen. Ich habe mit sehr vielen Augenzeugen geredet, die wissen, was sie gesehen haben. Eine merkwürdig gefärbte Flammensäule. Gelb-bläulich, aber ohne Rauch. Auf dem Werksgelände. Und kurz danach Angestellte in Vollanzügen. Ich muss Ihnen hoffentlich nicht erklären, was das bedeutet. Hinterher haben sie Experten geholt, um einen Grund für das Feuer zu finden. Ich zitiere: Eine ungewöhnliche Ansammlung von Radon, das auf natürlichem Weg aus dem Erdreich ausgetreten ist, hat sich in einer Bodensenke angesammelt und spontan entzündet. Ist das nicht praktisch? Direkt neben einem Kernkraftwerk tritt unerwartet ein radioaktives Edelgas aus, das die Messung von erhöhten Strahlenwerten erklärt. Und als Jahre später auf Druck von Organisationen wie meiner eine unabhängige Untersuchungskommission einberufen wird, sind die Einsatzprotokolle der Feuerwehr weg. Bei einem Brand in einem Archiv vernichtet. Angeblich …«

Katja versuchte zurückzurechnen, ob ihr Onkel im September 1986 bereits in Güstrin gearbeitet hatte. Doch wozu? Ein Regelfanatiker wie er hätte niemals Stillschweigen über einen derartigen Vorfall bewahrt. Das wäre ein Verbrechen gewesen. »Aber wenn das wirklich vertuscht worden wäre, dann hätten doch über Jahrzehnte hinweg Hunderte von Leuten absolut dichthalten müssen, oder nicht?«

»Und? Trauen Sie das denen etwa nicht zu?«

Katja schwieg. Ihr war nicht entgangen, dass Saalfeld fast durchgängig von »denen« sprach. Das war die Ausdrucksweise von Verschwörungstheoretikern. Normalerweise fand sie das sogar amüsant, solange es um Illuminaten und Freimaurer und Tempelritter ging, die die wahren Strippenzieher hinter den Kulissen der Hochfinanz waren. Doch Saalfeld redete nicht von solchen grauen Eminenzen. Sie redete von Leuten wie Katjas Onkel.

»Sie haben sicher schon von dem Brand vorgestern Nacht gehört.« Katja kam endlich auf das Thema zu sprechen, das sie am brennendsten interessierte. »Der Mann, der dabei ums Leben gekommen ist, hat im AKW gearbeitet, und er –«

»Und er war mit Ihnen verwandt, nicht wahr?«, fiel ihr Saalfeld ins Wort. »Jakobs … ich hätte gleich darauf kommen sollen. Natürlich habe ich davon gehört. Meine Stellvertreterin wohnt zwei Häuser weiter. Wer war er? Ihr Vater?«

»Mein Onkel.«

»Mein herzlichstes Beileid.« Aus Saalfelds Mund klangen die Worte nur deshalb nicht nach einer Floskel, weil sie mit einem gehörigen Maß Sarkasmus ausgesprochen wurden.

Eine Hand fasste nach Katjas Schultern. »Lass es gut sein.«

Sie dachte nicht daran. »Wenn Ihre Stellvertreterin so hervorragende Spitzelarbeit leistet, hat Sie Ihnen dann auch mitgeteilt, was jemand vor sein Haus geschmiert hat?«

Saalfeld erwiderte Katjas hitzigen Blick ungerührt.

»Restrisiko Tod. Das stand da.« Katja merkte, dass sie immer lauter wurde, doch das störte sie nicht. Im Gegenteil: Es hatte etwas Befreiendes. »Und wissen Sie, wonach das für mich aussieht? Dass jemand aus Ihrem Verein auf einen persönlichen Kreuzzug gegangen ist. Ohne Rücksicht auf Verluste.« Sie sprang von ihrem Stuhl hoch und lächelte grimmig, als sie feststellte, dass Saalfeld vor ihr zurückweichen wollte, aber vom Schreibtisch daran gehindert wurde. »Was weiß ich, warum hier jemand so frustriert war. Vielleicht weil es ihm nicht genügte, dass das Kraftwerk jetzt abgeschaltet ist. Vielleicht wollte er noch mehr Rache. Und vielleicht musste mein Onkel deshalb sterben.«

»Manche Leute würden sagen, dass Ihr Onkel nur bekommen hat, was er verdient«, erwiderte Saalfeld ruhig. »Manche Leute würden sagen, er war selbst ein Mörder.«

»Wie meinen Sie das?«, fragte Katja und ignorierte Bernds flehenden Blick, den er immer aufsetzte, wenn er der Ansicht war, sie möge eine Sache doch bitte auf sich beruhen lassen. »Mein Onkel hat niemanden umgebracht.«

»Natürlich hat er das.« Kalter Zorn funkelte in Saalfelds Augen. »Wie jeder, der in einem Kernkraftwerk arbeitet.« Sie zeigte auf das Luftbild mit den Dutzenden von Reißzwecken. »Das ist der Beweis. Das können Sie in Ihrem Artikel ruhig so schreiben. Und jetzt schalten Sie Ihr Gerät aus und sehen Sie zu, dass Sie Land gewinnen. Dieses Interview ist vorbei.«

13

»Ich war hinten im Garten.« Erika Saalfeld öffnete die Tür erst nach dem sechsten oder siebten Klingeln. Von den gelben Handschuhen, die sie sich unter die Achsel geklemmt hatte, regnete es kleine Krumen Blumenerde auf ihre Sandalen.

»Möhrs, Kriminalpolizei.« Er zeigte ihr seinen Ausweis. »Dürfte ich reinkommen?«

Die Sehnen an ihrem dürren Hals spannten sich. »Worum geht es?«

»Um Frieder Jakobs.«

»Dazu kann ich Ihnen nichts sagen.« Sie trat einen Schritt zurück und schloss die Tür so weit, dass Möhrs wieder sein Spiegelbild im dunklen Glas sehen konnte, wie schon zuvor, als er ungeduldig geklingelt hatte. »Ich habe mit dieser Sache nichts zu tun.«

»Es wird nicht lange dauern.«

Sie starrte ihm durch ihre dicken Brillengläser entgegen, mit dem gleichen vorwurfsvollen Ausdruck im Gesicht wie seine Mutter, als sie beim Aufräumen seines Kinderzimmers die in seiner Sammlung von »Batman«-Comics versteckten Schmuddelheftchen entdeckt hatte. »Fünf Minuten.« Dann drehte sie sich einfach um und ließ die Tür offen stehen.

Möhrs folgte ihr ins Haus hinein, vorbei an einer übervollen Garderobe, an der mehr als genug Windjacken hingen, um eine ganze Kompanie von Wutbürgerinnen auszustatten. Sie passierten den Durchgang zu einer Küche, in der sich in der Spüle und auf der Anrichte Tassen und Teller stapelten. Im Wohnzimmer mit Blick auf den verwilderten Garten setzte sie sich auf eine abgewetzte Kunstledercouch und bot ihm wortlos einen Platz auf einem Sessel an. Auf der Armlehne lag ein aufgeschlagenes Buch mit den bedruckten Seiten nach unten. Das Titelbild zeigte eine von Regentropfen benetzte Rose vor grauen Wolken, die gerade unter kräftigen Sonnenstrahlen auseinanderstoben. »Ich halte dich fest, wenn ich dich loslasse« stand darüber in schmalen schwarzen Lettern.

»Und?« Bis auf die Bewegungen ihrer Lippen blieb ihr Gesicht mit den eingefallenen Wangen reglos wie eine Totenmaske. »Was wollen Sie mich fragen, Herr Kommissar?«

Möhrs sah keinen anderen Weg, als mit der Tür ins Haus zu fallen. »Sie kannten Frieder Jakobs. Er hat sie wegen Körperverletzung angezeigt.«

»Dazu habe ich bei einem Ihrer Kollegen schon eine Aussage gemacht.«

»Im Februar war das, richtig? Nach einer Informationsveranstaltung in der Stadthalle über die Zukunft des Kraftwerks.«

Sie nickte.

»Warum haben Sie Herrn Jakobs damals angegriffen?«

»Steht alles in meiner Aussage.« Sie fing an, die Blumenerde von den schlaffen Fingern der Handschuhe zu streichen. Es erweckte nicht den Eindruck, als störte es sie, dass der ganze Dreck in ihren Schoß rieselte. »Das war ein Unfall.«

»Sie haben ihm Ihr Glas ins Gesicht geschlagen. Mit so viel Wucht, dass es zersplitterte und Sie beide tiefe Schnittwunden hatten, die genäht werden mussten. Sie in der Hand, er auf der Wange.« Er strich sich übers Kinn. »Das hört sich für mich nicht nach einem Unfall an.«

Sie zuckte mit den Schultern. »Ich hatte vergessen, dass ich es in der Hand hatte. Ich war sehr aufgebracht.«

Möhrs horchte auf. »Und warum waren Sie so wütend?«

»Wegen der Lügen in seiner Präsentation.« Sie verdrehte die Augen. »Das mit der Brückentechnologie. Der sicheren Energiegewinnung. Und der Überreaktion der Öffentlichkeit.«

»Ich verstehe.« Er hob die Hände. »Das heißt, um genau zu sein, verstehe ich es nicht ganz. Es konnte Ihnen doch egal sein, was er erzählte. Sie hatten doch gewonnen.«

»Gewonnen?«

»Sie und Ihre Bürgerbewegung. Das Kraftwerk wurde vom Netz genommen.« Er war nur ein Zugezogener aus Ratzeburg, aber er wohnte lange genug in Güstrin, um zu verstehen, wie die Schlachtlinien in Sachen Atomkraft vor Ort verliefen. Erika Saalfeld war die engagierte Sprecherin einer verhältnismäßig kleinen, aber lauten Gruppe, die erst nach dem Unglück in Fukushima etwas mehr Zulauf von den Einheimischen erfahren hatte. »Gegen die Wünsche der Mehrheit hier. Das wollten Sie doch, oder?«

»So einfach ist das nicht«, sagte sie matt. »Es gibt Siege, die sich hinterher wie Niederlagen anfühlen. Weil man auf dem Weg dorthin zu viel verloren hat.«

»Empfinden Ihre Unterstützer auch so oder sind Sie die Einzige?«

»Sicher nicht.«

Es war eine knappe Antwort, aber Möhrs war dennoch zufrieden. Er hatte große Schwierigkeiten, sich vorzustellen, wie Erika Saalfeld einen Mann von einem so kompakten Körperbau wie Frieder Jakobs allein überwältigte. Ob die Kraft in ihren dünnen Armen ausreichte, um jemandem mit einem Hammer die Handknochen zu zertrümmern? »Wo waren Sie in der Nacht von Dienstag auf Mittwoch?«

Ihre Mundwinkel zuckten, als würde sie ein spöttisches Lächeln unterdrücken. »Größtenteils hier. In meinem Schlafzimmer.«

Möhrs hielt den Atem an. Würde es so einfach werden?

Würde sie zum Schluss gar nichts leugnen, sondern ein volles Geständnis ablegen? In diesem beinahe gelangweilten Tonfall? »Größtenteils?«

»Zwischen vier und fünf Uhr morgens war ich nicht hier.«

Stumm glich Möhrs diese Angabe mit dem Zeitpunkt ab, zu dem die Freiwillige Feuerwehr von einer Zeitungsausträgerin auf ihrer Runde durch Güstrin alarmiert worden war. Fünf Uhr siebzehn. »Und wo waren Sie zu diesem Zeitpunkt?«

»Joggen.«

Das brachte Möhrs etwas aus dem Konzept. »Sie sind um vier Uhr morgens raus zum Joggen?«

Ihr Blick, mit dem sie bislang sein Gesicht taxiert hatte wie eine Schlange eine Maus, glitt zwei Etagen tiefer zu seinem Wohlstandsbauch. »Sie sind kein Sportler, nehme ich an.«

»Kann sein«, gab er zu. »Aber Sie sind scheinbar eine echte Frühaufsteherin.«

»Nein. Ich habe in der Nacht gar nicht geschlafen.«

Er hob fragend die Augenbrauen.

»Das kommt leider häufiger vor. Schlaflosigkeit. Ich bin deswegen in Behandlung. Aber ich mag die Pillen nicht. Ich will schlafen, nicht heruntergefahren werden. Und manchmal hilft da joggen. Sogar frühmorgens, wenn sonst noch niemand auf den Beinen ist, der mich dabei sehen könnte, wie ich meine große Runde laufe.« Sie legte den Kopf schief. »Wollen Sie die Nummer von meinem Hausarzt?«

Er war zu perplex, um sofort zu reagieren. Warum sagte sie ihm ins Gesicht, dass sie kein Alibi hatte? Kurz nachdem sie angedeutet hatte, dass sie sehr wohl ein persönliches Motiv besaß, den Mord an Frieder Jakobs zu begehen. Welches Spiel trieb sie da mit ihm?

Die Polster des Sofas knarzten, als sie sich zurücklehnte und die Beine übereinanderschlug. »Machen wir uns doch nichts vor. Sie wollen eigentlich von mir wissen, ob ich Frieder Jakobs' Haus angezündet habe, oder?«

Möhrs wurde schlagartig der Mund trocken. »Und? Haben Sie das?«

»Ich weiß genau, wie Sie zu Ihren Verdächtigungen kommen.« Saalfeld schüttelte den Kopf. »Es ist auch alles so hübsch simpel. Sie sehen, was jemand an Frieder Jakobs' Gartenmauer geschmiert hat, und schon sind Sie felsenfest davon überzeugt, dass derselbe Jemand ihn umgebracht hat. Jemand, der sich völlig zu Recht gegen die Atomlobby wehrt. Und da wären wir dann bei mir. Es kann ja niemand anders gewesen sein. Und warum? Wegen dieser Anzeige, die er gegen mich erstattet hat. Als ob es dasselbe ist, wenn einem vor Wut und Empörung die Hand ausrutscht oder man kaltblütig einen Menschen tötet.« Sie seufzte. »Wissen Sie was? Sie sind nicht besser als dieses feine Fräulein Jakobs aus Hamburg, die meint, sie hätte auch nur den blassesten Schimmer, was –«

»Halt!« Möhrs richtete sich in seinem Sessel auf. »Was war das eben mit einem Fräulein Jakobs?«

»Seine Nichte.« Zum ersten Mal war da eine leise Spur von Verwunderung in ihrer Stimme, als nähme das Gespräch eine unerwartete Wendung. »Sie war hier. Vorhin erst. *Sie* war auch der Meinung, nur jemand wie ich könnte für den Tod ihres Onkels verantwortlich sein.« Sie kniff die Augen zusammen. »Sie kennen sie schon, oder?«

»Das tut nichts zur Sache«, sagte Möhrs. Verdammt, Erika Saalfeld war alles, aber nicht dumm. Doch es lag nicht an ihrer Schläue, dass er nun spürte, wie sein Puls schneller ging und er sich beherrschen musste, das alberne Selbsthilfebuch mit der regennassen Rose auf dem Cover von der Sessellehne zu fegen. Katja Jakobs hatte angefangen, ihm dazwischenzupfuschen. Er hasste es, wenn sich seine Befürchtungen bewahrheiteten. »Bleiben wir doch bitte beim Thema.«

»Ich dachte, genau das wäre das Thema«, erwiderte Saalfeld. »Die Verdächtigungen, denen ich mich von allen Seiten ausgesetzt sehe.«

Möhrs drückte beide Hände fest auf seine Oberschenkel, um die nutzlos in ihm aufwallende Verärgerung irgendwohin abzuführen. »Sie müssen doch zugeben, dass die Verdachtsmomente gegen Sie nicht völlig aus der Luft gegriffen sind. Sie haben es selbst gesagt. Restrisiko Tod. Das klingt leider ganz nach Ihren Ansichten. Entschuldigung, nach den Ansichten, die Sie mit ähnlich, nun ja, engagierten Bürgern teilen.«

»Sie sind wie ein Schaf, das den Kopf durch ein Loch im Zaun gesteckt hat und sich jetzt wundert, warum es ihn nicht mehr herausbekommt. Klar, Frieder Jakobs arbeitet in einem AKW, also müssen wir es gewesen sein.« Sie lächelte müde und winkte ab. »Hören Sie sich doch lieber mal bei seinen Kollegen um. Bei meinem Schwager zum Beispiel.«

Nun war die Reihe an Möhrs, verblüfft zu sein. »*Ihr* Schwager arbeitet im AKW?«

»Als Schichtleiter.« Sie nickte. »Und Frieder Jakobs war sein Stellvertreter.«

»Aha.« Möhrs legte die Stirn in Falten. Was war das nun schon wieder? Ein billiger Versuch von ihr, den Verdacht von sich abzulenken? »Und inwiefern macht das Ihren Schwager zu einem Mann, den ich dringend befragen sollte?«

Sie holte die Handschuhe unter ihrer Achsel hervor und warf sie achtlos vor sich auf den gläsernen Couchtisch. »Kennen Sie sich damit aus, wie das Innenverhältnis zwischen einem Schichtleiter und seinem Stellvertreter aussieht?«

»Nein.«

»Sie müssen sich blind verstehen«, erklärte Saalfeld. »Der eine muss immer ganz genau wissen, wie der andere denkt. Wie er sich in bestimmten Situationen verhält. Mindestens einer von ihnen muss während der Schicht immer in der Warte bleiben.«

»Warte?«

»Die Schaltzentrale des Kraftwerks. Der Ort, von wo aus die gesamte Reaktoranlage überwacht wird. Wo bei einem

Störfall die Entscheidungen getroffen werden.« Sie senkte die Stimme. »Sie müssen sich das mal vorstellen. Zwei Männer entscheiden im Ernstfall darüber, ob sie bewusst Radioaktivität in die Umwelt entweichen lassen oder nicht. Natürlich nur, um eine größere Katastrophe abzuwenden. Zwei Männer legen fest, ob draußen Tausende Menschen verstrahlt werden.«

Möhrs hatte nicht die geringste Ahnung, ob dem tatsächlich so war oder ob in den Fällen, die Saalfeld da andeutete, noch einmal Rücksprache mit einem Verantwortlichen außerhalb des Kraftwerks gehalten wurde. »Sie waren dabei, mir zu erklären, warum ich Ihren Schwager vernehmen sollte.«

»Ich will es kurz machen.« Sie faltete die Hände wie zum Gebet. »Der Schichtleiter und sein Stellvertreter funktionieren wie ein altes Ehepaar.«

Möhrs wartete einen Moment, ob noch mehr kam. »Und?«

»Bei den meisten Morden kommt der Täter doch aus dem direkten Familienumfeld, oder liege ich da falsch?« Sie beugte sich weit nach vorne, um auf die Wanduhr im Flur zu sehen. Dann stand sie auf. »Ich befürchte, Ihre fünf Minuten sind um.«

14

Während ihres gesamten Besuchs des AKWs Güstrin versuchte Katja ernsthaft, den Rat zu beherzigen, den ihr Bernd gegeben hatte: »Reißt du dich diesmal ein bisschen mehr zusammen? Wenn du da drin so austickst wie bei der Saalfeld, ist es mit einem Rausschmiss nicht getan. Die holen die Bullen.«

Zugegebenermaßen war es keine allzu große Herausforderung, an diesem Ort die Contenance zu wahren. Schon im Besucherinformationszentrum – einem runden einstöckigen Betonbau auf einer begrünten Anhöhe hundert Meter vom Elbufer entfernt – begegnete man ihr mit mehr als professioneller Höflichkeit. Den beiden Mitarbeitern dort war nicht entgangen, dass sie es heute mit der Nichte ihres verstorbenen Kollegen zu tun hatten. Der eine, Bogdan Simovic, hatte erstaunliche Ähnlichkeit mit einem in Würde gealterten Winnetou-Darsteller der Karl-May-Festspiele in Bad Segeberg. Die andere, Claudia Kühne, gehörte zu jenen Frauen, die ihren Charme aus elegantem Understatement in der Kleidung und einer Aura völliger Gelassenheit zogen.

Bei Kaffee und Kuchen erhielten Bernd und Katja eine kurze Vorstellung des Kraftwerkbetriebs in Form einer Kombination aus Powerpoint-Präsentation und Infofilm. Katja fiel sofort auf, dass das Informationszentrum technisch hervorragend ausgestattet war: Der Beamer senkte sich automatisch aus der Deckenverkleidung herab, und sowohl die Leinwand als auch die Blendjalousien dahinter glitten selbsttätig in die für die Lichtverhältnisse optimale Position. Katjas Erinnerungen an die Uni waren noch frisch genug, dass sie einen Anflug von Neid verspürte. Es hätte Dozenten gegeben, die für vergleichbare Seminarräume an ihrem Institut eine ihrer Nieren verkauft hätten. Doch wo an der Uni die Pfennigfuchser das Sagen hatten, schien hier im AKW Geld keine Rolle zu spielen.

Aus Simovics routiniertem, aber keineswegs humorlosem Vortrag nahm Katja eine wesentliche Erkenntnis darüber mit, wie die meisten Leute aus dem Kraftwerk offenbar tickten: Sie sahen durchaus die gleichen Risiken und Probleme beim Betreiben eines Reaktors wie die eingefleischten Gegner der Atomenergie. Bei ihrer abschließenden Beurteilung der Gefahrenlage gelangten sie allerdings zu anderen Schlüssen.

Ja, zur Kühlung des Reaktors floss über den dicken Daumen gerechnet ein Zehntel des gesamten Wassers der Elbe durch die Anlage und wurde dabei selbstverständlich messbar erwärmt. Aber welche Form der modernen Energiegewinnung setzte schon keinerlei Eingriffe des Menschen in die Umwelt voraus?

Korrekt, das Reaktorgebäude würde zwar sogar dem Einschlag eines mittelgroßen Passagierjets wie einem Airbus-A320 allen Berechnungen und Simulationen zufolge standhalten. Einem größeren Meteoriten hingegen hätte es kaum etwas entgegenzusetzen. Aber welches von Menschen errichtete Gebäude vermochte das überhaupt?

Richtig, es war unmöglich, ein Kernkraftwerk zu betreiben, ohne dass dabei Strahlung frei wurde, die sich im Umland der Anlage nachweisen ließ. Aber wie wahrscheinlich war es, dass diese nur minimal über der natürlich vorhandenen Strahlungsmenge liegenden Dosen schwerste Erkrankungen bei den Anwohnern auslösten?

Der Infofilm veranschaulichte eine ähnliche Argumentationslinie, indem er die beeindruckende Sorgfalt dokumentierte, mit der das gesamte Kraftwerk im Vollbetrieb regelmäßig gewartet worden war. Katja datierte den kurzen Streifen anhand der Frisuren, der Schnauzbärte und der Kleidung der darin zu sehenden Techniker auf die frühen Neunziger. Sie wuselten um gigantische Turbinen herum, verschwanden in Röhren und Schächten wie Ameisen in den Tunneln ihres Baus und klopften Millimeter für Millimeter Bauteile auf Ermüdungsrisse und Materialfehler ab. Alles war machbar, alles war beherrschbar, wenn man nur genügend Zeit und Aufwand investierte.

Nach dem Film führte Simovic sie zum Eingang des eigentlichen Kraftwerkgeländes. Sie folgten den Schienen, auf denen in der Vergangenheit mehrfach Castorbehälter mit radioaktiven Abfällen ihrem Zwischenlager entgegengerollt waren. Linker Hand sollten gleich zwei hohe Zäune unerwünschte Besucher abschrecken. Die erste Hürde war oben mit Stacheldraht versehen, die zweite waren die eng übereinanderliegenden Drähte eines Elektrozauns. Katja glaubte, die Hochspannungsleitungen, die vom Kraftwerk abgingen, knistern und prasseln zu hören. Vielleicht waren es auch nur die Geräusche eines Schweißbrenners, denn die gesamte Fassade des Reaktorgebäudes wurde derzeit aufwendig erneuert. Vor den Gerüsten, die sich von den Fundamenten bis zum Flachdach erhoben, waren gigantische Planen gespannt. Sie waren mit ins Riesenhafte vergrößerten Aufnahmen bedruckt, die sich auch in der PR-Broschüre und auf den Internetseiten des Kraftwerkbetreibers fanden: lächelnde Männer und Frauen in blauen Overalls und gelben Schutzhelmen, die vor den für Katja rätselhaften Anzeigen noch rätselhafterer Maschinen standen.

Sie betraten schließlich ein ausgezeichnet klimatisiertes Gebäude. Katja überkam das sonderbare Gefühl, durch ein Wurmloch gefallen zu sein, das sie in die siebziger Jahre zurückversetzte. Schwarz-weiß gesprenkelte Steinfliesen, ein blubbernder Wasserspender in der einen Ecke, eine Sitzgruppe mit viel schwarzem Leder und blitzendem Metall in der anderen.

Am Empfangstresen saß eine lächelnde Mittvierzigerin hinter kugelsicherem Glas auf einem Drehstuhl. Durch eine Schiebemulde, wie Katja sie bisher nur in altmodischen Bankfilialen gesehen hatte, übergab Simovic der Frau einen kleinen Stapel Dokumente, obenauf das von Bernd und Katja im Vorfeld unterzeichnete Informationsblatt mit Sicherheitshinweisen für ihren Besuch. Darin hatte Katja unter anderem erfahren, welche Strahlendosis sie in den wenigen Stunden hier aufnehmen würde. Laut den Angaben auf dem Papier würde sie geringer ausfallen als bei einem Flug nach Mallorca.

Aus einem Mikrofon quäkte die Aufforderung, ihre Personalausweise bitte abzugeben. Danach bat Simovic sie nacheinander in eine kleine Fotokabine. Katjas Hintern ruhte höchstens zwei Sekunden auf dem runden Hocker dort, dann zuckte ihr halbtransparentes Spiegelbild vor ihr zusammen, weil ihr über einen Lautsprecher mitgeteilt wurde, dass sie die Kabine auch schon wieder verlassen könne. Simovic händigte ihr einen Besucherausweis aus, eine rote Plastikkarte mit einer schwarzen vierstelligen Ziffer darauf. Sie steckte in einem Gehäuse aus robustem, durchsichtigem Kunststoff, das über einen Clip verfügte, mit dem man den Ausweis an seiner Kleidung befestigen konnte.

Mit einem mulmigen Gefühl im Magen unterzog sich Katja ihrer ersten Strahlenmessung. Die Maschine dafür war rein äußerlich betrachtet nur ein silberner mannshoher Kasten, der unten über ein kleines Podest verfügte, auf das man sich zu stellen hatte. Zuerst mit dem Gesicht zur glänzenden Oberfläche des Apparats hin, wobei man die rechte Hand in eine Art offenen Trichter steckte und sie so hielt, dass man Hautkontakt mit einem vorspringenden orangeroten Knopf aus Hartplastik hatte. Nach einem kurzen Augenblick wurde man von der Maschine, die mit einer kühlen, leicht abgehackt klingenden Frauenstimme zu einem sprach, dazu angehalten, das Prozedere nach einer Drehung um hundertachtzig Grad mit der linken Hand zu wiederholen. Katja wusste nicht genau, warum sie überhaupt erleichtert aufatmete, als ihr die Maschine danach versicherte: »Keine Kontamination.«

Auf ihrem weiteren Weg durch das Kraftwerk prasselten so viele Eindrücke auf sie ein, dass ihre Wahrnehmung nur noch an Details haften blieb.

Nach dem Passieren eines Drehkreuzes untersuchte eine Frau von einem Wachdienst Katja mit einem piependen Metalldetektor auf eingeschmuggelte Waffen hin. Als wäre sie eine Terroristin, die den spektakulärsten Anschlag aller Zeiten plante.

In einer Umkleidekabine streifte sie einen weißen Overall und weiße Handschuhe über, setzte einen Helm in warnendem Orange auf und schlüpfte in klobige Sicherheitsschuhe – alles vom AKW gestellt. Sie fühlte sich wie eine Statistin in einem James-Bond-Film, die eine der Scherginnen im Hauptquartier des Superschurken zu mimen hatte.

In einer drei Stockwerke hohen Halle musste sie über kurze Leitern klettern, um direkt neben die von blau gestrichenem Stahl ummantelten Turbinen zu gelangen. Wie eine besonders futuristische Alice, die durch das Kaninchenloch in ein hochtechnisiertes Wunderland gefallen war.

Eine sargdicke Stahltür, die bei einem Störfall den Zugang zum Reaktorgebäude abriegelte, wurde von einem Elektromagneten offen gehalten. Hier kam Katja sich vor, als gehörte sie zur Besatzung eines Bunkers, in dem ausgewählte Militärs den Dritten Weltkrieg führen und überleben sollten.

Die beiden Schotts vor dem Reaktorbehälter, die aussahen wie Deckel für alte Dampfkochtöpfe, erweckten in ihr den Eindruck, sie wäre an Bord eines U-Boots geraten, unterwegs auf geheimer, todbringender Mission irgendwo unter der Eiskappe des Nordpols.

Als sie dann auf Gitterplatten direkt unter dem Reaktorbehälter standen – also genau dort, wo sich in Fukushima die Kernschmelze ihren Weg ins Freie gebahnt hatte –, war sie der festen Überzeugung, dass jeden Moment Warnsirenen aufheulen würden, weil sich die Katastrophe hier nun wiederholte.

Die Rettungsringe am Geländer des Abklingbeckens mit seinem klaren, blau schimmernden Wasser drängten ihr Bilder von verlassenen Schwimmbädern und Kreuzfahrtschiffen direkt vor der Ausmusterung auf.

Und über all dem schwebte in Katjas Denken und Fühlen die nach und nach immer beklemmendere Erkenntnis, dass sie im Grunde eine Geisterjägerin war. Durch all diese vielen Treppenhäuser, Gänge, Kammern und Hallen war vor ihr jahrzehntelang ihr Onkel gewandelt. Tagaus, tagein. Sie folgte einem Phantom, das nur noch in der Erinnerung der

Menschen existierte, die es zu Lebzeiten gekannt hatten. Für alle anderen war es vollkommen unsichtbar geworden. Katja hätte sich kaum gewundert, wenn auf einigen der Aufnahmen, die Bernd beim Rundgang durch das Kraftwerk machte, ein durchscheinender Lichtfleck von grob menschlicher Gestalt zu sehen gewesen wäre.

Bernd schien Katjas Befangenheiten im Übrigen nicht einmal ansatzweise zu teilen. Er knipste, wo und wann Simovic es ihm gestattete, und machte eine interessierte Miene, während ihr Führer über ausgeblasene Zündfunken, unterschiedliche Wirkungsgrade oder Pumpkreisläufe referierte. Manchmal stellte er sogar selbst die eine oder andere Frage, wenn Simovics Ausführungen nicht alle seine Wissenslücken stopfen konnten. Entweder er war ein verdammt guter Schauspieler, oder es war ihm bisher irgendwie gelungen, sein Faible für technische Details, die sich nicht gerade auf Kameras und Fotografie bezogen, geschickt vor Katja zu verheimlichen.

Jedenfalls hatte Bernd ein sicheres Gespür dafür, wann es galt, den Finger erst gar nicht mehr vom Auslöser zu nehmen: in der Warte des AKWs. Ein gutes Begleitfoto zu einer gelungenen Reportage zeigte nicht notwendigerweise etwas, das die Leser noch nie gesehen hatten. Man brauchte auch Aufnahmen, die die bei den Leuten bereits vorhandenen Erwartungen zu einem Thema erfüllten. Und die Warte bot exakt ein solches Motiv: drei in einem augenfreundlichen Beige gehaltene Wände voller Leuchtdioden, Skalen und Anzeigen, Bildschirmen und Modellzeichnungen. Davor zogen sich meterlange Pulte mit unzähligen Kontroll-, Steuer- und Überwachungseinheiten hin. Verbunden mit der Tatsache, dass die Schreibtische für den Schichtleiter und seinen Stellvertreter auf einem erhöhten Podest im hinteren Teil des Raumes standen, war es Katjas Hirn ein Leichtes, eine Assoziation abzurufen, die sich auch in ihrem Artikel ausgezeichnet machen würde: Wer zum ersten Mal in die Warte eines AKWs kam, fühlte sich wie Captain Kirk, wenn er aus dem Turbolift auf die Brücke des Raumschiffs Enterprise trat. Zugegebenermaßen war es aus Sicherheitsgründen gar nicht die echte Warte, die Bernd und Katja zu Gesicht bekamen. Es handelte sich lediglich um einen originalgetreuen Nachbau in einem Nebengebäude, mit dem man alle Vorgänge im Kraftwerk simulieren konnte. Irgendwo mussten die Menschen, deren Aufgabe es später sein sollte, die Abläufe im Reaktor und in den Turbinen zu überwachen, ja auch ausgebildet werden. Aber welcher Leser würde den Unterschied schon erkennen?

Nachdem sie die Werkskluft wieder gegen ihre zivile Kleidung ausgetauscht hatten, endete die Führung in der Kantine, was eine strategisch kluge Entscheidung war: Die trockene Luft in der Anlage sorgte rasch für eine trockene Kehle.

Ein Schichtwechsel stand an, und es herrschte entsprechend reges Treiben. Vor den Getränkeautomaten hatten sich kleine Schlangen gebildet. Katja hatte ihr Glas gerade unter den Zapfhahn mit der Apfelsaftschorle gestellt, als sich eine krächzende Stimme über das allgemeine Gemurmel erhob.

»Hey, Simovic! Weiß deine Frau eigentlich, was du hier so für schicke Mädels spazieren führst?«

Simovic fuhr auf dem Absatz zu einem Tisch ganz in der Nähe herum. »Verdammt, Ritter! Behalt deine schmutzigen Fantasien für dich!« Er wandte sich zerknirscht an Katja. »Tut mir schrecklich leid, Frau Jakobs, aber dieser Kerl hat ein Benehmen wie eine offene Hose.«

»Macht nichts.« Ein dicker Strahl Flüssigkeit zischte in Katjas Glas und produzierte viel zu viel Schaum. »Ist ja nicht Ihre Schuld.«

»Du musst es schräg halten«, gab ihr Bernd einen seiner typischen überflüssigen Ratschläge. »Das dauert sonst Stunden.«

Sie sollte nicht dazu kommen, ihm eine Retourkutsche zu erteilen.

15

»Frau Jakobs?« Der Mann, der Katja ansprach, hatte eines jener kantigen Gesichter, die im Alter oft an Anziehungskraft gewannen. Mit seiner markanten Nase und den feinen Lachfältchen um die Augen erinnerte er sie an einen entfernten Verwandten von Liam Neeson, der sich einen sauber gestutzten Bart hatte stehen lassen. »Entschuldigen Sie bitte meine Aufdringlichkeit.«

Katja reichte ihr halb mit Schaum gefülltes Glas an Bernd weiter, damit sie dem Fremden die Hand schütteln konnte. »Katja Jakobs, hallo. Und Sie sind?«

»Horst Johnsen. Ich bin … ich *war* ein Kollege Ihres Onkels. Mein Beileid.« Er lächelte. »Sie haben seine Körperhaltung, wissen Sie? Dieser leichte Buckel.«

Katja straffte die Schultern. »Oh, wirklich?«

»Das war nicht sehr nett von mir.«

»Ach was.« Ihr fiel ein, wo sie seinen Namen heute Morgen erst gehört hatte. »Sie sind der Schwager von Erika Saalfeld, oder?«

Er hob eine Augenbraue. »Sie sind bestens informiert.«

»Sie hat Sie beiläufig erwähnt.«

»Natürlich hat Sie das.« Er schüttelte den Kopf und drehte sich halb zur Seite, um zu einem der Kantinentische zu zeigen. »Möchten Sie sich nicht zu uns setzen? Wir haben gerade über Ihren Onkel gesprochen.«

»Warum nicht?«

»Das geht doch in Ordnung?«, fragte Johnsen bei Simovic nach.

»Sicher.« Simovic zog seine Krawatte gerade. »Wir waren so weit durch die Anlage durch.«

»Na dann …«

Während Bernd noch am Getränkeautomaten zurückblieb, führte Johnsen Katja zu seinem Tisch. Als er sie den drei Männern vorstellte, die dort beisammensaßen, schaute Katja in überwiegend betretene Mienen. Nur einer – ein grauhaariger Typ mit der rot geäderten Knollennasse eines leidenschaftlichen Trinkers – entblößte in einem breiten Grinsen seine langen Pferdezähne. »Mir war gar nicht klar, was für eine reizende Verwandtschaft der alte Knurrhahn hatte.«

Katja erkannte die krächzende Stimme sofort wieder. Das musste Ritter sein – so hatte Simovic ihn doch eben genannt, oder nicht? Ritter zählte anscheinend zu jener leider weitverbreiteten Sorte Mann in den sogenannten besten Jahren, die dazu neigten, jeder jüngeren Frau, die ihnen begegnete, plumpe Avancen zu machen.

»Reiß dich zusammen, ja?«, blaffte Johnsen.

»Stell dich nicht so an.« Ritter schwoll die Brust unter seinem zerknitterten Karohemd. »Frieder hätte doch auch gewollt, dass ich meine gute Laune behalte. Ich bin nun einmal eine Frohnatur. Was kann ich dafür, dass ihr alle so ernst sein müsst?«

»Trink dein Bier.« Der ungeschlachte Mann neben ihm knallte den Salzstreuer, mit dem er bis eben noch gespielt hatte und der in seinen blond behaarten Pranken wie ein Utensil aus einer Puppenküche wirkte, laut auf die Tischplatte.

Ritter murmelte etwas Unverständliches, ehe er der Aufforderung folgte.

»Wir wussten, dass Sie kommen würden«, sagte Johnsen, nachdem sie Platz genommen hatten. »Frieder hat sich schon sehr auf Sie gefreut.«

»Hat er?« Katja wurde klar, dass sie womöglich mit den Menschen am Tisch saß, die ihren Onkel zuletzt lebend gesehen hatten. Mit Ausnahme seines Mörders. »Hat er Ihnen auch gesagt, warum ich komme?«

Johnsen nickte. »Sie wollen einen Artikel über die Atmosphäre in der Stadt schreiben, jetzt, da das Werk abgeschaltet wird.«

»Und Sie sehen ja, was hier läuft.« Ritter gestikulierte so wild, dass sein Bierglas überschwappte, doch er bemerkte es offenbar nicht einmal. »Das ist eine echte Sauerei, was mit Ihrem Onkel passiert ist. Eine Riesenschweinerei.«

»Ihre Apfelschorle, Madame.« Bernd servierte Katja ihr Getränk, einen Arm vornehm hinter dem Rücken. »Ich kümmere mich gleich noch um die Gemälde im Roten Salon, wenn ich darf.«

Die AKW-Mitarbeiter blickten einander verständnislos an, aber Katja schmunzelte. Sie ahnte, was Bernd vorhatte. Er würde in wechselnden Abständen um den Tisch herumscharwenzeln, den rechten Zeigefinger auf dem Auslöser der Kamera, die um seinen Hals baumelte. Er nannte diese Taktik gern Blindfeuer. Katja war jedes Mal aufs Neue überrascht, dass dabei meistens etliche brauchbare Aufnahmen heraussprangen.

»Wie gut kannten Sie meinen Onkel?«, fragte Katja in die Runde.

»Schauen Sie, Frau Jakobs.« Johnsen beschrieb mit einem seiner kräftigen Finger einen kleinen Kreis. »Dieses Kraftwerk, das ist zwar im Grunde ein Betrieb wie jeder andere auch, aber –« Er wandte sich an den vierten Mann am Tisch, einen schmächtigen Glatzkopf. »Was rollst du so mit den Augen, Gernot? Siehst du das anders?«

»Nein, nein.« Gernot winkte ab. »Ein Betrieb wie jeder andere auch.« Er senkte den Kopf, um seine linke Handfläche zu studieren, als läge in den Linien die Antwort auf ein schier unlösbares Rätsel verborgen. »Wenn du das sagst, Horst ...«

»Ein Betrieb wie jeder andere auch«, wiederholte Johnsen wie auf der Suche nach dem verlorenen roten Faden. »Aber wir sind nicht Beiersdorf oder die BASF oder VW oder so. Hier gibt es nicht Zehntausende von Angestellten. Hier kennt noch jeder jeden. Aber Frieder ... war mehr als ein Kollege für mich.« Er strich sich über den Bart. »Frieder war mein Freund. Mein bester Freund sogar. Wir haben uns früher oft eine Kabine geteilt.«

Katja, die mit der Fingerspitze gerade einen Tropfen Kondenswasser vom Rand ihres Glases hatte wischen wollen, erstarrte in der Bewegung. »Sie sind gemeinsam zur See gefahren? Sie und mein Onkel?«

Ihre Überraschung wuchs, als nicht nur Johnsen, sondern alle vier Männer nickten.

»Das ist nichts Ungewöhnliches.« Simovic, der bisher schweigend am Kopfende des Tisches gestanden hatte, schlug den gleichen Tonfall an, in dem er seinen Vortrag zu Beginn der Führung gehalten hatte. »Viele von unseren Technikern und Ingenieuren hier waren früher einmal gemeinsam auf Schiffen im Einsatz. Das hängt unter anderem mit der Größe der Anlagen zusammen, die hier betreut und gewartet werden müssen. Generatoren und Turbinen von den Ausmaßen, wie sie in Kraftwerken betrieben werden, findet man sonst meistens nur an Bord von Schiffen.«

»Danke.« Johnsen sah Katja in die Augen. »Es ist alles vollkommen richtig, was der Herr Kollege da erzählt, aber bei mir und Ihrem Onkel liegt der Fall noch mal anders. Ich kannte ihn schon aus dem Studium in Bremen. Seit über dreißig Jahren.«

»Dreißig Jahre …« Katja konnte sich nicht daran erinnern, dass ihr Onkel einen seiner Kollegen jemals namentlich erwähnt hätte. Andererseits hatte Frieder bis zu seinem letzten Anruf bei ihr nie über seine Arbeit geredet. Vermutlich hatte er es nicht auf einen Streit zwischen ihnen ankommen lassen wollen. Trotzdem war sie überrascht. Ihr dämmerte, wie wenig sie bei genauerer Betrachtung über das Leben ihres Onkels wusste. Johnsen hatte gesagt, Frieder wäre sein bester Freund gewesen, und bis vor ein paar Stunden hatte sie nicht einmal etwas von der Existenz dieses Mannes geahnt. Sie beschloss, darin nichts Trauriges zu sehen. Immerhin, so sagte sich die Journalistin in ihr, war Johnsen wahrscheinlich eine ausgezeichnete Informationsquelle. »Dann hatten Sie sicher auch privat viel miteinander zu tun.«

»O ja«, seufzte er. »Sie sitzen an einem Tisch mit einer Skatrunde, die sich jeden Dienstag trifft. Seit ... wie lange?«

»Seit sie den ›Postillion‹ damals renoviert haben«, half ihm Ritter aus. »Das müsste '95 oder '96 gewesen sein.«

»Immer dienstags, sagen Sie ...« Katja nippte rasch an ihrer Schorle, um den Kloß in ihrem Hals loszuwerden. »Dann waren Sie diesen Dienstag auch skatspielen?«

»Ja«, sagte Johnsen leise. »Auch diesen Dienstag.«

Katja gewann eine bedrückende Gewissheit: Diese Männer waren tatsächlich die letzten, die ihren Onkel noch lebend gesehen hatten, bevor er ermordet worden war. »War er irgendwie anders als sonst?«

»Das könnte ich so nicht sagen.« Johnsen zuckte die Achseln. »Außer, dass er viel von Ihnen geredet hat.«

»Und er hat uns immer wieder erzählt, was für ein kluges Köpfchen Sie sind«, fügte Ritter hinzu. »Nein, ehrlich. Das waren seine Worte. Er war bester Laune.«

Wieder knallte der Salzstreuer auf die Tischplatte. »Und jetzt«, knurrte der Blonde mit den großen Händen, »und jetzt ist er tot.«

»Ernst ...« Johnsen schüttelte den Kopf.

»Ich sag's doch nur.« Ernst fegte ein paar Salzkörner über die Tischkante. »Es ist nicht ungefährlich, in einem Kernkraftwerk zu arbeiten.«

»Wie meinen Sie das?«, fragte Katja.

»Wie ich das meine?« Ernsts Worte trieften vor bitterem Sarkasmus. »Na, ich meine das so, dass wir doch angeblich nichts Besseres zu tun haben, als uns selbst und andere zu verstrahlen. Da stirbt man schon mal vor der Zeit.«

»Das ist Quatsch«, meldete sich Simovic. »Und das weißt du auch.«

»Erzähl das nicht mir«, erwiderte Ernst mit einem Seitenblick auf Johnsen. »Erzähl das seiner blöden Schwägerin. Die verbreitet diesen Dünnpfiff doch. Und *die* hat Frieder das Glas ins Gesicht geschlagen.«

»Was?« Katjas Hände schlossen sich wie von selbst fest um die Tischkante.

»Das stimmt«, räumte Johnsen ein. »Meine Schwägerin hat Ihrem Onkel ein Sektglas ins Gesicht geschlagen. Nach einem Infoabend vor ein paar Wochen. Er musste sogar genäht werden. Er hat sie angezeigt.« Er tippte sich an die Stirn. »Sie hat eben ihre Probleme. Sie nimmt Medikamente. Und ich bin mir sicher, dass sie damit nicht die Einzige in ihrem Verein ist. Wenn sie erst einmal richtig in Fahrt kommt, ist ihr alles zuzutrauen.«

Katja schluckte. Hatte sie vorhin erst mit der Frau gesprochen, die ihren Onkel bei lebendigem Leib verbrannt hatte? War Saalfeld deshalb so außer sich geraten, weil sie sich ertappt gefühlt hatte? Sie öffnete den Mund, weil sie ihre nächste Frage stellen wollte: Konnte sich Johnsen vorstellen, dass seine Schwägerin verrückt genug war, einen Menschen umzubringen? Dann bemerkte sie, dass alle am Tisch überrascht zu ihr schauten. Nein, nicht genau zu ihr. Über ihren Kopf hinweg, zu irgendetwas hinter ihr.

Sie drehte sich um und begriff sofort, dass Ärger im Anmarsch war.

16

Sie saß ganz still neben ihm auf dem Beifahrersitz und rührte sich nicht, obwohl sie wusste, dass er sie nicht bemerken würde. Noch nicht.

Die Tachonadel zeigte hundertzwanzig Stundenkilometer. Eigentlich zu viel für die schmale Landstraße, vor allem nachts. Er blieb auf dem Gas, die Hände fest um das Steuer geklammert, den Blick starr nach vorn gerichtet.

Er war ein Idiot. Er hätte sie niemals ansprechen dürfen. Und er hätte sie auch niemals angesprochen, wenn er nicht so viel getrunken hätte. Fast so viel wie damals …

Er biss die Zähne zusammen und beugte mit eingezogenem Hals den Oberkörper vor, als würde das seinen Wagen entgegen allen Gesetzen der Physik noch einen Tick mehr beschleunigen.

Draußen, in der Finsternis, flogen die Bäume am Straßenrand vorbei wie schattenhafte Riesen, die zu langsam waren, um den Wagen mit ihren ausgestreckten Armen zu packen. Dort, wo die Scheinwerfer vor ihm den Asphalt erhellten, verschmolzen die kurzen Striche des Mittelstreifens zu einer einzigen weißen Linie, an der sich die Kühlerhaube entlangzufressen schien.

Sie schossen um die Kurve, die Reifen quietschten, das Heck drohte auszubrechen. Er lenkte gegen, das ABS sprang an, hielt ihn notdürftig in der Spur.

»Du blöde Schlampe!«, zischte er. Sein Atem stank nach Wodka. »Du verdammte blöde Schlampe!«

Seine Worte trafen sie nicht. Er war ein toter Mann, und die Worte von Toten hatten keine Bedeutung mehr. Sie waren nur ein Flüstern in der Ewigkeit.

Die Straße spannte sich zu einer langen Geraden, dem einzigen Stück zwischen hier und der Stadt, auf dem man mehr als nur ein paar Sekunden Vollgas geben konnte. Die Tachonadel wischte über die Hundertvierzig und kratzte an der Hundertsechzig. Der Motor röhrte.

Sie rasten mit unvermindertem Tempo in die weite Kurve hinein. Die Scheinwerfer rissen unvermittelt Bäume aus dem Dunkel, wo eben noch Straße gewesen war. Er trat auf die Bremse, verriss das Steuer. Um sie herum begann sich die Welt zu drehen, als säßen sie auf einem irrwitzig schnellen Karussell. Wie die Hände zweier streitender, eifersüchtiger

Geliebter zerrten die Fliehkräfte sie mal in die eine, dann in die andere Richtung.

Er schrie. Sie blieb stumm, denn sie brauchte keine Angst zu haben.

Sein Schrei ging abrupt im Krachen und Kreischen von malträtiertem Metall unter. Er wurde hart nach vorn gerissen, stürzte in etwas Weißes, Straffes, das binnen eines Wimpernschlags vor ihm aus dem Lenkrad spross wie ein bizarrer Pilz.

Sie lauschte dem Ticken des abkühlenden Motors, bis er wieder zu sich kam. Er versuchte, den Kopf zu heben. Glassplitter rieselten ihm aus dem Haar. Seine Brille hing nur noch an einem Bügel von seinem Ohr. Der erschlaffte Airbag lag wie eine Schürze auf seinen Beinen.

Sie genoss den betörenden Duft von Benzin und Blut.

Keuchend schnappte er nach Luft und tastete nach dem Türgriff. Sie hatten den Baum nicht frontal erwischt. Das war sein Glück. Sein Pech allerdings war, dass der Aufprall den Rahmen so weit verzogen hatte, dass sich die Tür nicht weiter als einen Spalt öffnen ließ. Er neigte schwerfällig den Oberkörper ein Stück nach links, um mit der Schulter gegen die Tür zu drücken. Metall schabte kratzend auf Metall, der Spalt vergrößerte sich um kaum mehr als eine Handbreit. Ein Wimmern fuhr ihm aus der Kehle, er schluchzte, hieb die Fäuste erst gegen die Tür, dann auf seine Oberschenkel. Er riss den Kopf in den Nacken, heulte auf.

Ein herrlich stechender Geruch stieg ihr in die Nase. Verschmortes Plastik. Sie lächelte.

Er hustete, spuckte Blut.

Der Wagen brannte.

Sie verstanden beide genug von Motoren und Maschinen, um zu wissen, dass es vermutlich nur ein Schwelbrand in der zerschmetterten Elektronik war. Sie wussten jedoch auch, dass dieser kleine Brand sich rasch ausweiten konnte, wenn er Nahrung im heißen Treibstoff aus dem Motor fand.

Er löste den Sicherheitsgurt, hustete wieder. Qualm, schwärzer als die Nacht, quoll aus den Lüftungsschlitzen im Armaturenbrett. Er gab einen Laut von sich, der halb Lachen, halb Schniefen war.

»Du wirst brennen«, sagte sie zufrieden.

Er drehte den Kopf zu ihr, ganz langsam, und starrte sie an. Erst ungläubig, dann voll banger Hoffnung. Seine Augen tränten, als entlockte ihm das Feuer sichtbare Zeichen einer Reue, die zu spät kam. »Hilf mir!«, flüsterte er. »Bitte ... bitte hilf mir ... es tut mir leid ...«

Alles um sie herum wurde heller, erleuchtet von einem flackernden matten Rot und Gelb. Sie spürte die Hitze auf ihrem Gesicht und empfand sie als tröstende Liebkosung.

Er begriff offenbar, dass von ihr keine Hilfe zu erwarten war, und fegte die schlaffe Hülle des Airbags zur Seite. Und brüllte. Flammen krochen an seinen Hosenbeinen hinauf. Er beugte sich nach vorn, um sie auszuschlagen, blieb mit einer Hand im halbgeschmolzenen Plastik der Unterseite des Armaturenbretts kleben.

Die Flammen leckten auch an ihr, doch da war kein Schmerz. Nur das tiefe Vertrauen, dass das Feuer auf ihrer Seite war. Dass es Gerechtigkeit schuf. Es konnte ihr nichts anhaben, weil es ein Teil von ihr war. Sie hatte es heraufbeschworen, und sie hatte viel zu lange damit gewartet. Viel zu lange hatte es in ihr geschwelt und darauf gewartet, endlich angefacht zu werden.

Er verdoppelte seine Anstrengungen, seine brennenden Beine zu löschen. Die Hitze sengte ihm die Härchen von Armen und Gesicht.

Sie beobachtete seine verzweifelten Bemühungen mit entrückter Freude und ließ sich weiter von den Flammen streicheln.

Bald krächzte er nur noch, und seine Bewegungen wurden schwächer, wie wenn das Feuer neben seinem Körper auch seinen Willen verzehren würde. Er sah noch einmal zu ihr, aus Augen, die mittlerweile weder Brauen noch Wimpern hatten, dann sackte er nach vorn, sein Haar fing Feuer. Er starb letztlich lautlos in dem furchtbaren Wissen, dass sie nach all dieser Zeit doch noch ihre Rache gefunden hatte.

Sie gab ihren Körper frei und schwebte mit dem Rauch zu den Sternen hinauf, getragen und erfüllt von einem Glück, das ihr so lange verwehrt geblieben war. Für einen Moment umfing sie absolute Schwärze und vollkommene Stille, bis sie eine Stimme nach ihr rufen hörte. Sie schlug die Augen auf und fand sich auf ihrem Bett wieder, in einer Welt, die darauf wartete, dass sie ihre Vergeltung vollendete. Noch war es nicht vorbei.

17

»Was glauben Sie eigentlich, was Sie hier machen?«, zischte Kommissar Möhrs durch zusammengebissene Zähne.

Katja blickte betont gelangweilt durch die Fensterfront im hinteren Teil der Kantine, wohin Möhrs sie zu einem Gespräch unter vier Augen gebeten hatte. Zufrieden stellte sie fest, dass das satte Grün der Wiesen und Wäldchen jenseits der Sicherheitszäune des AKWs eine beruhigende Wirkung auf sie entfaltete. Das war gut so. Bernds Empfehlung, sie müsse sich besser im Zaum halten, galt gegenüber Möhrs umso mehr. »Ich kann Ihnen gern sagen, was ich mache. Bis Sie eben hier reingeplatzt sind, habe ich mich sehr nett mit den Kollegen meines Onkels unterhalten.«

»Spielen Sie keine Spielchen mit mir.« Er trat noch einen Schritt dichter an sie heran. Sie konnte die Hitze spüren, die von seinem unglücklich proportionierten Körper ausging. »Mischen Sie sich nicht in meine Ermittlungen ein.«

»Das habe ich nicht vor.«

»So?« Er bemerkte offenbar, wie nah er ihr gekommen war, biss sich auf die Lippen und wich ein Stück nach hinten, wo er sich mit beiden Händen auf der Fensterbank abstützte. »Komisch. Ich war vorhin bei einer gewissen Erika Saalfeld. Sie hatte heute auch schon Besuch von Ihnen. Sie hat mir gegenüber angedeutet, es könnte sich für mich lohnen, einmal ein paar Takte mit ihrem Schwager zu reden. Ich komme also hierher, und wen treffe ich da, ins Gespräch mit genau diesem Schwager vertieft? *Sie*! Zufall? Ich glaube nicht.«

»Das ist Gott sei Dank ein freies Land und kein Polizeistaat. Ich kann hingehen, wo ich möchte, und ich kann mich mit jedem unterhalten, mit dem ich mich unterhalten möchte.« Katja beobachtete einen Raubvogel, der am Himmel ruhig und geduldig seine Kreise zog. »Und nur, damit Sie sich nicht weiter in Ihrer kleinen Theorie verbeißen, ich würde Ihnen bei Ihrer Arbeit dazwischenfunken wollen: Der Termin für meinen Besuch hier steht bereits seit Wochen fest. Fragen Sie Herrn Simovic, wenn Sie mir nicht glauben.«

Möhrs kniff die Augen zusammen und massierte sich die Nasenwurzel, als litte er unter einer Migräneattacke. »Hören Sie, ich kann verstehen, dass Sie herausfinden wollen, was Ihrem Onkel zugestoßen ist. Ich würde es an Ihrer Stelle wahrscheinlich auch nicht anders machen. Und wir haben doch das gleiche Ziel: Wir wollen den Täter ermitteln.«

»Ach?« Katja durchschaute seine ungeschickten Verbrüderungsversuche, die nur dazu dienen sollten, sie ruhigzustellen. »Dann muss ich Ihnen aber leider mitteilen, dass Sie sich im Augenblick von dieser Frau Saalfeld ganz schön an der Nase herumführen lassen. Sie schickt Sie offensichtlich auf falsche Fährten. Wussten Sie, dass diese Frau meinen Onkel erst vor ein paar Monaten körperlich angegriffen hat?«

»Ja.«

Die knappe Antwort brachte Katja etwas aus dem Konzept. Sie ließ den Raubvogel Raubvogel sein und sah Möhrs verblüfft an. »Ja?«

»Sie hat mir alles erzählt«, enthüllte er. »Sie hat nichts geleugnet.«

»Und was wollen Sie dann von mir?« Katja ärgerte sich darüber, dass ihre Stimme schriller wurde, doch sie konnte nichts dagegen tun. »Warum sitzen Sie nicht mit Saalfeld in einem Verhörzimmer auf der Wache und nehmen sie so richtig in die Mangel?«

»Weil das hier, liebe Frau Jakobs, kein Polizeistaat ist«, entgegnete Möhrs gelassen. »Ich kann nicht so einfach Leute festnehmen, wie es Ihnen vielleicht passt. Oder haben Sie irgendwelche Beweise gegen Frau Saalfeld, die Sie mir vorenthalten?«

Katja schwieg.

»Nur um jedes Missverständnis auszuräumen: Ich meine das absolut ernst.« Möhrs' Stimme wurde kalt, und er fixierte Katja mit einem stechenden Blick. »Bei allem Verständnis für Ihre Situation und Ihre persönlichen Gefühle im Moment, ich –«

»Verdammt!« Ein Mann weiter vorne in der Kantine sprang von seinem Tisch auf und zeigte zum Fenster, vor dem Katja und Möhrs standen. »Da!«

Katja wirbelte herum. Über den Kronen eines kleinen Gehölzes unweit der Kuppel des Reaktorgebäudes waberte dichter Rauch.

Dann heulten Sirenen.

18

Thorsten Klaws spürte das, was er jedes Mal spürte, wenn ein Feuer schließlich erloschen war: eine grenzenlose Mattigkeit, die sich von einem winzigen Punkt hinter seiner Stirn unaufhaltsam durch seinen ganzen Körper ausbreitete. Er nahm den Helm ab und wischte sich den Schweiß von der Stirn.

Vom Hochsitz war nicht mehr viel übrig. Nur die Pfosten ragten noch wie verbrannte Zahnstocher aus dem löschwassergetränkten Waldboden. Der Rest war ein großer Haufen aus feuchtglänzendem, verkohltem Holz.

Klaws kam seinen vorerst letzten Pflichten als Zugführer bei diesem Einsatz nach und erteilte einige Anweisungen an seine Männer, die im Grunde überflüssig waren. Seine Jungs wussten selbst, wie man die Schläuche zusammenrollte und die Ausrüstung verstaute. Er ging die paar Schritte über den staubigen Feldweg zu seinem Kollegen von der Werksfeuerwehr des AKWs.

Marco Gabel lehnte gegen den Kühler eines jener kleinen Löschfahrzeuge, die auf Klaws, verglichen mit seinen eigenen Wagen, immer ein bisschen wie Matchboxautos wirkten. »Ihr wart ganz schön fix«, lobte Gabel die Freiwillige Feuerwehr der Gemeinde Güstrin.

»Ihr auch«, gab Klaws zurück, auch wenn er die Sache anders sah. Aber was hätte er davon gehabt, einen Streit mit Gabel zu provozieren? Er konnte ihn einfach nicht leiden. Schon seit ihrer ersten Begegnung bei einem der regelmäßig stattfindenden Koordinationstreffen der beiden Feuerwehren. Gabels Haut war ihm zu sonnenstudiogebräunt, seine Haare zu blondiert, seine Muskeln zu sehr aufgepumpt. Er fand, Gabel hatte immer etwas von einem Dressman für Bademoden, der sich für ein Shooting als Feuerwehrmann verkleidete.

»Bei uns ist ja normalerweise nicht viel los.« Gabel grinste. »Wir sind für jede Abwechslung dankbar.«

Klaws lächelte der Höflichkeit halber zurück. Das war noch so ein Punkt. Er wollte gar nicht genau wissen, wie viel Kohle Gabel dafür einstrich, sich den Großteil der Zeit gepflegt die Eier zu schaukeln. Es war definitiv mehr als das, was er selbst bei seinem eigentlichen Job als stellvertretender

Filialleiter im Baumarkt verdiente. Viel mehr. Fair war jedenfalls etwas anderes.

»Jetzt habe ich wenigstens mal gesehen, womit ihr euch in letzter Zeit so abrackert.« Gabel nickte in Richtung des abgefackelten Hochsitzes. »Das wievielte Mal hat euer Feuerteufel jetzt schon zugeschlagen? Das siebte Mal? Das achte?«

»Das war das zehnte Mal.«

»Oh, Jubiläum, hm?« Gabel lachte meckernd. »Was machen die Bullen dagegen?«

Klaws packte seinen Helm fester, weil er anders nicht dafür garantieren konnte, dass ihm trotz aller Erschöpfung nicht doch die Hand ausrutschte, wenn das so weiterging. »Was sollen die schon machen? Wachposten aufstellen? Vor jeder Scheune und jedem Schuppen und jedem Hochsitz?«

Gabel zuckte die Achseln. »Keine Ahnung. Aber jetzt kriegen sie wahrscheinlich deutlich mehr Druck, irgendwas dagegen zu unternehmen.«

»Wieso?«

»Eine Brandstiftung so dicht am Kraftwerk?« Gabel verzog den Mund, als hätte er sich in den Finger geschnitten. »Das sieht niemand gern.«

»Stimmt«, pflichtete ihm Klaws zähneknirschend bei. »Das war ziemlich bescheuert, hier Feuer zu legen.« Er fragte sich stumm, wie der dicke Möhrs und der dürre Holt auf diesen neuen Fall reagieren würden. »Aber ich denke mal, die Bullen haben im Moment andere Sorgen.«

»Der Hausbrand vorgestern?«

»Jepp.«

»Warst du dabei?«

»Nein. Ich war mit meiner Freundin in Hamburg.« Der kleine Versprecher hob seine triste Laune ein wenig. »Oh, oh. Wenn sie das gehört hätte. Ich meine natürlich: Ich war mit meiner Verlobten in Hamburg.«

»Über Nacht?«

»Ja. Sie hat mich in ein Musical mitgeschleift … König der Löwen.« Er winkte ab. »Nette Kostüme, schlimme Musik.«

»Für mich wäre das glatt ein Grund, die Hochzeit abzublasen, Mann. Tja, wo die Liebe hinfällt …«

Klaws konzentrierte sich ganz auf die Überreste des Hochsitzes und die Erinnerung an das Feuer, um nicht dem Impuls nachzugeben, Gabel den Helm ins Gesicht zu schlagen. Der Typ war ein Schwätzer. Er hatte nicht die geringste Ahnung, was Tina ihm bedeutete. Wo er ohne sie stünde. »Ich würde lieber sterben, als ihr wehzutun.«

Gabel schaute ihn schief an. »Hast du das aus einem Film?«

»Das ist mein voller Ernst«, sagte er leise. Noch ein Wort …

»Oh.« Gabel deutete den Feldweg hinunter. Ein silberner Audi zog eine Staubwolke hinter sich her. »Wenn das mal nicht die Bullen sind.«

Klaws kannte den Wagen. »Das sind die Bullen.« Sein wachsender Groll auf Gabel wich einer anderen Anspannung, die ihm vertrauter war. Einer, mit der er wesentlich besser umgehen konnte. Er ließ Gabel grußlos stehen und wappnete sich innerlich gegen die lästigen Fragen, die man ihm gleich stellen würde.

19

»Vermisst du mich so, dass ich nicht mal in Ruhe pinkeln kann?« Horst Johnsen wusch sich gerade die Hände, als Mike Ritter die Tür zum Herrenklo aufriss, um sie sofort wieder hinter sich zu schließen. Er stellte sich so davor, dass der nächste Mann, der hereinkam, sie ihm unweigerlich in den Rücken geschlagen hätte.

»Und jetzt?«, fragte Ritter. Er bewegte den Kopf hin und her wie eine Ratte, die eine Fluchtmöglichkeit aus der Ecke suchte, in die sie von einer Katze getrieben worden war. »Was machen wir jetzt?«

Johnsen zog zwei Papierhandtücher aus dem Spender neben den Waschbecken. »Wir machen das, was wir die ganze Zeit machen. Wir halten die Füße still.«

»Aber das ist doch nicht normal.« Ritters Stimme zitterte. »Denk doch mal nach. Erst Frigge und jetzt Frieder.«

»Zufall.« Das zerknüllte, feuchte Papier landete satt im Mülleimer. »Reiner Zufall.«

»Horst, bitte.« Ritter hob beschwörend die Hände. »Die beiden waren doch damals auch dabei. Alle beide. Und denk daran, was Frigge gesagt hat.«

»Frigge war ein Schwätzer.« Johnsen wusste nicht, was ihn mehr verärgerte: Ritters weinerliche Art oder die Kornfahne, die ihm aus seinem Mund entgegenwehte. »Und ein schlimmerer Säufer als du. Wer weiß, wen er da wirklich gesehen hat.«

»Aber –«

»Was aber, hm?« Johnsen richtete sich vor Ritter zu seiner vollen Größe auf und bohrte ihm einen Finger in die Brust. »Was sollten wir denn deiner Meinung nach tun? Was können wir denn überhaupt tun? Wir haben diese Sache damals so geregelt, wie es alle für richtig hielten. Und was damals richtig war, kann jetzt nicht plötzlich falsch sein.«

»Aber was, wenn es kein Zufall war?«, sagte Ritter hastig. »Wenn Frigge doch nicht bloß dummes Zeug erzählt hat? Warum hätte seine Frau denn sonst so verzweifelt sein sollen?«

»Du klingst schon wie Gernot«, erwiderte Johnsen kopfschüttelnd. »Seid ihr Männer oder Mäuse?« Er atmete einmal tief durch. »Das mit Frigge war ein Unfall, mehr nicht. Und wer Frieder umgebracht hat, ist sonnenklar. Hast du nicht gehört, was an seinem Haus stand? Diese beiden Dinge haben nichts miteinander zu tun.« Das war exakt die Argumentation, mit der Johnsen sich in letzter Zeit selbst beruhigte, wenn in Augenblicken der Schwäche eine heimtückische Angst auf leisen Sohlen durch sein Bewusstsein schlich. Wenn er nachts wach lag und sich fragte, wann sein Leben aus dem Ruder gelaufen war. Wenn er aufstand und Kisten mit alten Fotos durchwühlte. Doch all das brauchte Ritter nie zu erfahren. »Wenn du dir um irgendetwas Sorgen machen musst, dann eher darum, dass einer von diesen durchgeknallten Spinnern als Nächstes dich ins Visier nimmt. Ich würde vorschlagen, du schließt jetzt abends immer schön die Tür ab. In ein paar Tagen ist das alles vorbei. Die Bullen sind an der Sache schon dran, glaub mir.«

»Meinst du?« Ritter sah ihn aus großen Augen an. Wie ein Hund, der im Gesicht seines Herrchens nach der Rückversicherung suchte, dass das feine Fressen im Napf für ihn war. »Meinst du wirklich?«

»Ja, meine ich.« Johnsen war schon lange nicht mehr peinlich berührt, wenn ihn Ritter so anschaute. Das war eine der Sachen, mit denen man leben musste, wenn man das einzige richtige Alphamännchen im Rudel war. Er fasste Ritter an den Schultern und drehte ihn um, zur Tür hin. »Und jetzt raus hier. Wir wollen ja nicht, dass man sich auf der Warte noch das Maul über uns zerreißt, oder?«

20

Das Blinken des Cursors auf der leeren Seite quälte Katja weitaus weniger als sonst. Sie dachte nicht einmal daran, ihr Laptop auf- und wieder zuzuklappen, was ihr bei anderen Gelegenheiten manchmal half, kleine Schreibblockaden zu überwinden. An diesem Freitagmorgen hatte sie eine sehr klare Vorstellung davon, warum sie nicht bei der Sache war. Sie saß nur am Schreibtisch in ihrem Zimmer im Gasthaus, weil Bernd sie dazu genötigt hatte. Als Strafe, weil sie ihn bei Erika Saalfeld gewissermaßen ins offene Messer hatte laufen lassen. Sie hatte die Abmachung mit ihm gebrochen und sah durchaus ein, dass das nicht gerade nett von ihr gewesen war.

»Du konzentrierst dich jetzt gefälligst auf das, weshalb wir überhaupt hierhergekommen sind, mein Fräulein. Andernfalls schleife ich dich an den Haaren ins Auto, und wir fahren zurück nach Hause.«

Eine krasse Ansage, die er nie in die Tat umgesetzt hätte. Er wäre höchstens allein gefahren, und wahrscheinlich nicht einmal das. Katja konnte ihn verstehen. Er machte sich Sorgen um sie.

Sie schaute auf die Terrasse. Er war fort. Auf dem Gartentisch lag noch das Buch, in dem er gelesen hatte. Eine Biografie über Helmut Newton. Fachliteratur sozusagen. Sie hatte keine Ahnung, wo er steckte. Sie würde sich ihre Aufmunterung woanders holen müssen.

Sie stand auf, setzte sich aufs Bett, nahm ihr Smartphone und wählte Enzos Nummer.

»Hi«, meldete er sich, und sie konnte das Lächeln auf seinem Gesicht vor sich sehen. »Na, du? Was treibst du?«

»Ich arbeite.«

»Heute? Am Feiertag?«

»Ich bin Freiberuflerin. Schon vergessen?«

»Und? Läuft's?«

»So mittelprächtig. Mir fehlt die Inspiration.«

»Die kommt schon noch. Wolltest du nicht ins Kraftwerk?«

»War ich schon. Gestern.«

»Wie war's?«

»Spannend.«

»Aha. Richtig verstrahlt worden?«

»Nicht wirklich.«

Er lachte sein helles Lachen, das ihr bisher immer so ansteckend vorgekommen war. »Schade. Ich hätte gedacht, du kriegst ein paar Superkräfte.«

»Mich hat da drin nichts gebissen.«

»Okay. Äh …« Er machte eine lange Pause. »Hör mal, ich bin gleich noch zum Brunch verabredet. Mit den Jungs vom Hockey. Da hat ein neuer Laden aufgemacht. Vegan. Soll aber total lecker sein. Können wir heute Abend noch mal telefonieren?«

»Gut. Ich melde mich. Bis dann.«

»Bis dann.«

Katja ließ enttäuscht den Kopf aufs Kissen sinken. Weder war sie dazu gekommen, vom Mord an ihrem Onkel zu erzählen, noch war Enzo ansatzweise aufgefallen, dass sie etwas auf dem Herzen hatte. Ganz schön bitter. Sie hätte gedacht, er wäre feinfühliger.

Als kleinen Trost aß sie den letzten Schokoriegel aus ihrem Vorrat. Dann kehrte sie an ihr Laptop zurück, tippte einige Sätze, löschte sie, und tippte haargenau die gleichen Worte.

Von irgendwoher trug der Wind Glockengeläut durch die offene Terrassentür und erinnerte sie daran, was heute für ein Tag war. Karfreitag. Überall auf der Welt saßen in unzähligen Kirchen Milliarden von Menschen zusammen und gedachten eines Mannes, der vor fast zweitausend Jahren gestorben war. Wie viele Leute außer ihr dachten wohl gerade an ihren Onkel? Nicht sehr viele. Und Frieder würde auch bestimmt nicht von den Toten auferstehen. Aber man konnte denjenigen zur Rechenschaft ziehen, der ihn zu einem Toten gemacht hatte.

Katja kaute auf den Spitzen einer der Haarsträhnen, die ihr aus dem Pferdeschwanz gerutscht waren, und dachte darüber nach, dass sie mit der Absicht, Frieders Mörder zu finden, nicht allein war. War sie diesem Kommissar gegenüber gestern zu aggressiv aufgetreten? Konnte sein. Andererseits hatte er sich auch nicht gerade freundlich aufgeführt. Katja folgte im Normalfall der selbstgewählten Devise: Komm niemandem krumm, der dir nicht krumm kommt. Hätte Möhrs sie mit seinem gesamten Auftreten und seinem Dampfwalzencharme nicht zuerst provoziert, wäre sie vielleicht nicht so bockig geworden. So jedoch hätte die ganze Situation im Kraftwerk leicht in einen hitzigen Streit ausarten können. Insofern konnte Katja diesem Feuerteufel irgendwie dankbar sein.

Bernd und sie waren nicht an der Brandstätte gewesen. Bis sie ihre Personalausweise zurückhatten, war das Feuer längst gelöscht gewesen. Bernd hatte sie – nicht ganz zu Unrecht – darauf hingewiesen, dass sie Möhrs bereits genug auf die Nerven gefallen war. Ihn weiter zu reizen wäre dumm gewesen. Noch dazu hatte es ja gar nicht auf dem Gelände des AKWs gebrannt, sondern nur in unmittelbarer Nähe. Da ihr niemand vorschreiben konnte, welche Seiten sie im Internet besuchte, hatte Katja ein bisschen über die Häufung von Bränden in der Umgebung von Güstrin recherchiert. Möhrs selbst hatte sie darauf gebracht. »Nicht schon wieder«, hatte er geächzt, als die Sirenen losgegangen waren.

Was, wenn sie bei ihren gestrigen Recherchen etwas übersehen hatte? Katja knackte mit den Fingerknöcheln und klickte die Seiten der Lokalzeitung an, auf denen über die Brandserie berichtet wurde. Ihre örtlichen Kollegen taten ihr Bestes, aus einem Minimum an vorhandenen Informationen möglichst fesselnde Artikel zu machen. Selbstverständlich scheiterten sie an dieser undankbaren Aufgabe. Klar, es war unschön, dass seit Wochen jemand Brände legte, aber lange Zeit waren nur Sachschäden zu beklagen gewesen. Bis eines Nachts in einem Stall ein Feuer ausgebrochen war, das über fünfzig Rinder das Leben gekostet hatte. Der Artikel dazu drehte sich indes mehr darum, berechtigtes Mitleid für das Schicksal der armen Tiere zu erregen, anstatt irgendwelche neuen Erkenntnisse zum Täter zu präsentieren. Erst von da an hieß der Brandstifter »Feuerteufel«. Alle nachfolgenden Brände forderten weder menschliche noch tierische Opfer, was für ein gewisses Abflauen des öffentlichen Interesses sorgte. In einem der letzten Berichte war sogar die Rede davon, das »Inferno« im Kuhstall könne womöglich gar nicht dem Feuerteufel zur Last gelegt werden, sondern es handle sich dabei unter Umständen um einen Unglücksfall.

Katja klappte ihr Laptop zu. Ein Unglücksfall. Es gab kaum ein Wort, auf das sie allergischer reagierte. »Wer's glaubt …«, murmelte sie. Sie sah das ausgebrannte Haus ihres Onkels vor sich und hatte den Geruch kalter Asche in der Nase. Das war definitiv kein Unglücksfall gewesen.

Sie trat hinaus auf die Terrasse. Neben dem Aschenbecher entdeckte sie ein Streichholzbriefchen, auf das das grüne Geweih des »Hirschhofs« gedruckt war. Sie zündete eines der Streichhölzer an und schaute zu, wie sich das kleine Flämmchen vom gelben Kopf munter das schwarze Holz hinunter fraß. Wie konnte etwas so Winziges derart viel Zerstörungskraft in sich bergen? Sie brauchte sich nur umzudrehen, das Streichholz vorsichtig auf dem Kopfkissen abzulegen, und die Flamme würde sicher genug Nahrung finden, um zu einem Feuer anzuwachsen, das möglicherweise den gesamten Hof in Schutt und Asche legte. Die Hitze erreichte ihre Fingerspitzen. Sie schüttelte das Streichholz aus und warf es in den Aschenbecher. Der feine Duft von Rauch kitzelte sie in der Nase. Er weckte eine lange vergrabene Erinnerung an ausgepustete Kerzen auf einem Geburtstagskuchen. »Gut gemacht, mein Schatz, alle auf einmal geschafft«, lobte eine dunkle Männerstimme, von der die kleine Katja nicht hätte sagen können, ob es die ihres Vaters oder die ihres Onkels war.

Katja setzte sich an den Schreibtisch und klappte ihr Laptop auf. Der Cursor blinkte höhnisch.

21

Bernd war mit der neuen Canon sehr zufrieden. Die Detailaufnahme eines Admirals, der an einer Fliederblüte saugte, gefiel ihm besonders gut. Die kräftigen Farben des Schmetterlings und der Blütenblätter kamen prächtig zur Geltung, und die Details um die Flügelränder und die Beinchen des Insekts waren so gestochen scharf, dass es beinahe dreidimensional wirkte. Fast, als hätte Bernd das Tier vorsichtig vom Display pflücken können, wenn ihm danach zumute gewesen wäre.

Er erhob sich aus der Hocke, und sein Knie meldete sich mit einem deutlich vernehmbaren Knacken. Es folgte ein scharfer Schmerz, als ob ihm jemand ein Teppichmesser ins Gelenk geschoben hätte. Bernd sog Luft durch die Zähne und stützte sich an einem Zaunpfosten ab. Verdammt! Er war eben doch ein alter Mann, auch wenn er sich beim Durchstreifen des Geländes um den Gasthof um Jahrzehnte verjüngt gefühlt hatte. Es war alles wie früher, mit sieben oder acht, bei seinen Ausflügen mit den Pfadfindern. Zu jener Zeit in seinem Leben, als er noch nicht verlernt gehabt hatte, sich von den einfachsten Dingen faszinieren zu lassen. Von dem emsigen Gewusel unzähliger kleiner Leiber auf einem Ameisenhügel. Von Kaulquappen in einer tiefen Pfütze. Vom Rauschen eines Windstoßes in den Blättern eines Baums. Und jetzt, mit Ende fünfzig, brauchte es eine Kamera für ein paar Tausend Euro, um auch nur den Anflug von Begeisterung in ihm zu wecken. Was war nur mit dem kleinen Jungen in den kurzen Hosen passiert, der er einmal gewesen war? Ein romantisch veranlagter Mensch hätte sich wohl gesagt, dieses Kind hätte sich nur irgendwo im Inneren dieser gealterten Hülle aus morschen Knochen und faltiger Haut versteckt und wartete darauf, dass man es aus seinem Rückzugsort hervorlockte. Bernd war kein Romantiker. Der

Junge war fort, und er würde auch nie mehr wiederkehren. Er hatte zu viel Schreckliches gesehen. Zu viel verloren, was ihm ans Herz gewachsen war. Zu viel Schuld auf sich geladen. Zu viele Lügen erzählt. Zu vielen anderen Menschen zu viel Leid zugefügt. Zu viele Dinge getan, die sich nicht wieder rückgängig machen ließen. So war das Leben. So war die Welt.

Bernd humpelte in der von seinen eigenen Schritten geschaffenen Spur aus niedergetretenem Gras vom Fliederbusch zurück in Richtung der Scheune, von wo aus er seine Exkursion begonnen hatte. Dort angekommen, entlastete er sein Knie, indem er sich mit einer Hand an der roten Holzwand weiter vorantastete. Er hielt den Blick auf den Boden gerichtet, um etwaige Hindernisse rechtzeitig zu erkennen, bevor er sich auch noch den Knöchel verknackste. Das hätte ihm gerade noch gefehlt. Katja hätte es schamlos ausgenutzt, wenn er als Halbinvalide für die nächsten Tage ans Bett gefesselt wäre. Er konnte sie ja schlecht am Schreibtisch festketten, um sie von weiteren Ermittlungen auf eigene Faust abzuhalten, und –

»Versprich es mir!«, riss ihn eine laute Stimme aus seinen bedrückenden Gedanken. Dem Klang nach gehörte sie ohne jeden Zweifel zu einem großen, ungehaltenen Mann. »Du *musst* es mir versprechen!«

Aus dem Eingang des »Hirschhofs« war ein Kerl in den Hof getreten, dessen ungebändigte Mähne aus sonnengebleichtem blondem Haar ihm bis zwischen die Schulterblätter fiel. Sein Gesicht war von einem Bart überwuchert, dessen Farbe ein, zwei Nuancen dunkler war. Er war barfuß unterwegs. Um seine langen Beine schlackerten weite Wildlederhosen mit Schlag, und sein breites Kreuz steckte in einem weißen Leinenhemd mit einer aufwendigen Schnürung am tiefen Ausschnitt. Bernd schätzte, dass der merkwürdige Typ locker an die zwei Meter maß. Vielleicht lag er auch eine Handbreit daneben, weil Veronika, die unter dem Hirschgeweih stand, im Vergleich mit ihm den Eindruck einer Kleinwüchsigen erweckte.

»Das geht nicht.« Sie hatte die Arme vor der Brust verschränkt und schüttelte den Kopf. »Und das weißt du auch. Das kann ich dir nicht versprechen.«

»Das kannst du nicht?«, rief der zottige Waldschrat. »Du solltest dir dringend darüber klar werden, was du wirklich willst. Bevor es zu spät ist.«

Er stapfte davon, und Bernd rechnete schon damit, dass er sich gleich auf ein Pferd schwingen würde, um im gestreckten Galopp vom Hof zu preschen. Stattdessen schloss er die Fahrertür eines wesentlich moderneren Fortbewegungsmittels auf: eines hellgrünen Lieferwagens älterer Fabrikation, dessen Stoßdämpfer quietschend protestierten, als er sich auf den Sitz wuchtete. Der Motor erwachte heulend zum Leben, Kies spritzte unter den Reifen auf. Veronika sah dem Wagen nach, bis er durch die Einfahrt nach rechts abgebogen war und die Landstraße entlangraste. Danach ließ sie ihren Blick über den Hof schweifen, und Bernd gelang es gerade noch, sich nicht instinktiv zu ducken, als er an ihm hängen blieb.

»Sorry.« Er gab sich nicht die Blöße, auf seinem Weg zu ihr zu humpeln wie ein Greis, auch wenn sein Knie ihn mit jedem Schritt für seinen falschen Stolz bestrafte. »Ich wollte Sie nicht belauschen.«

»Nein?« Sie musterte ihn kühl.

Ihren sichtlich geröteten Wangen nach zu urteilen, war sie entweder noch sauer auf den Lederhosenkrieger, oder es war ihr peinlich, dass ihr Streit mit ihm vor einem Zeugen stattgefunden hatte. Oder beides zusammen. Bernd hielt es für angebracht, ihr eine ihrer Sorgen zu nehmen. »Ich habe nur Ihren Freund zetern hören, als Sie beide aus der Tür kamen. Mehr habe ich nicht mitgekriegt.« Bernd hob die Hand wie zum Schwur. »Mein Ehrenwort. Wer war das überhaupt? Nehmen Sie es mir bitte nicht übel, aber im ersten Moment dachte ich, er wäre von einem Mittelaltermarkt geflohen oder so.«

Ihr Lächeln wirkte zwar etwas gequält, doch immerhin lächelte sie. »Thies hat einen … sagen wir … extravaganten Stil.«

»Thies?«

»Mein Nachbar.«

»Was wollte er von Ihnen?«

»Meinen Hof. Er würde ihn mir gerne abkaufen.«

»Warum das?«

»Er ist ein Neuheide«, sagte Veronika. »Daher auch sein komischer Aufzug. Er träumt davon, eine Begegnungsstätte für Gleichgesinnte hier in der Gegend aufzubauen. Sein eigener Hof ist dafür zu klein. Seit Klaus' Unfall denkt er anscheinend, er könnte mich davon überzeugen, meinen Hof aufzugeben.«

»Neuheide wie in …?« Bernd kratzte sich am Kopf. »Das ist so eine Esoteriknummer, oder nicht?«

»Lassen Sie ihn das bloß nicht hören«, empfahl sie ihm. »Er nimmt seinen Glauben sehr ernst.«

»Und an wen glaubt er?«

»An Donar und Wotan und all diese Götter, die die alten Germanen angebetet haben.«

»Oh.« Bernd sah sich eigentlich als toleranten Menschen, aber sein grundsätzliches Verständnis für Andersdenkende hatte dennoch seine Grenzen. Nämlich spätestens dort, wo das Andersdenken Gewalt gegen Dritte beinhaltete. »Verstehe.«

»Er ist kein Nazi. Mit denen hat er nichts am Hut.« Veronika schüttelte den Kopf. »Er hat mir das mal genau erklärt. Er zündet keine Dönerbuden an, und er singt auch nicht im Suff das Horst-Wessel-Lied. Er ist eben nur kein Christ, und es frustriert ihn sehr, dass Leute wie er ständig mit den Rechten in einen Topf geworfen werden.«

»Dann will ich nichts gesagt haben.« Bernd kam sich einigermaßen borniert und dämlich vor, was ihm für seinen Geschmack immer noch viel zu häufig passierte. Es sah ganz so aus, als ob ein Jaguar, eine Eigentumswohnung in der Rothenbaumchaussee und ein feiner Anzug eben doch nicht dazu in der Lage waren, einen weltoffenen Gentleman aus ihm zu machen. »Aber man denkt eben automatisch an die Nazis, wenn man an nordische Mythologie – «

»Nein! Nein! Nein!«

Das Gebrüll aus der Scheune wurde erst von einem heftigen Schlag und dann von Klirren begleitet.

»Klaus! O Gott, Klaus!« Veronika rannte an Bernd vorbei zum Scheunentor und stieß es aus vollem Lauf heraus auf. »Klaus! Beruhig dich doch! Klaus!«

Bernd eilte hinter ihr her, so schnell ihn sein lädiertes Knie trug.

Klaus Möllner stand in der halbdunklen Scheune inmitten umgeworfener Biertischgarnituren. Eine der Bänke war durch die Glastür eines Promokühlschranks gerammt. Schaumiges Bier aus zerbrochenen Flaschen rann in dünnen Strömen an der Sitzfläche herab.

»Klaus! Was hast du denn?«

Möllner fletschte die Zähne. Seine Lippen bebten. »Nein!«, grollte er. »Nein!« Er bückte sich nach einer der Bierbänke und hob sie so mühelos über den Kopf, als wäre sie aus Balsaholz. »Nein!«

Bernd fasste nach Veronikas Schulter. »Vorsicht!«

Sie schüttelte seine Hand ab. »Halten Sie sich da raus!«

»Nein!«

»Leg die Bank weg, Klaus.« Ihr Tonfall war der einer Mutter, die einem Tobsuchtsanfall ihres Nachwuchses mit bewundernswerter Gelassenheit begegnete. »Das ist nur Bernd. Den kennst du doch. Er hat gestern mit uns zu Abend gegessen. Du magst ihn.«

Bernd bemühte sich um ein möglichst unverfängliches Lächeln. »Hallo.«

Klaus starrte ihn an, wobei er den Kopf schieflegte. »Das Foto.«

»Genau.« Veronika nickte eifrig. »Er hat das schöne Foto von uns beiden gemacht.«

Ohne Bernd aus den Augen zu lassen, stellte Klaus die Bierbank ab.

»Warum bist du so wütend, hm?«, fragte Veronika und machte einen Schritt auf ihren Mann zu. »Was hat dich so aufgeregt, mein Schatz?«

Die Antwort war ein raues Flüstern, das Bernd einen eisigen Schauer über den Rücken jagte. »Der Teufel. Der Teufel.«

22

Es dauerte geschlagene zwei Stunden, die Scheune aufzuräumen. Bernd wollte Katja dazuholen, doch es stellte sich heraus, dass sie schlief: Sie lag komplett angezogen auf dem Bett, die Arme um ihr zugeklapptes Laptop geschlungen, den Mund leicht geöffnet. Bernd verzichtete darauf, sie zu wecken. Er widerstand sogar der Versuchung eines schnellen Schnappschusses mit hohem Erpressungspotenzial.

Als er zurück in der Scheune war, hatte Veronika in der Zwischenzeit ihren Mann zurück ins Haupthaus gebracht, wo sie ihn nach eigenen Angaben mit Hilfe eines seiner vielen Bildbände endgültig besänftigt hatte. Während sie gemeinsam Tische und Bänke abwischten und Scherben auffegten, erklärte Veronika ihm, dass sie die Scheune als Veranstaltungsort für Feste und Familienfeiern aller Art vermietete – ein schönes Zubrot zu dem Geld, das sie mit dem Gasthof verdiente. Klaus hatte ursprünglich geplant gehabt, auch kleine Kulturevents wie Lesungen oder Ausstellungen lokaler Künstler hier auszurichten. »Aber damit kannte er sich besser aus als ich, und ohne ihn wäre es nicht dasselbe.«

Nach der Aufräumaktion war ihr Oberteil durchgeschwitzt, und das Haar hing ihr in verklebten Strähnen ins Gesicht. Sie ahnte wahrscheinlich nicht, dass sie damit bei Bernd einige Pluspunkte in Sachen Attraktivität sammelte. Er mochte Frauen, die zupacken konnten, auch wenn er sich in den letzten Jahren darauf verlegt hatte, in jenen Revieren Hamburgs zu wildern, in denen die Damen seines Alters aussahen, als überließen sie sämtliche körperlichen Arbeiten lieber diversen Angestellten. »Hat Ihnen schon mal jemand gesagt, dass Sie ein echtes Energiebündel sind?«

»Ich lege mich einen Moment hin«, gab Veronika mit einem erschöpften Lächeln zurück. Leider spielte sich hier kein französisches Familiendrama ab, weshalb Bernd nicht die leiseste Aufforderung in ihren Worten hörte, sie zu begleiten und ihr ein wenig Gesellschaft zu leisten. Das war wahrscheinlich auch ganz gut so. Es hätte sich mächtig schäbig angefühlt, einen erotischen Vorteil aus der Notlage ihres Mannes zu schlagen. Nicht, dass Bernd in dieser Hinsicht sonst viele Hemmungen gekannt hätte.

Allein in der Scheune, konnte Bernd sich nicht gegen ein gewisses Unbehagen wehren, als er daran dachte, wen Klaus als Schuldigen für seinen wütenden Zorn genannt hatte. Den Teufel. Den Widersacher, wie er von Schwester Walburga früher oft bezeichnet worden war, wenn sie ihn und seine Klassenkameraden davor gewarnt hatte, wie leicht man als Mensch vom Pfad der Tugend weggelockt werden konnte. Bernds Verstand sagte ihm zwar, dass es in den schattigen Ecken der Scheune kein rothaariger Mann mit Klumpfuß darauf abgesehen hatte, ihm süße Versprechungen ins Ohr zu flüstern. Für jene Seite seiner Persönlichkeit aber, die sich seit seiner Schulzeit aus irrationalen Ängsten und Beklemmungen zusammensetzte, war der Fall nicht so klar. Wenn

Schwester Walburgas Warnungen berechtigt waren, lag der Pfad der Tugend zwar bereits so weit hinter ihm, dass er den Rückweg beim besten Willen nicht mehr gefunden hätte. Aber was konnte es dann in einer Situation wie dieser schaden, wenigstens so zu tun, als würde man sich ab und zu darum bemühen?

Bernd stand auf und beeilte sich, ins Sonnenlicht hinauszukommen. Gott, der Weltgeist oder purer Zufall belohnte seine Entscheidung mit einem kleinen Hinweis darauf, dass es auch Schönes im Leben gab, wenn man nur Augen und Ohren danach offen hielt: In den Ästen der Eiche im Hof zwitscherte ein Spatz. Der Anblick des Baums erinnerte Bernd daran, aus welchem Grund Klaus und Veronika sich ihren Traum vom eigenen Betrieb auf dem Lande so preiswert hatten erfüllen können. Die alte Vorbesitzerin hatte kurz vor ihrem Tod den Teufel auf ihrem Grundstück gesehen. Und der Leibhaftige sollte sogar Spuren seiner unheiligen Präsenz hinterlassen haben. Nur ein Ammenmärchen. Das Gefasel einer verkalkten Bäuerin. Mehr nicht. Oder?

Bernd wollte Gewissheit. Er umrundete den Stamm der Eiche. Was er schließlich dicht über den Wurzeln in der rissigen Borke entdeckte, verleitete ihn zu einer Geste, die sicherlich Schwester Walburgas Gefallen gefunden hätte: Er bekreuzigte sich.

23

Es war ein unfaires Spiel, aber sie wusste nicht, wie sie sich dagegen wehren sollte. Es war schließlich nicht sie, die die Regeln dafür gemacht hatte.

Alle am Tisch hatten es auf sie abgesehen. Keiner schien auf die Idee zu kommen, einen anderen Namen als ihren zu nennen, und sie landeten einen Treffer nach dem anderen, versenkten gnadenlos all ihre Schiffe.

»B 5.«

Treffer.

»C 7.«

Treffer.

»A 1.«

Treffer.

»D 1.«

Treffer.

»H 8.«

Treffer.

Und so ging es immer weiter. Sie kamen aus dem Lachen gar nicht mehr heraus. Ein lautes, viehisches Lachen. Sie rochen nach Alkohol und nach Schwefel.

Und sie lachte mit ihnen, obwohl ihr nicht zum Lachen zumute war. Als hätte jemand anderes Besitz von ihren Lungen und ihren Muskeln im Kiefer ergriffen, jemand, der dieses ganze Spiel aufrichtig komisch fand.

Das war umso merkwürdiger, da sie jeden Treffer nicht nur auf dem Blatt Papier vor sich vermerkte. Nein, jeder Treffer hinterließ an ihrem nackten Körper ein spürbares Zeichen. Einen kleinen Kratzer an der Innenseite der Oberschenkel. Den Abdruck eines Fingernagels auf dem Handgelenk. Einen nach Schweiß schmeckendes Haar auf der Zunge. Einen Tropfen Speichel auf der Oberlippe. Ein warmes, klebriges Gefühl zwischen den Brüsten. Ein Zwicken im Nacken. Einen salzig-bitteren Geschmack im Mund.

Nichts davon war angenehm, nichts davon war zum Lachen.

Wenn sie selbst durch Zufall einmal richtig tippte, reagierten ihre Konkurrenten mit dem gleichen hysterischen Humor. Streckten ihr feixend die Zungen entgegen, wie fleischige rote Würmer. Spreizten weit die Beine und zeigten ihr Dinge, deren Anblick sie nur noch mit Ekel erfüllte. Bliesen ihr Qualm aus geblähten Nüstern entgegen. Rieben sich genüsslich die Bäuche und schmatzten, als hätten sie sich gerade etwas unvorstellbar Köstliches einverleibt.

Sie konnte nicht gewinnen. Das war nicht der Plan, und das war auch nie der Plan gewesen.

24

Katja wurde wach, weil jemand sanft an ihrer Schulter rüttelte und ihren Namen flüsterte.

»Katja? Katja? Ich muss dir was zeigen.«

Sie wälzte sich auf den Rücken. »Ich schlafe«, murmelte sie.

»Das musst du sehen.« Bernd ließ nicht locker. »Das glaubst du nicht.«

Katja schaffte es immer noch nicht, die Augen aufzuschlagen. »Was?«

Die Matratze sackte ein Stück unter ihr weg, das Bettgestell knarrte. »Das hier.«

Sie hob den Kopf, zwang ihre Lider, sich zu heben. Vor sich erkannte sie verschwommen Bernds Arm. Die Kamera, die er in der Hand hielt. Und ein Display, das nur einen merkwürdig geformten hellbraunen Fleck auf graugrünem Hintergrund zeigte. Sie blinzelte, ihr Blick wurde klarer. »Ist das … ist das Rinde?«

»Das ist die Eiche draußen vorm Haus«, bestätigte Bernd. »Unheimlich, hm?«

»Wieso unheimlich?« Sie nahm ihm die Kamera ab und rutschte auf dem Bett ein Stückchen nach oben, bis sie ihren Kopf gegen das Brett am Ende lehnen konnte. »Es ist Rinde.«

»Schau genauer hin.«

Sie tat ihm den Gefallen. Der helle Fleck entpuppte sich als hufeisenförmige Einritzung, die den Selbstheilungskräften der Eiche bislang erfolgreich widerstanden hatte. Die Borke hatte rings um die Verletzung Wülste ausgebildet, wie es auch menschliche Haut manchmal um Narben herum tat. »Ist das ein umgedrehtes U?«

»Was?« Bernd beugte sich vor, um ihr die Kamera zu entwinden. »Das ist ein Hufabdruck.«

»Oder ein umgedrehtes U.«

»Das aber trotzdem aussieht wie ein Hufabdruck, oder?«

»Wenn du meinst …« Sie gähnte. »Und dafür hast du mich geweckt?« Sie rümpfte die Nase. »Bist du besoffen? Du riechst wie ein Thekenlappen.«

»Das ist nur vom Bier aus der Scheune.« Bernd studierte immer noch die Aufnahme von dem umgedrehten U. »Wir haben es aufgewischt.«

»Ich verstehe nur Bahnhof.« Sie machte einen langen Arm und fischte sich das Schokobonbon vom Nachttisch, das Veronika beim Reinemachen als Betthupferl auf das Kissen gelegt hatte. »Welches Bier? Und wer ist *wir*?«

»Veronikas Mann hatte …« Bernd stockte. »Einen Anfall. Dabei sind Bierflaschen zu Bruch gegangen. In der Scheune. Ich habe Veronika geholfen, die Sauerei wegzumachen.«

»Die Veronika. So, so.« Sie steckte sich das Bonbon in den Mund. Sie liebte Bernd heiß und innig, aber für jede Frau, die jemals was mit ihm gehabt hatte oder die er ins Visier nahm, empfand sie trotzdem stets ein gewisses Mitleid. Manchmal hatte sie das Gefühl, in Hamburg keine zwei Schritte machen zu können, ohne auf ein Herz zu treten, das er gebrochen hatte. »Und seid ihr zwei inzwischen auch schon per du?«

»Ja, was dagegen?«, erwiderte Bernd und schaltete die Kamera aus. »Du hast recht. Das könnte auch ein U sein«, wechselte er dann das Thema. »Oder ein O, das nicht fertig wurde.«

»Was ist daran so furchtbar interessant, dass du mich extra wecken musstest?«

»Habe ich dir das nicht erzählt?« Er zog die typische Miene, die er aufsetzte, wenn er in seinem Gedächtnis kramte: die Lippen aufeinandergepresst, das Kinn nach vorn geschoben, die linke Augenbraue angehoben. »Ich werde alt. Alzheimer. Ich habe dir das nicht erzählt?«

Sie musste lachen, und fast wäre ihr das Bonbon aus dem Mund gehüpft. »Oh, Mann. Was denn?«

In reichlich unzusammenhängenden Bruchstücken lieferte er eine moderne Variante der alten Sage vom greisen Mütterlein ab, das nachts den Teufel gesehen haben wollte. Ergänzt um den Zusatz mit dem angeblich von Satan abgeworfenen Gehörn und den Beleg, dass es nach wie vor in manchen Gegenden die Immobilienpreise drückte, wenn man eine Schauergeschichte über ein bestimmtes Haus verbreitete.

»So …« Sie zerkaute den Rest der schokoladigen Köstlichkeit in ihrem Mund. »Und jetzt willst du mir sagen, du hättest einen Hufabdruck des Teufels fotografiert?«

»Sei nicht albern.« Er stellte sich in die Terrassentür und zündete sich eine Zigarette an. »Ich hatte da eine andere Theorie. Was, wenn die alte Frau, die hier früher wohnte, wirklich etwas gesehen hat? Etwas, das ihr vorkam wie der Teufel. Was, wenn sich jemand auf ihren Hof geschlichen hat, um eine kleine Maskerade zu veranstalten?«

»Und warum sollte irgendjemand so was Hirnrissiges tun?« Katja knurrte der Magen. Sie hätte das Bonbon nicht essen dürfen. Jetzt hatte sie Zucker im Tank, war hellwach – und hungrig. »Als Streich? Um die Frau zu ärgern? Aus Spaß?«

»Aus dem Grund, dass er die Alte von ihrem Hof vertreiben wollte, um ihn anschließend selbst zu kaufen.« Er nickte, als könnte das seine Theorie glaubwürdig untermauern. »Dieser Thies ist scheinbar schon länger auf diesen Hof scharf.«

»Wer ist Thies?«

Er grinste. »Okay, von ihm habe ich dir wirklich noch nichts erzählt, das weiß ich bestimmt.« Er berichtete ihr von dem Nachbarn der Möllners, der Katjas bescheidener Meinung nach auf dem schmalen Grat zwischen Exzentriker und Spinner balancierte. Wenigstens schien er kein Fascho zu sein. »Und ich habe mit eigenen Ohren gehört, wie er Veronika dazu gedrängt hat, den Hof an ihn zu verkaufen. Verstehst du jetzt?«

»Okay.« Sie beugte sich zum anderen Nachttisch hinüber und stibitzte das Schokobonbon von dort. »Ich will mal nicht so sein und dir abnehmen, dass dieser Typ dringend diesen Hof für sich haben will. Ich gehe sogar davon aus, dass er schräg genug drauf ist, diese Halloweenaktion als Teufel durchzuziehen. Aber jetzt beantworte mir bitte die Eine-Million-Euro-Frage: Was hat das mit uns zu tun?«

»Na ja …« Er ließ den Deckel seines Zippos zweimal auf- und zuschnappen. »Wir wohnen hier bis auf Weiteres, und wer weiß, wozu dieser Thies noch alles fähig ist?«

»Ach Bernd«, seufzte sie. Er war einfach unmöglich. »Sag mir bitte nicht, dass du auf Veronika scharf bist und jetzt den großen starken Beschützer mimen willst.«

»Was für eine haltlose Unterstellung«, protestierte er. »Sie ist verheiratet.«

»Als ob dich das schon mal aufgehalten hätte …«

»So komisch das klingt, aber sie ist anscheinend *glücklich* verheiratet. Obwohl ihr Mann …« Er strich sich über den Kopf. »Trotz seines Unfalls. Auch wenn sie ihn rund um die Uhr pflegen muss.«

Katja schwieg, weil sie sich einen Moment fragte, ob es nicht für alle Beteiligten besser gewesen wäre, der Deckenbalken hätte Klaus Möllner getötet. Dann meldete sich ihr Gewissen und machte ihr unmissverständlich klar, was für eine grausame, menschenverachtende Überlegung sie da anstellte. Hätte sie das Gleiche gedacht, wenn ihr Vater seinen Unfall überlebt hätte? Oder ihr Onkel durch ein Wunder mit dem Leben davongekommen wäre, nachdem man ihn hatte ermorden wollen? »Sorry, Bernd. Aber wir haben hier schon mehr als genug um die Ohren. Ich will die Sache so schnell wie möglich durchziehen. Sobald der Mörder gefasst und Frieder begraben ist, bin ich hier weg.«

»Okay. Verstanden. Wir halten uns aus allem raus. Wie die Schweiz. Das ist wahrscheinlich das Beste.« Bernd zeigte auf ihr Laptop. »Was macht deine Arbeit am Artikel?«

»Alles bestens.« Das Bonbon in Katjas Mund schmeckte mit einem Mal sehr bitter. »Alles bestens.«

25

Möhrs mochte sein kleines Büro am Ende des Flurs, das er Barswick vor ein paar Monaten erfolgreich abgetrotzt hatte. Es war alles andere als eine Selbstverständlichkeit, dass er über ein eigenes Reich verfügen durfte, denn auf seiner Sprosse der Karriereleiter teilte man sich normalerweise ein Büro mit mindestens einem anderen Kollegen. Es war ihm schleierhaft, weshalb sein Chef ihm diesen Wunsch erfüllt hatte. In der Regel briet Barswick keine Extrawürste. Es waren zwar nur sechs Quadratmeter, aber es waren sechs Quadratmeter, die er mit niemandem teilen musste und auf denen er seine Ruhe hatte. Er hatte für seine Verhältnisse nicht wenig Mühe darauf verwendet, die passenden Details zu finden, um der grauen Standardeinrichtung seine persönliche Note zu verleihen. Innen an der Tür hing ein Kalender mit Schwarz-Weiß-Bildern aus San Francisco, seiner absoluten Traumstadt. Sein Mousepad war aus dem Fanartikelshop vom FC St. Pauli, und neben dem Monitor stand ein Wackeldackel mit Polizeimütze. Auf dem Fensterbrett fristete ein Kaktus sein Dasein als Alibitopfpflanze.

Möhrs hatte sich weite Teile des Nachmittags mit den Aussagen beschäftigt, die die Nachbarn von Frieder Jakobs gemacht hatten. Es war eine etwas frustrierende Erkenntnis, doch Möhrs musste gestehen, dass das Bild, das da von dem Mordopfer gezeichnet wurde, auch ganz gut auf ihn gepasst hätte: Jakobs hatte die Nachbarn immer freundlich gegrüßt und gelegentlich das Füttern einer Katze übernommen, wenn deren Besitzer auf Reisen gingen. Er hatte Pakete angenommen, wenn der Empfänger nicht zu Hause war, und sie dann sogar selbst abgeliefert, sobald er nebenan Licht brennen oder das Auto parken sah. Er hatte nie laute Partys oder Gartenfeste gefeiert – genau genommen konnte sich keiner der Befragten daran erinnern, dass Jakobs überhaupt einmal Gäste gehabt hatte. Er war ein Mann gewesen, der allem Anschein nach ein unauffälliges Leben geführt hatte, bei dem die Wahrung der eigenen Privatsphäre oberste Priorität genoss.

Um sich von den ernüchternden Mutmaßungen darüber abzulenken, welche Aussagen seine Nachbarn zu seinem Lebenswandel getroffen hätten, blätterte Möhrs in einer anderen dicken Akte. Der Brand am Kraftwerk gab ihm zu denken. Was, wenn er mit seiner Idee hinsichtlich der wahren Motive des Feuerteufels richtig gelegen hatte? Was, wenn die anderen Brände in den letzten Wochen nur eine Art Testphase gewesen waren und eine Gruppe von radikalen AKW-Gegnern jetzt Ernst machte? Klaws von der Freiwilligen Feuerwehr hatte zwar gesagt, es wäre unwahrscheinlich, dass sich das Feuer von dem Hochsitz aus auf das Kraftwerksgelände hätte ausbreiten können. Aber war es nicht denkbar, dass diese jüngste Brandstiftung quasi als allerletzter Warnschuss galt? Wenn an seiner These etwas dran war, dann hatten diese Leute mit dem Mord an Frieder Jakobs schon unter Beweis gestellt, dass ihnen ein Menschenleben nicht viel wert war. Und wer konnte zuverlässig einschätzen, welche Auswirkungen ein Großbrand im Kraftwerk haben würde? Es spielte jedenfalls nicht einmal eine Rolle, ob dann Radioaktivität austreten würde oder nicht. Das Thema würde so oder so auf einen Schlag wieder in den Fokus der öffentlichen Aufmerksamkeit rücken. Und soweit er wusste, gaben sich die Menschen, die Erika Saalfelds Überzeugungen teilten, einfach nicht mit dem beschlossenen Ausstieg aus der Atomenergie zufrieden. Abgesehen von ihrer Forderung, alle AKWs sofort abzuschalten, hatte er zugegebenermaßen keine konkrete Vorstellung von ihren weiteren Zielen und wie diese realistisch umzusetzen waren. Doch er hielt es eben nicht für ausgeschlossen, dass die echten Fanatiker innerhalb dieser Gruppe inzwischen dazu übergegangen waren, Gewalt als probates Mittel zu erachten, um ihren Willen zu bekommen. Und es war das Wesen des Fanatismus, dass einem Außenstehenden genau diese Strategie von vornherein vollkommen barbarisch erschien.

Sein Diensttelefon klingelte. Das Display zeigte eine Handynummer, die er sehr gut kannte. »Hallo, Chef.«

»Wusste ich doch, wo ich dich erwische.« Barswicks Stimme war ein heiseres Flüstern, das zum Glück mehr belustigt als bedrohlich klang. »Gut so, mein Junge. Wir dürfen jetzt nicht faulenzen.«

»Warum flüsterst du?« Möhrs meinte, über Barswicks pfeifendem Atem Möwengekreisch und das Plätschern von Wellen zu hören. »Sag mal, bist du Angeln?«

»An der Schleuse. Bis jetzt beißen sie ganz gut an. Passt ja auch. Freitags gibt's Fisch, und karfreitags erst recht.« Barswick gab ein keuchendes Geräusch von sich, das man mit viel gutem Willen als leises Lachen identifizieren konnte. »Und womit vertreibst du dir den Feiertag?«

»Ich sitze über der Feuerteufelakte.«

»Der Feuerteufel? Warum?« Barswick kümmerte sich offenkundig nicht mehr darum, ob er mit seinem Organ die Fische verscheuchte, und es war auch nicht mehr die Spur von Heiterkeit in seiner Stimme. »Du hast Dringenderes auf dem Tableau.«

»Ich sehe da eine mögliche Verbindung.«

»Ich nicht«, knurrte Barswick. »Aber ich lasse mich gerne überraschen.«

Möhrs legte seine Vermutung dar, und mit jedem Wort, das ihm über die Lippen kam, fühlte er sich ungefähr so lächerlich, wie der Wackeldackel auf seinem Schreibtisch aussah. Verflucht! Im Gespräch mit Holt vorgestern war ihm das nicht passiert. Doch da hatten er und der alte Brandursachenermittler auch in einem Zimmer gestanden, in dem der Geruch von verbranntem Fleisch noch in der Luft gelegen hatte. In einer solchen Umgebung wirkten die unglaublichsten Dinge sehr viel plausibler.

»Hör auf, irgendwelche wirren Theorien über Atomterroristen zusammenzuspinnen, und konzentriere dich auf was Handfestes«, legte ihm Barswick nahe. »Hast du was Neues von der Spurensicherung?«

»Nichts Verwertbares.«

»Und hast du das Haus des Opfers schon wieder freigegeben?«

»Nein.«

»Warum nicht?«

»Weil ich es erst noch mal von oben bis unten gründlich untersucht haben will«, sagte Möhrs. Barswick schätzte zum Glück jede Form von Aktionismus, sogar die blinde. »Ich will sichergehen, dass nicht doch irgendwo auf dem Grundstück oder irgendwo in einem Mülleimer der Hammer liegt, mit dem Jakobs die Hände zertrümmert wurden.«

»Oder seine Weichteile.«

»Oder seine Weichteile«, bestätigte Möhrs und rutschte unruhig auf seinem Drehstuhl hin und her. »Es ist ja auch nicht so, dass dringend jemand in das Haus hineinmüsste und meinetwegen nun im Hotel wohnt. Jakobs war Single, und seine Nichte ist die einzige Verwandte, die ich bisher ausfindig machen konnte.«

»Na gut. Dann sieh mal, dass du am Ball bleibst, ja?«

»Ist gebongt, Chef.«

Möhrs legte auf. Er tippte den Wackeldackel mit dem Finger an. »Hauptsache, du hast gut lachen«, murmelte er dem grinsenden Plastiktier zu. Entgegen den Empfehlungen seines Vorgesetzten nahm er noch einmal die Feuerteufelakte zur Hand. Barswick war ein Pragmatiker. Leute wie Holst hörten es nicht gerne, wenn man es laut hinausposaunte, doch die Aufklärungsquote bei Brandstiftung war nicht die beste. Bei gut zwei Dritteln aller Brandfälle blieb die Ursache letzten Endes unklar. Noch dazu war es nicht sehr kompliziert, ein Feuer zu legen. Es war erstaunlich, wie viel Schaden man mit ein paar gut platzierten Styroporstücken und Grillanzündern anrichten konnte. Wie hatte Klaws es ihm gegenüber gestern auf dem Feldweg vor den Resten des eingestürzten Hochsitzes so hübsch formuliert? »Wir leben in einer Zeit, in der jeder Idiot sich wie der Herr des Feuers fühlen kann. Feuer ist nichts Kostbares oder Geheimnisvolles mehr. Es ist ein Spielzeug für gelangweilte Kinder, die Bock darauf haben, irgendetwas abfackeln zu sehen.« Solange es nicht ausgerechnet ein Kernkraftwerk war …

»Ich bin ein Idiot«, entfuhr es ihm. Er richtete sich auf. Vor lauter Aufregung um den jüngsten Brand hatte er etwas Wichtiges vergessen, was noch auf seiner Liste stand. Er war für so einen Stress nicht gemacht. Er hatte einfach zu viel um die Ohren.

26

»Es tut mir wirklich sehr leid, Sie an einem Feiertag zu stören, aber diese Sache duldet leider keinen Aufschub«, sagte Möhrs. »Mir wäre es anders auch lieber.«

Er saß auf der Veranda eines Bungalows mit Elbblick in einem relativ jungen Viertel der Stadt, das Ende der Siebziger zeitgleich mit dem Bau des Atomkraftwerks erschlossen worden war. Es war die Art von Nachbarschaft, in denen die Leute Zeitschaltuhren an ihren Rasensprengern hatten und in der überwiegend Angehörige der Babyboomer-Generation wohnten, deren eigene Kinder inzwischen schon längst aus dem heimischen Nest geflüchtet waren.

»Sie stören mich nicht.« Johnsen, der nur ein Feinrippunterhemd und Bermudashorts trug, streckte seine gebräunten Beine aus. »Und ich nehme an, es geht um Frieder.«

»Ja.« Es war mittlerweile kein Geheimnis mehr, dass Jakobs' Tod kein Unglücksfall gewesen war. Barswick hatte am Vorabend eine Pressemitteilung herausgegeben, aber weil er darin auf jegliche näheren Details verzichtet hatte, hatte sie außer einem erfrischend nüchternen Artikel auf der Homepage des ›Güstriner Kuriers‹ bislang keinerlei wahrnehmbares Medienecho gefunden. »Sie waren Kollegen. Er war Ihr Stellvertreter, richtig?«

»Wir waren nicht nur Kollegen. Wir waren Freunde.« Johnsen kratzte am Etikett der Flasche mit alkoholfreiem Jever in seinen Händen. »Beste Freunde sogar.«

Möhrs nahm einen Schluck von der Cola, die sein Gastgeber ihm angeboten hatte. Manchmal holte man am meisten aus einer Person heraus, wenn man möglichst wenig sagte, und das hier schien ihm einer dieser Fälle zu sein, wenn er den wehmütigen Ausdruck in Johnsens Augen richtig deutete.

»Ich habe sogar mal ein paar Wochen bei ihm gewohnt. Als ich mich von meiner Frau getrennt habe«, fuhr Johnsen fort. »Gott, wir kannten uns ewig. Seit der Uni. Sie kennen das vielleicht. Wenn man jemanden das erste Mal trifft und sofort weiß: Mit dem bin ich voll auf einer Wellenlänge. So war das bei Frieder und mir. Einführung in die Materialwissenschaften. Das war die Vorlesung damals. Bei Professor Süß.« Er sprach den Namen mit einem feuchten Lispeln aus. »Frieder saß neben mir, wir haben uns angeschaut, mussten lachen und sind beide rausgeflogen. Und was haben wir gemacht? Sind los in die nächste Kneipe und haben uns abgeschossen. Um halb elf morgens. Ja, so war das. Ich kann gar nicht glauben, dass er wirklich tot ist.« Er atmete schwer. »Haben Sie schon … wissen Sie schon, wer es war?«

Keine überraschende Frage, auf die eine abgedroschene Antwort genügte. »Wir gehen derzeit verschiedenen Hinweisen nach.«

»Haben Sie mich im Verdacht?«

Möhrs stutzte. Okay, *das* war jetzt eine überraschende Frage. »Hm?«

»Ich meine, weil ich zu denen gehöre, die ihn als Letzte noch lebend gesehen haben«, erklärte Johnsen.

Diese Information war Möhrs neu, und so setzte er ein zweites Mal auf die Taktik, durch Schweigen weitere Aussagen zu provozieren. Es klappte.

»Beim Skat.« Johnsen sah auf die Elbe hinaus, die im Licht der Abendsonne in Flammen zu stehen schien. »Er hat ein verdammt gutes Blatt gespielt, das will ich Ihnen sagen. Wissen Sie, was komisch ist?«

»Was?«

»Dass man sich von seinen besten Freunden immer so verabschiedet, als wäre es irgendwie absolut sicher, dass man sie demnächst wohlbehalten wiedersieht.« Er zuckte schwach die Schultern. »Vielleicht macht man das, damit man nicht ständig darüber nachdenkt, was passiert, wenn man sie *nicht* wiedersieht.«

»Mag sein.« Möhrs biss in den sauren Apfel und gab sich eine potenzielle Blöße. Er hoffte, sie dadurch zu kaschieren, dass er absichtlich ein wenig schneller sprach. »Und wo haben Sie sich zum Skatspielen getroffen? Wer war da noch in der Runde?«

»Im ›Postillion‹. Wie jeden Dienstag. Mit den gleichen Jungs wie immer. Er, ich, Burmester, Lippert und …« Er klemmte sich die Bierflasche zwischen die Oberschenkel und schaute Möhrs an, den Mund halb geöffnet. »Mein Gott, Sie hatten bis eben nicht die leiseste Ahnung, wo ich Dienstagabend war.«

»Nein, hatte ich nicht.« Möhrs faltete die Hände im Schoß. Schade, aber es konnte ja nicht immer alles genau so funktionieren, wie er es wollte. Dass Johnsen ihn durchschaut hatte, war definitiv eine der weniger herben Enttäuschungen seines bisherigen Lebens. »Ich hätte Sie aber bestimmt noch danach gefragt.«

»Aha. Das heißt …« Johnsen trommelte kurz mit den Fingern seiner rechten Hand auf die Lehne seines Gartenstuhls. »Ich zähle für Sie also tatsächlich zu den Verdächtigen.« Er schüttelte den Kopf. »Wie kommen Sie denn auf den Scheiß?«

Möhrs hatte nicht vor, eine Familientragödie auszulösen, und nippte statt einer Antwort an seiner Cola.

»Erika«, sagte Johnsen trocken.

Ein rasches Räuspern bewahrte Möhrs davor, sich zu verschlucken. Der Kerl war clever, das musste er ihm lassen.

»Ich habe recht, oder?«

Möhrs nickte. Die Katze war aus dem Sack und ließ sich nicht wieder hineinstopfen. »Sie hat die Beziehung zwischen Ihnen und Frieder Jakobs als gewissermaßen … nun ja … eheähnlich geschildert. Berufsbedingt natürlich.«

»Natürlich«, wiederholte Johnsen. »Und in so einer langen Ehe kommt es selbstverständlich hin und wieder zu Spannungen. Darauf wollen Sie doch hinaus.«

Möhrs seufzte. Leugnen war hier wohl zwecklos. »Die Erfahrung zeigt, dass –«

»Sie sind nicht verheiratet, oder?«, unterbrach ihn Johnsen. »Ich sehe zumindest keinen Ring an Ihrem Finger.«

Der Kerl war nicht nur clever, sondern besaß auch noch einen scharfen Blick für Details. Den musste man sicher haben, wenn man in der Warte eines Kraftwerks arbeitete und den ganzen Tag jede Menge Anzeigen im Auge zu behalten hatte. Dass Johnsen ihn nun ausgerechnet an seinem wundesten Punkt erwischte, zeigte Möhrs nur, wie gehässig der Zufall sein konnte. »Ich bin ledig.«

»Und damit bestimmt kein Experte, wenn es darum geht, wie man eine glückliche Ehe führt.« Johnsen grinste gehässig. »Aber machen Sie sich nichts draus, das bin ich auch nicht. Und ich will Ihnen noch was sagen: Wenn ich jemals ernsthaft mit dem Gedanken gespielt habe, einen anderen Menschen umzubringen, dann bei meiner Exfrau. Es war keine schöne Scheidung. Und bevor Sie sich jetzt unnötig Sorgen machen: Ihr geht es bestens. Sie wohnt jetzt in Lübeck, bei ihrer Freundin. Ich habe die Nummer, falls Sie sie anrufen möchten.«

»Das wird nicht nötig sein.«

»Das ist schon ein starkes Stück von Erika. Zu behaupten, ich hätte was mit dem Tod von Frieder zu tun …« Johnsen musterte Möhrs einen Moment schweigend. Dann sackten seine Schultern herab, als hätte er sich soeben eine schwere Last auf den Rücken geladen. »Was ich jetzt gleich machen werde, kostet mich viel Überwindung. Ich breche ein Gesetz. Ein ungeschriebenes zwar, aber es ist ein Gesetz, verstehen Sie?«

Möhrs verstand zwar nicht, aber er nickte trotzdem, um nicht Gefahr zu laufen, Johnsen von seinem Vorhaben abzubringen. Was immer er ihm auch erzählen wollte, hatte die Barschheit in Johnsens Stimme durch sanfte Wehmut ersetzt.

»Was auf einem Schiff auch immer passiert, bleibt auf dem Schiff«, sagte Johnsen. »Vielleicht ist das für jemanden, der nie zur See gefahren ist, schwer nachzuvollziehen. Sie sind wochenlang mit denselben Leuten auf engstem Raum zusammen. Eingesperrt. Da fällt man sich zwangsläufig früher oder später mal auf die Nerven. Reibereien sind keine Seltenheit. Man muss sich zusammenraufen, weil man aufeinander angewiesen ist. Eine Mannschaft eben. Aber manchmal eskaliert eine Situation. Urplötzlich, ohne echte Vorwarnung. Ein unbedachtes Wort, und es fliegen die Fäuste. Oder man wird mit einem Messer bedroht. So ist es mir mal gegangen.« Er schob das Kinn vor, als müsste er sich überwinden, weiterzusprechen. »Es gab da diesen Typen an Bord, der ständig schwitzte und haarig wie ein Affe war. So richtig dichter Pelz an den Armen und auf dem Rücken. Wir saßen zusammen in der Messe. Und kennen Sie das, wenn einem bei jemand anderem etwas völlig unerwartet so sehr stört, dass man völlig angewidert davon ist?«

»Klar.« Möhrs dachte an seine Mutter und ihr ständiges Nägelkauen. Und daran, wie er mit elf oder zwölf bei einem Weihnachtsessen komplett ausgetickt war, weil er das leise Geräusch von Zähnen, die auf Horn klickten, nicht mehr hatte ertragen können. Er hatte einen hohen Preis für seine Szene bezahlt: Sein Vater war losgegangen und hatte sämtliche He-Man-Figuren, die unter dem Christbaum gelegen hatten, in den Müll befördert. »Klar kenne ich das.«

»Bei mir war es das Schwitzen von diesem Typen. Ich hätte eigentlich daran gewöhnt sein sollen. Aber an dem Tag …« Johnsen schüttelte den Kopf. »Ich habe nur zu ihm gesagt, er soll doch den Angorapulli ausziehen, wenn ihm zu heiß ist. Das hat gereicht. Er ist aufgesprungen, hat sein Messer genommen und gebrüllt: ›Ich stech dich ab!‹ Und er hätte es getan. Ich habe es in seinen Augen gesehen. Er hätte mich vor Zorn abgestochen wie ein Schwein.« Er führte zwei schnelle Stiche mit einer imaginären Klinge aus. »Und wissen Sie, was das Schlimmste ist? Ich hätte mich auf diese Messerstecherei eingelassen. Mir war alles egal. Ich wollte ihn nur noch fertigmachen. Und wenn ich selbst dabei draufgegangen wäre. Was ziemlich wahrscheinlich war. Der andere war zwei Köpfe größer als ich und gebaut wie ein Ochse. Aber wie gesagt, das war mir egal. Zu viel Anspannung, zu viel überschüssiges Testosteron. Ich bin nicht stolz darauf.« Er suchte Möhrs' Blick. »Wissen Sie, was dann passiert ist? Warum ich überhaupt noch hier sitze?«

»Nein.«

»Frieder legt sein Besteck weg und nimmt den Kopf hoch, ganz langsam. Er schaut zu mir, schaut zu ihm und sagt in aller Seelenruhe, wie nur er so was sagen konnte: ›Wenn die Damen sich unbedingt die Augen auskratzen wollen, könnten Sie das dann bitte draußen erledigen? Ich bin beim Essen.‹« Johnsen lächelte und blinzelte zweimal, ehe er die Bierflasche ansetzte und auf einen Zug leerte. Er stellte sie auf dem Tisch ab. »Und das war's. Ich und der andere Kerl hocken uns wieder hin und tun den ganzen Rest der Tour so, als wäre nichts gewesen. So sieht's nämlich aus, Herr Kommissar: An dem Tag hat mir Frieder das Leben gerettet. Wissen Sie, wie ich mich jetzt fühle, wenn diese dumme Schnalle Ihnen gegenüber behauptet, ich hätte ihn umgebracht?«

Möhrs sparte sich eine Antwort. Er trank seine Cola aus und beschloss, für heute Feierabend zu machen. Immerhin war Karfreitag.

27

Der Mann, der eine Abkürzung durch das verlassene Industriegebiet zu seinem Wagen nahm, fühlte sich ausgelaugt, aber entspannt. Wie nach jedem seiner »Landgänge«. Er hatte vor langer Zeit damit aufgehört, sich zu fragen, warum er sie brauchte. Es gab Dinge, gegen die man sich nicht wehren konnte.

Er sog die frische Nachtluft in seine Lungen. Niemand konnte ihm vorwerfen, dass er nicht diskret mit seinen Vorlieben umging. Dass er irgendjemanden damit kompromittiert hätte. Er war schließlich kein rücksichtsloses Schwein. Die Frauen, die er kaufte, wussten, worauf sie sich einließen. Und er war nicht der Einzige, der diese Dinge von ihnen verlangte. Nein, das war er ganz sicher nicht.

Sein Auto parkte vor einem Gartencenter, wo er es vor drei Stunden abgestellt hatte. Er griff in seine Hosentasche, suchte nach dem Schlüssel. Im kalten Neonlicht fiel ihm auf, dass er dringend einmal durch die Waschanlage fahren musste. Die dicke Schicht Pollen, die sich auf der Motorhaube abgesetzt hatte, schadete sonst noch dem Lack, und –

Ein Pfiff gellte über den Parkplatz. Scharf, schneidend.

Der Autoschlüssel glitt ihm vor Schreck aus den Fingern, landete klirrend auf dem Asphalt. Er bückte sich reflexhaft, klaubte den Schlüssel auf und sah sich um. Was sollte das? War ihm eines der Mädchen nachgelaufen, weil er im Club etwas vergessen hatte? Aber hätte es dann nicht seinen Namen gerufen?

Ein zweiter Pfiff, von irgendwo neben dem Häuschen für die Einkaufswagen am Eingang des Centers. Kein Zweifel. Die Pfiffe galten ihm. Stand da nicht wer, halb geduckt hinter dem Häuschen, ein verschwommener Fleck durch das gewellte, halbdurchsichtige Plastik der Seitenwände? Wollte ihn da jemand ausrauben, nachts, an diesem einsamen Ort, an dem es keine Zeugen gab? Oder war das nur eine Nutte, die hier mutterseelenallein auf Freier wartete?

»Du wirst brennen, du Hund!«

Jemand packte ihn am Knöchel, zerrte an seinem Bein. Er verlor das Gleichgewicht, schrie auf, wollte sich am Dach seines Wagens festhalten. Zu spät. Noch ein heftiger Ruck. Er landete hart auf der Seite, sein Kopf prallte auf den Boden. Seine Sicht verschwamm, und er verlor die Orientierung. Mehr brauchte es nicht. Wer immer da unter seinem Wagen auf ihn gelauert hatte, kam blitzschnell aus seinem Versteck hervorgekrochen und stürzte sich auf ihn. Glühend heiße Hände legten sich um seinen Hals.

28

Der Mann, der am Morgen des Ostersamstags den Speiseraum des »Hirschhofs« betrat, war einer der hagersten, die Katja je gesehen hatte. Schmale Schultern, schmale Hüften, und wenn er mehr als sechzig Kilo auf die Waage brachte, wäre sie ehrlich überrascht gewesen. Er hatte eine braune Naturkrause, die seinen Kopf unverhältnismäßig groß erscheinen ließ, und irgendetwas an seinen feinen Gesichtszügen kam ihr vage bekannt vor. Er war nicht generell ein hässlicher Kerl, und seine Kleidung hatte eine stilsichere Lässigkeit: ein offenes kurzärmeliges Hemd in Beige mit einem roten Che-Guevara-T-Shirt darunter, an den richtigen Stellen abgenutzte Retrojeans und teuer aussehende Flipflops mit geflochtenen Lederriemchen.

Ungefähr eine Sekunde, nachdem ihr bewusst geworden war, wie unhöflich es war, einen neuen Gast derart anzustarren, bemerkte sie, dass er zielstrebig den Raum in Richtung ihres Tisches durchquerte.

»Darf ich Sie kurz stören?« Seine angenehme Radiosprecherstimme wies den interessanten Einschlag eines Dialekts auf, den Katja grob als süddeutsch verortete – was für eine Hamburgerin wie sie nichts anderes als »von irgendwo südlich der Elbe« hieß. »Sie müssen Katja Jakobs sein.«

»Ja, bin ich.« Sie wischte sich den Mund mit ihrer Serviette ab. »Kennen wir uns?«

»Nein. Sie kennen meine Mutter.«

Raschelnd senkte sich Bernds Zeitung. »Geht's noch mysteriöser?«

»Entschuldigung.« Der Mann hielt Katja die Hand hin. »Thilo Saalfeld.«

»O Gott«, murmelte Bernd.

»Hallo«, sagte Katja. Ja, Saalfelds Gesicht hatte tatsächlich große Ähnlichkeiten mit dem seiner Mutter. Allerdings mit dem entscheidenden Unterschied, dass seine Miene offen und freundlich war. Seine Hand waren überraschend kühl, obwohl draußen die Sonne alles daransetzte, Temperaturrekorde für die Osterzeit zu brechen. »Was kann ich für Sie tun?«

»Nichts. Ich wollte mich bloß für meine Mutter entschuldigen.« Ein zögerliches Lächeln stahl sich auf seine Lippen. »Sie hat sich ziemlich danebenbenommen, wenn ich sie richtig verstanden habe.«

»Iwo!« Bernd faltete die Zeitung zusammen. »Ihre teure Frau Mama war die Freundlichkeit in Person.«

»Tja, was soll ich sagen?« Saalfelds Lächeln wurde selbstbewusster, als er Bernds mürrischem Blick ungerührt standhielt. »*Sie* konnte Sie noch viel weniger leiden. Sie hat Sie im Verdacht, für die Atomlobby zu arbeiten.«

»Charmant.« Bernd rührte gelangweilt seinen Kaffee um. »Natürlich arbeite ich für die Atomlobby. Aber nur halbtags. Den Rest der Zeit quäle ich Hundewelpen zu Tode.«

»Wir haben uns auch nicht gerade von unserer Schokoladenseite gezeigt«, gestand Katja. »Dieses ganze Gespräch ist etwas aus der Spur geraten, und das ist nicht nur die Schuld Ihrer Mutter.« Sie deutete auf einen der freien Stühle. »Setzen Sie sich doch. In der Kanne ist auch noch ein Schluck Kaffee, glaube ich.«

»Danke.« Saalfeld deponierte eine schicke Umhängetasche im Outdoor-Look unter dem Tisch und nahm Platz. »Aber keinen Kaffee. Ich bin mehr für Tee zu haben.«

»Sollen wir einen Tee für Sie bestellen?«

»Nein, vielen Dank.« Er winkte mit beiden Händen ab. »Haben Sie vor, meine Mutter in Ihrem Artikel auftauchen zu lassen?«

»Das weiß ich ehrlich gesagt noch nicht.« Katja hatte noch keine Zeile geschrieben und nicht einmal eine lose Gliederung geschafft. »Sie ist natürlich eine spannende Person.«

»Ein dehnbarer Begriff«, merkte Bernd an.

»Sie verkörpert eine der beiden Fronten, die sich hier gegenüberstehen«, fuhr Katja fort. »Und sie hat sehr klare Meinungen, mit denen sie nicht hinter dem Berg hält. Das macht sie schon sehr interessant, und …« Katja stockte. Was erzählte sie da? Sie redete schließlich von einer Irren, der sie zutraute, ihren Onkel auf dem Gewissen zu haben. Brauchte es tatsächlich nur einen einigermaßen niedlichen Typen, der zufällig der Sohn dieser Furie war, damit sie das vergaß? Siedend heiß fiel ihr ein, dass sie gestern noch Enzo hatte zurückrufen wollen. Sie nahm sich fest vor, das bei nächster Gelegenheit nachzuholen. Doch zuerst wollte sie reinen Tisch mit Saalfeld machen und ihm sanft zu verstehen geben, was sie von seiner Mutter hielt. »Ich bin mir nur nicht ganz so sicher, ob sie … na ja … ob sie sich noch so im Griff hat, wie man sich im Griff haben sollte.«

»Das kann ich Ihnen schlecht vorwerfen«, sagte Saalfeld ohne jedes Anzeichen dafür, dass ihn die Kritik an seiner Mutter kränkte. »Mir ist wichtig, dass Sie verstehen, wie meine Mutter zu dem schwierigen Menschen wurde, der sie heute ist. Ich würde Ihnen gern etwas zeigen, falls Sie ein bisschen Zeit für mich haben.«

»Okay, warum nicht? Hier?«

»Nein«, sagte Saalfeld ernst. »Ich weiß, es ist eine ungewöhnliche Bitte, aber es wäre das Beste, wenn ich Sie an einen Ort bringe, an dem Sie selbst sehen können, was meine Mutter umtreibt.«

»Aha.« Bernd quittierte den sonderbaren Vorschlag mit einer gerunzelten Stirn. »Und was für ein Ort ist das, wenn ich fragen darf? Sagen Sie jetzt nicht das Kraftwerk. Da waren wir nämlich schon.«

»Nein, ich meine nicht das AKW«, erwiderte Saalfeld. »Ich meine den Friedhof hier.«

29

Kurz nachdem sie das Ortsschild von Güstrin passiert hatten, fragte Katja: »Wie haben Sie mich gefunden?«

»Das war nicht so schwer«, antwortete Saalfeld. Sie saßen in seinem klapprigen Toyota, dessen Lack durch Wind und Wetter von Goldmetallic zu einem stumpfen Braun abgeschmirgelt worden war. Bernd folgte ihnen mit zwei Wagenlängen Abstand im Jaguar. »Güstrin hat nicht sehr viele Hotels und Gasthöfe. Ich hatte nur eine kurze Liste abzutelefonieren. Aber müssen wir uns eigentlich siezen?«

»Nein, natürlich nicht.« Sie lachte. »Es sei denn, du bestehst darauf.«

»Tue ich nicht.«

»Schön.« Sie streckte die Beine im Fußraum aus. »Sag mal, du wohnst nicht mehr bei deiner Mutter, oder? Dein Auto hat ein Marburger Kennzeichen.«

»Ja, ich studiere da.« Er nutzte einen kurzen Halt an einem Stoppschild, um ihr einen Seitenblick zuzuwerfen. »Ich bin nur auf Heimaturlaub. Über Ostern.«

Sie stellte fest, dass sie in ihren Interviewmodus wechselte, aber es störte sie nicht weiter. Erstens war er offenbar ein auskunftsfreudiger Gesprächspartner, und zweitens mochte sie seine Stimme. »Und was studierst du da so? In Marburg?«

»Vergleichende Religionswissenschaften.«

»Ist das Theologie?«

»Nein, nicht direkt.« Der Motor rasselte leise, als er wieder anfuhr. »Ich will nicht Pastor werden oder so. Es gibt da zwar jede Menge Überschneidungen mit der Theologie, weil man sich bei uns gern mit solchen Religionen befasst, die irgendeine Art von heiliger Schrift haben. Aber uns geht es nicht nur um die metaphysischen Dinge. Bei uns wird es oft ein bisschen konkreter. Wie und weshalb breiten sich Religionen aus? Wie sind Glaubensgemeinschaften auf sozialer Ebene strukturiert? Wie manifestiert sich Glaube auf einer psychologischen oder neurologischen Ebene? Solche Sachen.«

»Hast du da ein Spezialgebiet?«

»Die Theodizeefrage und wie sie in unterschiedlichen Religionen beantwortet wird«, sagte er wie aus der Pistole geschossen. »Das wird auch mal das Thema meiner Doktorarbeit, wenn alles glattläuft.«

Sie durchforstete ihre verschwommenen Erinnerungen an ihren Konfirmandenunterricht. »War das die Frage danach, warum guten Menschen Schlechtes widerfährt?«

»So ungefähr, ja.«

Das war eine verdammt gute, aber auch ungemein ernüchternde Frage. Und ja, sie hatte sie auch mit Pastorin Nohr diskutiert. An einem naheliegenden Beispiel. Wenn Gott wirklich allmächtig und gütig war und die Menschen liebte, weshalb hatte er dann zugelassen, was ihrem Vater zugestoßen war? Was war daran gerecht? Welchen Plan sollte Gott damit verfolgen? Die Pastorin hatte etwas vom freien Willen erzählt, den Gott den Menschen geschenkt hatte. Katja hatte sich mit dieser Antwort nicht zufriedengegeben. Es hatte ihr zu sehr nach einer schwachen Ausrede geklungen. Hieß es nicht, Gott würde die Menschen wie seine Kinder betrachten? Aber welcher Vater hätte nicht eingegriffen, wenn eines seiner Kinder einem anderen Leid zufügte? Und jetzt war es wieder passiert: Ihr Onkel war auch einer dieser guten Menschen gewesen, denen Schlechtes widerfahren war. Nein, Schlechtes war ein viel zu harmloser Begriff. Schreckliches, Fürchterliches, Erschütterndes. Das passte besser. Und niemand wusste, warum. Sicher, der Täter hatte bestimmt irgendein krankes oder wahnsinniges Motiv gehabt. Aber das erklärte noch lange nicht, weshalb das Schicksal oder der Zufall es ausgerechnet so eingerichtet hatten, dass Frieder zum Opfer genau dieses Täters geworden war. Katja kurbelte das Fenster ein Stück herunter. Die Mischung aus Vanille vom

Duftbäumchen am Rückspiegel und kaltem Rauch wurde ihr zu süß und stickig.

»Habe ich das mit deinem Artikel richtig verstanden?«, brach Thilo das Schweigen. »Dass du so eine Art Psychogramm von Güstrin anfertigen willst?«

»Ja.« Sie drehte ihren Kopf in den steten kühlen Luftstrom aus dem Fensterspalt. »Das ist so in etwa die Idee.«

»Dann habe ich einen Tipp für dich.« Er bremste den Wagen an einer roten Ampel und blinkte rechts. »Du solltest heute Abend zum Osterfeuer kommen. Oben an der Geest. Du kannst es nicht verfehlen. Man sieht den Feuerschein kilometerweit.«

Katja seufzte. »Gibt es einen gemeinsamen Topf, aus dem an alle Güstriner Provisionen ausgeschüttet werden, wenn sie die Werbetrommel für dieses Feuer rühren?«

»Nein.« Er grinste. »Wäre aber eine schöne Idee.«

»Unsere Wirtin hat vorhin auch schon davon erzählt«, sagte sie und ahmte dann den heiteren Tonfall Veronika Möllners nach. »So, hier sind noch Brötchen. Und nicht vergessen: Heute Abend ist Osterfeuer. Das lohnt sich und bringt einen auf andere Gedanken.«

»Wo sie recht hat, hat sie recht.« Er lachte. »Es könnte aber natürlich auch sein, dass wir Güstriner in Wahrheit alle finstere Kultisten auf der Suche nach einer Jungfrau sind, die wir verbrennen können.«

»Da wärt ihr bei mir an der falschen Adresse«, entgegnete Katja trocken.

Die Ampel wurde grün. Sie fuhren ein kleines Stück an einer Sandsteinmauer entlang, ehe er den Wagen in eine freie Parkbucht am Straßenrand manövrierte. Sie stiegen aus.

Bernd stellte den Jaguar zwei Plätze weiter ab. Die obligatorische Kamera um den Hals, kam er auf sie zu. »Hätten Sie jetzt vielleicht die Güte, uns mitzuteilen, warum genau wir hier sind?«, wandte er sich an Thilo, der den Kofferraum des Toyotas öffnete.

»Das werden Sie gleich selbst sehen.« Thilo packte einen Plastikklappstuhl aus und schloss den Kofferraumdeckel. »Nur noch ein, zwei Minuten Geduld.«

»Und dafür brauchen Sie auch einen Stuhl, wie mir scheint.« Bernd sprach langsam und überdeutlich, als stünde er einem Menschen gegenüber, an dessen geistiger Gesundheit er ernsthafte Zweifel hegte. »Dauert Ihre Vorführung so lange, dass man sie nicht im Stehen durchhält?«

Thilo achtete nicht weiter auf ihn, sondern ging auf das Friedhofstor zu.

»Was haben wir uns da für einen komischen Vogel eingefangen?«, raunte Bernd Katja zu.

»Ich mag komische Vögel«, antwortete sie leise und folgte Thilo.

Ihre Stimmung, die gerade im Begriff war, wieder ein wenig aufzuhellen, verdüsterte sich schlagartig. Das war also der Ort, an dem sie in ein paar Tagen ihren Onkel zur letzten Ruhe betten würde. Neutral betrachtet war es eine schöne Anlage, die an einen gutgehegten Park erinnerte. Geharkte Kieswege, penibel gestutzte Hecken, saubere Bänke, die zum Verweilen im Schatten majestätischer Bäume einluden. Sogar die Grabstätten hätte man wegen der bunten Blumen beinahe für blühende Beete halten können, wenn nicht die Grabsteine gewesen wären.

Er führte sie in den hinteren Teil des Friedhofs, vorbei an einer Kapelle oder Trauerhalle mit dezenten Glasbildern, auf denen Tauben in einen zartvioletten Himmel aufstiegen. Sie gelangten in einen Bereich, in dem die Gräber jünger waren. Katja ertappte sich dabei, wie sie immer wieder kurz überschlug, wie alt die Menschen geworden waren, die man hier bestattet hatte. Sie schämte sich dafür, denn sie kam sich dabei vor, als würde sie das Leben wie einen Wettbewerb behandeln, aus dem man als Sieger hervorging, wenn man nur länger im Spiel blieb als seine Konkurrenten. Es gab hier gar keine Gewinner, weil solche Kategorien wie Triumph oder

Niederlage vor der Ungerührtheit des Todes keinen Bestand hatten. Doch was änderte das schon daran, dass man sich dennoch um etwas Ungreifbares betrogen und von den kühlen Regeln und Gesetzen der Welt hintergangen fühlte, wenn man erkannte, dass die einen viel zu früh gehen mussten, während den anderen so viel mehr Zeit vergönnt war?

Thilo machte halt an einem hüfthohen Betonsockel, in den ein Wasserhahn eingefasst war. Schweigend füllte er eine Gießkanne. Das harte, hohle Prasseln, mit dem das Wasser in das grüne Plastik schoss, war viel zu laut, viel zu aggressiv für die andächtige Stille.

»Soll ich?«, fragte Katja und streckte die Hand nach dem Griff der Kanne aus.

»Geht schon, danke«, erwiderte Thilo und trug sie selbst. Er bog auf einen kleineren Weg ab, an dem links und rechts Gräber aufgereiht waren. Vor einem, auf dem weiße Narzissen und rote Nelken blühten, blieb er schließlich stehen. Er lehnte den Klappstuhl seitlich gegen den Grabstein, in dessen blassrosa Marmor in goldenen Lettern ein Trauerspruch eingelegt war: »Die, die wir lieben, gehören uns nicht.« Darunter stand ein Name: »Julia«.

Die beiden Jahreszahlen auf dem Grabstein lagen dicht beieinander: Julia war nur neun Jahre alt geworden. Katja hatte sofort einen Kloß im Hals.

»Hier liegt meine kleine Schwester«, sagte Thilo.

30

»Leukämie.«

Es war nur dieses eine Wort, das Katja über die Lippen brachte, nachdem Thilo seine Ausführungen über das Schicksal seiner Schwester beendet hatte. Er hatte in kurzen

Sätzen geschildert, wie es seiner Familie mit der Krankheit ergangen war. Das lähmende Entsetzen nach der ersten Diagnose. Das nervenaufreibende Schwanken zwischen Hoffen und Bangen während der Behandlungen. Das verzweifelte Festklammern an der schwindenden Aussicht, es könne am Ende doch noch alles gut werden, sobald eine Therapie anzuschlagen schien. Der tiefe Sturz in ein gähnendes Nichts, als sich herausstellte, dass niemand mehr etwas für Julia tun konnte. Die unbegreifliche Leere, die mit der Erkenntnis einherging, dass ihr Lachen für immer verstummt und sie bis auf die Erinnerung in den Köpfen und Herzen derer, die sie liebten, restlos verschwunden war.

Selbst Bernd schwieg mit versteinerter Miene.

»Meine Mutter war danach nie wieder dieselbe.« Thilo schüttelte die letzten Tropfen aus der Gießkanne. »Ich weiß, das ist heute schwer zu glauben, aber früher war sie anders. Ich will nicht behaupten, dass sie ein einfacher Mensch gewesen ist. Das nicht. Sie hatte immer eine streitsüchtige, giftige Ader. Aber das war halb so schlimm, weil sie auch sanft und liebevoll sein konnte. Davon ist heute nichts mehr übrig.«

»Das tut mir alles sehr leid«, sagte Katja. »Ehrlich.«

Bernd brummelte nur etwas, das wie »Harter Tobak« klang.

»Ich habe meinen Frieden damit gemacht, dass meine Schwester nicht mehr da ist.« Thilo stellte die Gießkanne ab und steckte die Hände in die Gesäßtaschen seiner Jeans. »Meine Mutter hat das nicht geschafft. Ich denke, es war der berühmte Tropfen, der das Fass zum Überlaufen gebracht hat. Sie war mit ihrem Leben vorher schon nicht sehr zufrieden.«

»Inwiefern?«

»Ich war eine Überraschung, kein Wunschkind«, sagte Thilo. »Meine Eltern haben nur meinetwegen geheiratet. Sie wollten nicht, dass die Leute sich das Maul über sie zerreißen. So war das eben damals, wenn man hier in der Provinz wohnte. Mein Vater musste sich auch so schon eine Menge Mist von seinen Freunden anhören. Weil meine Mutter oft lange weg war. Wochen, manchmal sogar ein paar Monate. Auf Forschungsfahrt. Sie hatte eine Stelle als Meeresbiologin an der Uni Rostock. Ich glaube, sie hat meinem Vater nie verziehen, dass er sie dazu gezwungen hat, sich zwischen ihm und dem zu entscheiden, was sie als ihre Berufung gesehen hat. Mein Vater ist ein konservativer Mann. Eine Familie ist man nur, wenn man verheiratet ist, und Kinder brauchen eine Mutter, die sich um sie kümmert.« Er bückte sich, um ein umgefallenes Grablicht aufzustellen. »Sie hat uns zum Mittelpunkt ihres neuen Lebens gemacht. Und als Julia krank wurde ...« Ein Schulterzucken. »Da ist dieses Leben völlig aus den Fugen geraten, und sie brauchte etwas, gegen das sie all ihre Enttäuschung und all ihren Hass lenken konnte.«

»Das Kraftwerk«, sagte Katja leise.

Thilo nickte. »Am Anfang hat mein Vater da auch mitgemacht. Briefe an Behörden und Politiker geschrieben. Treffen und Diskussionsrunden organisiert, die Bürgerbewegung mit ins Leben gerufen.«

»Und dann?«

»Dann hat er sie verlassen.« Thilo wählte denselben sachlichen Tonfall, in dem die meisten alten Männer über ihre Erfahrungen im Krieg sprachen. Als ob Dinge, an denen nichts mehr zu ändern war, nicht mit unnötiger Melodramatik aufgeladen werden mussten. »Quasi über Nacht. Er ist ausgezogen und hat sich einen neuen Job gesucht. In Holland. Ich sehe ihn nicht sehr oft. Ich weiß nicht einmal genau, was zwischen ihnen vorgefallen ist. Er blockt ab, wenn ich dieses Thema anschneiden will. So wie meine Mutter. Vielleicht hat er nur irgendwann eingesehen, dass es Julia nicht zurückbringt, wenn sie sich beide in ihrem Kampf gegen die Kernkraft aufreiben, und das hat sie bestimmt nicht gern gehört. Das hätte ihn in ihren Augen zu einem Verräter gemacht.«

»Und was ist mit Ihnen?«, fragte Bernd. »Wem geben Sie die Schuld am Tod Ihrer Schwester?«

»Ich halte nicht viel von diesem Begriff. Schuld.« Thilo wischte mit dem Schuh einen verirrten Kiesel von der Grabeinfassung. »Wem sollte ich sie denn geben? Den Leuten aus dem AKW? Den Politikern, die irgendwann mal beschlossen haben, dass Kernkraftwerke gebaut werden? Den Menschen, die diese Politiker gewählt haben? Oder am besten gleich Gott, weil er die Welt so gemacht hat, dass Strahlung Krebs auslösen kann? Oder dafür, dass es überhaupt Krebs und Strahlung gibt? Wohin führt das? Wem nutzt das?«

»Ihre Mutter hat da klarere Vorstellungen«, sagte Bernd. »Und sie erweckte auch nicht den Eindruck, als wäre *ihr* die Schuldfrage egal.«

»Ich weiß«, räumte Thilo unumwunden ein. »Sie trägt mehr Verbitterung und Zorn mit sich herum, als gut für sie ist.«

Katja schaffte es bei ihrer nächsten Frage nicht, ihm in die Augen zu sehen. »So viel Verbitterung und Zorn, dass sie in der Lage wäre, einen der Menschen umzubringen, von dem sie glaubt, er wäre für den Tod ihrer Tochter verantwortlich?«

»Das glaube ich nicht«, sagte Thilo. »Ich gehe eher davon aus, dass der Schmerz in ihr sie irgendwann ganz und gar auffrisst. Der Mensch, den sie wahrscheinlich am meisten hasst, ist sie selbst. Weil sie das Gefühl hat, versagt zu haben.« Er klappte den Klappstuhl auf und positionierte ihn am Fußende des Grabes. »Egal. Ich habe dir gezeigt, was ich dir zeigen wollte.«

»Und was kommt jetzt?«, fragte Bernd verblüfft, nachdem Thilo sich auf den Stuhl gesetzt und seine Umhängetasche auf den Schoß genommen hatte.

»Ich habe da ein kleines Ritual.« Thilo zeigte keinerlei Regung, die darauf hingedeutet hätte, dass es ihm unangenehm war, sein merkwürdiges Verhalten zu erklären. Im Gegenteil:

Er hatte wieder dieses hintersinnige Lächeln aufgesetzt, das Katja alles andere als unsympathisch war. »Ich habe meiner Schwester früher viel vorgelesen. Sie liebte Bücher. Und einmal, ein paar Wochen vor ihrem Tod, hat sie mich gefragt, ob ich ihr denn auch noch vorlesen würde, wenn ich sie nicht mehr sehen kann. Das war von Anfang an ihr Ausdruck für die Zeit nach ihrem Tod. Wenn wir sie nicht mehr sehen können. Sie hat geglaubt, sie wäre immer noch da. So fest, wie nur Kinder so etwas glauben können. Und ich habe ihr versprochen, dass ich nie aufhören würde, ihr vorzulesen. Deshalb bringe ich auch immer ein Buch mit, wenn ich sie besuche.« Er sah zu Katja. »Du kannst gerne zuhören. Es stört mich nicht.«

»Sicher?« Es war eines der ungewöhnlichsten Angebote, die Katja jemals unterbreitet worden waren. Eines konnte man Thilo auf keinen Fall vorwerfen: dass er irgendwelche Schwierigkeiten damit hatte, sich gegenüber anderen Menschen zu öffnen. Eine angenehme Abwechslung. Oder wollte er nur höflich sein? Enzo machte das manchmal. Dinge sagen wie »Logisch kannst du heute bei mir übernachten« oder »Ich kann das Hockeytraining auch mal für dich ausfallen lassen«, und hinterher merkte sie ganz genau, wie er eigentlich darauf gehofft hatte, sie würde seine Angebote ausschlagen. »Ganz sicher, dass es dich nicht stört?«

»Ganz sicher.« Er machte seine Tasche auf. »Du kannst ja jederzeit gehen, falls du dich langweilst.«

»Okay.«

»Nichts für ungut, aber das ist nichts für mich. Ich hasse Hörbücher.« Bernd fingerte an seiner Kamera. »Ich habe da vorn ein paar schöne Grabsteine gesehen. Du kommst allein klar, oder?«

»Logisch«, sagte Katja.

»Na dann.« Bernd stapfte davon.

Das Buch, das Thilo nun aus seiner Tasche holte, sah anders aus, als Katja erwartet hatte. Sie hatte mit einem bunten

Cover gerechnet, vielleicht einem mit einem Zauberlehrling oder Einhörnern oder Elfen darauf. Stattdessen zierte den roten Einband das Porträt einer jungen Frau mit einem puppenhaften Gesicht. Sie war im Stil des achtzehnten oder neunzehnten Jahrhunderts gekleidet und trug das dunkle Haar zu einer aufwendigen Frisur hochgesteckt. »Was ist das?«

»›Jane Eyre‹.«

»Oh.« Katja wusste nicht viel mehr über diesen Roman, als dass er zu den Klassikern der englischen Literatur zählte. »Ziemlich schwere Kost.«

»Geht so.« Er blätterte das Buch an einer Stelle relativ weit hinten auf. »Was wäre dir denn lieber gewesen?«

»Ich sage das nicht meinetwegen.« Sie schaute zum Grabstein. »Meinst du nicht, ›Harry Potter‹ oder so würde ihr besser gefallen?«

»Ach, das meinst du.« Er räusperte sich. »Halt mich bitte nicht für einen Freak, aber in meiner Vorstellung ist Julia kein kleines Mädchen mehr. Sie ist bloß drei Jahre jünger als ich. Da kann man ihr schon einiges zumuten. Aber falls es dich beruhigt: Den Potter haben wir durch. Alle sieben Bände. Ich muss sie ja auf dem Laufenden halten.«

Katja nickte unsicher. »Das sehe ich natürlich ein.«

Er seufzte. »Ich weiß, wie das rüberkommen muss. Wir denken heute, die Toten würden immer so aussehen wie zu dem Zeitpunkt, an dem sie gestorben sind. Also vorausgesetzt, man glaubt an irgendeine Form von Leben nach dem Tod. Aber das war beileibe nicht immer so.«

»Nicht?«

»Nein.« Er grinste. »Es ist noch gar nicht so lange her, da gingen die Leute davon aus, dass man im Himmel ungefähr das Aussehen hat, das man zu Lebzeiten als junger Erwachsener hatte. Ich finde das im Grunde ganz vernünftig. Ansonsten müsste es im Himmel ja inzwischen vor alten Menschen nur so wimmeln.«

»Stimmt.« Katja dachte daran, dass auch ihr Onkel in ihrer

Erinnerung immer der Mann Ende fünfzig bleiben würde, als den sie ihn zuletzt gesehen hatte. War das nicht irgendwie unfair? Andererseits hatte es etwas Tröstendes, dass ihr Vater in ihrer Vorstellung ewig jung blieb. »Schön. Dann also ›Jane Eyre‹. Wie weit seid ihr denn schon?«

»An der Stelle, als Jane erfährt, dass Edward, die große unerfüllte Liebe ihres Lebens, nach einem Feuer in seinem Haus erblindet ist.«

»Klingt tragisch«, sagte Katja. »Gibt es ein Happy End?«

Er zwinkerte ihr zu. »Warum lässt du dich nicht überraschen?«

31

Seine ausgestreckte Hand lag dort auf der Matratze, wo sie noch einen Rest ihrer Wärme in sich barg. Sie war fort. Sie blieb nie lange bei ihm, und manchmal spürte er darüber ein leises Bedauern. Heute nicht. Heute hatte er etwas, worauf er sich freuen konnte. Er brauchte nur noch ein wenig Geduld.

Das Feuer. Es würde lodern. Hell und heiß. Es würde alles verschlingen, was man ihm darbot. Es war unersättlich.

So wie sie. Ihr Hunger war sein Hunger. Der Hunger des Feuers. Noch nie zuvor war ihm eine Frau begegnet, die so begierig darauf war, sich einem Gefühl hinzugeben, vor dem die meisten Menschen im entscheidenden Moment zurückschreckten. Weil sie schwach waren. Schwach und ängstlich. Nicht sie.

Er spürte, wie er schon wieder hart wurde. Verdammt! Was stellte sie bloß mit ihm an? Wie hatte sie ihn so an sich gefesselt? Vielleicht war es die Tatsache, dass sie ihn so akzeptierte, wie er war. Er hätte alles für sie getan, und das wusste sie auch. Nein, er *hatte* Dinge für sie getan, die von außen betrachtet vollkommen wahnsinnig waren. Er spielte sogar ihr Spiel für sie mit, diese lächerliche Maskerade, von der er anfangs gedacht hätte, jeder würde sie sofort durchschauen. Doch sie hatte recht behalten. Niemand ahnte etwas.

Er war stolz darauf. Es war nicht leicht für ihn, sich so zurückzuhalten, wenn er sie mit anderen Männern sah. Aber er hielt sich an ihre Regeln. Er vertraute ihr. Er war schließlich der Erste, dem sie sich ganz geöffnet hatte. Der wusste, warum sie das Feuer liebte. Weil es sie befreit hatte. Weil es ihr gezeigt hatte, dass es nichts auf der Welt gab, für das man nicht Vergeltung üben konnte, wenn man nur den Mut dazu besaß. Und das verstand er nur zu gut. Das Feuer war ein mächtiges Werkzeug, wenn man es zu führen wusste.

Der Gedanke daran, dass es nur noch wenige Stunden dauern würde, bis er einmal mehr Zeuge dieser Macht werden sollte, wühlte ihn noch weiter auf. Und dass nur sie beide – er und sie allein – den Weg dafür geebnet hatten. Solange das Feuer auf ihrer Seite war, waren sie unbezwingbar.

32

»Da sitzen sie. Jeden Dienstag. Ab Punkt acht. Unsere Strahlemänner nenne ich sie immer. Gut, was?«

Möhrs hätte sich nicht festlegen wollen, was ihn am meisten an Sandra Libbecke irritierte: das schamlos herausgemeckerte Ziegenlachen, die weißblonden Extensions in ihrem ansonsten pechschwarz gefärbten Haar oder die pink lackierten, mit glitzernden Strasssteinchen beklebten Fingernägel. Nein, wenn er ganz ehrlich zu sich selbst war, war es ihr Top: Über ihren Brüsten spannte sich der Schriftzug

»Echt süße Möpse«, während auf ihrem Bauch zwei Welpen dieser Rasse aus großen Augen in die Welt hinausschauten. Nun ja, wahrscheinlich musste man so herumlaufen, wenn man als Bedienung in einem Lokal wie dem »Postillion« genug Trinkgeld kassieren wollte. Und immerhin zeigte sie keine Scheu, ihm gegenüber auszuplaudern, was sie über die Skatrunde wusste, zu der Frieder Jakobs gehört hatte. In Teilen war das sicherlich auch einer gewissen Langeweile zuzuschreiben, denn die Tische des Bistros waren nur spärlich besetzt. Sogar im Außenbereich unter den aufgespannten Sonnenschirmen saßen lediglich vereinzelt Gäste. Die Frühstückszeit war bereits vorbei, und für das Mittagessen war es noch zu früh.

»Und wer gehört alles zu diesen Strahlemännern?« Er sprach lauter, als es ihm angesichts seiner verstopften Nebenhöhlen lieb war, aber anders war »Ein Stern, der deinen Namen trägt«, das aus billigen Lautsprechern über der Theke dröhnte, nicht zu übertönen. »Wer war letzten Dienstag alles da?«

»Die üblichen sechs eben. Halt, nein. Fünf.« Sie fing an, die Mitglieder der Skatrunde an den Fingern abzuzählen. »Frieder, Horst, Ritter, Glatzengernot und Ernst.«

Möhrs machte sich eifrig Notizen in sein viel zu teures Moleskinebüchlein, das er sich zu Weihnachten gegönnt hatte und das von seinem Chef freundlich als »Schwuchtelkladde« bezeichnet worden war. »Fünf Mann zum Skat?«

»Ja. Einer hat immer den Geber gemacht, und der Fünfte hat richtig ausgesetzt. Oder sie haben in zwei Gruppen gespielt.« Lachend ahmte sie mit der Hand einen plappernden Mund nach. »Denen geht es sowieso mehr ums Schnacken als ums Spielen.«

Möhrs war ein wenig entsetzt, dass Libbecke entweder nicht kopfrechnen konnte oder keine Ahnung von Skat hatte oder weder das eine noch das andere. Man brauchte drei Spieler für eine Partie, und zweimal drei waren laut Adam

Riese immer noch sechs. Tja, sie war offenkundig kein Genie. »Wie lange sind sie geblieben?«

»Lassen Sie mich mal überlegen.« Sie kratzte sich an einem der dünnen Striche aus Permanent-Make-up, die ihre Augenbrauen ersetzten. »Sie sind alle so gegen halb zwölf gegangen. Nur Ritter ist noch sitzen geblieben, aber den müssen wir öfter hier rauskehren, wenn er an der Bar kleben bleibt.«

»Die anderen sind zusammen gegangen?«, hakte Möhrs nach.

»Ja, sage ich doch«, kam es mit einer leisen Spur von Entrüstung zurück, als hätte sie den Eindruck gewonnen, Möhrs würde sie nicht für eine zuverlässige Zeugin halten. »Sie haben sich gemeinsam ein Taxi geteilt. Das ist noch so eine Tradition von ihnen.«

Möhrs begann bereits, sich innerlich damit abzufinden, dass dieser Abstecher in den »Postillion« sich als nicht sehr fruchtbar erweisen würde. Er war nach dem Gespräch mit Johnsen ohnehin davon ausgegangen, dass es Zeitverschwendung war, die Kollegen von Frieder Jakobs näher unter die Lupe zu nehmen. »Ist Ihnen irgendwas aufgefallen? Waren sie irgendwie anders als sonst?«

Libbecke spielte einen Augenblick mit einem ihrer neongrünen Ohrringe und sah dabei zur Decke. »Am Anfang nicht«, verkündete sie schließlich.

»Wie, am Anfang nicht?«

»Erst nachdem Frieder wiederkam.«

Möhrs wurde hellhörig. »Frieder Jakobs war zwischendurch weg?«

»Ja. Zwanzig Minuten oder so.«

»Wann?«

»Puh, Sie können Fragen stellen.« Sie blies die Backen auf. »Irgendwann zwischendurch eben.«

Möhrs gab die Hoffnung nicht auf. »Sie wissen nicht zufällig, wo er war?«

»Doch. Frische Luft schnappen. Er hatte einen im Tee.«

»Woher wissen Sie das?«

»Ich werde doch wohl wissen, wie es aussieht, wenn jemand einen sitzen hat. Außerdem habe ich ihn draußen gesehen. Auf dem Parkplatz.« Sie hüpfte von ihrem Barhocker, fasste Möhrs ungeniert am Arm und schob ihn dichter an die verglaste Front des Bistros. »Da habe ich gestanden.« Sie zeigte auf eine Stelle keine zehn Meter von seinem Dienstaudi entfernt, wo zwei moderne Standaschenbecher in Form schlanker Chrompfosten mit Schlitz aufgestellt waren »Ich wollte eine rauchen gehen. Wenn man hier den ganzen Abend um die Tische wetzt, braucht man seine Auszeiten. Da nützt es nichts, sich mit einem Caipi an die Bar zu pflanzen. Da wird man bloß angequatscht, oder die Leute merken nicht, dass man Pause hat, und –«

»Sie haben ihn also auf dem Parkplatz gesehen?«, unterbrach Möhrs sie. »Frieder Jakobs?«

»Ja, aber er war nicht allein.«

Für einen Moment vergaß Möhrs sogar seine verstopfte Nase. »Sondern?«

»Er hat sich mit einer Frau gestritten.«

Bingo. Da war er also doch noch, der verwertbare Hinweis, an den er nicht mehr geglaubt hatte. »Worum ging es bei diesem Streit?«

»Uh, das war …« Sie zuckte die Schultern. »Also bei dem, was ich mitgekriegt habe, wollte sie, dass er ihr irgendwas Wichtiges sagt. Aber er wollte es ihr nicht verraten.«

»Hm.« Möhrs klopfte sich mit seinem Kugelschreiber ans Kinn. »Das ist nicht sehr konkret.«

»Na hören Sie mal.« Mit empörter Miene stemmte sie die Arme in die Taille. »Ich belausche doch niemanden. Ich habe mich sofort weggedreht, wie sich das gehört. Außerdem hatte ich andere Dinge im Kopf. Rieke, die mit mir Schicht hatte, hat diesen süßen Typen angequatscht, von dem ich ihr fünf Minuten vorher gesagt hab, dass der was für mich wäre –«

»Diese Frau.« Möhrs hatte kein Interesse an irgendwelchen Zickenkriegen. »Sie war nicht zufällig groß und dünn? Helles Haar? Bis ungefähr hier so?«

Ihr Kopf ruckte ein Stück nach hinten. »Nee, so sah die überhaupt nicht aus.«

»Wie dann?«

»Eher so mollig, würde ich sagen. So eine Mutti mit Pagenschnitt und einer Pastelljacke. Die haben auch noch diskutiert, als ich schon wieder rein bin. Ich konnte ja nicht zulassen, dass sich Rieke diesen Schleckstein krallt.«

»Gut«, sagte Möhrs, auch wenn ein »Schlecht« in diesem Moment ehrlicher gewesen wäre. Wer immer diese Frau war, mit der Jakobs gesprochen hatte, Erika Saalfeld war es jedenfalls nicht. Das war bedauerlich, denn ein Streit zwischen der überspannten Atomkraftgegnerin und dem Ingenieur aus dem AKW – noch dazu vor einer Augenzeugin – hätte gerechtfertigt, sich Saalfeld noch einmal vorzuknöpfen. So jedoch war Möhrs genauso schlau wie vorher. Die Unbekannte stellte zwar eine neue Spur dar, aber sie zu verfolgen war ein Problem. An molligen Frauen mittleren Alters bestand in Güstrin kein Mangel. »Aber die Stimmung am Tisch änderte sich, nachdem er zurückgekommen war?«

»Ja, total.« Libbecke nickte und ließ die Mundwinkel hängen. »Ich kann nicht fassen, dass er tot sein soll. So ein netter Mann. Ein bisschen still, aber nett.«

»Sie wollten mir was zu der veränderten Stimmung am Tisch erzählen«, erinnerte Möhrs sie.

»Richtig.« Sie sah sich kurz um, als hätte sie das Gefühl, beobachtet zu werden. »Ich will keine Gerüchte in die Welt setzen, aber ... na ja, man hätte meinen können, es wäre jemand gestorben. Die waren fast so mies drauf wie vor ein paar Wochen. Nach dem Unfall.«

»Was für ein Unfall?

»Der von Peter.« Ihr Mund blieb offen stehen. »Wussten Sie das nicht? Peter Frigge. Aus der Skatrunde. Er ist verunglückt. Mit dem Auto. Auf dem Rückweg von einer Feier.«

»Das ist mir neu.« Der Druck in Möhrs' Nebenhöhlen weitete sich auf seinen gesamten Schädel aus. Frieder Jakobs war nicht der Erste aus der Skatrunde, der keines natürlichen Todes gestorben war. »Peter Frigge hieß der Mann, sagen Sie?«

»Ja.«

»Und wissen Sie, wo er gearbeitet hat?«

»Im Kraftwerk. Die Strahlemänner sind doch alles Kollegen.«

Möhrs hörte sein eigenes Herz wummern. Plötzlich waren es zwei Mitarbeiter des AKWs, die in der jüngsten Vergangenheit auf ungewöhnliche Weise aus dem Leben geschieden waren.

»Geht es Ihnen nicht gut?«, fragte Libbecke besorgt.

»Was?«

»Sie schwitzen.«

Möhrs fasste sich an die Stirn. Seine Haut war kalt und glitschig. »Heuschnupfen.« Er sah sie an und erinnerte sich daran, was er eben noch von ihr gedacht hatte, weil er dem Irrglauben aufgesessen war, sie könnte nicht zwei mal drei rechnen. Er biss die Zähne zusammen. Wenn es hier einen Idioten gab, der sich keinen Reim darauf machen konnte, was um ihn herum wirklich vorging, dann war er das doch ganz offensichtlich selbst.

33

»So, Nachschub.«

Otto Barswick hatte noch nicht genug getrunken, um durch die Gegend zu torkeln. Die Menge, die er intus hatte, reichte jedoch aus, dass er in einer leichten Schlangenlinie den Weg dorthin zurückfand, wo die Abnehmer für seine Getränkelieferung im flackernden Schein des Osterfeuers auf ihn warteten. Die Besatzung des Bierstands hatte ihm in weiser Voraussicht ein Tablett mitgegeben, um die vier Bier sicher zum Ziel zu bringen. Holt, der alte Bärenführer, griff am schnellsten zu, mit den sicheren Bewegungen eines Mannes, der sich häufiger auf Feierlichkeiten und Festen wie diesem herumtrieb. Thorsten Klaws wollte danach Möhrs den Vortritt lassen, doch dieser bedeutete dem Mann von der freiwilligen Feuerwehr mit einem Wink, sich ruhig zu bedienen. Als schließlich alle versorgt waren, prosteten sie einander zu.

Das Bier war kühl, aber es schmeckte Möhrs trotzdem nicht. Zu bitter. Eigentlich mochte er überhaupt kein Bier, aber weil das nun einmal das Getränk war, das sein Chef bei solchen Gelegenheiten spendierte, hatte er sich damit abgefunden, seinen persönlichen Geschmack ab und zu der Höflichkeit unterzuordnen. Er hatte keine Lust, jemals herauszufinden, wie Barswicks Reaktion ausgefallen wäre, wenn er ihm gestanden hätte, dass er privat eher auf Piña Colada stand.

Holt unterdrückte einen Rülpser und versetzte Möhrs einen kumpelhaften Fausthieb auf die fleischige Schulter. »Was machst du eigentlich ein Gesicht wie eine Sau, wenn sie den Metzger sieht?«

»Ach, der.« Barswick wischte sich einen prächtigen Bierschnauzer von der Oberlippe. »Der ist nur eingeschnappt, weil ich ihm verboten habe, ein Riesentamtam wegen dieses Feuerteufels zu veranstalten. Weil er sich lieber auf die wichtigen Dinge konzentrieren soll. Die Dinge, für die man Sonderkommissionen einrichtet. Morde zum Beispiel.« Er schwankte eine Vierteldrehung nach links zu Klaws, dessen breitschultrige Gestalt vor dem hellen Leuchten der Flammen kaum mehr als ein Schattenriss war. »Solange wir den

Zündler nicht schnappen, habt ihr Jungs wenigstens was zu tun, hm?«

Klaws blieb weiter dem Feuer zugewandt, als hätte er Barswicks Bemerkung nicht gehört.

Möhrs machte ihm keinen Vorwurf daraus. Es war auch wirklich zu leicht, sich von der Szenerie ablenken zu lassen. Nicht nur vom Feuer, dessen Flammen meterhoch aus dem riesigen Haufen aus Ästen, Zweigen und Stroh schlugen, der schon am Vortag hier aufgeschichtet worden war. Man konnte den Eindruck gewinnen, ganz Güstrin hätte sich auf dieser Anhöhe am Elbufer versammelt, um dabei zuzusehen, wie das Feuer selbst die dicken Bohlen am Boden unter Prasseln und Knacken und dem Pfeifen entweichender Gase in blutrote Glut verwandelte. Die Hitze, die es dabei freisetzte, reichte aus, um einem Augenbrauen und Wimpern zu versengen und sich die Haut im Gesicht zu verbrennen, falls man so unvorsichtig war, sich zu nah an das lodernde Inferno heranzuwagen. Das Osterfeuer – die einzige Gelegenheit, sich nachts einen Sonnenbrand zu holen. So hatte es Möhrs' Vater immer ausgedrückt. Doch das war ein Risiko, das kaum einen Güstriner abschreckte. Es floss Bier und Korn in Strömen, es waren Buden aufgebaut, von denen der köstliche Duft von Grillwürstchen und Steaks durch die aufgeheizte Luft waberte, und etwas abseits stand sogar eine überdachte Bühne, auf der früher am Abend eine Tanzkapelle in Glitzersmokings Evergreens des deutschen Schlagers zum Besten gegeben hatte. Inzwischen polterten Partyhits, wie man sie auch im Urlaub auf Mallorca oder am Balaton hätte hören können, aus den Boxen. Die Güstriner waren ein dankbares Publikum, und Frauen und Männer aller Altersund Gewichtsklassen verrenkten sich zu diesen lauten Klängen in mehr oder minder anmutigen Tänzen.

Barswick hingegen war ein Schauspieler, der es nicht schätzte, wenn sein eigenes Publikum ihm nicht die gebührende Aufmerksamkeit schenkte. Er trat dichter an Klaws heran und verpasste ihm mit dem Tablett einen Klaps auf den Hintern. »Hast du deine Zunge verschluckt, oder was?«

»Ich behalte nur das Feuer im Auge«, rechtfertigte sich Klaws. »Hier am Wasser geht immer ein bisschen Wind, und da darf man den Funkenflug nicht unterschätzen.«

»Habe ich vorhin nicht Markwart am Löschwagen gesehen? Er muss doch heute den Kopf hinhalten, wenn irgendeine Bude abfackelt«, sagte Barswick.

»Schon richtig.« Klaws starrte weiter in die Flammen. »Aber Jörg ist mir manchmal zu leichtsinnig. Und ich würde ihm zutrauen, dass er nicht nüchtern bleibt. Spätestens dann nicht, wenn ihm jemand ein Bier direkt unter die Nase hält.«

»Meine Herren! Du bist ja genauso verbohrt wie unser Lucky Luke hier«, brummelte Barswick. Er kippte sein Bier in sich hinein, zerquetschte anschließend den leeren Becher und warf ihn vage in Richtung des Feuers. »Ihr seid mir echt zwei steife Böcke.«

»Jetzt lass die beiden mal in Ruhe«, riet Holt ihm. Wegen der flackernden Schatten in seinem Gesicht wirkte sein Grinsen, als bleckte er die Zähne. »Freu dich doch, dass sie ihre Arbeit ernst nehmen. Kann ja nicht jeder so abgestumpft sein wie wir alten Säcke.«

»Okay, okay.« Barswick wedelte mit dem Tablett. »Wenn wir schon unbedingt über die Arbeit reden müssen: Was ist eigentlich mit dieser Nichte von Jakobs? Dieser Reporterin?«

Ein Grummeln fuhr durch Möhrs' Magen, und das ungeliebte Bier, das darin herumschwappte, war nicht der einzige Auslöser dafür. »Ich habe ihr Bescheid gegeben, dass sie sich bitte schön aus allem raushalten soll. Mal sehen, ob's was genutzt hat. Sie treibt sich hier herum. Ich habe sie gesehen. Und ihren Fotoheini auch.«

Barswick machte ein Gesicht wie eine Kröte, die beschlossen hatte, sich nie wieder von dem Stein herunterzubewegen, auf dem sie gerade saß. »Das ist ein freies Land.«

»Na vielen Dank«, sagte Möhrs sauertöpfisch. »Genau das hat sie auch gesagt.«

»Hey, Thorsten!«, rief eine helle Stimme. Eine Frau kam entschlossen herangeeilt. Ihr Sommerkleid mit zitronengelben Punkten war dank der freundlichen Temperaturen nicht zu luftig für diesen Abend. Sie hatte langes rotblondes Haar und jene blasse Haut, die ideal dazu geeignet war, Sommersprossen auszubilden. »Da steckst du also.« Sie war noch weit vom Lallen entfernt, doch es war nicht zu überhören, dass sie nicht nur bei Wasser geblieben war. »Wir sind da drüben am Tanzen. Jessy hat schon nach dir gefragt. Willst du den ganzen Abend hier herumstehen?«

»Nein, Schatz.« Klaws schlang den Arm um ihre Hüften, zog sie an sich und küsste sie auf den Mund. Nachdem er sich wieder von ihr gelöst hatte, schaute er in die Runde. »Sorry, Männer. Wenn meine Braut ruft, kann ich mich nicht taub stellen.«

»Gewöhn dich lieber dran«, empfahl ihm Barswick, hob die Hand und wackelte mit seinem Ringfinger. »Wenn sie dich erst mal richtig an die Kette gelegt hat, sagt die Gute sowieso für dich an, wann du Auslauf kriegst und wann nicht.«

Die Rothaarige streckte Barswick frech die Zunge heraus, hakte sich bei Klaws ein und entführte ihn in Richtung Bühne.

Barswick sah ihnen kopfschüttelnd nach. »Das kleine Luder hat ihn aber ganz schön dressiert, was?«

»Das sagt der Richtige. Als ob Elke bei euch zu Hause nicht die Hosen anhätte.« Holt stellte sich schwankend auf die Zehenspitzen und legte den Arm um Möhrs. »Du bist der Schlaueste von uns, Lukas. Jung, ledig, lose. So macht das Leben am meisten Spaß, sag ich mal.«

Möhrs ließ die Zuneigungsbekundung wortlos über sich ergehen. Holt konnte nicht wissen, dass er versehentlich einen Finger in eine alte Wunde gelegt hatte.

»Unser Lukas ist ja auch nicht zu oft auf den Kopf gefallen«, lobte Barswick ihn unvermittelt. Er hatte anscheinend bemerkt, dass selbst Holts Kompliment für Möhrs' Lebensführung irgendwie nicht dazu beitrug, dessen Laune zu verbessern. »Mal im Ernst, mein Junge. Du bist doch auf einem guten Weg.« Er versuchte es nun auf die väterliche Tour, zu der es neben einer Hand auf Möhrs' Schulter auch gehörte, sich so dicht vor ihm aufzubauen, dass Möhrs trotz seiner verstopften Nase deutlich den Alkohol im Atem seines Chefs roch. »Ich gebe dir ja recht. Es ist wirklich merkwürdig, dass erst einer im Auto verunglückt und es dann gleich noch einen aus dieser Skatrunde erwischt. Aber das hat eben alles nichts mit dem Feuerteufel zu tun. Schau dir lieber noch mal genau an, was wir über diesen ... diesen ... wie hieß er?«

»Peter Frigge«, half Möhrs ihm aus.

»Was wir über diesen Frigge und seinen Unfall wissen. Vielleicht ist da tatsächlich was faul.«

Möhrs hatte die Schnauze voll davon, dass Barswick mit einem Mal so tat, als wäre er höchstpersönlich auf diese mögliche Verbindung zweier Todesfälle gestoßen. Er drückte seinem Chef seinen halbvollen Becher in die Hand. »Ich muss mal pinkeln.«

Er stapfte davon. Das, schwor er sich, sollte das letzte Bier gewesen sein, das er sich von seinem Boss hatte aufdrängen lassen.

34

Der Anblick fröhlicher Menschen überall um sie herum bescherte Katja einen unerwarteten Anflug von Einsamkeit. Es lag nicht so sehr daran, dass Bernd sich von ihr abgesetzt hatte, weil er ganz versessen darauf war, die interessante Lichtstimmung in möglichst vielen Aufnahmen einzufangen. Es war das beinahe greifbare Gefühl, sich als Außenseiterin innerhalb einer geschlossenen Gruppe zu bewegen. Hier lachten ein paar Frauen plötzlich über einen Witz oder eine komische Bemerkung auf, dort sprachen zwei Männer laut »über die Sache an der Schleuse«, wozu ein dritter wissend nickte. Vor einer kleinen Bühne tanzten die Leute zu einer Art modernem Gassenhauer, den Katja noch nie gehört hatte. Mit jedem Schritt, den sie machte, und mit jedem Gesprächsfetzen, den sie aufschnappte, spürte sie, dass sie nicht hierhergehörte.

Noch schlimmer waren ihre wachsenden Zweifel daran, wie sinnvoll der von ihr geplante Artikel überhaupt war. Alle Güstriner, die sie hier sah, feierten, als wäre nichts geschehen. Als wäre nicht in irgendeinem Besprechungszimmer im Kanzleramt in Berlin eine schwerwiegende Entscheidung gefallen, die das Aus für einen der größten Arbeitgeber dieser Kleinstadt bedeutete. Als gäbe es den tiefen Graben zwischen denen, die jahrzehntelang gegen das Atomkraftwerk gekämpft hatten, und jenen, die zu seinen überzeugten Befürwortern geworden waren, gar nicht. Der Riss in den Fundamenten der Gemeinschaft dieser Menschen schien durch einen Brauch gekittet, über dessen wahres Alter man nur Mutmaßungen anstellen konnte. Thilo hatte ihr erzählt, es gäbe keine gesicherten Belege dafür, dass solche Feuer schon vor der Ausbreitung des Christentums in Europa entzündet worden wären. Sie wären lediglich eine symbolische Verkörperung Jesu Christi, der als Licht der Welt der Dunkelheit Einhalt gebot. Wie viele andere Religionswissenschaftler teilte Thilo diese Einschätzung jedoch nicht. Er sah im Osterfeuer die Fortführung einer Sitte aus grauer Vorzeit, die dazu diente, böse Geister zu vertreiben und die Felder fruchtbar zu halten, weshalb ja auch die Asche des Feuers in manchen Regionen bis heute noch auf den Äckern verstreut wurde.

Es war nicht das einzige Thema gewesen, zu dem er ihr Aufschlussreiches hatte verraten können. Er hatte auch die Zweifel in ihr geweckt, die sie nun zunehmend quälten. »Die Leute gehen nicht ständig aufeinander los«, hatte er gesagt. »So darf man sich das auf keinen Fall vorstellen. Natürlich weiß fast jeder, wo der jeweils andere steht. Aber für neun von zehn Leuten heißt das nicht, dass man sich nicht mehr grüßen würde, wenn man sich auf der Straße begegnet. Oder beim Bäcker in der Schlange nicht über das Wetter reden könnte. Es sollte dich auch nicht weiter überraschen, dass der Ton sehr viel schärfer ist, sobald die Angehörigen des einen oder des anderen Lagers unter sich sind. Dann wird schon ordentlich vom Leder gezogen, und mit der freundlichen Zurückhaltung ist es vorbei. Doch die Spannungen entladen sich normalerweise nur zu ganz bestimmten Gelegenheiten. Bei Bürgersprechstunden oder öffentlichen Diskussionsrunden. Es ist im Grunde wie eine Art Ritual, wie ein Turnier, bei dem die Kämpfe nur unter Einhaltung fester Regeln ausgetragen werden.«

Katja umrundete das lodernde Feuer ein weiteres Mal. Aus seiner Spitze ragte ein Birkenstamm, der dem Wüten des Feuers tapfer standhielt. Nur vom Weiß seiner Borke war nichts mehr zu sehen, und auch die Strohpuppe, die an ihm gebaumelt hatte, war schon längst in Rauch aufgegangen. Das Spiel der Flammen übte große Faszination aus. Sie musste den Blick immer wieder aufs Neue von ihm losreißen, wenn sie die Menschen um sich herum wahrnehmen wollte. Irgendwann begriff sie auch, warum sie nicht einfach stehen blieb, um sich völlig vom Feuer in seinen Bann ziehen zu lassen: Sie suchte nach jemandem. Mehr unbewusst als absichtlich. Doch leider erspähte sie ihn nirgends.

Sie fragte sich, was genau an Thilo sie dazu brachte, seine Anwesenheit herbeizusehnen. Er sah gut aus, aber das taten viele Männer, denen sie begegnete. Er war nicht dumm, doch auch damit war er in ihrem Bekanntenkreis beileibe nicht allein. Vielleicht war es der Klang seiner Stimme. Das musste es sein. So hoffte sie es zumindest. Das war besser als das andere Erklärungsmodell, das ihr einfiel: Sie hatte gerade eben erst einen lieben Menschen verloren, und die Art und Weise, wie rührend Thilo am Gedenken an seine tote Schwester festhielt, hatte in ihrem Herzen, aus dem sie die Trauer über ihren Verlust nicht so leicht verbannen konnte wie aus ihrem Kopf, ein Gefühl der Verbundenheit mit ihm erzeugt.

Allerdings hatte es keinen Zweck, ernsthaft zu verleugnen, dass ihr Kennenlernen unter sehr besonderen Vorzeichen stattgefunden hatte. Es war nicht wie bei Enzo gewesen, den ihr Malte, ein Freund aus Studienzeiten, bei der Einweihungsfeier seiner neuen Wohnung vorgestellt hatte. Das war eher das wechselseitige Durchgehen einer Checkliste gewesen. Fand man sich attraktiv? Check. Gab sich der andere genügend Mühe, deutliches Interesse zu zeigen? Check. War da genügend Verständnis dafür da, dass man nicht bereit war, für eine sich möglicherweise anbahnende lose Beziehung alles hintanzustellen, was man sich in seinem Beruf bisher erarbeitet hatte? Check. Alles klar, der Flug kann starten. Eine sehr technische Angelegenheit.

Im Vergleich dazu hatte sie bei Thilo das Gefühl, ihn schon seit einer halben Ewigkeit und nicht erst ein paar Stunden zu kennen. Wie bei einem alten Klassenkameraden, dem man völlig unvorhergesehen nach Jahren wieder über den Weg lief und bei dem man sofort feststellte, dass man immer noch genauso tickte wie früher. Oder einem Menschen, den man das erste Mal traf und sich umgehend wünschte, von jetzt an so viel Zeit wie nur irgend möglich mit ihm zu verbringen. Aber das war natürlich völliger Blödsinn. Sie glaubte nicht an Liebe auf den ersten Blick. So was gab es nur in Filmen oder Büchern. Beispielsweise in ›Jane Eyre‹, wo sich herausgestellt hatte, dass es trotz aller Misslichkeiten für die Heldin doch noch ein Happy End gab. Das war selbstverständlich keine Messlatte für das echte Leben. Nur das wirklich Verführerische am Melodram: Das Böse brach mit aller Härte über die armen Figuren herein, doch am Ende siegten dann immer die Guten, die Tugendhaften. Das war Quatsch. Naivste Romantik.

Sie verschränkte die Arme vor der Brust und wandte dem Feuer den Rücken zu. Genug geträumt. Es war Zeit, sich bei der Wirklichkeit zu melden. Bei Enzo. Während sie ihr Smartphone aus der Hosentasche kramte, schaute sie hinüber zu einigen mit blauen Lichterketten behängten Pavillonzelten, in denen Stehtische aufgestellt waren und die fast ein bisschen zu vornehm für diese Veranstaltung wirkten. In einem von ihnen herrschte dichtes Gedränge vor einer Bar, an der Hochprozentiges ausgeschenkt wurde. Zwei Männer hatten offenbar beschlossen, sich ein wiederholtes Anstehen zu ersparen: Auf ihrem Tisch stand gleich eine Flasche Korn.

Katja kniff die Augen zusammen. Sie kannte die beiden. Von ihrem Besuch im Kraftwerk. Der eine mit der dicken Nase hieß Jäger oder Ritter oder so. Der andere war der schweigsame Glatzkopf, der kaum etwas zum Gespräch in der Kantine beigetragen hatte, das so jäh vom Erscheinen dieses Kripobullen unterbrochen worden war. Noch während Katja abwog, ob es sich nach ihrem Gespräch mit Enzo lohnen würde, zu ihnen hinüberzugehen, hatte sie der mit der dicken Nase schon gesichtet. Er grinste und winkte. »Na, gefällt es Ihnen bei uns?«

Damit war Katja ihre Entscheidung abgenommen. Sie steckte ihr Smartphone weg. »Interessant ist es auf alle Fälle.« Als sie bemerkte, wohin seine Blicke ungeniert wanderten, zog sie den Reißverschluss ihrer Kapuzenjacke zu und erinnerte sich wieder an seinen Namen. Ritter. Auch wenn er ein wenig ritterliches Verhalten an den Tag legte und Jäger angesichts seiner unübersehbaren Neigung, Frauen wie Freiwild zu behandeln, treffender gewesen wäre. »Tut mir leid, dass wir uns beim letzten Mal nicht richtig voneinander verabschieden konnten.«

»Ach was. Dafür können Sie doch nichts«, sagte er gönnerhaft. »Erst die Polizei und dann das Feuer. Höhere Gewalt, will ich meinen.« Er musterte sie noch einmal von oben bis unten. »Ist Ihnen kalt?«

»Ich bin ein empfindliches Pflänzchen.«

»Ha.« Er lachte übertrieben und packte die Flasche Korn. »Hier. Trinken Sie einen mit uns. Das wärmt von innen.« Er wandte sich an den Glatzkopf. »Hol doch noch so einen von diesen Fingerhüten, Burmester.«

Burmester ächzte, schlurfte aber trotzdem zur Bar.

Katja stützte sich mit den Ellenbogen auf den Stehtisch. »Wo ist der Rest?«

Ritter drängte dichter an sie heran und legte eine Hand ans Ohr. »Wie bitte?«

Sie durchschaute seinen billigen Trick, die ohnehin schon kurze Distanz zwischen ihnen zu überbrücken, und sprach betont laut weiter. »Der Rest der Runde. Da fehlen doch welche. Herr Johnsen und ... Ihr großer Kollege. Der mit den Riesenhänden.«

»Lippert?«

»Ja.«

»Weiß der Geier, wo der steckt. Horst ist aber nur für kleine Königstiger. Der kommt schon wieder. Aber warum fragen Sie? Reiche ich Ihnen etwa nicht?«

»Doch, doch.«

Burmester kam zurück. Ritter schnappte sich den winzigen Becher, den er mitgebracht hatte, und goss ihn randvoll.

»So«, sagte er zufrieden und schob ihn Katja zu. Dann schenkte er sich und Burmester ein, ehe er seinen Becher erhob. »Auf uns. Und auf Ihren Onkel. Ein feiner Kerl.«

Der Schnaps brannte so scharf, dass es Katja die Tränen in die Augen trieb. Sie schluckte tapfer und schaffte es hinterher sogar, sich nur zu schütteln, anstatt zu husten.

Wäre Ritter ohne Ohren auf die Welt gekommen, hätte er mittlerweile im Kreis gegrinst. »Gut, was?«

»Ja, super.« Es fühlte sich an, als würde der Korn sich seinen Weg wie Säure durch ihre Magenwand fressen. »Haben Sie sich diesen Sprit auch beim Skat gegönnt?«

»Na, aber sicher.« Er klopfte ihr auf die Schulter. »Das hält den Motor am Laufen.«

Katja beschloss, dass er fünf scheinbar zufällige Körperkontakte mit ihr freihatte, bevor sie ihn in seine Schranken wies. Das war der erste gewesen. Ritter war ein ekelhafter Gesell, aber Katja hätte in diesem Moment den Alkohol nicht einmal gebraucht, um die abstrusen Warnungen dieses komischen Kommissars in den Wind zu schreiben. Sie hatte ein Recht darauf, zu erfahren, wie die letzten Stunden im Leben ihres Onkels ausgesehen hatten. »Haben Sie sich letzten Dienstag auch so abgeschossen? Und war mein Onkel betrunken, als er gegangen ist? Ist er allein nach Hause, oder war jemand bei ihm?«

»Moment, Moment.« Ritter goss nach. »Finden Sie nicht, dass Sie da ein bisschen viel auf einmal fragen?«

»Das ist mein Job«, sagte Katja. »Dafür werde ich bezahlt.«

»Aber wir sind doch hier nicht bei der Arbeit!«, entrüstete sich Ritter. »Hast du das gehört?«, wollte er von Burmester wissen. »Frieders kleine Nichte ist genauso, wie er immer war.« Er salutierte stramm. »Zu Befehl, Herr Admiral! Wird gemacht, Herr Kapitän! Bin bei der Arbeit, Herr Leutnant!«

»Man soll nicht schlecht über die Toten reden«, sagte Burmester dumpf.

»Tue ich doch gar nicht.« Ritter schubste Katja sanft mit der Schulter an.

Zwei, zählte Katja stumm mit.

»Ich möchte nur, dass sich die Dame hier nicht überarbeitet. Wir sind doch zum Feiern hier, oder?« Er boxte sachte gegen ihren Ellenbogen. Drei.

»Aber ich will mal nicht so sein. Ich hätte da einen Vorschlag.«

Der lauernde Unterton in seiner Stimme gefiel Katja gar nicht. »Ich höre.«

»Warum machen wir aus Ihrer Arbeit nicht ein kleines Spiel? Sie können uns ruhig Ihre Fragen stellen, aber bevor wir Ihnen eine Antwort geben, müssen Sie immer erst einen Kurzen trinken.«

Die Absicht hinter Ritters Vorschlag war Katja sonnenklar: Er setzte darauf, sie nach und nach so weit abzufüllen, dass er seine schmierige Anmache noch viel offensiver fahren konnte. Wenn er sich da mal nicht verrechnet hatte. Er konnte es nicht ahnen, doch das war nicht ihr erstes Trinkspiel. Sie vertrug wesentlich mehr, als die meisten Männer dachten. Schon seit der Zeit, in der sie zwischen fünfzehn und siebzehn eine rebellische Phase durchgemacht und nichts unversucht gelassen hatte, ihre Mutter in den Wahnsinn zu treiben. Sich regelmäßig bis zur Besinnungslosigkeit abzuschießen war dabei nur die Pflicht und noch lange nicht die Kür ihrer Exzesse gewesen. Bernd hatte damals dafür gesorgt, dass sie nicht vollends entgleiste, und er hätte sie sicher auch jetzt davon abbringen wollen, Ritters Spiel mitzuspielen. Aber zum Glück war er ja gerade nicht da, und sie hatte im Zuge ihrer Recherchen für verschiedene Reportagen schon merkwürdigere Nummern durchgezogen, als mit einem Stelzbock wie Ritter eine Buddel Korn zu leeren.

»Sie zahlen die zweite Flasche, falls ich noch mehr Fragen haben sollte«, verlangte sie und trank den zweiten Schnaps an diesem Abend. »Ist mein Onkel allein nach Hause gegangen?«

»Weiß nicht.« Ritter zuckte die Achseln und leerte seinen eigenen Becher. »Ich saß nicht mit ihm im Taxi.« Mit einem grunzenden Lachen nahm er Katja den Becher aus den Fingern und bereitete die nächste Runde vor. »Wie war das, Burmester? Ist einer von euch noch mit zu ihm? Du vielleicht? Wolltest du noch kuscheln?«

Auf Burmesters hoher Stirn bildeten sich dunkelrote Flecken. »Das ist nicht lustig, du Idiot. Aus so was macht man kein Spiel.«

»Halt die Backen!«, pflaumte Ritter ihn an. »Frieder wird auch nicht wieder lebendig davon, wenn ich so tue, als wären wir hier alle im Kloster. Und Peter auch nicht. Jetzt sag schon, wie es war.«

Burmester suchte Katjas Blick. »Von uns anderen ist keiner mit ihm aus dem Taxi gestiegen«, sagte er nach einem aufmunternden Blick ihrerseits.

»Na also, geht doch«, kam ein vergiftetes Lob von Ritter. »Auf zur nächsten Frage.«

Katja zögerte. Bei aller Bereitschaft, Ritter die Grenzen aufzuzeigen, durfte sie nicht so dumm sein, einfach nur draufloszufragen. Sie musste die richtigen Fragen finden. Zum Beispiel die nach dem neuen Namen, der eben erst gefallen war. »Wer ist Peter?«

Sie hatte sich inzwischen an das Brennen in ihrer Kehle gewöhnt, und Schnaps Nummer drei kam ihr sogar einigermaßen bekömmlich vor.

»Mann, Sie haben gute Ohren.« Ritter wirkte eine Sekunde lang wie ein Junge, der seiner Mutter versehentlich verraten hatte, dass das fehlende Geld aus ihrem Portemonnaie von ihm gestohlen worden war. Dann fing er sich und schenkte ihr nach. Diesmal streifte sein langer Arm, den er dabei machte, wie zufällig dicht unter ihren Brüsten an ihrem Bauch entlang.

Katja ließ sich nichts anmerken. Vier. Nur weiter so.

»Peter war noch ein Kollege von uns.«

»Er hatte einen Autounfall. Vor ein paar Wochen erst«, fügte Burmester hinzu und erntete dafür einen finsteren Blick von Ritter. »Verstehen Sie jetzt, warum ich meine Probleme mit diesem Spiel habe?«

35

Nach der stickigen Hitze des Feuers, bei der sich Bernd wie in einem riesigen Backofen vorgekommen war, stellte der zarte Wind, der ihm durchs Haar strich, eine nette Abkühlung dar. Er saß auf einer Bank am Elbufer, eine Dunhill zwischen den Lippen, und ging die Aufnahmen durch, die er in der letzten Stunde geschossen hatte. Auf eine war er besonders stolz: Sie zeigte den rötlichen Widerschein des gewaltigen Feuers auf den dunklen, von der Brise leicht gekräuselten Wassern des Flusses. Zwei unvereinbar scheinende Elemente, die dennoch auf wundersame Weise Frieden geschlossen hatten. Nicht schlecht. Für Katjas Artikel wahrscheinlich nicht zu gebrauchen, aber in jedem Fall ein schönes Stück für seine Privatsammlung.

Er drückte seine Zigarette aus und machte sich auf den Rückweg. Dorthin, wo unerträglich schlechte Musik gespielt, viel zu fettige Bratwürste gegessen und Fusel getrunken wurde, mit dem er sich nicht einmal freiwillig den Mund ausgespült hätte. Es war ein hartes Urteil. Er hatte größere Menschenansammlungen noch nie gemocht, und jedes Jahr, das er auf Gottes grüner Erden zubrachte, lieferte ihm neue Belege dafür, dass er mit einer bestimmten Einschätzung sicher nicht falsch lag: Einzeln, paarweise und in kleineren Gruppen waren Menschen in der Regel verträglich. Sobald sich allerdings mehr als zwei oder drei Dutzend von ihnen auf einem Fleck einfanden, wurde es unangenehm. Es drohte dann stets die Gefahr, dass die Hochzeitsgesellschaft, die Fußballfans, die Stadtfestbesucher oder mit was auch immer man es gerade zu tun hatte sich binnen eines Wimpernschlags in einen unkontrollierbaren Mob verwandelten. Manchmal zerfleischten sie sich dankenswerterweise selbst, aber in den meisten Fällen zogen sie es vor, ihre Aggressionen nach außen zu richten – gegen das Fremde, das andere. Die große Ironie seines Lebens bestand darin, dass er aus tiefster Überzeugung Stadtmensch war. Menschen. Er konnte nicht mit ihnen, aber er konnte auch nicht ohne sie.

Ab und zu traf er auf Exemplare, die seinen Zynismus gehörig ins Wanken brachten. Veronika Möllner war so jemand. Die Selbstlosigkeit, mit der sie ihren Mann pflegte, und die Zähigkeit, mit der sie sich allem entgegenstemmte, was ihr das Schicksal an Schrecklichkeiten in den Weg stellte, beeindruckten ihn schwer. So sehr, dass er mehr über sie nachdachte, als man eigentlich über die Betreiberin des Gasthofs hätte nachdenken müssen, in dem man eingemietet war.

Er steckte die Hand in die Jacketttasche und tastete nach seinem Handy. Unter Umständen brachte ein kurzes Gespräch mit Evelyn ihn auf andere Gedanken. Sie hatte von Anfang an ein echtes Talent dafür gezeigt, ihn in tristen Momenten aufzuheitern. Bei der Vernissage in einer renommierten Galerie einen Steinwurf vom Hamburger Rathaus entfernt, bei der sie sich zum ersten Mal über den Weg gelaufen waren, war sie die Einzige der kunstinteressierten Damen dort gewesen, die seinen Beuteinstinkt geweckt hatte. Und warum? Weil sie dem anwesenden Künstler, dessen Werke einer breiteren Öffentlichkeit präsentiert wurden, klipp und klar gesteckt hatte, was sie von seinem Schaffen hielt.

Leider konnte er sie nicht erreichen, aber er verzichtete darauf, eine Nachricht auf der Mailbox zu hinterlassen. So war das nun mal, wenn man eine derart offene Beziehung führte. Man hatte keine Garantie, dass der andere im Moment nicht gerade mit seinen eigenen Hobbys und Affären beschäftigt war und nicht als Abladestelle für etwaige emotionale Irrungen und Wirrungen zur Verfügung stand.

Es wäre leichter für ihn gewesen, die richtigen Konsequenzen und somit die Notbremse für seine romantischen Spinnereien in Sachen Veronika Möllner zu ziehen, wenn nicht gerade etwas passiert wäre, das ihm sehr zu denken gegeben hatte: Bei seiner ersten Runde um das Feuer hatte er sie gesehen. Halt, er *glaubte*, sie gesehen zu haben. Hinter einem Pulk aus Jugendlichen, die sich einen Spaß daraus machten, herauszufinden, wer von ihnen es schaffte, sich dem Feuer am dichtesten zu nähern. Er wusste sogar noch, dass ihr Anblick ihm ein Lächeln aufs Gesicht gezaubert hatte. Bis er sich dann jedoch zügig durch die Reihen der Halbstarken hindurchgekämpft hatte, war sie verschwunden gewesen. Nicht ganz so, als ob sie sich in Luft aufgelöst hätte. Ein Stück weiter stand eine blonde Frau mit einer ähnlich zierlichen Statur und unterhielt sich angeregt mit zwei Jungs in der weißen Montur von Rotkreuz-Sanitätern. Inzwischen war er sich zu neunzig Prozent sicher, dass er nur einer optischen Täuschung aufgesessen war. Es hätte nicht zu ihr gepasst, ihren Mann allein zu lassen, nur um einen Abstecher zum Osterfeuer zu unternehmen.

Als Bernd wieder in den Trubel der Feiernden eintauchte, beglückwünschte er Veronika stumm zu ihrer Entscheidung. Auf ein Aufeinandertreffen mit Thies Lüdersen, den Bernd in der Nähe einer der Bratwurstbuden herumlungern sah, hätte sie ohnehin dankend verzichtet. Bernd stellte fest, dass er alles an diesem Typen affig fand: die langen Haare, den ungepflegten Bart, die Mittelalter-Klamottage, das Trinkhorn am Gürtel, die kehligen »Wotan! Wotan!«-Rufe. Der Mann hatte definitiv ein Rad ab. Wenn Bernd zwanzig Jahre jünger gewesen wäre, wäre er zu ihm gegangen und hätte ihm erzählt, was er von ihm hielt – und er hätte ihm eindeutig zu verstehen gegeben, dass er sich seine Pläne, Veronika den »Hirschhof« abzukaufen, um ihn in eine neoheidnische Kultstätte zu verwandeln, mal besser abschminkte. So jedoch ballte er einmal kurz die Fäuste und beschloss, Lüdersen schlicht zu ignorieren und sich umzusehen, wo Katja abgeblieben war.

Als er sie in einem Zelt an einem Stehtisch entdeckte, bekam er gleich die nächste Gelegenheit, die Fäuste zu ballen.

Einer der Männer, mit denen sie in der Kantine des AKWs geredet hatte, bedrängte sie mit einer Schnapsflasche und drückte ihr dabei den Arm gegen die Brüste.

Bernd war von einer Sekunde zur anderen auf einhundertachtzig. »Lass deine Griffel von ihr, du Drecksack!«, brüllte er und stürmte auf den Tisch zu. Er packte den Grabscher an der Schulter und wirbelte ihn zu sich herum.

»Bernd! Nicht!«, rief Katja.

Der Mistkerl schaute ihn verdattert an. »Was soll das?«

»Du weißt genau, was das soll!«, blaffte Bernd und packte seinen Gegner mit beiden Händen am Kragen seines Poloshirts.

»Finger weg!« Der Mann warf sich ihm mit voller Kraft entgegen.

Bernd stieß mit dem Rücken gegen den Stehtisch, der unter der Wucht des Aufpralls umkippte. Trotzdem dachte Bernd nicht daran, seinen Kontrahenten loszulassen, sodass sie beide aus dem Gleichgewicht gerieten. Unter den ersten überraschten Rufen der anderen Leute im Zelt gingen sie beide zu Boden. Bernd wurde die Luft aus den Lungen gequetscht, und irgendetwas Hartes bohrte sich ihm schmerzhaft in die Rippen. Er drehte den Kopf zur Seite, um einem ungelenken Hieb mit der Schnapsflasche auszuweichen, der mitten in sein Gesicht zielte. Die improvisierte Keule verfehlte ihn um Haaresbreite und schlug dumpf auf dem Boden auf. Bernd hörte die hastigen Schritte der Menschen, die vor der Rangelei im Zelt das Weite suchten, und das Johlen und Klatschen derjenigen, die sich an dem aggressiven Spektakel ergötzten. Es gelang ihm unter Zuhilfenahme seines gesunden Knies, den Burschen so weit von sich hinunterzuwuchten, dass sie nun keuchend nebeneinander zum Liegen kamen. Warm und stechend blies ihm fremder Atem stoßweise ins Gesicht.

»Hört auf!«, drang von irgendwo über ihm Katjas Stimme in sein Ohr. »Hört sofort auf damit!«

Bernd dachte nicht daran. Diesem miesen Schwein würde er es so richtig zeigen. Das war genau seine Gewichts- und Altersklasse. Er wollte dem Säufer einen kräftigen Kopfstoß verpassen, erreichte aber aufgrund der nach wie vor beengten Lage nicht viel mehr, als die Stirn hart gegen sein stoppeliges Kinn zu pressen. Dafür fing er sich einen Treffer in die Nieren ein, den er neben einem gequälten Ächzen damit quittierte, nach dem Hals der Schnapsdrossel zu greifen.

Er hatte noch nicht richtig zugedrückt, da bellte eine befehlsgewohnte Stimme: »Auseinander! Auseinander!«, und er spürte eine Pranke in seinem Nacken. Reflexartig wollte er um sich schlagen. Eine zweite Pranke schloss sich um sein Handgelenk und drehte ihm unsanft den Arm auf den Rücken. Ein scharfer Schmerz schoss ihm bis in die Schulter hinauf. Er schrie auf. Sein ursprünglicher Gegner robbte mit schreckgeweiteten Augen von ihm weg.

»Reicht es jetzt?«, blaffte es direkt neben seinem Ohr. »Reicht es jetzt?«

Er biss die Zähne zusammen, um seinem eigenen Schrei ein Ende zu setzen, und nickte.

Die Pranken ließen ihn los, und er sackte geschlagen in sich zusammen, die Wange auf der feuchten Erde, das Gelächter und Gemurmel seines Publikums im Ohr.

»Könnten Sie mir bitte erklären, was das für ein Zirkus ist?«, fragte die Stimme.

»Er hat meine …«, begann Bernd und verstummte, als ihm klar wurde, dass die Worte nicht an ihn gerichtet gewesen sein konnten, weil der Mann, der den würdelosen Kampf abgebrochen hatte, einfach weiterredete.

»So langsam stehen Sie mir mit Ihren Sperenzchen nämlich bis Oberkante Unterlippe!«

Bernd wälzte sich auf den Rücken. Oh, verdammt! Wer Katja da anpflaumte, war kein anderer als der Bulle, mit dem sie sich schon zweimal angelegt hatte.

»Das ist alles ein Riesenmissverständnis.« Sie hob beschwichtigend die Arme. »Sie können gern Herrn Burmester fragen.« Suchend schaute sie sich um. »Herr Burmester?«

»Ich glaube, er ist da lang. Sah so aus, als hätte er zu Hause noch Milch auf dem Herd«, sagte jemand von den Zuschauern im Zelt und erntete einige Lacher.

Der Grabscher, dem zwei vierschrötige Männer auf die Beine halfen, hielt sich das Kinn. Aus dem linken Mundwinkel lief ihm ein dünner Blutfaden. »Er ist einfach auf mich los wie ein Irrer«, beschwerte er sich. »Dabei haben Frau Jakobs und ich hier nur ein kleines Spielchen gespielt.« Er spuckte aus. »Scheiße! Ich habe mir das Maul aufgebissen.«

»Interessiert mich nicht.« Möhrs' Stimme wurde gefährlich leise. »Und Ihnen gebe ich jetzt mal einen guten Tipp, Frau Jakobs. Ich würde vorschlagen, Sie suchen sich schleunigst ein paar andere Spielkameraden. Am besten bei sich zu Hause in Hamburg. Ansonsten könnte es nämlich gut sein, dass demnächst mal ich mit Ihnen spielen möchte. Und eines kann ich Ihnen sagen: Das wird dann nicht so lustig, wie Sie vielleicht denken.«

36

Horst Johnsen war kein Unmensch. Er sah keinen Grund, Ritter vor einem größeren Publikum zu demütigen oder ihn zur Rede zu stellen, bevor dieser sich in einem zum mobilen Klohäuschen umgebauten Container das Blut aus dem Gesicht gewaschen hatte. Also wartete Johnsen geduldig ab, bis Ritter die kurze Metalltreppe wieder herunterkam, die zum hell erleuchteten Eingang des Containers führte. Dann machte er ihn mit einem grellen Pfiff auf sich aufmerksam und winkte ihn zu sich heran. Er lächelte sogar, als sein besoffener Freund zu ihm ins Halbdunkel wankte, und er fasste auch nicht zu grob nach seinem Arm, um ihn um die Ecke zu ziehen.

»Was war denn das für eine Aktion eben?«, fragte er ihn dort, um einen gelassenen Tonfall bemüht.

»Gar nichts«, sagte Ritter. »Ich meine, es war nicht meine Schuld. Ich hatte nur ein bisschen Spaß mit Frieders Nichte, und dann kam ihr Fotografenkumpel an und ist einfach auf mich los. Er hat mich umgerissen. Ich habe mir auf die Zunge gebissen. Es blutet immer noch.«

Johnsen legte den Kopf schief. Gut, Ritter hatte seine Chance gehabt. Er hatte sie vertändelt. Ohne weitere Vorwarnung schlug Johnsen ihm die Faust in den Magen. Er ließ nicht zu, dass Ritter zusammenklappte, indem er ihn sofort im Genick packte wie einen Stallhasen und ihn in eine aufrechte Haltung zwang.

»Bist du bescheuert?«, würgte Ritter hervor.

»Halt dein blödes Maul!«, zischte Johnsen. »Und komm ja nicht auf die Idee, mir noch mal so ein Lügenmärchen aufzutischen.«

»Das war kein –«

Der nächste Fausthieb erwischte Ritter im Gesicht. Johnsens Knöchel pochten in einem dumpfen Schmerz, aber was sein musste, musste sein. »Kapierst du's jetzt?«

Ritter nickte panisch. Aus seinen Nasenlöchern lief Blut und färbte seine bleiche Mundpartie dunkel.

»Ich habe dich doch gesehen«, sagte Johnsen leise.

»Ich dachte, du wärst auf dem Topf«, erwiderte Ritter, als wäre es eine Entschuldigung für sein Verhalten.

»War ich auch. Und was sehe ich, als ich zurückkomme? Dass du anfängst, sie abzufüllen.«

»Das war doch harmlos«, wehrte sich Ritter. »Nur ein Spiel.«

Johnsen drückte ihn gegen die Containerwand und legte ihm einen Arm quer über den Hals. »Du verfluchter Vollidiot! Nur ein Spiel. So eine Scheiße! Was hast du dir dabei gedacht, sie zu befingern? Warum hast du dich nie im Griff? Reicht dir nicht, was dir damals passiert ist?«

»Mir? Wieso mir?«, krächzte Ritter. »Tu doch nicht so, als ob du nur unschuldig rumgestanden hättest. Du hast genauso mitgemacht wie ich. Wie alle anderen auch.«

Knurrend riss Johnsen sein Knie hoch und rammte es Ritter in die Weichteile. Dann machte er einen Schritt zurück und schaute halb zufrieden, halb bebend vor Zorn dabei zu, wie dieser jämmerliche Versager vor ihm sich krümmte. Es war immer noch wie früher. Wie auf dem Schiff. Wenn er nicht klare Kante zeigte, lief alles schief. »Überleg dir gut, was du als Nächstes sagst. Das, was damals passiert ist, ist passiert, und daran lässt sich nichts mehr ändern. Deshalb ist es auch am besten, wenn wir alle schön die Klappe halten. Hast du vergessen, wer die Kleine ist, an der du dich da so dringend aufgeilen musstest? Abgesehen davon, dass ich dir allein deshalb die Zähne einschlagen sollte, weil Frieder das nicht mehr selbst besorgen kann, hast du vergessen, womit sie ihre Brötchen verdient. Sie ist Journalistin, du Trottel. Sie ist es gewöhnt, Dinge aus Leuten herauszuholen, die sie eigentlich für sich behalten wollen. Sie hätte dich ausgequetscht wie eine Zitrone, und du hättest es nicht mal gemerkt.«

Ritter rappelte sich mühsam auf. Gebückt blieb er stehen, die Hände in den Schritt gepresst. »Wir haben ihr doch nichts gesagt.«

Unter Aufbietung sämtlicher Selbstbeherrschung, die ihm noch geblieben war, rang Johnsen den Drang nieder, Ritter ins Gesicht zu treten. Er war ein hoffnungsloser Fall. »Ich bin nicht taub. Burmester hat den Unfall von Peter erwähnt. Denkst du, da wird sie nicht hellhörig?«

»Ich verstehe das alles nicht. Ich weiß nicht, was du willst.« Ritter war hörbar den Tränen nahe. »Hast du denn nicht zu mir gesagt, das mit Peter und Frieder hätte nichts mit der Sache auf der ›Straßmann‹ zu tun?«

»Habe ich irgendetwas anderes behauptet?« Es war und

blieb Johnsen ein absolutes Rätsel, wie jemand so Einfältiges wie Ritter jemals an ein Ingenieursdiplom gekommen war. »Es geht mir darum, dass sie anfangen wird, in unserer Vergangenheit herumzustochern, wenn wir sie irgendwie misstrauisch machen. Und wenn sie nur halb so stur wie Frieder ist, wird sie nicht lockerlassen, bis sie die Antworten auf ihre Fragen findet. Verstehst du *das*?«

»Oh.« Der bluterstickte Laut, den Ritter von sich gab, klang ein wenig wie ein feuchtes Schluchzen. »Das wollte ich nicht.«

»Ich weiß«, seufzte Johnsen. »Ich weiß.« Er deutete zur Ecke des Containers. »Und jetzt wäschst du dich am besten noch mal. Anschließend, würde ich vorschlagen, gehst du nach Hause und schläfst dich aus. Okay?«

»Okay.« Ritter humpelte davon wie ein geschlagener Hund.

Als er fort war, schloss Johnsen die Augen und drückte die Stirn gegen das kühle Metall der Containerwand. Sosehr er auch versuchte, sich gegenüber Ritter nichts anmerken zu lassen, seine Nerven waren zum Zerreißen gespannt. Nein, es war noch schlimmer: Das, was er immer für Drahtseile gehalten hatte, waren nur noch dünne Fäden. Er musste vorsichtig sein. Sehr vorsichtig. Wenn es ihm nicht bald gelang, all das, was er so lange verdrängt hatte, wieder zurück in die düstersten Winkel seines Gedächtnisses zu treiben, wurde er am Ende noch verrückt.

37

Sie lag langgestreckt auf dem Rücken, die Arme stramm an den Seiten, als hätte man sie zum Appell gerufen. Der Tisch war hart, und das gleißende Licht der Neonröhre stach ihr in die Augen. Unter ihrer Kapitänsjacke mit den goldenen Ärmeltressen und den großen Silberknöpfen war sie nackt. Die Seide des Innenfutters schien ständig über ihre Brustwarzen zu gleiten, obwohl sie sich nicht rührte.

Von allen Seiten prasselten Fragen auf sie ein, in heiterem Ton von schweren Zungen gestellt.

»Wie viel Kubikmeter hat eine Registertonne?«

»Wo liegt unsere Maschinenleistung?«

»Wie hoch ist unsere maximale Geschwindigkeit?«

Sie antwortete jedes Mal rasch und entschlossen, weil sie die richtigen Antworten genau kannte. Sie war niemand, der unvorbereitet auf Reisen ging.

»2,38.«

»Bei elftausend PS.«

»Siebzehn Knoten.«

Doch jedes Mal erntete sie damit nur aufbrausendes Gelächter und ein und dasselbe Wort aus vielen Kehlen.

»Falsch.«

»Falsch.«

»Falsch.«

Immer wenn das Wort verhallt war, schob sich eine fremde Hand unter ihren Hinterkopf, um ihn anzuheben und nach vorn zu drücken, bis ihr Kinn auf ihrer Brust zu liegen kam. Dann nahm sie den bitter-salzigen Geruch wahr und spürte das Glas an ihren Lippen. Lauwarm und zäh floss die Masse in ihren Mund und drohte ihn ganz auszufüllen. Ihr wurde die Nase zugehalten, und sie schluckte, um nicht zu ersticken. Der Lohn für ihren Gehorsam waren begeisterte Lobesrufe.

Nach einer Weile begann sie zu weinen, aber sie hätte nicht zu sagen vermocht, ob vor Schrecken oder vor Erleichterung darüber, dass die Fragen endlich verstummt waren. Sie wurde an den Schultern in die Höhe gezogen, bis ihre Beine über die Tischkante baumelten. Sie hielten ihr einen Spiegel vors Gesicht. Unter dem Rand ihrer Kapitänsmütze blickten ihr zwei leere Augenhöhlen entgegen. Sie öffnete den Mund, um zu schreien, doch ihr kam nur ein hoher, pfeifender Ton über die Lippen. Der Spiegel zerbarst in einem Wirbel aus schillernden Scherben, und sie erwachte auf ihrem Fernsehsessel im Wohnzimmer, die Hände um die Lehnen gekrallt.

Auf dem Bildschirm rannten Fußballspieler dem Ball hinterher, die Wiederholung einer uralten Partie aus einem Turnier, dessen Sieger und Verlierer schon lange feststanden. Eine am unteren Rand durchlaufende Einblendung bat um Verständnis für eine Tonstörung. Das Pfeifen, das sie aus ihrem Albtraum geweckt hatte. Waren Albträume noch Albträume, wenn beinahe jeder Traum, den man hatte, ein Albtraum war? Sie schaltete das Gerät aus und wurde ein weiteres Mal mit ihrem Spiegelbild konfrontiert. Ein matter, verwaschener Schemen. Nur in ihren Augen glaubte sie noch die Flammen lodern zu sehen, und sie hoffte, dass diese die quälenden Erinnerungen bald restlos verzehrt haben würden.

38

Für Sven Jarms begann der Ostersonntag wenig beschaulich. Einen Teil dazu trug sein Brummschädel bei, der das satte Tuckern des Traktormotors wie donnernde Hammerschläge klingen ließ. Er hatte am Vorabend einen gezwitschert – frei nach seinem persönlichen Motto »Feuer macht durstig«, das er je nach Bedarf zu »Arbeit macht durstig«, »Feiern macht durstig« oder »Fernsehen macht durstig« abwandelte. Der Hauptgrund für seine miese Laune waren allerdings die Vorhaltungen, die ihm seine Frau an den Kopf geworfen hatte. Nicht nur des Saufens wegen. Er versprach ihr schon seit einigen Jahren, dass er dem Bürgermeister und dem Stadtrat schonend beibringen würde, dass sie sich doch bitte ein anderes Gelände für das Osterfeuer suchen sollten als sein Grundstück oben an der Geest. »Nur damit sie mal merken, dass das keine Selbstverständlichkeit ist«, war ihr Hauptargument. Jarms wusste genau, wo der Hase im Pfeffer lag: Seine Alte konnte schlicht und ergreifend die Alte des Bürgermeisters nicht leiden. Also war ihr jedes Mittel recht, Stunk zu verbreiten. Es war schon ein Kreuz mit den Weibern.

Jarms bremste direkt vor dem Rund aus Asche und verbrannter Erde, wo in der Nacht zuvor das Osterfeuer gelodert hatte, zog die Handbremse an und schaltete den Traktor in den Leerlauf. Er stieg von seinem Gefährt herunter, schritt am Anhänger entlang und machte sich daran, dessen Ladeklappe zu öffnen. Er hatte beschlossen, seine Bierbänke und Stehtische einzusammeln, bevor das Aufräumkommando aufschlug, um die Buden, Stände und Zelte abzubauen und säckeweise Müll abzutransportieren. Er würde noch ein Weilchen seine Ruhe haben: Mit einem Eintreffen der freiwilligen Helfer war vor der Mittagszeit nicht zu rechnen.

Als er mit der Klappe so weit war, stemmte er die Arme in die Hüften und schaute sich um. Auch wenn er das seiner Alten gegenüber nie eingestanden hätte, tat er sich in letzter Zeit immer schwerer, sich bestimmte Dinge genau zu merken. Nur Kleinigkeiten natürlich. Zum Beispiel, wo er seinen Autoschlüssel hingelegt hatte. Um wie viel Uhr der Elektriker wegen der Stallbeleuchtung hatte vorbeikommen wollen. Oder eben die Ecke der Festwiese, wo er vorgestern seine Tische und Bänke aufgebaut hatte. Sein Kram, den er jedes Jahr für die Feierlichkeiten zur Verfügung stellte, war zwar mit einem gelben J markiert, doch der Buchstabe war auf die Unterseiten der Sitzflächen und Tischplatten gepinselt.

Unschlüssig machte er ein paar Schritte auf die kläglichen Überreste des gewaltigen Scheiterhaufens zu. Gegen halb fünf morgens, als nur noch der harte Kern an Feiernden übrig gewesen war – eine kleine Gruppe, zu der sich Jarms mit einigem Stolz rechnete –, hatte die Freiwillige Feuerwehr auf Nummer sicher gesetzt: Das Feuer war zu diesem Zeitpunkt streng genommen an vielen Stellen bereits zu einer rotschwarzen Kraterlandschaft aus glimmender Glut heruntergebrannt und leicht zu löschen gewesen. Die Jungs hatten den Schlauch ihres Löschzugs in einem steilen Winkel in den Nachthimmel gehalten und so eine Art künstlichen Regenguss erzeugt. Zischend und fauchend waren dichte Dampfwolken aufgestiegen, als würde ein wütender Drache, der in der Erde eingegraben war, schnauben und prusten. Jarms grinste zufrieden, als er sich daran erinnerte. So was bekam man nicht alle Tage zu sehen und zu hören. Er ließ den Blick über die Miniatureinöde aus schwarzen Pfützen, breiigem Matsch und den vereinzelten Überbleibseln der Bohlen und Balken streifen, die als Fundament für das darüber aufgeschichtete Brennmaterial gedient hatten. An einem besonders großen Klumpen mit einer durch und durch merkwürdigen Form, die entfernt an einen kurzen Baumstamm erinnerte, aus dem vier knorrige Äste wuchsen, blieb er hängen. Ein namenloses Grauen sprang ihn an. In seinen Eingeweiden begann es heftig zu rumoren, ihm wurde abwechselnd heiß und kalt.

Er hätte sich nur zu gern eingeredet, dass es nur verkohltes Holz war. Dass der Restalkohol in seinem Blut seinen Sinnen einen garstigen Streich spielte. Er blinzelte, kniff die Lider zusammen, wischte sich über die Augen, alles in der Hoffnung, plötzlich nicht mehr das zu sehen, was er da vor sich in der Asche sah. Es nutzte nichts. Er starrte auf eine bis zur Unkenntlichkeit verbrannte Leiche.

39

»Das musst du dir anschauen«, sagte Katja, als Bernd aus der Dusche kam, und hielt ihm ihr Smartphone entgegen.

»Was?«

»Nun lies schon!«, drängte sie ihn.

Er nahm das Handy und studierte das Display aus nächster Nähe. »Grauenhafter Fund nach Osterfeuer«, murmelte er. »Leiche in der Asche entdeckt.« Den Rest des kurzen Artikels überflog er stumm, aber Katja entging nicht, wie seine Miene dabei grimmiger wurde.

Sie hatte auch kein begeistertes Gesicht gemacht, als sie die Nachricht gelesen hatte, die ihr dank eines Serviceangebots des ›Güstriner Kuriers‹ für technikaffine Leser als Link direkt auf ihr Smartphone geschickt worden war. Seitdem rasten ihr die Gedanken so schnell durch den Schädel, dass sie das Gefühl hatte, sie würden sich schier überschlagen. »Weißt du, was das heißt?«

Er gab ihr das Handy zurück, mit spitzen Fingern, als wäre es plötzlich glühend heiß. »Dass Güstrin ein gefährliches Pflaster ist. Und dass dein dicker Freund von den Bullen im Moment im Dreieck springt. Es wird ihm nicht gefallen, dass die Frau, die hier zitiert wird, nichts Besseres zu tun hatte, als die Lokalpresse darüber zu informieren, was ihr Mann da heute Morgen Schönes entdeckt hat.«

»Denk doch mal nach«, forderte sie ihn auf, ohne ihm die nötige Zeit dafür einzuräumen. »Hier ist irgendetwas mächtig faul. Zwei Leute, die innerhalb von ein paar Tagen verbrannt aufgefunden werden. Das ist kein Zufall. Dahinter steckt mehr.«

»Ich bremse deinen Enthusiasmus nur ungern.« Bernd streifte sich ein Hemd über und begann, es zuzuknöpfen. »Aber wir wissen nicht, ob es eine Verbindung zwischen diesen Todesfällen gibt.«

»Es sieht aber alles danach aus«, erwiderte sie.

Er verzog das Gesicht wie nach einem Schlag in die Magengrube. »Katja, damit habe ich gestern Abend so meine unschönen Erfahrungen gemacht. Für mich sah auch alles danach aus, als würde dich dieser Ritter befummeln, ohne dass du etwas davon mitkriegst, weil er dir vorher eine kräftige Portion Fusel eingeflößt hat.«

»Hör bitte auf, Äpfel mit Birnen zu vergleichen!« Sie warf ihr Kissen nach ihm. »Nur weil du meinst, ich wäre ein Kleinkind und könnte nicht auf mich selbst aufpassen – ich warte übrigens immer noch auf eine Entschuldigung von dir, mein Bester –, hat das absolut nichts damit zu tun, was mir mein Instinkt gerade sagt.« Sie tippte sich an ihre Stupsnase. »Irgendjemand hier – jemand total Krankes – hat perversen Gefallen daran gefunden, Menschen zu verbrennen. Begreifst du denn nicht?« Sie wedelte mit ihrem Smartphone. »Das ist der Beweis. Das war derselbe Typ, der Frieder umgebracht hat.«

»Vergisst du da nicht was?«, fragte Bernd. Er öffnete die Terrassentür und zündete sich eine Zigarette an.

»Was?«

»Hast du mir gestern nicht erzählt, dieser Glatzkopf wäre kurz davor gewesen, bei dir über einen Unfall auszupacken, bei dem ein anderer Kollege deines Onkels umgekommen ist? Und warst du nicht diejenige, die gemeint hat, da müsse man dringend ein paar Nachforschungen anstellen? Obwohl Möhrs dir so gedroht hat?«

»Ja. Und?«

»Du wirst dich schon entscheiden müssen.« Bernd zeigte mit der Zigarettenspitze auf sie. »Entweder Frieder ist das Opfer eines Psychopathen geworden, der wahllos Leute in seine Gewalt bringt, um sich anschließend daran zu ergötzen, wie sie verbrennen. Oder er ist ins Visier eines radikalen Ökoterroristen geraten, der an ausgesuchten Zielen ein Exempel statuieren will. Denn ich gehe mal davon aus, dass deiner Theorie zufolge dieser Unfall von Frieders Kollegen kein Unfall war, oder?«

Katja schüttelte den Kopf. So billig kam ihr er nicht davon. »Warum sollte das eine das andere ausschließen?«

»Ganz einfach.« Bernd wählte seine Worte mit Bedacht. »Ein fingierter Autounfall ist nicht dasselbe, wie jemanden an einem Bett festzuschnallen und ihn anzuzünden. Das Erste ist noch im weitesten Sinne rational zu begründen. Frag mal diverse Geheimdienste und Verbrecherbanden. Das Zweite spricht eher für die Taten eines Menschen, der jenseits jeder Vernunft operiert.«

Katja hasste es, wenn er in diesem Ton mit ihr redete. Es war vermutlich keine Absicht, doch sie hörte aus ihm immer ein unausstehliches »Hab doch bitte ein Einsehen und vertrau meiner immensen Lebenserfahrung, mein Kind« heraus. Dieser Hochmut machte sie nur noch missmutiger. Sie war sicher, dass sie richtig lag. Absolut sicher. Aber sie konnte es nicht beweisen. Oder doch?

Sie rief auf ihrem Smartphone die Homepage des ›Güstriner Kuriers‹ auf.

»Und was wird das nun schon wieder?«, erkundigte sich Bernd von der Terrassentür aus, als er sie tippen sah. »Kündigst du mir die Facebook-Freundschaft?«

»Du bist nicht mal bei Facebook«, entgegnete sie spitz.

Nachdem die Seite sich nach einer gefühlten Ewigkeit aufgebaut hatte, gab sie drei Begriffe in die Suchleiste für die archivierten Artikel ein: *Feuer. Auto. Unfall.*

Das dritte Ergebnis, das ihr angezeigt wurde, löste ein schwaches Triumphgefühl in ihr aus, das binnen eines Wimpernschlags in eine kalte Betroffenheit umkippte. Es war nicht immer schön, richtig zu liegen. »Du hättest den Mund besser nicht so voll genommen.«

Bernd massierte sich einen der blauen Flecken an seinem Oberschenkel. »Und warum nicht?«

Als Antwort las Katja ihm den entscheidenden Satz aus

der einigen Wochen alten Meldung vor, die sie abgerufen hatte: »Der hinter dem Steuer eingeklemmte Fahrer starb, als sein Wagen in Brand geriet.«

40

Möhrs beobachtete die Kollegen von der Spurensicherung, wie sie den Kreis aus feuchter Asche gründlich durchkämmten. Mit ihren weißen Overalls und der Behutsamkeit, mit der sie ihre Schritte setzten, sahen sie aus wie emsige Forscher, die im Boden eines fremden Planeten nach außerirdischen Lebensformen suchten. Um die Stelle, von der vor wenigen Minuten die Leiche abtransportiert worden war, hatte sich ein kleines Grüppchen gebildet, das Fotos schoss und in der Hocke dem wenig erfolgversprechenden Unterfangen nachging, nach verwertbaren Hinweisen Ausschau zu halten.

Möhrs holte Luft und stellte fest, dass sein rechtes Nasenloch komplett frei war, aber er fand kaum Freude in der Tatsache, dass sein Heuschnupfen langsam abzuklingen schien. »Müssen wir uns darüber unterhalten, warum beim Löschen keinem aufgefallen ist, dass da ein Toter liegt?«

»Wozu?«, erwiderte Holt trocken, der die dunkelsten Augenringe hatte, die Möhrs seit Langem untergekommen waren. Er hatte große Ähnlichkeit mit einem Waschbären. Dem Geruch nach zu urteilen, der von ihm ausging, war er weder geduscht noch ganz nüchtern. »Erstens war es dunkel. Zweitens glaubst du doch nicht im Ernst, dass die guten Jungs und Mädels sich nicht auch einen hinter die Binde gekippt haben. Und drittens rechnet nun doch wirklich niemand damit, ausgerechnet hier eine Leiche zu finden.«

Das waren vernünftige Argumente, und Möhrs blieb nichts, als dem alten Brandermittler schweigend zuzustimmen.

»Ich frage mich, was ich hier überhaupt mache.« Holt gähnte und ließ dabei die Schultern kreisen. Seine Gelenke ploppten und knackten, als wäre jemand auf ein Stück Luftpolsterfolie getreten. »Otto hätte mich ruhig schlafen lassen können. Ich meine, die Brandursache brauchen wir nicht zu klären. Es sei denn, er möchte hören, dass da wie jedes Jahr der eine oder andere alte Reifen mitverschürt wurde.« Er winkte ab. »Und wie das gelaufen ist, das Opfer da reinzukriegen, ist so weit auch kein Mysterium, wenn du mich fragst. Der Täter schafft die Leiche her, trägt ein bisschen was vom Haufen ab, schiebt die Leiche in die entstandene Lücke, schließt die Lücke wieder, und zack – das war's.«

»Klingt nach einer Menge Arbeit«, sagte Möhrs. »Und wann müsste das passiert sein? Bestimmt nicht gestern Morgen, oder?«

»Nein, das nicht«, räumte Holt ein. »Wahrscheinlich eher in der Nacht von Freitag auf Samstag. Wenn du die Leiche da nur tief genug in den Haufen reingeschafft hast, fällt das den Samstag über niemandem mehr auf.«

Möhrs runzelte die Stirn und kramte eine Packung Fisherman's Friend aus seiner Hosentasche. Ihm fiel eine der vielen aus seiner Sicht hochgradig albernen Traditionen ein, die mit dem Osterfeuer verbunden waren: Der Haufen mit Brennmaterial wurde nachts von ein paar Freiwilligen bewacht, damit ihn keiner aus den umliegenden Dörfern abtragen konnte und Güstrin das größte Feuer in der gesamten Umgebung hatte. »Erstens war es dunkel«, murmelte er. »Zweitens war hier niemand nüchtern, und es ist schon mehr als einmal vorgekommen, dass sämtliche tapferen Verteidiger der Ehre Güstrins völlig besoffen eingepennt sind. Und drittens –«

»Was brummelst du da in deinen Bart?«, wollte Holst wissen.

»Nichts. Ich habe nur laut gedacht. Was mit den Bewachern des Haufens war«, nuschelte Möhrs mit der scharfen

Hustenpastille im Mund, von der er hoffte, dass sie vielleicht auch sein zweites Nasenloch wieder luftdurchlässig machte.

»Ach so. Verstehe.« Holt zuckte die Schultern. »Zu dunkel, zu viel Alkohol, und niemand rechnet damit. Hatten wir schon.«

Möhrs war plötzlich speiübel, und es hatte nichts mit dem Geschmack nach Eukalyptus und Menthol zu tun, der sich mit einem kalten Brennen in seiner gesamten Mundhöhle ausbreitete. »Wir reden hier die ganze Zeit über eine Leiche. Was, wenn die Leiche keine Leiche war? Denk an Jakobs. Was, wenn das Opfer noch gelebt hat, als es hierhergeschafft wurde?«

»Du gehst vom selben Täter aus«, sagte Holt.

»Zwei Morde, bei denen das Opfer verbrannt ist«, entgegnete Möhrs. »Ich muss nicht Sherlock Holmes sein, um da eine Verbindung zu sehen.«

»Na gut.« Holt holte seine Zigaretten aus der Brusttasche seines Hemds, stellte fest, dass die Schachtel leer war, und steckte sie wieder weg. »Ziehen wir doch einen Vergleich. Jakobs war ein Mann. Das neue Opfer auch, wenn ich da eben richtig hingeschaut habe. Ich meine, einfach aus der Größe dessen zu schließen, was von ihm noch übrig ist. Jakobs war gefesselt. Das könnte beim neuen Opfer genauso gewesen sein. Wohl nicht mit Zurrdrahtseilen, aber mit irgendwas, was im Feuer verbrannt ist. Egal. Wir wissen auch, dass Jakobs noch bei Bewusstsein war, bevor er angezündet wurde. Ach ja, ich habe übrigens was abstoppen lassen. Wenn der Täter bei Jakobs vor der Tür geparkt hatte, kann er nach dem Legen des Brands in weniger als einer halben Minute aus dem Haus gewesen, in sein Auto gestiegen und um die nächste Ecke gefahren sein.«

»Deshalb hat ihn auch keiner der Nachbarn gesehen«, folgerte Möhrs.

»Genau. Zurück zum Thema. Jakobs war noch bei Bewusstsein.« Holt sah zu den Spusi-Leuten an der kleinen

Mulde, die durch den Abtransport der Leiche entstanden war. »Wenn das beim zweiten Opfer auch der Fall war, hätte man es knebeln müssen. Es reichte aber vielleicht auch schon, es nur tief genug im Haufen zu vergraben. Dann hat man hier draußen, wo wir jetzt stehen, definitiv nichts mehr gehört.«

»Stroh dämmt ganz gut, das stimmt wohl. Und die Verstümmelungen hier ...« Holt fuhr sich einmal mit der flachen Hand vor dem Hosenschlitz hin und her. »Wenn du recht hast, hat das Opfer grob geschätzt mehr als zwölf Stunden da gelegen. Kann sein, dass es verblutet ist. Es sei denn, der Mörder hat ihm einen Druckverband angelegt oder die Wunde ausgebrannt, um die Blutung zu stillen. Aber ich bin kein Experte für Kastrationen.«

»Stopp«, knurrte Möhrs. »Mir reicht's.«

»Entschuldige.« Holt rieb sich den Magen. »Ich habe auch noch nichts gefrühstückt. Ich hoffe wirklich, dass dieser zweite Mann nicht mehr gelebt hat.« Er breitete die Arme in einer trägen Geste aus und drehte sich langsam einmal um die eigene Achse. »Das hieße nämlich, dass halb Güstrin hier herumgestanden und gefeiert hat, während da drin dieses arme Schwein verbrannt ist.«

Möhrs' Nacken prickelte wie von tausend feinen Nadelstichen, als er daran dachte, wo er gestern Abend vor dem Tumult um Katja Jakobs und ihren Fotografen in einem der Zelte gestanden hatte. »*Alle* haben herumgestanden und gefeiert. Inklusive uns.«

»Inklusive uns«, echote Holt.

Möhrs war außerordentlich dankbar für das Klingeln seines Handys, das das unangenehme Prickeln vertrieb.

Es war Barswick am anderen Ende der Verbindung, dessen Laune besser war, als es zu erwarten gestanden hätte. »Heute hast du dir deinen Spitznamen verdient, Lucky Luke. Ich habe eine Adresse für dich.«

»Von wem?«

»Von einer Frau, deren Mann seit Freitagabend verschwunden ist und die heute Morgen bei den Schupos angerufen hat, weil sie im Radio von dem Toten in der Asche hörte.« Möhrs' Chef brummte amüsiert. »Da hat es sich ausnahmsweise mal gelohnt, dass Christa Jarms ihre große Klappe nicht halten kann.«

»Und wer ist die Frau?«

»Sie heißt Brigitte Lippert.«

»Lippert?« Möhrs klemmte sich das Handy unters Ohr und zückte sein Notizbuch.

»Ja. Brigitte Lippert.«

Möhrs blätterte zu einer der letzten beschriebenen Seiten. Sein Blick huschte über die hingekrakelten Einträge in seiner in Kollegenkreisen berühmt-berüchtigten Sauklaue. Da. Da stand es. *Lippert.*

»Bist du noch dran?«, fragte Barswick irritiert.

»Hat sie gesagt, wie ihr Mann heißt?«, wollte Möhrs wissen.

»Ernst.«

Das Prickeln in Möhrs' Nacken kehrte umso heftiger zurück. »Das ist einer der Kollegen von Frieder Jakobs und Peter Frigge aus dem AKW.«

41

Es hatte Katja einiges an Überzeugungsarbeit gekostet, Bernd zu einem Besuch des »Postillion« zu bewegen. Er hatte wiederholt Zweifel angemeldet, dass dort viel über den mysteriösen Unfall von Peter Frigge in Erfahrung zu bringen war, der augenscheinlich der Ausgangspunkt für die Unglücksserie unter Frieders Kollegen darstellte. Katja, die während des Studiums selbst mal in einem Pub gekellnert hatte, versicherte ihm, man könne als Bedienung gar nicht anders, als insbesondere mit Stammgästen – und das war die Skatrunde, der Frieder angehört hatte – ab und zu ins Gespräch zu kommen. Letzen Endes hatte er eingewilligt, sie in den »Postillion« zu begleiten, wenn auch nicht ohne ein süffisantes »Falls sich herausstellt, dass dort außer Spesen nichts gewesen ist, übernimmst du die Rechnung«. Er konnte eben ein sturer Esel sein – ein sturer *alter* Esel noch dazu, der sein grundlegendes Verhalten in diesem Leben jedenfalls nicht mehr ändern würde.

Katja verbuchte dennoch zwei kleine Siege für sich: Der erste bestand darin, dass sie Bernd erfolgreich von Veronika losgeeist hatte. Ihre Herbergsmutter, der sie an der Rezeption des »Hirschhofs« begegneten, war über ihre Absichten alles andere als erfreut. Sie äußerte die Befürchtung, Katja und Bernd wären mit ihren Kochkünsten unzufrieden und würden deshalb auswärts essen wollen. Dem war nicht so. Bernd ließ sich jedoch nicht davon abhalten, Veronika mit Komplimenten für ihre Kochkünste, ihren Einrichtungsgeschmack und ihre tadellose Aufmerksamkeit gegenüber ihren Gästen zu überhäufen.

Der zweite Sieg war der, dass Bernd seinen verhaltenen Widerstand gegen weitere Ermittlungen kampflos aufgegeben hatte. Sei es nun, weil er sich einen mit allen Wassern des Strafrechts gewaschenen Anwalt leisten konnte, falls Möhrs ihnen auf die Schliche kam und seine Drohungen wahrmachte, oder weil ihn das schlechte Gewissen wegen seines überflüssigen Gerangels mit Mike Ritter plagte. Die genauen Gründe waren Katja herzlich egal. Für sie zählte nur, dass sie ihn von jetzt an noch fester an ihrer Seite wusste.

Sie trafen um die Mittagszeit im »Postillion« ein. Das Bistro – eine aus Katjas verwöhnter Großstadtperspektive etwas hochtrabende Bezeichnung für eine im Grunde gewöhnliche Kneipe mit rustikaler Einrichtung und laminierten Speisekarten auf den Tischen – war gut besucht. Katja machte das umfangreiche Brunchbuffet dafür verantwortlich. Es verströmte eine Reihe leckerer Düfte, bei denen ihr der Mund schon wässrig wurde, noch bevor sie einen der letzten freien Tische in der Nähe der Tür zu den Toiletten ergattert hatten.

Eine junge rothaarige Frau in einem Jeansrock nahm ihre Bestellung auf. Zweimal Buffet, eine heiße Schokolade und ein Pott schwarzer Kaffee. »Arbeiten Sie auch dienstags hier?«, fragte Katja schnell, ehe die Kellnerin zum Tresen verschwinden konnte.

»Ja.«

»Kennen Sie die Leute aus der Skatrunde vom Kernkraftwerk?«

»Die Strahlemänner?«

»Genau die.«

»Nicht sehr gut. Das ist nicht meine Tischnummer. Tut mir leid.«

»Schade.«

»Ich hol mal meine Kollegin.« Sie reckte einen Arm in die Höhe, winkte und rief in beeindruckender Lautstärke: »Sandra! Sandra!«

Ihre Rufe galten einer Frau Ende zwanzig, die gerade an einem der anderen Tische kassierte und aussah, als wäre sie per Zeitreise aus den Achtzigern im 21. Jahrhundert gelandet: bunte Strähnchen im Haar, türkisfarbene Leggings, viel zu weites T-Shirt mit einem viel zu tiefen V-Ausschnitt und einem pinken Kussmund als Aufdruck, um die Taille eine Kängurutasche als Gürtelersatz. »Was?«, blaffte sie ungehalten.

»Komm mal.«

»Gleich.«

Die Rothaarige verdrehte die Augen. »Sie kommt gleich«, sagte sie in entschuldigendem Tonfall, lächelte noch einmal freundlich und eilte davon.

Es dauerte einige Minuten, bis sich Sandra zu ihnen an den Tisch bequemte. »Sie wollten was von mir?«

»Ja, wir hätten ein, zwei Fragen zu den Strahlemännern. Sie wissen schon«, redete Katja nicht um den heißen Brei herum. »Wegen der schlimmen Dinge, die ihnen in letzter Zeit zugestoßen sind. Sie wissen schon. Der Autounfall. Der Brandanschlag.«

»Sind Sie von der Polizei?« Sandra hielt ihr leeres Tablett vor sich wie einen schützenden Brustpanzer. »Ich kann Ihnen nicht mehr sagen als das, was ich Ihrem Kollegen erzählt habe. Dem großen dicken. Der war gestern schon hier.«

Groß. Dick. Möhrs. Das passte Katja gar nicht in den Kram. Sie und Bernd bewegten sich auf dünnem Eis. Trotzdem beschloss sie, Sandras Irrtum nicht aufzuklären. Solange sie sich nicht explizit als Kripobeamtin auswies, war es schließlich nicht ihre Schuld, wenn die Kellnerin sie für eine hielt. »Wir hatten gehofft, Sie könnten uns sagen, auf was für einer Feier Peter Frigge vor seinem Unfall war«, fragte sie ziemlich direkt und versuchte so, Sandra die Information zu entlocken, die im Online-Artikel des ›Güstriner Kuriers‹ gefehlt hatte.

»Oh, da sind Sie bei mir an der falschen Adresse. Ich war ja nicht dabei.« Sie nickte einem Gast drei Tische weiter zu, der die Hand gehoben hatte, weil er eine Bestellung aufgeben wollte. »Ich hab voll lange nachgedacht, ob mir noch was zu der Frau einfällt, mit der sich Frieder auf dem Parkplatz gestritten hat.«

Katja legte unwillkürlich eine Hand auf Bernds Knie. Er griff beruhigend nach ihren Fingern.

»Mir ist da nichts mehr eingefallen, sorry. Aber wegen der Feier, da können Sie mal mit Rieke sprechen. Die war da eingeladen.« Mit einem Schulterzucken und einem bedauernden Lächeln verabschiedete sie sich, um sich um den ungeduldigen Gast zu kümmern, der mittlerweile »Hallo! Hallo!« rief.

Katja geduldete sich, bis Rieke wieder mit den georderten Getränken an ihrem Tisch auftauchte. »Sie können uns vielleicht doch weiterhelfen. Ihre Kollegin meinte, Sie wären auf der Feier gewesen, auf der auch Peter Frigge vor seinem Unfall war.«

»Stimmt.« Rieke schlug sich mit der flachen Hand vor die Stirn. »Sie haben ja völlig recht.«

»Was für eine Feier war das?«

»Eine Verlobungsfeier. Echt romantisch. Wie im Film.« Die Kellnerin geriet regelrecht ins Schwärmen. »Mit Tauben in den Himmel steigen lassen und so, und jemand hatte eine Karaokemaschine mitgebracht. Der Bräutigam hat ein Lied für seine Braut gesungen. ›Mandy‹. Nur, dass er statt Mandy immer Tina gesungen hat. Voll schön.«

»Haben Sie Peter Frigge dort gesehen?«, fragte Katja.

»Ja, aber ich hab nicht mit ihm geredet oder so«, plapperte Rieke. »Er saß an einem Tisch mit lauter anderen alten Männern.«

Bernd räusperte sich laut und stand auf. »Ein schönes Stichwort.« Er trat an der Kellnerin vorbei und ging auf die Toilettentür zu. »Alte Männer«, murmelte er.

Riekes Wangen färbten sich fast so rot wie ihr Haar. »War nicht so gemeint. Ehrlich.« Sie sah Katja betroffen in die Augen. »Ich hoffe, Ihr Vater ist jetzt nicht sauer.«

Katja grinste. »Er ist nicht mein Vater.«

Rieke wurde noch röter. »Oh, sorry, das … also …«

»Macht nichts«, versicherte ihr Katja. »Ich bin das gewöhnt. Aber verraten Sie mir noch was. Ihre Kollegin hat auch gemeint, sie hätte einen Streit zwischen Frieder aus der Skatrunde und einer Frau belauscht. Sie wissen nicht, wer das war oder worum es da ging?«

»Nein.« Rieke senkte die Stimme. »Sandra und ich, wir verstehen uns nicht so besonders.«

»Verstehe.« Katja versuchte, sich ihre Enttäuschung nicht anmerken zu lassen. Die Option, bei Sandra selbst noch einmal nachzuhorchen, war ihr zu riskant. Sie wollte nicht mehr Aufmerksamkeit auf sich ziehen als unbedingt nötig.

Bestimmt war Möhrs ebenfalls einer der Stammgäste in diesem Laden und würde früher oder später von dem sonderbaren Pärchen erzählt bekommen, das die Bedienungen mit komischen Fragen behelligt hatte. »Aber eine Sache wäre da noch. Diese Verlobungsfeier, wo war die?«

Riekes Antwort war eine echte Überraschung. »In der Scheune von diesem neuen Gasthaus an der Straße nach Wittenbek. Dem ›Hirschhof‹.«

42

Sie war splitternackt, doch das schien keinen der Männer in der schummrigen Bar zu stören. Sie warfen ihr verstohlene, aber umso gierigere Blicke zu, wie sie da am Tresen saß, den Kopf in die Hände gestützt. Vor ihr stapelten sich leere Gläser, die ihre blutigen Fingerabdrücke trugen.

Sie weinte nicht. Sie hatte verlernt, wie man weinte. Ihre Gedanken kreisten darum, wann sie endlich den Mut finden würde, allem ein Ende zu setzen. Es war so leicht. Es gab so viele Wege. Wenn man es darauf anlegte, konnte man sich mit einem Gürtel an einem Bettpfosten erhängen. Sie wusste nicht, weshalb sie sich verzweifelt an etwas festklammerte, anstatt einfach loszulassen.

Von der Seite fiel ein gewaltiger Schatten auf sie, tauchte sie in ein warmes Dunkel.

»Bist du allein hier?«, fragte er.

Es war die Hitze, die von ihm ausging, die sie dazu bewegte, den Kopf zu drehen und ihn anzusehen. Sie lächelte verhalten. »Du bist auch nackt?«

»Sieht man das nicht?« Er erwiderte ihr Lächeln. »Jemand hat dich verletzt.« Sein Finger strich zärtlich über eine Schramme an ihrer Schulter. Als er die Hand wieder zurückzog, war die Haut an der Stelle, an der er sie berührt hatte, glatt und makellos. »Jemand muss dir helfen.«

Sie schaute ihn an. Ungläubig, staunend. »Wer bist du?«, flüsterte sie.

»Der Teufel.« Seine Stirn platzte auf, und blutige Knochen stülpten sich zu kurzen stumpfen Hörnern aus. »Der Teufel.«

Er beugte sich zu ihr herab, presste seine Lippen auf ihre. Sein Mund war wie Feuer, und sie ließ bereitwillig zu, dass er sie verschlang.

Ihre Zunge brannte noch, als sie den Kopf vom Kissen hob und sich den Schlaf aus den Augen wischte. Den Schlaf und Tränen, die sie längst vergossen geglaubt hatte.

43

Schon als Brigitte Lippert ihm die Tür zu ihrem Haus öffnete – einem gepflegten Bungalow im selben Viertel, in dem Horst Johnsen wohnte –, war sich Möhrs hundertprozentig sicher, einer Witwe gegenüberzustehen. Es war ihre gesamte Erscheinung: Sie trug ungeachtet der freundlichen Temperaturen hochgeschlossene Kleidung in gedämpften, dunklen Farben – einen braunen Rollkragenpullover über einem tiefblauen Rock. Ihr schwarzes Haar hatte sie zu einem strengen Dutt hochgesteckt. Ihre Haut, so bleich und makellos wie Porzellan, straffte sich über hohen Wangenknochen. Die blassgrauen Augen hinter der randlosen Brille ließen nicht die leiseste Spur eines Gefühls erkennen. Kühl blickte Brigitte Lippert Möhrs an.

Er stellte sich vor, und sie führte ihn in eine blitzsaubere Küche, wo sie an einem kleinen Tisch in der Ecke Platz nahmen. Möhrs gewann den beklemmenden Eindruck, dass in diesem Haus eine Kälte Einzug gehalten hatte, die selbst den Fluss der Zeit ins Stocken brachte: Die wenigen Staubflocken in den schwachen Lichtstreifen, die durch die Schlitze halb heruntergelassener Jalousien stachen, tanzten nicht, sondern schienen in der Luft zu stehen. Die Abstände zwischen dem Ticken des Sekundenzeigers der Uhr an der Wand mit der Raufasertapete waren viel zu lang, die Kohlensäurebläschen in dem Glas Selters, das sich Lippert eingegossen hatte, viel zu träge bei ihrem Aufstieg durch die klare Flüssigkeit.

»Eine Sache wundert mich«, sagte Möhrs, um das Gespräch zu eröffnen und die unheimliche Stille zu durchbrechen. Er fühlte sich dabei wie jemand, der mitten in einer Kirche lauthals einen dreckigen Witz erzählte. »Sie haben bei Ihrem Anruf bei uns angegeben, Ihr Mann wäre schon Freitagnacht nicht nach Hause gekommen. Bei uns gemeldet haben Sie sich aber erst heute Morgen, also nach zwei Nächten, in denen Sie nichts von ihm gehört haben. Warum?«

Sie schaute auf ihre Fingernägel. »Wäre es unhöflich von mir, Sie fortzuschicken und darum zu bitten, dass eine Ihrer Kolleginnen vorbeikommt?«

»Uh ...« Möhrs blinzelte. Die erste Frage, und er hatte offenkundig gleich in ein Wespennest gestochen. »Wenn es Dinge gibt, von denen Sie das Gefühl haben, Sie könnten mit einer Frau leichter darüber sprechen, kann ich das sehr gut verstehen. Das Problem ist nur, dass in meinem Dezernat keine Frauen arbeiten.«

»Dann muss ich mit Ihnen vorliebnehmen.« Sie faltete die Hände im Schoß. »Ich habe mich bei der Polizei deshalb so spät gemeldet, weil es häufiger vorkommt, dass mein Mann eine Nacht außer Haus verbringt. Seit Jahren. Nein, seit Jahrzehnten. Schon bevor wir hierher nach Güstrin gezogen sind. Ich bin ihm immer eine gute Ehefrau gewesen, aber es gibt Dinge, auf die er nicht verzichten will und die ich ihm leider nicht geben kann. Dinge, die sich für gewöhnlich in einem Bett abspielen.«

Möhrs glaubte zu ahnen, dass die Atmosphäre in diesem Haus schon länger sonderbar gewesen sein musste. »Ihr Mann ist homosexuell?«

»Nein, natürlich nicht.« Sie nahm den Oberkörper ein Stück zurück, als empfände sie körperlichen Ekel. »*Das* ist mir erspart geblieben.«

»Ah.« Möhrs nahm sich vor, in Zukunft mit seinen Vermutungen vorsichtiger zu sein. »Dann müssten Sie mir näher erklären, was Sie meinen.«

»Ich bin wirklich nicht prüde«, sagte sie ruhig. »Ich verstehe auch, dass Männer andere Bedürfnisse haben als Frauen. Ich habe anfangs versucht, dem in meiner Ehe gerecht zu werden. Mein Mann ist damals noch zur See gefahren, und ich habe ihn verhältnismäßig selten gesehen. Wenn er da war, habe ich mir große Mühe gegeben, dass er es schön hat. Und ich habe ihn vermisst, wenn er nicht da war. So sehr, dass ich ihm einmal kurz vor Weihnachten einen Überraschungsbesuch abgestattet habe. An Bord seines Schiffes. Es lag in Dover vor Anker. Bei Schnee und Eis bin ich mit dem Auto von hier bis nach Calais gefahren und habe von dort mit der Fähre übergesetzt. Alles nur, um ihn wiederzusehen.« Sie trank einen Schluck Wasser, langsam und bedächtig. »Er war an diesem Abend nicht allein in seiner Kabine. Da habe ich begriffen, wo er sich holt, was ich ihm verweigert habe. Es war kein schöner Anblick, und es hat vieles zwischen uns geändert. Aber ich wollte nicht, dass es *alles* ändert. Dass es mir die Stunden raubt, in denen ich mit ihm glücklich sein kann. Ich habe eine Abmachung mit ihm getroffen. Er darf tun, was er nicht lassen kann. Solange ich nicht mehr darüber erfahre als unbedingt nötig und solange er mir im Herzen treu bleibt, wenn er es schon nicht auf die andere Weise schafft. Es ist ein gutes Arrangement. Es hat unsere Ehe gerettet. Bis jetzt. Es ist in der ganzen Zeit, seit wir nach Güstrin gekommen sind, das erste Mal, dass er sich zwei Nächte hintereinander nicht bei mir meldet.«

»Gut.« Um der lähmenden Tristesse von Lipperts Aussagen irgendeine Form von Aktivität entgegenzusetzen, packte Möhrs sein Notizbüchlein und einen Kugelschreiber aus. »Wissen Sie, wo Ihr Mann in der Nacht von Freitag auf Samstag war?«

»Haben Sie mir nicht zugehört?« Sie schüttelte den Kopf, eine Hand am Dutt. »Mich interessiert nicht, wo mein Mann hingeht, wenn er fortmuss. Er schreibt mir einfach nur einen Zettel, den er mir an die Tür hängt. ›Bin auf Landgang.‹ Mehr nicht. Das reicht mir auch schon.« Mit einer Geschwindigkeit, die Möhrs nach all der Trägheit ihrer Bewegungen schier zusammenzucken ließ, stand sie auf, wandte sich zum Fenster und schlang die Arme um den Oberkörper. »Seien Sie ehrlich zu mir, Herr Kommissar. Er ist es. Der Tote, den Sie in der Asche gefunden haben. Das ist mein Mann, oder?«

»Die Leiche ist noch nicht identifiziert.« Er rang kurz mit sich und fügte dann hinzu: »Es spricht jedoch manches dafür, dass es sich bei dem Toten um ihn handelt.«

Sie nahm die Nachricht mit einem knappen Nicken zur Kenntnis. »Wissen Sie«, sagte sie nachdenklich, »vielleicht war es nur eine Frage der Zeit, bis ihm etwas zustößt.«

»Wie meinen Sie das?«

Sie drehte sich zu ihm um, und ihr Gesicht zeigte einen verhaltenen Vorwurf. »Ermitteln Sie etwa nur in diesem Fall?«

»Nein.« Möhrs entschloss sich, den Köder zu schlucken, den sie da ausgeworfen hatte. »Ich ermittle auch im Fall Frieder Jakobs. Kannten Sie ihn?«

»Flüchtig.« Sie griff nach einem Apfel in einer Obstschale, in der alle Früchte so perfekt und makellos aussahen, dass man sie mit Plastikobst hätte verwechseln können. »Und was ist mit dem Unfall von Peter Frigge? Ermitteln Sie da auch?«

Die besondere Betonung auf »Unfall« war Möhrs nicht entgangen, aber er war trotzdem nicht bereit, Lippert gegenüber alle Karten auf den Tisch zu legen. »Sollte ich da denn auch ermitteln?«

»Mein Mann hat nicht an einen Unfall geglaubt.« Sie zog ein großes Messer aus einem Block auf der Anrichte. »Er meinte, etwas wäre da nicht mit rechten Dingen zugegangen.«

Möhrs ließ die glatte Stahlklinge nicht aus den Augen. »Peter Frigge wäre nicht der Erste, der bei einer Feier einen über den Durst trinkt und anschließend an einem Baum landet. So etwas passiert fast jeden Tag irgendwo, ganz ohne Fremdverschulden.«

»Hm.« Lippert legte den Apfel auf ein Brettchen und schnitt ihn in der Mitte durch. Die beiden Hälften klappten auseinander. »Kann schon sein.« Sie hielt das Messer schräg. Der Saft der geteilten Frucht, der noch an ihm haftete, rann der Spitze entgegen. »Mein Mann hatte andere Erklärungen. Manchmal werden Leute auch von der Straße abgedrängt. Oder man mischt ihnen etwas in ein Getränk, das ihre Reflexe verlangsamt.« Lippert nahm eine der Apfelhälften. »Möchten Sie ein Stück?«

Möhrs lehnte dankend ab. »Wie kam Ihr Mann darauf, dass ihm jemand nach dem Leben trachtet?«

»Das habe ich ihn auch gefragt.« Sie spülte das Messer gründlich ab und rieb es mit einem Geschirrhandtuch trocken. »Und wissen Sie, was er zu mir gesagt hat?« Mit einem tiefen Seufzer steckte sie das Messer zurück in den Block. »Es wäre besser, wenn ich es nicht weiß. So, wie es besser wäre, dass ich nicht weiß, was er treibt, wenn er auf einem seiner Landgänge ist.«

44

Der Wackeldackel auf seinem Schreibtisch grinste Möhrs dämlich an, als er in der Adressdatenbank seines Rechners nach der privaten Handynummer von Aysel Özen suchte. Die Pathologin nahm den Anruf nach dem zweiten Klingeln entgegen.

»Mit dir habe ich schon gerechnet, Lukas«, war ihre heitere Begrüßung.

»So?«

»Ja. Weißt du, Güstrin findet nicht jeden Tag bei ›Spiegel online‹ Erwähnung. Ich hoffe, dein Lokalpatriotismus überlebt das. Warum rufst du eigentlich auf meiner privaten Nummer an?«

»Es ist Ostersonntag.«

»Eben. Der perfekte Tag für den Bereitschaftsdienst. Ich stehe nicht so auf Eiersuchen.«

Möhrs sparte sich eine anzügliche Bemerkung. »Dass du so arbeitswillig bist, trifft sich gut. Ich wollte dich nämlich darum bitten, ob du die Leiche übernehmen könntest, die gerade auf dem Weg zu euch ins Institut ist.«

»Ganz ehrlich jetzt, Lukas«, ächzte sie. »Ich würde mich wirklich freuen, wenn du mir *einmal* ein normales Geschenk machen würdest. So eins, wie es sich Freunde machen, weißt du.«

»Ich schau mal, ob ich an irgendeiner Tankstelle noch einen Schokohasen für dich organisiert kriege«, bot er ihr an.

»Aber bloß keinen mit Nüssen. Dagegen bin ich allergisch.«

»Keine Nüsse.« Er fragte sich, wie sie sein Grinsen gedeutet hätte. »Ist gebongt. Ich hätte da noch eine andere Bitte, wenn es nicht zu viel verlangt ist.«

»Für dich tue ich doch alles.«

»Sehr nett. Ist auch wirklich nichts Großes. Es wäre mir sehr recht, wenn du dir einen etwas älteren toxikologischen Bericht anschauen könntest. Der sollte euch vorliegen.« Er buchstabierte ihr Peter Frigges Namen. »Die Aktennummer habe ich nicht im Kopf. Könnte ich dir aber besorgen, wenn du sie brauchst.«

»Ich melde mich, falls ich den Bericht nicht auftreiben können sollte. Wie alt ist der genau?«

»So etwa sechs Wochen.«

»Worauf müsste ich denn achten?«

»Ob es Auffälligkeiten im Blut gibt. Außer einem erhöhten Alkoholspiegel. Von dem wissen wir schon. Mir geht es um Medikamente, Drogen, Gifte. So was in der Art.«

»Ach?« Sie klang leicht beleidigt. »Denkst du, das hätten wir nicht gemeldet, wenn uns irgend so etwas angesprungen hätte? Wir sind hier nicht auf den Kopf gefallen, weißt du.«

»Ist nicht böse gemeint«, versuchte er, ihren Groll zu beschwichtigen. Es hätte ihm leidgetan, es sich mit ihr zu verscherzen, nur weil er den möglicherweise völlig aus der Luft gegriffenen Behauptungen von Brigitte Lippert aufgesessen war. Nein, es hätte ihm nicht nur leidgetan. Er sollte besser damit aufhören, sich selbst zu belügen. Es hätte ihn fertiggemacht. Vielleicht sogar noch schlimmer als in der düstersten Phase seiner letzten Trennung von einem Menschen, der ihm alles bedeutet hatte. Trotzdem hätte er es nicht geschafft, ihr das zu sagen. Weil er nicht wieder verletzt werden wollte, verletzte er sich selbst schon genug. Da brauchte er nicht auch noch sie zu verletzen. »Ich wollte dir wirklich nichts unterstellen. Wo gearbeitet wird, passieren Fehler.«

»Und wo viel gearbeitet wird, passieren noch mehr Fehler. Schon klar.«

»Benimm dich bitte. Sonst überleg ich mir das mit dem Schokohasen doch noch anders.« Es war als Scherz gemeint, um die plötzlich aufgekommene Schieflage in ihrer Unterhaltung geradezurücken. Mitten im Satz fiel ihm auf, dass sie ihn durchaus in den falschen Hals kriegen konnte, aber es war zu spät. Er reagierte auf die Weise, auf die er immer reagierte, wenn das passierte: Er zog den Kopf in seinen Panzer ein wie eine Schildkröte. »Wir sehen uns morgen, ja?«

»Ja. Und vielen Dank noch für die Nachtschicht.« Sie legte auf.

Möhrs schloss die Augen und stützte den Kopf in die Hände. Es war eine schmerzhafte Erkenntnis, gegen die er sich nicht länger ernsthaft wehren konnte. Er war mit der Entwicklung der Ereignisse komplett überfordert. Privat und beruflich.

Er verließ sein Büro und ging den Gang hinunter. Aus dem Erdgeschoss konnte er Stimmengewirr hören. Es stammte von einem Teil der mittlerweile dreißig Beamten, die von Barswick in die Soko Feuer beordert worden waren. Sie hatten das große Besprechungszimmer gleich neben der Küche zu ihrem Hauptquartier umfunktioniert. Die meisten waren Schupos, denen jetzt unter anderem die undankbare Aufgabe zufiel, möglichst viele der Besucher und vor allem der freiwilligen Helfer des Osterfeuers zu Hause aufzusuchen und dahingehend zu befragen, ob sie am Karfreitag und Ostersamstag irgendetwas Verdächtiges beobachtet hatten. Möhrs beneidete sie nicht darum, weil es sich der Erfahrung nach dabei um die berühmte Suche nach der Nadel im Heuhaufen handelte. Am Treppenabgang lauschte er einen Augenblick, ob er das volltönende Organ des Mannes hörte, zu dem er unterwegs war. Als dem nicht so war, setzte er seinen Weg den Gang hinunter fort bis zum Eckbüro. Dessen Tür stand einen Spalt offen. »Chef?«, fragte er und klopfte behutsam an.

»Ja, ich habe dich auch sehr, sehr lieb«, kam es von drinnen. »Ich muss jetzt wieder arbeiten, mein Schäfchen.« Das Klappern des Telefonhörers war zu hören. »Herein!«

Barswick saß mit hochgekrempelten Ärmeln hinter seinem Schreibtisch. »Ah, du bist's. Was gibt's?«

Möhrs setzte sich seinem Chef gegenüber. »Wer war das denn eben? Darf Elke davon wissen?«

»Das war Moritz, du Pfeife!«, schnaubte Barswick.

»Ach so. Wie alt ist er jetzt? Drei?«

»Fast fünf. Und ganz versessen auf seinen Opa.« Knurrend schnippte Barswick den gelbgrünen Wimpel des TSG Güstrin an, der auf seinem Schreibtisch stand. »Und anstatt dass sein Opa mit ihm nach dem Eiersuchen Kicken übt, hockt er hier und quält sich damit, die Welt zu einem sichereren Ort zu machen.«

»Ich war bei dieser Lippert«, sagte Möhrs. »Sie hat angedeutet, ihr Mann hätte schon damit gerechnet, dass ihm etwas zustößt. Und er wäre davon ausgegangen, dass der Unfall von Peter Frigge in Wahrheit kein Unfall war.«

»Das macht schon drei tote AKW-Mitarbeiter. Man kann es nicht mehr leugnen. Irgendwer hat es auf die Jungs abgesehen.« Mit seinen haarigen Knöcheln klopfte Barswick auf eine dicke Akte. »Und nur damit du mir jetzt nicht vorschlägst, deine Freundin Erika Saalfeld zu verhaften: Wir waren schon bei ihr. Die hat ein Alibi. Von Freitag auf Samstag saß sie bis morgens um halb fünf mit ihrem Sohn und einem Nachbarn im Garten. Sie haben angeblich bei ein paar schönen Flaschen Rotwein über die Energiewende diskutiert.«

»Sei's drum.« Möhrs zuckte die Achseln. »Lippert ging den Angaben seiner Frau zufolge regelmäßig in Puffs oder zu Huren, wenn ich sie da richtig interpretiert habe. Ich habe Leute losgeschickt, die die Bordelle und Saunaclubs der Umgebung mal abklappern sollen. Vielleicht ist er am Freitagabend irgendwo gesehen worden. Ich könnte mir vorstellen, dass da möglicherweise die Verbindung liegt. Und weniger in der Tatsache, dass die drei Opfer alle im Kraftwerk gearbeitet haben. Was, wenn sie sich mit irgendjemandem im Rotlichtmilieu angelegt haben? Sie sind alle früher zur See gefahren, und Seeleute haben traditionell weniger Hemmungen, mal den einen oder anderen Abstecher zu machen, wenn du verstehst, was ich meine. Und es könnte sein, dass sie da jemandem auf die Füße gestiegen sind, dem man besser nicht auf die Füße steigt.«

»Nicht, dass uns das irgendwie entscheidend weiterbringt.« Barswick zog eine missmutige Miene. »Wenn die Herren aus dem AKW wüssten, warum es wer auf sie abgesehen hat, hätten sie uns das gesagt. Oder sie wissen es und haben ihre Gründe, es uns nicht zu sagen. Das Ergebnis ist das gleiche. Wir stehen völlig im Wald. Alles, was wir haben, sind drei Tote.«

»Drei Opfer.« Möhrs verwandelte die Vorlage, die sein Chef ihm geliefert hatte. »Man könnte also von einem Serienmörder sprechen.«

»Richtig. Wenn du es unbedingt so nennen willst.« Barswick ächzte und suchte Möhrs' Blick. »Soll ich dir was sagen, Lukas?«

»Was?«

»Ich werde wirklich zu alt für diesen Job.«

»Komm, hör auf. Du –«

»Ich meine es ernst.« Barswick lächelte grimmig. »Ich werde nicht mehr ewig auf diesem Stuhl sitzen. Und ich könnte ruhiger schlafen, wenn ich wüsste, dass mein Nachfolger ein tüchtiger Mann ist.«

Möhrs schluckte. Warum erzählte er ihm das?

»Du weißt, dass ich große Stücke auf dich halte.«

Nein, das war Möhrs neu. Und wenn es stimmte, hatte Barswick eine sehr komische Art, es ihm zu zeigen.

»Ich würde mir wünschen, dass du meinen Posten übernimmst«, sagte Barswick mit fester Stimme. »Aber es gibt viel Konkurrenz, und meine inoffiziellen Empfehlungen haben zwar Gewicht, eine Garantie allerdings sind sie nicht.«

Möhrs musste sich richtiggehend anstrengen, dass seine Schultern nicht nach vorn sackten. Insgeheim hoffte er, Barswick wolle ihm bloß einen Bären aufbinden. Wenn er etwas jetzt nicht gebrauchen konnte, dann noch mehr Druck.

»Falls du es schaffst, diesen Irren zu erwischen, haben wir beide die Munition, die wir brauchen, damit ich sorgenfrei in Pension gehen kann.« Das war genau der Satz, vor dem Möhrs sich gefürchtet hatte.

45

Gernot Burmester wohnte in einem Haus, bei dessen Anblick Katja sofort an eine Festung denken musste. Oder an ein Gefängnis. Die schmalen, schießschartenartigen Fenster des zweistöckigen Flachdachbaus aus grauem Waschbeton waren auf beiden Etagen vergittert. Der Vorgarten war kein Vorgarten mehr, sondern ein Vorplatz, weil er komplett mit grauen Steinplatten ausgelegt war. Die Zufahrt links des Hauses war von einem hellgrün gestrichenen Metalltor geschlossen, das zu hoch war, als dass man einen Blick in den Garten dahinter hätte werfen können. Auch die Eingangstür war aus Metall – Stahl, den man auf eine Weise gebürstet hatte, dass auf der mattglänzenden Fläche ein Muster aus Kreisen entstanden war.

»Wenn ich das so sehe, bin ich mir nicht sicher, ob es eine gute Idee ist«, sagte Katja und machte keinerlei Anstalten, den am Straßenrand geparkten Jaguar zu verlassen. Der Vorschlag, Gernot Burmester einen Besuch abzustatten, war auf Bernds Mist gewachsen. »Du meintest, er wäre gestern Abend fast so weit gewesen, mit dir über Frigges Autounfall zu sprechen.« Die Eröffnung, dass die letzte Feier in Frigges Leben im »Hirschhof« abgehalten worden war, hatte ihn nicht weiter beeindruckt. »Irgendwo müssen die Leute hier ja feiern. Und die Scheune ist für genau solche Anlässe auch sehr nett eingerichtet.« Mehr hatte er zu diesem Thema nicht zu sagen gehabt. Stattdessen hatte er darauf gedrängt, den bislang eher schweigsamen Glatzkopf aus Frieders Kollegenkreis auszuquetschen. Und jetzt standen sie hier, vor diesem hässlichen Betonklotz, der eine Reihe unschöner Rückschlüsse auf den Charakter seines Bewohners zuließ. »Dass der uns gegenüber irgendetwas auspackt, können wir uns abschminken.«

»Wart's ab!«, gab sich Bernd hoffnungsfroh. Er öffnete die Fahrertür und schwang ein Bein aus dem Wagen, ehe er sich über die Mittelkonsole zu Katja hinüberbeugte, um mit dem Finger auf Burmesters Haus zu zeigen. »Ich weiß, wie solche Leute ticken. Wenn ich die Lage richtig einschätze, ist er einer von der Sorte, die sich in Gruppen prinzipiell lieber unterordnen. Ein typischer Mitläufer. Und natürlich kriegt er das Maul nicht auf, wenn die Leitwölfe seines Rudels in der Nähe sind. Deshalb muss man ja auch zusehen, dass man Leute wie ihn allein erwischt. Dann zeigen sie sich gesprächiger.«

»Dein Wort in Gottes Gehörgang.«

Sie stiegen aus.

Bernds Optimismus erfuhr schon bald einen gehörigen Dämpfer. Obwohl Katja, an der Eingangstür angekommen, dreimal unverschämt lange die Klingel betätigte, tat sich nichts. Sie wies mit der flachen Hand auf die bauchige Linse einer hinter Glas in die Wand eingelassenen Sicherheitskamera. »Er sieht genau, dass wir es sind. Und er will offenbar nicht mit uns reden.«

»Vielleicht ist er nicht zu Hause«, gab Bernd zu bedenken.

»Ja, netter Versuch«, entgegnete Katja. »Was kommt als Nächstes? Er macht nicht auf, weil wir ihm zu ungepflegt aussehen? Ich mit meiner Kapuzenjacke und du mit deinem Gestrüpp im Gesicht. Vielleicht bist du ihm zu unrasiert. Sieh es doch ein. Er macht die Klappe nicht auf.«

»Ist es so schlimm?« Bernd strich sich über die grauen Borsten auf seinen Wangen. »Ich habe gedacht, das macht verwegen.«

Katja klingelte ein viertes Mal. Plötzlich fühlte sie sich klein und ohnmächtig. Was machte sie hier? Was sollte das alles? Sie führte einen Kampf gegen Windmühlenflügel. Was bildete sie sich nur ein? Sie hatte keine Chance, den Mörder ihres Onkels zu finden. Nicht, wenn sich restlos alle, die ihr hätten helfen können, hinter einer Mauer des Schweigens verschanzten. Es war genau wie damals bei ihrem Vater. Niemand redete mit ihr. Sie war allein mit ihrem Schmerz und ihrer Trauer, und sie würde für immer allein damit bleiben.

»Woher haben Sie meine Adresse?« Kalt und schnarrend wie die Ansage eines Roboters knisterten die Worte aus der Gegensprechanlage.

»Herr Burmester?«

»Woher haben Sie meine Adresse?«

»Von der Telefonzentrale im Kraftwerk«, sagte Katja. »Sie standen leider nicht im Telefonbuch. Da dachte ich mir, ich frage bei Ihren Kollegen nach.« Dass sie die freundliche Dame aus dem AKW ein bisschen angeflunkert hatte, ließ sie geflissentlich aus: Katja hatte behauptet, sie hätte mit Burmester für heute einen Interviewtermin vereinbart, aber leider seine Adresse verschludert. Als sie dem noch hinzugefügt hatte, dass sie die Nichte des Mitarbeiters war, der Dienstagnacht in seinem Haus verbrannt war, hatte sie Burmesters Anschrift sicher im Sack. »Ich würde Ihnen nur gern ein paar Fragen stellen.«

»Das geht nicht. Ich bin beschäftigt.«

»Herr Burmester, bitte.« Die zwei Crêpes mit Banane und Schokosoße, die Katja im »Postillion« noch schnell verdrückt hatte, lagen ihr nun wie Steine im Magen. »Es dauert auch nicht lange. Sie wollten mir gestern Abend etwas über den Unfall von Peter Frigge sagen. Das können Sie mir doch jetzt rasch erzählen. Dann belästige ich Sie auch nicht weiter.«

»Das war kein Unfall.«

Neben Katja holte Bernd scharf Luft, als Burmester ihre Vermutung bestätigte. Katja lief ein Schauder über den Rücken. Sie stellte sich dicht vor die Kamera und schaute direkt hinein. »Was war es dann, wenn es kein Unfall war? War es Mord? Wer hat ihn umgebracht? Derselbe, der meinen Onkel getötet hat? War es jemand, der auch auf dieser Feier war, auf der Peter Frigge gewesen ist? Wenn Sie irgendetwas wissen, dann sagen Sie es mir bitte.«

Bernds Hand lag mit einem Mal auf ihrer Schulter. »Katja«, sagte er mit warnendem Unterton.

»Sie brauchen sich mir gegenüber nicht dumm zu stellen«, zischte Burmester. »Sie können doch bis drei zählen, oder? Erst Peter, dann Frieder und jetzt Erich. Deshalb sind Sie doch hier, nicht wahr? Diese Geschichte mit dem Artikel ist doch nur erfunden. Sie sind hier, weil Frieder nicht dichtgehalten hat. Weil er Angst hatte. Und weil er gehofft hat, Sie würden ihn in einem guten Licht dastehen lassen, wenn alles rauskommt.«

»Wenn was rauskommt?«, wollte Katja wissen.

»Wer ist Erich?«, fragte Bernd dazwischen.

Die Gegensprechanlage gab keinen Mucks von sich.

»Herr Burmester.« Katja hob die rechte Hand. »Ich schwöre Ihnen hoch und heilig, dass ich nur nach Güstrin gekommen bin, um meinen Artikel zu schreiben. Und glauben Sie mir bitte: Ich wünsche mir nichts mehr, als dass es dabei geblieben wäre. Mein Onkel hat mir nichts über Sie verraten. Wovor Sie sich auch immer fürchten, ich habe nichts damit zu tun. Ich will nur, dass derjenige zur Rechenschaft gezogen wird, der meinen Onkel umgebracht hat.«

Bernd drängelte sich neben sie. »Ist Erich der Tote aus dem Osterfeuer?«

Stille, bis auf ein helles Kinderlachen aus einem der Nachbargärten, das genauso gut aus einem Paralleluniversum hätte stammen können.

»Toll. Du hast ihn verscheucht«, warf Katja Bernd vor.

Kalte Enttäuschung machte sich in ihr breit. »Vielen Dank. Auch in Frieders Namen.«

Bernd sah sie ernst an. »Das ist unfair, und das weißt du auch. Tu nicht so, als wäre mir das alles egal.«

Sie fuhren beide zusammen, als der Lautsprecher kurz knackte. »Reden Sie mit Johnsen«, flüsterte Burmester gehetzt. »Aber sagen Sie hinterher nicht, ich hätte Sie nicht gewarnt. Es wird Ihnen nicht gefallen, was Sie über Ihren Onkel zu hören kriegen. Frauen verstehen das nicht.«

Katja überwand ihre Überraschung noch vor Bernd und ging mit dem Kopf so dicht an die Gegensprechanlage, dass ihre Nasenspitze gegen die dünnen Plastikstreben vor dem Mikrofon stieß. »Was verstehen Frauen nicht, Herr Burmester? Hallo? Herr Burmester?«

Er antwortete ihr nicht mehr.

46

Gernot Burmester rang um Atem. Er hatte es immer gewusst. Die anderen hatten ihm gesagt, er sei ein Spinner. Ein Schisser. Aber das war er nicht. Er war der einzig Vernünftige in dieser ganzen Bande. Das, was sie angerichtet hatten, ließ sich nicht totschweigen, und wie sich jetzt zeigte, konnte man auch nicht davor fliehen.

Er ging ins Bad und wusch sich die Hände. Zwei Minuten kalt, zwei Minuten warm, zwei Minuten kalt. Ihm war übel. Er ahnte, dass Frieders Nichte mehr herausgefunden hatte, als sie ihm gegenüber jemals zugegeben hätte. Sie war schlau. Zu schlau. Wie Frieder. Er trocknete sich die Hände ab und holte sein Telefon vom Flur. Er hörte sich das Freizeichen an und wartete auf ein verdächtiges Knacken oder Knistern. Nichts. Doch das hatte nichts zu heißen.

Ihm war klar, dass er die anderen warnen musste. Vor allem Johnsen. Sie waren auf dem Weg zu ihm. Er hatte sie dort hingeschickt. Aber war die Leitung sicher? Egal, er musste es riskieren.

Das Gespräch mit Johnsen verlief nicht gut. Minutenlang stand Burmester danach reglos da, bebend vor Angst und Wut. Johnsen wollte ihm nicht glauben! Dachte, er würde sich das alles nur einbilden.

Als er sich wieder rühren konnte, lief er in sein Arbeitszimmer. Der kleine Karton war gut versteckt, hinter den Ordnern mit seinen Steuerunterlagen für 2002 bis 2005. Er wagte es nicht, ihn zu öffnen. Er kannte seinen Inhalt nur zu gut, all die Dinge, die ihn daran erinnerten, dass *es* wirklich passiert war. Dass er nicht krank im Kopf war. Er brauchte diese Sachen. Oder? Vielleicht hatte er sich geirrt. Vielleicht ging es ihm besser, wenn es diese Sachen nicht mehr gab. *Er* wusste doch, dass er sich nichts einbildete. Was scherte er sich überhaupt darum, was die anderen sagten?

Ja, der Karton musste weg. Aber wohin? Ihn einfach in die Mülltonne zu werfen kam nicht infrage. Sollte er ihn im Garten vergraben? Nein. Man konnte ihn dabei beobachten.

Er atmete auf, als er wusste, was zu tun war. Er trug den Karton ins Bad und stellte ihn in die Wanne. Dann ging er los, Benzin aus der Garage holen.

47

Katja und Bernd beherzigten Burmesters Ratschlag: Sie setzten sich in den Jaguar, Katja googelte die Adresse von Horst Johnsen, und fünf Minuten später klingelten sie an dessen Tür. Er öffnete bereits nach dem ersten Läuten.

Seine Begrüßung fiel höflich und kühl, aber nicht wirklich unfreundlich aus. Er bat sie ins Haus. Während Bernd sein Jackett an der Garderobe aufhängte, betrachtete Katja die gerahmten Fotos im Flur. Es waren ausnahmslos Aufnahmen von Hochseeschiffen, von denen eines mehrfach auftauchte – ein schneeweißes Frachtschiff mit einem auffälligen Deckshaus zum Bug hin. »Was ist das für ein Schiff?«, fragte sie Johnsen.

»Die ›Fritz Straßmann‹.« Er steckte die Hände lässig in die Hosentaschen, wie es manche Gestütsbesitzer beim Hamburger Derby taten, wenn sie stolz ihr bestes Tier im Stall lobten. »Auf der bin ich mit Ihrem Onkel gefahren. Haben Sie schon mal von der ›Otto Hahn‹ gehört?«

»Da muss ich leider passen.«

»Ha«, machte Bernd entsetzt. »Mädchen, bringt man euch in der Schule heute denn noch irgendetwas bei? Die ›Otto Hahn‹ war das erste nuklearbetriebene Schiff unter deutscher Flagge. Gebaut als Testballon, um zu sehen, wie sich solche Schiffe für den Seehandel und als mobile Forschungsstationen eignen.«

»Völlig korrekt«, bestätigte Johnsen. »Die ›Straßmann‹ war so etwas wie ihr Schwesterschiff. Zwanzig Jahre später vom Stapel gelaufen, als man die Idee noch einmal aufgegriffen hat. Auf ihr waren Hunderte von Forschern und Wissenschaftlern unterwegs, aus allen möglichen Fachbereichen. Nacheinander, versteht sich. Bis sie dann '98 endgültig außer Dienst gestellt und an die Chinesen verhökert wurde. Nach Ausbau des Reaktors logischerweise. Wollen Sie etwas Komisches hören? Meine Schwägerin ist auch mal mit ihr gefahren.«

»Sie meinen Erika Saalfeld?«, fragte Katja nur zur Vorsicht. Es war nicht auszuschließen, dass Johnsen mehr als nur die eine Schwägerin hatte, die die Anti-AKW-Bürgerbewegung vor Ort anführte.

»Kaum zu glauben, was?« Er grinste. »Das war zu der Zeit, als Tschernobyl wieder aus den Schlagzeilen raus und

Fukushima noch nicht passiert war. Und vor dem Tod meiner Nichte. Damals war Erika noch normal. Es war eine Fahrt ins Nordmeer. Sie hat an irgendwas über den Lebenszyklus von Plankton geforscht. Sie ist von Haus aus studierte Meeresbiologin.«

»Das hat mir Ihr Neffe schon erzählt«, sagte Katja.

»Oh, Sie sind Thilo begegnet?«

Sie nickte. Das konnte man wohl sagen. Zum Glück brauchte sie Johnsen nicht zu erzählen, dass sein Neffe einen bleibenden Eindruck bei ihr hinterlassen hatte. Einen, von dem sie bisher noch nicht sicher war, wie sie ihn handhaben sollte. Einfach nicht mehr darüber nachdenken? Immerhin wartete daheim in Hamburg Enzo auf sie. Oder doch in die Offensive gehen? Nein, besser nicht. Sie war doch nicht wie Bernd, der jeder Frau nachstieg, die halbwegs sein Interesse weckte.

»Er ist ein guter Junge. Es hätte ihm sicher nicht geschadet, wenn mein Bruder ihn mitgenommen hätte, als er wieder klar im Kopf war und Erika den Laufpass gegeben hat.« Johnsen seufzte. »Aber Sie sind bestimmt nicht hier, um sich meine Familiengeschichten anzuhören.«

Er führte Katja und Bernd ins Wohnzimmer, wo er ihnen einen Platz auf dem Dreisitzer einer Ledercouchgarnitur und etwas zu trinken anbot. Katja bat um einen Kaffee, Bernd entschied sich für ein alkoholfreies Bier aus der Flasche wie ihr Gastgeber.

»Wir kommen gerade von Herrn Burmester«, sagte Katja, als Johnsen mit den Getränken zurück war und sich ihnen gegenüber auf einen Sessel gesetzt hatte.

»Ich weiß«, entgegnete er. »Er hat angerufen. Sie haben ihn an einem seiner schlechten Tage erwischt.«

Bernd kniff skeptisch die Augen zusammen. »Er hat auch gute Tage?«

»Gernot ist … na ja …« Die Spitze von Johnsens Zeigefinger beschrieb zwei kleine Kreise an seiner Schläfe. »Ich meine, Sie haben sein Haus doch gesehen. Als Techniker ist er eine glatte Eins. Ich würde sogar sagen, dass seine Paranoia in diesem Zusammenhang sehr hilfreich ist. Ein Reaktorbetrieb kann von so viel übersteigerten Bedenken nur profitieren. Was alles andere angeht ...« Er zuckte die Schultern. »Er hat eine blühende Fantasie und malt sich ständig irgendwelche Horrorszenarien aus. Zum Beispiel über einen von unseren Kollegen. Der ist vor ein paar Wochen tödlich verunglückt, und Gernot sieht da eine Verschwörung am Werk. Obwohl er genau weiß, dass die Promillegrenze für Peter immer nur ein ungefährer Richtwert gewesen ist.«

Katja trank einen Schluck Kaffee. Johnsen kochte ihn so, wie man ihn wahrscheinlich an Bord von Schiffen trank – für Landratten wie sie stark an der Grenze zur Ungenießbarkeit. Ihr entging nicht, dass Johnsen den Autounfall gehörig herunterspielte, doch sie beschloss, an dieser Stelle nicht weiter nachzubohren. Sie wollte nicht riskieren, dass er völlig zumachte, wenn sie zu sehr auf dieser einen Sache herumritt. Außerdem hatte sie noch genügend andere Fragen an ihn. »Herr Burmester hat etwas gesagt, was mir nicht aus dem Kopf will. Dass Sie mir etwas über meinen Onkel erzählen könnten, was mir unter Umständen nicht gefällt. Etwas, das Frauen angeblich nicht verstehen.«

»Hm.« Johnsen zog eine nachdenkliche Miene. »Etwas, das ... Oh, das.« Er räusperte sich. Sein Blick huschte zu Bernd und dann zurück zu Katja. »Lassen Sie es mich so formulieren: Ihr Onkel war Junggeselle, aber kein Kind von Traurigkeit. Er ist mindestens einmal im Monat am Wochenende nach Hamburg gefahren. Auf den Kiez.«

»Zu ...« Katja biss sich auf die Zunge. Das musste ein Irrtum sein. »Zu Prostituierten?«

Johnsen nickte. »Ich kann mir gut vorstellen, dass Gernot jetzt denkt, Ihr Onkel wäre dort in irgendeine Sache hineingeraten, die ihn am Ende das Leben gekostet hat.«

Katja sträubte sich, das Bild, das sie von ihrem Onkel hatte, mit dem eines Freiers in Einklang zu bringen, der regelmäßig zu Huren ging. Andererseits hatte sie ihn in den letzten Jahren nur selten gesehen, und zudem waren Besuche im Puff auch nichts, womit man sich seiner Nichte gegenüber gebrüstet hätte. Und wo sie jetzt darüber nachdachte, wurde ihr klar, dass ihr Onkel ihres Wissens nie eine Partnerin gehabt hatte. Soweit sie sich erinnern konnte, hatte er schon immer allein gelebt, in seinem Haus, das für einen einzigen Bewohner viel zu riesig war. Sie war bislang immer der Auffassung gewesen, Frieder wäre einer jener Menschen gewesen, die sich selbst Gesellschaft genug waren. Das bedeutete aber offenkundig nicht, dass er auf Sex verzichtet hatte. Er war anscheinend nur so sehr darauf bedacht gewesen, nach außen hin eine Fassade der absoluten Anständigkeit zu wahren, dass er sogar extra nach Hamburg gefahren war, anstatt örtliche Etablissements und Privatanbieterinnen entsprechender Dienstleistungen zu nutzen.

»Ich hoffe, das ist jetzt kein zu großer Schock für Sie«, sagte Johnsen. »Einmal Seemann, immer Seemann.«

»Wer's nötig hat ...«, sagte Bernd lapidar.

»Frauen verstehen das nicht«, murmelte Katja. Ihr war etwas eingefallen, das vielleicht zum wahren Lebenswandel ihres Onkels passte. »Mir hat eine Bedienung aus dem ›Postillion‹ erzählt, sie hätte letzten Dienstag gesehen, wie er sich dort auf dem Parkplatz mit einer Frau gestritten hat. Wissen Sie was darüber? Wer diese Frau gewesen sein könnte?«

Johnsen schüttelte langsam den Kopf. »Tut mir leid. Davon habe ich nichts mitgekriegt. Wenn ich Skat spiele, spiele ich Skat.«

»Das ist sehr bedauerlich«, merkte Bernd an.

»Glauben Sie etwa, mich würde das alles kaltlassen, was mit Frieder passiert ist?« Johnsens Faust war fest um den Hals seiner Bierflasche geschlossen. Seine Knöchel stachen hell unter der sonnengebräunten Haut hervor wie die Spitze von Eisbergen aus einer dunklen See. »Ich bin bereit, Sie nach besten Kräften zu unterstützen. Frieder und ich waren Freunde, fast ein ganzes Leben lang. Ich will, dass dieses Schwein dafür bezahlt, was es ihm angetan hat. Wie krank muss man sein, dass es einem nicht einmal reicht, jemand anderen bei lebendigem Leib zu verbrennen?«

Für Katja sackte die Temperatur im Raum zu einer eisigen Kälte ab, der Schluck Kaffee in ihrem Mund schmeckte wie flüssige Asche.

»Was wollen Sie damit sagen?«, fragte Bernd.

»Das wussten Sie nicht?« Johnsens Stimme wurde hart wie Stahl. »Frieder wurde gefoltert, bevor man ihn umgebracht hat. Er wurde verstümmelt. An den Händen, im Gesicht und …« Er brach ab, die Lippen nur noch ein dünner Strich in seinem kantigen Gesicht.

»Und?«, fragte Katja, erschrocken über ihre eigene Beharrlichkeit.

Johnsen wich ihrem Blick aus. »Und im Genitalbereich.«

Womöglich war es eine Art Schutzreflex ihres Verstands, der diese Information umgehend in ein Puzzlestück verwandelte, das Katja in ihre bisher getroffenen Vermutungen einzufügen versuchte. Eine Verstümmelung im Genitalbereich. War das ein Hinweis auf das Motiv des Täters? Stammte er aus dem Rotlichtmilieu, in dem Frieder sich heimlich herumgetrieben hatte? War der Mord die Strafaktion eines völlig skrupellosen Zuhälters, der mit ihrem Onkel buchstäblich eine Rechnung offen hatte? Oder dafür, dass ihr Onkel selbst einer der Frauen, zu denen er gegangen war, etwas angetan hatte? Nein, darüber wollte und konnte sie jetzt nicht nachdenken. Da war schließlich noch eine andere neue Sache, die ihr Rätsel aufgab. Sie stellte ihre Tasse ab, denn ihre Hände hatten zu zittern begonnen, und sie befürchtete, sich den heißen Kaffee in den Schoß zu kippen. »Sie sind erstaunlich gut informiert, Herr Johnsen. Normalerweise hält sich die Kripo mit solchen Informationen außerordentlich bedeckt.«

»Kann schon sein.« Er nippte an seinem Bier. »Aber die

Kripo war ja nicht als Erstes am Tatort. Es gab einen Brand zu löschen. So was übernimmt immer noch die Feuerwehr, und einige der Jungs reden gern und viel, wenn man weiß, was sie am liebsten trinken.«

»Haben Sie denen heute zufällig auch schon einen ausgegeben?«, fragte Bernd bissig.

»Warum?«

»Ihr Kollege erwähnte vorhin die Namen von drei Männern, denen etwas Schreckliches zugestoßen ist«, erklärte Bernd. »Zwei davon sind uns bekannt. Peter und Frieder. Aber er hat auch von einem Erich gesprochen. Für mich klang es, als wäre das der Tote, den man heute Morgen in der Asche des Osterfeuers gefunden hat.«

»Erich?« Johnsens Unterkiefer klappte herunter. »Erich Lippert? Entschuldigen Sie mich einen Moment.« Johnsen stand auf und wollte ein tragbares Telefon vom Wohnzimmertisch nehmen. Es rutschte ihm aus der Hand, landete auf dem Boden. Er bückte sich hastig danach. »Ich bin gleich wieder da.« Er ging hinaus auf den Flur, dann waren Schritte auf der Treppe ins Obergeschoss zu hören.

»Alles okay bei dir?« Bernd beugte sich vor, um Katja eine Strähne aus dem Gesicht zu streichen. »Tut mir leid, dass du das über Frieder so erfahren musstest, Kleines.«

Sie wusste nicht, ob er die Nutten oder die Misshandlungen meinte. Wahrscheinlich beides. Sie lehnte sich gegen seine Schulter. »Was ändert es schon? Er ist tot. So oder so. Wie die anderen auch. Wie Frigge. Und Lippert.«

»Du kennst ihn?«

»Auch ein Kollege von Frieder. Der Kräftige mit den großen Händen. Aus der Kantine im Kraftwerk.« Sie blickte durch das große Wohnzimmerfenster, wo keinen halben Kilometer entfernt die Elbe durch ihr Bett strömte. Ausflugsbarkassen, Sportmotorboote und Frachtschiffe tummelten sich in solcher Zahl auf dem Fluss, als müssten die Menschen den Beweis dafür antreten, dass sie ihn und das Element, aus dem er bestand, ein für alle Mal gezähmt hatten. An den Rändern von Katjas Denken huschte ein Einfall entlang. Sie versuchte, ihn zu erhaschen, doch er entwischte ihr. »Schiffe …«, murmelte sie und packte ein zweites Mal zu. »Bernd«, sagte sie leise.

»Hm?«

»Was, wenn es diesem Mörder gar nicht darum geht, wo seine Opfer arbeiten?«

»Sondern?«

»Sondern darum, wo sie einmal gearbeitet haben.«

»Auf dem Atomschiff? Auf der ›Straßmann‹?«

»Genau.«

Er lehnte sich zurück und rieb mit einer flachen Hand über das Leder der Couchlehne. »Ich weiß nicht. Das ist doch ewig her.«

Johnsen stand unvermittelt in der Tür, als wäre er die Treppe regelrecht heruntergeschlichen. Sein Gesicht war blass und ausdruckslos. »Nehmen Sie es mir nicht übel, aber ich würde Sie jetzt bitten, zu gehen. Ich wäre gern allein.«

»Natürlich.« Bernd erhob sich und half Katja, die von den weichen Polstern beinahe verschlungen worden war, beim Aufstehen. »Mein Beileid.«

Johnsen nickte.

»Herr Johnsen.« Katja stellte sich neben ihn in den Türrahmen und sah entschlossen zu ihm hoch. »Eine dringende Frage hätte ich noch. Kann es sein, dass auf dem Schiff, auf dem Sie alle zur See gefahren sind, irgendetwas vorgefallen ist, das mit dem, was jetzt gerade passiert, in Verbindung steht?«

Johnsens Antwort war ein heiseres Wispern. »Was sollte damals vorgegangen sein, das rechtfertigen würde, zwanzig Jahre später drei Männer zu ermorden?«

Es waren die letzten Worte, die er an Katja richtete, ehe er Bernd und sie ohne weitere Umschweife aus seinem Haus entließ.

48

»Herzlichen Glückwunsch, du Idiot!« Johnsen hätte am liebsten seinen ganzen Zorn hemmungslos in den Hörer hineingebrüllt, doch er wollte unbedingt, dass Ritter genau verstand, was er angerichtet hatte. »Es ist genauso gekommen, wie ich es prophezeit habe. Wegen dir und deinen beschissenen Spielchen hat sie Lunte gerochen.«

»Reg dich bitte ab«, winselte Ritter dünn. »Ich habe doch schon gesagt, dass es mir leidtut.«

»Davon können wir uns beide nichts kaufen.« Johnsen atmete dreimal tief durch. »Hast du das von Erich gehört?«

»Was?«

»Er ist tot. Verbrannt. Im Osterfeuer.«

»Scheiße. Oh Scheiße.«

Johnsen hörte Glas klirren, dann heftiges Schlucken und ein abschließendes Keuchen. Ritter ekelte ihn an. Selbst in einem solchen Augenblick, in dem jeder Mann bei halbwegs klarem Verstand gewusst hätte, dass es keine schlaue Strategie war, sich zuzuschütten, griff dieser Trottel immer noch zur Flasche.

»Und jetzt?«, fragte Ritter. »Verdammt, wir müssen was tun, bevor sie uns erwischt. Sie bringt uns alle um.«

»Red keinen Unsinn«, herrschte Johnsen ihn an. »Sie hat damit nichts zu tun. Wir haben das damals geregelt.« Verblüfft stellte er fest, dass er sich selbst nicht mehr glaubte. Die Vorstellung von radikalen Atomgegnern, die das endlose Gerede ihrer gemäßigteren Verbündeten vom gewaltfreien Widerstand endgültig satthatten – die Theorie, an der er bislang eisern festgehalten hatte, weil die Alternative zu erschreckend war –, kam ihm nun langsam vor wie ein albernes Hirngespinst. Diese Leute töteten nicht. Nicht absichtlich. Nicht so perfide geplant. Sie hatten nicht den Mumm dazu. »Das ist Wahnsinn. Das ist zwanzig Jahre her.«

»Wer ist es dann?« Ritter schniefte. »Sag doch. Wer sollte es denn sonst sein? Was haben wir denn irgendwem sonst getan?«

Johnsen war kurz davor, aufzulegen. Es fehlte nicht viel. Doch er riss sich zusammen. Es war niemandem damit geholfen, wenn er jetzt auch noch die Kontrolle über sich verlor. »Was hat Peter genau zu dir gesagt?«

»Dass er sie erst nicht erkannt hat. Aber dass er sich dann ganz sicher war. Wegen ihrer Augen.« Ritter begann zu schluchzen. »Warum haben wir das gemacht? Warum haben wir sie nicht einfach in Ruhe gelassen? Sie wollte doch nicht mehr. Warum haben wir nicht aufgehört?«

Johnsen wartete eine halbe Minute schweigend ab, bis Ritters Wimmern leiser wurde. »Mehr hat er nicht gesagt?«

»Doch«, flüsterte Ritter erstickt. »Doch. Er hat gemeint, sie hätte noch nicht gemerkt, dass er es ist. Und dass er vorhatte, mit ihr zu reden. Warum hat er das gemacht? Warum? Dann würde er noch leben. Und Frieder und Erich auch. Dann würden sie alle noch leben. Ist doch so. Ist doch so.«

»Ja, das ist wohl so«, sagte Johnsen, obwohl er befürchtete, dass sie sich beide irrten.

49

»Ich erinnere mich noch gut an die Feier.« Veronika deckte das schmutzige Geschirr vom Tisch ab. »Es war die erste Veranstaltung bei uns, seit die Scheune ganz fertig ist. Ein gelungener Start.« Teller und Besteck klapperten in der Spüle. »Bis auf den Unfall.«

Als Katja sie darum gebeten hatte, sich mit ihr über die Feier zu unterhalten, von der aus Peter Frigge in den Tod gefahren war, hatte ihr Veronika nicht nur das Du angeboten. Katja und Bernd hatten prompt eine Einladung erhalten, gemeinsam mit den Möllners in deren Küche zu essen. Es gab Labskaus, ein Gericht, das nicht unbedingt zu Katjas Leibspeisen zählte. Immerhin schien es Klaus Möllner geschmeckt zu haben. Der große Mann mit dem vernarbten Schädel hatte drei Teller davon in sich hineingeschaufelt. Er hielt noch immer den Löffel in der Hand – wie ein Kind, die geballte Faust um den Stiel geschlossen – und starrte vor sich ins Leere.

»Es herrschte eine ausgelassene Stimmung«, erzählte Veronika weiter, während sie Wasser ins Spülbecken einließ. »Viele junge Leute waren dabei. Logisch. Bei einer Verlobung. Der Bräutigam ist bei der freiwilligen Feuerwehr. Die haben sich ganz schön was für ihn einfallen lassen. Er musste mit verbundenen Augen einen Schlauch einrollen. Da gab's vielleicht zotige Sprüche. Und irgendein schreckliches Gebräu musste er aus einem Helm trinken. Waldmeister und aufgelöste Lakritzbonbons und Wodka und Korn gemischt.« Sie schüttelte sich. »Aber die Braut hat sich prächtig amüsiert. Ein nettes Mädchen. Die weiß genau, was sie will. Ich wette, sie hat auch entschieden, wo die beiden ihr Haus bauen. Ich habe ihr einen guten Preis fürs Catering gemacht, weil ich sie auf Anhieb so sympathisch fand.«

»Raus.« Klaus streckte den Arm aus und bohrte Bernd, der neben ihm saß, den Löffel in die Schulter. »Raus.«

»Hey.« Die Beine seines Stuhls scharrten über die Fliesen, als Bernd sich vor dem plötzlichen Angriff in Sicherheit brachte, indem er fast bis zum anderen Ende des Tischs rutschte. »Vorsicht!«

»Raus«, wiederholte Klaus, den Löffel anklagend auf Bernd gerichtet. »Raus.«

»Lass das, Schatz.« Veronika entwand ihrem Mann die harmlose Waffe mit einer beeindruckenden Leichtigkeit, die von einiger Übung zeugte. Es hatte etwas von einer Erzieherin, die einem ungezogenen Kind das Schippchen abnahm, mit dem es einen seiner Spielgefährten ärgerte. »Das gehört sich nicht. Bernd ist unser Gast. Du kennst ihn doch.«

Bernd massierte sich die Schulter und gab sich alle Mühe, tapfer auszusehen, obwohl der Löffelstoß kein sanfter gewesen war. »Habe ich was falsch gemacht?«

»In gewisser Weise schon«, sagte Veronika. »Du hast dich nicht rasiert.«

Katja grinste süffisant. »Ich sag jetzt nicht: ›Ich hab's dir ja gesagt‹.« Sie holte ein Schokobonbon aus der Hosentasche und steckte es sich in den Mund, um den Geschmack nach Hering zu bekämpfen.

»Seit seinem Unfall kann er keine bärtigen Männer mehr leiden.« Veronika kehrte an die Spüle zurück. »Weiß der Teufel, warum.«

»Der Teufel.« Klaus bleckte die Zähne. »Der Teufel.«

»Nein, Schatz, hier ist kein Teufel«, beruhigte ihn Veronika. Dann senkte sie die Stimme. »Ich und mein großes Mundwerk. Nehmt ihm das bitte nicht krumm. Ich fürchte, er ist übermüdet. Er schläft die letzten Tage sehr schlecht. Könnte am Wetter liegen.«

»Ehrlich? Mir geht's genauso«, sagte Katja zu Klaus. Sie zwinkerte ihm zu. »Aber das verstehen nur so feinfühlige Menschen wie wir beide.«

Klaus zeigte erneut die Zähne, doch diesmal in einem freundlichen Lächeln.

Bernd zog eine Grimasse. »Da haben sich zwei gefunden.«

»Bei dieser Feier«, griff Katja das Thema wieder auf, das durch Klaus' Attacke auf Bernd kurzzeitig verloren gegangen war. »Ist dir da irgendwas an Peter Frigges Verhalten aufgefallen?«

Veronika schrubbte einen Teller mit hartnäckig verkrusteten Labskausresten. »Ist das der Mann, der den Unfall hatte?«

»Ja. Hat er sich mit irgendwem gestritten? War er zwischendurch einmal kurz weg? So was in der Art.«

»Hm.« Veronika ließ Bürste und Teller zurück in das schaumige Wasser gleiten. »Ich weiß nicht. Da waren so viele Leute. Und ich hatte jede Menge zu tun.«

»Warte mal.« Katja öffnete den Browser ihres Smartphones. Sie stand von der Eckbank auf und stellte sich neben Veronika an die Spüle, während sie im Internet nach einem Foto von Frigge suchte. Auf der Homepage des AKWs wurde sie fündig. Frigge hatte ein rundliches Gesicht mit Pausbacken und einer breiten Lücke zwischen den prominenten Schneidezähnen. Er erinnerte Katja an einen überfütterten Hamster. »Hier, das ist er.«

»Mal schauen.« Veronika trocknete sich die Hände an einem Geschirrtuch ab, nahm das Smartphone und studierte das Bild intensiv. »Er sieht nett aus, oder?«

»Schon.«

»Nein.« Veronika schüttelte den Kopf. »Entschuldige bitte. Aber wie gesagt: Es war ein großes Fest.«

Katja versuchte, ihr auf die Sprünge zu helfen. »Er saß an einem Tisch mit lauter älteren Herren.«

»Danke, du Natter«, grummelte Bernd.

»Sorry. Ich meinte einen Tisch mit lauter Senioren.«

»Nein, wirklich nicht.« Veronika reichte das Smartphone zurück an Katja. Es schaltete in den Energiesparmodus, und das Display wurde schwarz. »Er ist mir nicht aufgefallen.«

»Schade.« Katja setzte sich zurück auf die Eckbank. Wieder eine Spur, die im Nichts verlief. »Echt schade.«

»Noch ist nicht aller Tage Abend«, sagte Bernd. »Wir können immer noch prüfen, ob es irgendwo irgendetwas über die ›Straßmann‹ herauszufinden gibt, das uns weiterhilft.«

»Aber nicht mehr heute.« Katja steckte ihr Smartphone ein. »Ich bin fix und alle.« Um nicht darüber nachzudenken, was an weiteren schockierenden Eröffnungen auf sie wartete, wenn sie tiefer in der Vergangenheit ihres Onkels stocherte, lächelte sie Klaus an. »Heute schlafen wir vielleicht beide endlich einmal gut, hm?«

50

Die Männer in den Schutzanzügen führten sie tiefer und tiefer hinab in den kalten Bauch des Schiffes. Ihre schweren Schritte klangen wie Donnerschläge.

Vor dem Schott, hinter dem der Reaktor Atom um Atom spaltete, um sich deren Energie zunutze zu machen, hielten sie an. Sie schlang ihre Arme um die Speichen des stählernen Rades, mit dem man diesen Tempel zu Ehren der vermeintlichen Allmacht des Menschen öffnete. Sie senkte den Kopf, das kühle Metall küsste ihre Stirn. Still wappnete sie sich gegen das, was unweigerlich kommen würde.

Der Erste trat hinter sie und sang sein Lied. »So ein Tag, so wunderschön wie heute.« Seine Finger fanden ihren Weg in sie hinein. Kalte Würmer, die ihr Innerstes hinaufkrochen. Sie stimmte in das Lied ein, um nicht zu schreien, wie die Atome im Reaktor schrien.

Und sie sang weiter, jedes einzelne Lied, das ihr diese Priester des Leids abverlangten. Grausame Anrufungen voll trotzigem Spott. Zeilen, die ihr die Zunge verätzten und die Kehle zerschnitten.

Ein Grunzen. »Nehmt Abschied, Brüder.«

Ein Knurren. »Ob du ein Mädchen hast oder auch keins.«

Ein Stöhnen. »Schenk mir dein Herz und sag ja.«

Ein Ächzen. »Männer sind so verletzlich.«

Ein Flüstern. »Das ist es, was ein Mann so braucht.«

Sie sang und sang und sang, bis jeder von ihnen sein Opfer in ihr dargebracht hatte und ihr Schoß nur noch Feuer war. Als die Flammen aus ihrer Haut schlugen und alles um sie herum verzehrten, gab das schmelzende Schott vor ihr endlich nach. Sie stürzte durch einen glühenden Vorhang in eine Welt, in der Schmerz und Scham keine Bedeutung mehr hatten.

Nur die Bruchstücke der auseinandergerissenen Atome

schrien und brüllten und kreischten noch, weil sie nicht vergessen wollten, wie vollkommen und unantastbar sie einst gewesen waren.

51

»Ich muss aber.« Katja schlug die Augen auf. Für einen quälend langen Moment war sie nicht sicher, wo sie war. Es war ein dunkler Ort, ein warmer Ort, und sie hatte noch die Stimme ihres Vaters im Ohr. Erst dachte sie, der schwere Atem, den sie hörte, wäre seiner. Dann erinnerte sie sich daran, dass ihr Vater nicht mehr atmete. Dass er nicht einmal mehr Lungen hatte, mit denen er hätte Luft holen können. Ihr Vater war zwei Handvoll Asche in einer Urne, die hinter Glas in einer Nische des Kolumbariums auf dem Ohlsdorfer Friedhof stand.

Und doch war sie ihm gerade erst begegnet. In einer Klarheit, wie sie nur jene Träume besaßen, die man nach dem Erwachen sofort zu verdrängen versuchte, weil sie einem an die innerste Substanz gingen – an das, was manche Leute ihre Seele nannten. Ihr Vater hatte die blaue Trainingsjacke getragen, die sie vor vielen Jahren davor gerettet hatte, von ihrer Mutter in die Altkleidersammlung gegeben zu werden. Die, die immer noch nach ihm roch. Die, die sie in ihrem Schrank versteckt hatte, unter ihrem Turnbeutel. Die, von der sie nicht wollte, dass sie irgendwer anders bekam, der sie angeblich dringender brauchte. Niemand brauchte diese Jacke dringender als sie. Niemand auf der ganzen Welt. Und jetzt hatte sie ihn an dieser Jacke erkannt, weil sein Gesicht nicht mehr sein Gesicht gewesen war. Nur Blut und verbranntes Fleisch und leere Augenhöhlen. Er war vor ihr in die Hocke gegangen, vor der offenen Tür zu einem rot beleuchteten

Zimmer, wo zwei nackte Leiber übereinanderlagen. Er hatte ihr die Hände auf beide Schultern gelegt und in diesem besonderen Ton, den nur er traf, weil es sein Ton war, gesagt: »Du willst das nicht sehen, Mäusekind.«

»Ich muss aber«, wiederholte sie.

Sie realisierte träge, dass vom Nachttisch aus eine leise Melodie zu hören war. Ihr Smartphone. Ein Anruf. Sie schaute nicht aufs Display, als sie ihn annahm. »Ja?«

»Verpiss dich, du Schlampe.« Grollende Worte einer Männerstimme bargen mühsam einen rohen, bluttriefenden Hass. »Schaff dich zurück, wo du herkommst. Sonst ficke ich dich richtig. Und nimm diesen alten Wichser mit.«

»Hallo?« Katja fuhr hoch, schlug die Decke zurück, schwang die Beine aus dem Bett. »Hallo? Wer ist da?«

Da war niemand mehr. Sie sprach zu einer toten Verbindung.

»Arschloch.« Ihre Stimme bebte. Nicht vor Angst. Vor nackter Wut.

Hinter ihr rührte sich Bernd. »Was?«

Sie checkte die eingegangenen Anrufe. Die letzte Nummer war unterdrückt. Natürlich. »Feigling.« Es war nicht das erste Mal, dass man ihr auf diese Weise drohte. Berufsrisiko, wenn man sich im Zuge seiner Arbeit gezwungen sah, manchen Leuten auf die Pelle zu rücken. Wenn der Kerl eben gedacht hatte, sie würde sich seinetwegen in die Hosen machen, hatte er sich geschnitten. Er war auch nicht kreativer gewesen als die Faschos aus Brandenburg oder die Ultras aus Berlin, denen Katja letztes Jahr zwei ihrer Artikel gewidmet hatte.

»Wer war das?«, fragte Bernd.

»Jemand, der mir einen Riesengefallen getan hat.« Sie knipste die Nachttischlampe an. »Wir sind anscheinend näher dran, als wir dachten.«

Bernd rieb sich die Augen. »Ein Drohanruf?«

»Ja, einer von der Sorte ›Wir wissen, wo dein Auto steht‹.«

»Spitze«, stöhnte Bernd. »Ich vermute mal, wir nehmen uns den nicht zu Herzen, oder?«

»Bin ich bescheuert?« Katja lachte. Sie hatte nicht vor, die wütenden Flammen, die in ihr aufgelodert waren, zu ersticken. Ganz im Gegenteil. »Es wird Zeit, dass wir dem Typen zeigen, wie eine gründliche Recherche geht.«

52

Als Möhrs durch die Tür von Özens Büro im Keller ihres Instituts trat, führte die Rechtsmedizinerin ein Telefonat in ihrer Muttersprache. Er verstand zwar kein Wort, aber ihr Tonfall und ihre Miene gaben ihm Aufschluss darüber, dass es keine angenehme Unterhaltung für sie war. Sie schaute immer wieder kopfschüttelnd zur Decke, und mal klang sie, als wollte sie energisch einen Vertreter abwimmeln, mal vorsichtig wie eine Untergebene, die ihren Vorgesetzten nicht gegen sich aufbringen durfte. Er befürchtete, dass er sich bei einer ganz bestimmten Person am anderen Ende der Leitung sehr ähnlich anhörte. »Deine Mutter?«, fragte er, nachdem sie nach ungefähr einer halben Minute aufgelegt hatte.

»Mein Vater«, antwortete sie und fügte etwas auf Türkisch hinzu, was nur ein Schimpfwort sein konnte.

»Schlechte Nachrichten?«

»Er spinnt.« Sie rollte auf ihrem Drehstuhl ein Stück nach hinten. »Er hat mir erzählt, er könnte an der Charité ein gutes Wort für mich einlegen. Da wird eine Stelle in der Pathologie frei. Er kennt den Institutsleiter dort. Ein sehr gutaussehender Mann, sagt er.« Sie seufzte. »Und noch nicht verheiratet. Meinst du nicht auch, der wäre was für mich?«

Möhrs begann sich zu fragen, womit er das alles verdient hatte. Erst die Mordserie, dann der Druck, dass Barswick ihn inoffiziell schon zu seinem Nachfolger auserkoren hatte, wenn er den laufenden Fall löste, und nun auch noch das. Dieser Tag konnte nicht noch schlechter werden. »Du gehst nach Berlin?«

»Was?« Özen machte ein entsetztes Gesicht. »Nicht, wenn ich es irgendwie verhindern kann. Das würde meinem Vater so passen.« Sie zeigte auf den Schokohasen in Möhrs' Hand, den sie offensichtlich erst jetzt bemerkte. »Ist der für mich?«

»Ich hatte dir doch ein Geschenk versprochen.« Er hielt ihr den Hasen hin, und sie nahm ihn, um ihn wenig würdevoll auf dem Drucker auf ihrem Schreibtisch zu platzieren. So hatte Möhrs sich das nicht vorgestellt. »Würde sich dein Vater nicht freuen, wenn du nach Berlin kämst?«

Sie winkte ab. »Lass uns lieber über den toxikologischen Bericht reden, den ich mir noch mal für dich anschauen sollte.«

»Okay«, sagte Möhrs. Hatte er das Recht, enttäuscht darüber zu sein, dass sie abblockte, wo er doch sonst derjenige war, der nicht über sein Innenleben sprechen wollte? Wahrscheinlich nicht. Weh tat es ihm trotzdem.

»Da gab es nichts, was wir nicht schon wussten«, sagte sie. »Peter Frigge hatte geschätzte eins Komma acht Promille, als er gegen den Baum gefahren ist.«

Möhrs pfiff leise durch die Zähne.

»Der Mann war definitiv Trinker«, erklärte Özen. »Sonst hätte man ihn zu seinem Auto tragen müssen, damit er losfahren kann, weißt du.« Sie zuckte die Achseln. »Ich könnte bei *den* Werten nicht einmal mehr gerade sitzen.«

»Also hat sich die These vom Giftmord erledigt.« Möhrs schürzte die Lippen. »Wenn hier jemand wen vergiftet hat, dann Frigge sich selbst. Schön langsam und in kleinen Dosen.« Er lehnte sich neben dem Leuchtschrank an die Wand. »Aber Frigge ist auch nicht der Mann, bei dem mit bahnbrechenden Erkenntnissen zu rechnen war. Was ist mit der neuen Leiche?«

»Moment.« Özen nahm eine Akte aus einem Ablagekörbchen, schlug sie auf und fing an, Berichte und Bildmaterial in einer sauberen Linie auf ihrem Schreibtisch anzuordnen. Auf einem Großteil der Fotos war für Möhrs' Geschmack viel zu viel verbranntes Fleisch zu sehen. »Ich müsste da mal eben ran.« Özen zeigte auf den Leuchtschrank.

Möhrs machte ihr Platz. Er wurde das ungute Gefühl nicht los, dass sie sich über seinen Besuch bei ihr heute weniger freute als sonst. Sie klemmte eine Röntgenaufnahme vor die weiß strahlende Fläche. Vor den blassen grauen Schemen von Muskeln und Haut traten die Knochen eines angewinkelten Gelenks deutlich hervor. Noch heller waren fünf dünne, gekrümmte Linien, die sich um das Gelenk herumspannten und eine vage Ähnlichkeit mit langstieligen Haken besaßen.

»Was wir hier sehen, sollte uns dabei helfen, den Toten trotz des Zustands der Leiche zweifelsfrei zu identifizieren.«

»Und was genau sehen wir da?«, wollte Möhrs wissen.

»Eine mit einer Zuggurtungsosteosynthese behandelte Olekranonfraktur.«

»Na dann …«

»Der Tote hatte einmal eine ziemlich komplizierte Fraktur des Ellbogens, und man hat Drähte verwendet, um die Bruchstücke wieder zum Zusammenwachsen zu bringen.« Sie schaute Lukas auffordernd an. »Ohne Narben geht so eine Operation in der Regel nicht vonstatten. Ein unverwechselbares Kennzeichen.«

»Dann *ist* er es. Der Tote ist Erich Lippert.« Er hatte nicht vergessen, Lipperts Frau nach etwas zu fragen, das es ihnen erleichtern würde, die Leiche zu identifizieren. »Seine Frau hat etwas in der Richtung erwähnt. Er ist vorletztes Jahr um Weihnachten herum auf der Kellertreppe gestürzt und mit dem Ellbogen genau auf einer Stufe gelandet.«

»Ein Klassiker«, sagte Özen.

»Dann sind also drei Männer tot, die im AKW arbeiten und sich untereinander sehr gut kannten, weil sie jeden

Dienstag zusammen Skat gespielt haben«, fasste Möhrs zusammen. »Bei einem gibt es keine Anzeichen auf ein Fremdverschulden. Stellt sich die Frage, ob es klare Hinweise dafür gibt, dass wir es in den beiden anderen Fällen mit demselben Täter zu tun haben.«

»Alles andere würde mich überraschen.« Özen griff zu einer zweiten Akte aus dem Körbchen und breitete deren Inhalt auf dem Tisch aus. »Hier, schau es dir an.«

Möhrs trat nicht näher heran, als er unbedingt musste, um zu sehen, auf welche Fotos Özen tippte.

»Man hat beiden mit einem stumpfen Gegenstand die Hände zertrümmert, beiden wurden Skrotum und Penis abgetrennt, und beide bekamen etwas in die Stirn geritzt«, führte sie aus. »Das Zeichen, das wie ein krudes R aussieht. Bei dem zweiten Toten ist es nicht ganz so gut zu erkennen, weil in seinem Fall das Feuer größeren Schaden angerichtet hat. Aber es ist da.«

»Kannst du sagen, ob Lippert noch gelebt hat, als das Osterfeuer angezündet wurde?«, fragte Lukas leise. »War er gefesselt? Hatte er einen Knebel im Mund?«

»Ich spekuliere ja nicht, weißt du, aber …« Sie legte den Kopf schief und spielte an einem ihrer goldenen Ohrringe. »Ich denke nicht. Er war wahrscheinlich schon tot. In Lunge und Magen waren zumindest keine Rußpartikel.«

»Das ist interessant.« Möhrs' Herz schlug schneller. »Es verrät uns etwas über den Täter. Die Verstümmelungen zählen für ihn mehr als das Verbrennen. Es kümmert ihn nicht, ob das Opfer noch lebt, wenn er sie vornimmt.«

»Mit dem Anzünden könnte er nur seine Spuren verwischen wollen«, wandte Özen ein. »Um uns die Arbeit schwerer zu machen.«

»Glaube ich nicht«, sagte Möhrs. »Wenn es ihm nur darum gegangen wäre, mögliche Hinweise auf ihn an den Opfern zu vernichten, warum dann der Aufwand mit Lippert und dem Osterfeuer? Warum hätte er dieses Risiko eingehen sollen?

Es wäre doch leichter gewesen, Lippert dort anzuzünden, wo er ihn gefoltert hat. Oder an irgendeinem anderen unbeobachteten Ort. Jedenfalls nicht auf der Festwiese. Das wäre Wahnsinn. Das Anzünden ist ein fester Bestandteil seines Rituals. Wie die Verstümmelungen. Die sind bei beiden Opfern gleich.«

»Es gibt einen Unterschied.« Özen zeigte auf ein Foto, auf dem Möhrs wenig mehr erkannte als verkohlte rissige Haut. »Der zweite Tote hat zusätzlich eine Verletzung am Hinterkopf. Eine Berstungsfraktur. Stumpfe Gewalteinwirkung. Wie an den Händen.«

»Lippert war ein ganz schöner Brocken.« Lukas deutete mit der Hand an, dass der Mann noch gut einen halben Kopf größer gewesen war als er selbst. »Niemand, mit dem man sich frontal anlegt. Der Täter muss ihm aufgelauert haben, um ihn von hinten niederzuschlagen.«

»Ohne Rücksicht darauf, dass solche Versuche, jemanden zu überwältigen, gern mal tödlich enden«, merkte Özen an. »Aber solche Bedenken spielen in seinem Fall keine Rolle. Am Ende ist das Opfer so oder so tot.«

Es klopfte an die Tür. Özen blinzelte verwirrt. »Ja?«

Die Tür schwang auf.

»O nein«, stöhnte Möhrs, als er feststellte, dass sein Tag noch ein beachtliches Stück schlechter wurde. »Sie haben mir gerade noch gefehlt.«

53

Die Erinnerungen ließen ihn nicht mehr los. Sie waren inzwischen seine ständigen Begleiter, und immer wieder bedrängten sie ihn so heftig, dass er nicht anders konnte, als sich ihnen ganz hinzugeben.

Manchmal beschwor er sie selbst herauf. Die Wucht des Hammers in seiner Hand, wenn er seine Schläge damit führte. Das Schaben der Klinge über Knochen, wenn er zu tief ins Fleisch schnitt.

Andere Eindrücke, die sich in sein Gehirn gebrannt hatten, sprangen ihn unvermittelt und ohne sein Zutun an. Die weit aufgerissenen Augen. Das Wimmern. Blut, das ihm heiß über die Finger sprudelte. Das feuchte Knirschen unnachgiebig zermalmter Knochen.

Der Weg, den er eingeschlagen hatte, war alles andere als ein leichter. Obwohl er wusste, dass er das Richtige tat, war ein Teil von ihm jedes Mal erleichtert, wenn es vorbei war. Wenn er das Zeichen an ihnen angebracht hatte, das jedem zeigte, dass er lediglich nach Recht und Gesetz gehandelt hatte. Seine Rache stand ihm zu, und er hatte lange auf sie gewartet. Dass er in jenen Augenblicken, in denen er sie endlich üben konnte, eine große Genugtuung empfand, war nur natürlich. Wer hätte ihm das ernsthaft vorwerfen wollen?

Außerdem tat er das alles nicht für sich. Er tat es für die zwei Menschen, denen so großes Leid angetan worden war, dass man es anders nie hätte sühnen können. Oder belog er sich damit nur selbst? Hoffte er nicht vielmehr darauf, die eigene Schuld, die er in einem Anfall blinder Wut auf sich geladen hatte, dadurch abzutragen, dass er sich zu einem willfährigen Werkzeug einer höheren Gerechtigkeit machte?

Vielleicht. Doch war es nicht so, wie er immer sagte? Dass das Feuer, das sie entzündeten, alles läuterte? Galt das dann nicht auch für ihn?

Er hätte es ihr nie eingestanden, doch je schneller diese Jagd vorüber war, desto rascher würde er auch seinen eigenen Frieden finden. Sie hatte ihn zur Vorsicht gemahnt. Sie müssten jetzt womöglich etwas Geduld zeigen, meinte sie. Nicht zu lange. Nicht Jahre, wie zuvor. Nur ein paar Wochen oder Monate. Sie irrte sich. Er durfte nicht riskieren, dass jemand die Wahrheit erfuhr und ihr Spiel durchschaute, bevor sie ihren Rachedurst endgültig gestillt hatten. Man war ihnen bereits auf der Spur, und wenn sie jetzt zögerten, war am Ende alles umsonst gewesen. Sie mussten ihre Beute zur Strecke bringen, ehe sie selbst zu den Gejagten wurden.

54

Möhrs war so gereizt, dass er vor Ärger kaum Luft bekam. Das war ein richtig dreistes Stück von Katja Jakobs. Nur Özens Anwesenheit rettete diese Frau davor, dass er sie an der Kapuze ihrer schwarzen Jacke packte, um sie eigenhändig aus dem Institut zu werfen. »Woher wissen Sie, dass ich hier bin?«

»Der Standort von rechtsmedizinischen Instituten ist kein Staatsgeheimnis.« Jakobs winkte grinsend mit ihrem Smartphone. »Schon mal was vom Internet gehört? Und es ist kein Verbrechen, Ihnen von Ihrer Dienststelle aus hinterherzufahren. Nur um ganz auf Nummer sicher zu gehen, dass wir das richtige Institut erwischen.«

Der ältere Mann im grauen Anzug hinter ihr, der sich sichtlich unwohl fühlte, hob vorsichtig die Hand. »Nur fürs Protokoll. Das war nicht meine Idee. Ich bin bloß der Chauffeur.«

Möhrs lernte eine überraschende Seite an Özen kennen, die er so noch nie beobachtet hatte. Offenbar besaß sie einen ausgeprägten Revierinstinkt, denn sie stemmte die Arme in die Seiten und stand Jakobs fast auf den Füßen, um sie anzupflaumen. »Wer sind Sie? Und wie kommen Sie hier rein?«

»Mein Name ist Katja Jakobs, und das ist Bernd Bauer, mein Chauffeur«, antwortete die Journalistin nonchalant.

»Und hier reinzukommen war gar nicht so schwer. Ich habe oben gesagt, wir hätten hier ein Treffen mit Herrn Kommissar Möhrs vereinbart, weil ich wichtige Informationen für ihn hätte, und das muss ich so überzeugend vorgetragen haben, dass man mir das abgekauft hat. Ich glaube, das Sahnehäubchen war mein ›Machen Sie sich bitte meinetwegen keine Umstände, ich kenne mich hier aus‹. Schauen Sie nicht so böse. Sie arbeiten nicht in einem Hochsicherheitsgefängnis. Und außerdem haben Sie doch auch nichts zu verbergen.«

Die Art, wie Özen den Kopf reckte, und das Funkeln in ihren Augen verhießen nichts Gutes. Möhrs tat etwas, womit er noch vor wenigen Sekunden nicht gerechnet hätte: Er schob sich zwischen die beiden Frauen, um eine Eskalation zu verhindern. »Ich habe die Schnauze voll.« Er zückte sein Handy und sah Jakobs ernst an. »Vielleicht lernen Sie endlich Manieren, wenn ich Sie von ein paar Kollegen in Uniform hier rausbefördern lasse.«

Bauer schluckte schwer und lockerte seinen Krawattenknoten. »Ist das wirklich nötig?«

»Tun Sie das bitte nicht.« Jakobs legte ihre Hand auf Möhrs' Arm. Die Geste hatte dabei nichts Forderndes. Möhrs hatte eher den Eindruck, als wäre sie aus einer plötzlichen Verzweiflung geboren. »Ich bin hier, um Ihnen einen Waffenstillstand anzubieten.«

»Einen Waffenstillstand?«

»Ja.« Sie fummelte nervös an ihrem Smartphone und wich vor Möhrs zurück, bis sie mit dem Hintern gegen den Schreibtisch stieß. »Ich habe mir gedacht, ich sage Ihnen einfach alles, was ich bis jetzt herausgefunden habe.« Sie warf einen flüchtigen Blick auf die auf dem Schreibtisch ausgebreiteten Akten. »Und Sie sagen mir einfach alles, was Sie bis jetzt herausgefunden haben. Eine Hand wäscht die andere. Selbstverständlich alles inoffiziell und unter dem Mantel der Verschwiegenheit.«

»Das ist absurd«, sagte Özen.

Bauer sah sich betreten um. »Und auch diese Idee stammt nicht von mir.« Er kratzte sich hektisch am Kinn. Anschließend wanderte seine Hand zu seinem Hals hinunter, und es sah aus, als würde er versuchen, sich den Kehlkopf zu massieren. »Wo finde ich denn die nächste Toilette hier?«

Özen musterte ihn irritiert. »Den Gang links runter, ganz am Ende die letzte Tür rechts.« Sie warf ihm einen sonderbaren Blick nach, als er hastig davonging.

»Wie sieht es aus, Herr Möhrs?« Jakobs' Stimme war selbstbewusst, aber ihre Finger spielten nach wie vor nervös an ihrem Mobiltelefon. »Haben wir eine Abmachung?«

Möhrs schüttelte den Kopf. »Ist das etwa Ihr Ernst?«

»Versetzen Sie sich mal in meine Lage«, verlangte Jakobs. »Wenn Sie an meiner Stelle wären und jemandem aus Ihrer Familie würde so etwas zustoßen, was würden Sie dann tun?«

»Jedenfalls nicht die Arbeit der Ermittlungsbehörden sabotieren.«

»Finden Sie nicht, dass Sie da übertreiben?«, fragte Jakobs.

»Ich finde, Sie sollten jetzt besser gehen«, mischte sich Özen ein und zeigte wie ein überengagierter Platzanweiser mit beiden Armen zur Tür. »Sofort.«

»Halt, halt, halt! Nicht so schnell.« Möhrs ignorierte Özens wütendes Funkeln in den Augen. Ihm war mit einem Mal klar, was hier gerade lief: Katja Jakobs dachte wohl, sie könnte hier auftauchen, ein bisschen die reuige Sünderin geben und dann ein paar Informationen aus ihm herauskitzeln. Sie hielt ihn für außergewöhnlich dumm. Das konnte er ihr zwar nicht verbieten, doch er konnte ihr vielleicht den Beweis liefern, dass sie umgekehrt beileibe nicht so schlau war, wie sie dachte. »Dann lassen Sie mal hören, was Sie so wissen.«

»Ich soll anfangen?« Jakobs erstarrte, und für einen kurzen Moment bewegten sich nicht einmal mehr ihre unruhigen Finger. »Vor Ihnen?«

»Einer muss den Anfang machen. Also, bitte.«

»Okay, ich …« Sie sah zur Decke. »Ich habe herausgefunden, dass es nicht nur zwei, sondern vielleicht schon drei Opfer gibt.«

»So, so.« Möhrs wackelte mit dem Kopf. »Sehr schön. Aber Sie sollten mir schon etwas Neues zu erzählen haben.«

Özen gluckste in einer amüsierten Gehässigkeit, die Möhrs ihr nicht zugetraut hätte.

Jakobs' Pokerface war nicht sehr gut. Ein Muskel unter ihrem linken Auge zuckte, und sie biss sich ein, zwei Sekunden auf die Unterlippe.

Möhrs machte eine winkende Geste mit der Hand, die auch dazu geeignet gewesen wäre, eine Horde Vorschulkinder schneller über den Zebrastreifen zu treiben. »Los, los. Worauf warten Sie?«

»Alle drei Toten gehören zur selben Skatrunde, die sich einmal pro Woche in einer Kneipe in Güstrin trifft«, sagte Jakobs. »Im ›Postillion‹.«

»Danke. Das wussten wir auch schon.« Möhrs nickte gönnerhaft. »Noch was?«

»Na ja, also …« Jakobs nahm ihr Smartphone kurz hinter den Rücken und sofort wieder nach vorn, als hätte sie sich das Handy ob ihrer deutlich zunehmenden Verwirrung um ein Haar hinten in die Hose gesteckt. »An dem Abend, bevor er ermordet wurde, hatte mein Onkel auf dem Parkplatz des ›Postillions‹ einen Streit mit einer Unbekannten.«

»Von der wir eine grobe Beschreibung haben«, erklärte ihr Möhrs in beinahe mitleidigem Ton. »Merken Sie jetzt, dass Sie die Ermittlungen besser den Profis überlassen? Wir wissen, was wir tun, Frau Jakobs.«

»Ja, ja.« Ihre wachsende Verzweiflung war nicht zu übersehen: Ihre Wangen waren feuerrot. »Aber wussten Sie auch, dass die Männer aus dem AKW früher alle gemeinsam auf demselben Schiff zur See gefahren sind?«

Möhrs stutzte. Das war ihm neu. Gut, er hatte gewusst, dass das auf Johnsen und Jakobs zutraf. Dass die Skatrunde sich jedoch komplett aus ehemaligen Seeleuten von einem Schiff zusammensetzte, hatte er nicht auf dem Zeiger gehabt. Trotzdem beschloss er, sein Spiel bis zum Ende durchzuziehen. »Natürlich wussten wir das. War auch kein Kunststück, das zu ermitteln.« Er machte ein Gesicht wie ein Kellner, der einem Gast beizubringen hat, dass der für ihn reservierte Tisch bereits vergeben ist. »Es tut mir sehr leid, Frau Jakobs, aber unter diesen Umständen haben Sie sicher Verständnis dafür, wenn ich meine Hosen oben lasse.«

Die Tür schwang auf, und Bauer stand auf der Schwelle. Er bot ein Bild des Jammers: Seine Krawatte hatte er abgenommen. Sie steckte nun in der Brusttasche seines Jacketts. Sein Hemd war bis zum Bauch hinunter aufgeknöpft, sein Gesicht schweißnass. Er hielt mit der rechten Hand seinen linken Arm umklammert, schwankte in den Raum hinein, taumelte nach hinten und lehnte sich schwer atmend mit dem Rücken gegen die Wand. »Könnte ... ich ... ein Glas Wasser ...« Weiter kam er nicht, weil er in den Knien einknickte und sich nur mit Mühe auf den Beinen halten konnte.

Während Jakobs untätig in der Gegend herumstand und Bauer angaffte, hastete Möhrs an dessen Seite und richtete ihn ein Stück auf. »Was haben Sie denn?«

Özen war mit zwei schnellen Schritten bei ihnen und fühlte nach Bauers Puls.

»Nur das Herz«, keuchte der und fasste nach Möhrs' Hand. Seine klammen Finger hätten genauso gut Eiszapfen sein können. »Springt ... ab und zu ... aus dem Takt.«

»Ganz ruhig.« Möhrs hoffte, dass er sich einigermaßen gefasst anhörte. Ein Herzanfall. Wenn dieser Mann jetzt auch noch in Panik geriet, konnte das übelste Konsequenzen haben. »Das wird schon wieder.«

Er drehte sich nach Jakobs um, die immer noch wie festgenagelt vor dem Schreibtisch stand, und selbst jetzt zuckten ihre Finger auf dem Display ihres Handys.

Bauer wehrte schwach Özens Bemühungen ab, seinen

Puls zu messen, grub die Finger in Möhrs' Schulter und zog sich an ihm endgültig wieder in die Höhe. »Es geht. Es geht schon. Danke. Das ... das ist ... mir wirklich ... furchtbar peinlich.«

»Ganz ehrlich?«, sagte Özen streng. »Sie gehören in die Notaufnahme.«

Bauer löste sich von Möhrs und wischte sich mit der Krawatte die Stirn ab. »Machen Sie sich nicht lächerlich.« Er führte sich auf wie ein Feldherr, der seinen verbliebenen Truppen gegenüber auf keinen Fall Schwäche zeigen wollte, auch wenn seine Armee schon weitestgehend aufgerieben war. »Ich lege mich gleich ein wenig hin, und dann ist gut. Das ist nur der Stress.« Er suchte Jakobs' Blick. »Bist du dann hier so weit fertig?«

Er wartete ihre Antwort nicht ab, sondern trat mit erstaunlich federnden Schritten hinaus auf den Gang. Jakobs folgte ihm mit hängendem Kopf und ohne jeden Abschiedsgruß.

»Dafür übernehme ich nicht die Verantwortung.« Özen eilte ihnen hinterher. »Seien Sie nicht so unvernünftig.«

Möhrs schüttelte nur den Kopf und fragte sich, Zeuge welcher sonderbaren Veranstaltung er soeben geworden war.

55

Bernd ließ den Jaguar satt auf der Überholspur schnurren und grinste zufrieden. »Das war oscarreif, mein Bester«, lobte ihn Katja. »Aber dass die Frau Doktor dich nicht dabehalten wollte, war pures Glück. Ich dachte, du hättest den Bogen überspannt.«

»Ach was.« Er lachte. »Die war doch völlig überfordert. Das kommt davon, wenn man sich den ganzen Tag nur mit

Patienten beschäftigt, die schon tot sind.« Er linste zu dem Smartphone in ihrem Schoß. »Wie ist unsere Ausbeute?«

»Ich habe noch nicht nachgesehen«, gestand sie.

»Soll ich beim nächsten Parkplatz halten?«

»Lass mal.« Sie erweckte das Display zum Leben und löste mit einem Wischer die Bediensperre. Sie rief die Bilder auf, die sie eben heimlich geschossen hatte. Blind hinter dem Rücken. Sie ging davon aus, dass das, was mit etwas Glück auf einigen der Fotos zu sehen sein würde, die sterblichen Überreste ihres Onkels waren. Sie hielt den Atem an und bediente sich eines Tricks, der sonst immer ganz gut funktioniert hatte, wenn sie bei ihren Recherchen auf Zeugnisse von extremer Gewalt getroffen war. Sie betrachtete die Aufnahmen so, als wären darauf nur Puppen eingefangen worden. Realistische Requisiten aus einem Horrorfilm. Diese groteske Obszönität aus schwarzem Fleisch und verkrümmten Gliedmaßen war nicht ihr Onkel. Dieses makabre Grinsen eines von aufgeplatzter Haut überzogenen Schädels gehörte nicht ihm. Diese zerkochten Augäpfel waren nicht seine. Mit sanften Wischbewegungen arbeitete sich Katja durch die Fotos voran.

»Sind sie brauchbar?«, fragte Bernd.

»Manche.« Sie nickte. »Bei anderen hatte ich leider meine Finger vor der Linse. Die meisten sind gestochen scharf. Und du sagst immer, das wäre nur Spielzeug und keine richtige Kamera.«

»Ist es ja auch«, erwiderte er. »*Nützliches* Spielzeug.«

Sie stieß auf ein Bild, aus dem sie nicht richtig schlau wurde. Sie vergrößerte es und mutmaßte, dass es die Verstümmelungen im Gesicht zeigte, von denen Johnsen gesprochen hatte. Sie kam nur darauf, weil sie schon ein Foto mit einer Röntgenaufnahme von zertrümmerten Handknochen gefunden hatte und ein anderes Bild, auf dem ein Unterleib zu sehen gewesen war, den jemand mit einem Bunsenbrenner bearbeitet hatte. »Der Mörder hat ihnen etwas auf die Stirn geritzt.«

Bernd bremste den Jaguar auf ein gemächlicheres Tempo herunter und ordnete sich zwischen einem Wohnmobil und einem Smart auf der rechten Spur ein. »Was? Seinen Namen oder wie?«

»Nein. Wenn, dann hätte sein Name nur einen Buchstaben.« Sie hielt das Smartphone vor den Rückspiegel, damit Bernd einen kurzen Blick darauf werfen konnte. »Das erinnert mich an irgendwas, aber mir fällt nicht ein, woran genau.«

»An ein R, würde ich sagen.« Bernd sah noch einmal hin. »Doch. Sicher. Das ist ein R. Oder nicht? Hast du auch was von den Berichten auf dem Schreibtisch erwischt? Vielleicht waren die Bullen schlauer als wir.«

»Augenblick.« Katja wischte sich zurück zu den zwei oder drei Aufnahmen, auf denen sie vorhin beim raschen Durchgehen viel Weiß gesehen hatte. Bei der ersten ließ sich im Anschnitt ein Blatt Papier mit einer Tabelle aus Kürzeln und Zahlenwerten erkennen, die für Katja so aufschlussreich wie chinesische Schriftzeichen waren. Bei der zweiten ragte die Ecke eines Dokuments ins Bild, auf dem allgemeine Angaben über eine der beiden obduzierten Leichen vermerkt waren. Größe, Gewicht, geschätztes Alter und so weiter. Bei der dritten wurde Katja fündig: Es war ihr gelungen, die komplette untere Hälfte der Seite eines Obduktionsberichts abzufotografieren, auf der die Rechtsmedizinerin sich näher mit den Verstümmelungen beschäftigt hatte. »Da ist was.« Sie zog den Ausschnitt größer, überflog ihn und zitierte die interessanteste Stelle laut. »Das Vorhandensein derselben mit erheblicher Sorgfalt angebrachten Schnitte auf der Stirn beider Opfer deutet auf einen möglichen Symbol- oder Zeichencharakter hin, wobei die genaue Natur und Bedeutung bei der derzeitigen Befundlage nicht zu klären ist. KHK Möhrs äußerte die Möglichkeit eines rituellen, religiösen oder die Zugehörigkeit zu einer spezifischen kriminellen Vereinigung markierenden Hintergrunds.«

»Das heißt also, es könnte alles bedeuten«, murrte Bernd. »Oder nichts. Schöner Mist. Sieht so aus, als wäre unser Ausflug verlorene Liebesmüh gewesen.«

»Nicht so schnell.« Katja hatte nicht vor, derart leicht aufzugeben. Sie richtete ihre leisen Hoffnungen auf ein ganz bestimmtes Wort aus dem Obduktionsbericht. »Kann sein, dass unsere nächste Spur nur einen Anruf entfernt ist.«

56

Da ihn längere Fahrten prinzipiell langweilten, nutzte Möhrs auf der Autobahn die Gelegenheit, seinen Chef auf den neuesten Stand zu bringen. Er berichtete ihm von den Obduktionsergebnissen und nicht ohne Stolz von der Art und Weise, wie er Katja Jakobs sauber hatte auflaufen lassen. Den merkwürdigen Abgang der Journalistin und die Herzattacke ihres Begleiters ließ er aus, um nicht von seiner eigenen Glanzleistung abzulenken.

»Gut gemacht«, grollte Barswicks Stimme aus der Freisprechanlage. »Von so einer lassen wir uns nicht auf der Nase herumtanzen. Ein heißer Feger, oder?«

»Wer?« Möhrs fuhr vor Überraschung viel zu dicht auf einen Kombi auf, der vor ihm auf der Spur dahinschlich. »Die Jakobs?«

»Nein, die habe ich doch noch nie gesehen. Ich meine Özen.« Barswick produzierte ein schmatzendes Geräusch. »Vom Allerfeinsten. Bist du da noch nie in Versuchung geraten?«

Möhrs packte reflexartig das Lenkrad fester. »Ich wüsste nicht, was dich das angeht.«

»Man wird ja wohl noch fragen dürfen«, grummelte Barswick.

»Entschuldigung«, sagte Möhrs, obwohl er nun wirklich nicht das Gefühl hatte, derjenige zu sein, der sich hätte entschuldigen müssen. »Ich bin nur genervt wegen dieser Jakobs.«

»Wieso denn?«, wunderte sich Barswick. »Freu dich lieber. Sie hat doch etwas ausgespuckt, das uns neu war. Die Opfer sind alle gemeinsam zur See gefahren. Damit kann man doch was anfangen.«

»Stimmt.« Möhrs setzte den Blinker und zog an dem Kombi vorbei. »Ich klappere noch mal die Leute aus der Skatrunde ab. Mich würde interessieren, auf welchem Schiff sie unterwegs waren und wie lange das in etwa her ist. Und ob ihnen jemand einfällt, dem sie so krummgekommen sind, dass er sie buchstäblich hätte umbringen können.«

»Nur zu.« Barswick raschelte mit unsichtbaren Papieren. »Und ich habe noch jemanden auf dem Zettel, den du gern persönlich in die Mangel nehmen darfst.«

»Wen?«

»Diese Anti-AKW-Tante.«

»Erika Saalfeld?«

»Hundert Punkte.«

»Die ist raus.« Möhrs schüttelte den Kopf. »Die hat ein Alibi für die Zeit, in der Lippert ermordet worden sein müsste. Das hast du mir selbst erzählt.«

»Aber kein wasserdichtes«, wandte Barswick ein. »Es ist mehr so ein löchriger Eimer.«

»Wieso?«

Wieder raschelte Papier. »Hier steht, sie hätte mit ihrem Sohn im Garten gesessen und bis frühmorgens geklönt. Zusammen mit einem Nachbarn. Jochen Liebknecht. So weit, so gut. Ich habe eben noch mal bei den Jungs nachgehört, ob jemand was Genaueres über diesen Liebknecht weiß. Nur auf Verdacht. Weil ich im Urin hatte, dass mir der Name schon mal untergekommen ist. Und siehe da, Liebknecht ist der Kassenwart von Saalfelds Verein.«

Möhrs' öffnete und schloss zweimal in rascher Folge den Mund. »Machst du Witze?«

»Bin ich ein Clown?«, knurrte Barswick. »Fühl ihr noch mal auf den Zahn. Ich bin mir nämlich nicht so sicher, ob sie nicht doch die Frau ist, mit der sich Frieder Jakobs gestritten hat.«

»Laut unserer Zeugin hat diese Frau aber nicht sehr viel Ähnlichkeit mit Saalfeld«, zeigte sich Möhrs skeptisch.

»Ja, aber meiner Erfahrung nach kann man sich die Beschreibungen, die viele Zeugen abgeben, an den Hut stecken. Und in diesem Fall reden wir von einem dunklen Parkplatz und einer Zeugin, die in einer Kneipe Nachtschicht hatte. Die war nie im Leben nüchtern.«

»Auch wieder wahr«, gestand Möhrs zähneknirschend ein. »Ich erledige das schnellstmöglich. Bis später.«

»Und da läuft wirklich nichts zwischen dir und dem türkischen Honig?«

»Bis später!« Möhrs drückte den Knopf am Lenkrad, der die Verbindung unterbrach. Sein Chef war nicht rassistischer oder chauvinistischer als die meisten Männer seiner Generation. Er meinte es sicher nicht böse, und in gewisser Hinsicht schmeichelte es Möhrs sogar, dass er ihm zutraute, bei einer Frau wie Aysel landen zu können. Trotzdem ärgerte es ihn, wie Barswick über sie redete. Vielleicht wurde es wirklich Zeit, dass der Alte in Rente ging, ungeachtet seiner langen Erfahrung und seiner ausgezeichneten Instinkte. Möhrs fuhr am nächsten Parkplatz ab, wählte die Nummer der Auskunft und ließ sich direkt mit dem Festnetzanschluss von Erika Saalfeld verbinden.

Als er schon dachte, es müsste jeden Moment der Anrufbeantworter anspringen, hörte er ein gehetztes »Ja?«.

»Möhrs. Kriminalpolizei. Frau Saalfeld?«

»Kriminalpolizei?« Saalfelds Stimme war im Ohr ungefähr so angenehm wie Schmirgelpapier. »Geht es immer noch um Frieder Jakobs und diesen anderen Mann? Ich habe

Ihren Kollegen doch schon alles gesagt. Erst diesem Dicken und dann dem mit dem Schnauzer.«

»Ich weiß, ich weiß.« Möhrs presste den Hinterkopf gegen die Nackenstütze des Fahrersitzes. Mangelnde Hilfsbereitschaft war leider nach wie vor kein ausreichender Verhaftungsgrund. »Ich bin der Dicke. Und weil es beim letzten Mal so nett mit uns beiden war, können Sie doch auch mit mir noch mal über das alles reden, oder?«

»Ich wüsste nicht, was ich Ihnen noch zu sagen hätte«, hielt sie dagegen.

»Nur keine Sorge«, sagte Möhrs höflich. »Mir fallen da spontan jede Menge spannende Fragen an Sie ein. Wollen wir mal hoffen, dass ich nicht zu persönlich werde, was Ihre genaue Beziehung zu Herrn – wie war der Name gleich? – ach ja, richtig, zu Herrn Liebknecht anbelangt.«

»Was geht Sie das an?«, fauchte Saalfeld. »Ich werde mich über Sie beschweren.«

»Das ist Ihr gutes Recht«, erwiderte er. »Mein Name ist Möhrs. Em-ö-ha-er-es. Trotzdem würde ich vorschlagen, Sie nehmen sich heute Nachmittag besser nichts Besonderes vor.« Er schaute auf seine Armbanduhr, schätzte die verbleibende Fahrtzeit nach Güstrin ab und schlug großzügig noch etwas Zeit für die Suche nach einem geeigneten Partner darauf, der gleichzeitig diesem Jochen Liebknecht einen Besuch abstatten konnte. Er dachte dabei an Borowski. Der mit dem Schnauzer, wie Saalfeld ihn so freundlich beschrieben hatte. »Sagen wir, irgendwann zwischen fünfzehn und siebzehn Uhr. Bis dahin.«

Saalfeld sagte noch etwas, doch es scherte ihn nicht. Er drückte auf den Knopf mit dem roten Hörersymbol.

Erst auf der Beschleunigungsspur zurück auf die Autobahn kamen ihm Zweifel, ob es richtig gewesen war, Saalfeld verbal so hart anzufassen. Vor allem mit dem Schuss ins Blaue über eine mögliche Affäre zwischen ihr und ihrem Nachbarn. War er da zu weit gegangen? Und wenn schon. Er musste schließlich auch die Mutmaßungen ertragen, die sein Chef über ihn und Aysel anstellte. Bestimmt kein Grund, gleich aus dem Fenster zu springen.

57

Bernd war sich nicht vollkommen sicher, weshalb Katja unbedingt allein zu dem Treffen mit dem Mann wollte, von dem sie sich Aufklärung über die Bedeutung des rätselhaften Zeichens erhoffte. Er hatte eine vage Vermutung, direkt darauf angesprochen hatte er sie aber nicht. Sie war verschlossener als eine Auster, wenn man bei ihr Themen anschnitt, die sie erst noch mit sich selbst ausmachen musste. Ihr Vater war genauso gewesen. Selbst in solchen Situationen, in denen es klüger gewesen wäre, sich jemandem anzuvertrauen. Manch einer hätte sogar gesagt, dass diese Sturheit Thomas Jakobs am Ende das Leben gekostet hatte. Warum hatte Katja ausgerechnet *diesen* Charakterzug von ihm erben müssen? Immerhin hatte sie sich ohne größeren Widerstand zwanzig Euro fürs Taxi zustecken lassen. Das war besser als nichts, denn so würde sie wenigstens nicht irgendwo in der Pampa festsitzen, falls ihr Treffen aus irgendwelchen unvorhergesehenen Gründen anders lief als erwartet.

Bernd hatte beschlossen, seine Zeit sinnvoll für eine persönliche Erledigung zu nutzen. Was für andere Optionen hätte er auch gehabt? Insgeheim bewunderte er Katjas Ermittlungseifer, aber realistisch betrachtet waren sie in eine Sackgasse geraten. Solange keiner der Männer aus dem AKW endlich den Mund aufmachte, womit Bernd nicht ernsthaft rechnete, saßen sie in dieser Sackgasse fest. Und falls Katjas Treffen nicht einen entscheidenden Hinweis lieferte, worauf er auch nicht gewettet hätte, mussten sie den bitteren Tatsachen ins Auge sehen: Dann blieb ihnen nur, die Hände in den Schoß zu legen und darauf zu hoffen, dass Möhrs mehr Glück bei der Suche nach Frieders Mörder hatte. Es sei denn, Bernds eigener Plan war von Erfolg gekrönt.

Im Zentrum von Güstrin gab es eine jener Fußgängerzonen, wie man sie in vielen wohlhabenden Kleinstädten fand, die nicht so recht wussten, wie sie ihr Geld sinnvoll ausgeben sollten: in tadellosem Zustand und mit einer Auswahl an adretten Läden. Dem Besucher wurde mehr oder minder geschickt vorgegaukelt, dass er hier alles käuflich erwerben konnte, was auch in größeren Städten im Angebot war. Die Fußgängerzone war trotzdem so gut wie tot, weil Ostermontag war, doch davon wollte Bernd sich nicht aufhalten lassen. Er besorgte sich aus dem nächsten Geldautomaten fünfhundert Euro und machte sich auf die Suche danach, was er brauchte.

Er fand einen überraschend großen Buchladen, der ebenso geschlossen war wie die anderen Läden auch. Ein kurzer Blick auf das Klingelschild am Hauseingang neben der Schaufensterfront bewies, dass ihm das Glück hold war: Der Name der Buchhandlung war der gleiche wie auf dem Klingelschild. Der grauhaarige Mann, der ihm öffnete, roch nach Lammbraten und Rosmarin und zeigte sich – wie nicht anders zu erwarten – zunächst wenig erfreut von Bernds Anliegen. Es war schließlich verboten, gegen die offiziellen Ladenöffnungszeiten zu verstoßen. Auch Bernds anfängliche Beteuerungen, die Sache würde vollkommen unter ihnen bleiben, stießen auf taube Ohren. »Ich kann Ihnen da wirklich nicht helfen. Sie hätten eben früher daran denken müssen, dass Sie dieses Geschenk brauchen«, erklärte ihm der Buchhändler nüchtern. Erst als Bernd ihm diskret die Scheine präsentierte, die er aus dem Bankautomaten gezogen hatte, gab er sich geschmeidiger. Bernd wunderte das kaum. Er hatte inzwischen gelernt, dass Geld entgegen der Auffassung der meisten Moralapostel und hoffnungslosen

Idealisten hervorragend dazu geeignet war, Menschen zu lässlichen Sünden zu motivieren, die sie ohne entsprechende Schmierung nie begehen würden. Es war letztlich alles nur eine Frage der richtigen Summe und des Gespürs dafür, was man jemandem an kleinen Gesetzesübertritten oder Ordnungswidrigkeiten zutrauen konnte. Es stellte sich heraus, dass fünfhundert Euro reichten, um einen Buchhändler dazu zu bewegen, seinen Laden am Ostermontag für einen verzweifelten, aber flüssigen Kunden zu öffnen. Ganz geheuer war dem Mann die Angelegenheit jedoch nicht, und er wählte eine ungewöhnliche Strategie, um sein schlechtes Gewissen zu beruhigen: Anstelle selbst mit Bernd in den Laden zu gehen, schickte er seine Tochter, eine junge Frau etwa in Katjas Alter, die ihr Haar in einem blasspink gefärbten Pagenschnitt trug. Bernd war das nur recht: Sie machte alles in allem einen wesentlich entspannteren Eindruck als ihr Erzeuger.

Auf ihre Frage, wie sie ihm helfen könne, antwortete Bernd, sie möge ihm doch bitte zeigen, wo die Bildbände stünden. Die Auswahl war überschaubar: Neben den obligatorischen Publikationen mit großformatigen Landschaftsaufnahmen, die die Sehnsüchte nach fernen und nicht ganz so fernen Naturschönheiten befriedigen sollten – Toskana, Neuseeland, Irland –, und den üblichen Verdächtigen im Bereich Regionales – kitschige Reisen entlang der Elbe, gischtumtoste Leuchttürme, stolze Schiffe – gab es noch die breite Rubrik Vermischtes. Auf diese Sparte konzentrierte Bernd seine Suche nach einem geeigneten Geschenk für Klaus Möllner. Es war nicht nur Teil von Bernds Masche, möglichst schnell an seine eigentlich angestrebte Lektüre zu kommen. Er verspürte wirklich ein dumpfes Schuldgefühl gegenüber Klaus, seit ihm zum ersten Mal bewusst geworden war, wie attraktiv er dessen Frau fand. Eine Geste der Wiedergutmachung schien ihm da dringend angebracht, selbst wenn Klaus nicht begreifen würde, auf welchem Motiv sie fußte. Ein anderer Mann hätte in einer vergleichbaren Situation womöglich Verdacht geschöpft, doch diese Gefahr sah Bernd bei Klaus nicht. Dafür hatte sein Unfall schon gesorgt. Letztlich entschied sich Bernd für einen dicken Band mit dem Titel ›Die Jagd‹, der von Tieren über Flinten bis hin zu Porträts berühmter Großwildjäger all das optisch ansprechend aufbereitete, was einem gestandenen Waidmann das Herz höher schlagen ließ.

Da nun dem Vorwand, den er vorgeschoben hatte, um in den Buchladen hineinzukommen, Genüge getan war, erkundigte sich Bernd bei der Verkäuferin nach Büchern zum Thema religiöse Symbolik. Vorrätig hatte sie dazu nichts, doch sie durchforsteten gemeinsam über eine halbe Stunde das Bestellprogramm ihres Rechners nach vielversprechenden Titeln. Ihre ohnehin gute Laune wurde besser und besser, je öfter Bernd ihr auftrug, dieses oder jenes Buch doch bitte für ihn zu bestellen. Zum Schluss hatte er das Gefühl, seine eigene kleine Fachbibliothek angelegt zu haben. Vorsichtshalber horchte er nach, ob es eine Möglichkeit gab, von hinten mit dem Auto an den Buchladen ranzufahren, weil er keine Lust hatte, am nächsten Tag schätzungsweise zwanzig Kilo Gedrucktes durch die Fußgängerzone zu schleppen. Das Glück war ihm ein zweites Mal hold. Das Haus hatte einen Hintereingang zu einer Straße hin, die nicht verkehrsberuhigt war.

Er ließ sich den Bildband als Geschenk einpacken und stromerte noch einmal an den Regalen vorbei. Vor den historischen Schmonzetten blieb er wie vom Donner gerührt stehen. Er brauchte noch etwas für Veronika. Sie war schlau. Sie würde eventuell den Braten riechen, wenn er Klaus etwas mitbrachte und ihr nichts.

»Kann ich sonst noch was für Sie tun?«, fragte die Verkäuferin.

»Äh, ja. Ich bräuchte noch ein Geschenk.« Er zupfte sich an den langen Stoppeln an seinem Kinn. »Für eine Frau.«

»Wie alt? Und was liest sie sonst so?«

»So ungefähr mein Alter.« Die zweite Frage lieferte ihm eine ernüchternde Erkenntnis: Was wusste er eigentlich über Veronika? Nicht viel. Streng genommen hatte er sich in eine Unbekannte verknallt. Nun ja, es war nicht das erste Mal. Und es gab schlimmere amouröse Verwicklungen, in die man hineingeraten konnte: zum Beispiel sich plötzlich in jemanden zu verlieben, den man bereits Jahre kannte und der an den besten Freund vergeben war. *Das* war eine komplizierte Situation gewesen, und er war sich bis heute nicht sicher, ob er und die anderen beiden Beteiligten sie klug gelöst hatten.

»Mit einem Krimi können Sie nicht viel falsch machen«, erhielt er eine freundliche Empfehlung, an die er sich schließlich hielt, obwohl er keine Ahnung hatte, ob er damit Veronikas Geschmack traf oder nicht.

58

Der bullige Taxifahrer drückte ein Knöpfchen an der Seite des Taxameters. »Das macht dann achtfünfzig.«

Katja reichte ihm den zusammengefalteten Zwanziger, den ihr Bernd aufgedrängt hatte. »Zehn.«

»Danke.« Er wühlte in seinem Portemonnaie nach einem Zehner. »Kann ich Ihnen meine Karte geben? Dann können Sie mich anrufen, wenn Sie nachher wieder zurückwollen.«

»Ich fahre mit einem Freund zurück«, musste ihn Katja enttäuschen, nahm aber trotzdem eine Karte von ihm.

Sie stieg aus. Das Taxi wendete in einem großen Bogen, rumpelte über den Waldweg, der zur Landstraße nach Güstrin führte, und verschwand hinter der nächsten Biegung zwischen den Bäumen. Katja sah sich auf dem Schotterparkplatz um. Außer Thilos heruntergekommenem Toyota war kein anderer Wagen hier abgestellt. Der Treffpunkt, den er mit ihr vereinbart hatte, war ein ungewöhnlicher. Sie suchte nach dem Schild am Rand des Parkplatzes, das er erwähnt hatte, und folgte einem schmalen Pfad in den Wald hinein. Zum Glück trug sie Sneakers, denn der Boden war hier an vielen Stellen, die vom Blätterdach vor der Sonne geschützt waren, trotz der seit Tagen andauernden Trockenheit matschig. Nur das Raunen des Windes in den Kronen begleitete sie auf ihrem Weg tiefer in den Wald hinein, und nach einigen Minuten befiel Katja ein deutliches Unbehagen. Sie begann, genau auf jeden wippenden Zweig, jede huschende Bewegung im Unterholz, jedes Ächzen der flechtenüberwucherten Stämme zu achten. Sie war hier völlig allein. Was, wenn sie doch zu leichtsinnig auf den Drohanruf von letzter Nacht reagierte? Was, wenn jemand ihr heimlich gefolgt war? Dann wäre das im Moment hier die optimale Gelegenheit, sie verschwinden zu lassen. Wer würde sie hier schreien hören? Thilo vielleicht. Aber auch nur dann, wenn sich ihr Widersacher nicht von hinten an sie heranschlich und ihr bei seinem Angriff den Mund zuhielt, während er auf ihren Rücken einstach. Oder den Arm um ihren Hals legte, um sie zu ersticken. Er könnte sie auch woandershin schaffen, an einen Ort, wo er sie noch eine Weile foltern und quälen konnte, ehe er sie mit Benzin übergoss und bei lebendigem Leib verbrannte.

Sie wirbelte herum, weil sie glaubte, hinter sich ein leises Knacken gehört zu haben. Doch da war nichts zu sehen außer Bäumen und noch mehr Bäumen. Warum war sie so blöde gewesen, sich nicht von Thilo am Parkplatz abholen zu lassen? Tolle Idee, nur leider viel zu spät. Sie suchte neben dem Pfad nach irgendeiner Art von behelfsmäßiger Waffe und fand einen kräftigen kahlen Ast, der beim letzten Sturm abgerissen worden war. Sein Gewicht und die Rauheit seiner Borke verliehen ihr ein wenig mehr Zuversicht, unbeschadet am mit Thilo verabredeten Treffpunkt anzukommen.

Sie beschleunigte das Tempo, bis sie vom zügigen Gehen in ein echtes Laufen verfiel. Sie schlug sich mehrfach den Ast gegen die Knie, doch es störte sie nicht. Der leise Schmerz hielt sie wachsam. Als die Luft um sie herum zäher zu werden schien und ihr die Muskeln in den Oberschenkeln zu brennen begannen, lichtete sich der Wald vor ihr. Eine Handvoll Findlinge, grünlich und verwittert, ragten in einem kruden Kreis hüfthoch aus dem Erdboden. Ein größerer Fels ruhte auf ihren abgerundeten Spitzen und bildete so eine Art Abdeckung für den niedrigen, düsteren Raum darunter. Auf der Platte des Hünengrabs saß im Schneidersitz Thilo, den Kopf gesenkt, die Hände im Schoß.

Katja wollte schon nach ihm rufen, da blickte er auf. »Bist du gelaufen?«

»Mir war danach.« Schwer atmend warf sie den Ast beiseite, um nicht ganz so lächerlich auszusehen, wie sie sich fühlte. »Ich hätte nur nicht gedacht, dass es vom Parkplatz aus so weit ist.«

Er lächelte und klopfte mit der flachen Hand neben sich auf den Stein. »Dann setz dich doch und ruh dich erst mal aus.«

»Nichts lieber als das.« Sie kletterte zu ihm. Der rissige Stein war kalt, aber trocken.

Er drehte sich nach seiner Umhängetasche um, die er hinter sich abgelegt hatte, und bot ihr Wasser aus einer Plastikflasche mit Sportverschluss an. »Magst du was trinken?«

Sie mochte. Das Wasser schmeckte ihr einen Tick zu salzig, aber jetzt war nicht der Moment, um wählerisch zu sein.

»Tut mir leid, dass ich dich hier in die Wildnis entführt habe«, sagte er. »Aber das war ein Ort, an dem Julia und ich früher gern waren.«

Die Erwähnung seiner kleinen toten Schwester sorgte dafür, dass Katja die Kälte des Steins noch schneller in die Knochen kroch.

»Heute ist ihr Todestag.«

»Oh. Wenn ich das gewusst hätte, dann –«

»Vergiss es.« Er streckte die langen Beine aus und pflückte sich ein verirrtes Blatt von der Hose. »Das muss man akzeptieren lernen. Dass dieses Datum für die meisten anderen Leute nur ein Tag wie jeder andere auch ist. Mach dir keine Gedanken darüber.«

»Was habt ihr hier so getrieben?«, fragte Katja. »Früher. Du und Julia.«

Er lächelte wehmütig. »Ach, albernes Zeug. Das, was Kinder so machen. Einmal sind wir ins Grab reingekrochen und haben so getan, als wären wir in der Steinzeit. Wir haben uns Schlamm ins Gesicht gerieben und uns Speere geschnitzt. Nur das Lagerfeuer war keine so brillante Idee. Wahrscheinlich hatten wir ein Riesenglück, dass wir da drin nicht erstickt sind.« Er trank einen Schluck Wasser, und Katja gefiel es, dass er den Verschluss der Flasche vorher nicht abwischte. »Die meiste Zeit war das alles aber viel harmloser. Wir haben uns in das Grab gelegt und gelauscht, ob wir Geisterstimmen hören. Wir lagen nebeneinander und waren mucksmäuschenstill. Und jedes Mal hat sich Julia zu Tode erschreckt, wenn ich anfing, irgendwelchen Unsinn zu flüstern.« Er senkte die Stimme zu einem Wispern und verdrehte die Augen, bis nur noch das Weiße darin zu sehen war. »Komm zu uns. Komm zu uns. Wir warten schon auf dich. Komm zu uns.«

Katjas Unbehagen kehrte zurück. »Das war aber nicht sehr nett.«

»Ich war auch früher nicht immer nur nett zu ihr. Überhaupt nicht.« Er sah sie forschend an. »Wer ist schon immer nur nett?«

»Ich jedenfalls nicht«, gab sie zu und fügte einen der Hauptvorwürfe an, die ihr Enzo regelmäßig machte. »Ich bin an manchen Tagen richtig auf Krawall gebürstet, und ich könnte nicht mal genau sagen, warum. Manchmal denke ich, ich …« Was machte sie da? Warum erzählte sie ihm das?

Das war doch wohl das mieseste Eigenmarketing der Welt – sich gegenüber einem Typen, den man hochgradig spannend fand, gleich von Anfang an als unberechenbare Kratzbürste darzustellen. Sie sollte besser aufhören, zu viel über sich zu reden. »Wie alt ist dieses Grab?«

»Das hier?«, reagierte er auf ihren abrupten Themenwechsel. »Schwer zu sagen. Um die fünftausend Jahre, würde ich schätzen.«

»Fünftausend Jahre?« Die schier unvorstellbare Länge dieses Zeitraums löste einen leichten Schwindel in ihr aus. »Ich dachte, die wären von den Germanen oder den Kelten.«

»Sind sie aber nicht.« Er lächelte. »Faszinierend, oder? Ich frage mich ab und zu, was man von uns in fünftausend Jahren noch findet.« Er hob die Trinkflasche. »Tonnenweise Müll wie den, nehme ich mal an. Und falls all unsere schriftlichen Aufzeichnungen irgendwie verloren gegangen sein sollten – weil der große Meteorit einschlägt oder so was in der Richtung –, dann werden die Leute versuchen, anhand von so etwas wie dieser Flasche Mutmaßungen darüber anzustellen, wie wir gelebt haben. Was wir fühlten, wie wir dachten, woran wir glaubten. Aber alles, was wir beide in Wahrheit waren, wird für sie immer ein Rätsel bleiben. Ob wir gute Menschen oder schlechte Menschen gewesen sind, spielt dann keine Rolle. Wir sind einfach nur Teil der geheimnisvollen Plastikflaschenkultur.« Er winkte ab. »Entschuldige, dass ich dich hier so zutexte. Wolltest du mir nicht was zeigen?«

»Ja, schon.« Seine Ausführungen hatten Katja in eine sonderbare Stimmung versetzt, eine merkwürdige Mischung aus Beruhigung und Trauer. Alles, was ihr im Hier und Jetzt solche Sorgen bereitete, war aus einer übergeordneten Perspektive, für die Jahre wie Sekunden waren, letztlich völlig unbedeutend. Nur mikroskopisch kleine Tröpfchen in einem endlos dahinfließenden Strom. Sie rief auf ihrem Smartphone das Bild auf, das die Einschnitte in der Stirn eines Mannes zeigte, von dem sie nicht wusste, ob es sich dabei um ihren Onkel oder um Erich Lippert handelte. »Hier.«

Ihre Finger berührten sich, als er das Smartphone entgegennahm, und die Wärme seiner Haut brachte Katja in Versuchung, noch dichter an ihn heranzurücken.

»Ist das …?«, fragte er verwirrt. »Gehört das zu …?«

»Das Bild stammt von einer Obduktion«, erklärte sie. »Die Ärztin, die sie durchgeführt hat, meint, diese Schnitte wären ein Zeichen. Vielleicht ein religiöses Symbol. Ich hatte die Hoffnung, du würdest es erkennen.«

Mit dem Smartphone in der Hand kletterte Thilo vom Grab und entfernte sich einige Schritte. Er bückte sich nach dem Ast, den sie bei ihrer Ankunft weggeworfen hatte.

»Was hast du vor?«, fragte Katja.

»Ich probiere etwas aus.« Er zog mit der Spitze des Asts eine lange gerade Linie in den weichen Waldboden, drehte das Smartphone hin und her und zeichnete dann eine zweite Linie.

Katja hüpfte vom Grab und stellte sich neben ihn. Mit einem ärgerlichen Murmeln machte Thilo sein gesamtes bisheriges Werk zunichte und begann von Neuem. Eine senkrechte Linie, danach eine Art Blitz aus drei kürzeren Strichen direkt daneben. Bernd hatte recht gehabt. Das war ein R, nur dass die obere Ausstülpung des Buchstabens nicht bauchig, sondern spitz war.

»Das ist eine Rune«, sagte Thilo überzeugt. »Aus dem Futhark vermutlich.«

»Fu-was?«

»Futhark. Einer Reihe von Runen. Da hast du deine Germanen.«

»Das ist eine germanische Rune?«

Er gab ihr das Smartphone zurück. »Ich glaube schon.«

»Wer schreibt denn heute noch in Runen?«

»Eigentlich nur vier Sorten von Leuten«, sagte er. »Manche Historiker, Metal-Bands, Ásatrú und Neonazis.«

»Drei von denen kenne ich.«

»Ásatrú. Neuheiden.«

Katja stutzte. Neuheiden. Dieser Begriff war ihr doch gerade erst untergekommen. Ja, Bernd hatte ihn erwähnt. »Wie dieser eine Bauer aus der Gegend, der an die alten nordischen Götter glaubt?«, hakte sie nach.

Er lächelte. »Meinst du Thies? Thies Lüdersen?«

»Ja. Kennst du den etwa?«

»Jeder in Güstrin kennt Thies.« Er zuckte die Schultern. »Er ist ja nun nicht so leicht zu übersehen, und sobald man ihn erst einmal gesehen hat, vergisst man ihn auch nicht so schnell wieder.«

»Wenn du das sagst …« Sie zeigte auf das Zeichen. »Wofür steht diese Rune?«

Thilo schürzte die Lippen. »Es ist ein R, so viel weiß ich noch. Was aber die rituelle oder metaphysische Bedeutung angeht, muss ich leider passen. Das ist echt nicht mein Fachgebiet.«

»Ach?« Das hörte sich für Katja irgendwie nach einer Ausrede an. »Du meinst, du siehst auf den ersten Blick, was das für eine Rune ist, aber mehr weißt du nicht darüber? Wo du mir eben von diesen vier Gruppen erzählst, die diese Runen heute noch verwenden?« Ihr kam ein bizarrer Gedanke. »Warst *du* früher mal ein Nazi? Wolltest du gegen deine linken Eltern rebellieren? Bist du –«

»Moment!«, schnitt er ihr das Wort ab und sah ihr dabei ernst in die Augen. »Erstens sind meine Eltern so links wie die Grünen, und das hat mit meiner Auffassung von links absolut nichts zu tun. Und zweitens weiß ich das mit den Runen nur, weil ich Rollenspieler bin. *War*. Das war noch in der Schule.«

Katja runzelte die Stirn. Okay, er war kein Nazi gewesen. Dazu war seine Empörung zu echt. Sie hoffte nur, dass sie ihn mit ihrer fixen Idee nicht irgendwie gekränkt hatte. Wenn sie jetzt noch gewusst hätte, was sie mit dem zweiten

Teil seiner Erklärung über seine Runenkenntnisse anfangen sollte. »Rollenspieler? Das hat aber nichts mit Sex zu tun, oder?«

»Schön wär's.« Er lachte, nur um danach in einen verlegenen Ton zu fallen. »Rollenspiel, na ja, das ist eine Mischung aus Improvisationstheater und Brettspiel. Man tut dabei so, als wäre man jemand anderes. Jemand, der dann irgendwelche spannenden Abenteuer erlebt.«

»Abenteuer mit Runen.« Katja fühlte sich kein Stück schlauer. Das klang doch wie komplett ausgedacht.

»Die spielen meistens in Fantasywelten. In einer Art Pseudomittelalter.« Thilo wand sich, als würde sie ihn nach intimen Details zu seinem Sexualleben verhören. »Wie bei ›Herr der Ringe‹. Oder ›World of Warcraft‹. Mit Elfen, Einhörnern und Drachen.«

»Und Runen.«

»Ich habe einmal diesen Zwergenkrieger gespielt und brauchte eine Inschrift für meine Streitaxt.«

»Du hattest eine Streitaxt?«

»Nur auf dem Papier.«

»Was?«

Der Mann, der Thilo aus seiner peinlichen Situation rettete, war seit über dreißig Jahren tot: Vom Hünengrab aus sang Bob Marley plötzlich »Get Up, Stand Up«. »Das ist mein Handy.« Thilo spurtete zu seiner Tasche.

Katja blieb, wo sie war, betrachtete die Rune und versuchte, sich einen Reim darauf zu machen, wie man nur auf dem Papier eine Streitaxt für einen Zwergenkrieger besitzen konnte. Dann wurde ihr schlagartig eines bewusst: Ihr Plan war aufgegangen. Thilo hatte ihr tatsächlich eine neue Spur für weitere Ermittlungen geliefert. Aus ihrer Verwirrung wurde tiefe Dankbarkeit. Sie hätte die ganze Welt umarmen können. Am besten zuerst diesen schrägen, aber liebenswerten Kerl, der in diesem Moment »Was? Halt, warte! Hallo?« in sein Handy rief.

Er legte auf. Sein Gesicht war weiß wie eine Wand, seine Lippen bebten. »Ich … ich muss los.«

Katja schlang die Arme um den Oberkörper, weil sie mit einem Mal merklich fröstelte. »Was? Wieso? Schlechte Neuigkeiten?«

»Meine Mutter«, sagte er tonlos. »Sie hat sich gerade von mir verabschiedet.«

»Verabschiedet? Wo will sie hin?«

Er gab ihr keine Antwort, sondern rannte los, als wäre der Teufel hinter ihm her.

59

Möhrs schellte geduldig an Erika Saalfelds Tür. Nach dem vierten Mal wandte er sich um, weil er sehen wollte, ob Borowski gegenüber bei den Liebknechts mehr Erfolg hatte. Offenbar schon. Die Stelle vor der Haustür dort, die sein Kollege vor wenigen Augenblicken mit sich und seinem Schnauzer noch ganz gut ausgefüllt hatte, war leer.

Möhrs klingelte noch einmal, doch es rührte sich nichts. »Das würde dir so passen, was?«, murmelte er. Saalfeld hatte wohl vor, mit der alten Totstellnummer durchzukommen. Nicht bei ihm.

Er umrundete einen Stapel Altpapier und ging durch den verwilderten Vorgarten auf den Carport zu. Er spähte durch ein Fenster in die verwahrloste Küche, in der sich nach wie vor dreckiges Geschirr auf der Anrichte und in der Spüle stapelte. Von Saalfeld war nichts zu sehen.

Er setzte seinen Weg fort und zwängte sich durch einen schmalen Spalt zwischen einem Stützpfosten des Carports und der Hauswand. Der Teil des Gartens dahinter war noch verwilderter. Unkraut und Wildblumen wucherten hüfthoch. Er schuf sich mit den Armen eine Schneise durch das Gestrüpp. »Frau Saalfeld!«, rief er dabei mehrfach, damit sie hinterher nicht behaupten konnte, er habe sich heimlich auf ihr Grundstück geschlichen. »Frau Saalfeld!«

Linker Hand lag eine von einer verwitterten Pergola überdachte Terrasse mit den rostigen Gartenmöbeln, auf denen Saalfeld angeblich Freitagnacht zusammen mit ihrem Sohn und diesem Liebknecht bis zum Morgengrauen gesessen haben wollte. Die Terrassentür war nur angelehnt, ihr Rollladen und der des breiten Fensters daneben halb heruntergelassen. Möhrs duckte sich und blickte in das dunkel eingerichtete Wohnzimmer, auf dessen gläsernem Couchtisch zwei offene Rotweinflaschen standen. »Frau Saalfeld!«

Er drückte vorsichtig die Terrassentür auf. Aus den Lautsprechern einer alten Stereoanlage verkündete Mick Jagger die Plattitüde, dass man nicht immer bekommen konnte, was man wollte. »Frau Saalfeld!«

Er betrat das Haus, durchquerte das Wohnzimmer und warf zur Sicherheit noch einmal einen Blick in die Küche. Nichts. Der Flur war mit Papiermüll zugestellt, kistenweise Infobroschüren und Flyer, die hier in Güstrin kaum Abnehmer fanden. Er stieß auf ein ähnlich unordentliches Büro mit einer reißzweckengespickten Karte an der Wand. »Frau Saalfeld!«

Möhrs horchte ins Obergeschoss hinauf. Die Stimmung hier gefiel ihm gar nicht. Er fühlte sich wie der Überlebende einer apokalyptischen Katastrophe, der auf der Suche nach Proviant in das Haus von Leuten eingedrungen war, die offenkundig weniger Glück gehabt hatten als er selbst. »Frau Saalfeld!«

Ein leises Plätschern irgendwo von oben – nicht lauter als das, was man aus einem Eimer gehört hätte, in den man einen frisch gefangenen Fisch warf – verriet ihm, dass er hier womöglich doch nicht allein war.

Möhrs ging die Treppe hinauf. Oben angekommen, erwartete ihn eine offene Tür. Weiße Badezimmerfliesen reflektierten schwach den warmen Schein von Kerzenlicht. Die schlanke Frau in der Wanne hatte die Augen geschlossen, ihre bläulichen Lippen waren wie zu einem langen Seufzer geöffnet. Sie war tief ins Wasser hinabgesunken, den Nacken auf ein Kissen aus genopptem Gummi gelegt. In einer Ecke des Wannenrands, zwischen Shampooflaschen und bunten Duftkerzen, schimmerte blutrot die Neige in einem großen Rotweinglas. Wie eine Marionette, an deren Fäden fremde Hände zogen, um sie in Bewegung zu versetzen, machte Möhrs einen Schritt in das Bad hinein. Er sah eine Seifenschale aus schwarzem Stein, die beiden vergessenen, unschuldig himmelblauen Tabletten darin. In der Wanne trieb ein Foto, von dem ihm ein kleines blondes Mädchen, das ein schwarz-weiß geschecktes Kaninchen an seine Brust drückte, überglücklich entgegenstrahlte.

Mechanisch beugte sich Möhrs vor und tastete am kühlen Hals der Frau nach einem Puls.

60

Möhrs schaute dem abrückenden Rettungswagen mit gemischten Gefühlen nach. Obwohl er vor Jahren mit dem Rauchen aufgehört und nur äußerst selten kurze Rückfälle erlebt hatte, verspürte er das dringende Bedürfnis nach einer Zigarette. Zum Glück rauchte sein Kollege Borowski nicht, der einige Meter entfernt auf dem Bürgersteig den völlig aufgelösten Jochen Liebknecht zu beruhigen versuchte. Erika Saalfelds Nachbar und Vereinskamerad war ein hagerer Mann mit wirrem weißem Haar. Er erinnerte Möhrs auf unheimliche Weise an einen seiner alten Geschichtslehrer, was an der braunen Cordhose und dem Karohemd liegen mochte.

Für sein nächstes Vorhaben zog Möhrs sich in den Vorgarten zurück. Möglicherweise wäre es angemessener gewesen, den Abschiedsbrief von Erika Saalfeld im Haus zu lesen, aber er brauchte frische Luft. Es gab Erlebnisse, die nicht so schnell an einem abperlten. Er drehte sich mit dem Rücken zur Straße und holte den Umschlag aus der Innentasche seiner Jacke. *Thilo* stand darauf. Die Lasche war nur eingesteckt, sodass Möhrs den Umschlag nicht einmal aufreißen musste. Er zog den Brief daraus hervor und faltete ihn auf. Saalfelds Schrift war klar und leserlich, mit kunstvoll geschwungenen Bögen und kurzen Strichen anstelle von Pünktchen über den Umlauten.

Thilo,
ich weiß, dass Du jemand bist, der nach Erklärungen sucht, und ich denke, wenn Du diese Zeilen liest, werde ich Dir eine schuldig sein.

Du weißt, wie lange ich gekämpft habe und wie viel ich bereit war, für diesen Kampf zu opfern. Wie viel ich dafür geopfert habe. Vielleicht zu viel. Ich habe die Kraft für diesen Kampf nie aus etwas geschöpft, das in mir war. Ich schöpfte sie – und ich weiß, wie widersinnig sich das für Dich anhören muss – aus etwas, das mir fehlte. Aus der Leere, die Julias Tod in meiner Seele hinterlassen hat. Ich habe lange geglaubt, ich hätte einen Weg gefunden, wie ich dieses schreiende Nichts in mir wieder zum Verstummen bringen kann. Ich meinte, ich müsste dazu nur meinen Kampf gewinnen. Das Gefühl eines gewaltigen Triumphs würde die klaffende Wunde schließen. Sie mit etwas ausfüllen, das mir Frieden schenkt.

Ich habe mir etwas vorgemacht. Mein Weg war nur ein Irrweg. Ich höre in letzter Zeit oft, ich hätte doch endlich gewonnen. Das habe ich nicht. Ich habe darum gekämpft, etwas zurückzugewinnen, das nicht zurückzugewinnen ist. Leider habe ich das erst jetzt begriffen.

So wie ich erst jetzt begriffen habe, dass mir die Leere in mir nicht nur Kraft gegeben hat. Sie frisst mich auf. Stück für Stück, von Anfang an. Und wer außer Dir wüsste besser, was sie bereits alles verschlungen hat?

Sieh meine Entscheidung bitte nicht als Niederlage. Sie ist eine Befreiung. Ich gehe nur dorthin, wohin mir Deine Schwester vorangegangen ist. Ich weiß, dass sie mir meinen Fehler verzeihen wird. Dass ich geglaubt habe, in ihrem Namen einen Kampf aufnehmen zu müssen. Einen Kampf gegen ein System. Dabei gibt es gar keine Systeme, wie ich jetzt weiß. Systeme sind eine Lüge. Sie sind nur ein Wort. Ein Wort, das uns ruhigstellen soll. In Wahrheit gibt es nämlich nur Menschen. Menschen, die Entscheidungen treffen. Entscheidungen, die heilen, und Entscheidungen, die zerstören. Es nutzt nichts, Rache an einem System nehmen zu wollen. Darin findet man keinen Frieden. Man kann sich nur an Menschen rächen.

Es gibt andere, die das lange vor mir verstanden haben. Die nicht davor zurückschrecken, das zu tun, wozu ich immer zu feige gewesen bin. Ich weiß nicht, wer sie sind, aber bei Gott, ich wünschte mir, ich hätte die Kraft dazu gefunden, Gleiches mit Gleichem zu vergelten, um den Mord an meinem Kind zu rächen. Was hätte mir dann auch gedroht? Gefängnis. Und worin lebe ich, seit Deine Schwester fort ist? In einem Gefängnis aus Verzweiflung, Scham und Selbstzerfleischung.

Bitte vergib mir, dass ich nicht länger darin gefangen sein will.

Mama

»So ein Dreck«, murmelte Möhrs. »So ein verdammter Dreck.« Er faltete den Brief zusammen, steckte ihn zurück in den Umschlag und hätte ihn am liebsten in Fetzen gerissen. Sie war es nicht gewesen. Er hatte danebengelegen, und unter Umständen war es der Druck, unter den er sie vorhin gesetzt hatte, der sie einen lange gehegten Plan hatte in die Tat umsetzen lassen. Oder Erika Saalfeld war die kaltblütigste Lügnerin, der er je begegnet war.

Er schaute zu Liebknecht. Der Mann war inzwischen den Tränen nahe und redete unzusammenhängend auf Borowski ein. Einmal zuckte sein Finger in Möhrs' Richtung.

Ein klappriges braunes Auto schoss die Straße herunter und bremste scharf vor dem Haus der Saalfelds ab. Den Fahrer – ein dünner Typ mit Pferdeschwanz, der seinen Wagen einfach auf der Straße stehen ließ – kannte Möhrs nicht, die Blondine, die auf der Beifahrerseite ausstieg, sehr wohl. Er hatte sie erst heute Morgen in Lübeck getroffen.

»Thilo, Thilo. Gut, dass du kommst!«, rief Liebknecht erleichtert und eilte auf die Bohnenstange zu, die Arme weit ausgebreitet.

Thilo drückte ihn kurz an sich, um ihn danach beiseitezuschieben und auf Borowski zuzuhalten. »Wer sind Sie? Und wo ist meine Mutter?«

»Auf dem Weg in die Klinik nach Geesthacht«, teilte ihm Borowski sachlich mit. »Sie haben den Rettungswagen gerade verpasst.«

Thilo machte auf der Hacke kehrt und spurtete zu seinem Auto. Katja Jakobs blieb einen Augenblick unschlüssig stehen, als wüsste sie nicht, wo sie hingehörte.

»Nun fahren Sie schon mit ihm mit«, blaffte Möhrs, und zu seiner Verblüffung folgte sie dem barsch vorgetragenen Vorschlag ohne Widerworte.

61

»Sie ist außer Lebensgefahr.« Katja steckte ihr Smartphone weg und setzte sich zurück an den Klapptisch. Veronika hatte ihn zusammen mit einer Handvoll Stühle unter der Eiche aufgestellt, weil sie angesichts des lauschigen Abends gemeinsam draußen essen wollten. »Sie haben ihr den Magen ausgepumpt. Sie schläft, sagt Thilo. Er meint, die Ärzte wollen sie wahrscheinlich nur ein paar Tage zur Beobachtung dabehalten.«

Veronika nahm sich noch einen Schnitz von der Melone, die sie als Nachtisch zu deftigen Schinkenbroten serviert hatte. »Das sind doch gute Neuigkeiten.«

»Ist dein Mann schon rein?«, fragte Katja ob des leeren Stuhls am Tisch.

»Er sitzt im Wohnzimmer und blättert in seinem Bildband.« Sie lächelte und legte Bernd die Hand auf den Arm. »Das war wirklich sehr nett von dir. Ein schönes Geschenk.«

»Keine Ursache.« Bernd wartete einige Sekunden, ob Veronika auch noch sein Geschenk an sie erwähnen würde. Vergebens. »Gern geschehen.«

»Ich kann dir nur nicht versprechen, dass er sich lange damit beschäftigt«, sagte sie entschuldigend.

»Wieso nicht?«

»Er hat seit zwei, drei Tagen so eine Phase, in der er alte Fotoalben durchwühlt.« Sie schüttelte den Kopf. »Ich habe die Hoffnung, er versucht, sein Gedächtnis damit anzukurbeln. Und wenn nicht, ist das mit den Fotos immer noch besser als seine andere Marotte.«

»Welche andere Marotte?«

Veronika zeigte mit ihrem Melonenschnitz auf die Scheune. »Er geht da rein und schaut zu den Deckenbalken hinauf. Und dann bleibt er stehen. Minutenlang. Ohne sich zu rühren.«

»Meinst du …« Der Melonensaft stieß Bernd säuerlich auf. »Entschuldigung. Meinst du, dass er … Sucht er nach dem Balken, der …« Er tippte sich an die Schläfe. »Dem Balken von seinem Unfall.«

Veronika tupfte sich die Lippen mit einer Serviette ab. »Könnte sein. Es wäre aber schön, wenn sich das bis zum Wochenende legt. Da kriege ich eine größere Gruppe Gäste. Für die Klausurtagung eines Heilpraktikerverbands. Die würden die Scheune gern als Seminarraum nutzen.«

»Verstehe.« Bernd fiel auf, dass Katja mit ernster Miene und den Händen in den Taschen ihrer Kapuzenjacke zu den Wolken am Himmel hinaufstarrte. »Worüber denkst du nach?«

Ertappt setzte sie sich kerzengerade auf. »Ich muss nur ständig an Thilo denken. Und an seine Mutter. Das war knapp. Wenn die Bullen eine halbe Stunde später bei ihr aufgetaucht wären …«

»Dann hättest du auch nichts daran ändern können«, sagte Veronika sanft. »Diese Frau wird ihre Gründe gehabt haben, weshalb sie mit ihrem Leben Schluss machen wollte. Und wenn jemand das wirklich fest vorhat, wird es für alle Außenstehenden schwer, dagegen etwas zu unternehmen.«

»Veronika hat völlig recht.« Bernd zündete sich eine Zigarette an. »An so einem Tag solltest du lieber versuchen, das Positive zu sehen. Die Polizei war ja zufällig rechtzeitig da, und wenn ich mich vorhin nicht verhört habe, konnte dir der junge Herr Saalfeld doch auch ein wenig weiterhelfen.«

»Ja, konnte er.« Sie richtete sich den Pferdeschwanz und wandte sich an Veronika. »Sag mal, dein Nachbar. Wie kommunikativ ist der denn so?«

»Mein Nachbar?«

»Thies Lüdersen. Der Neuheide.«

»O nein.« Bernd wedelte mit der Zigarette. »O nein, Fräulein. Das kommt nicht infrage. Nicht dieser Unsympath. Das geht gegen meine Ehre, wenn wir uns ausgerechnet von dem helfen lassen.«

Veronika sah ihn ernst an. »Du kennst Thies doch gar nicht persönlich.«

»Das, was ich von ihm gesehen und gehört habe, hat mir völlig gereicht.« Täuschte er sich, oder nahm sie diesen komischen Vogel in Schutz? »Da muss ich ihn gar nicht persönlich kennen.«

Ohne weiter auf ihn zu achten, beantwortete Veronika Katjas Frage. »Er kann ein bisschen aufbrausend werden, wenn etwas nicht so läuft, wie er das will. Aber ansonsten ist er ein wirklich netter Kerl. Gut, er hat komische Ansichten von manchen Dingen, aber wer hat die nicht?«

»Meinst du, dass er mit mir über seine Glaubensvorstellungen sprechen würde?«, wollte Katja wissen.

»Über sein Heidentum?« Veronika nickte enthusiastisch. »Auf jeden Fall. Wenn du das Thema anschneidest, ist er nicht mehr zu halten.«

»Super.« Katja grinste. »Genau so jemanden habe ich gesucht.«

Bernd blies absichtlich einen ordentlichen Schwall Rauch in ihre Richtung. »Muss ich mit?«

»Nur wenn du dich benehmen kannst.«

Bernd schwieg, verdrossen und zufrieden zugleich, weil ihm Katja die Entscheidung soeben sehr leicht gemacht hatte.

62

Sie wusste nicht, wie lange sie schon unter der Dusche stand. Es konnten Minuten oder Stunden sein. Das Wasser, das auf sie niederprasselte, war eiskalt, und trotzdem wusch sie sich weiter. Mit kräftigen Bewegungen, als wäre sie von Kopf bis Fuß mit Schlamm verkrustet.

Sie stank. Nach Schweiß und Tränen und Blut und billigem Fusel. Sie fuhr sich durchs Haar. Lange Strähnen, die ihr zwischen den Fingern kleben blieben, lösten sich ihr vom Kopf. Es tat nicht weh. Nichts tat mehr weh. Sie zog weiter an ihrem Haar, bis ihr Schädel nackt und glatt war. Sie tastete über ihren Scheitel, spürte eine fleischige Falte, in die sie ihre Fingernägel grub. Schmatzend löste sich die Haut. Sie schob die Finger tiefer in die Wunde, die keine Wunde war, zerrte an deren Rändern. Mit dem Geräusch von zerreißendem Stoff legte sie frei, was darunter war.

Sie schrie nicht. Sie hatte schon genug geschrien. Sie wollte nicht mehr die Frau sein, die so viel geschrien hatte. Lachend streifte sie ihre alte Hülle ab, schlüpfte aus ihrem geschundenen Kokon. Er hing in Fetzen an ihr herab wie ein bizarres Kleid. Das Wasser löste die faserigen Streifen nach und nach auf, verwandelte sie in rötlichen Schaum, der wirbelnd in den Abfluss hinuntergesogen wurde. Sie befreite sich von den letzten Resten und ließ die Hände über ihren neuen Körper wandern. Er war hart wie Marmor, nichts an ihm verletzlich. Man konnte ihn berühren, doch man berührte damit nicht mehr sie. Sie war sicher. Geborgen in einer Rüstung, die keine Waffe je durchstoßen würde.

Das Wasser versiegte von einem Wimpernschlag zum nächsten. Flammen loderten um sie herum auf, über ihr, unter ihr. Ein fauchendes, brüllendes Feuer, dessen gierige Zungen sie zärtlich liebkosten. Sie spürte keinen Schmerz. Nur die Gewissheit, endlich einen treuen Verbündeten gefunden zu haben. Ein Werkzeug ihrer Vergeltung und ihres Zorns, der viel zu lange darauf hatte warten müssen, Gerechtigkeit walten zu lassen.

63

»Katja! Katja!«

Katja war sofort hellwach, als Bernd an ihrer Schulter rüttelte. Hatte sie nicht eben erst die Nachttischlampe ausgeschaltet und die Augen geschlossen? Nein, das konnte nicht stimmen, denn draußen war es bereits wieder hell und durch die geöffnete Terrassentür fiel eine breite Lichtschneise ins Zimmer. »Was ist los?«

»Komm! Das musst du dir ansehen!« Bernds Atem roch nach Zahnpasta, seine Worte kamen gehetzt. »Schnell.«

Während sie noch unter der warmen Decke hervorkroch und gegen ein hartnäckiges Déjà-vu ankämpfte, eilte er um das Bett herum zur Terrassentür. »Ich wollte schön gemütlich meine Guten-Morgen-Kippe rauchen, mache die Tür auf, und was finde ich? Das hier!«

Katja tapste auf nackten Sohlen an seine Seite und gab einen angewiderten Laut von sich. Ihr Ekel entsprang nicht der bloßen Tatsache, dass auf dem runden Gartentisch ein toter Vogel neben dem Aschenbecher lag. Es war die Art und Weise, wie das Amselmännchen entstellt worden war: Sein schwarz gefiederter Leib war von einem guten Dutzend Zimmermannsnägeln durchbohrt, die kreuz und quer in ihn hineingetrieben worden waren.

»Und hier.« Bernd zeigte auf die Tür. In hellem getrocknetem Blut, das vermutlich von der Amsel stammte, war eine Rune auf die Scheibe geschmiert. Eine Rune, die wie ein R aussah. Dieselbe, die man Katjas Onkel in die Stirn geritzt hatte.

»Die zweite Warnung«, sagte Katja nur.

»Ich hol meine Kamera«, kündigte Bernd an. »Das glaubt uns doch sonst keiner. Was für ein krankes Schwein macht so was?«

Katja schlüpfte in ihre Jeans und warf sich ihre Jacke über, weil ihr bei dem Gedanken unwohl wurde, der Mensch, der den toten Vogel abgelegt hatte, könnte noch irgendwo in der Nähe lauern und sie beobachten. Vielleicht irgendwo vom hinteren Teil des weitläufigen Grundstücks aus, dessen Büsche und Sträucher ihm mehr als genug Deckung gegeben hätten. Katjas trotzige Hälfte ärgerte sich darüber, wie nah ihr die Sache ging. Dieser klare Machtbeweis, der ihr und Bernd sagen sollte: »Ich weiß, wer ihr seid, und ich weiß, wo ihr euch aufhaltet. Ihr seid nirgends sicher. Letzte Nacht habe ich vor eurem Zimmer gestanden, als ihr geschlafen habt. So einfach, wie ich diesen Vogel getötet habe, hätte ich auch euch töten können.«

Bernd schoss Fotos von der Amsel und der Rune an der Tür. »Er muss uns gefolgt sein. So viele Jaguare mit Hamburger Nummernschild fahren in Güstrin ja nicht herum.«

»Wer ist euch gefolgt?« Veronika stand auf der Terrasse, einen Wäschekorb unter den Arm geklemmt. Als sie den Vogel und die Rune bemerkte, packte sie den Korb mit beiden Händen, als brauchte sie etwas, an dem sie sich festhalten konnte. »Wer war das? Was ist das?«

»Eine Warnung«, sagte Katja ruhig. »Von jemandem, dem es ganz und gar nicht passt, dass ich wissen will, wer meinen Onkel auf dem Gewissen hat.«

»O Gott.« Veronika stellte den Korb nun doch ab und nahm die Hände vor den Mund. »Das tut mir so leid.«

Bernd hängte sich die Kamera um den Hals und legte ihr den Arm um die Schulter. »Du kannst da doch nichts dafür.«

»Aber wenn das die Leute hören ...« Sie starrte auf den Vogel. »Dass so was bei mir auf dem Hof passiert.«

»Von uns wird es keiner hören«, sagte Katja.

»Aber wollt ihr nicht die Polizei rufen?«, fragte Veronika fassungslos.

»Das habe ich nicht vor.« Katja verschränkte die Arme vor der Brust. »Wenn ich die Polizei verständige, bekomme ich nur wieder gesagt, ich soll mich aus dieser Angelegenheit raushalten.« Sie nahm wahllos eines der vielen Gebüsche hinter dem Haupthaus in den Blick und hob absichtlich die Stimme, für den Fall, dass es tatsächlich noch einen versteckten Beobachter gab. »Ich gehe hier erst weg, wenn ich meine offene Rechnung mit diesem Dreckskerl beglichen habe.«

64

Möhrs ließ seinen Dienstaudi vor einem Haus ausrollen, das gewisse Ähnlichkeiten mit einer jener alten Bunkeranlagen hatte, wie er sie vor Jahren beim Frankreichaustausch in den Dünen an den Stränden der Normandie mit seinen Freunden so oft erkundet hatte. Das, was sie sich erhofft hatten – alte Gewehre oder Helme –, hatten sie damals nicht gefunden. Nur benutzte Kondome und leere Flaschen.

Im Windfang vor Burmesters Haus angekommen, entdeckte Möhrs neben dem Klingelschild eine Sicherheitskamera. Offenbar hatten er und Burmester eine Gemeinsamkeit: Sie hatten nicht gerne unangekündigten Besuch. Er klingelte.

»Ja?«, meldete sich eine misstrauische Stimme aus der Gegensprechanlage.

»Lukas Möhrs, Kriminalpolizei. Ich hätte ein paar Fragen an Sie, Herr Burmester. Es geht um Frieder Jakobs und Erich Lippert.«

»Können Sie sich ausweisen?«

»Das ist nicht sein Ernst«, murmelte Möhrs und präsentierte der Linse das Plastikkärtchen, auf dessen Foto er nach eigener Einschätzung den Charme eines gesuchten Schwerverbrechers versprühte. »Bitte schön.«

Langsam schwang die Metalltür einen Spalt auf, in dem Burmesters glatzköpfiger Schädel auftauchte.

»Darf ich reinkommen?«, fragte Möhrs.

Burmester leckte sich die spröden Lippen. »Ja.« Er zog die Tür ganz auf und deutete sofort auf ein paar aufgeschlagene Bögen Zeitungspapier auf dem Boden des engen Flurs. »Könnten Sie bitte die Schuhe ausziehen?«

Möhrs quetschte sich mit einem ehrlichen »Können schon, aber wollen nicht« an ihm vorbei. Burmester sah ihn irritiert an und schloss die Tür.

Er führte ihn in ein aufdringlich nach Citrusreiniger stinkendes Wohnzimmer ohne jegliche Polstermöbel. Stattdessen waren vier weiße Plastikstühle um einen Glastisch gruppiert. In Kombination mit den weiß gestrichenen Wänden, dem weißen Jogginganzug Burmesters und den halbdurchsichtigen Gardinen weckten sie in Möhrs das Gefühl, in einer Art Arztpraxis oder Therapiezentrum gelandet zu sein.

Er trat ans Fenster und warf einen Blick hinaus. Neben der Terrasse war ein großes Cabrio älteren Baujahrs geparkt, feuerrot und mit schwarzem Verdeck. »Ist das ein Audi 80?«, fragte er interessiert.

»Ja.« Zum ersten Mal zeichnete sich in Burmesters faltigem Gesicht eine andere Regung als furchtsame Anspannung ab. Stolz funkelte in seinen blassen Augen. »Und es ist noch top in Schuss. Ich mache daran alles selbst. Verstehen Sie was von Autos?«

»Ich fahre eins«, erwiderte Möhrs. »Aber mein Großvater hatte so einen. Hat er sich gekauft, als er in Rente ging. Ich hätte gern eine Spritztour damit gemacht, aber ich hatte damals nur meinen Mopedführerschein.«

»Meinen Audi hier habe ich, seit ich zur Landratte geworden bin«, erklärte Burmester. »Um mir ein Stück Freiheit zu bewahren.«

»Da wären wir ja auch gleich beim Thema«, sagte Möhrs, der nicht hierhergekommen war, um in nostalgischen Erinnerungen zu schwelgen. »Sie sind mit Frieder Jakobs und Erich Lippert zur See gefahren.«

»Ja. Wir waren Mannschaftskameraden.« Burmesters knorpeliger Adamsapfel hüpfte an seinem dünnen Hals auf und ab.

»Und jetzt werden Ihre ehemaligen Mannschaftskameraden ermordet.«

Burmester setzte sich auf einen der Plastikstühle. »Ich weiß.«

»Herr Burmester, bitte«, sagte Möhrs mit so viel Einfühlungsvermögen, wie er aufzubringen vermochte. Ein Übermaß war es jedenfalls definitiv nicht, denn ihm ging langsam, aber sicher die Geduld in diesem ganzen Fall aus – und zwar nicht erst seit Erika Saalfelds versuchtem Suizid. »Wenn Sie irgendetwas wissen, das uns helfen könnte, den Täter zu fassen, dann sagen Sie uns das. Nur zu Ihrem eigenen Besten. Wir gehen derzeit davon aus, dass die Morde in einem Zusammenhang mit Vorkommnissen aus Ihrer Vergangenheit auf See stehen. Ehrlich gesagt wundert es mich, dass noch keiner von Ihnen auf die Idee gekommen ist, uns um Personenschutz zu bitten. Jeder von Ihnen könnte doch der Nächste sein.«

»Denken Sie, das wüsste ich nicht?« Burmesters Schultern sackten herunter, und er stützte den Kopf in beide Hände. »Aber ich kann nichts dagegen tun.«

»Sie vielleicht nicht«, gab ihm Möhrs recht. »Wir allerdings schon. Reden Sie darüber. Hinterher wird es Ihnen besser gehen. Was ist damals passiert? Warum möchte jemand Sie alle töten?«

»Es tut mir leid«, ächzte Burmester.

»Was?«

»Das, was damals auf der ›Straßmann‹ vorgefallen ist.« Ein Zucken lief durch Burmesters dürren Leib. »Es tut mir wirklich so unendlich leid. Ich hätte da niemals mitmachen dürfen. Ich bin nur in diese Sache reingerutscht. Ich war zur falschen Zeit am falschen Ort, mehr nicht.«

»Was ist damals passiert?«, wiederholte Möhrs deutlich fordernder.

»Ich …« Burmester sah ihn hilflos an. »Ich kann nicht. Ich brauche Ihnen das nicht zu sagen. Es ist verjährt. Ich habe mich genau schlaugemacht. Ich bin deswegen bei einem Anwalt gewesen. Er meinte, es wäre genauso, als wäre es nie geschehen. Ich soll mir keine Sorgen mehr machen. Es hätte keine Konsequenzen mehr.«

»Herr Burmester …« Möhrs machte einen Schritt auf den Tisch zu. Er hätte die Wahrheit am liebsten aus diesem sturen Häufchen Elend herausgeschüttelt. »Es hat sehr wohl Konsequenzen. Und wenn es verjährt ist und Ihnen keine Strafe mehr droht, dann können Sie doch erst recht darüber reden.«

»Sie würden das nicht verstehen. Niemand würde das verstehen.« Burmester nahm wieder den Kopf in die Hände und schluchzte trocken auf. »Bitte gehen Sie. Bitte lassen Sie mich in Ruhe.«

»O nein.« Möhrs platzte der Kragen. Er hatte es unendlich satt, dass alle, die mit diesem Fall zu tun hatten, ihm gegenüber immer nur so taten, als wäre doch im Grunde alles schon irgendwie in Ordnung, und sie würden auf ihre Art mit dem Geschehenen klarkommen. Er schlug mit der flachen Hand auf den Glastisch. »So nicht. Damit kommen Sie mir nicht durch. Was ist damals geschehen? Hm? War es Schmuggel? Waffen? Drogen? Sind Sie jemandem damals eine wichtige Lieferung schuldig geblieben?« Möhrs rasselte herunter, was ihm sonst noch an Möglichkeiten einfiel. »Haben Sie jemandem etwas angetan? Hatte jemand einen bedauerlichen Unfall? Ist jemand über Bord gegangen? Ein kleiner Totschlag unter Freunden?« Er tat sich selbst den Gefallen und atmete einmal tief durch. Burmesters Tränen scherten ihn nicht. Er hatte zu oft Leute aus nichts als reinem Selbstmitleid heulen sehen. »Sie können hier mit mir reden, oder ich kann Sie zu einer Befragung einbestellen lassen. Kostet mich nur einen Anruf bei der Staatsanwaltschaft.«

»Dann machen Sie das doch, wenn Sie es nicht lassen können.« Burmester fuhr von seinem Stuhl hoch. Sein Gesicht war eine Fratze aus Verzweiflung und Hass. »Oder gehen Sie und reden Sie mit dem Mann, der mir das alles eingebrockt hat.«

»Dazu müsste ich wissen, wen Sie damit meinen«, erwiderte Möhrs ruhig.

Burmester spie den Namen aus wie einen bitteren Fluch.

65

»Deine Mutter will mit mir sprechen?« Katja ließ mit der einen Hand ihr Nutellabrötchen sinken und presste sich mit der anderen ihr Smartphone fester ans Ohr. »Worüber?«

»Das hat sie mir nicht gesagt«, antwortete Thilo. »Sie meinte, es ginge um etwas sehr Persönliches.«

Bernd raschelte mit seiner Zeitung. »Was war das?«

Katja beschied ihn mit einem raschen Wink, die Klappe zu halten, stand auf und lief aus dem Speiseraum ins kleine Foyer des »Hirschhofs«. »Ist sie ... ich meine ... ist sie denn ansprechbar, nach dem, was gestern war?«

»Sie ist nach wie vor sehr müde.« Thilo klang selbst so, wie sich seine Mutter angeblich fühlte. »Ab und zu redet sie ein bisschen wirr. Und ihr brennt der Hals. Aber sie meinte, ich soll dich unbedingt anrufen. Sie will diese Sache so schnell wie möglich klären.«

»Hat Sie meinen Onkel erwähnt?«

Am anderen Ende der Verbindung heulten im Hintergrund die Sirenen eines Rettungswagens. »Nein, hat sie nicht.«

»Okay.« Warum drängte Thilos Mutter dann darauf, sie zu sehen? Die Bitte auszuschlagen kam nicht infrage. Wie herzlos hätte das vor Thilo ausgesehen? Außerdem war es immer noch im Bereich des Möglichen, dass seine Mutter ihr eine wichtige Eröffnung machen wollte. Zumindest hörte sich das Ganze sehr danach an, und Katja war im Grunde jede Ablenkung von der Erinnerung an die von Nägeln durchbohrte Amsel recht. »Ich frühstücke hier noch zu Ende, und dann komme ich.«

»Danke.«

»Wie geht es dir eigentlich bei der ganzen Sache?«

»Na ja, es ging mir schon mal deutlich besser.« Thilo atmete schwer. »Weißt du, Katja, ich habe vor allem Angst davor, dass sie es gleich wieder versucht, sobald sie die Gelegenheit dazu hat. Und dass dann keiner da ist, um sie aufzuhalten. Nächste Woche habe ich einen Termin bei meinem Prüfer an der Uni. Gut, den kann ich absagen. Aber ich kann in Zukunft nicht rund um die Uhr neben ihr sitzen. Sie bleibt ja nicht ewig hier in der Klinik.«

»Du schaffst das.« Es war eine lahme Aufmunterung, doch mehr brachte Katja nicht zustande. »Wir sehen uns gleich, ja?«

»Ja, bis dann.«

Sie legte auf und drehte sich um. Veronika stand hinter dem Tresen. »Gehst du zu der Frau, die sich umbringen wollte?«

»Wie lange bist du schon da?«, fragte Katja perplex.

»Nicht lange. Entschuldige. Ich wollte dich nicht belauschen.« Sie griff in ihre Hosentasche. »Ich habe etwas für dich«, sagte sie verschämt. »Ich weiß nicht, ob du es möchtest, aber ...« Sie ging um den Tresen herum, fasste nach Katjas Hand und drückte etwas Kleines, Kühles hinein. »Du brauchst es mehr als ich.«

Es war eine dünngliedrige Silberkette mit einem winzigen Kruzifix aus demselben Material. Der Jesus daran bestand aus wenig mehr als ein paar angedeuteten Erhebungen, die Arme, Kopf und Körper darstellten.

Katja schluckte schwer. »Das kann ich nicht annehmen.«

»Doch«, beharrte Veronika. »Bitte nimm es. Mir zuliebe.«

Sie schloss Katjas Finger wieder um die Kette und öffnete die Tür zum Speiseraum. »Noch mehr Kaffee, Bernd?«

66

»Ich kann mir gut vorstellen, dass Gernot so was erzählt.« Horst Johnsen lehnte sich entspannt in seinem Gartenstuhl zurück und faltete die Hände über seinem Bauch. Für einen Mann seines Alters war er erstaunlich durchtrainiert, und seine scharfen Züge verliehen ihm gemeinsam mit dem grau gesprenkelten, sauber gestutzten Vollbart eine gewisse Attraktivität. »Und ich will Ihnen auch verraten, woran das liegt, dass er solche Schauermärchen verbreitet. Er hat eine sehr spezielle Sicht auf die Dinge, wenn Sie verstehen, was ich meine.«

»Eine *sehr* spezielle.« Mike Ritter, der neben Johnsen auf einer umgedrehten Bierkiste hockte, keckerte wie ein Frettchen. »Eine *ganz* spezielle.«

Möhrs empfand beide Männer, die ihm da auf der Veranda gegenübersaßen, als unangenehme Gesprächspartner. Johnsen, weil er aus jeder Pore eine unerträgliche Selbstgefälligkeit atmete, und Ritter, weil ihm seine niederträchtige Art ins teigige Gesicht geschrieben stand. Möhrs war noch nicht zu einem endgültigen Urteil darüber gelangt, ob es ein glücklicher Zufall war, dass er die zwei Skatbrüder gemeinsam bei Johnsen zu Hause zu fassen gekriegt hatte. Worüber er sich nach fünf Minuten jedoch bereits völlig im Klaren war, war die interne Machtverteilung zwischen ihnen: Johnsen war eindeutig der Chef, und Ritter im Grunde nur ein Anhängsel, das um dessen Gunst buhlte.

»Sie haben doch sein Haus gesehen. Da werden Sie doch selbst Ihre Schlüsse gezogen haben«, fuhr Johnsen mit seiner

Verteidigung gegen die Vorwürfe fort, die Burmester gegen ihn erhoben hatte. »Gernot ist nie mit der Umstellung klargekommen.«

Möhrs, der den angebotenen Platz am Tisch ausgeschlagen hatte und stattdessen etwas abseits gegen die Hauswand gelehnt stand, fragte: »Was für eine Umstellung?«

»Sich wieder ans Leben an Land zu gewöhnen«, antwortete Johnsen. »Das hat ihn überfordert.«

»Das kannst du laut sagen«, pflichtete ihm Ritter enthusiastisch bei.

Möhrs sah von seinem Notizbuch auf. »Überfordert? Inwiefern?«

»Tja, Herr Möhrs, wir beide hatten uns ja schon einmal darüber unterhalten, wie das Leben an Bord eines Schiffes so ist.« Johnsens Ton war kumpelhaft, und es fehlte nur noch, dass er Möhrs zuzwinkerte. »Dieses Leben hat feste Regeln. Geordnete Tagesabläufe. Einen überschaubaren Raum, auf dem sich alles Wesentliche abspielt. An Land ist das alles anders. Leider ist Gernot ein Mensch, der ohne diese Regeln schlecht auskommt.«

»Und er ist ein elender Schisser«, fügte Ritter hinzu.

Johnsen machte ein kritisches Gesicht. »So würde ich das jetzt nicht ausdrücken.«

»Sondern?«, hakte Möhrs nach.

»Er hat gewisse … Ängste. Ängste und Befürchtungen. Das war auch schon an Bord so.« Johnsen richtete sich auf und schaute mal nach links, mal nach rechts. »Was, wenn dieses Teil hier ausfällt? Was, wenn diese neuen Wetterdaten falsch sind und wir mitten in einen Sturm hineinsteuern? Was, wenn jemand an Bord für die Russen oder die Chinesen spioniert? Solche Dinge. An Land wurde es schlimmer und schlimmer, bis er selbst gemerkt hat, dass es so mit ihm nicht weitergehen kann. Also hat er sich Hilfe gesucht.«

»Er war in der Klapse«, vermeldete Ritter vorgeblich flüsternd, als würde es ihn kümmern, was die möglicherweise in Hörweite befindlichen Nachbarn dachten.

»Hört sich für mich nach einer vernünftigen Entscheidung an«, wandte Möhrs ein, und er meinte es vollkommen ernst. »Ich finde es schlau, sich Hilfe zu holen, wenn man welche braucht.«

»Für seine Arbeit im Kraftwerk ist das übrigens alles kein Nachteil«, erklärte Johnsen. »Absolut nicht. Da ist es sogar ganz praktisch, dass er alles immer genau im Blick behält. Er kann sämtliche Vorschriften in- und auswendig, und er kennt jedes Rohr und jedes Ventil der Anlage wie seine Westentasche.«

»Das ist ja alles schön und gut«, sagte Möhrs ungeduldig. »Aber Herr Burmester war wegen dieser Sache, über die er nicht mit mir sprechen wollte, sogar bei einem Anwalt. Und wie gesagt: Er hat mich eindeutig an Sie verwiesen.«

»Natürlich hat er das.« Johnsen schüttelte den Kopf. »Hören Sie, ich war immer derjenige, der zu ihm gesagt hat, dass er auch mal fünfe gerade sein lassen muss. Es wird Sie hoffentlich nicht schockieren, aber manchmal nimmt man es mit den Einfuhrbeschränkungen für Zigaretten und Alkohol nicht ganz so eng. Natürlich bringt man mal eine Stange mehr von irgendwoher mit, wo die Kippen billiger sind. Oder eine Kiste Wodka. Für Freunde. Als Geschenk. Gernot hat da immer einen furchtbaren Staatsakt daraus gemacht.«

Möhrs runzelte die Stirn. »Und das ist alles?«

»Sie tun ja so, als wäre das eine Kleinigkeit«, feixte Ritter und legte die Handgelenke übereinander. »Müssen Sie uns dafür nicht festnehmen, Herr Kommissar?«

»Okay, okay.« Johnsen senkte die Stimme. »Ich brauche Ihnen doch sicher nicht zu erklären, wie es ist, wochenlang nur Kerle zu sehen. Und wenn man dann Landgang hat, will man richtig die Sau rauslassen.« Er unterstrich den letzten Satz mit zwei schnellen Bewegungen seiner locker geballten Faust, und ein Grinsen huschte ihm über das Gesicht, als er zu Möhrs aufschaute. »Das ist doch nur normal. Und ich sag mal so.« Johnsens Stimme wurde noch leiser, ohne dabei an Intensität zu verlieren. Möhrs fühlte sich auf den Schulhof zurückversetzt, wenn einer seiner Klassenkameraden im Gebüsch hinter den Fahrradständern ein Pornoheft herumzeigte, das er im Nachttisch seiner Eltern gefunden hatte. »In manchen Häfen sieht man dann schon so ein paar Dinge in den Puffs, die man eigentlich nicht sehen will. Meistens geht man dann rückwärts wieder raus, aber manchmal …« Er zuckte die Achseln. »Der Geist ist willig, aber das Fleisch ist schwach. Und es kann auch mal vorkommen, dass man ein Mädchen ein bisschen rauer anfasst, als man eigentlich vorhat. Das ist nichts, was sich nicht durch ein kleines Extratrinkgeld regeln ließe. Und im Ernst. Das ist über zwanzig Jahre her. Das ist –«

»Verjährt?«, unterbrach ihn Möhrs kühl.

Alle Rücksicht auf etwaige Mithörer seitens Johnsens war schlagartig dahin. »Ich weiß nicht, was das alles hier soll«, blaffte er. »Oder glauben Sie im Ernst, irgendeine Nutte vom Arsch der Welt fährt nach zwanzig Jahren los, um sich an ein paar Seeleuten zu rächen, die sich ihr gegenüber nicht wie Rosenkavaliere benommen haben?«

Ritter fand entweder diese Vorstellung oder aber Johnsens Chuzpe gegenüber einem Bullen offenbar todkomisch, denn er wieherte wie ein Pferd und klopfte sich auf die Schenkel vor Lachen.

Möhrs ließ dem Idioten seinen Spaß. Er wartete ruhig ab, bis Ritter auf einen grimmigen Blick von Johnsen hin verstummt war. »Das hört sich fast so an, als hätten Sie brauchbare Vorschläge, wie die Alternativen aussehen. Ich bin ganz Ohr. In Ihrem eigenen Interesse. Die Einschläge kommen schließlich näher, oder?«

Johnsens Stimme zitterte vor Wut. »Was ist hier los? Warum tun Sie so, als hätten wir uns irgendetwas vorzuwerfen? Wir sind doch hier eindeutig die Opfer. Es ist doch klar, wer uns da ins Visier genommen hat. Oder haben Sie schon vergessen, dass Frieder von meiner irren Schwägerin ein Glas ins Gesicht bekommen hat? Und dass es diese Schmiererei an seinem Haus gab? Was ist damit? Haben Sie ihr zwischenzeitlich noch mal auf den Zahn gefühlt, bevor Sie mich so belästigen?«

Möhrs räusperte sich. »Ich habe vergessen, wie belastet das Verhältnis zwischen Ihnen und Ihrer Schwägerin ist.«

»Und was soll mir das jetzt wieder sagen?«, zischte Johnsen.

»Sie hat gestern versucht, sich das Leben zu nehmen«, antwortete Möhrs trocken.

»Was?«

»Sie haben mich schon verstanden.« Möhrs kramte in seiner Gesäßtasche. »Und das war kein Schuldeingeständnis.« Er warf Johnsen eine seiner Visitenkarten zu. »Ich würde empfehlen, Sie gehen noch mal tief in sich und melden sich dann bei mir. Über die Mobilnummer.« Er deutete auf Ritter, der durch den offenen Mund atmete, als ob sein Gehirn zusätzlichen Sauerstoff benötigte, um die Situation zu verarbeiten. »Das gilt auch für Sie. Ich finde allein raus.« Er klopfte zweimal auf den Tisch und trat den geordneten Rückzug an.

Auf dem Weg zum Auto zog er Bilanz. Direkt verwertbare Erkenntnisse hatte er zwar keine gewonnen, aber er hoffte, so viel Druck auf Johnsen und Ritter aufgebaut zu haben, dass sie vielleicht doch noch auspackten, nachdem sie eine Runde im eigenen Saft geschmort hatten. Und bis dahin hatte er noch ein letztes Ass im Ärmel. »Wenn du bei den Männern nicht weiterkommst, versuch es bei den Frauen«, murmelte Möhrs vor sich hin, schloss den Audi auf und ließ sich zufrieden in den Sitz fallen.

67

Sie schloss die Augen und hielt den Atem an. Sofort stiegen aus dem Dunkel ihrer Seele kostbare Erinnerungen empor.

Hände, auf die ein Hammer niederfuhr. Wieder und wieder, als würde mit jedem dieser Schläge auch der Schmerz in ihrem Innersten immer weiter zertrümmert werden. So lange, bis nichts mehr davon übrig war.

Eine Klinge, die mühelos durch jämmerlich weiche, vor Angst verkümmerte Anhängsel schnitt. Nichts an ihnen war mehr so hart wie damals, als sie unerbittlich in sie hineingerammt worden waren. Wie lächerlich diese blutigen Würmer waren, als sie achtlos beiseitegeworfen zu ihren Füßen lagen.

Weit aufgerissene Augen, die verzweifelt ihren Blick suchten. Als hofften sie darauf, ausgerechnet bei ihr Hilfe zu finden.

Flammen, die auf nackter Haut tanzten.

Sie schlug die Augen auf, strich sich das Haar aus dem Gesicht und betrachtete sich im Spiegel. Sie erkannte sich selbst kaum wieder, so verändert erschien sie sich. Das war kein Opfer mehr, das sie da vor sich sah. Wovor hatte sie sich nur all die Jahre gefürchtet? Sie war dem Feuer dankbar, dass es ihr gezeigt hatte, wie töricht ihre Angst gewesen war.

Sie war sich sicher, dass es Menschen gab, die sie für verrückt gehalten hätten. Doch die allerwenigsten von ihnen hatten erlebt, was sie erlebt hatte. Absolute Ohnmacht. Den viehischen Wünschen und Begierden anderer völlig hilflos ausgeliefert zu sein. Niemand, dem so etwas nicht auch widerfahren war, hatte das Recht, über sie zu urteilen. Niemand.

Einer aber verstand sie. Einer teilte ihre Sicht der Dinge, weil auch ihm etwas geraubt worden war. Auf alle Zeiten. Einer war bereit, alles zu tun, um Gerechtigkeit walten zu lassen. Darum ging es ihr. Um nichts anderes, denn Rache war lediglich ein anderes Wort für Gerechtigkeit. Das hatte das Feuer sie gelehrt.

68

Thilo Saalfeld wartete auf dem Parkplatz des Klinikums Geesthacht auf Bernd und Katja. Der rote Klinkerbau aus den frühen Achtzigern versprühte mit seinen weißen Fensterrahmen und den schwarzen Dachaufbauten den spröden Charme einer zweckgerichteten Funktionalität. Immerhin war die Parkanlage auf der Hangseite jener kleinen Anhöhe, auf der das Klinikum thronte, durchaus ansehnlich.

Interessiert nahm Bernd zur Kenntnis, dass sich Katja und der hagere Herr Studiosus zur Begrüßung flüchtig umarmten.

»Schön, dass du da bist«, sagte Thilo. »Willst du gleich rauf zu ihr?«

»Kommst du nicht mit?«, fragte Katja.

»Sie will dich unter vier Augen sprechen.« Er schaute betreten auf seine Zehen. Sie waren nackt. Anscheinend waren seine Flipflops das einzige Schuhwerk, das er besaß. »Sie liegt in der Psychiatrie. Zimmer 11. Im ersten Stock auf der rechten Seite.«

»Okay.« Sie sah zu Bernd.

»Ich warte hier.« Er hatte seine Schachtel Dunhill schon in der Hand. »Krankenhäuser sind nichts für mich.«

Katja verschwand durch die elektrische Schiebetür.

»Zigarette?«, bot Bernd Thilo an.

Er griff zu. Feuer hatte er selbst. Sie gingen nebeneinander her zu einem Mülleimer, dessen mit schwarzen Flecken übersäter Rand verriet, dass er ziemlich oft als improvisierter Aschenbecher herhalten musste.

»Es fühlt sich komisch an«, sagte Thilo und nahm Bernd damit dankenswerterweise die Aufgabe ab, irgendeine Form von Gespräch zu eröffnen. »Vor einem Krankenhaus zu rauchen.«

»Das kann man aber auch nur in deinem Alter sagen.« Bernd setzte sich auf die Bank neben dem Mülleimer. »Ich kann mich noch ausgezeichnet an Zeiten erinnern, als man in Krankenhäusern auf den Fluren geraucht hat.« Es gab zwei Nächte, in denen Bernd eine ganze Schachtel gequalmt hatte, weil das Warten auf eine Nachricht von den Halbgöttern in Weiß anders nicht zu ertragen gewesen wäre. Die eine Nacht war die, in der Katja zur Welt gekommen war, und sie endete in einem überschwänglichen Glücksgefühl. In der anderen Nacht hingegen war alles Hoffen und Bangen auf ein Wunder, das Thomas Jakobs' Leben nach seinem Unfall hätte retten können, vergebens gewesen. Es war mit Abstand die schlimmste Nacht, die Bernd je durchgemacht hatte. »Damals herrschte noch nicht überall so eine Hysterie.«

Thilo hatte offenbar kein Interesse an den Geschichten eines alten Mannes, denn er schwieg einfach nur zwei Zigarettenzüge lang, bevor er fragte: »Habe ich Ihnen und Katja bei Ihren Recherchen weiterhelfen können?«

»Ich denke schon.« Bernd nickte ihm freundlich zu. »Andererseits hast du mit deinem Hinweis alles noch ein bisschen komplizierter gemacht. Diese Germanenrune, die du für uns –« Er stockte, weil ihm eine kleine Peinlichkeit aufgefallen war. »Ist es eigentlich okay, dass ich dich die ganze Zeit duze?«

»Das geht in Ordnung«, sagte Thilo.

»Na dann. Jedenfalls ist es gut, dass wir jetzt wissen, was es mit diesem Zeichen auf der Stirn der Mordopfer auf sich hat. Ich habe nur meine Schwierigkeiten, irgendeinen Zusammenhang mit unseren anderen Vermutungen herzustellen. Zum Beispiel mit der Tatsache, dass die bisherigen Opfer alle früher gemeinsam auf einem Atomschiff unterwegs gewesen sind. Ich habe keinen blassen Schimmer, wie ich die ›Straßmann‹ und diese Rune unter einen Hut bringen soll.«

»›Straßmann‹? Die ›Fritz Straßmann‹?«

»Halleluja!«, entfuhr es Bernd. »Ich bin doch nicht der Einzige, der mit diesem Namen noch was anfangen kann. Du hast in der Schule wohl besser aufgepasst als Katja.«

»Keine Ahnung, ob wir das Thema je in der Schule hatten«, sagte Thilo. »Aber meine Mutter ist mal auf der ›Straßmann‹ gefahren.«

»Deine Mutter?«

»Für ein Forschungsprojekt. Das ist aber ewig her.«

Eine dumpfe Ahnung befiel Bernd, und er drehte sich zum Eingang des Klinikums um. Konnte es sein, dass er gerade die Lösung des Rätsels verpasste? Hatte Erika Saalfeld Katja zu sich bestellt, um ihr persönlich ein Geständnis zu machen?

»Hat Katja einen Freund?«, riss ihn Thilo aus seinen Gedanken.

»Hm?«

»Hat Katja einen Freund in Hamburg?«

Es war eine einfache Frage, aber die Antwort darauf war nicht leicht. Natürlich war da Enzo. Bernd hielt ihn für einen echten Schleimscheißer, mit seiner trendigen Hornbrille und dem strengen Scheitel, für den allein er schon eine Abreibung verdient hätte. Ein hartes Urteil, und Evelyn hatte Bernd schwer zu denken gegeben, als sie ihm einmal eröffnete, ihrer Meinung nach hätte Bernd in erster Linie deshalb ein Problem mit Enzo, weil sie sich beide nicht unähnlich waren. Lebemänner, die sich als Frauenversteher tarnten, obwohl sie in Wahrheit keinerlei Interesse an irgendeiner Form von klassischer fester Beziehung hatten. Letzten Endes war es aber auch egal, wie er Enzo denn nun einschätzte. Betonte Katja nicht selbst immer wieder, dass zwischen Enzo und ihr nichts Ernstes war? »Nein, sie hat keinen Freund.« Die sichtliche Erleichterung in Thilos Gesicht verleitete Bernd sofort dazu, die Hoffnungen des jungen Manns ein wenig zu dämpfen. »Ich glaube, im Moment will sie auch keinen.«

»Oh. Ach so.« Thilo zuckte die Schultern. »Ich hatte nur den Eindruck, dass … also …«

»Sie mag dich. Da kann ich dich beruhigen. Und ich weiß, dass sie manchmal eine seltsame Art hat, zu zeigen, ob sie jemanden leiden kann oder nicht«, sagte Bernd. Es war gut, dass Katja nicht da war, denn diese Ausbreitung ihres Seelenlebens hätte sie mit Sicherheit nicht begeistert. Aber es war Thilo gegenüber nur fair, ihm einige Anhaltspunkte zu geben, wie Katja so gestrickt war. »Sie lässt sich das nicht anmerken, aber sie ist schon ziemlich angeknackst. Die Sache mit ihrem Onkel reißt alte Wunden bei ihr auf. Sie hat als Kind ihren Vater verloren, und egal, wie hart sie auch immer tut, es gibt einige Dinge, die sie bis heute mit sich herumträgt. Alles, worum ich dich bitten möchte, ist, dass du ihr nicht wehtust.«

»Das habe ich nicht vor.«

»Gut zu wissen.« Bernd drückte seine Zigarette aus. Er hoffte, dass Thilo die Wahrheit sagte. Nur zu seinem eigenen Besten. Mochte sein, dass Bernd selbst nicht mehr fit genug war, Thilo zurechtzuweisen, falls er Katja das Herz brach. Aber er kannte in Hamburg genügend Leute mit äußerst flexiblen Moralvorstellungen, die gegen eine kleine Entlohnung bereit gewesen wären, ihm diese lästige Pflicht abzunehmen. Und wenn es einen Menschen gab, für den er bereit gewesen wäre, jedes Gesetz der Welt zu brechen, um ihn zu beschützen, dann war es Katja. Das war er ihrem Vater schuldig.

69

Schon auf der kurzen Strecke von Güstrin nach Geesthacht hatte Katja festgestellt, dass sie Erika Saalfeld nur mit einem zweiten Frühstück im Magen gegenübertreten konnte. Sie hatte sogar mit dem Gedanken gespielt, Bernd an einer der zahlreichen Tankstellen entlang der Hauptstraße durch die größte Stadt im näheren Umkreis anhalten zu lassen, damit sie sich einen Schokoriegel kaufen konnte. Sie hatte nur darauf verzichtet, weil ihr beim Anblick der Häuser und der Menschen einmal mehr klar geworden war, dass sie hier ein Fremdkörper war. Sie gehörte nicht an einen Ort, in dem die Leute im Vorgarten HSV- oder Deutschlandfahnen gehisst hatten. Wo Schilder am Straßenrand die Autofahrer aufforderten, den Kindern zuliebe das Tempo freiwillig auf dreißig Kilometer pro Stunde zu drosseln. Wo man als Jugendlicher bereits zu den verwegenen Außenseitern zählte, wenn man eine zerrissene Jeans trug, sich die Haare färbte und passabel Skateboard fuhr. Sie war ein Geschöpf der Großstadt. Nicht, weil sie die schier endlose Auswahl an Bars, Cafés und Kneipen so schätzte. Oder die Einkaufsmöglichkeiten, die von sündhaft teuer und chic bis hin zu billiger Massenware aus den Filialen großer Discounterketten reichten. Oder die vielen Optionen zur Abendgestaltung, aus denen man wählen konnte, ganz gleich, ob man nun ein kitschiges Musical oder den Auftritt eines Songwriters mit Akustikklampfe in einem Ecklokal genießen wollte. Nein, was Katja an ihrem Leben in Hamburg wirklich wichtig war, war das Gefühl, dort nicht unter ständiger Beobachtung zu stehen. Die Gewissheit, jederzeit in einer riesigen anonymen Masse aufgehen zu können, die so viel mehr war als die Summe ihrer Teile. Die Illusion, nur eine winzige Zelle in einem gewaltigen Organismus zu sein – eine Zelle, die dennoch das Potenzial besaß, riesige Veränderungen herbeizuführen.

Als sie nun das Foyer des Klinikums Geesthacht betrat und den typischen Krankenhausgeruch einatmete, kamen ihr all diese Gedanken unglaublich einfältig vor. Einige der Aufschriften auf dem großen Wegweiser neben der Rezeption – *Intensivstation*, *Krebszentrum*, *Kapelle* – riefen ihr nur umso eindringlicher ins Gedächtnis, dass es im Leben nur eine einzige Garantie gab, nämlich die, dass es irgendwann endete.

Sie steuerte die Cafeteria an, um sich einen Schokoriegel zu besorgen, denn Süßes war bei ihr schon immer ein hervorragendes Mittel gegen bedrückende Gemütszustände gewesen. Beim Bezahlen klingelte ihr Handy, und sie erntete einen kritischen Blick von der Kassiererin. Sie hastete im Slalom zwischen den Tischen, an denen überwiegend alte Menschen in Morgenmänteln und Pantoffeln saßen, hindurch und hinaus auf die Terrasse der Cafeteria. Unter einem Sonnenschirm und mit ausreichendem Sicherheitsabstand zur Kassiererin nahm sie den Anruf an.

»Hi, Katja. Na, du?«

»Enzo!«

»Ich wollte mal hören, wie's dir geht.«

Wann hatte sie sich das letzte Mal bei ihm gemeldet? Verdammt, sie wusste es nicht mehr. »Ich habe eine Menge um die Ohren.«

»Das merke ich, du treulose Tomate«, sagte Enzo in seiner typischen, stets halb begeisterten und nie auch nur ansatzweise nachdenklich klingenden Tonlage. »Muss ich mir Sorgen machen?«

»Mein Onkel ist tot«, rang sich Katja ihrerseits zu einem Geständnis durch, das sie viel zu lange aufgeschoben hatte.

»Ach du Schande! Mein Beileid. Du hörst dich auch echt gestresst an. Sicher, dass du dir nicht eine Auszeit nehmen willst?« Da war sie: die Frage, vor der sich Katja insgeheim gefürchtet hatte. »Wir könnten uns doch einen richtig netten Abend zu Hause machen. Nur wir zwei.«

»Das geht nicht.« Katja war verblüfft, wie geschmeidig ihr die Zurückweisung über die Lippen kam. »Ich muss hier noch was regeln.«

»Verstehe. Die Beerdigung und so.«

Katja schwieg, anstatt das Missverständnis aufzuklären.

»Na ja, mein Angebot steht«, sagte er. »Nur falls du Abstand brauchst.«

»Danke.« Sie überlegte, ob es nicht angebracht wäre, ihm klipp und klar zu sagen, dass sie definitiv nicht auf sein Angebot eingehen würde. Nicht jetzt, und auch nicht in absehbarer Zukunft. Doch wenn sie im Moment auf eins verzichten konnte, dann war es ein potenziell quälend langes Trennungsgespräch. Oder eine andere denkbare Variante, die noch grausamer gewesen wäre: wenn er ihre Eröffnung so stoisch zur Kenntnis genommen hätte wie die Nachricht, dass in China ein Sack Reis umgefallen war. Das konnte sie sich im Moment einfach nicht geben. »Mach's gut.«

Sie vergeudete weder Zeit noch Energie mit der unnützen Frage, ob sie vielleicht schon das letzte Mal mit Enzo telefoniert hatte. Aber das war doch der große Vorteil von so unverbindlichen Beziehungen, wie sie eine führten oder vielleicht auch bis gerade eben geführt hatten. Dass man kein Drama daraus machen musste, wenn sie vorbei waren.

Sie fuhr mit dem Fahrstuhl in den ersten Stock und suchte in der Psychiatrie nach Zimmer 11. Dass es keine geschlossene Abteilung zu geben schien, beruhigte sie gewissermaßen, ohne dass sie genau hätte sagen können, worauf sich diese Empfindung gründete. Als ob es einen Unterschied machte, ob sie erst noch eine Sicherheitsschleuse oder so etwas in der Art passieren musste, bevor ihr Erika Saalfeld unter Umständen gleich erzählte, wie sie Frieder grausam ermordet hatte. Katja nickte einer Pflegerin zu, die in einer zum Flur hin verglasten Kabine Eintragungen in einen großen Wandkalender vornahm.

Die Tür zu Zimmer 11 war geschlossen. Katja klopfte,

hörte nichts, klopfte noch einmal, hörte wieder nichts und drückte schließlich die Klinke herunter.

Gedämpftes Sonnenlicht fiel durch zugezogene Gardinen, zu schwach und zu verhalten, als dass sich die Farbenpracht des Blumenstraußes auf einem Rollschränkchen neben dem Krankenbett voll hätte entfalten können. Erika Saalfeld hingegen erweckte in keiner Weise den Eindruck von Schwäche. Sie strahlte vielmehr eine weltentrückte Würde aus, eine Königin, die den Besuchern in ihren Gemächern vorenthielt, wie sehr ihr eine geheimnisvolle Krankheit bereits zugesetzt hatte. Das Kopfteil ihres Bettes war so steil nach oben geklappt, dass sie aufrecht saß, die Hände waren auf der Decke gefaltet, um die Schultern lag ein roter Morgenmantel.

»Guten Morgen«, sagte Katja leise. »Sie wollten mich sprechen.«

Saalfeld zeigte auf einen weißen Stuhl am Fußende des Bettes. »Setzen Sie sich doch.« Ihrer Stimme fehlte die unterschwellige Angriffslust der letzten Begegnung. »Schön, dass Sie gekommen sind.«

Katja nahm Platz und stellte fest, dass sie noch immer den Schokoriegel in der Hand hatte, der in seiner Verpackung inzwischen weich geworden war. Sie steckte ihn in ihre Jackentasche. »Sie wollten mir etwas erzählen.«

»Ja. Sie haben die Wahrheit verdient.« Saalfeld richtete den Blick an Katja vorbei zur Tür. »Ganz unter uns.«

Katja drehte sich halb um und sah, worauf Saalfeld anspielte. Über der Tür war eine Überwachungskamera installiert.

»Man behält mich hier gut im Auge«, sagte Saalfeld.

»Das hat seine Gründe, finden Sie nicht?«

»Wenn Sie meinen.« Saalfeld nickte schwach. »Ich war wirklich fest entschlossen, es zu tun. Jetzt weiß ich, dass das ein Fehler war. Oh, als dieser Mann mich aus der Wanne geholt und mir den Finger in den Hals gesteckt hat, da war ich noch anderer Meinung. Wenn ich die Kraft gehabt hätte,

hätte ich mich dagegen gewehrt. Aber ich war kaum bei Bewusstsein. Und mittlerweile bin ich ihm sogar dankbar. Wissen Sie, weshalb?«

»Weil Ihnen eingefallen ist, was Sie Ihrem Sohn damit angetan hätten?«

»Nein.« Saalfeld musterte Katja lange und forschend. »Ich bin diesem Mann dankbar, weil er mich davor bewahrt hat, als Lügnerin aus dem Leben zu gehen. Ich habe immer versucht, aufrichtig zu sein. Manchmal ist mir das nicht gelungen, aber wir machen alle unsere Fehler, die wir hinterher bereuen. Ich hätte von Anfang an ehrlich zu Ihnen sein sollen.« Ein Schatten legte sich über ihr ausgezehrtes Gesicht. »Ich habe Ihren Onkel gehasst. Abgrundtief. Wie jeden aus diesem Kraftwerk. Er war einer von denen, die mir meine Julia weggenommen haben. Und er war einer der Schlimmsten. Weil er immer freundlich blieb und lächelte, wenn ich ihn mit meinen Vorwürfen konfrontierte, ganz egal, ob in der Öffentlichkeit wie bei dieser Präsentation im Bürgersaal oder privat unter vier Augen. Dieses geheuchelte Verständnis für meine Situation hat mich wahnsinnig gemacht. ›Ich sehe, woher Ihre Bedenken rühren, Frau Saalfeld.‹ ›Ich weiß sehr genau, worauf sich Ihre Ängste gründen.‹ ›Ihr Verlust ist eine Tragödie.‹ Haben Sie Kinder?«

Katja schüttelte den Kopf.

»Dann können Sie mich nicht verstehen. Dann begreifen Sie nicht, wie groß mein Hass auf diese Leute ist. Wie ich jeden Tag damit fertig werden muss, dass sie noch am Leben sind, obwohl meine Tochter ihretwegen gestorben ist.«

Katja schlug die Beine übereinander. Sie wurde zunehmend ungeduldiger, weil sie das untrügliche Gefühl hatte, lediglich die einzige Zuschauerin bei einer von langer Hand geplanten Aufführung zu sein. Nichts, was sie bis jetzt von Saalfeld gehört hatte, überraschte sie.

»In der Nacht, in der Ihr Onkel ermordet wurde, war ich an seinem Haus«, sagte Saalfeld. »Zweimal.«

Katja grub die Fingernägel in die Handballen, weil dieses absurde Stück nun doch noch die Wendung zu nehmen schien, die sie insgeheim herbeigesehnt und gefürchtet hatte.

»Das erste Mal war ich mit einer Dose Farbe und einem Pinsel dort«, fuhr Saalfeld fort. »Haben Sie gesehen, was ich damit vorhatte?«

»Restrisiko Tod«, murmelte Katja und sah die Schmiererei vor ihrem inneren Auge deutlich vor sich, rot und zerlaufen, als wäre die Botschaft in Blut geschrieben.

»Im ersten Augenblick war ich stolz darauf«, sagte Saalfeld. »Ich hatte ein Zeichen gesetzt. Ganz bewusst. Keine Kurzschlussreaktion. Alle, die es sehen wollten, würden sehen, was für ein Mensch er wirklich war. Auf dem Weg nach Hause hätte ich schreien können vor Glück. Es war eine riesige Befreiung. Die Zeit der Diskussionen und der endlosen Debatten war vorbei. Ich hatte endlich Taten sprechen lassen. Zwei Stunden war ich völlig euphorisch. Ich glaubte sogar, ich hätte einen Weg gefunden, meinen Kampf fortzusetzen. Den Kampf, von dem mir alle erzählten, ich hätte ihn doch längst gewonnen, weil das Kraftwerk vom Netz ging. Dann endete der Rausch, und ich merkte, dass ich in Wahrheit nichts, aber auch gar nichts erreicht hatte mit meiner Aktion. Wer würde sie ernst nehmen? Wer würde auch nur länger als eine Minute darüber nachdenken? Da wurde mir klar, dass ich mehr tun musste. Viel mehr.«

Katja brach der kalte Schweiß aus. Jetzt war es wohl so weit. Jetzt würde diese Verrückte sich offenbaren. Ihr Herz setzte einen Schlag aus, als sie realisierte, was Erika Saalfeld ihr damit tatsächlich antun würde. Was dieses Geständnis für sie und Thilo bedeutete.

»Ich bin zurück zu seinem Haus.« Saalfelds leise Stimme füllte den gesamten Raum, und für Katja klang es, als dränge sie von allen Seiten gleichzeitig auf sie ein. »Diesmal mit einem Messer. Ich stellte es mir so leicht vor. Ich würde klingeln. Ich würde warten, weil er natürlich schlief und es eine

Weile dauern würde, bis er die Tür öffnete. Aber er würde mir öffnen. Weil er ja so ein guter Mensch war, und wenn da eine Frau mitten in der Nacht bei einem klingelt und völlig aufgelöst erzählt, sie wäre mit dem Wagen liegen geblieben und müsste nur schnell telefonieren, weil sie auch noch ihr Handy daheim vergessen hat, welcher gute Mensch würde dann nicht die Tür öffnen? Also ja, er würde mir öffnen. Dann würde ich ihm das Messer in den Bauch stoßen. Er würde viel zu überrascht sein, um den Angriff abzuwehren. Und ich würde weiter zustechen, wieder und wieder, bis er zusammenbricht. Danach würde ich die Polizei rufen. Ich würde mich nicht verstecken. Ich wollte, dass alle wissen, wer es war. Und warum ich es getan habe.«

»Aber so ist es nicht gekommen.« Katja zuckte zusammen, als sich die Anspannung in ihrem Körper löste. »Mein Onkel wurde nicht erstochen.«

»Nein«, bestätigte Saalfeld. »Und wissen Sie auch, weshalb?«

Katja schwieg. In ihr regte sich kalte Wut. Hier ging es gar nicht um sie oder ihren Onkel. Hier ging es um etwas vollkommen anderes.

»Jemand war schneller und entschlossener als ich«, sagte Saalfeld. »Als ich das Haus sah, schlugen im ersten Stock schon die Flammen aus dem Fenster. Ich dachte, ich hätte den Verstand verloren. Dass es nur eine Halluzination war. Dass ich träumte. Doch das Haus brannte wirklich. Und ich wusste, dass das kein Unfall war. Ich stand an der Straßenecke. Fassungslos. Bis ich die Sirenen hörte. Dann rannte ich nach Hause. Ich warf mich aufs Bett und weinte. Irgendwann bin ich eingeschlafen, und als ich aufwachte, war meine Entscheidung gefallen. Mein Kampf ist vorbei. Ein anderer wird ihn für mich fortsetzen. Ich kann gehen, bevor mich die Leere ganz auffrisst. Ich kann bei Julia sein.«

»Wissen Sie, wie sich das für mich anhört?« Katja machte sich nicht die Mühe, ihre Abscheu zu kaschieren. »Als gäbe es nur Ihr völlig krankes Selbstmitleid. Sie reden die ganze Zeit über sich. Merken Sie das? *Ich* kann gehen. *Ich* kann bei Julia sein. *Ich* würde ihm das Messer in den Bauch stechen. Als ob alle anderen Menschen um Sie herum nur noch Statisten auf Ihrer ganz persönlichen Bühne sind. Glauben Sie etwa, Sie sind der einzige Mensch auf der Welt, der lernen musste, mit einem Verlust zu leben?«

Saalfeld schloss die Augen und drehte den Kopf zur Seite. »Ich habe Ihnen ja gesagt, dass Sie nicht verstehen können, wie es ist, ein Kind zu verlieren. Was das in einem anrichtet.«

»Kann sein. Glauben Sie meinetwegen, was Sie wollen«, sagte Katja ohne jede Rücksicht auf die Gefühle dieser schrecklichen Person im Bett. »Aber jetzt werde ich Ihnen zur Abwechslung mal etwas erzählen. Etwas, womit ich mich leider nur allzu gut auskenne. Etwas, das ich bedauerlicherweise besser verstehe, als mir lieb ist. Sparen Sie sich Ihr falsches Pathos. Dieses Gerede von Entscheidungen, die Sie treffen, und irgendeiner Leere, die Sie auffrisst. Sie sind nicht anders als andere Leute. Sie sind Ihnen nicht moralisch überlegen oder so. Das, was Sie gestern getan haben, war nicht mehr als ein Hilferuf. Sie wollten nicht sterben. Nicht wirklich.«

»Was erlauben Sie sich?« Saalfelds Kopf fuhr herum. »Sie haben doch keine Ahnung, wovon Sie reden.«

»Ein halbes Jahr, nachdem mein Vater gestorben ist, fing meine Mutter damit an, Tabletten im Badezimmer zu horten.« Bereits mit den ersten Worten gelang es Katja, Saalfeld in ihren Bann zu ziehen. Der Preis dafür war die enorme emotionale Wucht, mit der Katjas Erinnerungen zurückkehrten. Sie schnürte ihr schier die Kehle zu. »Sie hat sie nicht versteckt. Neben ihren Schminksachen lagen sie, in der Ablage unter dem Spiegelschränkchen. Ich habe sie entdeckt. Ich fragte meine Mutter, was das für Medizin ist. Sie gab mir keine Antwort. Weil sie diese Tabletten nicht für mich dort platziert hatte. Jemand anders sollte sie finden. Ein Erwachsener. Und er fand sie. Tage später.« Katja dachte an den ohnmächtigen Zorn in Bernds Gesicht, als er die Badezimmertür aufriss, mit offenem Hosenschlitz und einer der Packungen in der Hand. »Er hat sie alle die Toilette hinuntergespült. Meine Mutter fing an zu weinen. Ich dachte, sie wäre sauer, weil er ihr ihre Medizin wegnimmt. Es hat noch Jahre gedauert, bis ich verstanden habe, was da wirklich passiert war. Meine Mutter fühlte sich von allen im Stich gelassen. Überfordert. Einsam. Aber sie wollte sich nicht umbringen. Sie hat gewisse Ähnlichkeiten mit Ihnen. Sie ist sehr zielstrebig. Sie weiß genau, was sie will und wie sie es bekommt. Leider ist sie auch stolz und absolut davon überzeugt, dass die Welt sich nur um sie dreht. Sie kann nicht nach Hilfe fragen, weil sie erwartet, dass man ihr Hilfe anbietet. Also hat sie beschlossen, diese Hilfe auf die einzige Art und Weise einzufordern, die sich mit ihrem Stolz vereinbaren ließ. Und sie hat sie bekommen.«

Saalfeld strich eine Falte in der Bettdecke glatt. »Soll ich es als Kompliment auffassen, dass Sie mich mit Ihrer Mutter vergleichen?«

»Wenn Sie möchten.« Katja stand auf. »Aber ich habe Ihnen eigentlich davon erzählt, damit Sie sich schon mal auf etwas einstellen können: Es ist nur eine Frage der Zeit, bis Ihr Sohn alles durchschaut haben wird. Er ist nicht dumm. Er wird sich wundern, warum Sie ihn angerufen haben, *bevor* Sie in die Badewanne gestiegen sind. *Bevor* Sie die Pillen schluckten. Die Antwort ist einfach. Sie *wollten* rechtzeitig gefunden werden. Sie hatten nur nicht damit gerechnet, dass Möhrs vor Thilo auftaucht.« Katja ging zur Tür und drehte sich noch einmal um. »Nein, das stimmt nicht. Sie wussten, dass Möhrs kommen würde, oder? Möhrs war Ihr Netz und Thilo Ihr doppelter Boden bei Ihrem kleinen Kunststück.«

Erika Saalfeld ließ stumm den Kopf hängen.

Katja öffnete die Tür. »Ich hoffe sehr für Sie, dass er Ihnen verzeihen kann. Ich weiß nicht, ob ich es könnte.«

70

Horst Johnsen schaute auf die Uhr. Es gehörte eigentlich zu seinen festen Grundsätzen, vor zwölf keinen Alkohol zu trinken. Jetzt war es nicht einmal halb elf, und er kippte sich seinen dritten Scotch hinter die Binde. Er hätte Ritter dafür die Schuld geben können, der ihm seit dem Besuch des Bullen mit seiner eingeschüchterten Quengelei in den Ohren lag, er möge doch bitte bei Burmester anrufen, um dem alten Glatzkopf die Leviten zu lesen. Doch es wäre zu simpel gewesen, Ritter für den Whisky verantwortlich zu machen. Johnsen ahnte, dass er genauso zur Flasche gegriffen hätte, wenn Ritter die Klappe halten würde. Und das gefiel ihm noch weniger. Er kam sich vor wie ein Matrose unter Deck, der dort ein Dutzend Lecks gleichzeitig mit nichts als seiner Mütze zu stopfen versuchte.

»Ich finde aber wirklich, dass du ihn anrufen solltest«, sagte Ritter und wählte damit bestimmt die sechste oder siebte Formulierung mit dem gleichen Zweck. Ritter, mit dem Johnsen zuvor schon eine Nachtschicht auf der Warte geschoben hatte, stank mittlerweile penetrant nach scharfem Angstschweiß. »Wir können doch nicht einfach nichts tun.«

»Du siehst doch, wie das geht«, entgegnete Johnsen. »Ist gar nicht so schwer. Das solltest sogar du hinkriegen.« Sie hatten sich nach Möhrs' Abmarsch von der Veranda ins Wohnzimmer zurückgezogen und sich vor den Fernseher gepflanzt. Auf SportEins wurde ein Motorradrennen aus Japan oder Südkorea übertragen – jedenfalls von irgendwoher, wo die Leute Schlitzaugen hatten. Das aggressive Surren der hochgerüsteten Maschinen zerrte an Johnsens Nerven, doch er brachte nicht die nötige Kraft auf, um den Sender zu wechseln.

»Was ist, wenn Gernot Muffe kriegt und er nicht dichthält?«, fragte Ritter. »Der Bulle hat ihm doch bestimmt auch eine Karte dagelassen.«

»Dann sind wir erledigt.« Johnsen hatte Möhrs' Visitenkarte in winzige Fetzen gerissen und in einem Aschenbecher angezündet. Das hatte sich gar nicht mal so schlecht angefühlt. »So dumm ist Gernot nicht. Er weiß, was auf dem Spiel steht.«

»Hast du gewusst, dass er bei einem Anwalt war?«

»Nein.« Und wenn Gernot vorher auch nur eine Andeutung in dieser Richtung gemacht hätte, hätte er ihm diese Flausen ausgetrieben. Notfalls mit Gewalt. »Schon mal darüber nachgedacht, dass er Möhrs da einen Bären aufgebunden haben könnte?«

»Nein. So was würde er auch nicht tun, glaube ich. So eine Nummer bringt er nicht. Dafür ist er zu feige.« Ritter machte sich die nächste Flasche Flensburger auf. Die wie vielte es an diesem Morgen war, konnte Johnsen nicht sagen. Er hatte irgendwann aufgehört zu zählen. »Aber meinst du, dass das stimmt? Dass die Sache verjährt ist?«

»Selbstverständlich ist sie verjährt«, knurrte Johnsen. Die mehr oder minder heimliche Hoffnung in Ritters Worten nährte seine eigene Ungehaltenheit. »Da braucht man auch keinen Anwalt zu fragen. Da reicht es, wenn man lesen kann und den richtigen Paragrafen im Strafgesetzbuch findet. Klar ist das alles verjährt. Das ist nicht der Punkt. Gott, du Vollidiot!« Er warf halbherzig die Fernbedienung nach Ritter. Sie prallte ihm gegen die Brust und klirrte gegen die Bierflasche in seinen Händen. »Du hast deinen Kopf auch nur, dass es dir nicht in den Hals regnet, oder? Du bist genauso dumm wie dieser Bulle. Ihr kriegt das beide nicht auf die Kette. Dass es Dinge gibt, die offiziell verjähren können, aber bei denen man trotzdem so richtig in den Arsch gekniffen ist, wenn sie irgendwann rauskommen.« Er trank einen Schluck Scotch. Hatte seine Stimme tatsächlich gezittert, oder hatte er sich das nur eingebildet? Seine Finger jedenfalls zitterten, das konnte er daran sehen, wie heftig der goldbraune Whisky gegen die Ränder des Tumblers schwappte. »Wir dürfen jetzt nicht in Panik verfallen. Sonst sind wir ruiniert. Dann können wir uns gleich einen Strick nehmen.« Erstaunlicherweise spürte er seit langer Zeit so etwas wie Verständnis für das oft unglaublich irritierende Verhalten seiner Schwägerin. Vielleicht war das ganz zum Schluss der einzige Ausweg, der ihm noch bleiben würde: sich umzubringen. Aber so weit war es noch nicht. »Wenn die anderen sie wirklich gesehen haben, haben wir vielleicht noch eine Chance«, sagte er ruhig. »Wenn sie es wirklich war und falls sie es auf uns abgesehen hat, dann ...« Er stürzte den letzten Schluck Whisky hinunter. »Ach, vergiss es.«

»Horst ...« Ritter war kreidebleich. »Mir ist was eingefallen.«

»Ich rufe ihn nicht an, verdammt!«, knurrte Johnsen.

»Wenn sie es wirklich ist und dieser Bulle sie findet ...« Ritter schluckte. »Dann erfahren doch auch alle, was wir damals gemacht haben, oder?«

Trotz der Wärme des Whiskys in seinem Magen fror Johnsen plötzlich, als hätte sich eine dicke Schicht Raureif über seine gesamte Haut gelegt. »Scheiße ...«, murmelte er, und eine weitere Möglichkeit, die er bislang noch nie bedacht hatte, nährte sein Grauen: Was, wenn Peter Frigge keinen Unfall gehabt hatte? Was, wenn er seinen Wagen nach seiner angeblichen Begegnung mit ihr absichtlich gegen einen Baum gelenkt hatte, weil das am Ende der einzig elegante Abgang war, der ihnen allen noch offenstand?

71

Möhrs erinnerte sich daran, dass Aysel ihm einmal gesagt hatte, in Schwarz sähe jeder gut aus. Doris Frigge stellte den lebenden Gegenbeweis für diese These dar. Ihre Kombination aus langem Rock, Bluse und Strickweste ließ die Witwe gute zehn, fünfzehn Jahre älter erscheinen, als sie tatsächlich war – wie ein gramgebeugtes Großmütterchen mit einem rundlichen Gesicht, in das sich um die Mundwinkel tiefe Falten gegraben hatten. Dieser Effekt einer vorzeitigen Alterung wurde sicher noch dadurch verstärkt, dass das Interieur des renovierten Bauernhofs fünfzehn Autominuten von Güstrin entfernt so bunt war: Die freiliegenden Deckenbalken waren in dunklem Blau und kräftigem Rot gestrichen, gelbe und grüne Bordüren mit Blumenmustern zierten die Wände, Platzdeckchen und Tischläufer in Orange und Lila das Mobiliar.

Frigge hatte Möhrs sofort hineingebeten, als er an ihrer Tür geklingelt hatte. Er hatte beinahe das Gefühl, sie hätte nur darauf gewartet, dass er bei ihr auftauchte. Nun ja, vielleicht nicht er persönlich, sondern nur irgendjemand von offizieller Seite, der sie noch einmal zu den Umständen des Unfalls ihres Mannes befragen wollte, doch das störte Möhrs nicht weiter. Es war in jedem Fall eine erfrischende Abwechslung von Leuten, die bei seinem Anblick innerlich sofort in die Defensive gingen.

Nachdem sie ihn in ein lichtdurchflutetes Esszimmer mit großen Fenstern auf einen weitläufigen Garten voller blühender Sträucher geführt hatte, bot sie an, ihm einen Tee zu kochen. Er brachte es nicht übers Herz, das Angebot auszuschlagen. Sie servierte den Tee dampfend heiß in einer breiten flachen Tasse, mit Kandiszucker, Sahne und dänischen Keksen. Für Möhrs ein eindeutiges Indiz, dass es sie von irgendwo aus Friesland in die südlicheren Regionen Schleswig-Holsteins verschlagen haben musste.

»Ich habe von Anfang an gewusst, dass es kein Unfall war«, sagte sie mit fester Stimme.

Möhrs rührte seinen Tee um. »Frau Frigge, bitte verstehen Sie mich nicht falsch. Es gibt weiterhin keine Beweise, dass Ihr Mann einem Verbrechen zum Opfer gefallen ist. Er war zum Zeitpunkt seines Todes stark alkoholisiert.«

»Er ist oft betrunken gefahren«, erwiderte sie lapidar und so schnell, dass Möhrs sich fragte, wie oft sie dieses oder zumindest ein sehr ähnliches Gespräch in ihrem Kopf bereits geführt hatte. »Das ist nichts, worauf man stolz sein sollte, ich weiß. Trotzdem. Er war ein sicherer Fahrer. Das habe ich Ihren Kollegen damals bereits gesagt.«

Möhrs blätterte in seinem Notizbuch. »Ihr Mann war auf einer Feier. Im ›Hirschhof‹, richtig?«

»Einer Verlobungsfeier, ja«, bestätigte sie. »Von einem jungen Mann von der freiwilligen Feuerwehr. Peter war da früher eine Weile aktiv.«

»Warum war er allein auf dieser Feier?«, fragte er. »Warum haben Sie ihn nicht begleitet?«

»Ich fühlte mich an dem Abend nicht wohl.« Ihr Busen hob und senkte sich in einem schweren Atemzug. Sie schaute in den Garten hinaus. »Das Wetter, wissen Sie. Ich hatte schlimme Migräne. Und da ist er allein gefahren. Er meinte noch, er würde nicht lange bleiben.« Sie stand plötzlich auf und eilte in die Küche hinaus. Möhrs hörte ein leises Rascheln und Schaben aus dem angrenzenden Raum. Eine halbe Minute später war Frigge zurück, setzte sich wieder an ihren Platz und begann, sich mit einem Taschentuch in den Augenwinkeln zu tupfen.

Möhrs rührte wieder in seinem Tee und betrachtete die aufsteigenden dünnen Dampfschwaden, weil ihm ihre Trauer unangenehm war. »Hat Ihr Mann Sie von dieser Feier aus noch einmal angerufen?«

»Nein.«

Es wurde langsam Zeit, zur Sache zu kommen. Auch auf

die Gefahr hin, dass Frigge womöglich in einen noch labileren Zustand geriet. »Warum glauben Sie, dass es kein Unfall war?«

Diesmal war sie es, die seinem Blick auswich, indem sie die Augen hinter ihrem Taschentuch verbarg.

Möhrs duldete ihr Schweigen. Der Tee sollte mittlerweile auf eine trinkbare Temperatur abgekühlt sein. Sein Zeigefinger war zu dick für den fragilen Henkel, und er sah sich gezwungen, das heiße Porzellan außen anzufassen. Er führte die Tasse zum Mund und blies zur Sicherheit noch einmal, ehe er den Tee kostete. Er nahm nur einen winzigen Schluck. Köstlich. Vorsichtig stellte er die Tasse wieder ab. »Könnte es sein, dass es irgendetwas gibt, was Sie mir nicht sagen wollen? Etwas aus der Zeit, als Ihr Mann zur See gefahren ist?«

Sie ließ die Hand mit dem Taschentuch sinken und sah ihn an, als wäre er ein Geisterbeschwörer, der mit den Verstorbenen in Kontakt stand. »Was wissen Sie darüber?«

Möhrs' Freude, auf der richtigen Spur zu sein, hielt sich angesichts ihres leisen Entsetzens in engen Grenzen. »Vielleicht sagen Sie mir zuerst, was Sie darüber wissen, hm?«

Ansatzlos beugte sie sich vor, fasste zaghaft nach seiner Hand und drückte sie leicht. »Sie müssen mir etwas versprechen.«

Dank der unerwarteten Berührung ihrer kalten Fingerspitzen sträubten sich Möhrs zwar die Nackenhaare, doch er ließ seine Hand, wo sie war. Es war wichtig, dass sie Vertrauen zu ihm gewann, und wenn er nun vor ihr zurückgeschreckt wäre, würde sie vielleicht nicht den Mut finden, sich ihm zu öffnen.

Als ihr offenbar dämmerte, dass Möhrs darauf wartete, was sie von ihm verlangte, sagte sie leise: »Ich will nicht, dass Peters Andenken in den Dreck gezogen wird.«

Möhrs legte seine Hand auf ihre, obwohl er nicht vorhatte, sie anzulügen oder Erwartungen aufzubauen, die er unter Umständen nicht erfüllen konnte. »Ich kann Ihnen nur versprechen, dass wir die Sache äußerst diskret behandeln werden.«

Er spürte, dass sie sich mehr von ihm erhoffte. Sie senkte den Kopf und legte die Hände in den Schoß. »Es hat mit einer Frau zu tun«, sagte sie schließlich, nachdem sie lange nichts anderes getan hatte, als ihr Taschentuch zwischen den Handflächen hin und her zu reiben.

So gern er sie geschont hätte, es gab dennoch Dinge, die er ihr nicht ersparen konnte. Nicht, wenn er endlich einen entscheidenden Schritt in seinen Ermittlungen weiterkommen wollte. »Mit einer Prostituierten?«

»Ich weiß nicht, wer diese Frau genau war.« Sie nahm die Frage erstaunlich gefasst auf. »Ich weiß nur, dass Peter sich verändert hat. Ziemlich gegen Ende seiner Zeit auf See.«

»Wie sah diese Veränderung aus?«

»Er …« Erneut sah sie hinaus in den Garten, als schenkte ihr die Blütenpracht dort die nötige Kraft, dem Fremden, der an diesem Morgen unangekündigt in ihr Haus gekommen war, intimste Details aus ihrem Leben zu beichten. »Eine Frau spürt so etwas. Wir haben immer seltener miteinander geschlafen.« Sie schwieg ein, zwei Sekunden. »Nicht, weil *ich* nicht wollte. *Er* wollte nicht. Ich dachte erst, es liegt trotzdem an mir. Ich habe mich bemüht. Mir schöne Unterwäsche gekauft. Mich anders geschminkt. Ihm hat das alles nicht gefallen. Er wurde einmal richtig zornig. Ich wäre doch keine Nutte.«

Möhrs dachte daran, wie abfällig Johnsen über Frauen geredet hatte, die sich prostituierten. Wie über lebende Spielzeuge oder Triebabfuhrroboter. Etwas, das man unterwegs benutzte und anschließend sofort wieder vergaß. Anscheinend hatte auch Peter Frigge diese Einschätzung geteilt.

»Ich habe nicht verstanden, was los war. Bis ich mal samstags früher vom Einkaufen zurück war als geplant. Er saß da drüben.« Sie deutete auf die offene Tür zum Wohnzimmer. »Es war im Winter und so kalt, dass einem das Gesicht und die Hände prickelten, wenn man ins Warme kam. Im Kamin brannte ein Feuer. Er … er weinte. Und er hatte etwas in der Hand. Ich ging zu ihm. Er sprang aus dem Sessel und warf das, was er in der Hand hatte, in den Kamin. Es war ein Foto. So viel habe ich noch gesehen. Ich bin furchtbar eifersüchtig geworden.«

»Eifersüchtig?«

»Ich dachte, er weint jemandem nach«, erklärte sie. »Einer anderen Frau von irgendwoher, wo er früher öfter war. Sie wissen doch: eine Braut in jedem Hafen.«

»Okay.« Möhrs nippte an seinem Tee und ärgerte sich über sich selbst. Als ob er noch einen Beweis gebraucht hätte, dass er in Beziehungsfragen völlig aus der Übung war. Anscheinend waren diese Dinge doch nicht wie Fahrradfahren, und man konnte sie sehr wohl mit der Zeit verlernen.

»Ich habe ihm eine Szene gemacht.« Sie lachte bitter auf. »Das heißt, ich hatte es vor.«

»Aber?«

»Dann hat er es mir gesagt. Dass er auf dem Schiff einen schrecklichen Fehler begangen hat.« Die Worte sprudelten nur so aus ihr heraus. Ihre Schultern zitterten, und Tränen rollten über ihre Wangen, doch ihre Stimme blieb klar und das Gesicht sonderbar starr. Möhrs musste an einen Fernsehbericht denken, den er vor einiger Zeit gesehen hatte. Über Heiligenstatuen, die angeblich regelmäßig blutige Tränen vergossen. »Ich hätte recht, dass es um eine Frau ging. Doch nicht so, wie ich vermutete. Es täte ihm leid, und er wüsste, dass es in letzter Zeit nicht leicht mit ihm gewesen wäre. Und dass er sich furchtbar schämen würde.« Sie schien ihre Tränen erst jetzt zu bemerken und wischte sich mit beiden Handrücken einmal grob über das Gesicht. »Er ist vor mir auf die Knie gegangen und hat mich angefleht, ich müsse ihm verzeihen, und ich dürfte nie zu jemandem auch nur ein Wort darüber verlieren, dass es diese Frau gab. Dass unser Leben vorbei wäre, wenn jemand etwas herausfinden würde.

Können Sie sich das vorstellen? Ein erwachsener Mann auf den Knien, der bettelt wie ein kleines Kind.«

Es fiel Möhrs schwer, trotz dieser Schilderungen Mitleid mit Peter Frigge zu empfinden. Er verspürte auch keine Genugtuung über die gerade erhaltene Gewissheit, dass es an Bord der ›Fritz Straßmann‹ tatsächlich zu einem Verbrechen gekommen war, das Peter Frigge und seine Kollegen über Jahrzehnte hinweg vertuscht hatten. Er fühlte stattdessen eher lähmende Wut angesichts dieses ungesühnten Vergehens. Zwar kannte er die Einzelheiten nicht, doch das war auch nicht nötig. Was die Kerle dieser Frau angetan hatten, war allem Anschein nach grausam genug gewesen, dass es in einem Menschen, der davon wusste, einen unstillbaren Durst nach Vergeltung geweckt hatte. »Ich nehme an, Sie haben ihm verziehen.«

»Er war mein Mann«, sagte sie nur.

»Haben Sie später jemals wieder darüber geredet?«, fragte Möhrs.

»Nein. Und das wollte ich auch nicht. Für mich war die Sache erledigt. Es war danach alles wieder wie früher zwischen uns. Ihm war eine Last von der Seele gefallen. Er hat mich auf Händen getragen.« Ihre Blicke bettelten um Möhrs' Verständnis, doch er wich ihnen aus. »Er hat getrunken, ja, aber er ist immer arbeiten gegangen, und er ist mir gegenüber kein einziges Mal ausfällig geworden. Es ging ihm besser, wenn er getrunken hatte. Wenn Männer saufen, werden manche bösartig, und andere werden sanft wie Lämmer. Mein Mann gehörte zu den Lämmern.« Ihre großen hellen Augen schimmerten noch immer feucht, auch wenn der Strom von Tränen versiegt war. »Wissen Sie, das ist alles so furchtbar lange her.«

Möhrs blieb hart. »Und Sie haben trotzdem in all der Zeit nicht auch nur einen Gedanken daran vergeudet, zur Polizei zu gehen? Warum?«

»Warum?« Das Taschentuch zwischen ihren Fingern hatte

sie inzwischen zu dünnen Papierfetzen zerrieben. »Weil ich ihn geliebt habe. Hätten Sie das an meiner Stelle getan? Den eigenen Mann angezeigt, damit er ins Gefängnis muss? Damit er sie danach hasst?«

Möhrs hätte ihr mit einem Gemeinplatz antworten können. Dass der Weg zur Hölle mit guten Absichten gepflastert war. Dass in der Liebe und im Krieg entgegen landläufiger Meinung eben doch nicht alles erlaubt war. Dass jeder die Konsequenzen seines Handelns selbst zu tragen hatte. Stattdessen entschied er sich zunächst für einen großen Schluck Tee und danach für einen Themenwechsel. »Sie haben das also erst alles verdrängt, aber nach dem Unfall Ihres Mannes ist es Ihnen dann wieder eingefallen. Aus heiterem Himmel.«

»Nicht aus heiterem Himmel.« Brüskiert schüttelte sie den Kopf. »In den Wochen davor, da war er anders als sonst. Nicht so schlimm wie damals. Aber er war nervös. Unkonzentriert. Vergesslich. Ich habe ihn darauf angesprochen, und er meinte, es wäre wegen des Kraftwerks. Dass er sich Sorgen macht, ob er nicht doch irgendwann bald entlassen wird, weil man ihn da nicht mehr braucht. Ich habe ihm gut zugeredet.« Sie zerknüllte die Überreste des Taschentuchs und steckte sie in die Tasche ihrer Strickweste. »Bei ... bei seiner Beerdigung habe ich Frieder gefragt, ob er nicht auch Angst davor hätte, und ich habe ihm gesagt, dass sie alle auf sich aufpassen sollten.«

Möhrs' Wissen um die wirtschaftliche Lage und die weitere Zukunft des Kraftwerks, das er sich aus Artikeln im ›Kurier‹ angeeignet hatte, war gerade umfangreich genug, um vorherzusehen, wie Doris Frigges Bedenken wahrscheinlich begegnet worden war. »Und dann hat Ihnen Frieder Jakobs gesagt, dass sich die Techniker und leitenden Angestellten im AKW darüber keine Sorgen machen müssen, weil so ein Rückbau eventuell mehrere Jahrzehnte dauert. Jedenfalls lange genug, bis Ihr Mann in Rente gewesen wäre.«

»Genau.« Sie nickte. »Und dann habe ich mir noch mal Gedanken gemacht. Mir das Hirn darüber zermartert, was meinen Mann so unter Druck gesetzt hat, dass er unvorsichtig wurde.«

»Ihnen ist die Sache mit dem Foto und der Frau eingefallen«, kombinierte Möhrs.

»Ja. Es hat mir keine Ruhe gelassen.« Sie nestelte nervös an einem der dreieckigen Knöpfe ihrer Bluse. »Ich bin sogar damit zu Frieder gegangen. Er wollte nichts davon hören.«

»Wann war das?«, fragte Möhrs, auch wenn ihm so war, als würde er die Antwort bereits kennen.

»Letzten Dienstag. Ich bin erst zu ihm nach Hause gefahren, aber er war nicht da«, sagte sie. »Das war ja auch dumm von mir. Es war Dienstag.«

Nüchtern verbuchte Möhrs den zweiten Erfolg, den ihm sein Besuch bei ihr eingebracht hatte. Die Unbekannte, mit der Frieder Jakobs in der Mordnacht gesehen worden war, war keine Unbekannte mehr. Sie saß ihm gegenüber. »Also sind Sie zum ›Postillion‹. Zur Skatrunde.«

»Nicht zu allen.« Ein Kopfschütteln. »Ich wollte nur zu Frieder. Ich habe im Auto gewartet, dass er zum Rauchen vor die Tür kommt.«

»Warum sind Sie nicht hineingegangen?«

»Das ging nicht. Nicht vor allen Leuten«, sagte sie verschämt. »Und Frieder war außerdem derjenige von ihnen, mit dem man am besten reden konnte.«

»Und wie hat er auf Sie reagiert?«

»Ausweichend.« Der Schärfe in ihrem Ton nach zu urteilen, saß die Kränkung über die Zurückweisung tief. »Dass er mir nicht sagen kann, was damals wirklich war. Dass es besser ist, wenn ich nichts Genaues darüber weiß.«

Möhrs überspielte seine eigene Enttäuschung mit einem freundlichen Nicken. Doris Frigges Aussage in diesem Zusammenhang deckte sich mit der der Kellnerin, die das Gespräch zwischen ihr und Frieder Jakobs unfreiwillig belauscht hatte. Schade. »Sie haben mir sehr geholfen, Frau Frigge.«

Er trank seinen Tee aus und stand auf.

Sie blieb sitzen und schaute zu ihm hoch. »Glauben Sie, er hat sie … dass sie tot ist?«, fragte sie leise. »Glauben Sie, mein Mann war ein Mörder?«

Möhrs nutzte die Gelegenheit, ihr ein wenig Trost zu spenden. »Nein, das glaube ich nicht.«

Die Dankbarkeit, mit der sie die Hände faltete und den Blick zur Decke richtete, trieb ihn rasch aus dem Haus. Er ersparte es sich und ihr, sie darauf hinzuweisen, dass es eine ganze Reihe von Untaten gab, die das Leben eines Menschen vernichten konnten, ohne es ihm zu rauben.

72

Gernot Burmester packte alles, was er für seine Flucht brauchte, in eine einfache Sporttasche. Ein Koffer wäre zu auffällig gewesen. Er wollte auf keinen Fall den Anschein erwecken, eine längere Reise anzutreten, auch wenn nicht abzuschätzen war, wann und ob Güstrin für ihn je wieder sicherer Boden sein würde.

Er hatte bereits das Tor zum Hof aufgeschlossen und den Wagen vor dem Haus geparkt. Trotzdem ging er noch einmal alles durch, worauf er unbedingt achten musste. Die Sporttasche durfte nicht in den Kofferraum, denn das hätte zu sehr nach dem Verstauen von Reisegepäck ausgesehen. Er würde sie neben sich auf den Beifahrersitz stellen. Das war wesentlich unverdächtiger.

Er vergewisserte sich, dass er sein Handy auch wirklich auf den Küchentisch gelegt und nicht gewohnheitsmäßig in die Jackentasche gesteckt hatte. Handys waren zu leicht zu orten. Das Gerät war kein Verlust. Er hatte sowieso nur eins, damit ihn die Firma im Notfall überall und jederzeit erreichen konnte.

Er ging ins Arbeitszimmer im ersten Stock und fuhr seinen Rechner noch einmal hoch. Ja, er hatte alles richtig gemacht. Die Festplatte war komplett neu formatiert. Es gab für Fremde keine Möglichkeit mehr, herauszufinden, welche Seiten im Internet er zuletzt besucht hatte. Oder? Er war kein Informatiker. Manche der Fähigkeiten, die er bei jungen Kollegen gesehen hatte, grenzten für ihn an Zauberei. Ihm blieb keine Wahl. Er holte seinen Werkzeugkasten, schraubte den Computer auf und baute die Festplatte aus. Er trug sie ins Badezimmer, wickelte sie in ein Handtuch und zertrümmerte sie mit einem halben Dutzend Hammerschlägen. Die Bruchstücke spülte er die Toilette hinunter. Danach fühlte er sich ein bisschen beruhigt.

Er beugte sich über den Rand der Badewanne, um nachzusehen, ob er sie gründlich genug gescheuert hatte. Hatte er. Niemand würde je erfahren, dass er den kleinen Karton und seinen verräterischen Inhalt darin verbrannt und die Asche den Abfluss hinuntergespült hatte.

Das Telefon klingelte.

Er würde nicht abheben. Er war schon so gut wie weg. Er ging hinunter ins Erdgeschoss, hängte sich die Sporttasche über die Schulter und schlüpfte in seine Schuhe. Aber was, wenn es jemand Wichtiges war? Jemand von der Fluggesellschaft, der ihm mitteilen wollte, dass es ein Problem mit seiner Buchung gegeben hatte? Oder dieser Kommissar, dieser Möhrs? Würde es nicht verdächtig wirken, wenn er den Anruf nicht entgegennahm? Was, wenn sein Haus von der Polizei observiert wurde und einer der verdeckten Ermittler sich wunderte, warum er seinen Wagen so lange draußen stehen ließ?

Er hastete zum Telefon und riss es förmlich von der Ladestation. »Ja?«

»Hallo, Gernot. Hier ist Horst.«

»Oh.«

»Ich wollte mal hören, wie es bei dir mit diesem Bullen so gelaufen ist.«

Burmester rieb sich nervös die Glatze. Irgendetwas stimmte mit der Verbindung nicht. Johnsen klang, als käme seine Stimme aus einem tiefen Loch, und die Silben am Ende seiner Worte wurden von der Störung verschluckt. Was war das? Wurde sein Telefon etwa abgehört? »Ich habe ihm nichts gesagt.«

»Ach was? Ehrlich? Zu uns hat er nämlich gemeint, du hättest was über ein verjährtes Verbrechen auf der ›Straßmann‹ erzählt.«

Burmester begriff, dass es keine Störung gab. Johnsens Stimme hörte sich ohne jeden technischen Einfluss so verwaschen und abgehackt an. War er betrunken? So früh am Morgen? Darüber durfte er jetzt nicht nachdenken. Es spielte keine Rolle, wie Johnsen sich anhörte. Es war viel wichtiger, *was* er gerade gesagt hatte. »Was meinst du mit uns? Bist du nicht allein?«

»Mike sitzt neben mir.«

Fast hätte Burmester aufgeatmet. Es war nur Ritter. Aber sie hatten miteinander geredet. Über ihn. »Möhrs könnt ihr vergessen. Der setzt mich nicht mehr unter Druck.«

»Was? Was soll das heißen? Er setzt dich nicht mehr unter Druck?«

Burmester war drauf und dran, aufzulegen. Hatte er einen Fehler gemacht? Nein. Horst war sein Freund. Oder nicht? »Ich gehe weg.«

»Red keinen Scheiß.«

»Das ist kein Scheiß. Ich gehe weg. Hier ist es zu gefährlich. Mich braucht hier ja auch keiner mehr.« Burmester schaffte es nicht, seine Zunge im Zaum zu halten. Er wollte unbedingt, dass Johnsen ihn verstand. Er hatte seine Gründe für das, was er vorhatte. Gute Gründe. Er war nicht verrückt. »Der Reaktor ist runtergefahren. Ich werde niemandem fehlen. Ich kann hier nicht bleiben. Sie bringt uns alle um. Und selbst wenn Möhrs ihr auf die Schliche kommt, ist hier sowieso alles vorbei. Das weißt du auch.«

»Ganz ruhig, Gernot, ganz ruhig. Tu jetzt bloß nichts Unüberlegtes. Du bleibst schön, wo du bist. Wo würdest du auch hin?«

Burmester biss sich auf die Lippen.

»Zu deiner Schwester nach Mallorca, oder was?«, schnaubte Johnsen. »Mann, das ist doch Wahnsinn!«

Burmester hätte sich dafür ohrfeigen können, Johnsen jemals von Reginas Angebot berichtet zu haben. In Frührente zu gehen und zu ihr zu ziehen. Er hatte genug Geld auf der hohen Kante und sie ein halbes Apartment frei, seit ihr Mann vorletztes Jahr seinen langen Kampf gegen den Krebs verloren hatte. Was hielt ihn denn schon in Güstrin? Familie? Die hatte er nicht. Die Arbeit? Das war ja nun auch hinfällig. Seine Freunde? Möglich. Aber warum eigentlich? Waren sie nicht eine ständige Erinnerung daran, weshalb er sich zu dem Sonderling entwickelt hatte, der er heute war?

»Hast du dabei vielleicht auch an uns gedacht?«, blaffte Johnsen. »Wie es aussieht, wenn du jetzt so einfach abhaust? Dann lassen die Bullen gar nicht mehr locker.«

»Bestell Mike einen schönen Gruß von mir.«

Burmester schleuderte das Telefon von sich, das irgendwo im Wohnzimmer mit dem Geräusch von zerspringendem Hartplastik auf den Fliesen landete. Er rannte zur Tür, aus dem Haus hinaus. Kehrte noch einmal um, weil er vergessen hatte, die Tür zuzuziehen. Er schloss den Wagen auf, stellte seine Sporttasche dort ab, wo er es geplant hatte.

Das satte Brummen des Motors war Balsam für seine Nerven. Er fuhr los, und zum ersten Mal, seit er nach Güstrin gezogen war, wartete er am Stoppschild an der Ecke nicht, bis alle vier Räder zum Stillstand gekommen waren, sondern bog zügig auf die Hauptstraße ab.

Er erlebte eine echte Überraschung: ein Gefühl von Freiheit, das in ihm wuchs und wuchs und ihm die Freudentränen in die Augen trieb, je mehr Örtlichkeiten er passierte, die er endgültig hinter sich ließ. Die Bäckerei mit der Verkäuferin, die immer so tat, als würde er viel zu leise sprechen, weshalb er seine Bestellung immer mindestens einmal wiederholen musste. Den kleinen Park, den er ohnehin mied, weil er Hunde und Kinder nicht leiden konnte. Den ›Postillion‹, in den er jeden Dienstagabend ging, obwohl er Skat doch eigentlich hasste und schon auf See nur mitgespielt hatte, damit er nicht nur nutzlos in der Ecke saß.

Beim Anblick des Ortsschilds, auf dem der Name Güstrin mit einem dicken roten Querbalken durchgestrichen war, erlaubte er sich ein breites Lächeln. Geschafft. Er hatte es wirklich getan. Er war auf dem Weg in eine Zukunft, in der Güstrin nur noch eine blasse Erinnerung sein würde.

Auf der Landstraße beschleunigte er auf hundertzwanzig, um ein Ventil für die Glücksgefühle zu finden, die sich in ihm Bahn brachen. An der ersten Kreuzung wählte er sogar absichtlich eine schmalere, kurvenreichere Strecke, obwohl dies einen Umweg zum Autobahnzubringer bedeutete. Das war der Arbeitsweg von Peter von seinem Haus im Grünen zum Kraftwerk gewesen – ein Gedanke, der ihn vor wenigen Minuten noch betrübt hätte und nun nur noch den Schatten eines nostalgischen Bedauerns ihn ihm auslöste. All das zählte nicht mehr. Seine Freunde, das AKW, die unerträgliche Angst vor ihr. Peter war unter der Erde, und Frieder und Ernst hatte sie auch erwischt. Aber ihn nicht. Er war ihr entkommen. Dort, wo er hinging, würde sie ihn nicht finden.

Er malte sich seine Ankunft am Hamburger Flughafen aus. Wie er den Audi auf einem Dauerparkplatz abstellte. Wie er zum Terminal schlenderte und sich noch ein Magazin für den Flug kaufte. Ein Automagazin am besten. Wie er eincheckte und die Frau am Schalter über einen kleinen Scherz von ihm lachte. Was er im Flieger trank. Tomatensaft. Tomatensaft und Wodka. Wie heiß es bei seiner Ankunft auf Mallorca war. Blauer spanischer Reisekataloghimmel. Wie sehr Regina sich freute, ihn wiederzusehen. Wie sie ihn umarmte und ihm gleich ein Café zeigte, das ein echter Geheimtipp unter den Einheimischen war. Sein Spanisch war etwas eingerostet, aber sie sprach es natürlich fließend.

Den Wagen, der mit heulendem Motor zu ihm aufschloss, bemerkte er erst, als dessen linker Kotflügel ihm in die Fahrertür krachte. Schreiend verlor Gernot Burmester die gerade erst zurückgewonnene Kontrolle über sein Leben. Kräfte, die gegenüber all seinen Hoffnungen und Träumen absolut teilnahmslos waren, packten ihn und löschten ihn samt seiner erträumten Zukunft restlos aus.

73

Bernd stellte fest, dass die Mohnschnecke überraschend lecker war. Dafür ließ der Cappuccino etwas zu wünschen übrig, aber was sollte man da machen? Er saß eben nicht in seinem Lieblingscafé am Alsterufer in Hamburg, sondern in der Güstriner Fußgängerzone in einer Bäckerei, deren Inhaber einen Batzen Geld in die Hand genommen hatte, um einen Teil seines Ladens in einen modernen Coffeeshop umzubauen.

Vielleicht war es einmal mehr eine falsche Entscheidung von ihm gewesen, Katja allein losziehen zu lassen. Doch er war eben ein Mann mit festen Prinzipien, auch wenn es nicht sehr viele waren. Eines davon war, anderen Menschen möglichst nicht vorzuschreiben, was sie zu tun und zu lassen hatten. Ein anderes – und das war in diesem Fall sicher das entscheidendere – bestand darin, sich nicht wissentlich in Situationen hineinzubegeben, in denen er Gefahr lief, die

Beherrschung über sich zu verlieren. Ein Treffen mit diesem Spinner Thies Lüdersen wäre genau in diese Kategorie gefallen. Außerdem hatte er seine bestellten Bücher bei dem netten Mädchen mit den rosa Haaren abgeholt. Es hatte ihm sogar dabei geholfen, sie zum Auto zu tragen. Bevor er sich aufgemacht hatte, nach einem Ort für einen Mittagsimbiss zu suchen, und dabei in diesem Coffeshop gelandet war, hatte er sich aus einem der drei großen Kartons wahllos ein Buch gegriffen. ›Kreuz, Halbmond, Davidstern – Religiöse Symbole und ihre Bedeutung‹ hieß es, und es war ungefähr so trockene Lektüre, wie sein Titel vermuten ließ. Noch dazu hatte es eindeutig nicht genug Illustrationen, als dass man es eben entspannt zum Cappuccino hätte durchblättern können, um einen groben Überblick über den Inhalt zu bekommen. Trotz der Anschaffung seiner kleinen Fachbibliothek war sich Bernd generell nicht sicher, ob Katja sich da nicht in etwas verrannte. Wie sollte es ihnen bei der Suche nach Frieders Mörder denn weiterhelfen, wenn sie wussten, was es mit der Rune auf sich hatte, die ihm in die Stirn geritzt worden war? Er hatte nicht gewagt, Katja danach zu fragen, was sie sich von dieser Erkenntnis erhoffte, nachdem sie von ihrem Gespräch mit Erika Saalfeld zurück war. Sie war ziemlich geladen gewesen, und er hätte sich nur einen dummen Spruch von ihr abgeholt.

Bernd klappte das Buch zu und beschloss, sich auf eine andere Idee zu konzentrieren, auf die ihn Thilo Saalfeld gebracht hatte. Eine »Spur« wollte er das Ganze noch nicht einmal sich selbst gegenüber nennen. Er war ja nicht seine Patentochter, die in ihrem Eifer dazu übergegangen war, sich auf jeden noch so winzigen Anhaltspunkt zu stürzen wie der Habicht auf die Feldmaus. Noch während er überlegte, welcher seiner alten Freunde und Kontakte ihm die passenden Auskünfte liefern könnte, klingelte sein Handy. Der Name auf dem Display war eine Überraschung. Ob es eine böse war, würde sich erst noch zeigen.

»Hallo, Susanne. Geht deine Tochter nicht ran, oder warum versuchst du es bei mir?«, begrüßte er Katjas Mutter.

»Mir war nur danach, mich mit einem arroganten Schnösel zu unterhalten«, gab sie zurück. »Hast du einen Moment Zeit?«

»Für meine glühendste Verehrerin doch immer.«

»Ich mache mir Sorgen«, sagte Susanne ernst, ein klares Signal, dass das Vorgeplänkel für sie vorüber war. »Wie geht es ihr?«

»Warum fragst du sie nicht selbst?«

»Du weißt, wie sie ist.« Ein Seufzen. »Sie redet nicht gern über ihre Gefühle.«

»Von wem sie diesen zauberhaften Charakterzug wohl hat ...«

»Bernd, bitte.«

Bernd horchte auf. Susanne war normalerweise nicht der Typ Mensch, der das Wort »bitte« verwendete.

»Ich bin im Moment auch neben der Spur«, gestand sie.

»Wahrscheinlich aus den gleichen Gründen wie Katja. Frieders Tod nimmt sie richtig mit.« Er zweifelte keine Sekunde daran, dass Katja ihm für diese Einschätzung eine schallende Ohrfeige verpasst hätte – noch dazu, weil er sie ausgerechnet mit ihrer Mutter teilte. Darauf konnte er keine Rücksicht nehmen. Katja wäre so oder so völlig ausgerastet, wenn sie auch nur geahnt hätte, worauf sich seine Schwierigkeiten gründeten, Susanne gegenüber die Klappe zu halten. Er hätte es ihr nicht übel genommen. Was damals zwischen ihren Eltern und ihm passiert war, war weder leicht zu erklären noch leicht zu verstehen. »Ihr geht es wie dir. Wie uns allen. Da werden alte Wunden aufgerissen. Aber sie ist zäh. Eine tapfere kleine Zinnsoldatin. Das brauche ich dir nicht zu erzählen.«

»Ich habe nachgedacht, Bernd. Wegen der Sache mit Frieder. Dass man nie weiß, wie lange man noch lebt. Dass von jetzt auf nachher alles vorbei sein kann.« Ihre Stimme wurde so leise, dass er sich sein Telefon fester gegen das Ohr presste. »Was ist, wenn einer von uns beiden stirbt? Oder wir beide zusammen? Wenn ich bei dir im Auto sitze und jemand in uns reinfährt. Was dann? Wer sagt ihr dann die Wahrheit?«

»Für mich hat sich nichts geändert. Wir hatten uns darauf geeinigt, weil es die sinnvollste Lösung ist.« Bernd hatte das Gefühl, seinen besten Freund ein zweites Mal zu verraten, doch was damals richtig gewesen war, konnte heute nicht falsch sein. Thomas hätte die Sache haargenau so gesehen. »Es ist besser für uns alle, wenn sie die Wahrheit nie erfährt.«

74

Der bullige Taxifahrer vom Vortag war sichtlich darüber erfreut, dass sich Katja an ihn erinnerte und seine Dienste noch einmal in Anspruch nahm. Er rümpfte selbst dann nicht die Nase, als sie ihren halbgeschmolzenen Schokoriegel bei ihm im Auto aß. Beim Absetzen an der Einfahrt zu Thies Lüdersens Hof fragte er sie sogar, ob er nicht gleich an Ort und Stelle auf sie warten sollte.

»Besser nicht«, antwortete sie ihm. »Ich habe keine Ahnung, wie lange das hier dauert.«

»Sie wissen, Sie können mich ruhig anrufen, sobald Sie fertig sind«, erinnerte er sie eilfertig. »Sie haben ja meine Nummer.«

Sie verabschiedete sich mit einem Lächeln und einem Winken, um danach den kurzen Schotterweg zu einem Gebäude hinunterzuschlendern, das aussah, als wäre es durch ein Zeitloch gefallen. Die Fachwerkwände des zweistöckigen Baus waren bis hinauf über die Regenrinne von Efeu, wildem Wein und Brombeerranken überwuchert. Das Dach war an einigen Stellen derart auffällig gewellt, dass die Stützkonstruktion darunter teilweise nachgegeben haben musste, und hier und da fehlten auch Schindeln. An den Fensterrahmen zeugten nur noch letzte Reste von brüchigem Lack davon, dass sie einmal grün gestrichen gewesen waren. Trotzdem gab das Haus für Katja kein Bild des unaufhaltsamen Zerfalls ab. Es erweckte eher – vielleicht auch dank des strahlenden Sonnenscheins – den idyllischen Eindruck eines Überbleibsels aus einer vergangenen Epoche, in der die Welt noch weniger hektisch und nicht so sehr auf den schönen Schein einer makellosen Oberfläche versessen gewesen war. Beinahe alles hier fügte sich ganz wunderbar in dieses Bild. Die windschiefe Scheune, deren Tor mit einem einfachen Balken verriegelt war. Der große Misthaufen daneben, in dem tatsächlich auch eine Mistgabel steckte. Der von einem Drahtzaun umschlossene Hühnerstall mit der Trittleiter, vor der fette Hennen im sandigen Boden nach leckeren Würmern scharrten. Der hohe Baum mit dem mannsdicken Stamm, unter dessen ausladender Krone eine kleine Herde Ziegen graste. In der Luft lag unter der dominanten Note von Dung das schwache Aroma von frisch Geräuchertem.

Nur zwei Details störten Katja. Das eine stach als paradoxer Anachronismus heraus, da es offensichtlich aus der Moderne stammte: das handgemalte Schild neben der Tür, auf dem »Frische Bioeier« geschrieben stand. Das andere zog aus dem genau entgegengesetzten Grund Katjas Aufmerksamkeit auf sich: Das Zelt zwischen Hühnerstall und dem Baumriesen wirkte *zu* urtümlich, fast so, als hätte ein Bauer vor einhundertfünfzig Jahren überraschenden Besuch von einem Nomadenvolk aus der Steppe erhalten. Seine Außenhülle bestand aus gegerbten Lederstücken, die mit einer bröckelnden Lehmschicht überzogen waren. Neben einer halbrunden Öffnung, über der eins der Lederstücke wie eine Decke fürs Marschgepäck zusammengerollt war, steckten links und rechts zwei erloschene Pechfackeln im Boden. Katja vermutete, dass das eigentümliche Zelt in irgendeinem

Zusammenhang mit den religiösen Überzeugungen seines Besitzers stand, was immerhin eine Erklärung, aber letztlich keine Beruhigung darstellte. Die Beklemmung, gegen die sie gestern im Wald auf dem Weg zum Hünengrab schon einmal angekämpft hatte, meldete sich zurück, als sie auf das Haupthaus zuging. Was, wenn die Person, die ihr die tote Amsel hatte zukommen lassen, sie heimlich verfolgt hatte und Thies Lüdersen am Ende gar nicht daheim war? Dann wäre jetzt noch so ein günstiger Zeitpunkt, sie einfach verschwinden zu lassen. Sie beschleunigte ihre Schritte, kam an der Haustür an und suchte nach einer Klingel. Die gab es nicht, aber dafür eine große grünspanüberzogene Glocke, die sie kräftig läutete. Die Ziegen verfielen über so viel Lärm sofort in protestierendes Gemecker.

Katja hörte erst endlos lange nichts, dann ein lautes Fluchen und schwere Schritte hinter der Tür, die schließlich schwungvoll aufgerissen wurde. »Ist Holland in Not?«, blaffte ein wahrer Kleiderschrank von Mann, der außer einem Handtuch um die Hüften und einem Anhänger in Form eines gezackten Sterns nichts an seinem haarigen Leib trug. Sein langes Haar klebte ihm dunkel und nass am Schädel bis zu den breiten Schultern hinab, die über und über mit Schuppen wie von einem Drachen tätowiert waren.

Katja machte einen Schritt zurück.

»He, nicht erschrecken.« Der Mann schien sich seiner Wirkung bewusst zu werden und hob beschwichtigend den rechten Arm, während er mit der Linken weiter sein Handtuch festhielt. »Ich stand nur unter der Dusche.« Er deutete auf das sonderbare Zelt. »Ich komme gerade aus der Schwitzhütte.«

»Schwitzhütte.« Katja entspannte sich ein bisschen. Das klang skurril, aber irgendwie harmlos. Nach Sauna und Kräuteraufguss. Bernd war ein leidenschaftlicher Saunagänger, weil das angeblich toll für den Kreislauf war. Sie fand es schlicht und ergreifend nur furchtbar heiß. Für den Mann vor ihr war es wohl Teil eines ausgedehnteren Gesamtprogramms für seine Fitness. Er hatte kein Gramm Fett an sich. Im Gegenteil: Über den Rand des Handtuchs lugten die Wölbungen eines beeindruckenden Sixpacks hervor. Überhaupt galt er sicher unter solchen Frauen, die auf Liebesromane mit gestählten Wikingern oder Schotten oder Vampiren oder schottischen Vampirwikingern auf dem Cover abfuhren, eindeutig als Traummann, dem man bereitwillig in jede noch so stickige Schwitzhütte gefolgt wäre. Ihr Fall war das zwar nicht, aber er besaß eine schier überwältigende physische Präsenz. Sie stellte verblüfft fest, dass sie ihn seit einigen Sekunden schweigend anstarrte. »Mein Name ist Katja Jakobs«, sagte sie rasch. »Ich bin Journalistin und recherchiere für einen Artikel. Sie wurden mir als Experte in Sachen Neuheidentum empfohlen, Herr Lüdersen.«

»Ach? Wirklich?«

Er musterte sie neugierig, und sie stellte fest, dass seine Naturburschenschönheit einen kleinen Makel aufwies: Er schielte auf dem rechten Auge. Die Pupille saß nicht in der Mitte, sondern war ein ganzes Stück zum Augenwinkel hin verschoben. Verflucht, sie starrte ihn schon wieder an! »Ich hätte da einige Fragen zur genauen Bedeutung von Runen.«

»Ich werfe mir schnell etwas über, ja?«, schlug er vor.

»Nur zu«, ermunterte sie ihn. Ihrer Konzentration würde es nicht schaden, wenn er nicht mehr halbnackt vor ihr stand.

Er drehte sich um und schloss die Tür hinter sich bis auf einen Spalt.

»Und Entschuldigung für die Störung!«, rief sie ihm hinterher.

Er brauchte nicht lange zum Anziehen. Bei seiner Rückkehr trug er ein weites Leinenhemd, das verdächtig selbstgeschneidert aussah, und eine dunkle Lederhose. Das Haar hatte er sich mit einem Wollfaden zusammengebunden. Barfuß war er allerdings noch immer.

»Ich mag Ihren Hof«, empfing ihn Katja, da ein Kompliment zum Einstieg nie schaden konnte.
»Danke.«
»Bewirtschaften Sie ihn ganz allein?«
»Ja.«
»Klingt nach einer …« Katja unterbrach sich, weil ihr beinahe ein unpassendes »Heidenarbeit« herausgeplatzt wäre. »Nach einer Menge Arbeit.«
»Das stört mich nicht«, winkte er ab. »Ich habe mich in den letzten zwanzig Jahren daran gewöhnt.«
»Zwanzig Jahre?«, stutzte Katja, registrierte dann aber zwei Dinge: Zum einen wies sein Hals tatsächlich die feinen Fältchen eines Menschen auf, der die Vierzig schon überschritten hatte. »Altersringe« nannte ihre Mutter sie manchmal scherzhaft. Zum anderen war sein rechtes Auge recht eigenwillig, denn nun war die Pupille da, wo sie sein sollte.
»Was ist?«, fragte er interessiert.
»Nichts. Ich hätte Sie nur jünger geschätzt.«
»Ja, das Landleben hält jung.« Er rieb sich über den beneidenswert flachen Bauch. »Aber es gab auch aufregende Zeiten. Ich komme ursprünglich aus Hamburg. Bin da in meiner rebellischen Phase in der Hausbesetzerszene rumgedümpelt. Irgendwann bin ich mit ein paar Leuten raus aus der Stadt. Das wurde uns alles zu stressig. Mit den Bullen und dem Steinewerfen. Wir sind in eine Kommune im Wendland. Den anderen ging es ums Aussteigen und um den Widerstand gegen die Atomlobby. Gorleben, Sie wissen schon.«
Katja wollte ihn nicht bremsen, wo er doch so schön ins Plaudern geraten war. Je mehr sie ihm das Gefühl vermittelte, ihn nicht ausschließlich als eine Art lebendes Lexikon für Runenkunde zu betrachten, desto besser standen die Chancen, dass er sich gleich besonders viel Mühe geben würde, ihre wirklich drängenden Fragen zu beantworten. »Und Ihnen?«
»Hm?«
»Worum ging es Ihnen dabei? Bei der Kommune.«

»Oh, mir ging es am Anfang um den Sex«, sagte er grinsend. »Nicht, dass jede Nacht wilde Orgien gefeiert worden wären, aber es herrschte schon eine entspannte Atmosphäre. Wenn nicht gerade politisiert und das Schweinesystem verdammt wurde. Da bin ich übrigens auch zum ersten Mal mit Ásatrú in Kontakt gekommen. Über eine andere Gruppe zwei Höfe weiter. Sie hatten uns zu ihrem Sommersonnwendfest eingeladen. Gute Zeiten. Oh, Verzeihung. Ásatrú sagt Ihnen was?«

Sie nickte. »Der Glaube an die Götter aus den nordischen und germanischen Sagen und Legenden.«

»So ungefähr«, sagte er. »Tja, und dann wurde aus Spaß nach und nach Ernst, und ich habe angefangen, mich intensiver mit dem alten Glauben zu beschäftigen. Da war es dann nur noch ein kleiner Schritt, mein eigenes Ding machen zu wollen. Ich habe was von meiner Tante geerbt und diesen Hof gekauft. Ganz bewusst hier in der Gegend. Um dem AKW was entgegenzusetzen. Um allen zu zeigen, dass man sehr gut von der Natur leben kann, ohne sie dabei zu zerstören. Was schauen Sie so?«

Katja lächelte. »Wenn Sie das so erzählen, hört sich das alles so normal an.«

»Was ist Ihrer Meinung nach daran denn nicht normal?«, fragte er spöttisch.

»Na ja …« Sie runzelte die Stirn. Meinte er das ernst? »Sie werden doch nicht leugnen, dass die meisten Leute Sie und Ihre Vorstellungen eher für … sagen wir mal … ausgefallen halten?«

»Das interessiert mich nicht«, sagte Lüdersen mit einer gewissen Belustigung. »Erstens gibt es mehr von uns, als die meisten denken. Viele, die dem alten Glauben anhängen, machen nur nicht so eine große Sache daraus. Gerade im Osten. Trotz DDR. In Meckpomm gibt es Dörfer, wo Sie nie vermuten würden, dass dort die Praktiken aus der Zeit unserer Vorfahren noch sehr lebendig sind. Wo bis heute in bestimmten Familien uraltes Wissen weitergegeben wird, damit die Rituale nicht aussterben.«

»Und zweitens?«, erinnerte ihn Katja daran, dass er noch einen anderen Punkt hatte anbringen wollen.

»Zweitens ist es aus meiner Sicht genauso ausgefallen oder exotisch oder verrückt, Christ zu sein.« Er zog eine skeptische Miene. »Zu glauben, dass jemand nach drei Tagen in der Gruft von den Toten aufersteht. Dass eine Oblate sich beim Essen in das Fleisch eines gekreuzigten Gottes verwandelt. Wo ist da der Unterschied zu dem, was ich glaube?«

Wenn er darauf abgezielt hatte, mit seinen Vergleichen Katjas religiöse Gefühle zu verletzen, war er kläglich gescheitert. Er hatte ihr jedoch die Option verschafft, das Gespräch in eine Richtung zu lenken, die näher an ihrem Ziel lag. »Und woran glauben Sie?«

»Ich koche es mal für Sie runter«, kündigte Lüdersen in gönnerhaftem Ton an. »Die Einzelheiten würden Sie wahrscheinlich nur verwirren. Wir Ásatrú glauben, dass alle Vorgänge in der Welt von zwei widerstreitenden Mächten angetrieben werden. Einer schöpferischen Kraft und einer zerstörerischen. Die eine sind die Asen, die anderen die Riesen. Wir haben uns für die Asen und ihre Sache entschieden.« Er spielte mit seinem Anhänger, den Katja bisher für einen Stern gehalten hatte, der sich aber bei näherer Betrachtung als drei ineinander verschlungene Dreiecke entpuppte. »Dabei sind wir nicht so einfältig, nicht zu begreifen, dass manche Dinge erst vergehen müssen, damit Neues entstehen kann. Für mich ist die Absicht, in der man handelt, dabei das Entscheidende. Will ich erschaffen oder will ich vernichten?«

»Und wofür steht Ihr Anhänger?«

»Warum fragen Sie?« Er kniff die Augen zusammen. »Weil Sie ihn schon bei Nazis gesehen haben?«

»Nein.« Seine plötzliche Abwehrhaltung überraschte Katja. »Nicht bewusst jedenfalls.«

»Manche dieser Idioten benutzen ihn nämlich auch. Ohne zu wissen, was dahintersteckt, natürlich.« Lüdersens Stimme nahm einen geradezu ehrfürchtigen Ton an. »Es ist ein Valknut. Für mich ist es ein Symbol für die Macht des Allvaters Wotan und für die Art und Weise, wie die neun Welten des Kosmos untrennbar miteinander verknüpft sind.«

Katja hielt sich üblicherweise für einen toleranten Menschen, aber sie konnte sich nicht dagegen wehren, dass ihr Lüdersens Erklärungen vorkamen wie aus einem dieser Fantasyrollenspiele, von denen ihr Thilo erzählt hatte. »Das ist sehr interessant.«

Grinsend deutete Lüdersen auf ihren Hals. »Wofür Ihr Anhänger steht, brauchen Sie mir nicht zu erklären.«

»Das ist nicht meiner.« Ihre Hand legte sich automatisch schützend über das kleine Kruzifix, das ihr Veronika Möllner aufgedrängt hatte. »Ich meine, er war ein Geschenk.«

»Schon gut. Sie müssen sich nicht für Ihren Glauben entschuldigen, genauso wenig wie ich mich für meinen.« Er erhob sich geschmeidig und klopfte sich den Hosenboden sauber. »Was wollen Sie denn nun von mir wissen?«

Katja zögerte. Lüdersen mochte eine ungewöhnliche Erscheinung sein, und seine Weltanschauung deckte sich nicht mit der ihren, doch in dieser Hinsicht war er unter den vielen Menschen, mit denen sie bislang Interviews geführt hatte, kein Unikat. Trotzdem wurde Katja kalt, und ein dumpfer Druck breitete sich in ihrem Schädel aus. Hier und heute ging es nicht darum, einen sozialen Missstand anzuprangern oder auf eine bedenkliche gesellschaftliche Entwicklung aufmerksam zu machen. Alles hehre Ziele, für die sie sich gern einsetzte. Weil es sonst keiner tat. Weil es irgendjemand tun musste. Doch Katja hatte immer darauf geachtet, dass die Grenze zwischen ihr als Person und ihrer Funktion als Journalistin gewahrt blieb. Dass sie vieles nicht zu sehr an sich heranließ, um das für ihre Arbeit nötige Maß an Distanz zu wahren. Daran war heute nicht zu denken. Was sie von Lüdersen zu hören hoffte, betraf ihre ureigensten Empfindungen. Da war keine Distanz, keine Grenze. Vielmehr war sie erfüllt von Wut auf denjenigen, der ihren Onkel umgebracht hatte, von mühsam im Zaum gehaltener Trauer über ihren Verlust, ihrer unterschwelligen, durch neuen Ermittlungseifer nur bedingt zu lindernden Angst darüber, ins Visier des Täters geraten zu sein, und von einer noch größeren Furcht, bei der Suche nach ihm zu versagen. Katja zwang sich, die Situation wie eine Außenstehende zu betrachten. Was hatte sie schon davon, sich ihren Ängsten und Befürchtungen hinzugeben? Nichts. Außer einem Gefühl der Ohnmacht. Wahrscheinlich war es genau das, was ihr Widersacher erreichen wollte, und es war dieser Gedanke, der Katjas Trotz weckte. Sie war kein Spielzeug, keine Marionette, kein Opfer. Sie würde das Spiel gegen diesen Kerl auf keinen Fall verlieren. Sie ging in die Hocke und zeichnete mit dem Finger das Symbol in die Erde, über dessen Sinn und Zweck Lüdersen sie aufklären sollte. »Was ist das?«

Lüdersen betrachtete das Zeichen keine zwei Sekunden, bis er eine Antwort parat hatte. »Eine Rune. Aus dem Futhark. Vordergründig ist sie ein R.«

»Aber sie hat noch eine andere Bedeutung?«, bohrte Katja nach.

»Ja«, sagte er. »Sie ist einer bestimmten Gottheit zugedacht. Forseti. Dem Gott des Rechts und des Gesetzes.«

»Recht und Gesetz? Hört sich fast so an, als wäre das einer der guten Götter.«

»Nun ja, kommt darauf an, wie man es sieht.« Lüdersen wischte die Rune mit seinem nackten Fuß weg. »Ich würde dafür plädieren, dass er weder gut noch böse ist. Er sorgt nur dafür, dass das Gesetz gewahrt bleibt und so die Ordnung der Welt erhalten wird.«

»Dann ist er eine Art … Naturgewalt?«, versuchte Katja, das hinter diesem Gott stehende Konzept nachzuvollziehen.

»Ja, wenn man so will«, sagte Lüdersen. »Eine Naturgewalt. Ein grundlegendes Prinzip, dem sich alles beugen muss.«

Katja merkte, dass sie ihre Fragen präziser formulieren musste, um Lüdersen davon abzuhalten, zu sehr ins weite Feld der Metaphysik abzuschweifen. »Was würde es bedeuten, wenn man jemandem so eine Rune wie die hier als Drohung schickt? Was würde mir der Absender Ihrer Meinung nach damit sagen wollen?«

»Dass Sie sich aus seiner Sicht besser nicht der Gerechtigkeit in den Weg stellen sollten.« Er taxierte sie durchdringend. »Würde ich zumindest aus dem Bauch heraus vermuten.«

Katja nickte. Ihr Besuch hier hatte sich schon gelohnt. Lüdersen ahnte es wohl nicht, doch er hatte ihr soeben ein wichtiges Detail über den Mörder ihres Onkels verraten: Er sah sich offenbar selbst auf einer Art heiliger Mission. Er war ein Fanatiker, bereit, für seinen Glauben zu morden. »Und wenn man diese Rune in der Nähe einer Leiche findet, was dann?«

Lüdersen legte die Stirn in Falten. »Sonderbare Fragen, finden Sie nicht? Worüber recherchieren Sie noch mal?«

»Darüber, wie viel altes Wissen durch die Christianisierung verloren gegangen ist«, log Katja und freute sich insgeheim einmal mehr, Thilo begegnet zu sein. »Ich meine, die meisten Menschen machen sich ja gar nicht klar, dass Bräuche wie das Osterfeuer nur bedingt etwas mit Ostern zu tun haben.«

»Es ist im Grunde ganz einfach.« Er lächelte, als erfüllte es ihn mit einem gewissen Stolz, sie in einige der Einzelheiten seines Glaubens einzuweihen. Nicht auszuschließen, dass er sie unter Umständen sogar für die Ideen der Ásatrú zu begeistern versuchte. »Wenn Sie diese Rune an oder bei einer Leiche finden, hat der, der sie angebracht hat, seiner Überzeugung nach nur einen Verbrecher bestraft und begangenes Unrecht wiedergutgemacht. Hört sich grausam an, aber unter unseren Vorfahren musste man wahrscheinlich sehr lange suchen, um einen Gegner der Todesstrafe zu finden. Andere Zeiten, andere Sitten.«

Sein beiläufiger Unterton gefiel ihr nicht. »Bessere Zeiten?«

»Das muss jeder für sich selbst entscheiden.«

Hinter Katja knirschten Reifen auf Schotter. Sie drehte sich um. Über die Zufahrt zum Hof näherte sich ein weißer Kombi mit einem vertrauten Logo auf der Fahrertür: einem großen Geweih in Grün. Der Wagen bremste ab und kam fast zum Stehen, doch dann gab die Frau hinterm Steuer wieder Gas und lenkte ihn bis vor den Hühnerstall. Knackend wurde die Handbremse angezogen. Veronika Möllner stieg aus.

»So schnell sieht man sich wieder«, begrüßte Katja die Wirtin.

Lüdersens Reaktion auf Veronikas Erscheinen fiel wesentlich weniger herzlich aus. »Was willst du denn hier?«

»Eier«, sagte Veronika knapp. »Steht doch auf deinem Schild da, dass du welche verkaufst.«

»Natürlich.« Er nickte. »Eier.«

Katja bemerkte einen verunsicherten Blick von Veronika in ihre Richtung, den sie erst nicht ganz einzuordnen vermochte. Dann dämmerte ihr, woher das Unbehagen womöglich rührte. Veronika war nicht zum Eierkaufen hier. Sie wollte etwas verkaufen. Ihren Hof. Sie hatte seinem Drängen nachgegeben. Und das musste ihr natürlich wie eine Niederlage vorkommen. Gerade weil sie gegenüber Katja und Bernd so beharrlich den Eindruck vermittelt hatte, sie würde schon mit allem ganz wunderbar fertig werden – mit der Behinderung ihres Mannes, mit der Leitung des Gasthofs, dem Bewirten der Gäste. Und jetzt musste sie sich hier – ausgerechnet vor einer Zeugin, die im Moment noch bei ihr untergebracht war – geschlagen geben.

»Ich bin gleich wieder für Sie da«, sagte Lüdersen zu Katja und ging auf den Hühnerstall zu. Veronika folgte ihm, schloss zu ihm auf und redete leise auf ihn ein.

Um nicht zu neugierig zu erscheinen, wandte Katja sich rasch um – und erstarrte. Hinter einem nahen Gehölz stiegen die dunklen Rauchwolken eines großen Feuers auf.

75

Lukas Möhrs hatte lange nicht mehr darüber nachgedacht, ob es etwas über ihn und seine Person verriet, wenn der Mensch, mit dem er am meisten telefonierte, sein eigener Chef war. Dass er sich dessen nun ausgerechnet auf der Rückfahrt von Doris Frigges Haus nach Güstrin bewusst wurde, lag vermutlich an der bedrückend ehrlichen Trauer der Witwe über den Verlust ihres Ehemanns. Möhrs fragte sich, wer um ihn weinen würde, falls er überraschend das Zeitliche segnete. Wahrscheinlich nur seine Mutter. Nein, das war ungerecht. Da war immer noch Aysel …

Barswick zeigte sich über die knappe Zusammenfassung, die Möhrs ihm über die Freisprechanlage lieferte, nur bedingt begeistert. »Schön, dann wissen wir jetzt, mit wem Jakobs in der Mordnacht geredet hat. Großartig. Schade nur, dass es niemand war, den wir einbuchten können«, schnaubte er. »Und was immer da auf diesem Schiff vorgefallen ist, damit werden diese Typen nie im Leben herausrücken. Vor allem nicht, wenn es wirklich verjährt ist.«

»Jetzt sieh mal nicht alles komplett schwarz, Boss.« Möhrs steuerte den Wagen in eine weitgezogene Linkskurve. »Völlig ohne Ergebnis stehen wir nun auch wieder nicht da.«

»Ach? Im Ernst?«

»Nein, wirklich«, bekräftigte Möhrs. »Es sieht nämlich so aus, als würden wir trotzdem noch nach einer Frau suchen.«

»Hättest du die Güte, mir diesen Geistesblitz zu erklären?«

Obwohl er seinen Vorgesetzten nicht sehen konnte, hatte Möhrs eine klare Vorstellung von der Grimasse, die Barswick gerade zog: die Unterlippe weit über die Oberlippe geschoben, die Augenbrauen so eng zusammengekniffen, dass sie eine geschlossene buschige Linie bildeten. So schaute er immer, wenn er seinem Gegenüber zu verstehen geben wollte, dass er einem soeben geäußerten Gedanken nicht so recht zu folgen vermochte. Holt nannte das in seiner charmanten Art das »Bulldogge-mit-Verstopfung-Gesicht«.

»Bei dieser Sache auf dem Schiff ging es um eine Frau«, sagte Möhrs. »Wir wissen nicht, was mit ihr passiert ist, aber umgebracht haben sie sie nicht. Mord verjährt nicht. Und Burmester hätte die Angelegenheit nicht erwähnt, wäre er sich nicht vollkommen sicher gewesen, dass es keine Konsequenzen mehr für ihn hat, wenn wir davon erfahren. Der Mann ist total paranoid. Johnsen hat indirekt zugegeben, dass es eine Prostituierte war, mit der sie etwas angestellt haben. Also lohnt es sich doch, nach dieser Frau zu suchen, oder nicht?«

»Die Sache hat gleich zwei Haken«, entgegnete Barswick. »Haken Nummer eins: Wo sollten wir nach ihr suchen? In jeder Hafenstadt, die dieses Schiff in der fraglichen Zeit, als Jakobs und Co. an Bord waren, jemals angelaufen hat? Viel Spaß. Ich sage nur zwei Worte: Nadel und Heuhaufen. Und jetzt zu Haken Nummer zwei: Meines Erachtens scheidet eine Frau als Täterin aus. Jakobs und Lippert waren große Kerle. Die kriegt eine Frau nicht so einfach überwältigt.«

»Das mag ja sein«, wandte Möhrs ein. »Aber vielleicht wollte sich ein Freund oder ein Verwandter dieser Frau an ihrer Stelle an den Männern vom Schiff rächen. Ein Bruder? Ein Sohn? Lange genug liegt das Ganze doch zurück, dass sogar *das* möglich wäre. Abgesehen davon wissen wir nicht, ob Jakobs und Lippert tatsächlich überwältigt wurden. Jakobs hat seinem Mörder unter Umständen selbst die

Tür aufgemacht. Es gab keine Spuren eines Einbruchs. Und dann ist da …« Möhrs verstummte. Er hörte leises Gemurmel am anderen Ende und ein gezischtes »Auch das noch!«. Dann wurde eine Tür zugeschlagen. »War da jemand bei dir im Büro?«

»Du kümmerst dich um die Morde, verstanden?«, sagte Barswick gereizt. »Das hier soll Holt diesmal allein regeln.«

»Verrat mir wenigstens, was los ist«, bat Möhrs.

Barswick stöhnte auf. »Hat dir schon mal jemand gesagt, dass du einem mit deiner Neugier ganz schön auf die Nerven fallen kannst?«

»Außer dir noch keiner«, gab Möhrs unbeirrt zurück. »Jetzt sag schon. Warum die miese Laune?«

»Unser Feuerteufel hat wieder zugeschlagen«, knurrte Barswick.

76

Thorsten Klaws stand in den Überresten des abgebrannten Futterstands, den er mit seinem Zug aus sicherer Entfernung gelöscht hatte. Die maximale Reichweite, über die sie den Schaum verspritzen konnten, lag bei ungefähr fünfzig Metern, doch sie waren viel dichter auf den Brand vorgerückt, ehe er den Befehl zum Anhalten gegeben hatte. Noch immer spürte er die Hitze des Feuers auf seinem Gesicht, und auch durch das dicke Leder seiner Stiefel drang noch etwas von der Wärme der Glut, die der Schaum unter sich erstickt hatte. Mit einem Blick über die Schulter vergewisserte er sich, dass seine Männer taten, was er ihnen aufgetragen hatte. Er nickte zufrieden. Seine vier Begleiter waren damit beschäftigt, den Schlauch einzurollen und den Rest der zum Einsatz gekommenen Ausrüstung ordnungsgemäß zu verstauen.

Trotzdem war er nervös. Er war in dieser Phase im Nachgang eines Brandes keine Zuschauer gewöhnt, und hier gab es leider welche. Zwei von ihnen kannte er. Mit Lüdersens Erscheinen hatte er im Vorfeld gerechnet. Schließlich war es seine Weide, in deren Gras der Löschzug tiefe Reifenspuren gegraben hatte. Eine der beiden Frauen, die gemeinsam mit dem Hippiebauern in einem Kombi hier aufgetaucht waren, kannte er auch. Ihr gehörte der »Hirschhof«, wo er seine Verlobung mit Tina gefeiert hatte. Er wusste zwar nicht, was sie hier zu suchen hatte, aber die zierliche Person mit dem Zopf machte ihm keine Sorgen. Sie war nett, aber seiner Einschätzung nach nicht die Hellste. Es war die andere Frau, die ihm Kopfzerbrechen bereitete. Sie hielt die Hände in den Taschen ihrer Kapuzenjacke und sah unentwegt zu ihm herüber. Klaws gefielen ihre Blicke überhaupt nicht. Sie waren zu wach, zu neugierig.

Die anderen Beobachter waren einige schottische Hochlandrinder, die vor dem Zaun am Ende des Geländes in Verteidigungsstellung gegangen waren. Die Muttertiere hatten einen engen Kreis um ihre Kälber gebildet und beäugten die sonderbaren Eindringlinge auf ihrer Weide aufmerksam. Wie Klaws seine Leute kannte, würden sie nachher wieder und wieder von Glück reden, dass sie keinem Bullen begegnet waren. Darauf war Verlass. Und er konnte ebenso darauf vertrauen, dass er bei der Erstbegehung der Brandstelle ungestört bleiben würde. Sein Zug kannte die Regeln, die er aufgestellt hatte. Das war gut. Sehr gut sogar. Doch die blonde Fremde, die ständig herüberglotzte, kannte diese Regeln nicht, und das konnte leicht zu einem Problem werden.

Mit vorsichtigen Schritten näherte er sich der Stelle im Matsch, wo der Brand ausgebrochen sein musste, um dann Holz und Heu unerbittlich zu verschlingen. Seine Hände zitterten nach wie vor, und der Geruch von Ruß und Schweiß auf seiner Haut bescherte ihm einen leisen Schwindel. Er hätte stolz sein sollen. Sie hatten eine Spitzenzeit hingelegt.

Es war keine Viertelstunde her, seit Alarm gegeben worden war, und das Feuer war bereits Geschichte.

Er scharrte mit der Fußspitze neben den kümmerlichen Überbleibseln eines Stützbalkens im feuchten Dreck. Da. Da war etwas. Etwas Hartes.

Klaws sah sich noch einmal nach der Blonden um. Sie war halb Lüdersen zugewandt, der mit hochrotem Kopf und geballten Fäusten gestikulierte wie ein aufgebrachter Bahnschaffner.

Mit angehaltenem Atem ging Klaws in die Hocke. Seine Hand schoss auf das zu, was er mit dem Stiefel freigelegt hatte. Seine Finger schlossen sich darum. Kein Zweifel. Das war, wonach er gesucht hatte.

»Ist da was?«, fragte eine helle Frauenstimme interessiert.

Klaws schloss die Augen. Verdammt! Er war zu unvorsichtig gewesen. Und er wurde das unbehagliche Gefühl nicht los, dass die Blonde ihn genauso im Auge behalten hatte wie er sie. Was jetzt? Lügen? Einfach wieder aufstehen und den Kopf schütteln? Er blieb in der Hocke und drehte den Kopf zu der Fremden. Zu spät. Sie kam schon auf ihn zu, und Lüdersen und Möllner folgten ihr dichtauf. Ihm blieb nicht mehr viel Zeit für eine Entscheidung.

»Ja, da ist was«, sagte er und stand auf. Er hielt ihnen die verschmorte Platine entgegen, die kaum so groß wie seine Handfläche war und von deren Drähten Schaumreste tropften. »Sieht aus wie ein Elektronikbauteil.« Er zuckte die Schultern. »Könnte von einer Zeitschaltuhr stammen. Von einer Anlage, die dem Futter im Trog in festen Abständen Zusätze beimischt.« Es war eine aus der Ratlosigkeit geborene Idee. Lüdersen war Biobauer. Mit Futterzusätzen hatte er sicher nicht viel am Hut. »Oder so was in der Art.«

»Bei mir kommt nichts ins Futter«, beschwerte sich Lüdersen prompt. »Das ist nicht von mir. Das muss von dem Idioten sein, der das Feuer gelegt hat. Wenn ich den Wichser in die Finger kriege!«

»Thies!« Veronika Möllner legte dem Bauern eine Hand auf die Schulter und schüttelte den Kopf. »Die Schreierei bringt doch nichts.«

»Könnte das Teil eines Brandsatzes sein?«, wollte die Blonde wissen.

Zwei kurze Huptöne bewahrten Klaws davor, die Frage beantworten zu müssen. Auf dem Feldweg, der zur Weide führte, rollte ein dunkler Wagen heran. Der Fahrer winkte grüßend durch das heruntergekurbelte Fenster. Klaws winkte zurück.

»Wer ist das?«, fragte die Blonde.

»Die Polizei«, erwiderte Klaws, der sich nicht festlegen wollte, ob Holts Erscheinen nun ein Glücksfall für ihn war oder nicht. Immerhin verschaffte es ihm eine passende Entschuldigung, die lästige Fremde loszuwerden. Er ließ sie wortlos stehen und ging dem Brandursachenermittler entgegen.

77

Lukas Möhrs bemerkte das Blaulicht bereits aus einiger Entfernung. Auf der schmalen Landstraße, die dem Verlauf eines Deichs entlang der Elbe folgte, wirkten die beiden Einsatzfahrzeuge der Schutzpolizei am Fahrbahnrand breiter als gewöhnlich. Der klobige Rettungswagen, vor dessen Kühler zwei Sanitäter eine Zigarette rauchten, hätte Möhrs auch dann zum Abbremsen gezwungen, wenn er seinen Audi nicht ohnehin auf Schritttempo verlangsamt hätte.

Eine seiner Kolleginnen in Dunkelblau hob schon die Kelle, um ihn zum Weiterfahren zu animieren, ehe sie ihm Platz machte und ihn aufforderte, seinen Wagen als letzten in einer ganzen Reihe abgestellter Fahrzeuge zu parken. Es war

Nadine Middendorp, der er zuletzt nach dem Mord an Frieder Jakobs begegnet war und die er traditionell nicht auf den ersten Blick erkannte, wenn ihr rotes Haar unter ihrer Uniformmütze verborgen war, so wie jetzt.

Er stieg aus und hörte aus der Böschung das leise Knacken von brechenden Zweigen und »Hallo? Hallo?«-Rufe.

»Was ist hier los?«, fragte er Nadine.

»Ein Verkehrsunfall.« Sie winkte ihn zu sich heran. »Der Fahrer ist von der Straße abgekommen.«

Von der Stelle aus, an der sie stand, war die frische Schneise nicht zu übersehen, die ein Auto in das Unterholz gepflügt hatte. Es musste mit beachtlicher Geschwindigkeit unterwegs gewesen sein, als es erst einige der jüngeren Schösslinge niedergewalzt hatte und dann gegen einen Baum etwas tiefer im Dickicht geprallt war. Es lag auf dem Dach, das Heck steil nach oben gerichtet, die Kofferraumklappe aufgesprungen wie der Unterkiefer eines hungrigen Mauls. Möhrs weigerte sich, zu glauben, was er da vor sich sah. Einen Audi 80. Rot. In der Cabrio-Variante. »Wo ist der Fahrer? Ist er tot?«

»Nein, das ist ja das Komische«, sagte Middendorp. »Er ist weg.«

»Wie? Weg?«

»Nicht mehr da.« Sie zuckte die Achseln. »Deshalb suchen die anderen den Wald ab. Vielleicht steht der Fahrer unter Schock. Wir haben das Kennzeichen überprüft. Der Halter des Wagens heißt –«

»Ich weiß, wie er heißt«, sagte Möhrs. »Gernot Burmester.«

Middendorp sah ihn verblüfft an.

»Ich war heute Morgen bei ihm«, klärte er sie auf. »Und da habe ich sein Cabrio gesehen.«

Er ging zu dem Unglückswagen. Dort angekommen, trat er auf die offen stehende Fahrertür zu, stützte sich mit einer Hand am Unterboden ab und warf einen Blick in das Wrack. Fliegen surrten. Glasscherben glitzerten auf der blutverschmierten Kopfstütze und der schwarzen Innenverkleidung des Dachs. Vom Schaltknüppel hing eine prall gefüllte Sporttasche. Der Motor tickte und tropfte. Es stank nach Öl und Scheibenwischerflüssigkeit, nach Blut und Exkrementen.

Möhrs richtete sich auf und ignorierte die fragenden Blicke Middendorps. Das war eine Menge Blut da drin. Burmester musste schwere Verletzungen davongetragen haben. Wie hatte er die Kraft gefunden, sich aus dem Auto herauszuwinden? Und wie war er in seinem Zustand noch so weit gekommen, dass seine Kollegen Mühe hatten, ihn aufzuspüren? Die Ahnung, was hier tatsächlich vorgefallen war, stieg von irgendwo tief unten aus seinem Gedärm auf, das sich in einem kurzen Krampf schmerzhaft zusammenzog. Was, wenn Burmester das Wrack gar nicht aus eigener Kraft verlassen hatte?

Möhrs griff zu seinem Handy und wählte Aysel Özens Nummer.

»Ja?«

»Aysel, ich bin's. Lukas.«

»Alles klar bei dir?«, fragte sie besorgt. »Du klingst komisch.«

»Ich bin nur ein bisschen im Stress«, erwiderte er und entschied sich damit für eine gehörige Untertreibung. »Kannst du mir einen Gefallen tun? Wenn ich dir Bilder von einem Autowrack schicke, kannst du dann eine Einschätzung abgeben, ob die Insassen eine Chance hatten, den Unfall zu überleben?«

Sie schwieg.

»Hallo? Aysel? Bist du noch dran?«

»Ja, ich bin noch dran«, seufzte sie.

Sie klang enttäuscht. Er hatte eine klare Vorstellung, warum. Wahrscheinlich hätte es ihr sehr gefallen, wenn er sich häufiger privat bei ihr gemeldet hätte. Das letzte Mal, dass sie sich nicht aus rein beruflichen Gründen gesehen hatten, war um Weihnachten gewesen. Ein Abend im Kino. Und jetzt war schon wieder Ostern vorbei. Er wünschte selbst, es wäre anders, aber er war nun einmal, was er war: ein Feigling, der sich vor Jahren ordentlich die Pfoten verbrannt hatte. Aber darüber konnte er sich im Augenblick keine Gedanken machen. Er hatte einen Fall zu lösen, und wenigstens dafür sollte doch auch Aysel ein gewisses Verständnis haben. »Also, was ist? Kannst du mir weiterhelfen?«

»Nein«, sagte sie trocken.

»Nicht?« Er ließ den Kopf hängen.

»Nein, das ist absolut nicht mein Fachgebiet, und ich spekuliere nicht gern.«

»Ich weiß.« Er räusperte sich. »War auch nur so eine Idee von mir.«

Sie lachte. »Wie kann man nur so schnell aufgeben?«

»Was?«

»Nur weil ich gesagt habe, dass *ich* dir nicht weiterhelfen kann, bedeutet das nicht automatisch, dass ich nicht jemanden kennen würde, der mit solchen Bildern etwas anfangen könnte.«

»Ach so.« Er atmete auf. »Wenn die Kollegen noch keine Bilder gemacht haben, mache ich schnell welche. Und, Aysel, das ist echt nett von dir.«

»Keine Ursache. Aber eins muss ich noch loswerden, Lukas.«

»Ja?«

»Ich warte nicht ewig darauf, dass du über deinen Schatten springst.« Sie unterbrach die Verbindung.

Möhrs starrte auf sein Handy. War das gerade eine Aufforderung an ihn gewesen, ihre Freundschaft einer umwälzenden Veränderung zu unterziehen? Hatte sie ihm soeben die romantische Pistole auf die Brust gesetzt? Er hatte eigentlich immer gedacht, die Fronten zwischen ihnen wären geklärt. In wie vielen anderen Dingen hatte er sich in letzter Zeit noch so grundlegend geirrt? Er verwarf den Gedanken, sie gleich noch mal anzurufen. Auf ihn wartete ein anderes unangenehmes Gespräch. Eines mit seinem Chef. Mit wem auch sonst? Barswick würde nicht gerade jubeln, wenn er von Gernot Burmesters Verschwinden erfuhr. Möhrs wappnete sich innerlich gegen einen gepflegten Anschiss und wurde das ungute Gefühl nicht los, dass er sich den durchaus verdient hatte.

78

Katja entschied sich dagegen, den freundlichen Taxifahrer anzurufen, um sich von Lüdersens Hof abholen zu lassen. Stattdessen bat sie Bernd darum. Er willigte auch fast ohne Widerworte ein: Er bestand lediglich darauf, dass sie direkt an der Einfahrt auf ihn wartete. Offenkundig war seine Abscheu vor dem Neuheiden derart ausgewachsen, dass er den Mann auf keinen Fall zu Gesicht kriegen wollte. Katja hatte keine Schwierigkeiten, ihm seinen Wunsch zu erfüllen: Lüdersen war noch mit der Polizei und der Feuerwehr zugange.

Als Bernd schließlich in seinem Jaguar anrollte, hielt er nur gerade so lange, bis sie die Tür hinter sich zugeschlagen hatte, ehe er schon wieder so viel Gas gab, dass die Reifen kurz durchdrehten.

»Sind wir auf der Flucht?«, fragte Katja ihn, während sie sich anschnallte. »Wenn ja, dann hast du hoffentlich unsere Reisezahnbürsten eingepackt.«

»Was gab's beim Waldschrat?«, erkundigte sich Bernd ernst.

»Nicht viel«, gestand sie. Sie erzählte ihm von der Bedeutung der Rune, die Lüdersen ihr offenbart hatte, und wie ihr Gespräch mit ihm erst von Veronikas Ankunft und danach vom Ausbruch des Feuers unterbrochen worden war. »Aber eventuell ist noch mehr aus ihm herauszuholen. Ich werde vielleicht morgen noch mal zu ihm gehen.«

»Und wieso war Veronika da?« Bernd schaltete einen Gang herunter.

»Kein Grund zur Eifersucht, Romeo«, beruhigte sie ihn. »Sie wollte nur Eier kaufen.«

»Ich bin nicht eifersüchtig«, verteidigte er sich.

»Natürlich nicht.« Sie fand es niedlich, dass er in ihr manchmal immer noch das kleine Mädchen sah, das nicht merkte, wenn er einen seiner Balztänze aufführte. »Veronika ist auch auf gar keinen Fall ein leckeres Früchtchen, das du unter normalen Umständen mal eben im Vorbeigehen pflücken wollen würdest. Und nur zu deiner Info: Lüdersen ist ein schräger Typ, da gibt es keine zwei Meinungen, aber zu mir war er sehr zuvorkommend.«

»Ich mache mir nur Sorgen«, spielte Bernd weiter den Unschuldigen. »Der Typ hat doch nicht alle Latten am Zaun. Ich will nicht, dass er ihr irgendwann zu sehr auf die Pelle rückt.« Er beschleunigte wieder. »Aber genug davon. Wie geht es dir?«

»Mir?« Sie klappte das Handschuhfach auf, fand eine Dose Hustenpastillen und steckte sich drei der süßen Kügelchen auf einmal in den Mund. »Mal sehen. Mein Onkel wurde ermordet. Der zuständige Bulle hat mich auf dem Kieker, weil ich nicht einfach die Hände in den Schoß legen will. Die Kollegen meines Onkels sterben wie die Fliegen, die Überlebenden tun aber so, als wäre alles in bester Ordnung. Jemand – höchstwahrscheinlich der Mörder – legt mir nachts tote Vögel vor die Tür. Ich würde also sagen, mir geht es … passabel. In Anbetracht der Gesamtsituation. Warum fragst du?«

»Nur so«, antwortete er ausweichend. »Nur damit ich weiß, dass du mir nicht plötzlich zusammenklappst, weil dir der Stress zu viel wird. Was ist mit Thilo?«

»Was sollte mit ihm sein?«

»Ihr scheint euch gut zu verstehen.«

»Tun wir auch.« Katja fiel auf, dass sie Thilo bei ihrer Bestandaufnahme nicht wirklich berücksichtigt hatte. Dabei war er der einzige Lichtblick in dem ganzen verwirrenden Dunkel, durch das sie sich mühsam tastete. »Aber bei der Mutter ...« Sie zerbiss die Hustenpastillen. »Daraus wird wohl nichts werden.«

»Schade.«

Katja schaute aus dem Fenster und merkte auf. »Güstrin ist doch irgendwo da hinten. Bin ich doof, oder fahren wir die ganze Zeit in die falsche Richtung?«

»Kommt ganz auf die Perspektive an«, sagte Bernd. »Ich würde behaupten, wir sind hier genau richtig.«

»Aha.« Katja kam die Strecke vage bekannt vor. »Und wohin fahren wir, wenn ich fragen darf?«

»Das wird dich jetzt vielleicht überraschen, aber ich habe auch was getan, während du weg warst.« Er stieß sie mit dem Ellenbogen an. »Wir wollten ordentliche Recherchearbeit machen, erinnerst du dich? Du hast gerade was immens Wichtiges erwähnt. Frieders Kollegen. Die stehen doch ganz klar auf der Abschussliste. Genauer gesagt diejenigen, die mit ihm auf der ›Fritz Straßmann‹ waren. Da stellt sich für mich die Frage, ob der Mörder nicht auch an Bord gewesen ist. Und zum Glück führt man auf Schiffen Logbücher, in denen die Namen der Besatzung stehen. Da fahren wir hin. Zu den Logbüchern der ›Fritz Straßmann‹.«

»Und es gehört selbstverständlich zu einer guten Allgemeinbildung, wie du sie dank deiner Nonnen genossen hast, dass man weiß, wo diese Logbücher stehen. Richtig?«, giftete Katja.

»Nein, aber Harry weiß so was.«

»Harry, Harry ...«, murmelte sie. »Der Harry, mit dem du in Australien unterwegs warst? Der Taucher mit dem Haibiss?«

Er nickte. »Er macht jetzt regelmäßig Fotostrecken für ›mare‹. Den habe ich angerufen. Er meinte, das Archivieren von Logbüchern wird in der Regel von den Eignern eines Schiffes übernommen. Dann war mir relativ schnell klar, wo wir suchen müssen. In Geesthacht. Im Helmholtz-Zentrum.«

»Sorry.« Sie schüttelte den Kopf. »Ich stehe immer noch auf dem Schlauch.«

»Die ›Straßmann‹ war ein Forschungsschiff«, erklärte er ungeduldig. »Das Institut, in dessen Auftrag sie gebaut wurde, ist in Geesthacht.«

»Okay«, sagte sie vorsichtig. »Ich bin mir nur nicht ganz sicher, was uns das bringen soll. Was erwartest du denn? Dass da in den Logbüchern steht: ›Hans Müller hatte einen handfesten Streit mit Peter Frigge, Frieder Jakobs, Horst Johnsen und so weiter, und er hat gedroht, sie alle in zwanzig Jahren einen nach dem anderen umzubringen?‹«

»Jetzt werd mal nicht frech, Madame.« Er drohte ihr mit dem Zeigefinger. »Wir gehen doch davon aus, dass der Mörder so ein durchgeknallter Neuheide ist, der hier aus der Gegend kommt. Wenn wir eine Liste mit den Namen der anderen Seeleute anlegen, die zeitgleich mit den AKW-Jungs an Bord gewesen sind, kannst du diese Liste morgen Lüdersen zeigen. Und wenn wir Glück haben, sagt ihm einer der Namen was. Oder hast du eine bessere Idee?«

Nein, die hatte sie ehrlich gesagt nicht. Also hielt sie die Klappe und fand sich damit ab, dass sie inzwischen alle beide dazu bereit waren, im Zuge ihrer Ermittlungen auch noch nach dem allerletzten Strohhalm zu greifen.

Als die Straße nach wenigen Minuten in ein Waldstück südlich von Geesthacht hineinführte, fiel Katja auf, dass sich zwischen flechtenüberwucherten Betonpfosten engmaschige Gitternetze spannten, die oben zusätzlich mit Stacheldraht gesichert waren.

»Wozu dieser Zaun?«, fragte sie Bernd. »Woran wird hier noch mal geforscht?«

»Der Zaun ist noch von früher«, sagte er. »Da hieß das Zentrum GKSS. Gesellschaft für Kernenergieverwertung in Schiffbau und Schifffahrt. Auf dem Gelände waren bis vor ein paar Jahren zwei Forschungsreaktoren in Betrieb. Sie gehörten zu den größten überhaupt in Deutschland. Da brauchte man so einen Zaun.«

Sie bogen von der Landstraße auf eine zweispurige Zufahrt ab. Bernd stellte den Jaguar auf einem kleinen Besucherparkplatz ab.

»Denkst du, wir können da einfach so hineinspazieren?«, fragte Katja beim Aussteigen.

»Es gibt zumindest einen halböffentlichen Teil des Geländes, der nicht so streng überwacht wird«, sagte er, während sie auf ein Pförtnerhäuschen mit weiß-roter Schranke zugingen. »Ich kann mir nicht vorstellen, dass sie hier ihre Archive genauso abriegeln wie die ehemaligen Reaktoranlagen. Lass deinen Charme spielen.«

Innerlich hatte sich Katja schon fünf Sätze über das hehre Ziel ihres ursprünglich geplanten Artikels zurechtgelegt, doch als sie den Pförtner sah – Mitte fünfzig, dunkler Rollkragenpullover, goldener Ohrring –, verwarf sie ihre einstudierte Eröffnung und setzte auf eine völlig andere Karte. Sie gab sich zaghaft und betroffen, als sie auf das »Was kann ich für Sie tun?« des Mannes hin davon erzählte, sie sei für die Beerdigung ihres Onkels zuständig, der früher zur See gefahren war. Er horchte sofort auf, und sein neutraler Gesichtsausdruck wurde verständnisvoller. Sie hatte sich nicht getäuscht: Sie hatte einen ehemaligen Seemann vor sich. Der Ohrring hatte ihn verraten. Wie viele Männer seiner Generation hatte er augenscheinlich an der alten Tradition festgehalten, sich einen Ohrring stechen zu lassen. Für den Fall, dass sein Schiff unterging und er nur noch tot geborgen werden konnte oder sein Leichnam an einer fremden Küste angespült wurde. Dann sollte – so besagte es zumindest die Legende – durch den Materialwert des Ohrrings für ein anständiges Begräbnis gesorgt sein. Definitiv Seefahrerromantik, aber das tat hier nichts zur Sache.

Ihr wurde ein wenig flau im Magen. Sie hätte sich einreden können, es wäre die Erleichterung darüber, dass ihr kleiner Trick funktionierte. Doch wozu? Sie wusste, woher ihr Unbehagen rührte. Die Geschichte, die sie dem Pförtner Portion für Portion auftischte – die Hoffnung, den Logbüchern der »Straßmann« die Namen der alten Freunde ihres Onkels entnehmen zu können, von denen er ihr immer so viel erzählt hatte und die sie nun zu seiner Trauerfeier einladen wollte –, lag schlicht und ergreifend ein Stück zu nah an der Wahrheit. Ihre Wirkung verfehlte sie aber nicht. Der Pförtner trat eigens aus seinem Häuschen, um Katja und Bernd den Weg zum Hauptgebäude zu weisen, wo sie jemand in der Lobby abholen würde, um sie von dort weiter ins Archiv zu geleiten.

Die überschaubar große Lobby empfing sie mit trockener Luft, grauschwarzen Fliesen und Risszeichnungen von Turbinen und Motoren an den Wänden. Unter einem zentralen Lichtschacht war wie ein Stück moderner Kunst ein gewaltiger Schiffsanker ausgestellt. Eine Plakette auf dem Boden verriet, dass er einmal zur »Fritz Straßmann« gehört hatte. Die Frau in Jeans und Pulli, die aus einem Fahrstuhl stieg und sie über ein schmales Treppenhaus hinunter ins Archiv führte, hatte ungefähr Katjas Alter und war von jener scheuen Freundlichkeit, wie man sie bei vielen Mitarbeitern von Institutionen fand, die nicht allzu viel Kontakt mit der breiteren Öffentlichkeit hatten. Sie erwähnte noch den Getränkeautomaten ein Stück den Flur hinunter, ehe sie ihnen eine unscheinbare weiße Tür aufschloss, die Neonröhren in dem Raum dahinter einschaltete und sich dezent zurückzog. »Geben Sie einfach Sönke Bescheid, sobald Sie fertig sind«, verabschiedete sie sich.

Die kühle Luft im Archiv schmeckte nach Staub und altem Papier. Dicht an dicht standen Regale, in die überwiegend

Aktenordner und vereinzelte Kladden und Hefte einsortiert waren. Die Beschriftung war ausgezeichnet, und Katja und Bernd brauchten keine drei Minuten, bis sie die Logbücher der »Straßmann« gefunden hatten – blauer Rücken an blauem Rücken, nahmen die schmalen Bände insgesamt gute anderthalb Regalmeter in Anspruch.

»Wo fangen wir an?«, fragte Katja.

»Vorne.« Bernd griff sich das erste Buch und schlug es auf.

Die Besatzungsliste für die Jungfernfahrt der »Straßmann« enthielt keinen Namen, der ihnen bekannt gewesen wäre. Katja fotografierte die Seite trotzdem zur Sicherheit mit ihrem Smartphone ab. Die eigentlichen Einträge im Buch waren für sie als nautische Laien größtenteils kryptischer Natur. Auf jeder Seite waren neben vorgedruckten Uhrzeiten in einer Spalte links Zahlen- und Buchstabenkombinationen vermerkt, die genauso gut die Angehörigen einer außerirdischen Rasse hätten hinterlassen haben können. Katja war schon froh, dass sie die Anmerkungen zum Wetter oder zum Einlaufen in einen Hafen grob zuordnen konnte und dass links unten in einem Kasten offenbar immer die jeweils vorhandenen Nahrungs- und Treibstoffvorräte angegeben waren.

Sie arbeiteten sich Buch für Buch voran, bis sie bei der Dokumentation für eine Fahrt durch Nord- und Ostsee im Sommer 1985 zum ersten Mal auf einen Hinweis darauf stießen, dass sich der Aufwand lohnen könnte: Horst Johnsen und Frieder Jakobs waren in der Besatzungsliste aufgeführt, beide mit einem Zusatz, der sie als Bordingenieure auswies.

»Na also«, flüsterte Bernd, als befände er sich in einer Bibliothek und müsste mit einer strengen Rüge rechnen, wenn er seine Stimme zu sehr erhob. »Das ist doch ein Anfang.«

Katja teilte seinen Enthusiasmus nicht. Und es dauerte tatsächlich eine ganze Weile, bis sie die nächsten Treffer landeten: Erst 1987 stießen im Zuge einer Atlantiküberquerung in Richtung Südamerika ein gewisser Michael Ritter und ein Herr namens Ernst Lippert als Bordmechaniker zur Mannschaft. Gernot Burmester und Peter Frigge gesellten sich ein Jahr später hinzu, der eine als Ingenieur, der andere als Mechaniker.

»Das hat doch keinen Sinn.« Niedergeschlagen reichte Katja ihr Smartphone an Bernd weiter. »Die Crew war riesig. Bestimmt sechzig Mann.«

Bernd stöberte unbeirrt weiter. »Keiner hat gesagt, dass das hier leicht werden würde. Was hast du erwartet? Dass ein Name mit Textmarker hervorgehoben ist? Oder in Blut geschrieben?«

»Ja, ja.« Katja strich mit der Fingerspitze am Regalbord entlang. Sie nahm das letzte Logbuch in der Reihe und blätterte lustlos darin herum, bis sie bemerkte, dass die Besatzungsliste aus dem Jahr 1993 anders aussah als die anderen. Es gab einen ziemlich langen Zusatz, den sie hier zum ersten Mal entdeckte. Unter der quer über die Tabellenlinien geschriebenen Überschrift »Projekt AURORA« war etwa ein halbes Dutzend Namen alphabetisch aufgeführt, wobei die Vornamen der Personen abgekürzt waren.

Björgurr, I.
Goretzki, V.
Kaczmarek, W.
Olsson, T.
Saalfeld, E.
Theissen, D.

Katja blinzelte und schaute noch einmal hin. Die Namen blieben dieselben. Sie schob Bernd das Buch unter die Nase. »Was ist das hier?«

Er überflog die Seite. »Oh, das ist wohl das Forschungsprojekt, an dem Erika Saalfeld beteiligt war. Scheint ein internationales Projekt gewesen zu sein.«

»Erika Saalfeld war an Bord der ›Straßmann‹?« Katja konnte ihre Verwunderung nicht verbergen. »Und welches Forschungsprojekt?«

»Ich dachte, das wüsstest du.« Bernd nahm ihr das Buch

aus der Hand. »Wo du doch mit ihrem Sohn so gut kannst. Hat er das dir gegenüber nie erwähnt?«

»Nein, hat er nicht«, zischte sie.

»Ach so.« Bernd wich einen Schritt vor ihr zurück, als fürchtete er eine Ohrfeige. »Seine Mutter hat früher an der Zusammensetzung von Plankton geforscht. Oder so etwas in der Richtung. Im Zuge dessen ist sie ein paar Wochen auf der ›Straßmann‹ mitgefahren.« Er hielt das Buch schützend vor sich. »Und ich sehe auch keinen Grund, sich jetzt so aufzuregen. Sie ist es nicht gewesen. Das hat sie dir doch selbst gesagt.«

»Und wenn das eine Lüge war? So wie ihr vorgetäuschter Selbstmordversuch?«

»Katja, mach mal langsam, bitte.« Er stellte das Buch ins Regal zurück. »Kann sein, dass sie nicht wirklich sterben wollte, als sie diese Pillen genommen hat. Dass sie rechtzeitig gefunden werden wollte. Aber das ist etwas völlig anderes, als zu behaupten, sie hätte das alles eingefädelt, damit sie hinterher mit entsprechender Glaubwürdigkeit zu dir sagen kann, sie hätte Frieder nicht umgebracht. Das ist doch – «

»Wahnsinn, ganz genau.« Katja nickte energisch. »Und man muss wahnsinnig sein, um mit Menschen anzustellen, was der Mörder – nein, die Mörderin – mit Frieder und den anderen gemacht hat. Dem willst du doch nicht widersprechen.«

»Was ist mit dem Mann, der dich neulich nachts angerufen hat?«, fragte Bernd ruhig. »War sie das etwa auch? Ist sie nebenbei auch noch Stimmenimitatorin?«

»Ach, komm.« Sie winkte ab. »Als ob sie nicht genügend Männer in ihrem kleinen Verein hätte, die sie dazu überreden könnte, eine nervige Reporterin einzuschüchtern, die die Bürgerbewegung in ihrem nächsten Artikel in einem schlechten Licht dastehen lassen will.«

»Nein, Katja.« Er schüttelte den Kopf. »Du müsstest dich mal reden hören. Das ist komplett paranoid. Das ist – «

»Entschuldigung«, sagte eine helle Stimme. »Hallo?«

Katja zuckte zusammen und lugte um das Regal zur Tür des Archivs.

Die Frau, die sie aus der Lobby hergebracht hatte, stand auf der Schwelle, eine Klappkiste aus Plastik unter dem Arm.

Katja richtete sich auf. »Hier sind wir.«

»Es tut mir sehr leid, Sie müssen Ihre Recherche leider abbrechen.« Die Angestellte des Forschungszentrums kam zu ihnen hinters Regal gelaufen und stellte die Kiste auf den Boden. »Ich soll die Logbücher verschicken.«

»Was? Wohin?«

Sie sah sich unsicher um. »Ich weiß gar nicht, ob ich Ihnen das so sagen darf.«

»Aber wir sind hier noch nicht fertig«, beschwerte sich Bernd.

»Wie gesagt, es tut mir leid«, beteuerte die Frau. »Aber die Polizei hat sich bei uns gemeldet. Wir sollen die Logbücher nach Güstrin schicken.«

Katja biss sich auf die Zunge. Möhrs! Das konnte nur auf seinem Mist gewachsen sein. Warum war er ihr immer so knapp auf den Fersen?

»Tja, da kann man wohl nichts machen.« Bernd legte Katja einen Arm um die Hüfte und bugsierte sie an der Frau vorbei, die damit begann, die Logbücher in die Kiste zu räumen. »Trotzdem besten Dank für Ihre Hilfe.«

Sie waren schon fast an der Tür, als die Aushilfsarchivarin ihnen nachrief: »Wie war Ihr Name noch gleich?«

»Lippert«, antwortete Katja ohne Zögern. »Katrin Lippert.«

79

Unsicher wog er den blutigen Hammer in seinen Händen. Hatte er einen Fehler begangen? War er zu voreilig gewesen und wurde nun für seinen Übermut bestraft?

Sie hatte ihn vor so etwas gewarnt, doch er hatte nicht auf sie gehört. Er schüttelte den Kopf. Es war zu spät für Reue. Viel zu spät. Was getan war, war getan. Sie würde nicht glücklich darüber sein. Nicht nur, weil er auf eigene Faust gehandelt hatte. Am meisten würde es ihr ausmachen, dass sie mit dem Feuer warten mussten.

Aber er hatte keine andere Wahl gehabt. Er musste zuschlagen, bevor ihre nächste Beute floh. Die Anzeichen dafür waren unübersehbar gewesen. Burmester hatte eine große Tasche gepackt und in sein Auto geladen. Das hatte nur eines bedeuten können: Er hatte gewittert, dass er der Nächste sein würde.

Er legte den Hammer weg, weil ihm dessen Gewicht mit einem Mal unerträglich schwer erschien. Es tröstete ihn ein wenig, dass er ihn nur noch zwei Mal würde führen müssen, bis der Gerechtigkeit endgültig Genüge getan war. Er konnte es kaum erwarten. Dann wäre die Zeit gekommen, in der sie ihr Versprechen ihm gegenüber einlösen würde. Sie würden niemandem mehr etwas vormachen müssen und könnten sich frei und offen so zeigen, wie sie wirklich waren. Der Gedanke daran erregte ihn. Zwei Mal noch. Dann war dieses unwürdige Versteckspiel vorbei. Sie würden gemeinsam weggehen und ganz von vorn anfangen. Irgendwo im Norden, wo es kalt war. Wo man die Macht des Feuers, wenn sie entfesselt wurde, am reinsten spürte.

Er schaute auf die Leiche zu seinen Füßen, die in eine grobe Decke eingeschlagen war. Es war ihm leichtgefallen, das Ritual an ihr zu vollziehen. Tote wehrten sich nicht. Trotzdem hatte er dabei so gut wie keine Befriedigung verspürt.

Es war einfach nicht gerecht. Dieser Mann, der das Leben eines unschuldigen Mädchens auf dem Gewissen hatte, war viel zu schnell gestorben. Burmester hätte es verdient gehabt, so zu leiden wie die anderen auch. Er schüttelte den Kopf. Das Schlimmste war, dass er selbst Burmester davor bewahrt hatte. Er ballte die Fäuste und beschloss, sich nicht länger damit zu quälen. Zwei Mal noch. Zwei Mal noch würde er Gelegenheit haben, dafür zu sorgen, dass diese Hunde noch am lebendigen Leib erfuhren, was wahre Gerechtigkeit war.

80

Lukas Möhrs wäre jede Wette eingegangen, dass seinem Chef vor Zorn der Kopf geplatzt wäre, wenn er gewusst hätte, wo Möhrs sich gerade herumtrieb. Unter Umständen riskierte er gar, dass der Alte sich die Sache mit ihm als seinem potenziellen Nachfolger noch einmal überlegte. Barswicks Anweisungen waren eindeutig ausgefallen: »Sieh zu, dass du rausbekommst, wo Burmester abgeblieben ist. Wenn wir ihn finden, finden wir auch den Mörder.« Barswick riss das Maul ganz schön weit auf. Die Suchaktionen im Gebiet um den Fundort von Burmesters Wagen hatten keine brauchbaren Hinweise auf den Verbleib des Verschwundenen geliefert. Es gab lediglich ein Indiz, das Möhrs in seinem Bauchgefühl bestärkte: Burmester hatte das Wrack nicht aus eigener Kraft verlassen, denn es war nur im demolierten Wagen und direkt um die Fahrertür herum Blut entdeckt worden. Möhrs ging davon aus, dass Burmester – oder seine Leiche – in irgendetwas eingewickelt worden und so das Entstehen weiterer Spuren verhindert worden war. Eine dicke Decke. Einen Müllsack. Was auch immer – jedenfalls blieb Burmester verschwunden. Insofern stand Möhrs im Grunde momentan ebenso mit leeren Händen da wie die Schupos. Und den Rest der Skatbrüder noch einmal in die Zange zu nehmen wäre seiner Auffassung nach vergeudete Zeit und Mühe gewesen: Johnsen und Ritter, die als Einzige noch übrig waren, hatten sich nach drei Todesfällen aus ihren Reihen nicht aus der Reserve locken lassen. Warum sollten sie es dann ausgerechnet nach dem vierten tun? Auf eine Idee war Möhrs allerdings richtig stolz, und er baute darauf, dass er Barswicks Zorn damit notfalls etwas abfedern konnte: Er hatte aus dem Helmholtz-Zentrum in Geesthacht die Logbücher der »Fritz Straßmann« angefordert. Das mochte blinder Aktionismus sein, denn wenn er Johnsen richtig verstanden hatte, hatte sich das mysteriöse Ereignis, das Burmester vor vielen Jahren bis ins Mark erschüttert hatte, gar nicht an Bord des Schiffes, sondern bei einem Landgang in einem Bordell abgespielt. Doch es war immer noch besser, als Däumchen zu drehen. Und wo Möhrs schon einmal dabei war, den Kollegen aus der Soko neue Arbeit aufzuhalsen, hatte er einigen von ihnen aufgetragen, gleich noch im Haus von Frieder Jakobs nach Fotos und Unterlagen aus seiner Zeit als Seemann zu suchen. Darauf hatte ihn Doris Frigge mit ihrer Geschichte von dem Bild gebracht, das ihr in Tränen aufgelöster Ehemann in den Kamin geworfen hatte, damit sie es nicht zu Gesicht bekam.

Die bisherige Entwicklung dieses furchtbaren Tages hatte Möhrs nun dazu verleitet, einen ungewöhnlichen Weg einzuschlagen – einen Weg, der ihn in ein karg eingerichtetes Besprechungszimmer im Erdgeschoss der Wache der Freiwilligen Feuerwehr Güstrin geführt hatte. Nichts hier war bislang dazu geeignet, seine strapazierten Nerven ein wenig zu schonen. Nicht der eigentümliche Geruch nach Schweiß, Leder und Gummisohlen, der nur dadurch zu ertragen war, dass man die Tür offen stehen ließ. Nicht das entsetzlich dünne, bittere Gebräu, das unter Feuerwehrleuten offenbar als Kaffee durchging. Und schon gar nicht die skeptischen Mienen der beiden Männer, die ihm gegenübersaßen.

»Ich finde es eben verdächtig, dass der Beginn dieser Brandserie zeitlich nah am Unfall von Peter Frigge liegt«, versuchte Möhrs zum dritten oder vierten Mal zu begründen, warum er dieses Treffen mit Klaws und Holt anberaumt hatte. »Der Mörder der Skatbrüder hat ein perverses Interesse daran, diese Männer brennen zu sehen.« Möhrs verbannte sämtliche Gedanken daran aus seinem Kopf, wie der Täter gerade nach einem passenden Ort suchte, um nun auch noch Gernot Burmester oder dessen Leiche zu verschüren. Sie führten letztlich zu nichts. Außer, dass sie ihn noch nervöser machten. Und nervös und gereizt war er schon genug. »Feuer ist für mich hier das verbindende Element. Was, wenn wir es nur mit einem statt mit zwei Serientätern zu tun haben?«

»Ich sag es dir gern noch mal.« Holt deutete mit dem Kinn auf die verschmorte Platine, die Klaws aus dem abgebrannten Futterstand geborgen hatte. Wie ein bizarres Insekt, das von einem emsigen Forscher für den Transport in einen wiederverschließbaren Plastikbeutel gesteckt worden war, lag sie zwischen ihnen auf dem Tisch. Die Hände hatte Holt deshalb nicht zum Gestikulieren frei, weil er sich eine Zigarette nach der anderen drehte, um sie in einem ausgesprochen hässlichen Etui aus türkisfarbenem Plastik zu verstauen. »Der Feuerteufel und der Mörder von Frieder Jakobs sind nicht ein und dieselbe Person. Wir haben im Haus von Jakobs keine Teile eines Zünders gefunden, und das spricht nun mal für unterschiedliche Vorgehensweisen.«

»Korrigiere mich, wenn ich falschliege«, wandte sich Möhrs an Klaws, der blass und müde dasaß und immer wieder blinzelte, als hätte er Mühe, die Augen offen zu halten. »Aber bei den bisherigen Bränden, die wir dem Feuerteufel zuschreiben, haben wir auch keine Überreste von irgendwelchen Zündern gefunden.«

»Es könnte auch nur ein Nachahmer sein, der jetzt am

Futterstand das erste Mal zugeschlagen hat«, sagte Klaws leise. »Ich sehe da keine Verbindung zu dem Mord.«

»Ein Nachahmer, der einen Zünder baut?« Möhrs zog den Plastikbeutel auf seine Seite des Tischs und betrachtete seinen Inhalt von allen Seiten. »Ist das nicht zu kompliziert?«

»Absolut nicht«, widersprach Holt und leckte sich die trockenen Lippen, ohne den hartnäckigen Tabakkrümel in seinem rechten Mundwinkel zu erwischen. »Wenn er weiß, wo im Internet er nachschauen muss, kann im Prinzip ein Zehnjähriger so einen Brandsatz basteln. Du brauchst nur eine handelsübliche Aldi-Tüte, eine Plastikflasche mit Benzin und einen Funkwecker. Daher stammt wahrscheinlich auch die Platine. Im Ernst, Lukas, das ist ein Kinderspiel. Und wenn du es darauf anlegst, kannst du den gesamten Bahnverkehr einer Stadt damit lahmlegen. Ist erst letztes oder vorletztes Jahr oder so in Berlin passiert. Zwei, drei von den Dingern, und du stiftest richtig Chaos.«

»Aber darum geht es doch weder dem Feuerteufel noch diesem möglichen Nachahmer«, wandte Klaws ein. »Um das Chaos. Er sucht sich doch Orte, wo keine Menschenleben in Gefahr sind.«

»Ich weiß nicht«, brummte Holt. »Die Nummer mit dem Stall, bei der diese Kühe verbrannt sind, war schon fahrlässig. Da hätte das Feuer auch gut aufs Haus übergreifen können.«

»Aber das war nur einmal«, hielt Klaws dagegen. »Bei allen anderen Bränden konnte nichts weiter passieren. Wir waren ja auch schnell genug da.«

»Schön, mal angenommen, der Feuerteufel ist nicht der Mörder.« Möhrs hob die Hände. »Warum brennt es immer, wenn es ein neues Opfer gibt?«

»Zufall«, meinte Holt. »Du siehst ein Muster, wo keins ist.«

»Okay. Aber wer ist der Typ? Er kennt sich offensichtlich mit Feuer aus.« Möhrs sah zu Klaws. »Kann das einer von euch sein?«

»Hör auf.« Holt lachte. »Der pyromanische Feuerwehrmann. Das ist ein Klischee. Weißt du, wo die Zahl von Bränden liegt, die durch Feuerwehrleute gelegt werden? Im Promillebereich.«

»Klischee hin oder her. Ich meine, die Leute tun immer so entsetzt, wenn sie zum Beispiel was über Pädophile hören, die als Lehrer arbeiten. Logisch betrachtet ist das doch zu erwarten, dass die sich nicht auf Jobs im Altersheim bewerben. Klischees entstehen doch nicht aus dem Nichts. Ganz zu schweigen von den berühmten Ausnahmen, die die Regel bestätigen. Wie wenn ...« Möhrs blies die Backen auf. Das Einzige, was ihm gerade einfiel, war: wenn eine attraktive, kluge und witzige Frau wie Aysel, die wirklich jeden haben könnte, ausgerechnet in einen Kerl wie ihn vernarrt war. »Wie wenn ...«

»Der Feuerteufel ist *nicht* der Mörder«, sagte Klaws kühl. »Ich habe echt keinen Schimmer, warum wir hier herumsitzen müssen.«

»Damit du das hier unterschreiben kannst, Schatz.« Klaws' Verlobte rauschte mit wehendem rotem Haar durch die Tür, hauchte ihm einen Kuss auf die Wange und breitete einen Stoß Unterlagen vor ihm aus, auf dem es nur so von dem Sparkassen-S wimmelte. »Ich werf die dann gleich noch in die Post. Die sind für die Aufstockung wegen der zweiten Garage.«

»Hallo, Tina«, sagte Holt. »Zweite Garage? Hör ich da schon die große Familienkutsche für den Nachwuchs tuckern?«

»Hast du einen Stift?«, fragte Klaws barsch bei ihr nach.

»Was hast du denn für schlechte Laune?« Sie stemmte die Arme in die Hüften. »Ich renn mich hier ab, dass das mit der Finanzierung alles klappt, und dann werde ich so dafür angemotzt. Findest du das fair?«

»Das ist meine Schuld.« Möhrs reichte Klaws seinen Kugelschreiber über den Tisch. »Ich habe aus Versehen die Ehre der Freiwilligen Feuerwehr Güstrin beleidigt.«

»Es reicht jetzt, ja?«, knurrte Klaws und unterschrieb hektisch Formular um Formular.

»Mein Gott.« Tina schüttelte den Kopf. »Was haben Sie denn gesagt?«

Möhrs hätte geschwiegen, um Klaws nicht weiter anzustacheln. Holt war leider nicht so taktvoll. »Lucky Luke hat nur vor sich hinfabuliert, dass der Feuerteufel einer aus eurer Truppe hier ist. Du machst doch noch Jugendarbeit, oder?«

»Ja, ja.« Tina bedachte Möhrs mit einem langen, sonderbaren Blick. »Wie kommen Sie denn auf so einen Quatsch?«

»Da verweigere ich die Aussage«, antwortete Möhrs und stand auf. »Ich glaube, ich habe für heute für genügend Unruhe gesorgt. Außerdem habe ich Hunger wie ein Stier. Nichts für ungut, Thorsten, ja?«

Klaws sah nicht einmal kurz hoch, sondern brummte nur etwas, das entfernt nach »Tschüs« klang. Möhrs scherte sich nicht weiter darum. Holt hatte ihn soeben mit einer unbedachten Äußerung auf eine Idee gebracht. Eine Idee, für die er allerdings offizielle Rückendeckung brauchte. Ob Barswick noch im Büro war? Egal. Notfalls hatte er ja noch seine private Handynummer.

81

Bei ihrer Ankunft auf dem »Hirschhof« begegneten Katja und Bernd ihrer Wirtin an der Rezeption. Veronika teilte ihnen mit, was für das Abendessen auf dem Speiseplan stand: polnischer Schmoreintopf mit Sauerkraut, Weißkohl und verschiedenen Fleisch- und Wurstsorten. Das Gericht musste allerdings noch eine Weile köcheln, sodass ihnen genügend Zeit für eine Lagebesprechung blieb.

Bernd sah im Interesse der Polizei an den Logbüchern

der »Straßmann« ein klares Signal, dass sie auf der richtigen Spur waren. Er zog sich die Fotos der Besatzungslisten von Katjas Smartphone umgehend auf sein Laptop und begann damit, alle Namen der ehemaligen Crewmitglieder zusammenzustellen. Er plante, sie alle durchzugoogeln, obwohl er sonst nicht müde wurde, Katja die Schwächen von Internetrecherchen zu predigen.

Bernd bekam sehr wohl mit, wie Katja immer noch daran zu knabbern hatte, dass Erika Saalfeld bei der letzten Fahrt der »Straßmann« mit an Bord gewesen war. Er hoffte, sie würde selbst begreifen, wie abwegig ihre Vorstellung war, Saalfeld könne ihren Suizidversuch nur inszeniert haben, um von sich als Tatverdächtiger abzulenken.

Katjas Handy klingelte. Es rutschte vibrierend millimeterweise über die glatte Tischplatte, als würde es versuchen, vor Bernds Laptop wegzukriechen, mit dem es über ein Übertragungskabel verbunden war. Das Display zeigte eine Handynummer und »Unbekannter Anrufer« an.

»Soll ich rangehen?«, fragte er Katja, doch sie war schon vom Bett aufgesprungen und griff nach ihrem Smartphone.

»Na, dann halt nicht«, murmelte Bernd. Während Katja auf die dämmrige Terrasse entschwand, überprüfte er zur Sicherheit, ob auch wirklich alle Fotos, die er für seine Liste brauchte, vom Smartphone auf die Festplatte des Laptops kopiert worden waren. Es sah ganz danach aus. Wie von selbst glitt seine Hand in seine Jacketttasche, um sich das Zigarilloetui zu angeln. Er hatte den Filter schon zwischen den Lippen und sein Zippo parat, als ihm bewusst wurde, dass er einem Automatismus folgte, den er sich am heimischen Schreibtisch antrainiert hatte. In dem Zimmer, das er sich hier mit Katja teilte, herrschte jedoch striktes Rauchverbot. Seufzend stand er auf und ging auf die Terrasse, wo Katja ihr kurzes Gespräch in der Zwischenzeit bereits wieder beendet hatte.

»Weißt du, wer das war?«, fragte sie ihn mit großen, ungläubigen Augen.

Er zündete sein Zigarillo an. »Wenn ich Hellseher wäre, würde ich beim Zirkus arbeiten.«

»Das war Möhrs.«

»Was?« Bernd verschluckte sich an dem Rauch des ersten Zuges, den er lässig durch die Nase hatte ausatmen wollen. »Geht es um die Logbücher? Haben die Leute vom Helmholtz-Zentrum uns verpfiffen? Aber wie? Du hast denen nicht mal deinen richtigen Namen genannt.«

Sie schüttelte den Kopf. »Darum ging es nicht. Er hat mich zum Essen eingeladen.«

»Wieso das?«

»Er meinte, er würde gern noch mal auf meine Idee zurückkommen. Von wegen inoffizieller Informationsaustausch und so.«

»Wo will er uns treffen?«

»Ich fahre allein«, sagte Katja bestimmt. »Wenn du mitkommst, riecht er noch Lunte, dass wir ihn verarscht haben. Denk daran: Du hattest einen Schwächeanfall.«

»Du hast kein Auto«, wandte Bernd ein.

»Ich nehme ein Taxi.« Sie grinste. »Hast du zwanzig Euro für mich?«

82

In Anbetracht von Möhrs' Leibesfülle hätte es Katja nicht wundern sollen, dass er sich einen Griechen für ihr Rendezvous ausgesucht hatte. Einen, der ganz in folkloristischer Tradition auf ein blau-weißes Ambiente setzte, inklusive Nachbildungen von antiken Statuen und Säulen. Katja hatte beim Betreten des »Akropolis« die Inspiration für eine Glosse, die sich damit befasste, wie fehl am Platz eine Kopie des David von Michelangelo in Restaurants wie diesem war.

Möhrs, der sie sofort erspäht hatte, erhob sich von seinem Platz in einer Nische im hinteren Drittel des Raums und winkte ihr zu. Begleitet von den wimmernden Klängen einer Bouzouki machte sie sich auf den Weg zu ihm.

»Schön, dass Sie es so schnell geschafft haben.« Sein Händedruck war fest und trocken. »Setzen Sie sich doch bitte.«

»Danke.«

Möhrs half Katja aus der Jacke und rückte ihr sogar den Stuhl zurecht.

Ein junger Mann mit strahlendem Lächeln huschte herbei, zündete die Kerze auf dem Tisch an und nahm ihre Bestellung auf, bevor Katja eine Chance hatte, einen Blick in die Karte zu werfen. Das war kein Drama. Sie nahm einfach eine Cola und einen gebackenen Schafskäse. Möhrs bestellte einen Grillteller Adonis, was Katja ein Grinsen aufs Gesicht zauberte.

»Ich bin ein Freund von Ehrlichkeit«, eröffnete er das Gespräch. »Machen Sie mir also bitte auch nichts vor. Ich gehe fest davon aus, dass Sie meinen gutgemeinten Ratschlag immer noch nicht beherzigt haben. Sie haben Ihre Ermittlungen fortgesetzt, nehme ich an.«

Katja antwortete ihm mit einem unschuldigen Augenaufschlag. Falls das eine Falle war, würde sie nicht so naiv hineintappen.

Der Kellner brachte ihre Cola. Katja nahm ihr Glas. »Lohnt es sich, dass wir auf gute Zusammenarbeit anstoßen?«

»Anstoßen lohnt sich immer«, erwiderte Möhrs und bekam rote Flecken auf den runden Wangen, als er seine Apfelsaftschorle anhob. »Im beruflichen Bereich, meine ich.«

Ihre Gläser klirrten gegeneinander.

»Wenn Sie irgendetwas herausgefunden haben, das uns weiterhilft ...« Er ließ den Satz unvollendet und sah sie wie ein trauriger Welpe an.

»Na ja ...« Katja sprang mit Anlauf über ihren Schatten. Was nutzte es, Informationen vor ihm zurückzuhalten? Sie wollte doch nur, dass Frieders Mörder zur Rechenschaft gezogen wurde. Und noch dazu machte Möhrs nicht den Eindruck eines Menschen, der in seinem Leben schon viele ernstzunehmende Erfolge gefeiert hatte. Dass er sich mit ihr traf, war Beweis dafür, dass er ziemlich verzweifelt sein musste. Eines hätte Katja sich nie verziehen: wenn Frieders Mörder ungeschoren davonkam, weil sie darauf bestanden hatte, die große Schlaubergerin zu spielen und Möhrs im Dunkeln tappen zu lassen, wo sie doch vielleicht schon gewissermaßen die Hand am Lichtschalter hatte. »Ich habe aus zuverlässiger Quelle erfahren, dass die Schnittwunden auf der Stirn der Opfer ein Symbol sind. So, wie Sie es vermutet hatten.«

Seine Knie stießen von unten gegen die Tischplatte. »Woher wissen Sie das mit dem Symbol?«

»Von der Frau aus der Pathologie«, sagte Katja.

»Von Aysel?« Die roten Flecken auf seinem Gesicht verblassten, und seine fleischigen Lippen formten ein kleines O. »Wann haben Sie noch mal mit Doktor Özen gesprochen?«

»Gar nicht.« Erst Aysel, dann Doktor Özen. Sehr interessant. »Sie hatte nur die Akten sehr praktisch auf ihrem Schreibtisch drapiert. Das ist alles.«

Möhrs taxierte sie fest. »Sie sind ganz schön gerissen.«

»Vielen Dank.« Da ihr der Tonfall seines bitteren Kompliments gar nicht gefiel, sprach Katja rasch weiter. »Es handelt sich um ein heidnisches Symbol. Eine germanische Rune. Sie wird dem Gott zugeordnet, der für Recht und Gesetz zuständig ist. Der Mörder scheint zu denken, dass er Verbrecher ihrer gerechten Strafe zuführt.«

»Das passt«, sagte er. »Das passt sogar sehr gut.«

»Wieso?« Der Duft von gebratenem Fleisch aus der Küche, der bis eben noch Katjas Appetit kräftig unterstützt hatte, kam ihr nun schwer und erstickend vor. »Mein Onkel war kein Verbrecher.«

»Tja …« Die roten Flecken kehrten auf Möhrs' Wangen zurück. »Das wird jetzt bestimmt ein Schock für Sie, aber Ihr Onkel …« Er presste die Handflächen aneinander. »Es gab da höchstwahrscheinlich einen schlimmen Vorfall, bei dem eine Frau eine entscheidende Rolle spielte.«

Ihre nächste Frage kostete Katja einiges an Überwindung, denn sie hatte das, was Horst Johnsen ihr über ihren Onkel und sein Sexleben eröffnet hatte, ein Stück weit absichtlich verdrängt. »Reden wir von einer Hure? Ist es bei einer seiner Fahrten nach Hamburg passiert?«

Möhrs runzelte die Stirn. »Welche Fahrten nach Hamburg?«

»Er war regelmäßig dort.« Katja zögerte. Testete er gerade aus, wie viel sie über die Freizeitaktivitäten ihres Onkels wusste? »Für Bordellbesuche. Johnsen hat mich darüber aufgeklärt.«

»Das Ereignis, das ich meine, liegt viel weiter zurück«, sagte Möhrs unsicher. »Es fällt in die Zeit, als Ihr Onkel noch zur See gefahren ist. Offenbar hat er gemeinsam mit den anderen ein Verbrechen an einer Frau begangen.«

»Ein Verbrechen?« Eiseskälte kroch Katja die Beine hinauf. Das musste ein Irrtum sein. Möhrs war völlig inkompetent. Ihr Onkel war niemand, der sich an Frauen verging. Für Sex zu bezahlen war nicht dasselbe wie – ja, wie was eigentlich? »Wollen Sie mir erzählen, dass mein Onkel ein Mörder ist?«

»Vorsicht! Die Form ist sehr heiß!« Der Kellner servierte ihren Käse. Sie breitete ihre Serviette auf dem Schoß aus, obwohl sie schon jetzt wusste, dass sie keinen Bissen hinunterkriegen würde. »Der Grillteller dauert noch eine Minute. Guten Appetit!«

»Ich gehe nicht davon aus, dass Ihr Onkel ein Mörder war«, sagte Möhrs, nachdem der Kellner fort war. »Das Verbrechen, um das sich diese ganze Sache dreht, ist wohl lange verjährt. Zumindest hat Gernot Burmester das behauptet.

Also kann es kein Mord gewesen sein. Ich habe keine genaue Vorstellung davon, was es sonst gewesen ist.«

»Es war in jedem Fall ein Sexualverbrechen«, sagte Katja tonlos. Die Kälte hatte ihr Herz erreicht. »Deshalb kastriert der Mörder seine Opfer. Auge um Auge, Zahn um Zahn. Auf dieses Prinzip hat das Alte Testament keinen Markenschutz.« Sie stand auf. »Entschuldigen Sie mich einen Augenblick, ja?«

Sie eilte auf die Tür mit dem WC-Schild zu, landete in einem Vorraum mit Zigarettenautomat und einem Ständer für komische Postkarten zum Mitnehmen. Fand die Damentoilette, drehte den Hahn an einem Waschbecken voll auf und wusch sich die Hände mit warmem Wasser, während sie sich im Spiegel betrachtete. Sie war so weiß wie eine der billigen Statuen draußen. Ihr Gehirn schaffte es nicht, ihre Erinnerungen an Frieder mit der eben erhaltenen Information über ihn in einen vernünftigen Zusammenhang zu bringen. Sie dachte an den Mann mit den kräftigen Händen, der ihr den Kopf gestreichelt und sie getröstet hatte, weil sie beim Barfußtoben im Garten auf eine Biene getreten war. Daran, wie er sie bei der Beerdigung ihres Vaters auf den Arm genommen und wie sie eine winzige Spur Trost darin gefunden hatte, dass er ein klein wenig so roch wie der Mann, den sie so furchtbar vermisste und der nie wieder zu ihr zurückkommen würde. Wie er sie bei ihrer Abifeier links und rechts auf die Wange geküsst und ihr gesagt hatte, dass sie jetzt erwachsen sei. Und das sollte derselbe Mann sein, der zusammen mit einer Handvoll anderer Kerle vor zwanzig Jahren eine Frau vergewaltigt hatte? Dem für genau dieses Verbrechen nun ein grausiges Ende zuteilgeworden war? Wenn das die Wahrheit war, dann hatte der Wahnsinn des Mörders Methode. Dann machte er nicht einfach nur aus reiner Verblendung Jagd auf Unschuldige. Dann übte er Selbstjustiz, als Richter und Henker in einer Person.

Sie kehrte in den Gastraum zurück, wo Möhrs vor seinem Grillteller saß, den er offenkundig noch nicht angerührt hatte. »Es tut mir leid, dass Sie das auf diese Weise erfahren mussten.«

»Besser spät als nie.« Sie setzte sich und schob die Auflaufform mit dem Käse an den Rand des Tisches. »Was wissen Sie über diese Sache noch?«

»Nicht viel«, gestand Möhrs. »Nur dass einige der daran beteiligten Männer es hinterher sehr bereut haben. Ich vermute, das Opfer war damals eine Prostituierte aus einem der Häfen, die die ›Fritz Straßmann‹ angelaufen hat. Auf dem Schiff selbst gab es ja keine Frauen.«

»Das ist falsch«, korrigierte sie ihn. »Auf der letzten Fahrt gab es sehr wohl eine. Eine Teilnehmerin an einem internationalen Forschungsprojekt. Erika Saalfeld.«

Die Neuigkeit brachte Möhrs nicht weiter aus dem Konzept. »War sie die einzige Frau an Bord?«

»Das weiß ich nicht.«

Er schüttelte langsam den Kopf. »Aber sie war trotzdem nicht das Opfer von damals, das jetzt auf einem Rachefeldzug ist.«

»Wie können Sie sich da so sicher sein?«

»Aus mehreren Gründen.« Er zählte sie einen nach dem anderen an seinen kurzen Fingern ab. »Warum hätte sie mit ihrer Rache so lange warten sollen? Sie lebte doch in unmittelbarer Nähe ihrer Peiniger, und einer davon wäre noch dazu ihr Schwager gewesen. Horst Johnsen. Das ist der erste Grund. Der nächste ist, dass ich den Abschiedsbrief gelesen habe, den sie vor ihrem Selbstmordversuch geschrieben hat. Sie hat den Mörder bewundert. Weil sie seine Motive verkennt. Sie glaubt, er hätte ein Kind verloren und würde dafür dem AKW die Schuld geben, so wie sie. Und drittens hat sie ein einigermaßen brauchbares Alibi für die Nacht, in der Erich Lippert verschwunden ist. Ich habe das überprüfen lassen. Wenn sie lügt, dann lügen auch ihr Nachbar und ihr Sohn. Und das glaube ich mittlerweile nicht mehr, nachdem ich gesehen habe, wie die beiden darauf reagiert haben, dass sie sich umbringen wollte.«

Die Erwähnung Thilos dämpfte Katjas aufflackernde Aggressionen. Nein, Thilo hatte nicht gelogen. Das durfte nicht sein. Nicht er. Seiner Mutter traute sie alles zu, aber ihm? »Sie haben eben gesagt, manche der Männer würden ihre Tat bereuen. Wie kommen Sie darauf?«

»Die Witwe eines der Opfer hat mir geschildert, wie sich ihr Mann mit der Erinnerung an die Tat gequält hat«, sagte Möhrs.

»Sie hat ihren Mann all die Jahre gedeckt?«

»Liebe«, erwiderte Möhrs nur. »Wie dem auch sei. Ihr Onkel hat nie etwas in dieser Richtung erwähnt?«

Einen Sekundenbruchteil lang war Katja zu perplex für eine sinnvolle Antwort. Dann meldete sich ihre bissige Ader zu Wort. »Aber klar doch. Natürlich hat er so was erwähnt. Mehrfach. Erst vor ein paar Wochen hat er mich angerufen und zu mir gesagt: ›Soll ich dir noch mal im Detail erzählen, wie ich und meine Kumpels damals über diese arme Frau hergefallen sind?‹«

»Tut mir leid.« Möhrst starrte auf das Fleisch auf seinem Teller. »Das war eine dumme Frage. Lassen Sie es mich anders versuchen. Wissen Sie, wo Ihr Onkel Andenken an seine Zeit auf See aufbewahrt haben könnte? Welche, von denen er nicht mochte, dass sie einem Besucher seines Hauses zufällig in die Hände fallen?«

»Andenken?«

»Fotos. Alte Tagebücher. Kleine Mitbringsel.«

Sie zuckte die Schultern. »Fotos hat er wohl in Fotoalben. Und den Rest in Kisten auf dem Speicher oder im Keller. Würde ich jetzt so mal ins Blaue hinein raten.«

Er nickte mit verdrossener Miene. »Schade.«

»Wieso schade?«

»Meine Kollegen aus der Soko sind schon seit Tagen dabei, diese Sachen zu sichten. Kisten mit privaten Unterlagen und

Fotoalben. Alles, was sich nicht das Feuer geholt hat. Aber da war bis jetzt nichts Verdächtiges dabei.« Er seufzte. »Ich dachte nur, Sie hätten eine konkrete Idee.«

»Und das klingt jetzt so, als hätten Sie eine konkrete Idee, wonach Sie in Wahrheit suchen«, gab Katja zurück. »Was verschweigen Sie mir?«

Aus der Tasche seines über den Stuhl gehängten Jacketts quäkte sein Handy. »Entschuldigung.« Möhrs wandte sich halb von Katja ab, um das Gespräch anzunehmen. »Im Moment ist es ganz schlecht«, sagte er in einem merkwürdigen Tonfall, als fühlte er sich bei einer peinlichen Verrichtung ertappt. »Beim Griechen.« Er rückte ein Stück weiter vom Tisch weg. »Nein, nicht allein. Mit einer Informantin.«

Katja musste grinsen, weil Möhrs sie für die Person am anderen Ende der Verbindung von einer Nervensäge offiziell zu einem nützlichen Kontakt befördert hatte.

»Hallo? Hallo?«, rief er in sein Handy, ehe er es vom Ohr nahm, um es einen Moment missmutig anzustarren. Dann steckte er es weg, drehte sich wieder zu Katja.

Katja hätte nichts dagegen gehabt, noch ein zusätzliches Informationsbröckchen zu erhaschen. Andererseits hatte das Ganze eher nach einem Privatgespräch geklungen. Sie reckte sich in ihrem Stuhl, um einen Blick auf Möhrs' Hände zu werfen. Kein Ring. Aber da gab es immer noch diese Pathologin … »War das Ihre Freundin?«

»Wir wechseln jetzt besser das Thema.« Er griff zu Messer und Gabel wie ein Schlachter zu seinen Mordwerkzeugen. »Mein Essen wird kalt. Es sei denn, Sie wollten noch etwas Wichtiges loswerden.«

»Ich habe Ihnen alles gesagt, was ich Neues weiß.« Überrascht stellte sie fest, dass das nicht einmal im Ansatz geflunkert war. »Wie ist es mit Ihnen?«

Er schnitt ein Lammkotelett an. »Mir wäre es lieb, wenn Sie Ihre nächsten Schritte wenigstens mit mir absprechen würden.«

»Das lässt sich einrichten.«

»Keine Alleingänge mehr. Sie sagen mir vorher, wo Sie sich umhören wollen, und verraten mir hinterher, was dabei herausgekommen ist.« Er bestrich das blutige Stück Fleisch auf seiner Gabel großzügig mit Tsatsiki. »Und Sie hören auf mich, wenn ich meine, es wäre besser, an einem bestimmten Ort oder bei einer bestimmten Person nicht aufzutauchen. Okay?«

»Okay.« Sie nickte. »Damit kann ich leben.«

Möhrs deutete mit dem Messer auf ihren Schafskäse. »Essen Sie nichts?«

»Seien Sie mir nicht böse, aber mir ist der Appetit gründlich vergangen.« Katja erhob sich von ihrem Stuhl. »Ich melde mich bei Ihnen, sobald ich mir im Klaren darüber bin, wie es bei mir weitergeht.«

Eine herzlichere Verabschiedung gab es nicht. Beim Warten auf ihr Taxi amüsierte sich Katja über zwei Dinge königlich: das gierige Grunzen, mit dem er die Auflaufform mit dem Käse sofort auf seine Seite des Tischs gezogen hatte, und die Tatsache, dass er ihre kleine Lüge zum Schluss so bereitwillig geschluckt hatte wie sein Lammkotelett.

83

Möhrs' Magen zwickte und zwackte, weil er ihn sich hoffnungslos vollgeschlagen hatte, wie meistens, wenn er dem »Akropolis« einen Besuch abstattete. Also schritt er auf dem Parkplatz auf und ab. Frische Luft und Bewegung taten gut. Nach zehn Minuten fühlte er sich physisch und psychisch imstande, den versprochenen Anruf bei Aysel zu tätigen.

»Schön, dass du Zeit für mich findest«, waren ihre ersten Worte.

»Aysel, ich war mitten in einem wichtigen Gespräch«, bemühte er sich um Deeskalation.

»Wer war die Frau?«

»Meine Informantin. Das habe ich dir doch gesagt.«

»Aha.«

Es war nicht zu überhören, dass sie sich damit nicht zufriedengeben würde, und um sie zu beruhigen, fügte er an: »Diese Journalistin, die gestern auch bei dir reingeschneit ist.«

»Dachte ich's mir doch.«

Toll. Jetzt klang sie noch weniger begeistert. Möhrs rieb sich den Bauch. »Wir waren nur was essen.«

»Dann entschuldige vielmals die Störung«, erwiderte sie spitz. »Wenn ich gewusst hätte, dass du mit einer hübschen Blondine beim Essen bist ...«

Möhrs musste aufstoßen. Er war ihr voll ins offene Messer gelaufen.

Sie war also eifersüchtig. Na wunderbar. Vielleicht war es das Beste, einfach darüber hinwegzugehen. »Warum hattest du eigentlich angerufen?«

»Jörg hat sich bei mir gemeldet.«

»Wer ist Jörg?«

»Der Mann, dem ich die Bilder gezeigt habe, die du mir von diesem Autowrack geschickt hast«, erklärte sie. »Er hat sich übrigens sehr gefreut, mal wieder von mir zu hören.«

Möhrs setzte sich auf die Motorhaube seines Audis und wischte sich den Verdauungsschweiß von der Stirn. Womit hatte er das alles verdient? Dabei hatte es doch zunächst nach einem erfolgreichen Abend für ihn ausgesehen. Barswick hatte dem Plan, sich mit Katja Jakobs zu treffen, zähneknirschend zugestimmt, und dann hatte die Gute auch noch etwas ausgepackt, das den Täterkreis deutlich eingrenzte. Der Gesuchte kannte sich sehr gut mit germanischer Mythologie aus. Nein, mehr noch: Er glaubte an diesen ganzen Quatsch. Wann war die Sache bloß so aus dem Ruder gelaufen? Richtig. Mit Aysels Anruf. »Was hat Jörg denn zu den Bildern gesagt?«

»An seinem Urteil gibt es nichts zu deuteln.« Der Schwenk zu den Ergebnissen ihrer Anfrage schien sie ein bisschen zu besänftigen. Sie hörte sich nun nicht mehr so an, als wäre sie ihm sofort an die Gurgel gegangen, wenn er leibhaftig vor ihr gestanden hätte. Höchstens noch mit Ansage. »Aus einem Wagen in diesem Zustand kommt seiner Meinung nach in neun von zehn Fällen niemand lebend raus. Und im zehnten Fall ist der Fahrer dringend auf medizinische Hilfe angewiesen, damit nicht binnen kürzester Zeit der Exitus eintritt.«

»Gut«, ächzte Möhrs.

»Was soll daran gut sein?«

»Es ist gut, weil es den Druck auf mich verringert.« Möhrs fühlte sich wie der morbideste Mensch auf Erden. »Das bedeutet nämlich, dass der Mörder sein nächstes Opfer nicht irgendwo gefangen hält und gerade foltert.« In was für einer Welt lebte er eigentlich, dass er sich darüber freute, wenn es einem anderen Mann erspart blieb, bei lebendigem Leibe kastriert und in Brand gesteckt zu werden, und diese Verstümmelungen stattdessen nur an einer Leiche vorgenommen wurden? »Verstehst du? Das sind perverserweise gute Nachrichten für mich.«

»Lukas?«

»Hm?«

»Alles in Ordnung mit dir?«

Die Besorgnis in ihrer Stimme schnürte ihm fast die Kehle zu. »Ja, alles bestens.«

»Du weißt, dass du mit mir über alles reden kannst, oder?«

»Klar.«

Sie schwiegen sich eine Weile an.

»Ich fahre jetzt heim«, kündigte sie schließlich an.

»Bist du immer noch im Institut?«

»Es ist nicht so, dass zu Hause jemand auf mich warten würde, Lukas«, sagte sie. Dann war die Verbindung tot.

84

Horst Johnsen befand sich in einer Situation, die sein Nervenkostüm zusehends zerrüttete: Je mehr er versuchte, Kurs zu halten, desto mehr geriet er ins Schlingern. Bevor er ins Kraftwerk gefahren war, um seine Schicht anzutreten, hatte er sich geschworen, heute keinen Tropfen Alkohol mehr anzurühren, weil er einen klaren Kopf brauchte. Jetzt stand er in einem der beiden Supermärkte Güstrins, die um neun Uhr abends noch geöffnet hatten, vor dem Regal mit den Spirituosen und plünderte die Wodkavorräte. Er gab Burmester die Schuld dafür. Was fiel diesem Arsch ein, sich vom Acker zu machen? Was für ein verdammter Irrer! Er stützte sich mit beiden Händen auf seinem Einkaufswagen ab. Er hasste es, wie glitschig sich seine Hände auf dem Plastik der Lenkstange anfühlten. Die Schicht war die Hölle gewesen. Warten, warten und noch mal warten. Kaffeetrinken. Lachen. So tun, als wäre nichts. Und die Ungewissheit, wo Ritter abgeblieben war. Er war nicht zum Dienst erschienen. Ob er auch geflohen war? Johnsen hatte versucht, ihn auf dem Handy anzurufen. »Der gewünschte Teilnehmer ist zurzeit nicht zu erreichen.« War er am Ende der Einzige, der noch die Stellung hielt? Ein bedrückender Gedanke ließ ihm die Knie zittern: Was, wenn Ritter und Burmester die richtige Entscheidung getroffen hatten? Was, wenn er hier der Idiot war? Das letzte verfügbare Ziel für diesen Killer, der sie einzeln abservierte?

Er schüttelte wild den Kopf. Ein Mädchen vor den Sixpacks mit den Biermixgetränken glotzte ihn erschrocken an.

»Kümmere dich um deinen Scheiß«, murmelte er und schob den Wagen in Richtung Ausgang. Die Schlange vor der letzten Kasse, die um diese Uhrzeit noch besetzt war, wand sich bis zu den Tiefkühltruhen mit Eis. Es standen überwiegend junge Leute an, in lächerlich weiten bunten Klamotten wie Zirkusclowns. Lachende Halbstarke mit Softdrinks und Hochprozentigem unterm Arm, die den dicken Max markierten.

Er wollte sich schon angewidert abwenden, weil er den Anblick dieser Kinder, die meinten, die Welt gehörte ihnen, und sie würden im Gegensatz zu allen vorangegangenen Generationen ewig leben, nicht mehr ertrug. Da sah er sie. Ganz vorne in der Schlange. Alles um ihn herum wurde leise. Das schrille Gelächter der Teenies, das Piepen des Scanners an der Kasse, die sanft dahinplätschernde Chartsmusik aus den Lautsprechern an der Decke. Er hörte nur noch seinen eigenen unregelmäßigen Atem, das Pochen seines Herzens und das Rauschen seines Blutes in den Ohren. Da war *sie*. Die anderen hatten recht gehabt. Sie war hier in Güstrin. Verstaute seelenruhig die Artikel in ihrem Wagen, die die Kassiererin über den Scanner zog. Die Milch. Die Eier. Die Tüte von der Käsetheke. Es war *sie*. Keine Doppelgängerin. Er hatte in den letzten Wochen so oft an sie gedacht, dass ein Irrtum völlig ausgeschlossen war. Sie war älter, sicher doch, mit mehr Falten im Gesicht. Es war falsch gewesen. Darin waren sich alle einig. Nichts, womit man sich brüstete. Ein peinlicher Fehltritt. Eine Schande. Warum schoss ihm dann jetzt noch das Blut in den Schwanz?

Von einer schrecklichen Faszination ergriffen, beobachtete er, wie sie zahlte. Mit Karte und einem freundlichen Lächeln für die Kassiererin. Erst als sie sich in Bewegung setzte und auf die automatischen Schiebetüren zusteuerte, fiel die Lähmung von ihm ab. Er ließ seinen Wagen stehen, wo er war, und folgte ihr. Geduckt wie ein Raubtier auf der Pirsch, nutzte er die anderen Kunden und den Drehständer vor dem Tabakwarenladen als Deckung. Huschte von dort hinaus auf den Parkplatz, hinter die Abstellstation für die Einkaufswägen, wohin das Licht von den hohen Laternen nicht reichte. Sah sie auf ein Auto zugehen, es aufschließen und ihre Einkäufe einladen. Er unterdrückte den wahnsinnigen

Impuls, loszustürmen und sie zu packen. Herumzuschleudern und gegen das Auto zu drängen. Die Hände um ihren Hals zu legen und zuzudrücken. Es wäre kein Mord. Es wäre Notwehr. Aber nicht hier. Nicht vor so vielen potenziellen Zeugen. Er musste sie allein erwischen. Irgendwo, wo ihn außer ihr niemand zu Gesicht bekommen würde. Aber wie sollte er sie wiederfinden, wenn sie jetzt losfuhr? Sie hatte ihren Namen geändert. Das wusste er. Er hatte vorhin auf der Warte im Telefonbuch nachgesehen. Da gab es keinen Eintrag unter ihrem alten Namen. Er wimmerte leise. Gleich war sie weg. Er musste etwas tun. Der Motor ihres Wagens sprang an, der Auspuff spuckte kleine Rauchfähnchen aus. Er wagte sich einen Schritt nach vorn. Zu spät, viel zu spät. Sie lenkte das Auto in zwei energischen Zügen aus der Lücke. Er lachte erleichtert auf. Sie konnte ruhig wegfahren. Entkommen würde sie ihm nicht. Nicht mit dem, was er nun über sie wusste.

85

Bigos. So hieß der Schmoreintopf, den Veronika zum Abendessen serviert hatte. Ein traditionelles polnisches Gericht, hatte sie erklärt. Sättigend und schmackhaft. Das stimmte. Allerdings war die polnische Küche nicht dafür bekannt, leicht und bekömmlich zu sein. Das schwere Essen bescherte Bernd noch am Küchentisch der Möllners eine bleierne Müdigkeit. Da er nicht sofort nach seiner Rückkehr aufs Zimmer einnicken wollte, hatte er sich seine Canon geschnappt, um eine Runde über das Gelände zu drehen. Er liebte Nachtaufnahmen, weil er sie seit eh und je als eine künstlerische Herausforderung der besonderen Art sah. Bei Tag konnte jeder Trottel passable Fotos schießen. Insbesondere heutzutage, wo die moderne Technik viel von der geistigen Vorarbeit für eine vorzeigbare Aufnahme erledigte. Was Chips und Elektronik jedoch nicht ersetzen konnten, waren ein gewisses Gespür für Ästhetik und der Instinkt, welches Motiv sich einzufangen lohnte und wie man es so in Szene setzte, dass es eine Wirkung entfaltete, die über die einer bloßen Abbildung hinausging.

Zum Ende seiner Tour knipste er eine ganze Serie mit dem Pumpbrunnen neben dem eingestürzten Geräteschuppen, den er unmittelbar nach seiner Ankunft schon einmal bei Tageslicht fotografiert hatte. Er verzichtete auf einen Blitz, weil er festhalten wollte, wie die düsteren Schemen die Fantasie des Betrachters anregten. Morsche Balken wurden zu zersplitterten, riesigen Knochen. Der Brunnen mit seinem geschwungenen Hebel erinnerte an eine schwarze Kobra, die sich aufgerichtet hatte, um zu einem tödlichen Biss anzusetzen. Die Blätter der Disteln schienen gemeinsam ein dorniges Netz zu bilden, das nur darauf wartete, dass sich Beute darin verfing.

Während er seine Aufnahmen begutachtete, eine Dunhill zwischen den Lippen, stieg aus seinem Unterbewusstsein ein noch beunruhigenderes Bild auf – eine Amsel, von Zimmermannsnägeln durchbohrt. Er ließ die Kamera sinken und schaute sich um. Hatte er da nicht eben ein Rascheln gehört? Dort hinter diesem Gebüsch? Ihm entfuhr ein erleichtertes Ächzen, als eine der Hofkatzen dicht über den Boden geduckt in Richtung des Haupthauses davonhuschte. Trotzdem begriff er, wie unvorsichtig er war. Trieb sich draußen im Stockfinsteren herum, völlig allein, obwohl er wusste, dass es jemanden gab, der Katja und ihn beobachtete. Jemand, der eine ganze Reihe Menschen auf dem Gewissen hatte.

Hastig trat Bernd den Rückweg an. Er geriet mehrfach ins Stolpern, hielt sich aber jedes Mal auf den Beinen. Er orientierte sich vage an der Außenwand der Scheune und erschrak, als zwischen den Ritzen der Holzlatten plötzlich Licht hindurchfiel. Dumpfes Gemurmel im Inneren der Scheune war zu hören.

Bernd tastete sich zur Vorderseite vor. Das Tor stand sperrangelweit offen. Motten und Mücken tanzten im gleißenden Licht, das es in die Nacht hinausspie. Das Murmeln wurde lauter, aggressiver. Es hatte einen einfachen, harten Rhythmus wie eine Beschwörungsformel, aber noch war es zu undeutlich, um zu verstehen, wer oder was da zu einem Erscheinen aufgefordert wurde.

In Bernds Magen rumorte es heftig, als er sich ein Herz fasste und in die Scheune trat. Klaus saß mit dem Rücken zu ihm auf einer der Bierbänke, die Hände im Schoß, den blanken Kopf weit in den Nacken gelegt, um zu einem der Deckenbalken hinaufzustarren.

»Der Teufel. Der Teufel. Der Teufel.«

»Klaus?« Bernd machte einen Schritt auf ihn zu und fragte sich noch im selben Moment, ob er nicht lieber losgehen sollte, um Veronika zu holen. »Klaus?«

Der Hüne verstummte. Sein Kopf sackte nach vorn. Er stand auf und drehte sich langsam zu Bernd um.

Bernds Mund war mit einem Mal staubtrocken, als er sah, was Klaus in seinen gewaltigen Pranken hielt. Man hätte die Pistole für ein Spielzeug halten können, doch Bernd hatte nicht vergessen, weshalb Veronika trotz der abgeschiedenen Lage ihres Hofes keine Angst vor Einbrechern hatte. Ihr Mann war früher ein passionierter Jäger gewesen. Bernd hatte keine Ahnung, ob und welches Wild man mit einer halbautomatischen Faustfeuerwaffe jagte. Ihn interessierte nur, dass die Mündung nun auf ihn gerichtet war, und er tat das, was ihm am Vernünftigsten schien: Er hob die Hände.

Klaus musterte ihn – erst mit leerem Gesichtsausdruck, dann mit unverhohlenem Zorn. »Der Teufel«, knurrte er. Er deutete mit der Waffe nach oben und sofort wieder auf Bernd. »Der Teufel.«

»Ich bin nicht der Teufel.« Bernds Stimme war dünn und trocken wie Herbstlaub, obwohl er versucht hatte, viel Überzeugungskraft in seine Worte zu legen. »Ich bin's. Bernd.«

»Der Teufel.« Klaus bleckte die Zähne. Wieder fuhr seine Hand nach oben zur Decke, nur um gleich wieder wie ein Fallbeil herabzusausen, damit er weiter Bernd ins Visier nehmen konnte. »Der Teufel.«

Bernd kämpfte gegen den Instinkt zu fliehen an. Dagegen, sich umzudrehen und schreiend wegzurennen. Der primitivere Teil seines Gehirns wollte nicht einsehen, dass er nicht schneller war als eine Kugel. Die klarere Hälfte seines Verstands war auch keine allzu große Hilfe: Sie rief ihm zur Unzeit ins Gedächtnis, dass sich nun womöglich die Prophezeiung erfüllen würde, die Schwester Walburga in ihrer Wut auf seine kleinen Streiche immerzu ausgestoßen hatte. Dass ihn eines Tages der Teufel holen würde, wenn er nicht endlich auf den Pfad der Demut und des Gehorsams zurückfand, den der Herr für ihn ausersehen hatte.

»Der Teufel.« Wie ein Roboter wiederholte Klaus zum dritten Mal die Abfolge der Bewegungen seines rechten Arms. Die Mündung der Pistole wies einen Wimpernschlag lang zur Decke, dann wieder auf Bernd. »Der Teufel.«

»Okay, okay«, murmelte Bernd. Er sah nach oben, doch natürlich saß auf dem Deckenbalken kein rot gekleideter Mann mit Hörnern und Pferdefuß. Was meinte Klaus nur? War es möglich, dass sein durch den Unfall schwer in Mitleidenschaft gezogenes Hirn ihm etwas vorgaukelte? Etwas, das aus seiner Warte heraus schreckliche Realität war?

»Der Teufel«, brüllte Klaus immer kehliger. »Der Teufel.«

Bernd hörte schnelle Schritte hinter sich, aber er wagte es nicht, sich umzudrehen.

Veronika eilte an ihm vorbei, schnurstracks auf ihren Mann zu.

»Vorsicht!«, rief Bernd. »Er hat eine Waffe!«

»Gib das her, Schatz!«, sagte Veronika streng, den Arm

ausgestreckt und ungeduldig mit den Fingern winkend. »Du machst Bernd Angst.«

»Der Teufel!«, schrie Klaus protestierend, aber deutlich leiser.

Stocksteif sah Bernd zu, wie Veronika ungeduldig den Kopf schüttelte und dem Hünen die Pistole aus der Hand nahm, als wäre sie etwas, das nur für kleine Kinder eine echte Bedrohung darstellte. Eine Schere oder ein Messer. »Hier ist kein Teufel«, sagte sie dabei. »Du hast geträumt.«

»Gott sei Dank!«, keuchte Bernd und setzte sich mit zitternden Knien und zusammengekniffenen Hinterbacken auf die nächste Bierbank. »Gott sei Dank! Ich dachte schon, das wär's für mich gewesen.«

Veronika lachte auf und drehte sich zu ihm um, die Waffe im Anschlag. »Da hast du falsch gedacht.« Sie drückte ab. *Klick.*

Bernd war nicht einmal dazu gekommen, in einer hilflosen Geste die Arme hochzureißen. Einen winzigen Moment glaubte er, die Zeit stünde still, oder er hätte nur noch nicht realisiert, dass er getroffen worden war. Paradoxerweise senkte die sonderbare Empfindung seinen Puls, anstatt ihn weiter anzutreiben. »Sie ist nicht geladen?«, fragte er matt.

»Natürlich nicht.« Sie lachte noch einmal. »Ich bewahre die Munition nicht bei den Waffen auf.« Sie warf einen Blick zu ihrem Mann, der seinen alten Platz auf der Bierbank eingenommen hatte und unverwandt den Deckenbalken fixierte, auf dem er den Teufel hatte sitzen sehen. »Nicht mit ihm im Haus.«

»Verstehe.« Er wollte gerade anbringen, dass er ihren Scherz mit dem Abdrücken für höchst unpassend hielt, doch sie kam ihm zuvor.

»Das war nicht nett von mir. Tut mir leid. Aber du hättest mal dein Gesicht sehen sollen.« Sie beugte sich zu ihm herunter und strich ihm prüfend mit dem Handrücken über die Wange. Die Wärme ihrer Haut war so tröstend und verlockend zugleich, dass Bernd leicht den Kopf neigte, um den Kontakt zwischen ihnen einen winzigen Moment auszudehnen. »Warum hast du dich denn eigentlich noch nicht rasiert? Ich habe dir doch gesagt, dass Klaus keine bärtigen Männer ausstehen kann. Ohne Bart hätte er dir die Waffe bestimmt auch gegeben.«

Sie lächelte, nahm ihren Mann bei der Hand und führte ihn sanft, aber bestimmt in die Nacht hinaus.

Bernd beherzigte ihren Rat: Als Katja eine Viertelstunde nach dem Vorfall in der Scheune von ihrem Treffen mit Kommissar Möhrs zurückkehrte, stand er im Bad und wischte sich die letzten Rasierschaumreste aus dem Gesicht.

86

Die Eigenschaft, die Katja an Bernd am meisten schätzte, war seine Zuverlässigkeit. Mit ihm konnte man die sprichwörtlichen Pferde stehlen. Oder eben nachts in ein Haus einsteigen, das die Polizei aufgrund laufender Ermittlungen noch nicht wieder zum Betreten freigegeben hatte. Er akzeptierte ihren Plan ohne das geringste Anzeichen irgendwelcher insgeheim gehegten Befürchtungen, die Nacht in einer Arrestzelle zu verbringen, falls sie geschnappt werden sollten.

Die Neuigkeit, dass Frieder in seiner Zeit als Seemann in ein Sexualverbrechen verwickelt gewesen war, nahm Bernd mit einer Gefasstheit auf, die Katja fast ein wenig enttäuschte. »Jeder ist zu allem fähig«, war seine triste Antwort gewesen. »Es kommt nur auf die Umstände an.«

Selbstverständlich hatte er ihr auch dahingehend recht gegeben, dass es keine sonderlich brillante Idee gewesen wäre, Möhrs von ihrem Vorhaben zu unterrichten – obwohl Katja dem Kommissar erst vor wenigen Stunden zugesichert hatte, ihn in die weiteren Schritte ihrer eigenen Ermittlungen einzuweihen. Nur über Katjas Motive für den heimlichen Besuch im Haus ihres Onkels hatte sich Bernd etwas kritisch gezeigt. »Wie kommst du darauf, dass wir da etwas finden könnten, was die Spurensicherung übersehen hat?«, hatte er gefragt.

Sie erzählte ihm davon, wie sie sich auf der Rückfahrt vom Griechen im Taxi das Hirn zermartert hatte. Darüber, ob sie irgendwie hätte bemerken müssen, dass ihr Onkel eine dunkle, gewalttätige Seite gehabt hatte, die nahezu allen Menschen um ihn herum verborgen geblieben war. Wie dieser geheime Aspekt seiner Persönlichkeit mit der Erinnerung an den Menschen, den sie erlebt hatte und dessen Verlust sie betrauerte, völlig unvereinbar war. Als ob sie glauben sollte, dass der nette Onkel nur eine Maske gewesen war, hinter der sich eine abgrundtief böse Bestie versteckt hatte. Hinzu kam Möhrs' kryptische Erkundigung nach Orten, an denen Frieder Souvenirs an seine Zeit auf See aufbewahrte. Je länger Katja darüber nachgedacht hatte, desto mehr hatte es in ihren Ohren so geklungen, als wollte Möhrs wissen, wo Frieder eine Art verbotene Trophäensammlung eingelagert haben könnte. Was, wenn sein Verbrechen an dieser geheimnisvollen Unbekannten, der Möhrs nachspürte, kein Einzelfall gewesen war? Und so hatten sich Katjas Gedanken im Kreis gedreht, und sie war erneut bei ihren Erfahrungen mit Frieder als fürsorglichem und liebevollem Onkel gelandet. Und bei einer Episode, die sich abgespielt hatte, als ihr Vater noch kein Jahr tot gewesen war.

»Er hat eine Woche auf mich aufgepasst, weil meine Mutter nach München zu einer Tagung musste«, hatte sie Bernd erzählt. »Ich gehe davon aus, dass er sich dafür extra Urlaub genommen hat. Er kann damals noch nicht lange in Güstrin gewohnt haben. Es muss kurz nach der letzten Fahrt der ›Straßmann‹ gewesen sein. Egal. Das ist nicht der Punkt. Der Punkt ist, dass ich mich damals ständig an Colaflaschen überfressen habe. Weil mein Vater mir immer welche mitgebracht hat, wenn er sonntags morgens losging, um Brötchen zu holen. Ich war vorher schon süchtig danach gewesen. Aber in der Zeit habe ich sie so richtig in mich reingestopft. Ich habe sogar mal eine Packung aus dem Penny um die Ecke geklaut. Ich hatte Angst, ich könnte vergessen, wie sie schmecken. Und wenn ich das vergessen hätte, hätte ich auch meinen Vater vergessen. Völliger Blödsinn. Kinderlogik. Jedenfalls hatte mir meine Mutter einen Vorrat davon zu Frieder mitgegeben, aber er hat gleich kapiert, dass die Dinger in den Mengen nicht gut für mich sind. Er hat sie mir weggenommen und rationiert. In den ersten zwei Tagen habe ich das ganze Haus danach abgesucht. Ich habe jede Schranktür aufgemacht und jede Schublade aufgezogen. Ich bin auf die Schränke geklettert und hinter das Sofa gekrabbelt. Ich habe sogar draußen im Schubkarren seines einen Gartenzwergs nachgesehen, da, wo er seinen Zweitschlüssel versteckt hatte. Nichts. Aber er musste sie irgendwo haben, so viel war klar. Am dritten Tag dämmerte mir, dass ich die falsche Taktik fuhr. Es brachte nichts, das Haus zu durchwühlen. Ich musste *ihn* ausspionieren. Er würde mich früher oder später zu den Colaflaschen führen. Und so war es. Ich stellte mich kurz vor dem Abendessen schlafend und schlich ihm nach, kaum hatte er mich dreimal angesprochen, um zu sehen, ob ich eingeschlafen war. Er ging zu diesem Schrank in seinem Arbeitszimmer. Ein alter Bauernschrank. Ein riesiges Ding. Der Unterbau hatte drei große Schubladen wie eine Kommode. Darauf aufgesetzt, auf zwei Stützen rechts und links, gab es noch den Oberschrank. Jetzt kommt's. Er hat seitlich auf eine dieser Stützen gedrückt, und dann klappte ein Teil davon nach innen. Ich hatte vorher noch nie gesehen, dass es bei solchen Schränken wirklich Geheimfächer gibt. Es war auch nicht sehr geräumig. Etwa in der Größe eines Hotelsafes, würde ich sagen. Und da holte er die Tüte mit den Colaflaschen raus. Ich quietschte vor Glück. Er drehte sich um, zu Tode erschrocken. Dann lachte er erst und wurde sofort wieder ernst. Ich fragte ihn, was das für ein Fach ist, und er sagte so was zu mir wie: ›Da sind die Sachen drin, die mir niemand wegnehmen soll.‹ Ich fand das lustig. Er wurde noch ernster und meinte, das müsse unser Geheimnis bleiben. Er hat mich bestochen, damit ich ihm das verspreche. Mit einer doppelten Ration Colaflaschen. Und ich habe mein Versprechen gehalten. In erster Linie deshalb, weil ich es die meiste Zeit über vergessen hatte, und wenn es mir mal einfiel, kam es mir nie so wichtig vor, als dass ich darüber dringend mit jemandem hätte reden müssen.«

Bernd hatte nach ihrer Erzählung ihre eigenen Zweifel an der Sinnhaftigkeit ihres Unterfangens genau auf den Punkt gebracht. »Wenn ich mir das so anhöre, könnte es gut sein, dass wir am Ende nur ein paar alte Pornos und Frieders Reisepass in diesem geheimen Schrankfach finden.«

Ungeachtet dessen waren sie um halb zwei mit dem Jaguar nach Güstrin aufgebrochen. Sie parkten an der Hauptstraße und näherten sich zu Fuß der Sackgasse, in der Frieders Haus lag. Bernd hatte seinen grauen Anzug gegen eine schwarze Jeans und ein schwarzes Hemd getauscht, aber je näher sie ihrem Ziel kamen, desto mehr war Katja davon überzeugt, dass es diese Tarnmaßnahme nicht gebraucht hätte. Güstrin war nicht Hamburg. Auf der gesamten Strecke von der Hauptstraße bis vor die mit Erika Saalfelds Slogan beschmierte Mauer um den Vorgarten sah Katja kein einziges Fenster, hinter dem noch Licht brannte. Ausgezeichnet. Trotzdem hielten sie sich an den abgesprochenen Plan und marschierten festen Schrittes durch das Gartentor. Wenn nun doch irgendwo ein Nachbar unter Schlaflosigkeit litt und zufällig aus seinem Schlafzimmerfenster oder von seinem Balkon aus auf die Straße hinausblickte, wäre jede Form von Heimlichtuerei noch verdächtiger. Eine gewisse Unterstützung erfuhren sie auch durch das Wetter: Der Himmel war mit dichten Wolken verhangen, hinter denen der Mond nur noch als schwacher Fleck zu erahnen war.

Sie gingen durch den Garten zur Rückseite des Hauses. Auf der Veranda boten ihnen ein Bambuszaun von der einen und eine Hollywoodschaukel von der anderen Seite gute Deckung. Glasscherben knirschten unter ihren Sohlen auf den Fliesen. Das Wohnzimmerfenster hatte der Hitze, die sich beim Brand entwickelt hatte, nicht standgehalten. Das Absperrband, das die Polizei in Form eines Kreuzes vor den leeren Rahmen gespannt hatte, stellte kein ernstzunehmendes Hindernis dar, ebenso wenig wie die letzten Reste der Scheibe, die aus dem Kitt ragten.

Im Haus roch es aufdringlich nach Ruß und Moder. Bernd schaltete seine Minimaglite an und schirmte den Lichtstrahl der fingerlangen Taschenlampe mit der flachen Hand etwas ab. Katja setzte auf noch modernere Technik: eine App ihres Smartphones, wobei die Leistung des Displays nicht mit der der Maglite mithalten konnte. Sie reichte aber sehr wohl aus, um sich zu orientieren.

»Gleich nach oben?«, wisperte Bernd.

»Ja«, flüsterte sie zurück.

Als würden sie in ein verbotenes Heiligtum vordringen, schlichen sie auf den Flur. Katja hätte sich lieber die Zunge abgebissen, als es Bernd zu verraten, aber seit dem Augenblick, in dem sie durchs Fenster gestiegen waren, plagte sie das unheimliche Gefühl, dass sie nicht allein im Haus waren. Das war natürlich Unfug, ein Streich, den ihr ihre Nerven spielten. Wer sollte außer ihnen denn hier sein? Ein besonders eifriger Spurensicherer, der dringend Überstunden machen wollte? Sie wusste allerdings, was dieses Gefühl in ihr auslöste. Es hatte einen ähnlichen Ursprung wie ihre Stimmung bei der Führung durch das Kernkraftwerk, nur dass es hier noch um ein Vielfaches verstärkt war: Trotz des Zustands des Hauses – der vom Löschwasser gewellten Überbleibsel der Tapeten, der Ascheschichten, in die sich

Läufer und Teppiche verwandelt hatten, des allgegenwärtigen Rußes – erwartete sie, dass jeden Moment Frieder vor ihr stand. Dass sie ihn nach ihr rufen hörte. Dass sich seine Hand um ihre Schultern legte. Dass sie seinen Atem über ihr Gesicht streifen spürte. Sie biss die Zähne zusammen und wiederholte stumm immer wieder einen einzigen Satz. »Nur dumme Menschen glauben an Geister.«

Sie ging vor Bernd die Treppe hinauf und trat durch die erste Tür rechts. Sie leuchtete einmal mit dem Telefondisplay durch den Raum. Ein Drehstuhl, dessen Sitzpolster weggeschmort war. Ein verkohlter Schreibtisch. Ja, das war Frieders Arbeitszimmer. Aber wo war der alte Schrank?

»Ist es hier?«, drängelte Bernd.

Sie schüttelte den Kopf. Es war eine Schnapsidee gewesen, hierherzukommen. Sie blieb unschlüssig stehen, während Bernd zurück auf den Flur verschwand. Irgendwo aus dem Erdgeschoss kam ein leises Knarzen, wie es alte Häuser von sich gaben, wenn das Holz in ihnen arbeitete, doch für Katja hörte es sich fast so an wie ein unterdrücktes, spöttisches Keckern. Vielleicht war sie nicht einmal halb so schlau, wie sie immer dachte, und vielleicht waren die Menschen, die an Geister glaubten, doch nicht so dumm.

»Katja«, kam es leise aus dem Nebenraum. »Da ist er.«

Im Schlafzimmer? Das konnte gut sein. Sie war seit Jahren nicht mehr hier oben gewesen. Auch wenn dieser Ort in ihrer Erinnerung eingefroren und unveränderlich war, hatte Frieder doch weiter sein eigenes, undurchschaubares Leben gelebt. Einen Schrank – aus welchen Gründen auch immer – von einem Zimmer in ein anderes zu räumen war nun wirklich nicht das ungewöhnlichste Werk, das er in seinem Leben ohne ihr Wissen verrichtet hatte.

Auf der Schwelle zum Schlafzimmer verharrte sie dennoch, weil sie eine niederschmetternde Erkenntnis traf. Das hier war nicht nur der Ort, an dem ihr Onkel gelebt hatte. Hier war er auch gestorben. Auf diesem Bett, oder vielmehr diesem Haufen aus verbogenem Metall und verbranntem Holz, der davon noch übrig war.

Sie konzentrierte ihren Blick auf den Schrank, an dessen linker Säule für den Überbau Bernd bereits herumdrückte. Abgesehen davon, dass der Schrank über und über schwarz war, weil der Lack versengt war, hatte er den Brand einigermaßen gut überstanden. Eine seiner Türen für die oberen Fächer hatte er eingebüßt, und das Bord dahinter war durchgebrochen, weil Flammen an ihm genagt hatten. Buntbedruckte Stoffreste verrieten Katja, dass ihr Onkel seine Bettwäsche dort verstaut hatte.

»Es ist an der rechten Säule«, raunte sie Bernd zu. »Auf der Seite, die zu dir hinzeigt.«

»Oh.« Er wechselte die Position und drückte an der von ihr beschriebenen Stelle, während sie mit dem Handy für Licht sorgte.

»Na bitte«, flüsterte sie aufgeregt, als die Holzverkleidung ein Stück nach innen klappte. Das Kratzen der kleinen Tür des Geheimfachs kam ihr so laut vor wie Donnerhall.

»Es klemmt«, vermeldete Bernd. »Es hat sich alles verzogen. Kannst du reinfassen? Ich halte es auf.«

Sie rückte noch dichter an ihn heran und quetschte ihre Finger durch den entstandenen Spalt. Das Innere des Fachs war kühl und feucht. Wasserdicht war es also leider nicht. Sie bekam etwas zu fassen, das sich unter ihren Fingerspitzen wie glattes Plastik anfühlte. Sie zog daran, es entglitt ihr. »Dreck!« Sie unternahm einen zweiten Versuch, mit mehr Kraft. Etwas stach in ihren Handrücken, doch sie zuckte nicht zurück. »Komm, komm, komm!«, feuerte sie sich weiter an. Bestimmt war es nur ein Splitter oder ein Nagel, der da über ihre Haut kratzte, und nicht die spitzen Finger einer Geisterhand, die sie zu packen versuchten. Da! Sie hatte das Ding wieder. Sie verrenkte ihre Hand, um es irgendwie nach oben zu befördern. Im Spalt spitzelte die Ecke einer flachen Mappe hervor. »Nimm du sie!«, zischte sie Bernd zu.

Mit vereintem Geschick gelang es ihnen, die Mappe aus dem Geheimfach zu befreien. Sie war auf den ersten Blick ein unspektakulärer Fund. Ein aufklappbares blaues Plastikmäppchen mit zwei Einschubfächern, wie zum Aufbewahren von Fahrzeugpapieren oder anderen wichtigen Dokumenten. Katjas Begeisterung erfuhr einen weiteren Dämpfer: Der Brand hatte dafür gesorgt, dass die oberen zwei Drittel des Mäppchens miteinander verschmolzen waren. Im Licht von Bernds Taschenlampe klappten sie es so weit auf, wie es sich eben noch aufklappen ließ.

»Fotos«, hauchte Katja.

Das eine war nicht sehr aufschlussreich. Sie glaubte graue Wellen und den weißen Rumpf eines Schiffes zu erkennen.

»Könnte die ›Straßmann‹ sein«, meinte Bernd.

Das zweite Foto brachte Katjas Gefühl, nicht allein im Haus zu sein, schlagartig zurück. Es war eine Gruppenaufnahme von Personen, die dicke Jacken und Thermohosen trugen und dicht an dicht vor einer Reling standen. Nach oben hin waren sie wegen des bedauernswerten Zustands des Mäppchens leider knapp über der Hüfte abgeschnitten. Einer dieser Männer war Frieder, da war sich Katja absolut sicher. Und die anderen, das waren Johnsen und Ritter und Burmester und …

»Verdammt«, keuchte Bernd neben ihrem Ohr. »Das hilft uns nicht weiter. Der ganze schöne Bruch umsonst.«

Katja blinzelte zweimal, um zu garantieren, dass sie sich ein winziges Detail der Aufnahme nicht nur einbildete. Tat sie nicht. Es blieb, wie es war. »Nicht völlig umsonst.« Sie tippte auf die interessante Stelle auf dem Foto. »Das, mein Freund, sind ohne jeden Zweifel Frauenhände.«

»Echt?«

»Hundertprozentig.« Die Hände gehörten zu einer Person ziemlich exakt in der Mitte, um die sich alle anderen gruppiert hatten. »Und die Jacken. Ich schwör dir's. Das ist von der letzten Fahrt ins Eismeer, bei der auch Saalfeld dabei war.«

»Fängst du jetzt wieder damit an?« Bernd klappte das Mäppchen zu. »Warum willst du nicht glauben, dass sie unschuldig ist?«

Sie nahm ihm das Fundstück ab und klappte es wieder auf. »Reg dich ab. Das ist nicht Saalfeld. Sieh doch hin. Diese Frau ist viel zu klein. Sie ist – « Katja verstummte. Alte Häuser gaben gewiss Geräusche von sich. Aber es klang normalerweise nicht wie ein entsetztes Stöhnen.

Sie wirbelte herum. Eine düstere Gestalt stand auf der Türschwelle, leicht vornübergebeugt wie zum Sprung geduckt. Anstatt sich auf Katja und Bernd zu stürzen, wandte sie sich jedoch um und rannte die Treppe hinunter. Eine Sekunde war Katja vor Entsetzen gelähmt. Wie lange hatte man sie schon beobachtet? Dann hetzte sie los, den polternden Schritten auf den Stufen hinterher, das Smartphone fest umklammert. Sein Licht tanzte wild umher, riss Wände aus den Schatten, nur um sie sofort wieder in Dunkelheit versinken zu lassen. »Halt!«, rief sie. Sie verfehlte die letzte Stufe des ersten Treppenabsatzes, taumelte, fing sich am Geländer. »Halt!« Sie rannte den zweiten Satz Stufen hinunter, wollte nach rechts ins Wohnzimmer spurten. Sie glaubte einen Wimpernschlag lang, eine dunkle Wand auf sich zurasen zu sehen. Gerade noch rechtzeitig brachte sie die Arme vors Gesicht, ehe sie gegen die Tür prallte, die der Eindringling hinter sich zugeschlagen hatte. Schmerz zuckte von Katjas Ellenbogen hinauf in ihre Finger. Das Smartphone landete auf dem Boden, mit dem Display nach unten. Ihr war, als befände sie sich inmitten einer tintigen Schwärze. Sie tastete blind nach der Klinke, riss die Tür auf, stürmte ins Wohnzimmer. Von der linken Seite der Veranda hörte sie ein Rascheln, machte zwei Schritte nach vorn und stieß sich das Schienbein. Glas klirrte. Fluchend wankte sie nach hinten, erahnte die Umrisse eines Couchtischs vor sich, wollte wieder voran, vorbei an dem Hindernis.

Eine Hand packte sie an der Schulter, sie schrie auf, drehte sich um, die Faust zum Schlag erhoben.

»Ich bin's!« Bernd zog sie ein Stück zurück in den Flur, ohne sie loszulassen. »Was machst du denn?«, herrschte er sie an.

»Wir müssen hinterher!«

»Bist du verrückt? Das könnte der Mörder sein.«

»Eben!«

»Und mit dem willst du dich im Dunkeln prügeln?«

»Schrei nicht so!«

»Du schreist doch auch!«

Irgendwo in einem der Nachbarhäuser begann ein Hund zu bellen.

»Lass uns abhauen!«, verlangte Bernd.

»Du verdammter Feigling!« Katja stapfte wütend ins Wohnzimmer, warf einen Blick durchs Fenster. Wer immer ihnen aufgelauert hatte, war längst fort, und sie hatte keine Ahnung, wohin er verschwunden war. In zorniger Enttäuschung trat sie mit Bernd den Rückzug an. Sie sprinteten bis zum Auto, verfolgt vom immer wütenderen Kläffen des Köters.

Der Motor des Jaguars brummte bereits, als Katja einfiel, dass sie eine Spur hinterlassen hatte, die man ohne viel Aufwand zu ihr zurückverfolgen konnte. »Mein Handy!«

»Habe ich!« Bernd zog es aus der Brusttasche seines Hemds und drückte es ihr in den Schoß.

Katja wollte das kleine Gerät in ihre Jacke packen, da spürte sie Risse und Sprünge im Plastik. Das Display war vollkommen hinüber. Das Teil hatte nicht mal mehr Schrottwert.

»Ich bin draufgetreten«, sagte Bernd nüchtern. »Das kommt davon, wenn man seine Sachen überall liegen lässt.«

Katja fand den Spruch nicht sonderlich witzig, lachte aber trotzdem. »Wenn ich auf der Treppe nur einen Tick schneller gewesen wäre … Wir waren so nah an ihm dran.«

Bernd schüttelte den Kopf. »So würde ich das nicht sehen.«

»Sondern?«

»*Er* war so nah an *uns* dran.«

87

Hatte sie nicht gesagt, dass sie all das nicht wollte? Die Hände auf ihren Brüsten, die Finger in ihrem Schritt, die Zungen an ihrem Hals? Doch, das hatte sie. Aber nicht laut genug. Niemand hatte sie gehört. Niemand hatte auf sie gehört. Und jetzt war es zu spät, sie zurückzuweisen.

Sie lag einfach da und ließ es geschehen. Das passierte nicht ihr. Das passierte jemand anderem.

Es störte die Männer nicht, dass sie sich nicht rührte. Der eine stand nur da und schaute zu. Die anderen wechselten sich an ihr ab. Einer schaffte es nicht, hart zu bleiben, weil er so viel gesoffen hatte, und stocherte mit dem Hals einer Sektflasche in ihr herum.

Sie schloss die Augen und sah ihre Gesichter noch immer vor sich. Etwas spritzte heiß und nass auf ihren Bauchnabel. Es hätte Wachs sein können, doch dafür gerann es nicht schnell genug.

Warme, stinkende Haut stieß gegen ihre Lippen. Sie öffnete den Mund, weil sie Angst um ihre Zähne hatte. Das Fleisch fuhr in sie hinein. Sie atmete durch die Nase, an der sich borstiges Haar rieb. Es dauerte nicht lange. Sie schluckte. Ihr Bauch brannte wie Feuer. Ihre Haut schien in Flammen zu stehen.

Sie wollte schreien, aber sie brachte nur ein Stöhnen zustande. Jemand klatschte begeistert in die Hände und kicherte irr.

Sie krallte ihre Finger fester um die Tischplatte, auf die sie sie gewuchtet hatten. Das feine Vibrieren der riesigen Turbinen weit unter ihr kribbelte ihr in den Knochen. Sie konzentrierte sich ganz auf diese eine Empfindung. Verlor sich in ihr. Ging in ihr auf. Eine Schwingung. Ohne Schmerz. Ohne Gedächtnis.

88

Bernd und Katja schliefen am nächsten Morgen lange. Bernd wäre der Letzte gewesen, der sich darüber beschwert hätte. Er hatte früher zwar immer gedacht, ältere Herrschaften brauchten weniger Schlaf, aber bei ihm war das genaue Gegenteil der Fall. Vor allem nach der ganzen Aufregung mit der Person, die sich mit ihnen ins Haus geschlichen hatte.

Bernd brauchte nicht nachzufragen, ob Katja genauso schlecht geschlafen hatte wie er. Er war mindestens drei- oder viermal aufgewacht, weil sie sich entweder stöhnend hin und her wälzte oder er plötzlich eine Hand im Gesicht oder einen Ellbogen im Rücken hatte.

»Wovon hast du geträumt?«, fragte er, als sie aus der Dusche kam und er rauchend in Boxershorts und T-Shirt in der Terrassentür lehnte.

Sie schüttelte ihr feuchtes Haar aus. »Keine Ahnung. Kann mich nicht erinnern.«

Er kannte jeden ihrer Tonfälle, und das war der »Ich möchte jetzt nicht darüber reden, und mach dir auch bitte nicht allzu große Hoffnungen, dass ich überhaupt jemals mit dir darüber reden will«-Tonfall. Er akzeptierte ihre mürrische Verschlossenheit. Es war beileibe nicht so, dass er ihr jeden seiner Träume gebeichtet hätte, die ihn innerlich aufwühlten. Allein schon deshalb, weil sich der Großteil dieser

Träume um ihren Vater drehte. Genauer gesagt, um die Art und Weise, wie Thomas Jakobs aus dem Leben geschieden war, und darum, wem er die Schuld dafür gab.

Er schaute auf die Uhr. »Fürs Frühstück hier ist es ein bisschen spät. Wir könnten in den ›Postillion‹ fahren.«

»Ich habe keinen Hunger«, sagte sie. »Ich möchte gleich los zu Lüdersen. Hast du die Liste fertig?«

»Liegt neben dem Laptop.« Er aschte über die Schulter ab. »Bei keinem der Namen gibt es was Interessantes im Netz.«

»Schade.« Sie schlüpfte in ihre Jeans. »Aber das wäre auch zu schön gewesen.«

»Du erwartest aber nicht, dass ich zu diesem Affen mitkomme, oder?«

»Nö. Ich hab's kapiert. Du willst lieber kindisch sein und nicht mit ihm spielen, weil ihr beide das gleiche Mädchen süß findet.«

Er musste grinsen. »Ich bin nur zu alt, um mir noch Dinge anzutun, von denen ich von vornherein weiß, dass sie mir keinen Spaß machen.«

Sie betrachtete griesgrämig die Leiche ihres Smartphones auf dem Nachttisch. »Mit *der* Einstellung kannst du echt froh sein, dass du im Lotto gewonnen hast.«

»Das Glück ist mit den Tüchtigen«, erwiderte er. »Brauchst du Geld für ein Taxi?«

»Nein.« Sie ging zu dem Stuhl, über dessen Lehne er seine Hose gehängt hatte. »Ich nehme den Jaguar.«

»Wie bitte?«

Sie ließ den Schlüssel um ihren Finger kreisen. »Das ist nur fair. Du bist auf mein Telefon getreten.«

»Okay. Aber nur, weil ich zu müde bin, um mich zu streiten.«

»Sehr gut.« Sie streifte ihre Jacke über. »Bis später.«

»Und keine Kratzer, ja?«

»Und keine Kratzer, ja?«, äffte sie ihn nach und war fort.

Nachdem er seine Zigarette ausgedrückt hatte, taperte er zurück ins Zimmer und blieb vor dem hohen Bücherstapel auf dem Schreibtisch stehen. Das Buch, das er im Café durchzublättern begonnen hatte, lag ganz zuunterst. Er zog es vorsichtig heraus und setzte sich damit aufs Bett. Er ging das Register durch und suchte nach einem Eintrag über Runen. »Schaubild Futhark, S. 223« klang vielversprechend. Auf dem Weg dorthin blieb er einige Male hängen, wenn eines der Symbole, auf die er stieß, ihn klar an einen Phallus oder eine Vulva erinnerte. Schwester Walburga rotierte sicher in ihrem Grab, weil sie es trotz ihres beherzten Rohrstockeinsatzes letztlich doch nicht geschafft hatte, ihn von den Schrecken der Todsünde der Lust zu überzeugen. Er freute sich über das wohlige Kribbeln in der Leistengegend, da es ihm zeigte, dass die Maschinerie dort unten nach wie vor ganz gut geölt war.

Das Schaubild selbst fand er zunächst ziemlich langweilig. Kantige Schriftzeichen, die man bestimmt ohne Weiteres an einem Haus oder dem Leichnam eines besiegten Feindes anbringen konnte, wenn einem danach war. Jedenfalls nichts, was dem Auge schmeichelte. Seine morgendliche Unbefangenheit verflog binnen eines Sekundenbruchteils, als er die oberste Reihe der Runen näher betrachtete. Eine davon sah ein bisschen aus wie ein auf dem Kopf stehendes U. Oder wie ein Hufabdruck. Wie das Zeichen, das laut der verstorbenen Vorbesitzerin des »Hirschhofs« der Teufel an der großen Eiche draußen hinterlassen hatte, zusammen mit blutverschmierten Hörnern.

»Uruz« stand unter der Rune.

Bernd legte das Buch beiseite, stand auf und studierte die Titel seiner im Kaufrausch zusammengestellten Fachbibliothek. Er hatte eine Gänsehaut, aber noch war er bereit, an einen Zufall zu glauben. »Mist!« Drei Kartons dicke Schwarten, aber nichts über nordische oder germanische Mythologie. Er fuhr seinen Rechner hoch, wählte sich in das örtliche W-LAN ein, das Veronika ihren Gästen freundlicherweise anbot, und googelte »Uruz«. Kein Zweifel. Das war das Symbol, das er fotografiert hatte. Er googelte noch einmal. »Uruz« und »Neuheiden«. Der dritte Link, dem er folgte, bot einen kleinen Text – grün auf schwarzem Hintergrund –, bei dessen Lektüre ihm der Schweiß ausbrach.

Das Ur in Uruz ist ein klarer Verweis auf die Urrinder, die in alten Zeiten durch die dichten Wälder des heutigen Deutschlands streiften, jene imposanten Geschöpfe, die man später Auerochsen nannte und die noch weit bis in die Neuzeit in letzten Rückzugsgebieten vereinzelt anzutreffen waren. Indizien weisen darauf hin, dass unsere Ahnen diese Tiere als Symbole der Kraft, der Potenz und der unerbittlichen Durchsetzungskraft verehrten. Überlieferungen zufolge pflegten sie ein Ritual, in dem junge wie alte Recken ihre Fähigkeiten bewiesen, indem sie einen Auerochsen allein zur Strecke brachten und sein Gehörn vor einem heiligen Baum ablegten. Bisweilen soll diese Zeremonie auch dazu gedient haben, den Anspruch auf neue Besitztümer zu untermauern oder Aggressionen und Angriffslust in geordneten Bahnen auf ein bestimmtes Ziel hin zu lenken.

»Dieser Irre«, flüsterte Bernd. »Dieser verdammte Irre.«

Er glaubte, genau zu wissen, was die alte Frau damals gesehen hatte. Nicht den Teufel. Nur diesen durchgeknallten Bauern vom Nachbargrundstück, der einen der lächerlichen Bräuche seiner noch lächerlicheren Religion zelebriert hatte. Es passte alles. Wahrscheinlich war er schon ewig auf das Land scharf gewesen, das jetzt Veronika gehörte. Warum, das wusste nur Lüdersen allein. Vielleicht, weil die mächtige Eiche in seinem verqueren Denken einen Ort markierte, an dem besonders viel Erdenergie gebündelt wurde oder irgend so ein Unfug.

Bernd schluckte schwer. Wer so krank war, alte Frauen einzuschüchtern und eine Rune in einen Baumstamm zu kratzen, dem war es auch zuzutrauen, Runen in die Stirn wehrloser Opfer zu ritzen. Und Katja war auf dem Weg zu diesem Mann!

Er griff nach seinem Handy und wählte ihre Nummer. Während er ungeduldig darauf wartete, dass eine Verbindung zustande kam, fiel sein Blick auf Katjas Nachttisch. Alles um ihn herum begann sich zu drehen, schneller und schneller, mit dem kaputten Smartphone als unverrückbarer Achse.

89

Auf der kurzen Strecke zum Hof von Thies Lüdersen hatte Katja gar nicht die Gelegenheit, den Jaguar voll auszufahren. Ihr blieb jedoch die Zeit, sich zu fragen, ob sie Bernd eben belogen hatte, als er wissen wollte, wovon sie letzte Nacht geträumt hatte. Streng genommen ja. Ihr Vater hatte eine Rolle gespielt. Und Bernd selbst. Obwohl sich Katja in diesem Punkt noch nicht ganz sicher war. Schauplatz des Traums war die Wohnung ihrer Mutter in Hamburg-Wandsbek gewesen. Die neunzig Quadratmeter auf vier Zimmer, Küche und Bad verteilt, in denen sie den Großteil ihrer Kindheit und Jugend verbracht hatte. Katja stand auf dem Flur vor der geschlossenen Wohnzimmertür und hörte die Stimme ihres Vaters, der mit einem anderen Mann in einen Streit verwickelt war. Die Beteiligten sprachen vehement, aber leise. Es war eine der Auseinandersetzungen, bei denen man unerwünschte Lauscher befürchtet. Oder Angst davor hat, die Welt könnte aufs Schrecklichste zurückschlagen, wenn man ein Geheimnis in sie hinausschrie, das sie nie hatte hören wollen. Katja hatte durchs Schlüsselloch gelinst. Ihr Vater saß von ihr abgewandt, den Rücken gekrümmt, und stieß Verwünschung um Verwünschung aus. Ihm gegenüber saß ein anderer Mann in einer ganz ähnlichen Haltung. Er hatte das Äußere von Bernd, und er rauchte auch wie Bernd, wenn er besonders nervös war. Lange Züge, als wäre jeder der letzte, die Augen leicht zusammengekniffen, um sie vor dem Rauch zu schützen, der aus der immer schneller an den Filter heranrückenden Glut aufstieg. Aber wenn der Mann redete – und er redete schnell und viel –, war es nicht mit Bernds Stimme. Die Warnungen und Aufforderungen – »Vergiss es!«, »Mach dir darüber keine Gedanken!«, »Man sollte wissen, wenn man sich übernimmt.«, »Manchmal ist es besser, so zu tun, als wäre nie etwas gewesen.« – kamen von ihrem Onkel Frieder. Wie wenn sein Geist in Bernds Körper eingefahren wäre. Ihr Vater hingegen wiederholte immer wieder die gleichen Sätze, wie ein zischendes Mantra: »Ich muss es tun. Ich habe keine Wahl.« Irgendwann stellte Katja fest, dass ihr kalte Tropfen auf die nackten Zehen fielen. Sie schaute an sich herunter. Sie hielt eine von Nägeln durchbohrte Amsel in den Händen. Dann flatterte der Vogel plötzlich auf, seine blutverschmierten Schwingen streiften ihr Gesicht, und sie erwachte.

Träume. Und da behaupteten manche Leute, das wache Leben wäre furchteinflößend, kompliziert und undurchsichtig.

An der Zufahrt zu Lüdersens Hof bog Katja von der Landstraße ab. Mehr noch als bei ihrem letzten Besuch wusste sie nicht, was sie von ihrem anstehenden Besuch bei Lüdersen erwarten sollte. Sie würde ihm die Liste zeigen, die Bernd von den ehemaligen Besatzungsmitgliedern der »Fritz Straßmann« angefertigt hatte. Und dann? Würde Lüdersen sofort auf einen der Namen tippen, um so etwas zu sagen wie »Das ist der Mörder«? Sehr realistisch. Überhaupt war völlig ungewiss, wie der Mann den Brand auf seiner Kuhweide verkraftet hatte. Was, wenn er noch viel zu aufgebracht war und sich nur über den Feuerteufel auslassen wollte, anstatt ihre Fragen zu beantworten? Oder wenn er dabei war, irgendeines der sonderbaren Rituale seines Glaubens vorzubereiten, mit dem er dem Täter die Pest an den Hals wünschte?

Als sie den Jaguar vor dem rankenüberwucherten Haupthaus des Hofes parkte, hatte Katja einen Einfall für einen guten Einstieg in das Gespräch mit Lüdersen. Sie würde ihn fragen, wie es seinen Kühen ging. Das würde zumindest eine gewisse Anteilnahme an seinem Unglück demonstrieren.

Sie stieg aus und läutete die Glocke, die Lüdersen als Ersatz für eine elektrische Klingel diente. Niemand öffnete. Sie läutete noch einmal, mit dem gleichen Ergebnis. Sie sah hinüber zur Schwitzhütte. War Lüdersen dort? Nein, das konnte nicht sein. Er hätte die Glocke gehört. Außerdem war der Ledervorhang vor dem Hütteneingang aufgerollt. Sie läutete ein drittes Mal. Die Ziegen aus dem Gehege um den alten Baum herum antworteten ihr mit einem sonderbaren Meckern. Es klang … erleichtert? So wenig, wie sie ihren Ohren traute, traute Katja ihren Augen, als die gesamte kleine Herde auf flinken Hufen zu ihr herantrippelte: sowohl die Muttertiere mit ihren geschwollenen Eutern, die zwischen ihren Hinterläufen hin und her schwangen wie groteske Pendel, als auch die niedlichen Zicklein, deren Fell herrlich weich aussah. Die Ziegen bedrängten Katja mit weiterem Gemecker und fordernden Stößen mit Gehörn und Stirn gegen ihre Oberschenkel.

»Hey, hey, hey, nicht so ruppig!« Um die unerwarteten Zuneigungsbekundungen des Viehs nicht mit allzu vielen blauen Flecken zu bezahlen, griff sie zu sanfter Gewalt. Sie schubste und schob die Ziegen beiseite, die ihr erst einige Schritte nachliefen und dann wie angewurzelt stehen blieben, als sie verstanden, wohin Katja wollte.

Sie ging auf den Baum zu und erkannte, dass das Gatter zum Gehege nicht richtig geschlossen war. Das erklärte immerhin, wie die Ziegen in die Freiheit gelangt waren, aber noch lange nicht ihr Verhalten. Katja war zwar ein Großstadtkind, doch es kam ihr schon spanisch vor, dass die Ziegen erst von ihrer Fluchtmöglichkeit Gebrauch gemacht hatten, nachdem eine Fremde auf dem Hof erschienen war. Eine Fremde, auf die sie dennoch zugestürmt waren, als würden sie sich von ihr irgendeine Form von Unterstützung versprechen. Futter? Dass sie gemolken wurden? Etwas völlig anderes, was nur für Ziegenhirne irgendeinen Sinn ergab?

Katja wollte den Baum umrunden, vorsichtig darauf bedacht, nicht auf zu viel Kötel zu treten, und dann erging es ihr plötzlich, wie es eben noch den Ziegen ergangen war. Sie erstarrte und konnte sich keinen Zentimeter mehr rühren.

Von einem der unteren Äste, die stark genug waren, die Last eines menschlichen Körpers zu tragen, baumelte der nackte Leichnam von Thies Lüdersen, die Zehenspitzen kaum mehr als einen halben Meter über dem Boden. Unter den Achseln waren dünne Lederriemen hindurchgewunden, die tief in die Haut schnitten. Der Tote hatte den Kopf in den Nacken gelegt, als schaute er durch das Geäst in den Himmel hinauf. Aus einem Auge nur, denn sein rechtes fehlte. An seiner Stelle war nur noch die Höhle, in die das Lid hineingesunken war. Von der Brust abwärts war seine gesamte linke Körperhälfte mit Blut verkrustet, das aus einem grinsenden Schnitt unterhalb des Rippenbogens stammte. Nur ein etwas dunklerer Fleck in der braunen Erde zu seinen Füßen verriet, wo das vergossene Blut versickert war. Daneben lag eine silbrige Klinge – unten breit und oben an zwei Seiten geschärft spitz zulaufend –, deren Griff ein kurzer, hölzerner Schaft war. Unter einer dünnen Schicht von Rotbraun war eine Rune auszumachen, die in Schwarz in die Klinge eingeätzt war. Das verfluchte Zeichen, das eben kein gewöhnliches R darstellte. Das Symbol Forsetis. Doch welches Recht war hier gesprochen worden? Welchem Gesetz hatte man Geltung verschafft?

Langsam wurde Katja in die Lage zurückversetzt, einen klaren Gedanken zu fassen, ohne dass ihre Lähmung von ihr abgefallen wäre. Eine panische Stimme in ihr, die kaum gegen das Hämmern ihres Herzens ankam, wollte ihr einflüstern, sie trüge die Schuld an Lüdersens Tod. Dass der Mörder ihn deshalb gerichtet hätte, weil der Bauer von ihr dazu verleitet worden wäre, ihr ein Wissen anzuvertrauen, das niemals hätte weitergegeben werden dürfen. Über uralte Riten und Bräuche, die nicht für die Ohren Ungläubiger bestimmt waren. Über blutrünstige Götter, die sich noch als gnädig erwiesen, wenn sie von den Menschen lediglich verlangten, Gleiches mit Gleichem zu vergelten. Doch Katja hörte nicht auf diese Einflüsterungen. Sie war es gewohnt, auf das zu achten, was man sah, und nicht auf das, was man zu sehen glaubte. Und zwei Dinge sagten ihr, dass die Wahrheit noch verstörender war: das Blut an der rechten Hand der Leiche und die Lage des Stoßspeers unter dem Ast. Er war kein Opfer. Thies Lüdersen war nicht gerichtet worden, sondern er hatte sich offenbar selbst gerichtet. Katja wankte einen Schritt nach hinten. War das das Ende? War das der Mörder ihres Onkels? Geflohen an einen Ort, an dem er keine Rechenschaft für seine Taten ablegen und sich keiner ihrer bohrenden Fragen stellen musste? Wer war Thies Lüdersen wirklich gewesen? Ein Freund jener Frau, an der Frieder und die anderen sich vergangen hatten? Ein Bruder? Katja ahnte, dass sie Hilfe brauchte, wenn sie dieses Rätsel lösen wollte.

Sie griff in ihre Jackentasche und tastete ins Leere. Kein Handy. Natürlich. Bernd hatte es kaputt gemacht. Aber sie musste die Bullen rufen. Alles andere wäre Wahnsinn gewesen. Hatte Lüdersen auf seinem Hof überhaupt Telefon? Sie würde es herausfinden.

Sie wandte sich um. Ihr war übel. Auf dem Weg zum Haus spuckte sie zweimal aus. Die Ziegen, die sich eben noch an sie gedrängt hatten, wichen stumm vor ihr zurück. Trug sie den Geruch des Todes an sich? Es war ihr egal.

Katja war noch nicht an der Eingangstür, da hörte sie von drinnen eine piepsende, blecherne Melodie, deren fröhliches

Auf und Ab der Leiche am Baum zu spotten schien. Sie beschleunigte ihre Schritte, stieß die Tür auf und machte sich auf die Suche nach Lüdersens Telefon. Als die Kühle des Hauses sie umfing, realisierte sie, dass sie im Begriff war, einen Anruf für einen Toten entgegenzunehmen.

90

Die Meldung über den Leichenfund auf dem Bauernhof war vor drei Stunden eingegangen, und Lukas Möhrs hatte das Gefühl, die letzten hundertachtzig Minuten im Zeitraffer durchlaufen zu haben. Fast so, als hätte die aufgestaute Energie der kompletten Soko bei ihrer Entladung die fundamentalsten Naturgesetze außer Kraft gesetzt. Der Morgen hatte für ihn damit begonnen, die Logbücher der »Fritz Straßmann« nach besonderen Ereignissen zu durchforsten – eine ziemlich dröge Aufgabe, die dennoch höchste Konzentration voraussetzte. Allein schon deshalb, um sich nicht von den eigenen Zweifeln darüber ablenken zu lassen, man könnte auf den bisher durchgeackerten Seiten etwas Entscheidendes übersehen haben.

Insofern war Möhrs doppelt dankbar für den Anruf, der ihn darüber in Kenntnis setzte, dass es einen neuen Todesfall gegeben hatte. Hauptsächlich, weil bereits anhand der ersten spärlichen Informationen abzusehen war, dass die Soko kurz davor stand, die spektakulärste Mordserie aufzuklären, die je über Güstrin hereingebrochen war. Zum ersten Mal seit über einer Woche hatte Möhrs das Grinsen des Wackeldackels auf seinem Schreibtisch wieder als fröhlich empfunden.

Wenn er sich nun auf dem Hof umschaute, erfüllte ihn eine merkwürdige Mischung aus Verblüffung und Erleichterung.

Die Kollegen von der Spurensicherung hatten einiges zu tun. Nicht nur um die Esche herum, an der sich Thies Lüdersen aufgehängt hatte. Auch im Haus und in der Scheune waren sie auf jede Menge Verwertbares gestoßen.

Ganz zu Beginn des Erstzugriffs auf den Fundort war die Lage noch unüberschaubar gewesen. Auch wegen der Ziegen, die ob der Ankunft so vieler Fremder verwirrt und ängstlich meckernd mal hierhin, mal dorthin gelaufen waren, ehe es den Schupos gelang, die kleine Herde hinter das Haupthaus zu treiben, wo sie niemanden mehr störte. Vor allem Holt hatte eine gewisse Skepsis angemeldet, ob sie es wirklich mit einer Selbsttötung zu tun hatten. Ihre Bedenken gründeten sich auf den Umstand, dass keine Leiter oder wenigstens ein Stuhl in der Nähe der Leiche zu sehen war. »Mal im Ernst, meint ihr etwa, der Mann war so verrückt, dass er nackt mit einer Handvoll Lederriemen und diesem Speer zwischen den Zähnen auf den Baum geklettert ist, um sich selbst an diesem Ast aufzuhängen? Und dann schneidet er sich den Bauch auf und reißt sich das Auge raus?«

Dann war der Moment gekommen, als Barswick sie beide völlig überrumpelt hatte. Mit einem verächtlichen Kopfschütteln hatte ihr Chef gesagt: »Ihr unterschätzt die Auswirkungen von religiösem Eifer. Ich weiß, was dieser Irre vorhatte. Er wollte sich neun Tage und neun Nächte hier aufhängen, wie der Göttervater Odin an der Weltenesche Yggdrasil. Er hat gedacht, dass ihm durch diese Prüfung alle Geheimnisse des Kosmos offenbart werden.«

»Das hast du dir gerade ausgedacht, oder?«, fragte Holt.

»Nein«, erwiderte Barswick. »Das habe ich gelesen. Mit elf, mit zwölf, und mit vierzehn noch mal. ›Nordische Götter- und Heldensagen‹. Als ich so alt war, hatten wir noch anständige Sachen und nicht dieses ganze Zeug über Zauberschulen und so einen Krempel.«

Trotz Barswicks Prahlerei mit seiner guten alten Allgemeinbildung war Möhrs noch nicht endgültig überzeugt, dass Lüdersen der Mann war, nach dem sie die letzten Tage über verzweifelt gesucht hatten. Das änderte sich erst, als Borowski angelaufen kam, um sie in die Scheune zu holen. Borowski strich sich zufrieden den Schnauzer, während sie um Lüdersens alten Wagen herumstanden, der eine gewaltige Delle in der linken Front aufwies. Auf dem zerschrammten Hellgrün waren die Spuren von rotem Lack am verbeulten Metall nicht zu übersehen. Möhrs brauchte nicht lange darüber nachzudenken, mit welchem anderen Auto Lüdersens Lieferwagen kollidiert war. »Ich wette einen Zehner, das ist von Burmesters Audi. Er muss ihn von der Straße gedrängt haben. Und danach hat er ihn aus dem Wrack geholt und weggebracht.«

Die Leiche des paranoiden AKW-Mitarbeiters war bislang jedoch verschwunden geblieben. Lüdersen konnten sie schlecht fragen, wohin er den Körper in seinem Wahn geschafft hatte. Tote waren notorisch schweigsam. Möhrs war nur froh, dass zu Lüdersens Vieh keine Schweine zählten, an die der Leichnam hätte verfüttert werden können.

Inzwischen war der gesamte Hof sozusagen leichenfrei. Nachdem die Spusi ihre Fotos geschossen hatte, war von Barswick angeordnet worden, den Toten vom Baum auf dem schnellsten Weg in die Rechtsmedizin nach Lübeck zu überführen. Dort waren Özen und die anderen Weißkittel sicher bereits dabei, ihm mit ihrem Handwerkszeug auf den Leib zu rücken. Möhrs atmete tief durch. Alles ging so rasend schnell.

»War er es? War er es wirklich?«

Er drehte sich zu Katja Jakobs um, die ihm seit seiner Ankunft nachlief wie ein kleiner Hund. Er hatte es aus einer ganzen Reihe guter Gründe geduldet, dass sie so an ihm klebte: Sie war diejenige, die Lüdersens Leiche gefunden und sie darüber informiert hatte. Barswick störte sich augenscheinlich auch nicht weiter an ihrer Gegenwart. Der Chef hatte ohnehin ausnehmend blendende Laune, und vielleicht fand er sogar Gefallen an der Idee, dass eine Journalistin hautnah dabei war, während seine Jungs und Mädels den größten Triumph seiner Laufbahn feierten. Darüber hinaus war Möhrs selbst kein völlig gefühlloser Klotz, und er verstand durchaus, dass es Jakobs einiges bedeutete, den Mörder ihres Onkels zur Strecke gebracht zu sehen. Und außerdem – und das war wahrscheinlich der gewichtigste Grund – war sie bis jetzt so schlau gewesen, ihre unverschämt große Klappe zu halten.

»Es sieht zumindest alles danach aus, als wäre er es gewesen«, sagte Möhrs. »Darf ich Sie was fragen?«

»Ist das schon Teil meiner Befragung als Zeugin?«

»Nein.« Er musste schmunzeln, weil er es nun auf unerklärliche Weise sogar ein wenig charmant fand, dass Jakobs ihre Kratzbürstigkeit anscheinend nie völlig ablegte. »Es ist mehr so eine Grundsatzfrage. Wir hatten eine Abmachung. Sie wollten mir im Vorfeld Bescheid geben, sobald Sie Ihre Ermittlungen weiter vorantreiben.«

»Mein Handy ist kaputt.« Sie zog eine Grimasse. »Ich weiß genau, wie sich das anhört. Es ist trotzdem die Wahrheit und nichts als die Wahrheit. Mir ist jemand draufgetreten, als es mir runtergefallen ist.«

»Runtergefallen …«, murmelte Möhrs.

»Und überhaupt …« Sie spielte am Reißverschluss ihrer Kapuzenjacke. »Streng genommen war das ja keine neue Spur, der ich nachgegangen bin. Die Quelle, von der ich die Bedeutung der Runen erfahren habe, das war Lüdersen. Ich war gestern schon mal hier. Ich wollte nur noch mal mit ihm sprechen, weil mir ein paar Dinge unklar waren.«

Er verzieh ihr die Wortklauberei. Was brachte es jetzt noch, sich darüber aufzuregen? »Und dann haben Sie ihn gefunden und uns per Telefon verständigt?«

»Genau so war's«, bestätigte sie. »Und wenn ich mein Handy gehabt hätte, hätte ich auch definitiv keinen Fuß in sein Haus gesetzt.«

»Was haben Sie gemacht, während Sie auf uns gewartet haben?«

Sie neigte den Kopf zur Seite. »Jetzt sind wir doch bei einer Befragung, oder?«

»Sehen Sie es doch lieber so, dass ich ehrliches Interesse an Ihren Erlebnissen zeige«, schlug er vor.

»Okay.« Sie grinste schief. »Ich habe mich ein bisschen im Haus umgeschaut. Nur im Erdgeschoss.«

»Und?«

»Ich habe nichts gesehen, was Ihre Kollegen nicht auch schon gesehen hätten.« Sie schüttelte den Kopf. »Ich weiß nur nicht, welches von Lüdersens beiden Privatarchiven ich gruseliger finden soll. Das mit den ganzen Ordnern voller Zeitungsausschnitte über AKWs oder das mit seinen handverfassten Schriften über seinen Glauben.«

Möhrs hatte den zwei Räumen im hinteren Bereich des Hauses bisher nur einen flüchtigen Besuch abgestattet. Stickige Zimmer, die bis unter die Decke zugestellt waren und in denen es unangenehm nach altem Papier und Schweiß roch. Lüdersen hatte über Jahre hinweg wahre Berge an Material, die die brüchigen Fundamente seiner bizarren Weltanschauung gebildet hatten, angehäuft oder selbst geschaffen.

»Ich finde das komisch«, sagte Jakobs.

»Was?«

»Die beiden Hälften passen nicht zusammen«, erklärte sie. »Die eine befasst sich mit wissenschaftlichen Dingen. Strahlung, Krebs, Reaktorsicherheit. Die andere ist purer Glaube. Oder Aberglaube, je nachdem, wie man das sehen will. Rituale, Magie, alte Götter. Ich frage mich, wie Lüdersen das in seinem Kopf stimmig zusammengesetzt hat.«

»Gar nicht«, sagte Möhrs lapidar. »Dass er geistig nicht gesund war, darüber müssen wir uns wohl nicht streiten. So wie ich das einschätze, finden wir mehr über seine genauen Motive heraus, sobald wir seine Aufzeichnungen gesichtet haben. Aber dass ihm das Kraftwerk gegen den Strich ging, überrascht mich nicht. Damit ist er in Güstrow ja nicht allein. Und er war Biobauer. Die meisten Leute wie er haben kein großes Vertrauen in moderne Technik.«

»Die gehen aber deshalb noch lange nicht los und bringen wahllos Menschen um, die in einem AKW arbeiten«, merkte Jakobs an.

»Stimmt. Doch Sie sollten nicht vergessen, dass …« Vom Klingeln seines Handys abgelenkt, brachte Möhrs den angefangenen Satz nicht zu Ende. »Augenblick, ja?« Er nahm den Anruf entgegen. »Möhrs.«

»Ich bin's. Aysel.«

»Aysel?« Das war schneller als erwartet. »Habt ihr schon was für uns?«

»Nur eine Kleinigkeit.«

Möhrs wandte sich halb von Jakobs ab und machte zwei Schritte auf das komische Zelt zu, das Lüdersen auf seinem Hof errichtet hatte. »Was gibt's?«

»Wir sind mit der äußeren Beschau durch, und Martin macht die Leiche gerade auf. Ich warte auf die Ergebnisse für die toxikologischen Schnelltests. In ein paar Stunden wissen wir mehr.« Sie machte eine kurze Pause. »Ich will keine Unruhe stiften. Vielleicht ist das auch gar nicht so wichtig.«

»Was denn?«

»Es sah doch so aus, als hätte sich Lüdersen ein Auge entfernt, bevor er sich diesen Schnitt unter dem Rippenbogen zufügte?«

»Ja.« Möhrs rieb sich den Hinterkopf. Ihr Tonfall gefiel ihm nicht. »Was ist damit?«

»Das Auge hat schon vorher gefehlt.« Özen sprach schnell, als wollte sie etwaige Nachfragen umgehend unterbinden. »Da besteht von meiner Seite aus nicht der geringste Zweifel. Er hat trockenes Narbengewebe in der Augenhöhle. Das bedeutet, dass er sein Auge bereits vor einiger Zeit verloren haben muss. Ich tippe darauf, dass er ein Glasauge hatte. Gab es eines am Fundort?«

»Nicht, dass ich wüsste.« Möhrs gestand sich ein, dass er nicht wusste, was er mit dieser Information anfangen sollte. »Ich bin mir nicht sicher, ob das wichtig ist. Barswick meinte, Lüdersen hätte eine Szene aus den Göttersagen nachgestellt. Am Ende gehörte das zu seinem Ritual. Dass er nichts Künstliches an sich haben wollte, bevor er sich aufgehängt hat.«

»Das glaube ich nicht«, erwiderte sie entschieden. »Wenn dem so wäre, hätte er auch nicht mehr alle Zähne im Mund gehabt.«

»Was?«

»Lüdersen hatte ein Teilgebiss, hinten rechts, und das hatte er auch eingesetzt, als er starb.«

»Okay.« Möhrs war noch nicht bereit, das fehlende Glasauge als echte Ungereimtheit zu betrachten. »Es könnte doch sein, dass –«

»Hey!«, rief Jakobs ihm zu. »Da winkt jemand nach Ihnen!«

Möhrs' Blick folgte ihrem ausgestreckten Zeigefinger. Borowski stand im Scheunentor. »Komm mal bitte!«

Jakobs setzte sich schlendernd in Bewegung, als wäre die Aufforderung an sie gerichtet gewesen.

»Moment!«, versuchte Möhrs sie zurückzupfeifen. »So geht das nicht! Sie bleiben hübsch bei mir.«

Jakobs sah ihn über die Schulter hinweg an. »Sehr gern. Aber Sie werden doch wohl da drüben gebraucht, oder etwa nicht?«

»Lukas? Hallo? Lukas?«, kam es quäkend aus seinem Handy.

»Aysel?«, sagte er vorsichtig.

»Ja?«

Er zog den Kopf zwischen die Schultern, weil er wusste, dass seine nächsten Worte ihr nicht gefallen würden. »Ich muss leider Schluss machen.«

»Wieso? Was ist denn los?«, protestierte sie.

»Ich rufe gleich zurück. Versprochen.« Er kniff schuldbewusst die Lippen zusammen, beendete das Gespräch und trottete hinter Jakobs her. »Sie sind echt unmöglich.«

»Ich weiß«, entgegnete sie grinsend.

»Das glaubst du nicht.« Borowski winkte immer ungeduldiger, und in seinen Augen stand ein sonderbarer Glanz. »Das musst du sehen.«

Möhrs betrat die Scheune. Borowski führte ihn und Jakobs zum Heck von Lüdersens Lieferwagen, dessen Türen weit offen standen. »Hier.« Borowski zeigte auf eine Plastiktüte auf der Ladefläche, die als Unterlage für zwei Werkzeuge diente. Ein Zimmermannshammer und ein Teppichmesser. »Er war es«, keuchte Borowski. »Er war es wirklich.«

Sowohl der Kopf des Hammers als auch die Klinge des Messers waren mit rotbraunen Flecken gesprenkelt. In Möhrs' Brust vermischten sich Befriedigung und Schrecken. Es war vorbei. Er hatte gewonnen. Er sah zu Jakobs. Ihr zugegebenermaßen recht hübsches Gesicht war starr und bleich. Im ersten Moment begriff Möhrs nicht, weshalb sie nicht einmal auch nur den leisesten Anflug von Erleichterung zeigte. Dann verstand er. Für ihn waren der Hammer und das Messer die unumstößlichen Beweise, dass mit Thies Lüdersen auch der Mörder gestorben war, der ihn vor die größte Herausforderung seiner bisherigen Laufbahn gestellt hatte. Für sie jedoch waren diese beiden Gegenstände die Folterinstrumente, mit denen ihr Onkel grausam gequält worden war, bevor man ihn umgebracht hatte. »Machen Sie sich keine Vorwürfe«, sagte er leise. »Sie haben getan, was Sie konnten, und Lüdersen hat bekommen, was er verdient hat.«

Sie nickte. »Ich würde jetzt gern zurück in meine Pension, wenn Sie nichts dagegen haben.«

»Können Sie fahren?«

»Ja.« Sie steckte die Hände in die Jackentaschen. »Es ist nicht weit.«

»Okay. Ich rufe Sie an. Wegen der Zeugenaussage. Der offiziellen. Spätestens morgen, ja?«

Ihr Abschiedsgruß bestand aus einem weiteren Nicken. Er schaute ihr nach, wie sie mit knappen, schnellen Schritten auf den Jaguar zuging. Barswick trat aus dem Haupthaus und fing sie auf halbem Weg ab. Die beiden wechselten ein paar Worte, dann stieg sie in die Edelkarosse, und Barswick quetschte sich hinter das Steuer seines Dienstwagens.

Möhrs stieß Borowski mit dem Ellenbogen in die Seite. »Sag mal, weißt du, wo der Boss hinwill?«

»Nö.« Borowski strich sich über den Schnauzbart. »Vielleicht macht er einen Termin für eine Pressekonferenz klar?«

»Kann sein.« Möhrs kaute auf seiner Unterlippe. Darüber hatte er noch gar nicht nachgedacht. Über das Medienecho dieses Falls. Bei der Vorstellung, vor irgendwelche Kameras zu treten und einer Schar von Jakobs' Kollegen Rede und Antwort zu stehen, brach ihm der Schweiß aus. »Die werden sagen, wir waren nicht schnell und gründlich genug.«

»Hm?«, machte Borowski.

»Nichts.« Möhrs verließ die Scheune. Er brauchte frische Luft. Als sein Handy erneut klingelte, rechnete er fest damit, Aysels Stimme zu hören – ein flüchtiger Gedanke, der ihm viel Trost spendete. Er war eine leise Erinnerung daran, dass es in der Welt noch andere wichtige Dinge gab.

»Ich hätte wirklich gleich angerufen«, lautete seine Begrüßung.

»Spreche ich mit Lukas Möhrs?«, fragte eine Stimme, die viel zu hell für Özen war.

»Äh … ja. Am Apparat.«

»Hier ist Tina. Tina Haas.«

Tina Haas. Tina Haas. Wo hatte er diesen Namen gehört, zu dem er kein passendes Gesicht hatte?

»Wir sind uns beim Osterfeuer begegnet«, sagte sie zögernd. »Und auf der Feuerwache. Ich bin die Verlobte von Thorsten. Die mit den Formularen.«

»Natürlich.« Möhrs räusperte sich. Jetzt hatte er auch das sommersprossige Gesicht und die roten Haare vor Augen. »Was kann ich für Sie tun?«

»Ich …« Sie stockte. »Ich müsste mit Ihnen reden. Unter vier Augen.«

»Mit mir reden?« War das Angst, die ihre Worte zittrig klingen ließ? »Jetzt sofort? Das ist momentan etwas ungünstig. Worum geht es denn?«

Ihr nächster Satz war nicht mehr als ein furchterfülltes Wispern. »Ich glaube, ich weiß, wer der Feuerteufel ist.«

91

Bernd hockte vor dem »Hirschhof« auf einer Bank und rauchte eine Zigarette nach der anderen. Dabei hatte er schon längst einen Geschmack im Mund, als wäre ihm ein widerliches Kleintier auf der Zunge verendet. Er konnte nicht anders. Er hoffte nur, dass ihm die Kippen nicht ausgingen, bevor Katja endlich zurück war. Als sie vorhin an Lüdersens Telefon gegangen war, hatte er fast eine halbe Minute keinen zusammenhängenden Satz hervorgebracht. Die Erleichterung, ihre Stimme zu hören, prallte hart auf den panischen Zorn, mit dem er Lüdersen hatte drohen wollen, ihn umzubringen, wenn er es wagte, Katja auch nur ein Haar zu krümmen. Nach der Eröffnung, was sie auf dem Hof entdeckt hatte, war er erneut sprachlos gewesen. Was für ein kranker Irrer! Er hatte es von Anfang an geahnt. Trotzdem verspürte er nicht den geringsten Triumph darüber, dass ihn sein Instinkt nicht getrogen hatte. Er war nur froh darüber, dass Katja nichts zugestoßen war, und er ertappte sich sogar bei einem raschen Dankgebet an einen Gott, dessen Existenz er für gewöhnlich abstritt. Er hatte der Versuchung widerstanden, sich ein Taxi zu bestellen, um zu ihr zu fahren. Auf Lüdersens Hof herrschte auch ohne ihn sicher schon ein gewaltiges Durcheinander, denn es musste dort inzwischen vor Bullen wimmeln. Was bedeutete, dass Katja in Sicherheit war. Und das war alles, was für ihn zählte.

Bei seiner dritten oder vierten Zigarette war Veronika neben ihm aufgetaucht.

»Stimmt was nicht?«, hatte sie gefragt.

Er hatte gelacht. Wie ein Idiot. Dann hatte er ihr erzählt, was mit ihrem Nachbarn passiert war. Angesichts ihrer Reaktion hatte er sich für einen Moment daran erinnert gefühlt, wie er vor vielen Jahren einer anderen Frau vom Tod eines anderen Mannes berichtet hatte. Veronikas Gesicht war genauso ausdrucksleer gewesen wie das von Katjas Mutter. Und genau wie Susanne hatte sich auch Veronika irgendwann einfach umgedreht und war stumm davongegangen. Als wollte sie nur fort von ihm, dem Überbringer der schrecklichen Nachricht. Der gravierende Unterschied bestand darin, dass Thies Lüdersen es im Gegensatz zu Thomas Jakobs nicht verdient hatte, dass man um ihn weinte. Nicht dieses Monster …

Motorengeräusche schreckten Bernd aus seinen Gedanken auf. Zwei Wagen fuhren von der Landstraße auf den Hof. Vorneweg sein Jaguar mit Katja am Steuer, dahinter ein silbergrauer Passat. Der Fahrer war ein vierschrötiger Mann, ungefähr in seinem eigenen Alter, der das faltige Gesicht einer griesgrämigen Dogge hatte.

Bernd stand auf, trat an den Jaguar heran, half Katja beim Aussteigen und schloss sie fest in die Arme.

»Ich bin okay«, murmelte sie gegen seine Schulter. »Mir geht's gut.«

Er ließ sie los. »Wer ist dir da nachgefahren?«

»Ein Bulle.«

Der Mann aus dem Passat trottete auf den Eingang des »Hirschhofs« zu. Er blieb stehen, als Veronika unter dem

Geweih über der Tür erschien, die Hände vor der Brust verschränkt.

»Veronika Möllner?«

»Ja.«

»Otto Barswick, Kripo Güstrin«, stellte sich der Mann vor. »Ich hätte einige Fragen an Sie.«

Veronika nickte. »Bitte.«

Barswick warf einen Blick zum Jaguar. »Sind Sie sicher, dass Sie das hier draußen machen wollen? Vor Ihren Gästen?«

»Ich habe nichts zu verbergen«, erwiderte Veronika kühl.

Barswick zuckte die Achseln. »Wie Sie meinen …«

Bernd schnürte es die Kehle zu. Was sollte das? Was wollte der Kerl von Veronika?

»Ich komme gerade vom Hof eines Ihrer Nachbarn«, sagte Barswick sachlich. »Thies Lüdersen. Er ist tot. Selbstmord.«

»Ich weiß«, gab Veronika ungerührt zurück.

»Bei der Durchsuchung des Hauses von Herrn Lüdersen haben wir sein Telefon überprüft und sind auf Ihre Nummer gestoßen. Sie haben in den letzten Tagen häufig miteinander telefoniert.«

»Das ist richtig«, bestätigte Veronika.

»Er wollte ihren Hof kaufen«, mischte sich Bernd ein. »Er hat sie regelrecht belästigt. Er ist sogar persönlich hier gewesen. Das kann ich bezeugen.«

Barswicks giftiger Blick ließ keinen Zweifel daran, wie er Bernd einschätzte: als einen lästigen Lauscher, der jetzt auch noch den edlen Retter spielen musste. Trotzdem blieb seine Stimme höflich. »Stimmt das, Frau Möllner?«

Veronika schüttelte den Kopf. »Nein, das ist so nicht korrekt.«

»Was?« Bernd zweifelte an seinem Verstand. Natürlich stimmte das. Das hatte sie ihm und Katja doch selbst erzählt, und er war dabei gewesen, wie Lüdersen sie bedrängt hatte. »Das ist so was von korrekt. Ich habe es doch gesehen.«

»Bernd.« Veronika lächelte ihn traurig an. »Es war nicht so. Nicht so, wie du denkst.«

»Wie dann?«, erkundigte sich Barswick. »In welcher Beziehung standen Sie zu Herrn Lüdersen?«

»Wir hatten eine Affäre«, sagte Veronika. »Seit etwa einem dreiviertel Jahr.«

In Bernds Kopf breitete sich taube Leere aus. Eine Affäre? Ausgerechnet mit Lüdersen? Das war doch Wahnsinn.

»Aber ich habe nichts davon gewusst, dass er all diese Leute umgebracht hat.« Veronika gab ihre trotzige Haltung auf, kam auf wackligen Knien die Treppe herunter und setzte sich auf die Bank, auf der Bernd bis eben noch geraucht hatte. Den Kopf in die Hände gestützt und die Ellenbogen auf den Knien, starrte sie zu Boden. »Mir ist klar, wie sich das für Sie anhören muss, Herr Barswick.«

»Erklären Sie es mir«, forderte dieser sie auf.

Bernd war sich nicht sicher, ob er tatsächlich eine Erklärung haben wollte. Er lehnte sich gegen den Jaguar, ließ seine Zigarette aus den Fingern gleiten und trat sie aus. Katja machte einen Schritt auf ihn zu, aber er hob abwehrend die Hand. Wenn er jetzt eines nicht ertragen hätte, dann mitleidige Worte oder gar eine tröstende Berührung. Weder von ihr noch von sonst jemandem.

»Das zwischen mir und Thies war eine rein körperliche Angelegenheit«, sagte Veronika, jedes Wort von ihr ein glühender Nadelstich für Bernd. »Da war nichts Romantisches. Es ging nicht um Gefühle. Ich liebe meinen Mann. Ehrlich. Aber er ist, was er ist. Es gibt Dinge, die ich von ihm nicht mehr bekommen kann. Und da habe ich angefangen, sie mir woanders zu holen. Ich bin bestimmt nicht stolz darauf. Thies und ich, wir hatten feste Absprachen. Kein privater Kontakt, keine Beziehung. Nur Spaß. Mehr nicht.«

Barswick hatte ein Auge zugekniffen und blinzelte mit dem anderen, als würde er direkt in die Sonne schauen. »Sie sagten, Ihr Mann ist, was er ist. Was heißt das?«

»Herr Möllner hat bei einem Unfall schwere Behinderungen davongetragen«, antwortete Katja an Veronikas Stelle. »Körperliche wie geistige.«

»Oha.« Barswick räusperte sich. »Aber sagen Sie, von all dem, was Lüdersen in den letzten Wochen getrieben hat, davon haben Sie nichts mitgekriegt? Nicht das Geringste? Ist Ihnen überhaupt nichts an ihm und seinem Verhalten aufgefallen? Er hat keinerlei Andeutungen gemacht, die Ihnen zu denken gegeben hätten?«

Sie schaute auf, die Augen voller Schmerz wie die eines angeschossenen Tiers. »Was wollen Sie mir da unterstellen? Dass er mir nach dem Sex irgendwelche Mordgeständnisse gemacht hat? Dass ich gern mit einem Psychopathen im Bett gelegen habe?« Sie senkte den Blick. »Was glauben Sie denn, wie ich mich jetzt fühle? Können Sie sich nicht denken, dass ich beinahe verrückt werde, weil ich mich seit ein paar Stunden nur noch frage, ob ich nicht trotzdem irgendetwas hätte merken müssen? Ich war die Geliebte eines Serienmörders. Verstehen Sie? Hören Sie, wie das klingt? Absurd. Pervers.« Sie schlug die Hände vors Gesicht. »Das ist alles so krank.«

In diesem Punkt konnte Bernd ihr nur beipflichten. Mechanisch zündete er sich die nächste Zigarette an und dachte reumütig an die gar nicht so fernen Zeiten, in denen er immer einen Flachmann mit einem richtig feinen Aberlour in der Jacketttasche mit sich herumgetragen hatte.

»Gut.« Barswick zückte seinen Autoschlüssel. »Ich denke, das reicht mir fürs Erste. Ich melde mich noch mal bei Ihnen. Aber ich empfehle Ihnen, sich in den nächsten Tagen nichts Wichtiges vorzunehmen. Solche Befragungen können sich erfahrungsgemäß in die Länge ziehen.« Er tippte gegen eine imaginäre Hutkrempe und ging zu seinem Wagen.

Es wunderte Bernd nicht, dass der Bulle so schnell wieder das Weite suchte. Eine akute Fluchtgefahr, die eine Festnahme Veronikas gerechtfertigt hätte, bestand nicht. Sie hatte ihre Position sehr überzeugend dargelegt. Sie liebte ihren

Mann, und sie würde ihn nicht im Stich lassen. Selbst für den Fall, dass sie zumindest vielleicht doch etwas von Lüdersens mörderischen Umtrieben geahnt hatte und nun befürchtete, deshalb früher oder später wieder ins Visier der Ermittler zu rücken. Bernd schüttelte den Kopf. Er wollte über das alles nicht nachdenken. Es erschien ihm so furchtbar unwirklich. Als spielte er nur eine Nebenrolle in einer Tragödie, von der ihm leider niemand verraten hatte, dass sie aufgeführt wurde und er mit auf der Bühne stand.

Als Veronika von der Bank aufsprang und ins Haus rannte, drängte ihn sein Herz, ihr hinterherzulaufen und sie zu trösten. Er widerstand dem Impuls, indem er einen tiefen Zug von seiner Zigarette nahm und die Augen dabei schloss.

»Sie hat es nicht gewusst«, hörte er Katja sagen.

»Das ist nicht der Punkt.«

»Was dann?«

Er seufzte, ohne die Augen aufzumachen, weil er Katja nicht ins Gesicht sehen wollte. »Der Punkt ist, dass ich so dumm war, sie für eine Heilige zu halten, und jetzt bin ich darüber enttäuscht, dass es eben keine Heiligen gibt.« Er lachte, auch wenn ihm überhaupt nicht danach zumute war. »Das kommt also davon, wenn man als Kind in eine Klosterschule gesteckt wird.«

92

Unter normalen Umständen hätte Lukas Möhrs Tina Haas darauf hingewiesen, dass er es keineswegs für eine gute Idee hielt, ihn für ein vertrauliches Gespräch ausgerechnet an ihren Arbeitsplatz zu bitten. Eine Kindertagesstätte war kein Ort für solche Dinge. Daran änderte auch nichts, dass sie auf dem Hof unter sich waren, weil die jüngeren Kinder gerade ihren Nachmittagskakao tranken und die älteren drinnen bei der Hausaufgabenbetreuung saßen. Doch dieses Treffen fand nicht unter normalen Umständen statt, wie Möhrs sofort klar wurde, als Haas ihn bei seiner Ankunft gleich am Eingang abfing und ihn auf dem kürzesten Weg durch das Gebäude lotste. Die junge Erzieherin zeigte nichts von ihrem sonst so quirligen Naturell. Wenn sie die zusammengekniffenen Lippen auseinanderbekam, dann nur für kurze, abgehackte Sätze. Ihre Bewegungen waren fahrig und dennoch irgendwie träge, als hätte sie in letzter Zeit viel zu wenig geschlafen. Dafür sprachen auch die tiefen Ringe um ihre Augen. Möhrs' aufkeimendes Hochgefühl darüber, an diesem Tag möglicherweise gleich zwei Fälle zu lösen, die seine Nerven strapaziert hatten, war bei ihrem Anblick rasch verflogen. Wenn er die Zeichen richtig deutete, stand ihm das zweifelhafte Vergnügen bevor, eine Geschichte zu hören, die für Tina Haas äußerst schmerzhaft war.

»Na schön.« Die mit seiner Masse leicht überforderte Bank, auf der Möhrs neben einer Wippe saß, knackte bedenklich, als er sich ein Stück vorbeugte. »Sie meinen also, Sie wüssten, wer der Feuerteufel ist.«

»Ich fürchte, ja.« Haas lief unruhig vor ihm auf und ab. Drei Schritte in die eine Richtung, drei Schritte in die andere. Ihre Finger waren fest ineinander verflochten. »Sie haben mich darauf gebracht.«

»Ich?«

»Ja, auf der Feuerwache. Sie haben gesagt, dass der, der die ganzen Brände legt, einer von uns sein könnte. Jemand von der Feuerwehr.« Sie legte den Kopf in den Nacken – langsam, als kostete es sie all ihre Kraft – und starrte hinauf in den wolkenlosen Himmel. »Ich weiß nicht, ob Sie das kennen. Wenn man auf einmal etwas versteht, das man schon viel länger hätte verstehen müssen. Aber irgendwie hat man es nie geschafft. Weil man es sich nicht vorstellen konnte. Und wenn es dann passiert, dann ist man wütend auf sich selbst.

Wegen der Angst, die man hat. Die Angst, dass es wirklich wahr sein könnte.«

Aus einem offenen Fenster der Kita wehte helles Kinderlachen zu ihnen herüber. Unbeschwert, ehrlich und ohne jede Ahnung davon, wie grausam die Welt bisweilen war.

»Wer ist es?«, fragte Möhrs sanft. »Wen haben Sie im Verdacht? Sagen Sie es mir. Ich verspreche Ihnen, danach wird es Ihnen besser gehen.«

Sie sah ihn an, den Schatten eines traurigen Lächelns im Gesicht. »Das glaube ich nicht.« Ihr Blick wanderte wieder nach oben. »Die ganze Zeit dachte ich, er wäre wegen der anstehenden Hochzeit so komisch. Kalte Füße. Weil sich so viel in unserem Leben ändert.« Sie presste die Hände flach gegen ihren Bauch, wie um eine in ihr aufsteigende Übelkeit zu unterdrücken. »Manchmal ging er nicht an sein Handy. Oder er war kurz angebunden, wenn er es doch tat. Ich fand das nicht schön, aber irgendwie normal. Ab und zu hatte ich das Gefühl, ich würde ihm auf die Nerven gehen. Mit den tausend Sachen, die noch zu klären waren. Das Menü für die Feier. Der DJ. Ob wir richtige Tischkarten wollen. Oder ob wir Gläser mit den Namen der Gäste gravieren lassen und die dann hinstellen, damit jeder weiß, wo er sitzt. Und die ganzen Entscheidungen für unser Haus. Welche Fliesen jetzt ins Bad sollen. Wie wir den Garten anlegen.« Sie schüttelte den Kopf. »Lauter Kleinkram. Aber es hätte mir auffallen können. Spätestens dann, als ich ihn fragte, wo die Dämmplatten für den Speicher sind. Er sagte, er weiß es nicht. Dass sie einer der Handwerker aus Versehen entsorgt hat. Wir könnten doch einfach welche nachbestellen. Ich wäre nicht im Traum darauf gekommen, dass er sie genommen hat.«

Möhrs fiel wieder ein, was Holt ihm über die besondere Eignung bestimmter Dämmmaterialien als Brandbeschleuniger erzählt hatte. Wie leicht es war, damit ein Feuer zu legen, das binnen kürzester Zeit eine immense Hitze entwickelte. Er hätte sich darüber erfreut zeigen können, wie sich die

Hinweise auf die Identität des Feuerteufels nun nach und nach zu einem äußerst stimmigen Gesamtbild fügten. Die zerbrechliche Niedergeschlagenheit der Frau, die da in den Scherben ihres zerbrochenen Traums von einer glücklichen Zukunft vor ihm stand, verbot es ihm.

»Ich habe mich selbst belogen«, sagte sie. Ihre Lippen bebten. »Ich wollte, dass es so ist. Dass er recht hat. Dass die verschwundenen Platten keine Rolle spielen. Es war so leicht, das zu glauben. Sogar viel später noch. Selbst nachdem er Sachen machte, die er mir nicht richtig erklären konnte.« Sie ballte die Hände auf ihrem Bauch zu Fäusten. »Ich ... ich ...« Ihre Worte gerieten ins Stocken. »Ich bin ... mitten in der Nacht aufgewacht ... und ... und ...«

»Und?«, fragte Möhrs mit so viel Vorsicht, wie er aufzubringen vermochte. »Und was?«

»Er war nicht im Bett. Ich habe ihn gesucht. Er saß in der Küche. In voller Montur. Nur den Helm, den hatte er noch nicht auf.« Sie nahm eine Hand vor den Mund, wie wenn sie sich im letzten Augenblick noch daran hindern wollte, etwas auszusprechen, das nicht zurückzunehmen war. »Er saß einfach nur da«, fuhr sie dann fort, »wippte mit dem Fuß und starrte auf das Funkgerät. So ... so als ob er genau wüsste, dass er jeden Moment zum Einsatz gerufen wird.«

»Haben Sie ihn darauf nicht angesprochen?«, fragte Möhrs.

»Ich wollte es. Aber ich kam nicht dazu. Ich stand noch in der Tür. Da plärrte das Funkgerät schon. Da war er. Der Einsatz. Er ist aufgesprungen. An mir vorbeigerannt. Ich weiß nicht mal, ob er mich wirklich gesehen hat. Und hinterher, als er zurück war ...« Sie zuckte die Achseln. »Ich habe mir eingeredet, dass ich mir das wahrscheinlich eingebildet hatte. Ich hatte ja vorher tief und fest geschlafen. Da kann man schon mal was durcheinanderbringen, oder?« Sie stieß ein Geräusch aus, das halb Schluchzen und halb Lachen war, und wandte sich von Möhrs ab.

»Es ist nicht Ihre Schuld«, sagte er und fühlte sich an das Gespräch erinnert, das er mit Doris Frigge geführt hatte. An die Schilderungen ihrer Reaktion, als ihr der Mann, den sie liebte, ein schlimmes Verbrechen anvertraut hatte. »Sie haben genau das Richtige getan. Sie hätten ihn nicht beschützt, wenn Sie geschwiegen hätten. Nicht wirklich. Früher oder später wäre mehr passiert, als dass ein Kuhstall abbrennt. Früher oder später wäre –«

»Tina! Tina!« Von der Kita lief ein Junge in Shorts und T-Shirt auf pummeligen Beinchen herbei, der nicht älter als vier oder fünf sein konnte. »Schau mal! Schau mal!« Er schwenkte ein selbst gemaltes Bild vor sich her wie eine Fahne, und als er bei ihnen an der Wippe angekommen war, präsentierte er es voller Stolz. »Das bist du«, erklärte er und tippte auf ein krakeliges Strichmännchen, dem rote Schlangen aus dem Kopf zu wuchern schienen. »Das ist die Sonne.« Ein gelber Kreis mit einem lachenden Gesicht. »Und das ist Thorsten.« Ein zweites Strichmännchen, das einen eckigen Helm trug. »Er macht ein Feuer aus.«

»Toll«, presste Haas heraus, die neben dem Kleinen in die Hocke gegangen war. »Ganz toll, Leo. Geh wieder rein, ja? Dein Kakao wird kalt.«

Der Junge musterte sie. Auf seinem Gesicht lag das erschrockene Misstrauen eines Kindes, das Zeuge davon wird, wie jemand Erwachsenes sich völlig anders verhält, als es das gewohnt ist. »Hast du geweint?«

»Ja.« Haas streichelte ihm übers Haar. »Aber nur, weil dein Bild so schön ist, Leo.«

Möhrs mahlte betroffen mit den Kiefern, während Leo die als Lob getarnte Lüge mit einem strahlenden Lächeln annahm und sich mit einem hellen »So schön, so schön, mein Bild ist so schön«-Singsang verabschiedete.

Als der Junge fort war, stand Haas auf und strich ihr Kleid glatt. »Wie geht es jetzt weiter?«

Möhrs hatte keine Antwort für sie, die ihre Sorge und ihr

Leid hätte irgendwie lindern können. Nur eine, die niederschmetternd banal und kühl zugleich war. »Jetzt muss ich mit meinem Vorgesetzten telefonieren.«

93

Der Wald war still und dunkel, doch sie war nicht allein. Im Unterholz rings um die Lichtung glommen die Augenpaare der unzähligen Tiere, die herangeschlichen waren, um das sonderbare Treiben in ihrem Reich aus sicherer Distanz zu beobachten.

Die nackten Männerleichen lagen kreuz und quer übereinander. Ihre Hände waren zerschmettert, Stirn und Schritt blutverkrustet. Sie verströmten den feinen Duft frisch vergossener Tränen. Der Teufel nickte wissend, trat um den grotesken Haufen aus totem Fleisch herum und legte ihr einen glühend heißen Arm um die Schultern. »Bist du zufrieden?«, raunte er.

»Noch nicht.« Sie wusste, dass es keinen Sinn gehabt hätte, einen Lügner zu belügen. »Es sind noch nicht alle.«

»Ich verstehe.« Der Teufel lächelte und zeigte auf den Korb, den sie unter dem Arm trug. »Hast du mir etwas mitgebracht?«

»Ja.« Sie schlug das rot karierte Tuch zurück, mit dem sie den Inhalt des Korbs abgedeckt hatte. »Gefällt es dir?«

Er warf aus seinen leeren Augenhöhlen einen langen Blick auf den abgetrennten Kopf, dessen Gesicht über und über mit kantigen Runen bemalt war. »Du kannst mir nichts schenken, was mir schon gehört.«

Sie deutete auf die Leichen. »Was ist mit ihnen?«

Er lächelte. »Sie sind doch mein Geschenk an dich.«

Er nahm ihr den Korb ab, holte den Kopf daraus hervor und hielt ihn sich dicht vors Gesicht. Seine Züge wurden einen Wimpernschlag lang flüssig wie geschmolzenes Wachs. Als sie wieder erstarrten, waren sie die des Mannes, der sie betrogen hatte, und der Kopf in seiner Hand war verschwunden. Er sah sie zärtlich an. »Es ist noch nicht vorbei.«

»Ich weiß.«

Im Dickicht setzte ein leises Rascheln ein, und die glimmenden Augenpaare erloschen eines nach dem anderen.

»Warum gehen sie?«, fragte sie den Teufel. »Wovor haben sie Angst?«

»Weil du brennst«, erklärte er sanft.

Als sie mit pochendem Herzen erwachte, roch sie nur verkohltes Fleisch.

94

Katja und Thilo hatten an diesem Nachmittag keine Schwierigkeiten, einen freien Tisch im »Postillion« zu finden. Rieke, die rothaarige Bedienung, der Katja bereits bei ihrem Besuch mit Bernd begegnet war, konnte einen Großteil ihrer Schicht damit zubringen, an der Bar zu sitzen und mit ihrem Handy zu spielen.

Dass Thilo auf dem Gang gestanden hatte, als es an ihrer Zimmertür im »Hirschhof« geklopft hatte, war eine echte Überraschung gewesen, eine sehr erfreuliche. Selbst die ernste Miene, mit der er sie auf einen Kaffee einlud, weil er dringend jemanden zum Reden brauchte, hatte Katja nicht abgeschreckt. Ihr war jede Ablenkung recht. Nichts, was Thilo mit ihr besprechen wollte, konnte auch nur annähernd so düster sein wie ihre bisherigen Erlebnisse an diesem Tag. Gut, sie hatte ein schlechtes Gewissen Bernd gegenüber, der mit verschlossenem Gesichtsausdruck in seinen Büchern über Religion, Mythologie und Glaubenssymbole blätterte, seit er von Veronikas Affäre mit Thies Lüdersen erfahren hatte. »Recherche« hatte er das genannt, auch wenn es im Grunde nichts mehr zu recherchieren gab. Trotzdem hatte er sich dreimal in allen Details von ihr erzählen lassen, wie sie Lüdersen am Baum hängend vorgefunden hatte. Über seine Motive konnte sie nur mutmaßen. Fand er eine morbide Genugtuung darin, in allen Einzelheiten zu erfahren, wie Lüdersen gestorben war? Mochte sein. Falls dem so war, teilte Katja dieses Gefühl nicht. Sie hatte darauf gehofft, so etwas wie Erleichterung zu spüren, sobald Frieders Mörder gefunden war. Eine sachte Linderung ihrer Trauer. Stattdessen war da nur eine dumpfe Erschöpfung, gepaart mit der bitteren Enttäuschung über die dunklen Seiten im Leben ihres Onkels, von denen sie nie etwas geahnt hatte. Insofern hätte Thilos Angebot zu keinem besseren Zeitpunkt kommen können.

Ehe sie aufbrach, legte sie Bernd die Visitenkarte auf den Tisch, die ihr Möhrs vor einer halben Ewigkeit überreicht hatte. »Nur für den Fall, dass du noch was findest, was die Bullen wissen sollten.« Daran glaubte sie zwar nicht, aber es verschaffte ihr eine günstige Gelegenheit, ihm kurz die Hand auf die Schulter zu legen. Sie kannte ihn gut genug, um zu wissen, dass sämtliche anderen Bekundungen von Mitgefühl ihn nur zu einem verärgerten Knurren verleitet hätten. Wenn es jemanden gab, der noch schlechter mit persönlichen Niederlagen und Kränkungen umgehen konnte als sie selbst, dann war es ihr Patenonkel.

Auf dem Weg zum »Postillion« in Thilos klapprigem Toyota verlor sie absichtlich kein Wort darüber, wie sie den Tag bisher verbracht hatte. Sie lauschte seiner kurzen Erzählung, wie sein Versuch, sie über ihr Handy zu erreichen, gescheitert und er danach auf gut Glück zum »Hirschhof« gefahren war. Sie berichtete ihm vom Schicksal ihres Smartphones, ohne auf die näheren Umstände des Missgeschicks einzugehen. Er hätte sonst bestimmt nur wissen wollen, ob sie der nächtliche Abstecher in Frieders Haus in ihren Ermittlungen vorangebracht hatte. Die Sprache wäre entweder unweigerlich auf Thies Lüdersen und sein Ende gekommen, oder sie hätte Thilo etwas vormachen müssen. Stattdessen fragte sie ihn, was ihm denn Dringendes auf dem Herzen lag, aber er vertröstete sie auf später.

Dieses angekündigte Später kam erst, nachdem sie ihre Getränke auf dem Tisch stehen hatten – einen schwarzen Tee für ihn und einen Latte macchiato für sie. »Es geht um meine Mutter«, sagte er.

Katja ließ ihren Löffel mit Milchschaum sinken. »Alles in Ordnung mit ihr?«

Er zog eine Grimasse, als hätte ihm jemand ein Messer zwischen die Rippen gestoßen. »Alles in Ordnung? Das geht bei ihr wahrscheinlich nicht. Aber keine Sorge, sie hat nicht noch mal so eine Dummheit gemacht. Im Gegenteil. Heute Morgen hat sie mir etwas anvertraut, worüber sie sonst immer geschwiegen hat.« Er setzte ein scheues Lächeln auf. »Eins vorweg. Wenn ich dir auf den Geist gehe, gib mir bitte Bescheid. Ich will dich nicht mit meinen Problemen nerven. Es ist nur so, dass alle meine anderen Freunde in Marburg sind, und Telefonieren ist nicht dasselbe.«

»Mach dir keine Gedanken. Ich höre dir gerne zu.« Katja meinte es ernst. Indirekt hatte er sie gerade zu seiner Freundin ernannt. Zu *einer* Freundin, um genau zu sein, aber es schmeichelte ihr auch so. Für die kurze Zeit, die sie sich kannten, war er ihr sehr ans Herz gewachsen. Und offenbar beruhte dieses Gefühl auf Gegenseitigkeit, wenn sie sich nicht täuschte. »Also, was hat deine Mutter zu dir gesagt?«

Er quetschte den Saft eines Zitronenschnitzes in seinen Tee. »Sie hat mir erklärt, warum mein Vater sie damals verlassen hat.«

»Oh. Nach all der Zeit rückt sie auf einmal mit der Wahrheit heraus?«

»Ja, und sie ist nicht gerade schön. Sie hat mit Julia zu tun.«

»Deiner Schwester?«

Er nickte. Seine Hand zitterte, als er seinen Tee umrührte. »Ich hatte dir doch erzählt, dass mein Vater meine Mutter bei ihren Aktivitäten gegen das AKW unterstützt hat, oder? Und dass das von einem auf den anderen Tag aufgehört und er sich von ihr getrennt hat?«

»Ja.« Es tat Katja weh, ihn so zu erleben. Er wirkte nicht länger wie jemand, der in sich ruhte und die gesamte Welt mit einer fatalistischen, aber dennoch heiteren Distanz betrachtete. Er sah noch jünger aus, als er war. Wie ein Kind, das sich an einem unheimlichen Ort verlaufen hatte, aber tapfer versuchte, sich nichts von seiner Angst anmerken zu lassen.

»Ungefähr ein halbes Jahr, nachdem Julia tot war, hat mein Vater noch einmal ihre vollständige Krankenakte aus der Klinik in Geesthacht angefordert. Als Munition für seinen Kampf. Zu diesen Unterlagen gehörte ein Laborbericht. Blutbilder, um genau zu sein. Aus der Phase, als meine Familie nach einem passenden Knochenmarkspender für Julia suchte. Die waren der Auslöser für die Trennung.«

»Ein paar Blutbilder?«

»Meine Eltern haben beide die Blutgruppe B«, erklärte Thilo. »Das bedeutet, dass ihre Kinder entweder auch B haben oder 0. So wie ich. Julia hatte aber AB. Weißt du, was das heißt?«

»Dein Vater war nicht der biologische Vater von Julia«, sagte Katja leise, weil ihr das Herz mit einem Mal bis zum Hals schlug. Sie konnte nur erahnen, was in den letzten Stunden in Thilo vorgegangen sein musste. »Ihr beide wart nur Halbgeschwister.«

»Genau.«

»Und das ist ihm zuvor nie aufgefallen?«, sagte Katja, auch wenn sie selbst nicht hätte beschwören können, dass ihr eigener Vater ihre Blutgruppe gekannt hatte. Sie konnte es nur hoffen, weil sie die Vorstellung, es könnte anders gewesen sein, unerträglich fand.

»Mein Vater hat viel gearbeitet.« Es war eine bloße Feststellung, keine Verteidigung. »Er hat sich nie sehr um uns Kinder gekümmert. Ich kann mich nicht erinnern, dass er bei einer einzigen Schulaufführung von mir oder Julia gewesen wäre. Die Ausflüge, die er mit uns gemacht hat, kann ich an einer Hand abzählen. Und Besuche beim Kinderarzt oder etwas in der Art, wo ihm vielleicht etwas hätte auffallen können, hat auch immer meine Mutter erledigt. Das war sogar noch so, als Julia schon längst krank war.«

»Deine Mutter hatte also eine Affäre mit einem anderen Mann«, stellte Katja fest.

»O ja.« Er bleckte die Zähne. »Sie hat mir sogar gesagt, wer es war. Du kennst ihn. Jeder in Güstrin kennt ihn. Thies Lüdersen.«

Katja sah einen Moment lang zu, wie der letzte Rest Milchschaum in ihrem Glas nach und nach in sich zusammenfiel, weil sie zu keiner Regung fähig war. Wie viele Frauen waren Lüdersen noch verfallen gewesen? Und wie viele von ihnen hatten geahnt, auf wen sie sich einließen? Darauf gab es keine Antwort. Doch immerhin wusste sie nun, warum Lüdersen zum Mörder geworden war. »Er hat das getan, was deine Mutter nicht tun konnte. Er hat an den Männern aus dem AKW den Tod seiner Tochter gerächt. Den Tod deiner Schwester.«

»Thies?« Er sah sie an, als redete sie groben Unfug. »Wieso hat Thies Julia gerächt?«

»Du hast es noch nicht gehört?«

»Was?«

Katja wurde flau im Magen. Jetzt musste sie doch noch über Thies Lüdersen und dessen unrühmlichen Tod sprechen. Und über die bestialischen Taten, die er begangen hatte. Sie hielt sich so knapp wie möglich, während Thilo ihr gebannt zuhörte. »Und ich dachte die ganze Zeit, die Morde hätten ein vollkommen anderes Motiv«, schloss sie ihre Ausführungen. »Na ja, auch Rache, aber eben Rache für etwas völlig anderes.«

»Und zwar?«

»Das ist jetzt nicht mehr wichtig«, wich sie aus. Was nützte es, darüber zu reden, welche Schuld ihr Onkel auf sich geladen hatte? Er hatte dafür aufs Schrecklichste gebüßt, was immer er dieser Frau in seiner Zeit auf See auch angetan hatte. »Ich frage mich nur, warum es ausgerechnet die Männer aus der Skatrunde meines Onkels waren.«

»Weil er sich bei ihnen hundertprozentig sicher sein konnte, dass sie alle im AKW arbeiten«, sagte Thilo ruhig. »Und zwar nicht irgendwo dort. Sie arbeiteten in der Warte. Dort, wo im Notfall alle wichtigen Entscheidungen getroffen werden. Wo man registriert, wenn irgendwo Radioaktivität austritt und in die Umwelt gelangt. Falls Thies wirklich geglaubt hat, was meine Mutter immer noch glaubt, tragen genau diese Leute die größte Verantwortung für Julias Tod.«

Das ließ sich nicht leugnen. Katja atmete tief durch. »Soll ich dir was sagen?«

»Ja.«

Sie legte ihre Hand auf seine, drückte sie und genoss das Gefühl von fremder Haut an ihrer. »Ich bin nur froh, dass das alles vorbei ist.«

95

Mattigkeit umfing Bernd wie ein nasses, schweres Tuch, doch er leistete ihr erbitterten Widerstand. Er würde sich nicht aufs Bett legen und tatenlos darauf warten, bis er irgendwann vor purer Erschöpfung einschlief. Stillstand war der Tod. So lautete eine seiner Maximen. Wer stillstand und innerlich verharrte, beschäftigte sich nur noch mit dem, was ihn nicht losließ. Das war selten gesund. Solche Nabelschauen führten zu nichts. Er wusste doch schon genau, was ihn quälte und wie es dazu gekommen war. Er brauchte nicht lange nach irgendeiner Erklärung zu suchen, wie er nur auf Veronikas Maskerade hatte hereinfallen können. Sie hatte die treusorgende Ehefrau gespielt, die sich voll und ganz für ihren kranken Mann aufopferte. Und wie sah die Wahrheit aus? Sie hatte sich von diesem kranken Scheißkerl vögeln lassen. Dass er selbst sich mit ihr auf ein kleines Techtelmechtel eingelassen hätte, wenn sie auch nur ein bisschen empfänglicher für seine Annäherungsversuche gewesen wäre, spielte für ihn keine Rolle. Er fühlte sich verraten und verkauft. Das mochte ungerecht oder unlogisch sein, aber Gefühle nahmen weder auf Gerechtigkeit noch auf Logik Rücksicht. Und weil er nicht die Absicht hatte, sich in seinem Selbstmitleid zu suhlen, wälzte er nun diese langweiligen Bücher über all den Unsinn, den sich die Menschen über Götter und höhere Mächte ausgedacht hatten. Alles nur, um nicht einer simplen Tatsache ins Auge zu sehen: Man hatte nur dieses eine Leben, und sobald es vorbei war, wartete auf einen nur das große Nichts. So war das und nicht anders.

Er klappte das Buch vor ihm zu und griff zum nächsten. Er schloss die Augen. Verdammt. Er war müde. So unendlich müde, und draußen dämmerte es noch nicht einmal. »Scheiße«, murmelte er und machte sich auf einen schweren Weg.

Er verließ sein Zimmer, ging in die Rezeption und trat ohne zu klopfen durch die Tür mit dem Schild »Privat«. Er fand Veronika in der Küche. Sie spülte Geschirr, als wäre nichts gewesen, während Klaus am Tisch saß und in einem Fotoalbum blätterte. Vor und zurück, vor und zurück. Wie ein defekter Roboter. Seine Lippen formten stumm ein ums andere Mal dieselben Worte. Bernd konnte sie mühelos ablesen. *Der Teufel. Der Teufel.* Es war ihm egal. Ihn konnte Klaus nicht meinen. Er hatte sich extra rasiert. Um ihm zu gefallen. Nein, es gab keinen Grund mehr, sich selbst zu belügen. Es war nicht Klaus gewesen, dem er hatte gefallen wollen.

Veronika sah ihn in der Tür stehen und schaute vom Spülbecken auf. »Alles okay?«

Ihre Frage weckte einen brodelnden Groll in ihm. Nein, nichts war okay. Gar nichts. Überhaupt nichts. Er hätte sie am liebsten an den Schultern gepackt, durchgeschüttelt und sie angeschrien, wie sie nur mit diesem verfluchten Typen hatte ins Bett steigen können. Diesem kaltblütigen Mörder. Trotzdem nickte er. »Alles okay.«

»Wie geht es Katja? Ist sie noch unterwegs?«

Bernd schwieg einen Augenblick. Wie schaffte sie es nur, selbst jetzt noch die Fassade aufrechtzuerhalten? Mit ihm ein normales Gespräch zu führen? Wenn er allerdings ehrlich war, dann sehnte sich zumindest ein Teil von ihm danach, sich ein Geschirrtuch zu nehmen und ihr beim Abtrocknen zu helfen. Leider war er kein Meister der Verdrängung. »Sie ist noch unterwegs, ja. Und wie ich sie kenne, zerbricht sie sich den Kopf. Über ein paar Dinge, die sie in dieser ganzen Sache nicht versteht.« Er umschiffte Lüdersens Namen wie eine gefährliche Klippe. »Sie wird sich fragen, nach welchen Kriterien er seine Opfer ausgesucht hat. Warum ihr Onkel dazugehörte, und die Männer aus seiner Skatrunde. Sie war davon überzeugt, es müsste irgendeine Verbindung zu einem Verbrechen geben, das diese Männer gemeinsam an Bord der ›Straßmann‹ begangen haben. Ein Verbrechen an einer Frau. Wir haben im Haus ihres Onkels ein Foto gefunden, auf dem diese Frau anscheinend zu sehen ist. Nur ihr Gesicht kann man nicht erkennen. Und Katja wird weiter nachbohren, was es mit dieser Frau auf dem Foto auf sich hat.«

»Darüber weiß ich nichts.« Sie zog den Stöpsel des Spülbeckens und wusch sich die Hände. »Du hast es doch gehört. Das zwischen Thies und mir –«

»Das habe ich schon verstanden«, blaffte er. »Das war rein

körperlich. Nur so eine Bettgeschichte.« Er bereute seinen Ausbruch sofort. Offenes Nachtreten wie ein eingeschnappter Teenager war eigentlich nicht sein Stil. »Entschuldigung. Ich bin nur müde und überreizt. Könntest du mir einen Kaffee machen?«

»Natürlich.«

»Ich bin dann auf meinem Zimmer.«

Dort angekommen, nahm Bernd seine Canon und ging die Bilder durch, die er in den letzten Tagen geschossen hatte, um die neue Kamera auf Herz und Nieren zu prüfen. Er suchte ein spezielles Foto. Das von Veronika und Klaus in der Küche. Als er es fand, löschte er es. Bis auf Klaus' beklagenswerten Zustand war alles daran sowieso nur Täuschung und Illusion. Er packte die Kamera weg und setzte sich zurück an seine Bücher.

Zehn Minuten später las er die dritte Variante einer Sage, laut der Odin sein Auge geopfert hatte, um im Gegenzug in die Geheimnisse der Magie eingeweiht zu werden, die ansonsten allein Frauen vorbehalten waren. Es klopfte an der Tür. »Stell den Kaffee bitte einfach draußen ab!«

Er wartete, bis Veronikas Schritte auf dem Gang verklungen waren, ehe er das Tablett zu sich ins Zimmer holte. Sie hatte gleich eine ganze Kanne gekocht und ihn reichlich mit Zuckerbeutelchen und einem Kännchen Milch bedacht. War das ein Versöhnungsangebot? Nie im Leben. Es war nur professionelle Höflichkeit. Also genau das, was er bislang tragischerweise mit zurückhaltender Zuneigung verwechselt hatte. Was war er bloß für ein Idiot?

Inzwischen hatte sich das Tageslicht doch der Dämmerung geschlagen gegeben. Er trug das Tablett auf die Terrasse, setzte sich und trank eine Tasse Kaffee. Selbstverständlich rauchte er einen Zigarillo. Beides schmeckte ihm nicht. Der Kaffee war zu bitter, der Zigarillo zu lose gestopft. Das einzig Erträgliche war der feine Schleier des Abendrots am Horizont. Warum konnten nicht alle Dinge so angenehm zu Ende gehen? Er goss sich Kaffee nach und schnippte den Zigarillo in einem kleinlichen Akt nutzlosen Aufbegehrens ins nächste Gebüsch. Er leerte seine Tasse in einem einzigen Zug, als enthielte sie irgendeine widerwärtige Arznei, und kippte das, was noch in der Kanne war, ins Klo. Zurück im Zimmer, beschloss er, die Bücher fürs Erste Bücher sein zu lassen. Sie waren in seinem Zustand viel zu anstrengende Lektüre. Er brauchte eine Pause. Nur eine kurze. Er schaltete den Fernseher ein und setzte sich aufs Bett. Eine billig produzierte Vorabendserie über die unspektakulären Sorgen und Nöte junger, hipper Großstadtbewohner saugte ihm die tristen Gedanken aus dem Schädel. Bald hatte er sich lang ausgestreckt und die Arme hinter dem Kopf auf dem Kissen verschränkt. Das aufgeregte Geschnatter zweier Praktikantinnen einer Werbeagentur, die sich darüber stritten, wer es von ihnen am ehesten verdient hatte, sich den Juniorchef zu angeln, wiegte ihn in einen tiefen, traumlosen Schlaf.

96

Im schwindenden Licht des Tages hatte der Löschwagen auf dem großen Hof hinter der Feuerwache die Farbe geronnenen Blutes. Auf der dem Gebäude zugewandten Seite waren die Rollklappen geöffnet. Sie gaben den Blick auf die umfangreiche Ausrüstung zur Brandbekämpfung frei, die im Innern des Vierzehntonners verstaut war: Schläuche, Spritzen, Pumpen und anderes technisches Gerät, dessen genauer Verwendungszweck Lukas Möhrs unbekannt war. Er beeilte sich nicht, die kurze Strecke über den Hof zurückzulegen. Noch hatte er keine Strategie, wie er Thorsten Klaws gegenübertreten wollte. Einen Pluspunkt konnte er indes schon verbuchen: Als er Tina Haas gebeten hatte, ihren Verlobten anzurufen, war Klaws sofort an sein Handy gegangen. So war Möhrs wenigstens eine aufwendige Suchaktion erspart geblieben.

Klaws – in schweren Stiefeln, klobigen Uniformhosen und einem leicht zerschlissenen blauen T-Shirt mit der Aufschrift »Feuerwehr« auf dem Rücken – stand vor dem Löschwagen und inspizierte die Ausrüstung. Er hatte ein Klemmbrett in der Hand, auf dem er routiniert Haken hinter Positionen auf einer Checkliste setzte. Als er Möhrs bemerkte, drehte er sich um. Seine Augen weiteten sich, dann legte sich seine Stirn in Falten. »Was willst du denn hier?«

Möhrs beschloss, nicht lange mit der Wahrheit hinter dem Berg zu halten. Ihm war nicht nach albernen Spielchen zumute. »Ich habe mit Tina gesprochen.«

»So?« Klaws schloss die Rollklappen und verriegelte sie, um danach durch die Seitentür in jenen Bereich des Wagens hineinzuklettern, in dem bei einem Einsatz die Mitglieder des Löschzugs saßen. »Worüber denn?«

»Über dein sonderbares Verhalten in letzter Zeit.« Gott, warum musste Klaws den Unschuldigen spielen? Warum brachte er es nicht einfach hinter sich? »Seit es diese Brandserie gibt, um genau zu sein.«

Klaws bückte sich halb unter eine der Sitzbänke. »Wen wundert's? Ich habe viel um die Ohren. Auch ohne diese Feuer. Die Hochzeit. Das Haus. Und Tina macht aus allem einen Staatsakt. Kann sein, dass ich mich ihr gegenüber ab und zu im Ton vergreife. Aber manchmal nervt es mich eben, wie sie mich für irgendeinen unnötigen Scheiß einspannen will.«

»Sie ist nicht wegen der Hochzeit zu mir gekommen.« Möhrs wählte absichtlich einen eher neutralen Tonfall. Angesichts der halb knurrend vorgetragenen Verteidigung seitens Klaws' schien es ihm nötig, möglichst viel Spannung aus der Situation zu nehmen. »Sie will dir nur helfen. So wie ich.«

»Ich bin nicht krank.« Klaws behielt seine gebückte Haltung bei. Schaffte er es nicht, Möhrs in die Augen zu sehen? »Ich bin nicht verrückt.«

»Das hat auch niemand gesagt.« Möhrs schlug innerlich drei Kreuze und lehnte sich vorsichtig gegen eine der geschlossenen Rollklappen. Das war schneller gegangen, als er befürchtet hatte. »Aber du ahnst sicher, was jetzt alles auf dich zukommt. Sei froh, dass du kein Menschenleben auf dem Gewissen hast.«

Der Wagen wackelte ein wenig, und von drinnen drang ein leichtes Schaben und Kratzen. Hatte sich Klaws hingesetzt? »Weißt du, warum ich es getan habe?«

»Nein, aber du könntest versuchen, es mir zu erklären.« Es war ein gutes Zeichen, dass Klaws bereit war, sich alles von der Seele zu reden. Eventuell hatte er sogar schon lange auf diesen Moment gewartet. Oder es zumindest unbewusst herbeigesehnt, sich jemandem anvertrauen zu können. »Ich hör dir zu.«

»Ich habe es aus Angst getan.«

»Aus Angst?« Das war keine Antwort, mit der Möhrs gerechnet hätte. »Angst wovor?«

»Dass wir zu langsam sind. Ich und meine Jungs, meine ich.« Sämtliche Aggression war aus Klaws' Stimme verschwunden, verdrängt von einer passiven Monotonie. »Wenn mal wirklich etwas Schlimmes passiert. Wenn es im AKW brennt. Dann zählt jede Sekunde. Die Typen dort sind alle Versager. Die haben noch nie ein echtes Feuer gesehen. Wie es frisst und frisst und frisst. Wie es lebt. Wie es sich alles holt, was es kriegen kann. So was lernt man nicht durch irgendwelche Übungen. Man muss es selbst sehen. Man muss die Hitze spüren. Den Rauch atmen. Sonst versteht man es nicht. Und wem habe ich denn damit schon geschadet? Die Bauern sind doch alle versichert. Der, dem ich den Stall angezündet habe, freut sich doch darüber, dass er da jetzt einen neuen hinstellen kann.« Eine winzige Pause. »Bist du noch da?«

»Ja.«

»Gut.«

Diesmal schaukelte der Wagen regelrecht. Möhrs richtete sich auf. Klaws hüpfte von der letzten Stufe des Einstiegs, ein kurzes Beil mit rotlackiertem Blatt und schwarzem Plastikgriff in der rechten Hand. Er hob langsam den Arm, bis die Klinge auf Höhe seiner Augen war.

In Möhrs' Brust breitete sich eine eisige Kälte aus. »Was soll das werden?«

»Wonach sieht es denn aus?«, gab Klaws zurück.

»Mach keinen Scheiß, Junge.« Möhrs nahm die Hände ein Stück nach oben und machte zwei große Schritte rückwärts, dicht am Löschwagen entlang. »Das bringt doch nichts.«

»Doch.« Klaw trug die unbewegte Miene eines Mannes, der zu allem entschlossen war. »Das bringt was.«

Möhrs wich noch weiter zurück. Klaws folgte ihm mit langsamen Bewegungen, das Beil nach wie vor schlagbereit.

»Dreh jetzt nicht durch.« Möhrs suchte Klaws' Blick. Solange er ihn etwas auf Abstand halten konnte, war noch nicht alles verloren. »Beruhig dich, und wir reden einfach mit niemandem darüber, okay?«

»Ich weiß genau, was ich tue«, antwortete Klaws und verkürzte die Distanz zwischen ihnen wieder.

»Leg das Beil weg.« Möhrs hatte genug. Er blieb stehen. »Sofort.«

Klaws schüttelte den Kopf.

Möhrs sah sich zu etwas gezwungen, was er in all den Jahren bei der Kripo erst dreimal getan hatte: Er zog seine Dienstwaffe und legte auf Klaws an. »Stopp!«

Klaws verharrte, wo er war. Er sah Möhrs nicht in die Augen, sondern starr auf die Mündung der Walther P99. »Knall mich doch ab, du feiges Schwein! Na los!«

Möhrs biss die Zähne zusammen. Für jemanden, auf den aus kürzester Entfernung eine Schusswaffe gerichtet war, hatte Klaws eine ganz schön große Klappe. Er täuschte sich, wenn er dachte, Möhrs müsste seine Pistole erst entsichern. Er brauchte nur noch den Zeigefinger um den Abzug zu krümmen. Er war bestimmt nicht der sicherste Schütze, aber es wäre ein echtes Kunststück gewesen, Klaws zu verfehlen. »Zum letzten Mal: Weg mit dem Beil!«

»Schieß doch endlich«, zischte Klaws. »Dann ist es vorbei.«

Möhrs spürte einen Muskel unter seinem linken Auge zucken. Das war es also. Darum ging es Klaws. »Das könnte dir so passen.«

»Schieß!«

»Nicht, bevor du zuschlägst.« Möhrs spielte nicht den harten Hund. Er hatte Klaws durchschaut, und er weigerte sich, zum Erfüllungsgehilfen eines Suizids zu werden. Nicht, wenn es sich irgendwie vermeiden ließ. Warum hatte Klaws denn noch nicht zugeschlagen? Sein Zögern konnte nur zwei Dinge bedeuten: Entweder er war beileibe nicht so fest entschlossen, seinem Leben ein Ende zu machen, wie er Möhrs gegenüber den Eindruck erwecken wollte. Das war die Variante, auf die Möhrs baute, weil die andere ihm geradezu grotesk erschien. Dass Klaws sich davor fürchtete, Möhrs mit dem Beil niederzustrecken, bevor er sich die ersehnte tödliche Kugel einfing. »Hast du dir das gut überlegt?«

»Halt die Fresse und mach schon!«

Möhrs fand Mut in zwei Dingen: dem Gewicht der Waffe in seiner Hand und dem Wissen, dass dieses Duell ein ungleiches zu seinen Gunsten war. »Was ist mit Tina?«, sprach er einen von Klaws' wunden Punkten direkt an. »Hast du mal daran gedacht, wie sie sich fühlt, wenn du diese kleine beschissene Nummer hier durchziehst?«

»Ich tu das doch für sie«, keuchte Klaws. »Lieber ein Ende mit Schrecken. Dann bin ich fort, und sie kann mich abhaken. Ihr eigenes Leben weiterleben. Ich will nicht, dass sie mich im Knast oder in der Klapse sieht. Das hat sie nicht verdient.«

»Ach ja?« Es war die abstruse Logik eines Nervenzusammenbruchs, die Möhrs da hörte. »Findest du nicht, das sollte sie selbst entscheiden?«

»Nein.« Klaws schüttelte den Kopf. »Nein.«

Möhrs dachte zuerst, es wäre eine Antwort auf seine Frage. Dann bemerkte er die Tränen in Klaws' Augen und dass der Blick seines Gegenübers plötzlich weder ihm noch seiner Pistole galt. Der enttarnte Feuerteufel sah zur Wache hinüber. In derselben Tür, durch die Möhrs vor wenigen Minuten in den Hof getreten war, stand Tina Haas. Zentimeter für Zentimeter sank das Beil nach unten, als würde ihr Erscheinen Klaws die Kraft rauben. »Nein«, murmelte er. »Nein.«

Haas kam über den Hof auf sie zu, mit zögernden Schritten, wie wenn sie sich auf einen zugefrorenen See wagte.

Möhrs ging volles Risiko und steckte die Pistole zurück in den Halfter. Klaws achtete nicht mehr auf ihn. Mit halb geöffnetem Mund stierte er zu seiner Verlobten. Möhrs packte ihn am Arm, drückte das Beil vollends nach unten, nahm es ihm aus der Hand und warf es zur Sicherheit unter den Wagen. Klaws zeigte keine Regung. Offenbar war es eine Sache, sich von einem Polizisten erschießen zu lassen, aber eine ganz andere, wenn die Person, die man mit dieser wahnsinnigen Aktion zu schonen gedachte, als Augenzeugin vor Ort war. Erst als sie bis auf wenige Schritte herangekommen war, sackte Klaws auf die Knie und ließ den Kopf hängen wie ein geschlagener Krieger.

»Thorsten!« Haas rannte das letzte Stück zu ihm hin, als würde sie aus seiner Schwäche neue Kraft schöpfen, und zog ihn an sich. Sie weinte stumm, während er sein Gesicht in ihrem Schoß vergrub.

Möhrs rieb sich den Nacken. »Ich hatte Ihnen doch gesagt, Sie sollen im Auto warten.«

»Und dann?« Haas erwiderte trotzig seinen vorwurfsvollen Blick. »Dann hätten Sie ihn erschießen müssen. Und unser Kind hätte keinen Vater mehr.«

Ein Detail aus seiner Unterredung mit ihr neben der Wippe in der Kita blitzte in Möhrs' Gedächtnis auf. Die Hände, die sie ständig vor ihren Bauch gehalten hatte. »Sie sind schwanger.«

Sie nickte. »Zweiter Monat.« Ihre nächsten Worte waren an Klaws gerichtet, der sich noch immer fest an sie presste, die Arme um ihre Hüften geschlungen wie ein Ertrinkender. »Ich wollte es dir noch nicht sagen. Es war meine Überraschung für die Hochzeit.«

Möhrs ertrug dieses Drama nicht mehr. Er ging halb um den Löschzug herum und verständigte per Handy seine Kollegen von der Schupo, die ihm einen Einsatzwagen und einen Notarzt schicken sollten. Um zu erkennen, dass Klaws im Moment nicht vernehmungsfähig war, brauchte man kein Psychiater zu sein. Es war besser, wenn jemand vom Fach ihn zumindest in den nächsten Stunden im Auge behielt.

Zwanzig Minuten später saß Möhrs auf der Motorhaube seines Dienstaudis und fragte sich einmal mehr, warum er jemals mit dem Rauchen aufgehört hatte. Er hätte stolz auf sich sein sollen. Zwei gelöste Fälle an einem Tag war keine schlechte Quote. Barswick würde ebenfalls zufrieden sein, denn jetzt hatte er die nötigen Erfolge vorzuweisen, um an den richtigen Stellen eine Empfehlung auszusprechen, die Möhrs höchstwahrscheinlich zu seinem Nachfolger machen würde. Die brenzlige Situation mit Klaws hatte er auch gelöst, ohne dass er sich irgendetwas vorzuwerfen hätte. Eigentlich war alles in Butter. Aber warum stand ihm dann nach wie vor der kalte Schweiß auf der Stirn? Und warum zitterten seine Hände? Das Aufheulen eines Motors versetzte Möhrs einen leichten Schrecken, auf den er gut hätte verzichten können.

Ein grüner Polo mit Lübecker Kennzeichen brauste die Straße hinunter und parkte schwungvoll in eine schmale Lücke vor der Feuerwache ein. Als Möhrs erkannte, wer hinter dem Steuer saß, ahnte er, dass dieser fast vergangene Tag noch mindestens eine weitere Überraschung für ihn bereithielt.

97

Als Katja zuschaute, wie die Rücklichter des Toyotas hinter der nächsten Kurve verschwanden, beschäftigte sie eine schwierige Frage. Hätte sie Thilo zum Abschied küssen sollen? Nur auf die Wange, nicht auf den Mund natürlich. Man musste es ja nicht gleich übertreiben. Geschadet hätte es sicher nicht. Doch was hätte sie davon gehabt? Er würde nach Marburg gehen, um sein Studium zu beenden, sobald seine Mutter wieder aus der Klinik war. Ihre eigene Zeit in Güstrin war so gut wie vorüber. Vor ihrer Heimkehr nach Hamburg stand nur noch die Beerdigung von Frieder an. Und danach? Sie war nicht der Typ für Fernbeziehungen. Sie hatte es ausprobiert. Zweimal. Erst mit einem charmanten Grafikdesigner aus München, den sie übers Internet kennengelernt hatte, und danach mit einem älteren Journalistenkollegen, der in London lebte. Beide Male hatte es nicht geklappt, und das lag eindeutig an ihr. Sollte sie Thilo das Gleiche antun?

Im »Hirschhof« brannte noch Licht in der Rezeption. Veronika stand hinter dem Tresen, in einem schwarzen Mantel mit Schulterlitzen und Messingknöpfen. Dass sie das Haus verlassen wollte, war nicht zu übersehen.

»Hallo. Wartest du auf mich?«, fragte Katja eher im Scherz.

Veronika nickte ernst. »Ich muss dir etwas zeigen. Es hat mit Thies zu tun. Ich hätte Bernd gefragt, aber er schläft.«

Katja fühlte sich ein wenig überrumpelt und gleichzeitig genervt, dass Lüdersen sie scheinbar noch aus dem Totenreich überallhin verfolgte. Veronikas gerötete Wangen und der gehetzte Ausdruck in ihren Augen hielten sie jedoch von einer schnippischen Bemerkung ab. Die Frau vor ihr war vollkommen aufgewühlt. Wurde ihr erst jetzt richtig bewusst, was für Konsequenzen ihre Affäre mit Lüdersen für ihr eigenes Leben haben könnte? Oder hatte sie den Bullen absichtlich etwas verheimlicht und bereute das nun zutiefst? »Bist du sicher, dass du das nicht mit der Polizei regeln solltest?«

»Nein, das ist es ja.« Veronika spielte nervös mit einem Schlüsselbund, den sie in der Hand hielt wie einen Rosenkranz. »Ich will erst wissen, was du davon hältst.«

Katja zögerte nur eine Sekunde. Sie konnte nicht aus ihrer Haut. Ihre natürliche Neugier als Journalistin vermischte sich mit ihrer persönlichen Betroffenheit, was Lüdersen und seine Taten anging. »Was ist es?«

»Es ist schwer zu beschreiben.« Veronika schluckte. »Ich habe Angst, dass du mich für verrückt hältst, wenn du es nicht mit eigenen Augen siehst.«

In Katja regte sich ein Verdacht, woher Veronikas Besorgnis rührte. »Hat es was mit den Dingen zu tun, an die er geglaubt hat?«

»O ja.« Veronikas Stimme war scharf und schneidend. »Und damit, was für ein abgrundtief verkommener Mensch er war.«

98

Aysel Özen hatte an alles gedacht. Auf ihrer Fahrt von Lübeck nach Güstrin hatte sie sogar einen kleinen Zwischenstopp eingelegt, um Möhrs ein Abendessen zu besorgen. Zwei Cheeseburger. Ohne Gurke, so wie er sie am liebsten aß. Sie waren zwar kalt, aber trotzdem lecker. In *dieser* Hinsicht war er kein Kostverächter.

Er hatte sich auf den Beifahrersitz ihres Polos gequetscht. Das war immer noch besser, als das anstehende Gespräch über die ersten Ergebnisse ihrer Obduktion der Leiche von Thies Lüdersen mitten auf dem Bürgersteig vor der Feuerwache zu führen.

»Warum bist du hergekommen? Warum hast du mich nicht angerufen?«, wollte er als Erstes wissen.

»Um mir zwei Dinge zu ersparen, Lukas«, antwortete sie gereizt. »Erstens, dass du mir wieder das Gefühl gibst, ich hänge mich an einem unwichtigen Detail auf. Wie bei der Sache mit dem Glasauge. Und zweitens hatte ich keine Lust darauf, abgewürgt zu werden, weil du etwas Dringenderes zu tun hast. Zum Beispiel, dich von dieser Journalistin ablenken zu lassen.«

Möhrs kaute lange auf dem letzten Rest Burger, um Zeit zu gewinnen. »Du brauchst nicht eifersüchtig zu sein.«

Sie reichte ihm ein Taschentuch als Serviettenersatz. »Hätte ich einen Grund dazu?«

»Aysel, bitte.« Er wischte sich den Mund ab. »Du weißt doch, wie es mit mir ist.«

Özen betrachtete ihn schweigend aus ihren großen dunklen Augen.

»Ich würde es dir sagen, wenn es anders wäre. Ehrlich.« Er knüllte das Taschentuch zusammen. »Du bist mir zu wichtig, als dass ich dich so anlügen könnte.«

»Ich bin nicht sie, weißt du?«, legte sie unvermittelt einen Finger in die Wunde, die in Möhrs seit Jahren nicht verheilt war. »Ich bin nicht Claudia.«

»Ich weiß«, sagte Möhrs hastig und legte eine Hand auf ihr Knie. Er hoffte, sie mit dieser Geste davon abzuhalten, das schmerzbeladene Thema auszuwalzen. Allein die Erwähnung des Namens jener Frau, die ihn zu seinem Dasein als menschenscheuer Eigenbrötler verdammt hatte, beschwor beklemmende Erinnerungen in ihm herauf. An die erst besorgten, dann mitleidigen Blicke der Gäste des Probeessens, die mit ihm warteten. Daran, wie immer nur ihre Mailbox angesprungen war, als er verzweifelt versucht hatte, sie per Handy zu erreichen. An das Gesicht des Juweliers, als er die Ringe zurückgegeben hatte. Er schloss kurz die Augen und schüttelte den Kopf. »Ich weiß. Du würdest nie –«

»Lass mich bitte ausreden, ja?« Sie fasste nach seiner Hand. Ihre Haut glühte. »Ich will, dass du das ein für alle Mal verstehst. Ich habe nicht vor, dir wehzutun. Ich habe nicht vor, einen Heiratsantrag von dir anzunehmen und dann zwei Wochen vor der Trauung mit einem meiner Kollegen durchzubrennen. Kapiert?«

Möhrs nickte.

»Gut.« Sie zog ihre Hand zurück. »Ich weiß nämlich nicht, wie lange ich diesen Schwebezustand noch ertrage.«

Möhrs senkte den Kopf und lugte aus den Augenwinkeln zu ihr hinüber. Er sah, wie sie die Zähne zusammenbiss und wie sich ihr Busen mit jedem Atemzug hob und senkte. Es war hart, aber er stellte fest, dass er ein Egoist war. Er hatte nie ernsthaft darüber gedacht, wie sie sich in dieser ganzen Angelegenheit wohl fühlte. Er hatte immer nur Verständnis von ihr für seine Lage eingefordert, und sie hatte es ihm wieder und wieder gezeigt. Ihr Interesse an ihm war für ihn ungewohnt schmeichelhaft und unangenehm zugleich gewesen. Er war sich nie sicher gewesen, was sie ausgerechnet an ihm fand. Das wusste er zwar immer noch nicht genau, aber die Aussicht, sie nicht mehr in seinem Leben zu haben, wenn er sich jetzt keinen Ruck gab, war grauenhaft. »Okay«, sagte er rasch, bevor ihn der Mut verlassen konnte. »Hör zu. Es ist gut, dass diese ganze Sache mit den Morden endlich vorbei ist. Da habe ich den Kopf wieder frei. Für wichtige Dinge. Dinge, die ich viel zu lange aufgeschoben habe. Was hältst du davon, wenn ich nächstes Wochenende zu dir nach Lübeck komme? Wir schlendern durch die Stadt, gehen was essen, ins Kino. Ich bleibe über Nacht, wenn du nichts dagegen hast. Und wenn du mich dann immer noch willst, kannst du mich haben.«

»Wie schön.« Aus Özen sprach eine ungewöhnliche Verquickung von ehrlicher Rührung und verhaltenem Spott. »Ein nettes Angebot. Nur schade, dass diese Sache mit den Morden vielleicht noch gar nicht vorbei ist.«

»Was?« Der ewige Pessimist in Möhrs raunte ihm zu, dass er gleich die Rechnung für seinen Irrglauben serviert bekommen werde, ein Mensch allein könnte an einem Tag so viele beeindruckende Erfolge erzielen. »Lüdersen ist tot. Wie sollen die Morde da weitergehen?«

»Laut den Ergebnissen der Schnelltests hatte Lüdersen einen regelrechten Cocktail an auffälligen Substanzen im Blut«, erläuterte Özen ruhig und zählte die Zutaten an ihren Fingern ab. »Alkohol, Schlafmittel und Schmerzmittel. Der Alkohol hält sich noch im Rahmen. So viel wie von zwei, drei großen Gläsern Wein. Die Medikamente hingegen.« Sie legte den Kopf schief. »Damit hättest du ein Pferd ruhig gestellt.«

»Das muss noch nichts heißen.« Möhrs klammerte sich an eine vage Hoffnung. »Er hatte vor, sich an einen Baum zu hängen und sich ein Loch in den Bauch zu schneiden. Da hätte ich auch vorher versucht, mich zu betäuben.«

»Ich wusste, dass du so etwas sagen würdest«, seufzte Özen. »Und wenn es nur das wäre, hätte ich vielleicht sogar wirklich nur angerufen. Aber da ist noch mehr.« Sie beugte sich vor und kniff Möhrs dort, wo seine Brust in seine Achsel überging. »Wenn du dich so aufhängst wie Lüdersen und dann dein volles Gewicht hier lastet, schneiden die Riemen dir ins Fleisch und blockieren dabei Blutgefäße. Dein Herz pumpt aber weiter Blut an diese Stellen, und deshalb schwillt das Gewebe dort an. Es verfärbt sich nach und nach rot und dann blau. Also hatte ich erwartet, dass wir bei Lüdersen solche Schwellungen finden. Haben wir aber nicht. Kannst du mir folgen?«

»Ja.« Möhrs öffnete die Tür, weil ihm der Innenraum des Polos viel zu eng und stickig vorkam. »Ich denke schon. Sein Herz hat nicht mehr geschlagen.«

Özen nickte. »Es spricht alles dafür, dass er bereits tot war, bevor er an diesem Baum hing.«

»Das heißt, dass ihn jemand dort hingehängt haben muss. Für uns. Damit wir ihn finden.« Möhrs' Gedanken rasten ebenso wie sein Puls. »Damit wir meinen, der Mörder wäre tot. Und damit der echte Mörder weitermachen kann.«

99

Horst Johnsen hatte die Situation gründlich durchdacht. Ganz egal, von welcher Seite aus er sich dem Problem auch näherte, es gab nur eine einzige praktikable Lösung. Sie stellte ihn zwar vor die wahrscheinlich folgenschwerste Entscheidung seines Lebens, doch er war nie ein Drückeberger gewesen. Wenn es hart auf hart kam, musste man eine Sache durchziehen. Etwas Schreckliches tun, um etwas noch viel Schrecklicheres zu verhindern. Koste es, was es wolle. Es würde ihm nicht leichtfallen, aber wenigstens war er nicht allein.

Er hätte es ihm nie verraten, aber er war erleichtert darüber gewesen, dass Ritter heute Morgen zu ihm zurückgekrochen gekommen war wie ein geprügelter Hund. Was Ritter ihm dann gebeichtet hatte, hatte ihn letzten Endes nur noch in seinen Absichten bestärkt.

»Ich habe mir gedacht, ich verstecke mich im Haus von Frieder«, hatte ihm Ritter seine jüngste Idee erläutert, die wenig überraschend in ein Fiasko gemündet war. »Unten im Keller. Ihn hatte sie doch schon erwischt. Also meinte ich, da wäre ich sicher vor ihr. Warum sollte sie noch mal dort nachschauen? Und sie hat ja auch nicht mehr nachgeschaut. Und woher hätte ich wissen sollen, dass Frieders Nichte dort herumstöbern will?«

Der entscheidende Lichtblick in Ritters Gefasel war, dass das Foto, das die beiden Störenfriede aus dem Versteck im Schrank geholt hatten, durch den Brand beschädigt worden war. So sehr, dass darauf keine Gesichter mehr zu erkennen waren. Johnsen war kein spiritueller Mensch, doch wenn das keinen Wink des Schicksals darstellte, was dann? Er hatte Ritter, der erbärmlich nach Angstschweiß und billigem Fusel stank, erst einmal unter die Dusche geschickt. Anschließend hatte Ritter auf dem Sofa geschlafen wie ein Stein. Johnsen war das nur recht gewesen. Er hatte noch ein bisschen Zeit zum Nachdenken gebraucht. Damit sein getroffener Entschluss sich festigen konnte, bis er letztlich unumstößlich wurde. Schließlich war Johnsen nach oben ins Schlafzimmer gegangen, um eine kleine Kiste unter dem Bett hervorzuholen. Außen war sie staubig, denn er hatte sie lange nicht mehr in der Hand gehabt. Nicht, seit seine Ex ihm gebeichtet hatte, dass sie plötzlich zur Lesbe geworden war. Damals hatte er auch einen ganzen Tag lang finsteren Gedanken nachgehangen. Dann war ihm klar geworden, dass die Alte es schlicht und ergreifend nicht wert war. Sollte sie ruhig gehen. Sie würde ja sehen, was sie davon hatte. Heute lag der Fall anders. Die Frau, um die sein gesamtes Denken kreiste, würde nicht von alleine verschwinden. Für sie lohnte es sich, die Makarow, die er zu Sowjetzeiten einem Russen in Riga abgekauft hatte, aus ihrem langen Winterschlaf zu holen. Die Waffe war noch ausgezeichnet in Schuss. Sie glänzte sogar in ihrem Futteral, als hätte er sie gestern erst zum letzten Mal gereinigt und poliert. Auf manche Dinge war eben doch Verlass.

Er plante keinen Mord. Was er vorhatte, war streng genommen Notwehr. Er war sogar bereit, ihr eine Galgenfrist zu geben. Er wollte aus ihrem eigenen Mund hören, dass sie die anderen alle umgebracht hatte. Er empfand bereits jetzt eine tiefe Befriedigung, wenn er sich vorstellte, wie er sie endgültig aus seinem Leben verjagte. Ein Außenstehender hätte sein Vorhaben bestimmt verrückt genannt. Aber sie war hier die Irre, nicht er. Was war damals schon passiert? Nichts. Nichts Ernstes jedenfalls. Nichts, was es gerechtfertigt hätte, zur Mörderin zu werden.

Er sah aus dem Fenster. Die Nacht brach an und hüllte die Welt in ihre Dunkelheit. Es wurde Zeit, Ritter zu wecken und den Beweis dafür anzutreten, dass er, Horst Johnsen, kein Mann war, der sich von einer Frau in die Enge treiben ließ.

100

Kurz nachdem Veronika von der Landstraße abgebogen war und der Lieferwagen auf einem schlaglochübersäten Feldweg hin und her schwankte wie ein Schiff in schwerer See, verlor Katja endgültig die Orientierung. Sie steuerten auf ein Waldstück zu, aber sie hätte beim besten Willen nicht sagen können, ob es noch auf Veronikas Grundstück, dem von Lüdersen oder sonst irgendeinem der Nachbarn der Möllners lag.

»Ist es noch weit?«, fragte sie.

»Wir sind gleich da«, antwortete Veronika.

Sie erreichten den Wald, dessen dichtes Unterholz auf Katja wie eine undurchdringliche Wand aus Schatten wirkte. Je tiefer sie vordrangen, desto heftiger beschlich sie das Gefühl, an einen Ort entführt zu werden, an dem jede noch so entsetzliche Fantasie binnen eines Wimpernschlags Wirklichkeit werden konnte. Fast erwartete sie, dass die Scheinwerfer eine Gestalt aus der Dunkelheit rissen, die auf dem Weg auf sie lauerte – Lüdersen, nackt, mit leerer Augenhöhle und einer klaffenden Wunde in der Seite. Doch das war Unfug. Lüdersen war tot. Sie hatte seine Leiche selbst gefunden.

Veronika ließ den Wagen ausrollen und stellte ihn am Wegesrand ab. Sie schaltete den Motor aus. »Wir müssen noch ein Stück zu Fuß gehen«, kündigte sie an.

»Runter vom Weg?«

»Ja.«

Katja erstarrte. Auf keinen Fall würde sie hier im Stockfinsteren durch die Gegend irren.

Veronika holte eine kleine Stabtaschenlampe aus ihrer Manteltasche und öffnete die Fahrertür. Kühle Nachtluft trug den modrigen Geruch des Waldes ins Innere des Kombis.

Katja wollte ihren Sicherheitsgurt lösen und hielt mitten in der Bewegung inne. Eine Erklärung wollte sie noch, ehe sie aus dem Auto aussteigen würde. »Woher weißt du von dieser Sache, die du mir zeigen willst?«

»Er selbst hat sie mir gezeigt«, sagte Veronika knapp. »Ich habe damals nur nicht verstanden, was sie zu bedeuten hat.«

Logisch. Katja nickte. »Okay. Aber jetzt hast du es verstanden?«

Veronika gab ihr keine Antwort. Sie ließ Katja im Auto zurück und trat entschlossen ins Unterholz.

»Warte!« Katja stieg aus.

Veronika ging unbeirrt weiter, so zielstrebig, dass sie schnell nur noch ein Schatten mit einem gleißenden Licht in den Händen war. Katja blickte den Feldweg zurück. Sie hatte keine Ahnung, wo sie war. Sie war nicht einmal mehr sicher, ob Veronika eben von der Landstraße nach rechts oder nach links abgebogen war. »Warte!«, rief sie noch einmal.

Der Schemen, zu dem Veronika geworden war, verharrte einen kurzen Moment. »Komm!« Der Ruf verhallte zwischen den Bäumen, und Veronika setzte sich wieder in Bewegung.

Katja biss in den sauren Apfel und folgte ihr. Sie versuchte, rasch zu ihrer Führerin aufzuschließen, aber sie hatte keine Chance. Nachtwanderungen hatte sie schon in der Schule gehasst. Ihre Füße waren an Asphalt und Gehwegplatten gewöhnt. An harten, unnachgiebigen Untergrund. Der Waldboden bereitete ihr Probleme. Bei jedem Ast, der unter ihren Sohlen knackte, zuckte sie zusammen. An jeder Stelle, an der sie unter ihrem Gewicht etwas tiefer einsank, fragte sie sich, ob sie auf etwas Widerliches wie Schlamm oder einen großen Pilz getreten war. Einmal stieß sie sich den Zeh an einem Stein, der unter altem Laub verborgen war, und sie hörte auf zu zählen, wie oft sich ihre Jacke oder ihre Hosenbeine an einem Zweig oder in dornigen Ranken verfingen und nur mit Gewalt zu befreien waren. Ihr einziger Orientierungspunkt war das Licht der Taschenlampe. Mehrfach war Katja davon überzeugt, dass sich die Entfernung zwischen ihr und Veronika vergrößerte, anstatt sich zu verringern. Ihre größte Angst war, dass die Batterien der Taschenlampe ausgerechnet jetzt versagten. Sie war sicher, dass sie einen entsetzten Aufschrei dann niemals hätte unterdrücken können. Nicht inmitten all dieses Gestrüpps, das sie mit tausend Armen daran hindern zu wollen schien, auch nur einen Schritt weiterzugehen.

»Gott sei Dank«, stieß sie erleichtert aus, als sie nach einer Weile bemerkte, dass das Licht vor ihr seine Position nicht mehr veränderte. Keuchend kämpfte sie sich darauf zu.

»Hier ist es.« Veronika war stehen geblieben und hatte den Strahl der Taschenlampe auf eine kleine Lichtung gerichtet, wo Äste und trockenes Laub zu einem großen länglichen Haufen aufgeschichtet waren.

»Was ist das?«, fragte Katja.

»Schau es dir aus der Nähe an.« Veronika drückte Katja die Taschenlampe in die Hand.

Bei aller Beklemmung über diese mysteriöse Hinterlassenschaft Lüdersens schöpfte Katja neuen Mut aus dem simplen Umstand, dass sie jetzt bestimmte, welche Teile der Umgebung aus der Dunkelheit gerissen wurden. Sie trat vorsichtig an den Haufen heran. Was war sein Zweck? Sie erkannte nirgendwo ins Holz eingeritzte Symbole, Amulette, die von den Zweigen hingen, oder irgendeinen anderen Hinweis auf eine kultische Bedeutung. Im Grunde sah dieser Haufen aus wie eine kleinere Version des Scheiterhaufens für das Güstriner Osterfeuer. War er das etwa? Hatte Lüdersen vorgehabt, ein Feuer zu entzünden? Handelte es sich hier um den Ort, an dem er sein nächstes Opfer hatte verbrennen wollen? Sie ging in die Hocke und leuchtete durch eine der zahlreichen Lücken im Haufen schräg nach unten. Etwas warf den Lichtschein funkelnd zurück. Metall. Hatte sie sich geirrt? Waren unter all diesem Zeug doch Gegenstände versteckt, die Lüdersen bei seinen Ritualen verwendet hatte? Messer? Münzen? Gefäße? Katja sah genauer hin und wünschte sich sofort, sie hätte es nicht getan. Was da funkelte, war das Armband einer Uhr. Einer Herrenuhr. Die verchromten Glieder waren an einigen Stellen blutverkrustet – ebenso wie die Hand des Toten, dem die Uhr gehörte. Seine von blassgelber Haut überzogenen Finger waren halb gekrümmt, als versuchte er noch als Leiche, sich einen Weg aus seinem Grab zu wühlen.

Katja fuhr herum – und blickte in die Mündung eines Revolvers.

»Es tut mir leid.« Veronikas Mundwinkel zuckten in ihrem durch das Licht der Taschenlampe geisterhaft bleichen Gesicht. »Sie sollten wissen, dass ich nichts gegen Sie persönlich habe.«

101

Der Schlaf entließ Bernd nur widerwillig aus seinen eifersüchtigen Armen. Ein ums andere Mal umklammerte er ihn und zog ihn zurück in die Bewusstlosigkeit, ehe er sich einem anderen Drang unterordnen musste. Durst. Bernd schluckte trocken. Die Zunge klebte ihm am Gaumen. Er hustete. Drehte sich vom Rücken auf die Seite. Sein linker Arm gehorchte ihm nicht richtig. Er war wie taub, als hätte er zu lange darauf gelegen. Hinter seiner Stirn spürte er einen hohlen Druck, wie wenn man ihm Luft in den Schädel gepumpt hätte. Was war mit ihm los? Hatte er sich eine Grippe eingefangen? Nein, ihm war nicht heiß, und er fror auch nicht. Aber er hatte Schwierigkeiten, einen klaren Gedanken zu fassen. Als hätte er eine Nacht durchgesoffen. Doch daran konnte es unmöglich liegen. Er hatte den ganzen Tag über nur Wasser oder Kaffee getrunken. Wasser. Trinken. Zwei einfache Ziele, auf die er sich konzentrieren konnte.

Er hatte keine Ahnung, wie lange es dauerte, bis er sich von der Matratze hochgewuchtet und auf Beinen wie aus Gummi ins Bad geschleppt hatte. Er beugte sich über das Waschbecken, drehte den Hahn auf und trank ausgiebig von dem zischenden Strahl. Nachdem er sich das Gesicht abgetrocknet hatte, setzte er sich zurück aufs Bett. Das Wasser in seinem Bauch gluckerte. Nun bereute er es, den Kaffee vorhin weggeschüttet zu haben. Inzwischen hätte er ihn auch kalt getrunken, um die bleierne Schwere aus seinen Gliedern zu vertreiben. Mit weggeschüttetem Kaffee verhielt es sich allerdings exakt genauso wie mit verschütteter Milch: Es lohnte sich nicht, darüber zu jammern. Er machte sich mit der Kanne auf den Weg in die Küche. Er würde Veronika um Nachschub bitten müssen. Noch so eine persönliche Demütigung …

Die Küche war dunkel und verlassen. Er schaltete das Licht ein. Tisch und Spüle waren saubergewischt, die Rollläden heruntergelassen. Mit ein bisschen Stöbern in den Schränken nach Filtern und Pulver hätte er sich selbst einen Kaffee kochen können, doch die eigentümliche Stille gab ihm zu denken. Er sah zur Uhr über der Tür. War das nicht die Zeit, in der Veronika hier sonst eigentlich für das Abendessen mit Töpfen und Pfannen wirbelte? Wo steckte sie? Er entschloss sich, in den Bereichen des Hauses nach ihr zu suchen, die ihm bislang noch verborgen geblieben waren. Er war Gast dieser Pension und durfte einen gewissen Service erwarten. Die Kanne nahm er mit, um Veronika notfalls beweisen zu können, dass es nicht nur bloße Neugier war, die ihn antrieb.

Das Wohnzimmer grenzte direkt an die Küche. Es war geräumig und so frisch renoviert, dass er die Wandfarbe noch zu riechen glaubte. Indirekte Beleuchtung, dunkle Ledermöbel – darunter zwei bequem aussehende Fernsehsessel –, schicke Glasvasen in strengen Formen als Deko: Die Möllners hatten einen zwar etwas biederen, aber durchaus annehmbaren Geschmack in Einrichtungsfragen. Vor einem über Eck laufenden Bücherregal aus rötlichem Holz blieb er kurz stehen: Gegen Klaus' beeindruckende Sammlung an Bildbänden und teuren Kunstdrucken nahm sich die entsprechende Abteilung in der kleinen Buchhandlung in der Fußgängerzone geradezu winzig aus. Ein Fach war für eine aussterbende Gattung von Staubfängern reserviert: Fotoalbum reihte sich an Fotoalbum, alle säuberlich auf dem Rücken beschriftet. »Australien '94«. »Kanada '98«. »Schweden 2001«. »Kenia 2005«. »Polen 2009«. Klaus war früher offenbar nicht nur passionierter Waidmann, sondern auch begeisterter Reisefotograf gewesen. Bernd war versucht, eines der Alben hervorzuziehen und es durchzublättern. Doch er schüttelte den Kopf und setzte seine Suche nach Veronika fort.

Über einen kurzen Flur erreichte er ein Bad mit behindertengerechter Dusche und daneben das Schlafzimmer. Das leere Doppelbett hatte etwas Anklagendes. Er hatte hier nicht das Geringste verloren. Und schon gar nicht stand es ihm zu, sich die Frage zu stellen, ob Veronika neben ihrer Affäre mit Lüdersen immer noch Sex mit ihrem Mann gehabt hatte, trotz seines Zustands. Ihre Äußerungen zu diesem Thema Barswick gegenüber waren zweideutig gewesen, wenn er sich richtig erinnerte. Egal. Das ging ihn nichts an. Das brauchte ihn nicht mehr zu interessieren. Es war besser, wenn er mit diesem Kapitel endgültig abschloss. Er betrachtete die Kanne in seiner Hand und gestand sich ein, dass der Kaffee nur ein billiger Vorwand gewesen war. Er *war* müde und erschlagen, ja. Aber was dagegen in der Regel half, war Schlaf. Und was trieb er stattdessen? Die Antwort war bitter: Er geisterte durchs Haus und redete sich ein, er wollte nur frischen Kaffee. Blödsinn. Er war noch nicht von ihr los, und es würde auch noch eine Weile dauern, bis es so weit war.

Frustriert verließ er den privaten Wohnbereich. In der Rezeption sah er durch ein Fenster Licht auf dem Hof. Nein, nicht auf dem Hof. In der Scheune. Er trat dichter an das Fenster heran und schaute hinaus. Wie bei der beunruhigenden Episode mit Klaus und der Pistole stand das Tor weit offen. Ein merkwürdiges Déjà-vu. Oder vielleicht auch nicht. Hatte Veronika nicht erzählt, dass Klaus üblicherweise im Haus blieb, wenn sie länger fortging? Doch, hatte sie. Und da er weder sie noch Klaus im Haus angetroffen hatte, konnte das nur eines bedeuten: Sie waren beide draußen in der Scheune. Möglicherweise war, während er geschlafen hatte, der Ersatz für den Kühlschrank angeliefert worden, der Klaus' Wutausbruch zum Opfer gefallen war. Er wandte sich vom Fenster ab, machte zwei Schritte, blieb stehen. Was, wenn er sich irrte? Was, wenn Veronika doch nicht da war und Klaus sich unbeaufsichtigt in der Scheune herumtrieb? Wenn er Hilfe brauchte? Bernd stellte die Kaffeekanne auf dem Tresen der Rezeption ab. Er musste nachsehen, was da los war. Bei allem Groll gegen Veronika, Klaus hatte ihm nichts getan.

Bernd zog die Eingangstür auf und lauschte in die Nacht hinaus. Aus der Scheune war nichts zu hören. Die kühle Abendluft linderte den Druck hinter seiner Stirn, und so konzentrierte sich Bernd darauf, ein paarmal tief durchzuatmen. Dann machte er sich auf den Weg zur Scheune. Das verdrängte Déjà-vu holte ihn ein, als er an ihr ankam. Klaus saß auf derselben Bierbank wie beim letzten Mal, und wieder hatte er den Kopf in den Nacken gelegt, um zu einem der Deckenbalken hinaufzustarren. Diesmal jedoch war er dem Tor zugewandt, sodass Bernd sofort sehen konnte, was er auf dem Schoß hielt: ein aufgeschlagenes Fotoalbum. In behutsamer Zärtlichkeit strich Klaus unablässig mit den Fingerspitzen seiner rechten Hand über eines der Bilder. Sein Blick wanderte zu Bernd. Seine Züge zeigten keinerlei Aggression. Die Mundwinkel hingen tief herunter, die Augen glänzten feucht. War das Trauer? Besorgnis?

»Hallo.« Bernd war froh darüber, dass es wenigstens keine Pistole war, mit der sich Klaus beschäftigte. Trotzdem löste Klaus' Verhalten ein gewisses Unbehagen in ihm aus. Kein Wunder. Sämtliche Gelegenheiten, bei denen er bisher allein mit Klaus zu tun gehabt hatte, waren nicht unbedingt Balsam für seine Nerven gewesen. »Wo ist Veronika?«

»Veronika.« Klaus senkte den Kopf und streichelte weiter das Bild. »Veronika.«

»Ja, genau. Veronika.« Bernd nickte lächelnd. »Wo ist sie denn?«

Klaus musterte ihn, als wäre er derjenige, der Probleme damit hatte, die Informationen aus seiner Umwelt zu verarbeiten. »Veronika.« Er hob das Fotoalbum an. »Veronika.«

»Oh. Ich verstehe. Das ist ein Bild von ihr.« Bernd trat in die Scheune hinein und näherte sich Klaus. Er setzte seine Schritte langsam und mit Bedacht, um ihn nicht zu verschrecken. »Aber ich würde gerne wissen, wo sie jetzt ist.«

»Veronika«, knurrte Klaus, packte Bernd am Hemdsärmel und zog ihn zu sich auf die Bank. Er drehte das Fotoalbum in seine Richtung. »Veronika.«

Bernds Blick fiel auf die eingeklebten Aufnahmen und blieb sofort an einer von ihnen hängen. Ein klassisches Reiseerinnerungsmotiv zeigte eine Gruppe Menschen in dicken

Anoraks, fünf Männer und eine Frau. Alle hatten das typische Fotolächeln auf dem Gesicht. Sie standen vor einer Reling, und im Hintergrund erstreckten sich endlos weit graues Meer und blauer Himmel. Ein heftiger Schwindel erfasste Bernd. Er hatte diese Aufnahme schon einmal gesehen. In Teilen. Nur das untere Drittel. Auf dem Abzug, den Katja in Frieders ausgebranntem Haus aus dem Geheimfach im alten Bauernschrank gezogen hatte. Auf einen Schlag war er hellwach, jede Müdigkeit vertrieben von dem, was er da vor sich sah. Die Frau war Veronika. Zwanzig Jahre jünger, ein bisschen fülliger im Gesicht, aber mit weniger Falten um Mund und Augen. Ihr Haar weizenblond, ohne graue Strähnen. Sein Herz raste, als er ahnte, dass sie ihm und Katja gegenüber noch viel mehr verheimlicht hatte als nur ihre Affäre mit Lüdersen. »Sie war es«, flüsterte er.

»Veronika.«

Bernd stützte sich mit einer Hand auf der Bank ab, weil er das Gefühl hatte, der Boden unter ihm schwankte. Er kannte auch drei der Männer, die sich mit Veronika an Bord der »Straßmann« für dieses Foto aufgereiht hatten. Der mit dem Frettchengesicht war Mike Ritter. Der, der oben fast aus dem Bild ragte, war der kräftige Kerl, den er in der Kraftwerkskantine am Tisch der Skatbrüder gesehen hatte. Und der eine direkt links von Veronika, das war Johnsen. Ohne Bart, aber mit denselben markanten Zügen. Den vierten Mann hatte Bernd zwar noch nie gesehen, doch er hatte die starke Vermutung, dass er bei einem Autounfall gestorben war. Nur eines schien nicht zu passen. Wo war Frieder? Warum fehlte er auf diesem Bild? »Weil er es geschossen hat«, gab Bernd sich selbst die Antwort.

Die wahre Bedeutung dessen, was er da vor sich hatte, sickerte langsam in sein Bewusstsein vor. Veronika hatte gelogen. Die ganze Zeit. Sie hatte alles gewusst. Sie war dabei gewesen. Damals. Als alles begann. Und heute? Heute hatte sie einen Geliebten, der die Männer auf diesem Foto einen nach dem anderen ermordete. Und den, der es gemacht hatte. Das konnte kein Zufall sein. So unvorstellbar es schien: Veronika hatte Lüdersen benutzt, um blutige Rache an ihren ehemaligen Peinigern zu üben. Und jetzt war sie verschwunden und hatte ihren Mann allein hier zurückgelassen. Dafür fielen Bernd nur zwei mögliche Gründe ein: Entweder sie war geflohen, oder sie hatte noch mehr Namen auf ihrer Liste und wollte die Sache nach Lüdersens Tod allein zu Ende bringen. Bevor die Bullen herausfanden, wie die Wahrheit aussah.

Bernd stand auf, das Album noch in der Hand. Klaus entriss es ihm und presste es aufgeschlagen vor seine breite Brust. »Nein. Nein.«

»Entschuldige«, sagte Bernd schnell. Er hatte nicht vor, den schlafenden Zorn des Hünen zu wecken. »Ich möchte es mir nur ausleihen. Nur ganz kurz. Du bekommst es zurück. Versprochen.«

»Nein.« Klaus funkelte ihn grimmig an. »Nein.«

»Okay. Okay.« Bernd trat wankend zwei unsichere Schritte nach hinten. »Aber bleib bitte, wo du bist, ja? Ich bin gleich wieder da.«

Er drehte sich um und rannte aus der Scheune. Welches Grippevirus er sich auch immer eingefangen haben mochte, gegen seine Aufgewühltheit war es vollkommen machtlos. Er hetzte über den Hof ins Haupthaus und weiter auf sein Zimmer. Er griff sich sein Jackett, wühlte in der Innentasche nach seinem Handy. Wo war die Karte mit Möhrs' Nummer? Da. Neben dem Laptop. Er brauchte drei Anläufe, bis er die Ziffern richtig eingegeben hatte, so sehr zitterten ihm die Finger. »Geh ran, geh ran, geh ran«, wisperte er gegen das Freizeichen an.

»Möhrs.«

»Bauer hier. Hören Sie mir gut zu.« Er ließ Möhrs keine Zeit für eine Erwiderung. Jede Sekunde zählte. »Thies Lüdersen hat diese Morde nicht allein begangen. Er hatte eine

Komplizin. Veronika Möllner. Die Wirtin vom ›Hirschhof‹. Ein Kollege von Ihnen war vorhin bei ihr.«

»Nicht so schnell, nicht so schnell.« Möhrs klang so verwirrt, wie Bernd sich fühlte. »Was ist los?«

Bernd holte tief Luft und wiederholte seine letzten Sätze. Langsam und deutlich.

»Wie kommen Sie darauf, dass sie etwas damit zu tun hat?«

Es war vermutlich eine Routinefrage, aber Bernd war dennoch von ihr erschüttert. Wer würde sich so etwas ausdenken? »Sie ist auf einem Foto, das ich hier gefunden habe. Mit den Männern aus dem AKW, auf die sie es abgesehen hat. Ich vermute, sie haben ihr vor langer Zeit etwas Schlimmes angetan, für das sie sich jetzt rächt.«

»Wo sind Sie?«

»Im ›Hirschhof‹. Sie ist nicht da.«

»Sie rühren sich nicht von der Stelle«, befahl ihm Möhrs. »Ich fahre sofort los. Verstanden?«

»Halt!«, rief Bernd. »Moment! Sie müssen Leute zu den Männern schicken, die noch leben. Wahrscheinlich ist sie auf dem Weg zu ihnen.«

»Bleiben Sie ruhig. Ich bin jeden Moment bei Ihnen«, beschwichtigte ihn Möhrs. »Haben Sie mich verstanden?«

»Ja doch, Mann. Geben Sie Gas!« Bernd legte auf und eilte zurück in die Scheune. Dort war alles so, als wäre er nie weg gewesen. Klaus saß auf der Bank, das Album auf dem Schoß, und streichelte wieder das Foto. »Veronika. Veronika.«

Bernd drückte sich die Fäuste gegen die Schläfen. Was für ein Wahnsinn! Er hockte sich neben Klaus, sprang auf, ging drei Schritte, setzte sich. Was für ein absoluter Wahnsinn! Und er war von dieser Frau fasziniert gewesen. Wie hatte er nur so blind sein können? Wie war es ihr gelungen, ihn dermaßen zu täuschen? Was hatte er bloß in ihr gesehen? Warum war ihm nicht aufgefallen, dass etwas mit ihr nicht stimmte? Dass sie am Ende mindestens genauso verrückt wie Lüdersen war? Hatte er es nur nicht wahrhaben wollen?

Oder war es insgeheim das, was sie so anziehend für ihn gemacht hatte? Hatte er unbewusst gespürt, dass sie ein furchtbares Geheimnis bewahrte, so wie er? Minuten verrannen, in denen er sich selbst mit diesen Fragen quälte, weil er an nichts anderes mehr denken konnte.

Dann hörte er draußen ein Auto. Verflucht, das ging schnell! Möhrs musste entweder in der Nähe gewesen oder wie ein Irrer gerast sein. Oder hatte er Kollegen in Uniform geschickt, die in der Gegend Streife gefahren waren?

Der Motor des Wagens verstummte. Türen wurden zugeschlagen. Schritte knirschten auf Kies. Bernd sammelte sich, straffte die Schultern und sah zum Tor der Scheune. Nein, das konnte nicht sein. Er war verrückt. Oder er lag in Wahrheit in seinem Zimmer auf dem Bett, und das alles hier war nur ein Fiebertraum.

Es waren keine Polizisten, die die Scheune betraten. Weder Möhrs noch irgendwelche Schupos. Die beiden Männer, die da hereinkamen, waren die, um deren Unversehrtheit er eben noch gefürchtet hatte, weil er Veronika inzwischen alles zutraute. Männer, die mit ihr auf diesem verdammten Schiff gewesen waren. Horst Johnsen und Mike Ritter. Der Schichtleiter aus dem Kraftwerk und der Widerling, der Katja auf dem Osterfeuer bedrängt hatte. Bernds eigene Überraschung spiegelte sich auf ihren Gesichtern. Einen Moment lang waren sie alle drei sprachlos und schauten einander nur stumm und ungläubig an.

Wie zum Beweis, dass auf nichts in dieser Welt mehr Verlass war – nicht einmal auf die feige Art eines geborenen Mitläufers –, war es ausgerechnet Ritter, der sich als Erster fing. »So sieht man sich wieder.« Er kratzte sich an der Oberlippe. »Diesmal überrumpelst du Drecksack mich nicht.«

»Kann schon sein«, gab Bernd dumpf zurück.

Johnsen, die Hände in den Seitentaschen seiner Windjacke, baute sich breitbeinig vor der Bank auf, auf der Bernd und Klaus saßen. »Wer ist der Krüppel?«

Bernd ignorierte die Frage. Alles an Johnsen – die Art, wie er sich bewegte, die Kälte seiner Stimme, sein starrer Blick – roch nach Ärger. »Was wollen Sie hier?«

»Ich habe dir eine Frage gestellt.« Johnsen fixierte Klaus, der irritiert zu ihm aufschaute, als hätte er den Neuankömmling erst mit einiger Verzögerung bemerkt. »Wer ist das?«

»Klaus Möllner«, sagte Bernd, der keinen Nutzen darin erkannte, Johnsen unnötig zu provozieren. »Der Mann der Wirtin hier.«

Ritter lachte dreckig auf. »Sag bloß. Die ist ja noch perverser, als ich dachte.«

»Halt's Maul«, rügte Johnsen seinen Begleiter scharf. Er ging in die Hocke und kniff die Augen zusammen. »Was hat er da?«, fragte er Bernd.

»Ein Fotoalbum.«

Johnsen legte den Kopf schief, um die Bilder im Album zu betrachten. Dann seufzte er. »Schade für dich. Und den Krüppel.«

Bernds Nackenhaare sträubten sich. »Was wollen Sie?«

Johnsen deutete mit dem bärtigen Kinn auf das Album. »Das da.«

Bernd biss sich auf die Zunge. Sein anfänglicher Schock legte sich. Er musste jetzt clever sein. Verdammt clever. Auf Zeit spielen. Er steckte nicht zum ersten Mal in einer Klemme wie dieser. Konfrontiert mit Männern, die den Eindruck machten, zu allem entschlossen zu sein. Auch dazu, jemanden umzubringen, um die eigene Haut zu retten. »Sie haben ihr etwas angetan, oder? Damals auf der ›Straßmann‹.«

»Nein.« Johnsen schüttelte den Kopf und sah aus, als träfe ihn der Vorwurf völlig unerwartet. »Sie hat freiwillig mitgemacht. Es war eine Silvesterfeier. Feuchtfröhlich. Die ist dann am Ende ein bisschen aus dem Ruder gelaufen. Wir hatten alle zu viel getrunken. Sie erst recht. Aber wir haben sie zu nichts gezwungen. Stimmt doch, oder?«

»Stimmt«, pflichtete ihm Ritter bei. »Sie wollte es auch. Sie hätte wegrennen können. Oder schreien. Wir waren ja nicht allein auf dem Schiff.«

»Soll ich dir sagen, was da war?« Johnsen verzog den Mund. »Sie hat sich im Suff zu ein paar Sachen hinreißen lassen, die ihr am nächsten Morgen peinlich waren. Mehr nicht.«

»Weiber«, ergänzte Ritter mürrisch.

»Sie hat nichts gesagt. Den ganzen Rest der Fahrt nicht«, setzte Johnsen seine groteske Verteidigung fort. »Nur dumm geglotzt hat sie die ganze Zeit. Und kein Wort mehr mit uns geredet. Hat uns ein schlechtes Gewissen machen wollen. Bei manchen von uns hat das sogar funktioniert. Die haben angefangen, sich schuldig zu fühlen. Für nicht mehr als ein bisschen Spaß. Für etwas, das jedem mal passieren kann. Für einen harmlosen Ausrutscher.«

Bernd hätte kotzen können über so viel Ignoranz. Die beiden versuchten, den Vorfall auf der »Straßmann« darzustellen wie einen Dummejungenstreich.

»Die Frau ist einfach nur irre«, fuhr Johnsen ruhig fort. »Das kannst du schlecht leugnen. Sogar Frieder hat sie erledigt, und der hat die meiste Zeit über nur zugesehen.«

»Ich verstehe.« Bernd nickte. »Das ist also alles nur so eine Art Missverständnis. Aber ich weiß immer noch nicht, warum Sie hier sind.«

»Um dafür zu sorgen, dass alles bleibt, wie es ist.« Johnsen richtete sich auf. »Ich lasse mir von der Schlampe nicht mein Leben ruinieren.«

»Auf keinen Fall. Von *der* nicht.« Ritter fletschte die Zähne. »Die hat was ganz anderes verdient.«

»Wenn das alles rauskommt, sind wir erledigt.« Johnsen zuckte die Schultern. »Völlig egal, ob es nur erstunken und erlogen ist. So einen Ruf wird man nie wieder los. Es ist doch so, dass uns keiner glauben würde. Ihr schon. Es ist immer die gleiche Geschichte. Sie macht besoffen die Beine breit, und hinterher behauptet sie, man hätte sie vergewaltigt.

Missbraucht. So eine Scheiße. Und dass es längst verjährt ist, spielt bei so was doch auch keine Geige. Das würde uns den Job kosten. Wir wären geliefert. Verstehst du?«

Bernd schwieg. Darum ging es hier also. Um das Verwischen von Spuren, Jahrzehnte nach der Tat. Ein verrücktes Unterfangen, aus der Verzweiflung geboren. Seine Chancen, lebend aus dieser Scheune zu kommen, waren soeben massiv gesunken.

Johnsen nahm seine rechte Hand aus der Jackentasche. Die kurzläufige Pistole, die er darin hielt, richtete er auf Klaus. »Das Foto bitte.«

»Der Teufel«, knurrte Klaus und klappte das Album zu.

Johnsen stutzte. »Was sagt er da?«

»Lassen Sie mich das machen, ja?«, schlug Bernd vor. Als Reaktion wanderte die Mündung der Pistole in seine Richtung. Er gab sich keinen Illusionen hin: Diese Waffe war geladen. Wenn der Plan, zu dem ihn seine eigene Verzweiflung nun antrieb, nicht aufgehen sollte, war er geliefert. »Sie kriegen das Foto. Keine falsche Eile, okay?« Er wandte sich an Klaus. »Gib mir das Album. Dann verschwindet der Teufel.« Er sah nach oben zu Johnsen. »Ist doch so, oder?«

»Ja.« Es war vielleicht die letzte Lüge, die Bernd in seinem Leben hörte, aber in jedem Fall die kürzeste.

»Du hast den Teufel gehört.« Bernd betonte jedes einzelne Wort. »Der Teufel möchte das Album. Ohne das Album geht der Teufel nicht weg.«

»Warum dauert das so lange?«, beschwerte sich Ritter. »Er soll das Scheißding rausrücken.«

Klaus' Augen erschienen Bernd einen winzigen Moment ungewohnt wach und klar. »Der Teufel?«, fragte er.

»Ja.« Bernd lugte zu Johnsen hinauf. »Das ist der Teufel.«

Brüllend fuhr Klaus hoch. Noch in derselben Sekunde krachte ein Schuss.

102

Katjas Gedanken überschlugen sich. Was sollte das alles? Die Leiche unter dem Haufen aus Laub und Holz. Die Pistole in Veronikas Hand. Hatte Veronika diesen Mann umgebracht? Wollte sie sie erschießen? Nur eine einzige Sache war Katja vollkommen klar: Noch war sie nicht tot. Falls es Veronika darum gegangen wäre, sie zu beseitigen, dann hätte sie das viel früher erledigen können. Auf dem Weg durch den Wald. Sie hätte sich nur umzudrehen und sie abzuknallen brauchen. Aber das hatte sie nicht getan. Wenn Katja es geschickt anstellte, kam sie hier vielleicht lebend raus. Doch dazu musste sie wissen, was Veronika vorhatte. Warum sie sie hierhergebracht hatte. Eine plötzliche Erkenntnis ließ Katja frösteln. Es konnte nur eine logische Erklärung geben. »Du hast alles gewusst.«

Veronika nickte. »Von Anfang an. Nein. Ich *war* der Anfang.«

»Die Frau auf der ›Straßmann‹. Die Frau auf dem Foto.« Katja schüttelte den Kopf. Sie versuchte, irgendeinen Sinn in Veronikas Worten zu finden, und scheiterte daran. »Das kann nicht sein. Du warst nie auf der ›Straßmann‹. Dein Name steht nicht in den Logbüchern.«

»Ich war dort«, widersprach Veronika ihr. »Ich hieß nur nicht immer Möllner. Früher hieß ich Goretzki.«

Katja konnte sich nicht daran erinnern, diesen Namen in den Besatzungslisten gelesen zu haben. Aber es waren so viele Namen gewesen, und welchen Grund hätte Veronika gehabt, sie anzulügen? Es musste die Wahrheit sein. Veronika war die Frau, der ihr Onkel vor langer Zeit etwas so Schreckliches angetan hatte, dass es nie wiedergutzumachen gewesen war. Etwas, das ihn zum Schluss das Leben gekostet hatte. Wenn jemand die Antworten auf all die Rätsel hatte, die Katja umtrieben, seit sie nach Güstrin gekommen war, dann war es diese zierliche Frau dort, die sie mit einer Pistole bedrohte. »Was ist damals passiert?«

»Es gab eine Feier«, erklärte Veronika nüchtern. »Die Kollegen aus meinem Forschungsteam lagen schon in ihren Kojen. Ich war die Einzige, die mit ein paar Männern aus der Stammbesatzung noch auf war. Die Stimmung war ausgelassen. Sehr ausgelassen. *Zu* ausgelassen. Wir haben getanzt und gelacht. Flüchtige Küsse ausgetauscht. Umarmungen. Sie haben Witze gemacht. Über Männer und Frauen. Über Sex. Ich fand das alles urkomisch. Ich war betrunken. Ich habe sogar dann noch gelacht, als der Erste von ihnen seine Hände nicht bei sich behalten konnte. Ich dachte, es wäre nur Spaß. Das war es nicht. Sie wurden grob zu mir. Zogen mich aus. Fassten mich an. Legten mich auf den Tisch. Flößten mir immer mehr Alkohol ein. Und taten dabei immer noch so, als wäre alles nur ein Spiel. Ich hatte Angst, sie würden niemals aufhören. Angst, dass sie noch weitergehen. Angst, dass sie mich umbringen.« Ihre Augen – zwei glasige Murmeln im Schein der Taschenlampe – blickten in weite Ferne. »Am nächsten Morgen haben alle eisern geschwiegen. Ich auch. Ich war wund und blutig, aber ich habe meinen Mund gehalten.«

»Wieso?« Katja versuchte verzweifelt, nicht daran zu denken, dass ihr Onkel eines der Schweine gewesen war, von denen Veronika sprach. »Warum hast du nichts gesagt?«

»Weil ich mir einen Teil der Schuld dafür gegeben habe.« Veronika lächelte wehmütig. »Ich hätte nicht so viel trinken dürfen. Ich hätte gleich nach den ersten schweinischen Witzen gehen sollen. Ich hätte lauter und öfter Nein sagen müssen. Mich heftiger wehren. Doch das habe ich nicht. Also war es auch meine Schuld.«

»Das ist nicht wahr.« Trotz der Pistole empfand Katja einen kurzen Augenblick mehr Zorn als Furcht. Wie sehr musste Veronika durch ihr Erlebnis auf der »Straßmann« eingeschüchtert und gedemütigt worden sein, um so ein Urteil über sich selbst zu fällen? »Das ist einfach nicht wahr.«

»So bin ich erzogen worden«, erwiderte Veronika. »Dass eine Frau auf sich achten muss. Dass ihr genau das passiert, was mir passiert ist, wenn sie die Männer dazu anspornt. Und was hätte es mir gebracht, jemandem davon zu erzählen? Zur Polizei zu gehen? Dann wäre ich für immer nur ein Opfer gewesen. Wenn ich Glück gehabt hätte und auf Verständnis gestoßen wäre. Auf Polizisten und Richter, die mir nicht gesagt hätten, ich hätte das Ganze provoziert. Die mich nicht gefragt hätten, warum ich das alles über mich ergehen ließ, ohne richtigen Widerstand zu leisten. Nein, ich fand es besser, nichts zu tun. Auch wegen meiner Arbeit. Was hätten die Leute an meinem Institut über mich gesagt? Ich wollte kein Mitleid. Ich wollte nicht die sein, hinter deren Rücken immer getuschelt wurde, was ihr doch Schlimmes zugestoßen ist. Ich wollte alles vergessen. Mehr nicht.«

»Aber das konntest du nicht.« Katja machte einen halben Schritt auf Veronika zu. Sie konnte nicht glauben, dass diese Frau, die ihr ein Kruzifix geschenkt hatte, einfach kaltblütig abdrücken würde. Ihr Instinkt sagte ihr, dass da ein Mensch vor ihr stand, der eine Geschichte zu erzählen hatte. Und sie selbst war nicht nur eine gute Zuhörerin, sondern sie hatte auch ein Talent dafür, die richtigen Fragen zur richtigen Zeit zu stellen.

Je länger sie es schaffte, Veronika zum Weiterreden zu ermuntern, desto größer wurden auch ihre Chancen, Veronika dazu zu bewegen, sie zu verschonen. »Du konntest es nicht vergessen, oder?«

»Nicht vergessen. Nur verdrängen. Tief in mir begraben.« Veronikas Stimme begann zu zittern. »Aber es hat mich krank gemacht. Ich lag tagelang nur im Bett. Kraftlos. Ausgelaugt. Das ging über Monate so. Ich redete mir ein, es hätte mit meiner Doktorarbeit zu tun. Dass ich davon überfordert wäre. Mir war jede Ausrede recht. Und jede Fluchtmöglichkeit. In den Phasen, in denen ich dazu in der Lage war, bin ich nachts um die Häuser gezogen. In Bars und Clubs. Trinken und Tanzen. Und dann bin ich ihm begegnet. Klaus. Es war Liebe auf den ersten Blick.«

»Obwohl du das alles mit dir herumgetragen hast? Diesen ganzen seelischen Ballast?« Ein Teil von Katjas Frage fußte auf aufrichtigem Interesse, wie Veronika mit ihrem Trauma umgegangen war. Gleichzeitig nutzte sie die Gelegenheit, einen weiteren kleinen Schritt auf Veronika zuzumachen. »Wie hat es sich angefühlt, dich in einen Mann zu verlieben, nachdem andere Männer dir so etwas angetan hatten?«

»Du kennst ihn nur krank«, sagte Veronika. »Sonst würdest du mich das nicht fragen. Ich habe ihn mir nicht zufällig ausgesucht. Groß. Stark. Und er hat nie mehr von mir verlangt, als ich ihm geben konnte. Der ideale Beschützer. Der Mann, der dafür sorgen würde, dass mich nie wieder jemand so verletzen kann. Ich weiß nicht, was ohne ihn aus mir geworden wäre. Wahrscheinlich wäre ich schon lange tot.«

»Ich verstehe das trotzdem nicht.« Noch ein halber Schritt. »Wenn du das alles angeblich so gut verdrängt hast, wie konnte es dann wieder hochkommen?«

»Schicksal.« Die unangreifbare Überzeugung einer Fanatikerin sprach aus ihr. »Was soll es sonst sein, wenn ich zwanzig Jahre danach einen Hof ausgerechnet in dem Ort kaufe, in dem sie mir einer nach dem anderen über den Weg laufen? Einfach an mir vorbeigehen oder vor mir beim Bäcker in der Schlange stehen. Ich habe auf den Boden geschaut oder mich umgedreht, sobald ich sie sah. Sie haben mich nie bemerkt.«

Katja fröstelte bei dem Gedanken, dass auch ihr Onkel womöglich seiner späteren Mörderin begegnet war, ohne etwas davon zu ahnen, dass ihn seine Vergangenheit eingeholt hatte. »Aber du hast sie wiedererkannt, und alles war wieder da?«

»Nicht auf einen Schlag. Ich habe dagegen angekämpft. Ich wollte das nicht. Ich war glücklich.« Sie warf einen Blick auf den Scheiterhaufen. »So glücklich, wie ich sein konnte. Dann hatte Klaus seinen Unfall.«

»Du hast deinen Beschützer verloren.« Der nächste kleine Schritt. »War es das? Eine Art Notreflex?«

»Nein.« Der Lauf der Pistole schien sich um eine Winzigkeit zu senken. »Ich habe mir zunächst einen Mann gesucht, von dem ich dachte, er könnte die Rolle von Klaus übernehmen. Jemanden, der nie einen Hehl daraus gemacht hat, wie attraktiv er mich fand. Der deswegen sogar mit Klaus aneinandergeraten ist.«

»Thies.« Katja wagte einen längeren Schritt. Nun trennten sie keine drei Meter mehr von Veronika.

»Ich fühlte mich bei ihm sicher. Eine Weile zumindest. Der entscheidende Abend war der, an dem dieser junge Feuerwehrmann bei mir seine Verlobung feierte. Einer von ihnen war zu diesem Fest eingeladen. Ich hatte nicht mit ihm gerechnet und war wie erstarrt. Er hat mich gesehen. Und dann war es genau umgekehrt. *Er* hat weggeschaut. So getan, als wäre ich eine Fremde. Du kannst mir glauben: Wenn er nicht doch irgendwann auf mich zugekommen wäre, hätte ich selbst dann noch alles einfach auf sich beruhen lassen. Aber er hat mich auf dem Hof abgefangen, als ich aus dem Kühlschrank in der Scheune noch eine Kiste Champagner holen wollte. Und weißt du, was das Schlimmste war?«

»Was?«

»Er fasste mich am Arm und versuchte, sich bei mir zu entschuldigen.«

»Was war daran schlimm?«

»Wie er es getan hat.« Veronika verzog angewidert das Gesicht. »Was er gesagt hat. Dass er das alles nie vergessen hat. Aber dass ich mich aufgeführt hätte wie eine Schlampe. Und sie mich deswegen auch so behandelt hätten.«

Katja setzte vorsichtig einen Fuß vor den anderen. »Und dann hast du beschlossen, Rache zu nehmen und ihn zu töten?«

»Nein.« Veronika wich ein Stück vor ihr zurück. »Ich habe in diesem Moment nur gemerkt, wie unglaublich dumm und naiv ich all die Jahre gewesen bin. Wie ich mich die ganze Zeit weiter von diesen Männern habe missbrauchen lassen. Dass ich in ihren Köpfen immer nur ein Stück Dreck war. Ich habe genau das getan, was sie von mir erwarteten. Ich habe mich ihnen gefügt. Doch das war jetzt vorbei. Und das sagte ich ihm auch. Ich rannte zu meinem Auto und fuhr los. Ich wollte zur Polizei. Mir war klar, dass alles längst verjährt war. Sie wären dafür nicht ins Gefängnis gegangen. Aber Güstrin ist eine kleine Stadt, in der die Leute viel reden. Wenn ich bei der Polizei nur laut genug war, würden früher oder später alle erfahren, was diese feinen Herren in Wahrheit sind.«

Katja fragte sich einen Moment, was sie von ihrem Onkel gehalten hätte, wenn sie noch zu seinen Lebzeiten davon erfahren hätte, was sich auf der »Straßmann« abgespielt hatte. Hätte sie ihm jemals wieder ins Gesicht sehen können? Hätte sie überhaupt noch auch nur ein einziges Wort mit ihm gewechselt? Sie schüttelte den Kopf. Es war überflüssig, sich darüber Gedanken zu machen. Ihr Onkel war tot, seine Mörderin nicht. »Du warst aber nie bei der Polizei. Warum nicht?«

»Weil es anders kam. Er verfolgte mich. Ich habe seine Scheinwerfer im Rückspiegel gesehen, und ich habe darum gebetet, dass er mich nicht einholt. Und meine Gebete wurden erhört. Er kam von der Straße ab und prallte gegen einen Baum. Sein Wagen fing Feuer. Ich habe gewendet und bin auf die Flammen zugefahren. Er lebte noch. Er schrie. Er hat mich gesehen. Um Hilfe gebettelt.«

Katja fand nicht die Kraft für einen weiteren Schritt. Ihre Knie zitterten zu sehr. Hatte sie sich getäuscht? War Veronika viel brutaler, als sie ihr zutraute? »Und dann? Dann hast du einfach zugeschaut, wie er verbrannt ist?«

Ein knappes Nicken. »Und mir ist noch etwas klar geworden, wie er sich da wand und anfing, mich wieder zu beschimpfen. Als er kapierte, dass ich keinen Finger rühren würde, um ihn zu retten: Diese Männer hatten noch viel mehr verdient, als nur ihren guten Ruf zu verlieren. Sie hatten den Tod verdient. Ich musste an das denken, was Thies mir immer über das Feuer erzählt hat. Dass es alles ausbrennt. Dass es reinigt. Den, der ein Verbrechen begangen hat, und den, der zu seinem Opfer wurde. Bis dahin hielt ich das für dummes Gerede. Aber als ich den Mann brennen sah, wusste ich, was Thies meinte. Ich bin weggefahren. Zurück auf die Feier. Niemand hat gemerkt, dass ich fort war. Ich habe mit keinem darüber geredet, was in dieser Nacht geschehen ist. Mit keinem außer Thies.«

»Natürlich.« Unter normalen Umständen wäre Katja stolz gewesen, den nächsten Teil des Rätsels zu durchschauen. Hier jedoch – umringt von Bäumen, die im Dunkeln wirkten wie vielarmige, klauenbewehrte Ungeheuer, in unmittelbarer Nähe einer Leiche und angesichts der unfassbaren Beichte Veronikas – verspürte sie nur Grauen anstelle von Triumph. »Und Thies hat dir recht gegeben. Das waren doch dieselben Männer, die seine kleine Tochter auf dem Gewissen hatten. Sie mussten bestraft werden. So wie man es früher getan hat. In der Zeit, als noch alle an seine Götter glaubten. Und dann habt ihr gemeinsam meinen Onkel und Erich Lippert getötet.« Katja leuchtete mit der Taschenlampe den Scheiterhaufen an. »Und wer liegt hier? Wer war der Nächste?«

»Der mit der Glatze. Burmester.« Hart hallte Veronikas Stimme durch die Nacht. »Er brennt auch bald.« Sie deutete mit der Pistole zum Rand der Lichtung. »Siehst du den umgestürzten Baum da? Geh da rüber.«

»Wozu?« Katja nahm all ihren Mut zusammen und leuchtete Veronika wieder ins Gesicht. »Wenn du mich erschießen willst, kannst du es auch hier tun. Und wäre es nicht besser, meine Leiche gleich mit zu verbrennen?«

»Dich verbrennen?« Veronika blinzelte und schüttelte barsch den Kopf. »Das habe ich nicht vor. Ich bin kein Monster. Geh jetzt zu dem Baum. Da ist etwas, das ich brauche.«

Katja atmete innerlich auf. Tränen verschleierten ihr den Blick, als sie auf den Baum zuging. Sie biss die Zähne zusammen und konzentrierte sich auf den unebenen Waldboden.

»Ein Stück weiter rechts«, wies Veronika sie an. »Ja, genau da.«

Neben dem vermoderten Baumstumpf stand ein roter Kanister mit dem orangefarbenen Warnaufkleber für brennbare Flüssigkeiten.

»Dreh den Deckel auf und bring ihn her.«

Katja gehorchte. Der Geruch des Benzins hatte für sie etwas Tröstendes. Etwas von Zivilisation in dieser barbarischen Wildnis, in die sie unvermittelt hineingeraten war. Das Benzin schwappte und gluckste fröhlich in seinem Behälter, als sie ihn zurückschleppte.

»Verteil es. Erst rundherum, und den Rest dann gleichmäßig von oben.«

Katja klemmte sich die Taschenlampe zwischen die Zähne und befolgte die Anweisungen. Beim Legen der Benzinspur besudelte sie sich die Schuhe und beim Verspritzen des restlichen Kanisterinhalts die Hände. Das verdunstende Benzin sorgte für ein kaltes Brennen auf ihrer Haut. Sie stellte den Kanister ab und wischte sich die Hände am Hosenboden trocken. Sie baute ihre gesamten Hoffnungen darauf, dass Veronika nicht bemerkt hatte, wie nah Katja ihr beim Verschütten des Benzins gekommen war.

»Danke«, sagte Veronika, heisere Erregung in der Stimme.

Katja nahm die Taschenlampe aus dem Mund. »Darf ich dich noch etwas fragen?«

»Sicher. Alles, was du willst.«

»Warum hat Thies sich umgebracht? War das ein Ritual, das schiefgelaufen ist?«

»Thies hat sich nicht umgebracht«, antwortete Veronika gelassen. »Ich habe ihn getötet.«

»Du? Ich dachte, er wäre dein Beschützer gewesen.«

»Das dachte ich auch. Aber er war nur ein Lügner und Betrüger. Und beinahe schon ein Mörder.«

»Das verstehe ich nicht.«

»Ich hatte keine Wahl«, erklärte Veronika. »Er hat Burmester allein getötet. Ohne Absprache mit mir. Er hat ihn beobachtet und war überzeugt, Burmester hätte fliehen wollen. Also hat er ihn mit seinem Auto von der Straße abgedrängt. Burmester war sofort tot. Thies hat die Leiche trotzdem geborgen. Weil er das an ihr vollziehen wollte, was er für die gerechte Strafe hielt. Ihr die Hände brechen. Sie kastrieren. Er meinte, es wäre für das Ritual nicht so wichtig, ob der Verurteilte dann noch am Leben ist oder nicht. Nur eines wollte er nicht.« Veronika sog scharf die Luft ein. »Er wollte nicht, dass er brennt. Nicht bei ihm auf dem Hof. Das wäre zu gefährlich. Wegen der vielen Feuer in letzter Zeit. Aber er musste doch brennen. So wie die anderen.«

Katja war kurz davor, schreiend in den Wald zu rennen. Möglicherweise war eine Kugel in den Rücken gnädiger, als immer tiefer in diesen Wahnsinn einzutauchen. »Du hast Thies getötet, weil er die Leiche nicht verbrennen wollte?«

»Nein.« Veronika klang fast pikiert. »Wir sind nur darüber in Streit geraten, und er hat einige Dinge gesagt, die er besser nicht gesagt hätte. Er hat mir vorgehalten, was er schon alles für mich getan hätte. Beteuert, wie sehr er mich doch lieben würde. Er hätte mich doch befreit.«

»Befreit? Von wem? Von was?«

»Von Klaus. Er hätte gesehen, wie unglücklich ich auf dem ›Hirschhof‹ bin. Wie Klaus mich unterdrückt und mir vorschreibt, was ich zu tun und zu lassen hätte.« Veronika stockte. »Hatte er nicht eigenhändig dafür gesorgt, dass ich gemeinsam mit ihm so stark und frei sein konnte, wie ich wirklich war?«

Katjas Hände zitterten so sehr, dass der Lichtkegel der Taschenlampe auf Veronikas Oberkörper hin und her tanzte. »O Gott! Er hat –«

»Ich weiß«, fiel ihr Veronika kühl ins Wort. »Der Unfall meines Mannes war kein Unfall. Dieser Balken hat ihn nicht von allein fast erschlagen. Thies muss sich in die Scheune geschlichen haben, als Klaus allein dort gearbeitet hat. Ein kleiner Stoß gegen einen der Balken, die noch an der Wand lehnten, und schon war es vorbei. Ich bin mir sicher, Thies dachte, Klaus würde das nicht überleben. Aber er ist zäh.«

»Wie hast du das geschafft? Ihn zu töten, meine ich.«

»Er war stark, aber nicht so schlau, wie er dachte.« War es Zufriedenheit oder Bedauern, was Katja hörte? »Nach unserem Streit bin ich nach Hause. Ich habe eine Flasche Rotwein aus dem Keller geholt. Eine gute. Ich habe sie präpariert. Mit den Schmerz- und Schlafmitteln, die Klaus braucht. In Wasser gelöst und durch den Korken gespritzt. Dann bin ich zurück zu Thies. Der Wein war mein Versöhnungsgeschenk an ihn. Ich habe nichts davon getrunken. Ich musste ja noch Auto fahren. Er ist eingeschlafen, während ich ihm den Rücken massiert habe, und nie wieder aufgewacht. Das Schwerste war, ihn an den Baum zu hängen.«

Die Schilderung des Mordes an Lüdersen brachte Katja auf eine Idee, bei der sich alles um sie zu drehen begann. »Bernd! Du hast gesagt, er schläft. Ist das die Wahrheit? Schläft er oder …«

»Er schläft.«

»Und wacht er auch wieder auf?«

»In einigen Stunden. Er hat sich einen Kaffee von mir bringen lassen. Das musste ich ausnutzen. Ich wollte nicht, dass er uns stört.« Sie griff in die Manteltasche und holte ein grün-weißes Streichholzbriefchen daraus hervor. »Du kommst besser hier her zu mir.«

Katja näherte sich ihr zögernd bis auf Armeslänge. »Warum hast du die Leiche nicht gleich verbrannt, nachdem Thies tot war?«

»Dafür war gestern Nacht keine Zeit mehr.« Veronika klappte das Streichholzbriefchen auf. »Und vorhin hat

Bernd mir erzählt, dass ihr von dem Foto wisst, das es von mir auf der ›Straßmann‹ gibt. Ich wollte, dass du verstehst, warum ich tue, was ich tue.«

»Bevor du mich auch tötest?«

»Warum sollte ich dich töten? Was hast du mir getan?« Veronika lächelte. »Ich mag dich. Und ich mag Bernd.«

Katja kapitulierte. Sie wurde aus Veronikas Verhalten einfach nicht schlau. »Willst du dich stellen, wenn wir hier fertig sind?«

»Wenn wir hier fertig sind, bringe ich dich zurück auf den Hof«, sagte Veronika beruhigend. »Ich schließe dich und Bernd im Keller ein. An die Heizung gefesselt. Dann gehe ich los und hole mir die letzten beiden, die noch übrig sind. Anschließend fahre ich mit Klaus irgendwohin, wo uns niemand kennt. Weit weg. Von da gebe ich der Polizei einen Tipp, wo man euch findet.« Sie reichte Katja das Streichholzbriefchen. »Würdest du bitte? Das geht so schlecht mit einer Hand.«

103

Bernds linkes Ohr klingelte von dem Schuss aus Johnsens Waffe, der irgendwo hinter ihm in die Scheunenwand eingeschlagen war. Der Nachklang übertönte selbst Klaus' Gebrüll. Der Hüne hatte Johnsen mit einer Hand am Hals gepackt, die andere schmetterte er zur Faust geballt auf Johnsens Unterarm. Die Pistole fiel zu Boden, neben das Fotoalbum.

Johnsen war alles andere als ein Schwächling, aber Klaus war ihm an schierer Masse überlegen. Er schleuderte ihn auf den nächsten Biertisch, der unter dem Gewicht umkippte. Johnsen strampelte mit den Beinen, erwischte mit dem Fuß die Pistole, die in Richtung Tor davonschlidderte.

Bernd war von der Tatsache, dass der Schuss ihn verfehlt hatte, noch immer wie gelähmt. Selbst als Klaus Johnsens Kopf mit beiden Händen packte und ihn wieder und wieder auf die Dielen drosch, rührte er sich nicht.

»Tu was, du Idiot!«, kreischte Johnsen. »Tu was!«

»Der Teufel!«, röhrte Klaus. »Der Teufel!«

Aus den Augenwinkeln nahm Bernd wahr, dass sich Ritter hektisch auf die Suche nach der Pistole machte. Er musste hier weg! Er hob das Fotoalbum auf, hielt es vor sich wie den kostbarsten Schatz der Welt und rannte auf den dunklen Hof hinaus. Als die erste Kugel neben ihm vorbeipfiff, ahnte er, wie dumm Ritter wirklich war. Anstatt seinem Komplizen beizustehen, wollte er anscheinend erst die offene Rechnung mit Bernd vom Osterfeuer begleichen. Oder Johnsen war ihm letztlich egal, und er wollte verhindern, dass Bernd mit dem Beweis für sein altes Verbrechen die Flucht gelang. Das Resultat war dasselbe: Bernd brauchte dringend Deckung.

Im Zickzack, den Kopf tief zwischen die Schultern gezogen, spurtete er auf die Eiche zu. Weitere Schüsse krachten. Zwei. Drei. Bernd warf sich hinter den Baum und richtete ein bruchstückhaftes Gebet an die Mutter Gottes.

Er hörte Ritter fluchen. Sämtlicher Lärm aus der Scheune – das Gebrüll und Gepolter – war hingegen erstorben.

Bernds Blick huschte quer über den Hof zu seinem Wagen. Lohnte sich der Versuch, zum Jaguar hinüberzusprinten? Oder zögerte er damit nur das Unausweichliche einen Augenblick länger hinaus? Würde er die Fahrertür schnell genug öffnen und den Motor starten können, bevor ihn Ritter erwischte? Hatte er überhaupt einen Schlüssel dabei?

Ein Auto raste auf der Landstraße heran. »Das sind die Bullen!«, rief Bernd aus seiner Deckung. »Ich würde dir raten, du lässt die Knarre fallen!«

Wenn der Wagen nicht in diesem Moment den Blinker gesetzt hätte, wären es äußerst unwürdige letzte Worte gewesen. So jedoch lachte Bernd und wagte einen Blick um den Stamm der Eiche herum. Ritter warf die Pistole von sich und gab Fersengeld, an der Scheune vorbei und in den verwilderten Teil des Grundstücks hinein.

Zwei Personen stiegen aus dem Auto, die eine zierlich, die andere beinahe so massig wie Klaus. »Bauer?«

»Ja!« Bernd rappelte sich auf und winkte.

»Sind Sie verletzt?«, fragte die Frau, die mit dem Kommissar aus dem Wagen gestiegen war. Bernd kannte die Stimme von irgendwoher.

»Nein.« Er eilte auf die beiden zu. »Alles noch dran.«

»Was ist hier los?«, wollte Möhrs wissen.

»Johnsen und Ritter sind hier.« Bernd war mächtig auf Endorphinen. Er grinste, obwohl eigentlich kein Anlass dafür bestand, und er musste sich zusammenreißen, um dem Bullen nicht um den Hals zu fallen. »Ritter ist da lang. Johnsen ist in der Scheune. Ich glaube, sie wollten Veronika umbringen.« Er lachte. »Dreckskerle. Sie sind genau richtig gekommen. Sonst hätten sie mich auch umgelegt.« Er verstummte. »Scheiße!«

»Was?«

Bernd rannte in die Scheune, dicht gefolgt von Möhrs und der Frau. Klaus saß auf der Bank, die blutigen Hände im Schoß. Johnsen lag reglos am Boden, eine stetig vorankriechende Lache Blut um seinen Kopf.

Die Frau – das war doch diese kleine Pathologin aus Lübeck! – hastete zu Johnsen, ging neben ihm in die Hocke und fühlte seinen Puls. »Er lebt noch.« Sie zückte ihr Handy. »*Noch.*«

»Wo ist Möllner?«, fragte Möhrs, während seine Begleiterin die Notrufzentrale anrief.

Fast hätte Bernd geantwortet: »Da sitzt er!«, bis ihm einfiel, dass der Kommissar Veronika und nicht Klaus meinte. »Sie ist noch nicht wieder da.«

»Verdammt!«

»Sie kommt hierher zurück.« Bernd drehte sich zu Klaus. »Sie lässt ihn nie lange allein.«

»Feuer.« Klaus sah an Bernd vorbei in die Nacht hinaus. »Feuer.«

Möhrs runzelte die Stirn. »Was meint er?«

Bernd folgte Klaus' Blick und kniff die Augen zusammen. »Das.« Dem sternklaren Himmel stieg in einiger Entfernung eine dünne Rauchsäule entgegen, ein feiner schwarzer Faden auf nachtblauem Grund. »Es brennt.«

»Das ist sie«, ächzte Möhrs.

»Was?«

»Möllner. Das ist sie.«

»Woher wollen Sie das wissen? Es könnte dieser andere Brandstifter sein.«

»Nein, kann er nicht«, sagte Möhrs und trat den Beweis dafür an, dass Bernd die Kombinationsgabe dieses Provinzbullen maßgeblich unterschätzt hatte. »Den haben wir verhaftet. Aber es gibt eine Leiche, die wir noch nicht gefunden haben.«

104

So dicht, wie Katja neben Veronika an den lodernden Flammen stand, war die Hitze des Feuers nahezu unerträglich. Sie glaubte, verbranntes Fleisch zu riechen, aber noch schockierender war der Ausdruck auf Veronikas Gesicht: absolute Genugtuung, die an völlige Entrücktheit grenzte. Sie hatte die Augen weit aufgerissen, das glühende Rot des Scheiterhaufens spiegelte sich darin. »Ist das nicht schön?«, hauchte sie. »Ist das nicht gerecht?«

Katja schaffte es nicht mehr, gegen ihre Instinkte anzukämpfen. Das war zu viel. Das Feuer. Das Wissen, neben einer Mörderin zu stehen. Die Angst um Bernd. Die diffuse Furcht vor dem, was sie als Nächstes erwartete. Sie konnte hier nicht bleiben. Sie musste hier weg. Sofort. Sie wandte sich um, um loszustürmen, in den Wald, fort von diesem Grauen. Veronika packte ihren Arm. »Nein!«

Katja reagierte in einer einzigen fließenden Bewegung, die sie hunderte Male trainiert hatte, um sich gegen zudringliche Kerle zu wehren. Ein rascher Stoß mit voller Kraft vor das Brustbein ihrer Gegnerin, in Kombination mit einem Knie in den Unterleib. Veronika taumelte, fiel. Funken stoben auf, als sie im brennenden Holz landete. Sie schrie auf. Ihr Haar fing sofort Feuer, umflorte ihren Kopf wie ein bizarrer Heiligenschein. Sie wollte aufstehen, doch der Scheiterhaufen unter ihr gab nach, eine Kuhle entstand, deren Seitenwände auf sie hinabrutschten.

Einen endlos langen Moment rührte Katja sich nicht. Jene Instinkte, die sie eben noch zur Flucht hatten antreiben wollen, rieten ihr nun, einfach stehen zu bleiben und dabei zuzusehen, wie Veronika verbrannte. Diese Frau war der Feind, und sie hatte ihn besiegt. Stand es ihr da etwa nicht zu, sich an ihrem Triumph zu ergötzen? Hatte sie nicht das Recht, die Rache auszukosten, die sie für den Tod ihres Onkels nahm? Sie musste nichts tun. Das Feuer würde ihr die Mühe abnehmen.

Veronika heulte auf, und Katja handelte, ohne zu denken. Sie griff in das Inferno, sah Flämmchen über und auf ihren Fingern züngeln, empfand keinen Schmerz. Sie bekam Veronikas Mantelkragen zu fassen und zog. Für einen Augenblick standen sie beide aufrecht, dann kippte Veronika Katja schreiend entgegen und begrub sie unter sich. Katja rang um Atem und saugte glühende Luft in ihre Lungen. Sie wälzte sich unter Veronika hervor, riss sich die Jacke vom Leib und erstickte damit das Feuer auf ihren Händen, noch ehe sie die Flammen löschte, die Veronika zu verschlingen suchten.

Als es ihr endlich gelungen war und nur noch Qualm von

Veronikas Körper aufstieg, kam der Schmerz. Katja brüllte ihn in die Nacht hinaus. Ihre einzige Antwort war das Prasseln und Fauchen des Scheiterhaufens, das kehlige Gelächter des Feuers.

EPILOG

Die Trauerfeier für Frieder Jakobs in der kleinen Kapelle auf dem Güstriner Friedhof war eine Zeremonie nach allen Regeln der Schlichtheit. Eine überschaubare Zahl an Gästen, keine Kränze, keine Musik. Nur ein paar kurze Worte der Pastorin, gefolgt vom schweigenden Zug zur eigentlichen Beisetzung, dann war der Spuk vorbei.

Katja und ihre Mutter nahmen noch einige Beileidsbekundungen von Nachbarn und Kollegen entgegen, ehe sich die Trauergemeinde rasch zerstreute.

»Ohne großes Aufhebens«, sagte ihre Mutter. »Das hätte ihm gefallen.«

»Wahrscheinlich«, stimmte ihr Katja zu. »Hättest du ihm so etwas zugetraut?«

Ihre Mutter öffnete den obersten Knopf ihrer schwarzen Bluse. »Jeder Mensch hat seine Geheimnisse. Bei manchen sind sie eben dunkler als bei anderen.«

Katja quittierte den Gemeinplatz mit einem stummen Nicken. Das war typisch für ihre Mutter. Nichts an sich heranlassen und Plattitüden als Ratgeber in schwierigen Situationen. Sie würde sich nicht mehr ändern. Nicht in diesem Leben.

Katja gesellte sich zu der kleinen Gruppe an der nächsten Bank. Manche Gemeinplätze stimmten. Schwarz machte schlank. Zumindest im Fall von Lukas Möhrs. Der Kommissar war nicht allein erschienen. Aysel Özen begleitete ihn, und wenn Katja sich vorhin nicht gehörig verguckt hatte, waren die beiden Hand in Hand vor der Kapelle aufgetaucht. Gut für sie, obwohl Katja nicht den blassesten Schimmer hatte, was eine attraktive Frau wie die Gerichtsmedizinerin an einem Kartoffelmännchen wie Möhrs fand. Wo die Liebe hinfiel ... Bernd, der Dritte im Bunde, hatte schon wieder eine Kippe im Mund.

»Wie geht es Ihnen?«, fragte Möhrs.

Katja hob die dick bandagierten Hände. »Den Umständen entsprechend.«

»Respekt.« Özen nickte anerkennend. »Das hätte nicht jeder getan.«

»Ich kann Ihnen auch nicht versprechen, dass ich es wieder tun würde.«

»Ohne Sie wäre diese Frau tot.«

»Ich bin mir nicht sicher, ob ihr das vielleicht nicht lieber wäre.«

»Wie auch immer.« Möhrs zuckte die Schultern. »Das war jedenfalls gute Arbeit. Apropos: Was wird eigentlich aus Ihrem Artikel? Wie kommt Güstrin denn nun darin weg?«

»Ich schreibe nicht über das AKW«, sagte Katja. »Ich schreibe über das, was auf der ›Straßmann‹ passiert ist.«

»Obwohl Ihr Onkel darin verwickelt war?«

»Es ist die wichtigere Geschichte.«

»Wie Sie meinen.« Möhrs wandte sich an Bernd. »Wo ich gerade Lobeshymnen singe: Das ist ein feiner Zug von Ihnen. Für Klaus Möllners Pflege aufzukommen.«

»Es wird höchste Zeit, dass ich ein paar feine Züge entwickle, bevor es zu spät dafür ist«, erwiderte Bernd. Er drückte seine Zigarette aus und beugte sich auf der Bank nach vorn, um einen verdächtig langen Blick mit Katjas Mutter auszutauschen, die an Frieders Grab zurückgeblieben war. Dann nickte er, stand auf und zog Katja mit sich fort. »Komm. Lass uns ein Stück gehen.«

Sie schritten schweigend zwischen den Gräbern entlang. Katja versuchte, aus seiner Miene schlau zu werden, doch es gelang ihr nicht. Wiederholt gewann sie den Eindruck, als wollte er etwas sagen, doch er blieb jedes Mal stumm.

»Stimmt was nicht?«

»Ich habe nachgedacht«, sagte er leise.

»Worüber?«

»Wie leicht einen die Vergangenheit einholen kann.«

Sie blieb stehen. »Was ist los?«

»Ich will, dass du ein paar Dinge begreifst.« Bernd ging noch zwei Schritte, ehe er anhielt, ohne sich zu ihr umzudrehen. »Was mit deinem Vater passiert ist, ist furchtbar. Aber du musst aufhören, dich damit zu quälen. Das bringt alles nichts. Und am allerwenigsten bringt es ihn zurück. Weißt du eigentlich, wie weh mir das tut? Mir und deiner Mutter?«

»Ich möchte nur die Wahrheit wissen.«

»Die Wahrheit ...« Er wandte sich zu ihr um, einen alten Schmerz tief ins Gesicht gegraben. »Die Wahrheit ist, dass er lange tot ist und du weiß Gott nicht die Einzige bist, die ihn immer noch vermisst.«

»Bernd ... ich ...« Sie bemerkte das feuchte Schimmern in seinen Augen und kam sich plötzlich unglaublich schäbig vor. Hatte er nicht recht? War es nicht vollkommen selbstsüchtig von ihr, eine Art Alleinanspruch auf die Trauer über den Verlust ihres Vaters zu erheben? Was war mit den anderen Menschen, die ihn gekannt und geliebt hatten? »Es tut mir leid. Das wollte ich nicht.«

»Ich weiß.« Er winkte ab. »Soll ich dir was verraten?«

»Ja?«

Er lächelte schief. »Das ist die erste Beerdigung, auf der mir die Tränen gekommen sind.«

Katja plagte sich lange mit einer schweren Entscheidung, doch als sie sie getroffen hatte, fühlte sie sich umgehend ein Stückchen besser.

»Ich hatte schon gedacht, du meldest dich nicht mehr«, wurde sie von Thilo bei der Verabredung im »Postillion« begrüßt, die sie per SMS mit ihm getroffen hatte.

»Ich hatte die letzten Tage viel um die Ohren«, entschuldigte sie sich.

Er lächelte. »Du brauchst dich vor mir für nichts zu rechtfertigen. Ich hatte deine Nummer doch auch, oder?«

Sie lächelte zurück. »Stimmt.«

»Du nimmst Kaffee, richtig?«

Sie nickte.

Er stand auf, um am Tresen einen Latte macchiato für sie zu bestellen.

»Kann ich dich was fragen?«, wollte sie wissen, als er wieder zurück war.

»Alles, was du möchtest.«

»Gut.« Das Gefühl der Vertrautheit, das sie von Anfang an bei ihm gespürt hatte, entfaltete genau die beruhigende Wirkung auf sie, die sie sich erhofft hatte. »Ich brauche deinen Rat. Was macht man, wenn man an etwas glaubt, das man nicht loslassen kann?«

Er legte die Stirn in Falten. »Reden wir hier über etwas Schlimmes?«

»Ja.« Sie biss sich auf die Unterlippe. Warum zögerte sie noch? Wenn sie das irgendjemandem sagen konnte, dann ja wohl ihm. Er hatte doch selbst erst am eigenen Leib erfahren, wie es sich anfühlte, über Jahre hinweg mit Ungewissheiten und Lügen zu leben. »Ich glaube, dass mein Vater nicht bei einem Unfall gestorben ist.«

Er schwieg einen Moment, den Blick gesenkt. Dann schaute er auf. »Und du möchtest von mir wissen, was ich an deiner Stelle tun würde?«

»Genau.« Jetzt sprudelte alles aus ihr heraus, was sich in den letzten Tagen in ihr aufgestaut hatte. »Weil ich nicht weiß, welche alten Wunden ich damit bei Bernd und meiner Mutter aufreiße. Und bei mir. Weil ich mir nicht sicher bin, ob ich irgendwie beweisen kann, dass mein Vater wirklich umgebracht wurde. Weil ich Angst davor habe, was passiert, wenn ich das nicht schaffe. Oder wenn ich etwas über meinen Vater herausfinde, das ich lieber nie herausgefunden hätte. So wie bei meinem Onkel.«

»Katja?«, fragte er leise und fasste über den Tisch nach ihrer Hand.

Sie drückte seine Finger. »Hm?«

»Meinst du echt, du könntest so tun, als hättest du das nie geglaubt? Einfach so weitermachen, als hättest du dich da bloß irgendwie ein bisschen geirrt?«

Es war exakt die Frage, die sie sich selbst wieder und wieder gestellt hatte. Überraschenderweise war es nicht schwer, nun eine Antwort darauf zu finden, als sie aus seinem Mund kam. »Nein. Auf keinen Fall.«

»Eben.«

Sie sah ihn lange an. Gerade als sie den Mut gefunden hatte, ihm etwas zu sagen, was ihr schon sehr lange nicht mehr über die Lippen gekommen war, klingelte ihr Handy.

»Möchtest du nicht rangehen?«

Sie tat es, weil der Moment, den sie herbeigesehnt hatte, unwiederbringlich verflogen schien. »Hallo?«

»Spreche ich mit Frau Jakobs?«, fragte eine sonore Männerstimme.

»Ja.«

»Frau Katja Jakobs?«

»Ja.«

»Sind Sie die Nichte von Herrn Frieder Jakobs?«

»Ja.« Eine böse Vorahnung ergriff von ihr Besitz, und sie hatte das Gefühl, als wäre die Temperatur im »Postillion« schlagartig gesunken. »Und wer sind Sie, wenn ich fragen darf?«

»Entschuldigen Sie bitte die Störung. Mein Name ist Johann Graumann von der Kanzlei Graumann und Paulsen.«

»Oh …« Katja griff nach Thilos Hand.

»Es geht um das Testament Ihres Onkels.« Eine kurze Pause. »Ich würde mich gern einmal unter vier Augen mit Ihnen unterhalten.«